JEAN PASSADIEU — LE SECRET D'ABRAHAM

VOLUME II

—

1741 À 1791

Du même auteur :

Romans

M@il à Élise — L'Harmattan 2009
Civic Instinct — Les 2 Encres 2010
3ème Section — Les lettres ligériennes 2012
Facies Delicti — L'Àpart 2014
Palliatif — L'ivre-book 2014
Jean Passadieu - Charlatan de Saint-Pierre — Éditions Oeil Critik 2016

Théâtre

Le bruit des autres (collectif) — Flammarion 2012
Virtuellement sincères — Bod 2016

Histoire

Rages de dents ! Dictionnaire des remèdes et superstitions (collaboration avec
Florence Semur-Seigneuric) — L'Àpart 2012

Photographie

A mare labor — Jacques Flament éditions 2016
Caillou Insolite — Jacques Flament éditions 2017

JEAN-BAPTISTE SEIGNEURIC

JEAN PASSADIEU

—

LE SECRET D'ABRAHAM

VOLUME II

—

1741 À 1791

Éditions Œil Critik
© 2018, Œil Critik Éditions
ISBN : 978-2-490133-02-4

Note de l'auteur

Au milieu d'une fiction historique, il est toujours délicat pour le lecteur de faire la part entre les éléments notoires et ceux inventés. Si nos personnages principaux sont purement fictionnels, nous les avons placés dans un cadre historique aussi réaliste que possible.

En préambule, il nous paraît utile d'apporter quelques précisions sur le terme de charlatan dont la connotation moderne pourrait prêter à confusion.

Le charlatan

Le *Dictionnaire Universel* d'Antoine Furetière de 1690 nous éclaire.

Pour le mot charlatan, on peut lire : *faux médecin qui monte sur un théâtre en place publique pour vendre de la thériaque et autres drogues et qui amasse le peuple par des tours de passe-passe et des bouffonneries.*

Tout est dit, ou presque. Faux médecin, itinérant, amuseur public, débiteur de remèdes, tel est le charlatan. La fonction d'opérateur lui est également associée. On distingue le charlatan itinérant de celui installé (dans une ville ou un village). Il préfère le plus souvent s'installer dans une grande ville : il peut ainsi aisément changer de quartier, au gré de ses échecs ou de ses démêlés avec la justice.

À Paris au XVIIIe siècle, de nombreux charlatans sont installés sur le Pont-Neuf. L'obtention d'un brevet permet à quelques-uns d'exercer sans être inquiétés par les autorités. L'histoire rapporte que certains opérateurs font preuve d'un réel talent, malgré le caractère empirique de leurs thérapeutiques.

La médecine officielle de l'époque trouve ses fondements dans la théorie des humeurs. Les traitements invariablement proposés sont : lavements, purgations et saignées. Il nous a paru intéressant de montrer qu'avec pragmatisme et bon sens, certains charlatans sont peut-être moins nocifs que les médecins qui, par ces pratiques systématiques, affaiblissent l'organisme malade au lieu de le soigner.

Saint-Pierre-et-Miquelon

L'histoire bouleversée et bouleversante de cet archipel a inspiré les origines de notre histoire. On retrouve son empreinte tout au long du roman. Les îles ont été abandonnées en 1713 au profit des Anglais lors de la ratification du traité d'Utrecht et n'ont été rendues (temporairement) qu'en 1763.
Dans ce volume, on apprend en particulier comment la famille de Jean a été

dispersée et dans quelles conditions notre héros arrive à Saint-Malo. On y découvre des paysages nouveaux comme Miquelon et Terre-Neuve.

FIGURES HISTORIQUES

Les propos et actions des personnages historiques sont imaginaires, mais toujours documentés. Quelques éléments biographiques permettront au lecteur d'appréhender plus facilement la place de chacun dans notre histoire.

Jean-Philippe Rameau (1683-1764) : compositeur français connu pour ses ouvrages lyriques et ses pièces pour clavecin. Au début de sa carrière parisienne, il collabore avec Piron à de nombreux opéras-comiques pour les spectacles de foire. Il participe régulièrement aux séances de la Société du Caveau, célèbre goguette parisienne.
En 2014, après une enquête minutieuse, la musicologue Sylvie Bouissou lui attribue la paternité du célèbre canon *Frère Jacques*, ce qui nous a inspiré une des dernières scènes de la période parisienne.

Jean François Datelin (1679 —) dit Brioché : dernier de la lignée des célèbres opérateurs-marionnettistes d'origine italienne, les Briochés (Briocci). Fils de Charles Datelin, il épouse Marie Sautereau en 1723. Opérateur rue des Tournelles, il tient en outre une boutique de vannerie rue du four Saint-Germain.
Le singe Fagotin prend une part importante à la renommée de cette dynastie.

Nicolas de Blégny (1652-1722) : tout d'abord clerc de la compagnie des chirurgiens de Saint-Côme et marié à une ventrière, il se fait recevoir barbier chirurgien en 1768. Chirurgien de la reine puis médecin ordinaire du roi, il est l'auteur de nombreux ouvrages médicaux sans qu'on n'ait jamais apporté la preuve du moindre diplôme. Il installe son célèbre *Laboratoire Royal* au Collège des Quatre Nations. Enfermé pendant huit ans à la prison de *Fort-L'Évêque*, il part en Italie puis termine sa vie en exerçant son art en Avignon.

Pierre Fauchard (1677 ou 1678-1761) : chirurgien dentiste français. Il publie en 1728 *Le Chirurgien dentiste, ou Traité des dents*. Il est mondialement considéré comme le père de la dentisterie moderne. S'il fait une apparition discrète dans la première époque, Jean Passadieu va faire appel à lui pour « bénéficier » de ses soins dans le second volume. L'entretien de Jean avec Pierre Fauchard puise de nombreux éléments dans le *Traité des dents*.

Bernard de Jussieu (1699-1777) : botaniste et médecin diplômé de la faculté de Montpellier, il occupe le poste de professeur de botanique au *Jardin du Roy* en 1722. D'une grande modestie, il garde ce poste toute sa vie et refuse la charge de botaniste du roi. Il est le premier à distinguer les cétacés des poissons et propose la classification de certaines familles d'animaux.

8

Antoine-Joseph Pernety (1716-1796) : bénédictin défroqué devenu homme de lettres, naturaliste et alchimiste. Il participe à la campagne de Bougainville aux Malouines en 1762-1763. Il fonde la société des Illuminés de Berlin en Prusse avant d'installer ses adeptes, les Illuminés d'Avignon, au château du Mont Thabor à Bédarrides (Vaucluse).

Jean-Marie Collot d'Herbois (1749-1796) : comédien, auteur dramatique, homme politique et révolutionnaire français. En 1782 à Lyon, il aurait subi de multiples déboires et échecs comme acteur, ce qui suscite chez lui une grande rancune. Sa carrière s'oriente alors vers la dramaturgie et la direction de théâtre. Partisan de la Terreur, il réprime la révolte à Lyon en 1793 avec une grande cruauté. Condamné au bagne par le Comité de Salut Public en 1795, il meurt à Cayenne en 1796.

Jean Ailhaud (1674-1756) : Médecin installé à Aix-en-Provence qui fait fortune grâce à l'invention d'une panacée : la poudre purgative. Grâce à son grand sens de la publicité, son remède universel est connu dans toute l'Europe, même s'il reste très controversé. En 1745, Louis XV le gratifie d'une charge nobiliaire et d'une baronnie. Son fils Jean-Gaspard publie *La Médecine Universelle Prouvée par l'Expérience* en 1765 où il collige de manière systématique les « cas cliniques » ou plutôt les lettres de satisfaction des bénéficiaires de la poudre, afin d'en poursuivre le commerce.

Laurent Mourguet (1769-1844) : fils d'ouvriers tisserands de la soie lyonnais, marionnettiste célèbre et créateur du personnage de Guignol. Après la Révolution française, l'industrie de la soie périclite et il doit exercer de nombreux métiers forains et en particulier, opérateur pour les dents vers 1797. Pour distraire ses patients, il présente un spectacle de marionnettes dont il fait plus tard son principal gagne-pain.

Les frères Montgolfier, Joseph-Michel (1740-1810) et Jacques-Étienne (1745-1799) : papetiers français, inventeurs de la montgolfière. Grâce à leur talent inventif et à leur génie de l'industrie, ils contribuent au développement du papier vélin en France, à l'invention du parachute, du bélier hydraulique et à l'amélioration des techniques de papeterie. Leur famille est anoblie en 1783.

François-René de Chateaubriand (1768-1848) : écrivain français qui, effectuant un voyage pour Baltimore en 1791, visite l'archipel de Saint-Pierre-et-Miquelon. Il fait mention de cet épisode dans ses mémoires (en particulier).
Il y rapporte sa rencontre avec une jeune habitante de l'archipel occupée à ramasser du thé rouge sur la route du cap à l'aigle.

Aymedieu : charlatan du 18e siècle dont les carnets ont été publiés aux éditions Lacour en 1993 sous forme de fac-similé. Certaines de ses recettes sont reprises par Jean et son nom a inspiré celui de notre héros. Il nous a paru légitime de lui donner un rôle dans cette aventure.

***

Les fragments de l'éphéméride ont été reconstitués à partir de *l'Almanach royal* et d'autres publications de l'époque comme *Le Mercure de France*.

Tous les éléments chirurgicaux, les recettes et remèdes ayant trait aux charlatans ou à l'histoire de la médecine ainsi que les anecdotes foraines sont documentés.

Résumé du Tome 1

Précédemment...

Jean Passadieu est né en 1711 sur l'Île aux chiens, dans l'archipel de Saint-Pierre-et-Miquelon. Il n'a pas six ans lorsque sa famille se trouve chassée par les troupes anglaises, sa mère étant sur le point d'accoucher. Ce n'est que le début d'une longue tragédie familiale qui reste à dérouler.

À quatorze ans, Jean est un jeune orphelin chassé d'un hospice de Saint-Malo. De cet endroit, il ne garde que deux souvenirs : la méchanceté des religieuses et les premières émotions amoureuses au contact d'une jeune novice prénommée Balbine.

Sans autre perspective, il se trouve contraint de suivre un charlatan, Mario Pomardini, opérateur pour les dents. Celui-ci lui enseigne son art et devient très vite son mentor. Lorsque le charlatan et son apprenti sont appelés par le seigneur de Combourg pour des soins de la plus haute gravité, Jean fait la connaissance de la fougueuse Gersende de Coëtquen. Celle-ci lui révèle d'autres facettes de la personnalité féminine. Sous la dictée jalouse de la jeune châtelaine, il entreprend le projet délirant d'enlever Balbine de l'hospice.

C'est au cours de l'été 1727 que le destin se noue. Jean recueille le dernier souffle de Mario Pomardini, victime de son art. Dans le même temps, Gersende se lance à sa poursuite, l'accusant d'avoir provoqué la mort de son père, décédé suite aux soins prodigués. Obligé de fuir, Jean retourne à l'hospice de Saint-Malo, espérant retrouver Balbine. Mais la supérieure a contraint la jeune fille à prononcer ses vœux et l'a envoyé au carmel de Ploërmel, tout en laissant croire à Jean qu'elle a choisi de fuir en Guyane.

Pourchassé et sans attaches, Jean saute dans le premier courrier pour Paris. Les années passent. Employé dans un atelier d'orfèvrerie de la place Dauphine, il peut aller admirer les prouesses des charlatans du Pont-Neuf. Il est logé chez Marie Courval, accoucheuse sans brevet, qui accueille des jeunes femmes dont il convient de cacher l'état déshonorant jusqu'à leurs couches. Aidé par Jean-François Datelin, ancien ami de Pomardini et opérateur marionnettiste, Jean s'installe à la foire Saint-Germain où il peut commencer à exercer des talents de charlatan, pour lesquels il ressent une sincère vocation.

En 1737, appelé à l'aide par Marie Courval, il sauve de la mort la fille du Lieutenant-général Hérault et son nouveau-né. Dans cette aventure, il gagne un brevet d'opérateur, une boutique Quai de Conti et le sentiment de paternité. En effet, porté par son instinct, Jean recherche le nourrisson perdu dans les dédales de l'Assistance publique et le recueille comme sien.

Charlatan installé, à la mode et en vue, c'est l'heure pour lui de la gloire et de la fortune. Une renommée qui résonne jusqu'en Bretagne et qui renoue trois destinées qu'on croyait dispersées : la sienne, celle de Gersende, et celle de Balbine. Il faut peu de chose pour ranimer tous les brasiers : alors que Jean réussit à convaincre Balbine de le rejoindre à Paris, Gersende est prête à tout pour retrouver les bonnes grâces du jeune homme. C'est ainsi qu'elle accepte la mission de convoyer Balbine jusqu'à Jean.

C'est au soir du Nouvel An 1740 qu'ils doivent se retrouver, par, ou malgré l'entremise d'une Gersende aveuglée par la jalousie et prête à tout, même à empoisonner la jeune religieuse…

PRÉFACE

Le Secret d'Abraham

Vous attendiez avec impatience la suite des aventures de Jean Passadieu. Moi aussi. Le charlatan de Saint-Pierre, au seuil de cette année 1741, a 30 ans. À l'âge où sa vie devrait commencer à se stabiliser, une destinée hors du commun l'attend toujours.

Venez l'accompagner au cours de son voyage à travers le siècle des Lumières. Grâce au talent de Jean-Baptiste Seigneuric, venez éprouver les émotions intimes de cet homme ballotté par la vie comme une barque sur l'eau, à l'équilibre sans cesse remis en question. Vous allez partager l'intimité de plusieurs célébrités de l'époque, de Jean-Philippe Rameau à Bernard de Jussieu, sans oublier le tout jeune François-René de Chateaubriand ou les frères Montgolfier. Vous voyagerez de Paris à Avignon en passant par Orléans, Lyon, pour ne citer que quelques étapes de cette permanente fuite en avant qui caractérise l'existence du natif de l'Île aux Chiens. Je ne vous dirais rien de sa vie sentimentale…

De surprise en surprise, vous n'aurez pas un moment de répit tant le style de l'auteur est riche, documenté, prenant, inventif, et vous donne sans arrêt envie de tourner la page pour savoir quelle péripétie attend ce personnage si attachant, même s'il ne suit pas toujours le droit chemin d'un honnête homme. Jean Passadieu est un «mec bien», que vous n'oublierez pas de sitôt. En refermant ce livre, je n'ai pas fini un roman, j'ai gagné un ami.

Le 4 mai 2018

Michel Courat

Pour Florence, Hector et Olympe

« Il faut toujours un coup de folie pour bâtir un destin...»

Marguerite Yourcenar

Troisième période

Paris II

1741 - 1762

I

La salle des aliénés

Je ne sus jamais comment je m'étais retrouvé là. C'était comme sortir d'une période de sommeil dont j'étais incapable d'évaluer la durée. Mais il n'y avait pas eu de réveil net, j'étais remonté petit à petit à la surface de la conscience, alternant de longues périodes noires avec des phases où il me semblait participer à d'étranges tableaux, naïfs parfois, cruels souvent, au milieu des cris des autres et bien souvent des miens. Pas de contours nets dans cette partie de mon existence qui m'avait échappé, simplement des ébauches, comme si un peintre malicieux m'avait brossé au milieu de tourments indescriptibles, et m'avait abandonné dans cette toile, pour une autre moins lugubre. À mi-chemin entre le délire et la douleur, j'errais comme un spectre au milieu de ce marasme. Ces moments de veille furent sans doute parmi les périodes les plus incompréhensibles de mon existence. La journée, je déambulais sans but et je me retrouvais souvent en haut d'un escalier que je voulais descendre. Toujours le même. On me secouait, me ramenait à mon lit comme un somnambule incurable. Parfois c'était le cri d'une femme qui me réveillait et je me rendais compte que je me trouvais sans gêne dans les salles des femmes, dans une tenue qu'excusait à peine mon état.

Le reste du temps, tant que je restais dans le quartier où j'étais consigné avec des dizaines d'autres malades d'une santé voisine de la mienne, je pouvais aller librement. Mais ce n'était pas une fin en soi. Et je finis par comprendre, comme une bête qu'on aurait dressée, que la voie n'était pas vers ces escaliers où mes jambes me portaient avec obstination. Le soir, on me couchait dans un grand lit avec trois ou quatre autres énergumènes, jamais les mêmes. Il arrivait parfois que l'on me couche à côté de forcenés qui criaient toute la nuit, d'autres se tordaient en roulant, pour réussir parfois à se dégager des sangles censées les contenir, mais plus souvent à se blesser. Et la nuit se terminait dans une odeur effroyable de sang, le sang du blessé qui nous réchauffait avant de nous glacer dans sa gangue craquante. Je ne trouvais de répit que dans l'ennui parfois, lorsque, fait très rare, les éléments se calmaient. Car il y avait dans ma tête le même désordre qu'autour de moi dans cet asile. Mes idées fuyaient lorsque je croyais les tenir et rien ne semblait vouloir guider ma mémoire vers une quelconque convalescence. Ne restent que les souvenirs de cette époque maudite.

Il y avait dans la pièce un poêle qu'on tenait toujours allumé. Certains malades s'y collaient parfois malgré eux par maladresse, dans la cohue, ou volontairement. Et l'odeur de la chair grillée et une fumée atroce obligeaient nos geôliers à ouvrir quelques fenêtres pour ne pas nous laisser étouffer tous. Je pouvais alors observer par les fenêtres une immense rivière, que le bâtiment que nous occupions enjambait allègrement. On ne nous lavait pas, et je me souviens avoir dû parfois me cacher sous un escalier pour satisfaire à des besoins naturels, sans que personne n'ait jamais trouvé cela répréhensible ou suspect. Une fois par jour, on nous distribuait une mauvaise bouillie pour laquelle la plupart se battaient pourtant.

De mon côté, dans ces rares moments de lucidité, je n'arrivais pas à comprendre toutes ces actions qui me semblaient comme autant d'actes vains et superflus. M'alimenter ne me préoccupait pas davantage : on m'imposait parfois une becquée comme à un nourrisson, ce qui était finalement beaucoup plus simple que se battre pour une pitoyable ration. Mais je sentais pourtant au fond de moi que j'aurais très bien pu me passer de me nourrir, ayant depuis quelque temps placé mon esprit et ses résolutions bien au-dessus de telles matérialités. J'avais rendu mon corps au bon vouloir du monde, lui laissant gérer des choses qui ne m'importaient plus. Mon esprit avait abandonné ces tâches trop serviles pour se mettre complètement en repos. Car il ne faut pas s'imaginer que j'étais capable de penser ou de réfléchir à quoi que ce soit dans les rares moments d'éclaircies où je reprenais contact avec le monde. Pas plus que je n'étais capable de me demander qui j'étais ni quel chemin m'avait conduit dans ce lieu que je ne reconnaissais pas.

Il me semblait pourtant parfois identifier un parfum, une ambiance, ou parfois plus précisément un lieu : comme si cet endroit ne m'était pas parfaitement inconnu. Peut-être avais je lu un jour une description dans un livre, ou peut-être même vu une image. Ou peut-être plus simplement l'avais-je traversé, dans une autre vie et dans des circonstances qui m'échappaient ? Pas plus que ma réflexion, ma mémoire ne souhaitait contribuer à ma lucidité, me gardant contraint dans les draps de mon cauchemar. Il n'y avait que des hommes avec moi, c'était la seule constatation tangible qui avait aiguisé mon sens de la déduction. Il m'était bien arrivé une ou deux fois de me demander simplement qui j'étais. Je palpais alors mon corps fébrilement à travers la chemise de drap rêche qui me servait d'uniforme, comme à tous mes autres compagnons.

La plupart n'étaient comme moi que des ombres errantes, dont il semblait impossible d'accrocher dans le regard la moindre étincelle d'intelligence. Des animaux auraient sans doute été plus vivants. Certains développaient des activités effrénées, passant des heures à reproduire le même mouvement, le plus souvent un geste inutile, comme branler une porte ou le battant d'une fenêtre. De la même façon, d'autres soliloquaient pour eux-mêmes, d'autre souriaient, éclataient de rire lorsqu'on passait près d'eux, perdus dans un autre monde inaccessible. Ceux-là ne cherchaient pas même un endroit pour satisfaire aux besoins de la nature. Ils s'abandonnaient simplement en sauvages, au moment très précis où le besoin se faisait sentir, sans se préoccuper de rien d'autre que de leur satisfaction première. D'autres encore couraient l'écume aux lèvres, se jetant contre le mur ou contre le poêle à la moindre vision d'une malheureuse goutte d'eau.

Il n'y avait guère à espérer d'accalmie durant la nuit, car ceux qui criaient le jour supportaient ce qu'ils avaient eux-mêmes infligé aux autres dans la journée ; une roue perpétuelle où chacun prenait sa part. On nous faisait boire certaines potions amères, que je commençai à recracher discrètement dès que mon esprit eut repris une lueur d'intelligence. Je ne savais pas pourquoi je faisais ça, car au fond, même l'idée d'instinct m'avait abandonné. Je ne pouvais même plus me vanter d'une quelconque animalité. Bestialité, peut-être ? Monstruosité, absolument. Je me suis souvenu depuis de quelques cauchemars qui me prenaient, de ceux qui me conduisaient nus en haut du petit escalier au bout de la grande salle des femmes. Et je voulais y descendre. Au dernier moment je m'y refusais, convulsant en boule sur la pierre froide, à m'en râper les articulations, à m'en cogner la tête contre les murs. C'est là que je me réveillais le plus souvent, et qu'on me ramenait patiemment dans mon lit, mais avec vigueur, pour m'y attacher parfois en fonction de la virulence de la crise.

Et puis c'était ce gouffre noir où se croisaient des cercueils d'étain, des religieuses qui se retournaient sur moi. Et sous les sages coiffes, on avait remplacé les visages par autant de crânes de suppliciés. Il n'y avait pas de noms, pas de souvenirs ni de regrets à mettre là-dessus, comme si ma seule défense était de taire définitivement ce qui s'était passé. Cela dura des jours, des semaines, je ne sais plus. Il n'y avait pas de notion de passé ou d'avenir, c'était un état plus proche finalement de celui d'un végétal, de celui d'une bête qui aurait perdu les dernières de ses capacités élémentaires. Je regardais parfois des après-midi entiers le plafond au-dessus de moi avec une grande patience, pour me rendre compte au bout d'un temps que je me trouvais au milieu du passage, sur le sol, bras et jambes écartés, sans que cela semblât gêner le moins du monde mon entourage. J'eus parfois l'idée qu'on m'avait jeté en prison, quelques images de bastion et de forteresse m'envahissaient alors, et l'image de repris de justice aux bancs des galériens me faisait l'effet d'un miroir, où j'aurais pu voir peut-être ma propre misère. D'autres cris venaient par-dessus le reste, pour me tirer à l'embryon de réflexion qui perdait dans l'instant le fil de son raisonnement. Je n'avais en outre aucune volonté particulière pour m'acharner sur des facultés intellectuelles aussi rétives et incontrôlables.

Parfois, des visiteuses passaient entre les rangées serrées de lits, et c'était étrange de voir là ces femmes d'un âge mûr, glisser sur leurs dentelles pour ne nous dispenser rien d'autre que des grimaces compassées de dégoût, en échange sans doute de leur bonne conscience. Elles étaient comme un nuage de couleur qui dilapidait en parfum coûteux une traînée de fausse fraîcheur au milieu de notre pandémonium. Aucune ne nous regardait vraiment, évitant le contact des mains tendues, n'écoutant pas les prières, courant derrière les religieuses pour cette visite en fugitives. Cachées derrière la capuche de leur manteau, on ne les voyait guère que de dos. Et c'était une autre frustration que celle de les voir passer, alors que nul ne se souciait que quelques âmes faussement intentionnées vinssent perturber notre quotidien au prétexte de nous être agréables.

J'étais dans une grande bâtisse, perdu dans les méandres de mon esprit où s'entrouvrait parfois une fenêtre, mais dont je ne connaissais pas l'issue. Et cette maison semblait tellement vaste que je ne ressentais pas même l'angoisse de m'y sentir enfermé. Au fond, ce qui sauve les fous, c'est leur folie elle-même. C'est pour les autres que c'est plus difficile. J'ai vu quelques visages penchés au-dessus du mien, des femmes, des hommes, que je n'étais pas sûr de reconnaître. Comme s'ils avaient jeté un regard au-dessus de mon berceau ou de ma tombe, leurs traits n'étaient restés que fugaces. Car dans le puits de ma solitude, je ne pouvais reconnaître personne, comme s'il n'y avait plus d'autre perspective à mon isolement. On me sourit même, et ce contraste étrange avec les masques fermés de ceux qui m'entouraient d'habitude aurait dû me soustraire à la léthargie. Mais ils ne firent pas davantage que se fixer dans ma mémoire, en réserve peut-être pour d'autres jours où je pourrais rapporter les bribes de ce qui s'était passé.

Je n'avais jamais froid ni chaud, jamais faim ni soif et à la réflexion, j'aurais bien pu mourir de toutes ces choses-là sans que je fasse quoi que ce soit pour aller contre. Dois-je remercier les âmes anonymes qui s'occupèrent de moi pendant cette période ? Étaient-elles bénévoles ? Elles ne faisaient au fond que ce que le Ciel leur avait demandé. Alors, pourquoi les avait-Il placées là ? Cette heure de ma vie n'était ni à la réflexion ni à la contemplation, et encore moins à la reconnaissance. D'autres visages encore vinrent me trouver, et assez réguliè-rement peut-être pour que je finisse enfin par les garder en mémoire. Un jour de grand froid, on vint me chercher. Pour la première fois depuis que j'avais émergé de mon état de repli, je ressentis cette sensation de manière précise. J'avais froid ! Enfin, je sentais quelque chose. Des âmes charitables avaient pourtant pris soin de m'emballer dans un grand manteau et de chausser mes jambes nues de bas et de souliers. Puis on m'avait soutenu pour m'aider à me lever. Je devais être encore très faible, car j'avais à peine la notion de mes jambes et de mes pieds sur le sol, comme si je planais au-dessus des choses, pur esprit, enfin prêt à prendre son envol. C'est en sortant du bâtiment que je reçus un premier choc.

On se trouvait sur une grande esplanade, un homme et une femme me soutenaient. Un grand soleil éclairait le sol recouvert d'une neige épaisse, qui reflétait partout un éclat aveuglant. Mais une ombre terrible se dessinait. Je levai les yeux sur la bête immobile qui jetait ses contours jusqu'à mes pieds : un immense édifice de pierre dont je ne distinguais rien, sinon les contours massifs de deux tours et celui, plus menu, d'une flèche derrière entre les deux. Je restai ainsi fixé sur les contours étranges que je savais connaître, même si mon esprit se refusait obstinément à m'en délivrer le secret. Alors que je m'arrêtai, les deux personnes qui me servaient de soutien regardèrent dans la direction de mon regard. L'homme parla. Et même si je suis persuadé que l'on m'avait déjà parlé pendant la durée de mon internement, c'était la première fois que les sons parvenaient à mon entendement.

— C'est Notre-Dame, Jean.

Il y avait là bien trop d'information dans ces simples mots pour qu'ils accédassent à un degré supérieur de ma conscience : la compréhension. Je rangeai cette phrase, la conservant avec moi comme sauf-conduit vers la raison. On me fit descendre quelques marches vers un carrosse. Je montai. On m'installa confortablement. Jamais jusqu'alors, je n'avais eu le souvenir d'avoir été autant choyé ni qu'on n'ait pris soin de moi avec autant d'application. Après, étonnons-nous que certains choisissent de rester dans cet état... il suffit de se rendre compte de ce confort privilégié pour ne jamais vouloir en sortir. Je penchai encore ma tête par la portière, m'amusant du jet de vapeur qui sortait de ma bouche. La voiture démarra. On me cala au fond de la banquette, une couverture ramenée jusque sous le menton. On n'aurait pas pris davantage de soins pour un nourrisson.

Le cocher fit claquer son fouet, on démarra. Quelques secondes de lucidité me permirent de détailler les deux personnes qui venaient de m'arracher à ma misère. L'homme était plutôt rond, souriant toujours, il me fixait avec une bonhomie naturelle, comme s'il n'y avait rien d'extraordinaire dans l'expérience que nous vivions tous les trois. En tous les cas, il faisait tout son possible pour se montrer rassurant. Pour la jeune femme, c'était autre chose. Elle me regardait de biais avec une grande réserve. Elle dépassait à peine d'une grande pelisse de fourrure, mais tout, dans son attitude et son expression, révélait la froideur, hormis son regard. Il y avait dans ses yeux une lueur toute particulière, une sorte de fièvre, une brûlure terrible à chaque fois qu'ils croisaient les miens. Son sourire était maladroit : un tourment. C'était dommageable, car, sous une autre expression, on aurait pu la trouver charmante si elle n'avait été si troublante. Je ne pus soutenir longtemps un tel regard. Le cahot des pavés me donnait la nausée. Je retournai sans le décider dans l'inconscience.

La route fut brève. Une dernière secousse me sortit de ma torpeur. Ma vie alors n'était qu'une alternance de courtes phases d'éveil, dont je ne me souvenais qu'incomplètement, avec d'autres périodes d'obscurité complète où je finissais par trouver la position confortable, car aucune interrogation n'arrivait plus à percer jusque-là. En sortant, je ne reconnus rien de la rue. Il y avait ce même froid qui me réveilla encore et l'on me fit entrer dans un petit immeuble. Tout de suite à gauche, une porte basse et un appartement sombre que je connaissais peut-être. Et là-dedans, attendant une sorte de miracle, des personnages aux visages inquiets, aux sourires hésitants, avec l'air de se demander si c'était une bonne chose que je me trouvasse là. Il y avait dans le regard tellement d'espoir, sans doute autant que je faisais d'effort, non pas pour les reconnaître, mais pour savoir déjà si je les connaissais ou pas. Une femme aux cheveux noirs tenait un petit garçon sur ses genoux, un deuxième à côté d'elle, plus âgé, lui tenait la main pour se rassurer. Avais-je l'air si effrayant ?

— Jean ! avait dit l'homme.

Je m'appelais Jean? Peut-être. Mais à quoi bon mettre un nom sur cette tombe vide qu'était mon esprit? Une sorte de vieillard à l'air bienveillant, mais fort débile tremblait sur une chaise sur laquelle on avait été obligé de le sangler. Une femme plus âgée s'activait devant une marmite dans la cheminée. Il faisait chaud dans la pièce, cela sentait bon. Mes accompagnateurs et ces gens-là formaient une bien étrange compagnie, mais je n'avais aucune raison de m'inquiéter devant tous ces visages engageants. Après tout, si je ne les connaissais pas, il me suffirait d'apprendre à les connaître et ils seraient mon nouvel univers, une nouvelle famille. Tant pis pour le passé, ma mémoire commencerait ce jour-là.

La vieille femme me donna à manger comme on le fait pour un enfant. La saveur de ce que je trouvai dans ma cuiller éveilla des sensations que je croyais nouvelles, ou simplement oubliées. On me versa du vin, et je m'étonnai de constater que mon palais avait encore des souvenirs. Alors que je terminais mon repas, tous ceux qui m'entouraient parlaient entre eux sans vraiment considérer que j'étais là. On me croyait sans doute suffisamment fou pour agir devant moi comme si je n'entendais rien à ce qui se passait autour. Le petit garçon descendit des genoux de la femme et s'approcha. Il ne devait pas avoir quatre ans, mais était déjà un fier bonhomme. Il me prit la main naturellement et je lui demandai son nom. Il s'appelait Augustin, et je crus reconnaître dans son œil une lueur très particulière qui me renvoya à des souvenirs confus; un bébé que je tenais dans mes bras, l'âtre d'une cheminée...

Ce fut comme une porte qu'on entrouvre que ce regard-là. Comme un supplicié qu'on a trop longtemps privé d'air, quelqu'un venait d'un coup de desserrer l'étreinte. Je revis une rivière qui roulait paresseusement et des feux d'artifice au-dessus. Il y eut cette sensation terrible de froid, celui de mon corps et de mon âme qui ne faisaient qu'un pour me paralyser dans une tristesse infinie. Je pressentis derrière une cause horrible que je n'arrivai pas à élucider. L'enfant me regardait tranquillement et je cherchais dans ses yeux les signes qui auraient pu me remettre sur les traces de mon passé. Je remontai doucement les marches et me souvins d'une sorte de prison où l'on entreposait des morts. Je m'arrêtai à cette évocation, de peur de révéler des choses plus atroces en descendant encore dans le dédale de mes souvenirs. L'éclair lucide n'avait duré qu'un instant. Il avait tout de suite refermé la boite noire des souvenirs pour me protéger. Ce qui me laissait craindre le pire.

L'enfant pleurait.

— Pourquoi tu pleures, papa?

Et, à cet instant, on devait sans doute me croire incapable des plus élémentaires sentiments, puisque les quelques mots de l'enfant surprirent tout le monde. Tous regardaient mon visage. Les larmes qui coulaient auraient pu être de joie, si je n'avais pas saisi d'un coup tout mon malheur sans en connaître la cause. Après mon passage dans la salle des aliénés, je me retrouvais au point très exact où j'avais abandonné ma vie. Mon malheur était intact et l'état de ma tristesse n'avait pas perdu une acre de son étendue. Je n'avais pourtant aucune notion précise du temps ni de mon âge ni de mon état, encore moins de mon nom ou de mes origines. Quelqu'un avait coupé net mes racines et avait déporté le début de mon histoire à l'instant, sans doute, le plus terrible de mon existence. Un nom me vint alors, une évocation cruelle à placer sur un visage aimé.

— Où est Balbine ?

On me regarda avec encore plus de curiosité et d'effroi surtout. La jeune femme en pourpoint pâlit. Le jeune homme un peu gras et bienveillant vint vers moi et mit la main sur mon épaule.

— Tu as été absent plusieurs semaines.

— Mais quoi ? Qu'est-ce qui s'est passé ?

— Quelqu'un t'a trouvé sur une berge de la rivière, dans la nuit du premier janvier. Voilà le peu de choses qu'on a su sur toi. Tu étais comme un glaçon et inanimé, tu ne t'es réveillé que très progressivement. Tu ne semblais plus comprendre le monde qui t'entourait. Tu avais l'innocence du nouveau-né. C'est pour ça que les médecins t'ont placé chez les aliénés dès que tu as été tiré d'affaire.

La jeune femme enchaîna. Et je ne sais pourquoi en entendant sa voix, j'eus comme un nouveau sursaut. L'impression que tout ce qui venait de sa bouche n'apportait que malheur et mauvaises choses :

— On t'a cherché partout, pendant des jours, dans tous les hospices, mais on n'avait pas pensé aux aliénés.

Je la regardais. Elle avait quitté son manteau de fourrure. Elle était habillée comme un homme. C'était extravagant et fortement déplaisant. Elle parut effrayée du regard que je lui lançai. Malgré tous mes efforts, j'étais incapable de comprendre cette défiance. Je voulais savoir.

— Comment t'appelles-tu ?

— Tu ne me reconnais pas ?

— Réponds-moi !

On s'inquiéta autour de moi d'un ton très sec qui apeura l'enfant. Le jeune homme replet et souriant était derrière moi. Il serra sa main sur mon épaule pour me rassurer.

— Calme-toi, Jean, tu es fatigué. Gersende a tout fait pour te retrouver, elle a remué tous les hospices. Crois-moi, si nous avons gardé espoir jusqu'à te retrouver et te ramener ici, c'est bien grâce à elle.

— Gersende ?

Le nom irrita mes oreilles comme le crissement de l'acier sur la pierre : une blessure insupportable. Je ne savais quoi dire ni quoi faire. La jeune femme attendait à distance. Tous se taisaient. Je détaillai les traits de son visage où je retrouvai des angles et des couleurs, que j'avais sans doute autrefois admirés, peut-être désirés. Et cela me dégoûta définitivement. Elle avait perdu toute l'arrogance que je lui imaginais. Et malgré une modestie que je ne pouvais croire que feinte, une envie irrépressible de me jeter sur elle me prit. Sans savoir au fond pourquoi, d'instinct. C'était ma seule certitude du moment. Mais je savais mes forces bien en dessous d'un tel sursaut. Je la regardais avec toute la haine possible et criai presque en lui jetant :

— Sortez !

— Non, Jean, laisse-moi t'expliquer. Je n'y suis pour rien !

— Sortez de ma maison et n'y revenez jamais.

Le jeune homme crut bon d'intervenir.

— C'est elle qui a insisté pour qu'on te cherche. C'est elle qui a voulu que l'on continue plusieurs jours après ta disparition. Sans elle, tu serais peut-être toujours à l'Hôtel-Dieu. Peut-être serais-tu encore dans l'état où on t'a trouvé.

— Justement, qui te dit que ce n'était justement pas dans cet état que je me trouvais le plus à mon aise ? Personne ne peut savoir ! Personne ne peut se mettre à ma place ! Sortez, Gersende, que je n'aie pas à le répéter !

L'enfant, qui était resté près de l'autre femme, se mit à pleurer, cachant son visage dans les plis de la robe de celle que je pensais être sa mère. J'avais compris qu'elle n'était pas ma femme. Les différents personnages se trouvaient devant moi, mais j'étais incapable de retrouver leur place. Si les noms m'échappaient encore, cent lumières se reflétaient sur les visages aussi étrangers que des masques. Ma tête tournait. Tous me regardaient et regardaient Gersende. Je la fixai tout droit, cherchant dans son regard une méchanceté dont j'avais le pressentiment et que j'espérais surprendre. Elle ne parla plus, se leva.

— Au revoir, Jean. On se reparlera.

Je ne répondis rien et attendis qu'elle sorte et que la porte soit refermée sur elle. Jean Grégoire insista.

— Tu as tort, Jean.

C'était peut-être vrai, mais il n'était pas l'heure de se poser cette question. C'était déjà bien trop difficile de maîtriser la douleur qu'elle représentait d'une façon beaucoup trop arrogante. Et je n'étais pas capable de supporter de la voir, et encore moins d'entendre de sa bouche un récit que je redoutais avec certitude. Pas plus que je ne l'aurais supporté de quiconque dans cette maison et à cette heure. Mes idées se brouillaient encore, j'étais épuisé par les efforts et par la tension.

— Je suis fatigué, maintenant, je vais dormir.

Ce que je pouvais dire avait valeur d'affirmation pour tous et on se dépêcha de me laisser aux soins du jeune homme replet qui m'aida à m'allonger dans mon lit, puis on accompagna le vieillard jusqu'à ma couche. Il me regarda avec un air tout paternel, posa une main sur la mienne et me gratifia d'un :

— Courage petit.

Ce dernier témoignage m'aurait tiré des larmes si je n'avais déjà pas épuisé tout ce que j'avais en réserve. Et il sortit en boitant, cet homme qui n'avait pratiquement plus de force, mais qui gardait apparemment cette fois dans la vie que je n'avais plus, une force véritable qui palliait l'autre. Hélas, dans l'autre sens, ce n'était point vrai. Car même si je savais que mon corps allait récupérer la vigueur de sa jeunesse, il en serait tout autrement pour mon esprit, pour cette mémoire bloquée, par un chagrin que je savais insupportable sans en connaître la cause. La femme et les deux garçons étaient sortis, me laissant seul avec le jeune homme qui semblait bien me connaître. Je me souvins d'un long voyage en diligence, l'odeur du fromage et le sourire du garçon.

— Et toi, comment t'appelles-tu ?

— Tu ne me reconnais pas ? Je suis Jean Grégoire.

— Tu t'appelles Jean, toi aussi ? Comme moi ?

Il sourit encore.

— Oui, mais tu m'appelais Grégoire. C'était plus facile entre nous.

— C'est bien. Dis-moi, es-tu de mes amis ? Puis-je compter sur toi ?

Ce fut à son tour de verser une larme par cette question qui semblait le placer dans une tristesse bien grande.

— Bien sûr. Tu ne te souviens pas ? Notre première nuit à Paris. La petite maison de mon oncle derrière la halle aux vins ?

— Peut-être, je ne sais pas. Tu as l'air bien bon. Il y a un fossé dans mes souvenirs. Tant qu'il ne sera pas franchi, je ne suis pas sûr d'être capable d'accepter mon malheur.

Le dénommé Grégoire avait de la peine à cacher son trouble. Je continuai.

— Mon malheur, je le lis dans tes yeux, je le pressens dans mon cœur. Je le lisais aussi tout à l'heure dans les yeux des autres. Je ne veux pas l'entendre, je ne suis pas prêt. J'aurais trop peur de me préférer plus mort que vif quand je l'entendrai. C'est ma mémoire qui décidera.

— Mais, Jean ? Tu ne sais plus qui tu es ?

— Non.

— Et tu ne veux pas savoir ?

— Non, même pas, je te dis. J'ai trop peur, tout de suite.

— Comme tu veux.

— Et cette femme qui est sortie avec les deux enfants ? Qui est-ce ?

— C'est Marie Courval. Elle élève Augustin, un enfant que tu as adopté. Tu ne te souviens pas non plus ?

— Qui sait ? Les noms me résistent encore.

— Ça va aller, me dit-il en m'embrassant sur les deux joues.

Et je sentis encore ses larmes.

— Dis-moi juste combien de temps je suis resté là-bas.

— On est le 28 du mois de janvier. Nous ne t'avons retrouvé que le 13, mais il a fallu ensuite un certain temps avant d'être sûr que tu allais être capable de sortir. Tu es resté là-bas au moins deux semaines, sans doute plus. Tu es chez toi maintenant, tu n'as plus à t'inquiéter de rien.

— Ça m'a paru interminable, et en même temps, je ne me souviens pratiquement de rien. Nous sommes en quelle année ?

— 1741. Pour nous aussi ça a été très long. Et ce n'est que grâce à Gersende que nous avons fini par te retrouver. Ne l'oublie pas.

Je hochai la tête doucement. Avec l'évocation de la jeune femme, le malaise revenait.

— Il vaudrait mieux sans doute. Laisse-moi dormir maintenant.

Je savais pourtant qu'il faudrait bien un jour affronter la vérité. Mais c'était trop tôt. Je sombrai, dans cette même torpeur qu'à l'hospice. Un puits sans fond, sans image, sans nom et sans passé.

À mon réveil, Marie Courval était à mon chevet. Et sur ce nom que m'avait rappelé Grégoire, je pus calquer un sourire bienveillant. Je ne pus pourtant recevoir la chaleur qu'il était censé m'apporter, comme si j'étais insensible. Il faisait bon dans ma chambre, le feu brûlait toujours dans la cheminée. On avait pris soin de me couvrir plus que de raison pendant que je dormais, craignant sans doute pour moi. Alors qu'au fond, la seule chose à craindre était l'installation définitive de ma désolation. Je me sentais imperméable aux autres et à leurs sentiments : la moindre aide qui ne viendrait pas de moi était inutile et vaine. Marie Courval me sourit plus fort encore, comme pour me forcer à accepter son réconfort. Quels sentiments avais-je bien pu avoir pour cette femme avant ce jour ? La bienveillance de son regard me laissait indifférent, comme le masque mort d'une statue. Au bout d'un temps, je reconnus dans son œil la renonciation, une sorte de désespoir : comme celui du médecin au chevet du malade qu'il sait condamné.

Elle tenait dans les mains un bol de soupe. Les garçons ne l'avaient pas accompagnée, mais cela m'était égal. Je ne me sentais plus l'âme à choisir ni à aimer, encore moins à préférer. Toute nuance à mes sentiments me paraissait futile. Je regardai par la fenêtre, il faisait nuit. Était-ce le soir ou le matin ? Un jour avait passé peut-être, ou juste l'après-midi, cela n'avait au fond plus aucune importance. Le temps non plus n'avait pas de prise sur moi.

— Bois.

Je n'étais pas certain de mon appétit, mais ne trouvant pas d'argument suffisant pour contrarier sa volonté, je bus. Cela sembla la rassurer un peu. Le breuvage était chaud, odorant et sans doute bon. Mon palais n'y trouva ni confort ni amertume, simplement il analysa les ingrédients avec distance, pour se donner une contenance. Cela manquait de sel pourtant. Je fis la grimace. J'étais encore capable d'exprimer autre chose que de la tristesse et du désintéressement et cela me surprit.

— Datelin m'a dit de ne pas saler ta soupe. C'est mauvais pour les humeurs.

— Que se mêle-t-il de médecine celui-là ? Et d'abord, qui est ce Datelin pour se soucier ainsi de ma santé ?

J'avais répondu avec sécheresse. Marie sourit, indulgente.

— Tu ne te souviens pas ? C'est le vieil homme qui était sur le fauteuil tout à l'heure, c'est ton ami. Il t'aime comme ton père.

— Mais où est mon père ?

Marie retenait ses larmes. À son chagrin, je compris que le pire était en tous les cas certain. Pour mon père au moins. Je n'en avais plus, et je comprenais en même temps que je n'en aurais jamais, même en souvenir. Le poids de ma mémoire revenait bien trop lourdement pour que je sois capable de tout supporter d'un coup.

— Jean, tu ne te souviens plus de rien ? Vraiment ?

— Je ne sais pas comment c'est possible, mais oui, c'est exactement cela.

Il ne me reste que certaines impressions que je n'arrive pas à superposer à la réalité. Pas de passé. Pour mon père, je viens de comprendre. Mais ne m'en dis pas davantage. Parle-moi plutôt de ce Datelin, il n'a pas l'air bien vaillant. Mais il est bien vivant celui-là.

— Datelin est… Non, après tout, il te le dira lui-même. Il viendra te voir. Il te racontera.

— Et toi, qu'est-ce que tu peux pour mon bien ? Pourquoi es-tu ainsi à mon chevet ? Es-tu ma domestique ? Une amie, peut-être ? Ou davantage encore ?

— Rien de tout cela je le crains. Rien, si tu ne te souviens de rien de moi. Mais tu as été si proche de la mort et de la folie que je ne peux me résoudre à te laisser repartir. Pour la folie, je ne suis pas certaine.

Elle laissa passer un temps et me regarda d'un air étranger. Puis elle essuya vivement une larme dans un coin de son tablier.

— Mais au moins, je ne veux pas que tu te laisses mourir de faim.

J'avalai une nouvelle cuillerée de soupe. Nouvelle grimace. Elle sourit et se retourna. Sur le chevet de mon lit, elle prit un petit pot de porcelaine qu'elle ouvrit. Puis elle saupoudra mon bol de quelques cristaux de sel.

— Ça sera mieux comme ça. Je ne veux pas gâcher sur un caprice tout le bien que je te veux.

Je ne répondis rien afin de ne pas la décevoir en lui annonçant que toute sa meilleure volonté ne permettrait jamais de retrouver ce qui avait été perdu. Je finis mon bol et elle eut la bonne idée de garder le silence. Mais sa présence me troublait, redoublant mon impression d'être un malade fragile dont le docteur ne voudrait jamais relâcher la surveillance.

La chaleur de la soupe avait réveillé la douleur d'une dent. Je passai la langue au fond de ma bouche, elle se frotta contre le pan aigu d'une racine comme une vague sur un récif. Ce geste me sembla familier. Je ne pus réprimer une nouvelle grimace.

— Qu'as-tu ? Ma soupe est-elle si mauvaise ? Même avec le sel ?

— Rien, une dent qui me fait mal.

Marie sourit.

— Ah, ta fameuse dent !

— Ma dent ?

— Oui, tu as souvent raconté cette histoire aux garçons. Une dent que t'a cassée un charlatan autrefois, lorsque tu étais plus jeune. C'était à Saint-Malo.

— Saint-Malo ? Et où suis-je né ?

— À Saint-Pierre, c'est une petite île des Amériques. Très loin. Tu m'avais raconté. Si tu veux, je pourrais te raconter ce que je sais. Peut-être que cela pourrait t'aider.

— Je ne suis pas certain d'être prêt. Qui suis-je ? Quelle est ma vie ? Dis-moi simplement. Ai-je un métier ? Une situation ?

— Tu es un des charlatans les plus en vue de la capitale.

— Nous sommes à Paris ?

— Oui. Tu avais une belle situation, avant…

— Avant quoi ?

Elle hésita avant de répondre.

— Avant ton accident. Tu as une très belle boutique et une riche clientèle.

— Pourquoi vivre alors aussi simplement dans ce petit appartement ?

La jeune femme eut l'air gêné une fois encore.

— C'est toi qui en avais décidé ainsi. Je suis la propriétaire de cet immeuble, tu es mon locataire.

— Suis-je quelqu'un d'aussi simple que cela ?

— Oui. C'est comme cela que l'on te connaît. Tu ne peux pas avoir changé. Il faudra apprendre à te connaître à nouveau.

— Et cet enfant qui m'a appelé papa ? C'est le mien ?

— Oui et non. Tu es son père, car tu l'as adopté. C'est un enfant que nous avons sauvé en pratiquant un accouchement.

— Nous ?

— Oui, tous les deux. Cela aussi, je te le raconterai. Bientôt, s'il le faut.

Je laissai passer un temps avant de continuer. Une seule question m'obsédait depuis plusieurs minutes. Mon cri de tout à l'heure, ce prénom, celui d'une femme. Était-ce là la clé ? La clé de mon histoire, sans doute, mais de mon malheur, très certainement.

— Et Balbine ? Qui est Balbine ?

Marie Courval sembla chercher dans le plafond les mots de sa réponse. Je vis des larmes encore. Puis un temps très long avant qu'elle parle une dernière fois.

— Je ne sais pas… Ce n'est pas à moi de te t'expliquer, pas maintenant.

— C'est si terrible que ça ?

— Je ne peux pas, Jean, ne m'oblige pas.

Elle se leva et recula doucement, le bol et la cuiller à la main.

— Tu dois te reposer, Jean. Ça n'est pas bon toutes ces émotions d'un coup. Nous te dirons, quelqu'un t'expliquera. Tu finiras par guérir.

Elle ne me laissa pas le temps de répondre. Elle pleurait. Elle sortit à reculons et ferma la porte sur elle, me laissant seul avec mes questions et mes inquiétudes. Je me rendis soudain compte à quel point tous ces efforts m'avaient encore éprouvé. Car malgré tous mes questionnements, je ne restai pas éveillé bien longtemps après son départ.

Je dormis d'un vrai sommeil, cette fois, un sommeil terrible. De ces cauchemars pervers où l'on ne sait faire la part entre la réalité et du songe, et où chaque réveil plonge dans la certitude qu'il aurait mieux valu dormir encore plutôt qu'affronter la lumière cruelle du monde des vivants. La douleur de ma dent, sans être lancinante, me tira plusieurs fois de ces rêves pour m'y laisser plonger une fois encore, comme une blanchisseuse imprègne un linge particulièrement souillé pour lui rendre un peu de tenue. J'étais certes revenu d'entre les morts, comme me l'avaient confirmé les visages inquiets de ceux qui m'avaient accueilli, mais je n'étais pas encore certain d'être complètement revenu de mon passage chez les aliénés. Et comme je l'avais dit avec une sincérité innocente, je n'étais pas encore sûr que mon retour chez moi fût réellement préférable. Au moins, là-bas, je n'avais pas la conscience de mon malheur, ce qui était plus facile.

Pendant ces courtes périodes d'éveil, je crus percevoir la présence de Marie qui venait recharger le feu dans la cheminée. Mais cette fois, elle ne s'approcha pas de moi et me regarda craintivement, à distance, comme se défiant d'une bête sauvage ou d'un poison capable d'entraîner le malheur d'une vie et de celle de bien d'autres en même temps. Cette nuit dura bien davantage qu'une nuit normale, et je ne m'éveillai définitivement que lorsque mon cerveau perturbé eût bien brassé sous toutes leurs formes, les aspects les plus terrifiants de mes angoisses. Le vieillard nommé Datelin était à mon chevet. Il souriait toujours avec une chaleur bien particulière, différente des expressions de sympathie des autres personnes. Devrais-je ainsi réapprendre en plus de toute mon histoire toute la gamme des sentiments. Devrais-je faire confiance à ces seules personnes pour me reforger une histoire ? Au fond, je leur en voulais à tous de leur bonne foi. Car eux, au moins, avaient la certitude de ce qu'ils avaient vécu. Leurs sentiments, leurs amours, leurs tristesses leur appartenaient en propre. Et en plus de tout cela, ils possédaient chacun une partie de mon histoire, ce que je trouvai à cet instant particulièrement injuste, malgré leur bonne volonté évidente. Qu'étaient-ils en réalité, et à quel titre devais-je avoir confiance ? Une vague de méchanceté me prenait, d'autant plus rancunière qu'on se montrait bienveillant avec moi.

Ce vieillard qui était assis à côté de moi et attendait patiemment mon réveil, quel livre d'histoire pourrait me donner la certitude que ce qu'il me raconterait était vrai ? Cette femme qui s'était longuement occupée de moi et qui se prétendait ma logeuse, qu'est-ce qui me prouvait qu'elle ne cherchait pas simplement son simple intérêt en me mystifiant ? Supporterais-je ainsi une vie entière de doute ? Ne valait-il pas mieux ma folie à laquelle j'avais fini par m'habituer ? Ou peut-être la mort, car je n'imaginais pas non plus retourner dans cet hospice nauséabond où l'on vous laissait survivre à l'état animal, sans autre souci que la nourriture ; sinistre jardin des plantes où la plupart finiraient leur vie sans s'en rendre compte. J'avais gardé les yeux mi-clos, mais j'avais senti et reconnu la présence du vieillard. Je voyais une de ses mains posée sur un genou très maigre qui tremblait un peu. Je ne voulais pas ouvrir mes yeux avant d'avoir choisi une attitude. Mes pensées alternaient entre la confiance et la rage, sachant qu'une seule de ces deux voies m'autoriserait un avenir. Mais à quel prix ?

Je me souvins de mon arrivée dans la chambre, la veille. Le vieillard était sanglé dans cette même chaise. Et l'on avait pris d'infinies précautions pour l'en extraire lorsqu'il avait quitté mon appartement : une porcelaine rare et chancelante. Je ne pouvais imaginer qu'un tel ancêtre exigeât de tels efforts de son organisme s'il n'était pas animé des meilleures intentions. Tout à mes réflexions, je me surpris moi-même de cette analyse, puisque pour la première fois, je semblais sorti de cette forme de léthargie sentimentale qui m'avait paralysé jusque-là. Peut-être que la vie était définitivement plus forte que tous ces tourments, même les plus imprévisibles et les plus incompréhensibles. L'homme était revenu malgré les efforts de la veille et attendait avec une patience infinie, la même que j'imaginais d'un père pour son enfant. Le bois craquait dans la cheminée. Reposé à défaut de serein, mon esprit était capable de raisonner et cela me procurait un bien que j'avais oublié depuis si longtemps. Et puis, il y avait autre chose. Un détail, qui fixait mon esprit et lui permettait paradoxalement de se concentrer : ma dent, que la chaleur de la soupe avait réveillée, se remettait sournoisement à taper dans ma mâchoire. Cette sensation de palpitation sourde donnait de l'épaisseur au monde et surtout imposait qu'on y apportât un remède avant qu'elle ne prenne une ampleur exagérée. J'ouvris les yeux.

— Te voilà.

Je ne dis rien. La voix du vieillard avait la chaleur d'un timbre connu. Quelques éléments se remettaient en place doucement et je les laissai se placer sans intervenir.

— Comment te sens-tu, Jean ?

J'avais presque oublié mon nom. Celui de l'homme à mon chevet, je m'en souvenais : Datelin. Et tout naturellement un prénom vint le soutenir :

— Louis ? demandai-je. L'autre sourit et se pencha vers moi.

— Louis Jean-François, tu as vu juste. Comment te sens-tu mon petit ?

— Une mauvaise dent me lancine rudement. La chaleur de la soupe l'a réveillée hier soir.

— Ta dent cassée ?

— Oui. Vous aussi, vous êtes au courant ?

Datelin sourit.

— Qui ne connaît pas l'histoire de ta dent dans cette maison ? Tu te souviens peut-être de Mario ?

Le nom ne me disait rien. Je hochai la tête. Le vieil homme parut déçu.

— Je ne connais pas de Mario. Mais peut-être avez-vous quelque remède à me proposer contre cela ?

À cet instant, la porte de mon appartement s'ouvrit. Marie Courval se trouvait à la porte avec une assiette fumante entre les mains. Elle avait abandonné son air de tristesse de la veille et m'offrait un sourire que je trouvai rassurant en le voyant.

— Tu es réveillé, Jean. Comment te sens-tu ? Veux-tu manger un peu ?

Je me sentais très affaibli. Malgré cela, je me redressai un peu sur mon lit tandis que Marie m'apportait l'assiette. Elle sentait bon, une soupe épaisse et pourpre. Datelin lui demanda :

— Tu as fait comme je t'ai dit ?

— Oui, j'ai mis du vin pour le fortifier.

Refusant son geste pour me nourrir, je pris l'assiette et la cuiller des mains de la femme et entrepris de m'alimenter moi-même. Ce que je fis sans difficulté. Et ce qui sembla apporter une vive satisfaction à mes garde-malades. La soupe était très chaude et chaque gorgée réveillait la douleur de la dent. Elle se répandait dans ma mâchoire et persistait de longues minutes après chaque cuillerée, à chaque fois un peu plus longtemps. La soupe terminée, la douleur était installée dans ma bouche au rythme de mon cœur et ne semblait pas vouloir cesser. Je ne pus retenir une grimace. Ils comprirent tout de suite.

— C'est ta dent ? Je suis désolée, je n'aurais pas dû servir la soupe si chaude. Datelin semblait peiné lui aussi.

— C'est bien là grande misère, avec tout le talent que tu as pour soulager les autres.

D'un doigt timide, je palpai l'intérieur, y retrouvant la douleur avec précision à l'endroit que je craignais. Peut-être avais-je trop serré les dents pendant mon absence du monde des sensés et la pression de mes mâchoires avait-elle fini par gâter définitivement ce qui restait de cette dent cassée. L'urgence n'était pas de savoir comment cette molaire s'était trouvée brisée, mais bien comment soulager le mal avant qu'il n'empire. Datelin eut un sursaut et s'adressa à Marie.

— Fais appeler un carrosse ou une chaise.

— Qu'est-ce que vous voulez faire ? Il est trop faible.

— Ce n'est pas la question, j'ai mon idée. Fais-moi confiance, Marie. Allons, c'est peut-être sa chance.

— Il est très tôt, il fait encore nuit.

C'était donc le matin.

— Envoie Nestor pour la voiture. Et prépare Jean.

Marie sortit de la pièce comme furieuse et on l'entendit monter des escaliers en criant :

— Nestor, lève-toi !

Dans la pièce au-dessus, on entendit des bruits de pas sur le parquet. On entendait nettement la voix de Marie qui donnait ses ordres.

— Habille-toi et pars chercher une voiture, ou un carrosse.

L'enfant ne répondit pas. Il y eut encore un remue-ménage quelques minutes. Pendant ce temps, Datelin n'avait pas quitté une sorte de sourire malicieux avec lequel il m'observait calmement.

— Où m'emmenez-vous ?

— Ne t'inquiète pas. On va soigner ta dent… et peut-être ta mémoire.

Il y eut des pas de souris dans l'escalier, puis ceux plus lourds de la mère. Marie réapparut.

— Et qui va l'accompagner là-bas ? Certainement pas vous, dans l'état où vous êtes. Votre femme ne vous le pardonnerait jamais.

— Je suis bien venu jusqu'ici. Une promenade en carrosse n'a jamais fait de mal à personne. Nous irons tous les trois. Prépare-le, maintenant.

Marie s'approcha de moi, l'air furieux. Je ne sus pas si c'était d'avoir à supporter les ordres du vieillard ou de prendre le risque d'accompagner ainsi deux infirmes dans une promenade totalement aventureuse.

Je rejetai la couverture qui me recouvrait pour me lever. J'étais en chemise. La maigreur de mes jambes me surprit. Comme si on n'avait laissé que la peau sur les os. À certains endroits, certaines taches plus sombres m'inquiétèrent. Comme si j'avais été brûlé. Datelin m'expliqua :

— C'est le froid qui t'a brûlé par endroits, d'après ce qu'ont dit les docteurs.

On t'aurait retrouvé sur le bord de l'île aux cygnes. On t'a cru mort. La glace avait gelé ta peau à plusieurs endroits. On ne sait pas qui t'a amené à l'Hôtel-Dieu. Et cette histoire de l'île aux cygnes n'est pas certaine.

Devant Marie Courval, je n'osai pas explorer plus loin mon anatomie même si, comme je le pensais, c'était elle qui m'avait ainsi préparé pour la nuit en me défaisant de l'uniforme rudimentaire des pensionnaires de l'hôpital. Avec son aide, je réussis toutefois à m'asseoir. La douleur de la mâchoire allait grandissant.

Marie avait apporté des habits propres. Elle me présenta un vase de nuit et se retourna. Je fis maladroitement mon affaire. Puis elle m'habilla. La préparation fut laborieuse, et ce fut en particulier un supplice de passer mes chaussures sur mes pieds, dont certains orteils presque noirs semblaient morts. C'était un peu comme si mon corps ne répondait plus aux commandes simples que j'essayais de lui adresser. Ma carcasse semblait presque aussi délabrée que mon humeur. Une vague de faiblesse me prit encore, et je manquai de tomber lorsque je voulus me lever. Marie insista pour empêcher mon projet, mais il n'était pas question de renoncer.

On entendit le pas des chevaux devant la maison. J'étais presque prêt. Marie plaça un manteau de laine sur mes épaules et son poids me parut comme le boulet du bagnard, une entrave terrible qui m'affaiblissait avant de me réchauffer.

— Et moi ?

Datelin faisait mine de vouloir se lever de son fauteuil alors que Nestor entrait dans la pièce. Je sortis.

— J'ai assez d'un infirme à charge ! répondit-elle froidement.

— Et qui saura trouver le remède pour sa rage de dent ? Certainement pas lui, dans son état… Ni vous, je suppose ?

Marie soupira et m'accompagna dehors sans dire un mot. Dehors, le froid était terrible. Il me fallut tout un travail de minutie pour réussir à me hisser dans le carrosse, mais l'effort me sembla moins pénible que la veille en quittant l'Hôtel-Dieu. Marie me cala dans l'habitacle, demanda au cocher de l'attendre et retourna dans l'immeuble. Elle revint avec Datelin, qu'elle soutenait d'un côté, tandis que Nestor s'occupait de l'autre. Elle l'avait emmitouflé dans un épais manteau de laine. Le vieillard grimpa, s'assit en face de moi. Je tremblais. Marie monta à son tour. Elle donna l'ordre au cocher, puis se serra contre moi.

— Collège des Quatre Nations !

Elle posa une couverture sur moi. Le cocher démarra aussitôt. La mauvaise grâce de Marie nous laissa tous silencieux durant le voyage. Elle me tenait chaud du mieux qu'elle pouvait. Datelin me regardait en souriant malicieusement, comme s'il s'apprêtait à quelque tour de magie dont il maîtrisait le succès.

Je regardais les rues froides où s'affairaient de pauvres âmes dont je jugeais la vanité à leur empressement. Pour moi, il n'y avait que la douleur pour me rattacher à une vie dans laquelle je ne mettais plus grand espoir. Le ciel s'épaississait de nuages qui chassaient la lumière à mesure que le soleil s'efforçait de donner au jour ses premières teintes. Tout était gris, comme dans un rêve où l'on aurait oublié la couleur. Les cahots de certaines rues pavées pointaient la douleur dans ma bouche avec autant de précision qu'aurait pu le faire un cautère[1] chauffé à blanc. Aux angles des rues, quelques lampes éclairaient comme des fantômes un Paris que je ne me reconnaissais plus. Nous arrivâmes sur la Seine. La rivière roulait paresseusement et je regardais les flots tumultueux en espérant une réponse à mes interrogations. Puisqu'on m'avait retrouvé presque noyé, il y avait sans doute dans ses eaux sombres des indices contre mon amnésie. La voiture s'arrêta et les chevaux piaffèrent. Marie descendit la première. À cette heure, les boutiques n'étaient pas encore ouvertes, malgré mes voisins industrieux, et je demandai seulement à cet instant quelle heure il pouvait être.

— Il n'est pas cinq heures du matin, me répondit Marie. Puis s'adressant au cocher, elle ajouta.

— Attendez ici !

Elle partit en avant dans le bâtiment. Datelin, qui avait fait mine de somnoler pendant la fin du voyage, sans doute pour éviter les remontrances de Marie, ouvrit un œil et me sourit encore.

— Ouvre bien tes yeux, renifle les parfums. Nous sommes chez toi, dans ta boutique. Laisse-toi guider. Rien n'a été touché depuis ton départ. C'est l'occasion ou jamais.

— L'occasion pour quoi ?

— Ta mémoire semble s'être bloquée à la suite d'un choc. Imaginons un instant qu'un autre choc pourrait te permettre de la retrouver...

— Comme ça, d'un coup ?

— Qui sait, il n'y ait pas de choses ni d'action ici-bas qui soit irréversible. Et puisque tu t'es souvenu de mon prénom tout à l'heure, il doit bien y avoir quelque part dans ton esprit un verrou qui n'attend qu'à être poussé pour que tu nous reviennes.

Marie était de retour. Datelin lui parla tout de suite.

— J'aimerais être là quand il rentrera dans sa boutique.

Marie ne répondit pas, mais sembla consentir à la demande du vieillard. Elle l'aida à descendre et disparut dans le bâtiment pendant quelques minutes encore. Je regardais la façade majestueuse, mais je n'y retrouvai nulle sculpture, nulle forme qui m'évoquât quelque chose. Marie revint et me fit descendre.

— Attendez-nous ! répéta-t-elle au cocher.

Son ton était tel que l'autre répondit docilement :

— Bien, Madame.

Elle ouvrit la porte de la galerie. Dans un couloir, il y avait quelques lampes à brûler. Munie d'un simple bougeoir, elle me guida jusqu'à une large porte qui était ouverte. Il m'avait fallu de longs efforts douloureux pour arriver jusque-là, et malgré ma volonté, je fus obligé de m'asseoir avant d'entrer. Comme à l'orée d'une caverne où le pire était à craindre. Je m'assis sur une simple banquette, à l'endroit même où devaient attendre chaque jour les personnes qui venaient prendre conseil ou spécifiques auprès de moi. Je pris conscience de la douleur

---

1— Instrument médical servant à brûler les tissus.

de l'attente, et de son aggravation sournoise lorsqu'on croit approcher du remède. La douleur de la dent comptait bien peu à cet instant. Je fus pris d'un étourdissement en voulant me relever. Marie me supporta sans rien dire, mais en soufflant de mécontentement. Je dus m'appuyer contre le mur pour ne pas perdre connaissance. Je sentais la sueur couler sur tout mon corps comme si je cuisais.

Marie me soutenait, je m'approchai de la porte ouverte et m'arrêtai un instant sur le seuil. Exactement comme me l'avait conseillé Datelin, je pris le temps de m'imprégner de tous ces indices qui, placés ensemble, pourraient peut-être bouleverser mon esprit et remettre ma mémoire en ordre. La pièce était faiblement éclairée, tout était immobile et silencieux. Je cherchai Datelin des yeux et ne le trouvai d'abord pas. Il y avait ce grand bureau qui ne me disait rien, un paravent baroque et fort prétentieux, surchargé de motifs et d'images édifiantes. Et puis, tout au fond, dans la pénombre, un immense fauteuil me montrait son dos. Il était placé en face de fenêtres où la lumière du jour commençait à gagner. J'exerçai encore mes yeux et finis par apercevoir, sous l'assise, deux pieds croisés. Je reconnus les chaussures de Datelin. Je finis par reconnaître également une de ses mains qui pendait au-dessus d'un accoudoir et qui me faisait signe d'approcher. Cette silhouette, ce silence, cela voulait ressembler à quelque scène que j'aurais déjà vécue, mais malgré tous mes efforts, ma mémoire tournait en rond comme un chien autour d'un terrier. Il y avait une odeur délétère, un parfum de mort, l'idée d'un homme qui me voulait du bien. L'ombre derrière le fauteuil, comme un spectre insaisissable. Mais rien ne sortait. Je n'avais pas bougé. Personne, d'ailleurs.

Il y avait des odeurs, et celles-là me semblèrent d'emblée fort connues : mélange de fumigations et de préparations que j'imaginais derrière. Je fermai les yeux. Il y avait des senteurs d'herbes, et mon esprit y superposant le chant du vent dans les arbres, le bruissement de feuilles sèches qu'un autre vieillard, beaucoup plus vigoureux celui-là, tendait sous mon nez pour me les faire sentir. Il y avait quelque part encore, plus loin et plus profondément l'odeur du sang. C'est cet instant, peut-être pas totalement hasardeux, que ma dent choisit pour revenir sonner le mal dans ma mâchoire. Je l'écartai un peu de mon esprit, sentant, comme l'avait espéré Datelin, que le moment était crucial. J'écoutai patiemment l'écho de mes souvenirs, attendant que les pièces récoltées daignent se positionner. Sans doute était-ce là que tout avait fini de mon ancienne vie, et je devais m'appliquer pour renouer le fil rompu ou retourner à défaut dans les limbes de l'amnésie. Lorsque les quelques souvenirs qui étaient revenus se furent stabilisés, j'ouvris à nouveau les yeux pour détailler une nouvelle fois la pièce. Il y avait des vêtements qu'on avait ramassés et jetés sur un des fauteuils, vraisemblablement destinés à mes clients. La pièce n'était pas vraiment en désordre, mais il semblait que les objets n'étaient pas exactement à l'endroit où ils auraient dû se trouver. Comme si mon esprit, sans savoir pourtant où ils auraient dû se placer, avait reconnu d'emblée ce désordre tout relatif.

Ma douleur revenait davantage. Mes narines cherchaient un autre parfum que je ne retrouvais pas dans l'atmosphère de la pièce. J'avançai d'un pas, puis deux. J'étais entré et j'embrassai d'un regard cette boutique que je connaissais à priori par cœur. Il y faisait grand froid. Sans y réfléchir, je demandai à Marie.

— Donne-moi le petit flacon bleu, sur la deuxième étagère, derrière le paravent.

Marie parut surprise et s'exécuta sans rien manifester. Tandis qu'elle cherchait, je surveillai la main de Datelin qui ne bougea pas. Elle revint en tenant un petit flacon en verre d'un bleu très sombre.

— Celui-ci ?

— Je ne sais pas.

Ce n'est qu'en l'ouvrant que je compris. Il n'y avait pas d'odeur plus caractéristique ni de remède plus efficace que celui de l'eau de girofle. La même que celle que l'homme aux herbes m'avait donnée un soir dans une forêt. Je massais la gencive vigoureusement. Il pleuvait dans la forêt, j'avais le goût du sang dans la bouche. Il y eut la brûlure du produit sur la gencive, et rapidement derrière l'engourdissement, qui précédait l'apaisement de la douleur. Marie me regardait faire en attendant que je termine pour parler. Tandis que je massai, mon esprit s'ouvrait doucement à autant de souvenirs qui remontaient à la surface comme d'évidentes réminiscences. Je rebouchai le flacon. Après un long silence, Marie se décida à parler.

— C'est là qu'on est venu te chercher en premier. C'est Grégoire qui a donné l'alerte, on était sur les midi du premier janvier. Il t'avait déjà cherché dans tous les lieux possibles. Personne ne t'avait vu à ces endroits. Grégoire est venu tout de suite chez moi. Comme je ne t'avais pas vu depuis la veille, il ne restait plus que ton cabinet. Il était peu crédible que tu y aies passé la nuit.

— Pourquoi ?

— C'est extrêmement compliqué de t'expliquer ça ici…

Je sentis qu'il y avait dans ce secret la clé de mon malheur. Le prénom de Balbine revint à cet instant, comme une plaie béante qui s'ouvrait à chaque mouvement, à chaque aspiration. Je n'étais plus du tout certain de vouloir retrouver mes souvenirs, au moment même où je les sentais prêts à resurgir… sans aucun ménagement… il ne fallait pas y compter. Les syllabes du prénom battaient dans ma tête comme le sang dans ma dent. Je n'arrivais plus à contrôler mon esprit qui se prit à tourner sans que je fusse capable de saisir la moindre idée cohérente. Peut-être était-ce la véritable folie qui amorçait son dernier assaut avant de me submerger ? Marie Courval se taisait. Elle restait là, debout, devant moi, n'osant plus bouger.

— Continue, Marie.

C'était Datelin qui avait parlé derrière son fauteuil. Marie continua alors le récit :

— Nous sommes arrivés avec Grégoire, il y avait des vêtements par terre, en désordre, et il a tout de suite remarqué que la trappe du laboratoire secret était ouverte.

Je regardai machinalement le sol, dans une direction, et mes yeux tombèrent directement sur la trappe. Sans que j'aie eu à chercher.

— Puis nous sommes descendus et n'avons rien trouvé en dehors d'un grand désordre. Une bougie éteinte sur un coin du grand bureau. Nous sommes allés dans le passage secret. La herse était levée. Grégoire avait couru jusqu'au quai. Il avait peur. Nous étions certains qu'un grand malheur était arrivé.

J'écoutais à peine les explications de Marie. Mes pensées cherchaient quelque chose, essayaient de guider mon regard, tentant de me montrer l'objet décisif qui me permettrait de recouvrer ma mémoire. Rien sur les murs qui expliquât quoi que ce soit. Le pouvoir évocateur du girofle avait montré ses limites dans les forêts bretonnes. La silhouette de Datelin, que j'observai toujours, n'éveillait plus en moi qu'un malaise incertain. Mes yeux regardaient partout, sur le sol, au plafond. Marie observait ma table de travail. Mon regard se porta dans la même direction, pour découvrir ce qu'elle regardait, mi-craintive mi-patiente. Deux cahiers se trouvaient là où on les avait jetés, sans doute de ma main même.

Je m'approchai. Datelin s'était relevé et me regardait à présent. Marie voulut me soutenir, mais le vieil homme lui fit un signe de la main pour me laisser seul avec mes sensations. Je posai la main sur le cahier qui se trouvait au-dessus. Il était recouvert d'une sorte de peau très étrange, peut-être celle d'un serpent ou d'un autre animal. Pas du cuir en tous les cas. Lorsque ma main le toucha, je ressentis une sorte de secousse qui remonta dans mon bras, quelque chose de fugitif, une piqûre, vive et nette. Et un éclair dans mon crâne, tout de suite. Je saisis le carnet et le feuilletai, j'y lus une écriture régulière que je ne connaissais pas. J'y lus des noms, toute une histoire. Un nom en particulier revenait souvent, je sus que c'était le mien. Passadieu, je m'appelais Jean Passadieu. Comme un barrage au bord de la rupture, les souvenirs me submergeaient à présent.

Mon enfance, les tempêtes, les glaces, Saint-Malo, Pomardini, le château de Combourg… Le contact glacé de cette peau étrange continuait son œuvre, ouvrant tout grand devant mes yeux des abîmes insondables, dont j'étais l'unique et malheureux héros. L'image de Balbine revint d'un coup, le souvenir d'un être cher et à jamais chéri. Ma vision se troubla, je m'assis dans un fauteuil. Marie et Datelin étaient près de moi, ne disaient rien. Mes membres s'étaient mis à trembler et si mes sens semblaient me plonger dans une grande confusion, mon esprit impuissant recevait pêle-mêle les images de mon passé. L'accouchement chez Marie Courval, les singes empaillés dans la chambre de Louis Jean-François, Gersende de Coëtquen, et Balbine, toujours, dont l'image de suppliciée revenait au-dessus des autres. Ma vue se troublait un peu plus profondément et j'avais beaucoup de mal à entrevoir les formes et les objets, à distinguer la réalité présente d'une autre, celle de mon passé. J'étais sur ce pont branlant, à mi-chemin de mon existence, prêt à en assumer complètement le fardeau oublié.

Tout me revint d'un coup, une grande aspiration : je revoyais avec une acuité nouvelle, terrible, toute une vie, ma vie qui se réorganisait comme si ça avait été celle d'un autre. J'eus la sensation, aussi précise qu'une morsure, de renouer avec mon histoire. Mes doigts se croisaient sur le cahier. Je me revis nu dans cette grande pièce, jetant l'objet dans un coin. Il y avait un feu. Je pleurai, car je sentis, comme si c'était la première fois, des gouttes chaudes sur mes joues. Autour de moi, le plus grand silence. On m'observait avec l'attention inquiète qu'on place dans la guérison d'un grand malade.

Je me souvins d'un coup de cette journée d'attente, d'une joie fébrile...

Toute une journée passée dans cette boutique à espérer. D'un espoir tel qu'aucune lecture ni aucun travail de l'esprit ou des mains n'avait pu me distraire de mes attentes. Je me souvenais parfaitement de la disposition exacte des meubles dans la pièce au moment où l'appariteur de l'Hôtel-Dieu était entré. Il était presque sept heures. Il était venu à pied et était essoufflé. Il avait l'air terrifié, ses cheveux étaient poudrés de neige. Un jeune homme habillé d'un grand manteau de laine noire, d'où dépassait une sorte de tablier de toile claire par le bas. Il avait demandé Jean Passadieu. C'était moi. Je n'avais pas imaginé qu'il pouvait s'agir de Balbine. Et puis j'avais compris, je l'avais suivi. Nous étions montés dans la voiture que j'avais réservée pour autre chose. Il y avait eu ce voyage interminable et cette neige qui ne voulait pas s'arrêter.

Le cocher nous avait arrêtés devant la grande entrée. J'avais la nausée en descendant de la voiture. Le cocher était reparti sans vouloir m'attendre, et c'était bien là la marque ultime d'un abandon définitif. Quelques marches menaient au vaste porche. Derrière mon guide, j'étais entré dans l'hospice, comme on pénétrait aux enfers.

Au-dehors, la neige s'était arrêtée, comme le temps ce jour-là...

Jean-Baptiste Seigneuric

II

La salle des morts

Passé le porche, on entrait dans un immense vestibule. Par souci d'économie, on éclairait très peu les longs couloirs du bâtiment. Et on ne les chauffait pas davantage. Des lampes à huile dispensaient une chiche lumière, dégageant une âcre fumée de suif. Je n'étais encore jamais entré là, de peur sans doute d'y croiser quelque fleuron de la médecine auquel mon art et ma réputation avaient dû faire tort plus d'une fois. Et même si c'était malgré moi, je ne pouvais douter que l'un ou l'autre me vouait une rancœur toute particulière. Mais il n'y avait personne dans les premiers couloirs. Il y eut ensuite de grands escaliers de pierre sous des voûtes dont on ne distinguait pas le plafond. Nous montâmes. J'avais pourtant l'impression de m'enfoncer en aveugle dans le ventre d'une bête terrible, dont je commençais à peine à ressentir la chaleur et les odeurs si particulières.

Des parfums tenaces, ceux de la misère, misère du corps qui échappe à sa physiologie et à l'art imparfait de ceux qui la combattaient. Odeurs de sueur, d'excréments, de sécrétions purulentes et de bien d'autres choses encore, dont le corps malade réserve les terribles surprises. C'était l'odeur de la peur, de la mienne, qui me prenait, me collait, un peu plus profondément à chaque inspiration, pour finir par m'absorber avant la fin de ma course. Bien qu'essoufflé, j'étais pourtant obligé d'avaler à chaque inspiration une nouvelle rasade de cette pestilence. Je respirais par la bouche, ce qui rendait la chose moins incommode.

Le garçon avait un peu d'avance sur moi. Nos pas résonnaient sous les voûtes. Soudain ce fut un cri, puis un autre. Ils semblaient venir d'un nouveau degré de profondeur, comme si les cercles de cet enfer ne devaient jamais finir. Aux cris se mêlèrent les gémissements, comme une sourde litanie, un bourdonnement de désespérance. Ce fut la première salle : un long couloir de lits sur quatre rangs, à perte de vue. À mesure que nous avancions, nous croisâmes des religieuses affairées, un docteur en robe qui ne nous prêta aucune attention. Malades, agonisants, convalescents partageaient parfois leur lit, faisant couches communes de leurs miasmes et de leur misère. Nous continuâmes jusqu'au bout de la première salle. La seconde se trouvait sur la droite, à l'angle du bâtiment et je compris que nous nous trouvions au-dessus de la Seine au niveau du pont au double. Nous traversâmes cette nouvelle salle moins longue. L'assistant ralentit,

41

il cherchait quelqu'un, vérifiant l'endroit où il devait me conduire. Au bout, le bâtiment repartait sur la droite sur une autre salle encore plus longue que la première, le long de la rue de la Bûcherie.

Ce n'est qu'après coup que je me pris à analyser la géographie des lieux. Car alors que nous avancions dans ce dédale de souffrances, où l'odeur du sang venait maintenant se mêler aux autres, où des mains suppliantes s'accrochaient au bas de nos manteaux, j'étais noyé dans un frisson d'horreur. Je ne gardais mon calme que dans l'attente de ce qui se trouvait au bout. Je regardais partout, espérant y reconnaître la robe brune de Balbine, ou Gersende elle-même. Mais aucun visage connu, aucun signe à reconnaître. Mon guide trouva la personne qu'il cherchait.

— Attendez-moi là, me dit-il avec un signe impérieux de la main.

Puis il se dirigea vers une grande religieuse toute maigre à l'habit gris, assise au bord d'un lit. Elle faisait boire un bouillon à un homme sans âge. Le garçon l'aborda, parlementa avec elle. Et je vis à leur air que quelque chose n'allait pas. Il discuta encore, la religieuse lui répondit avant de reprendre son ouvrage. Le garçon de salle revint vers moi lentement, ses yeux évitaient les miens.

— Que se passe-t-il ?

— Suivez-moi.

Et sans un mot ni un regard, il repartit, courant presque devant moi, pour m'empêcher de le rattraper et le questionner davantage, comme s'il avait été incapable de m'infliger lui-même la vérité qu'il détenait. Je frissonnai derrière lui, avec alors l'espoir ultime d'un mauvais rêve dont j'allais bientôt sortir. Au bout de cette salle interminable se trouvait un nouvel escalier. Il descendait cette fois. Au niveau inférieur, un autre plus petit nous amena dans un couloir très sombre. Là se trouvait une porte lourdement ferrée. Le garçon frappa deux coups secs contre le battant. Le bruit résonna longuement dans la pierre. Au bout de quelques instants qui me parurent sans fin, une serrure joua.

Un homme entrebâilla la porte pour nous dévisager. Il plaça une petite lanterne devant son visage et je pus distinguer ses traits. Il portait une barbe où le gris vénérable se disputait avec quelques rares poils qui avaient gardé leur couleur d'origine, mais indéfinissable. Il en était de même pour ses cheveux, longs, plutôt gris que bruns, ramenés en arrière. Il portait un vêtement de toile grossière et était chaussé de sabots de bois. Un visage massif et las, mais non empreint d'une certaine empathie. Il reconnut tout de suite le garçon.

— Ah ! C'est toi. Qu'est-ce tu viens faire à c't'heure ?

— C'est pour la religieuse.

— Elle vient juste d'arriver. J'ai pas eu le temps de la préparer.

Je me demandai quel genre de soins on pouvait dispenser dans un endroit aussi lugubre. Et pourtant, je le savais déjà. Le barbu ouvrit plus largement la porte.

— Entrez !

Derrière lui, aucune lumière, juste sa lanterne qui n'offrait pas grand-chose à reconnaître au-delà de la porte. J'entrai tout de même. Il repoussa la porte qui claqua derrière moi. Le son étouffé m'indiqua que la pièce était sans doute très basse. Le garçon qui m'avait accompagné était resté dehors, me laissant seul avec l'inconnu. Le barbu verrouilla la porte. L'atmosphère était atroce, il n'y avait plus aucun doute. Je me raidis encore, tentant de maîtriser des tremblements insouciants du froid.

Mes yeux s'accoutumaient et je pus bientôt distinguer l'encadrement de fenêtres le long d'un mur. Les lumières de la ville y reflétaient encore un semblant de vie. Mon guide parla.

— Vous allez vous habituer à la pénombre, vous verrez. Ça va bientôt aller mieux.

Il respirait doucement, et malgré son air rustre et son silence, il rassurait. Car évidemment, lorsque l'on comprenait où l'on se trouvait, il y avait à espérer qu'on n'y restât pas seul ! Je pus bientôt détailler les fenêtres : en réalité de petits soupiraux croisés de barreaux étroits, presque à hauteur de plafond. Quelques reflets signifiaient qu'ils se trouvaient au niveau de la rivière. Il n'y avait pas de vitrage, car on sentait la morsure du froid presque aussi nettement que dehors. J'exerçai mes yeux pour détailler l'endroit. À ma droite, ce devait être une chapelle, car une bougie lointaine et insuffisante jetait contre la voûte l'ombre gigantesque d'un christ de bois noir, simplement posé sur le sol. Quelques moirures trahissaient l'humidité. Je commençai à distinguer le petit nuage de vapeur qui se formait devant ma bouche à chaque expiration. Puis je repérai une sorte d'alignement sur deux rangées. Des formes allongées et droites, comme des lits. Rien ne bougeait. Je pris le temps de les compter. Vingt de chaque côté. Certaines recouvertes simplement d'un drap, d'autres de couvercles, comme des cercueils. L'homme parla. Sa voix était basse, comme s'il avait peur de réveiller quelqu'un.

— Méfiez-vous, il y a cinq marches avant d'arriver.

Il me prit le bras comme on le fait pour un aveugle ou plutôt pour quelqu'un qu'on imagine si faible qu'on lui offre d'emblée un soutien. Il m'aida donc à descendre. Je comptai les marches, la seule chose tangible à laquelle je pus me raccrocher. Je sentis une plaque de glace craquer sous mon pied.

— Fait pas chaud là d'dans. Mais l'été, j'peux vous dire, c'est l'enfer pour sûr.

Je ne répondis pas. Il avait toujours sa main sur mon bras, et ce dernier lien d'humanité m'apparut indispensable. Sans lui, j'aurais pu m'écrouler. Il reprit.

— Les hommes à droite, les femmes à gauche. Du côté de la rivière, les rats me les mangent ! On n'a pas assez de couvercles pour tout le monde.

Et il cogna du poing contre un des cercueils de métal qui rendit un son odieux. Nous avançâmes jusqu'à la troisième table. Il me soutenait toujours.

— Vous la connaissiez bien. Une parente, une sœur pt'être bien ?

Au fond, je n'en savais rien. Mais mon cœur savait, à la façon qu'il avait de se dessécher lentement. Comme je ne répondais pas, l'autre respecta mon silence.

— C'est là.

Il n'avait pas dit : *c'est elle*. Pour lui, point de sentiments après la mort. Mais cette philosophie des simples était bien insuffisante alors pour me secourir.

Arrivé devant la table, je distinguai sous le drap une fine silhouette et j'eus un instant l'espoir fou que l'on m'avait trompé. Reconnaîtrais-je celle que je n'avais fréquentée que quelques mois et dont j'avais gardé le souvenir tout au long de ces années d'éloignement ? L'homme tira de sous la table un petit tabouret placé là à dessein.

— Normalement, y a pas de visites ici.

Il attendait derrière moi, espérant sans doute une gratification pour sa compassion envers moi. Dans mon empressement, je ne m'étais pas prémuni d'argent. J'essayai de lui parler, mais ma voix se noua dans ma gorge, d'autant troublée par la trivialité de sa demande.

— Je n'ai pas d'argent. Je vous ferai porter ce qu'il faut dès demain.

C'était un effort terrible et une impatience insupportable. Il passa devant moi et tira le drap. Je fermai les yeux. Puis j'entendis un petit bruit, celui du métal contre la pierre, puis ses pas alors qu'il s'éloignait.

— Restez pas trop longtemps.

Cette rencontre que je n'espérais plus il y avait quelques mois à peine, dont j'avais tant attendu depuis, prenait une tournure jamais envisagée. J'ouvris les yeux lentement. Le gardien des morts avait posé sa lanterne à un angle de la table. Elle donnait une faible lueur sur le visage de Balbine.

On lui avait laissé sa coiffe qui encadrait de noir un visage qui avait perdu toute couleur. Ce fut une épreuve de la reconnaître, alors que la certitude venait étrangler les derniers doutes. Balbine était devant moi, pour la dernière fois, une dernière fois inaccessible. Le plus terrible était de voir ce visage creusé, marqué encore par les souffrances d'une agonie que je ne pouvais imaginer sans réprimer de longs spasmes. Mon corps refusait la réalité. Ses yeux étaient fermés, je ne pourrais contempler une dernière fois leur lumière. Pour moi, les ténèbres, en espérant pour elle la rédemption.

Je m'assis sur le tabouret. Mon visage se trouva juste en face du sien. C'était fini. Tout s'arrêtait là. La dernière certitude qui me rattachait à mon humanité avait fondu comme cire, ne laissant qu'une brûlure incurable. Je voulais partir… rester. Je voulais être mort, pour ne pas avoir à vivre cela, ne pas avoir envoyé la première lettre qui avait tout précipité. Mes yeux restaient secs et me privaient d'un chagrin qui, en pouvant s'exprimer, aurait pu diluer ma douleur. Incapable de penser, je cherchais le moindre argument qui m'aurait permis de croire que ce qui arrivait n'était pas réel. Juste un instant !

Ce furent de longues minutes, où j'espérais que mon esprit allait parler au sien, que quelque chose allait se passer. Ce long silence révéla doucement tous les bruits de cette prison : l'égouttement de l'eau des voûtes, le murmure de la rivière le long des murailles, et plus loin encore, la respiration sourde du gardien immobile qui attendait la fin de mes adieux. Mais je n'avais rien à dire. Aucun sentiment n'émergeait du désespoir. C'était comme un fil qui refusait de rompre, car c'était peut-être le dernier lien qui empêchait la folie définitive.

Elle ne devait pas être morte depuis très longtemps, puisque son visage portait encore une certaine souplesse. Personne pour m'expliquer ce qui avait pu provoquer la mort aussi soudainement. C'était absurde de se trouver là et de n'avoir rien à penser, rien à se dire pour se consoler, rien à ressentir d'autre qu'un vide immense. Après, il serait trop tard.

Je fermai les yeux encore. Derrière moi, on s'impatientait. J'aurais pu rester des heures durant, jusqu'à trouver le chemin de mon chagrin. Mais tout de suite, c'était impossible. Je me relevai alors et avec le recul, j'embrassai d'un coup d'œil la silhouette misérable dont on n'avait pas pris le soin de joindre les mains. Ses doigts étaient crispés et raides le long de son corps. C'était peut-être tout ce qu'il me restait à faire. J'approchai mes mains pour prendre les siennes. Même tièdes à peine, je les trouvai chaudes et j'aurais pu croire qu'elles témoignaient encore de la vie. Mais il y avait ce visage sans expression et ce buste immobile, vide de toute respiration. Nous n'aurions plus d'autre contact que celui-là, le reste demeurerait un secret impossible.

J'eus beaucoup de mal à détendre les articulations de ses doigts déjà raidis. J'arrivai enfin à ramener ses mains sur son abdomen et m'apprêtai à les croiser dans une position propice à accueillir Dieu. C'est à ce moment que je sentis quelque chose de dur sous le tissu rêche de la robe. Plus dur que ne le serait jamais le corps d'une morte, même rigide et froid. Sans réfléchir, je fouillai, plus par distraction que dans un élan de curiosité inappropriée. Une sorte d'instinct.

— Qu'est-ce que vous faites ?

Le gardien revenait vers moi. Mes mains palpaient l'étoffe, y reconnurent les contours probables d'un livre ou d'un cahier. L'obscurité complice m'offrit encore quelques secondes. L'homme était derrière moi.

— Il va falloir y aller, monseigneur. J'peux pas vous laisser là plus longtemps.

Je tenais un des bords de l'étrange paquet, je tirai.

— Je remets ses mains en place. Une religieuse, elle ne peut pas partir comme ça.

— Dépêchez-vous, alors.

Il reprit sa lanterne et tenta de m'éclairer, moins pour m'aider que pour contrôler ce que j'étais en train de faire. Il avait dû assister à bien des choses étranges dans cet endroit. Je finis de tirer le paquet avant qu'il se soit rendu compte de l'endroit où se trouvaient mes mains, ce qu'il n'aurait pas manqué de trouver étrange au moins, et indécent certainement.

— Faut partir, maintenant.

Le cahier était à l'abri sous mon bras, mais je n'avais pu joindre les mains qu'incomplètement. L'autre posa sa lanterne.

— J'vois ça. Laissez-moi faire.

Avec une poigne ferme, mais sans brusquerie, il tira sur les articulations et joignit les deux mains qu'il lia avec un petit lien de chanvre qu'il tira de sa poche tout exprès.

— J'enlèverai le nœud dans deux heures, vous inquiétez pas. Ses mains ne bougeront plus. Elle sera prête lundi. Vous donnerez vos dispositions.

J'avais reculé d'un pas pour le laisser faire et regardai le corps de Balbine sans savoir si je la reverrais jamais. Je sentais contre moi le petit paquet subtilisé à la dépouille, sans douter un seul instant qu'il m'appartenait. Avec le recul, on aurait pu trouver cela odieux, mais ce fut cette distraction qui me permit de ne pas m'effondrer complètement. L'homme posa une poigne implacable sur mon épaule :

— Faut y aller, maintenant.

Et je quittai la chambre des morts de l'Hôtel-Dieu.

Je rentrai à pied quai de Conti. La nuit était dense et je ne voyais les flocons qu'au dernier moment, lorsqu'ils passaient devant mes yeux. C'était la première fois depuis mon départ de Saint-Pierre que j'en observais de si larges, presque aussi larges que là-bas. Le sol commençait à s'épaissir d'une couche moelleuse qui avait investi mes chaussures, mouillant et glaçant mes pieds. Une telle tempête n'était pas sans me rappeler mon île, une telle détresse non plus. J'errai longtemps avant de me décider à rentrer, empruntant les ruelles les plus obscures, et les chemins les moins bien fréquentés, cherchant délibérément une fin pour compléter la journée et terminer cette année. Mais ni le gel, ni les coupe-jarrets, sans doute affairés à d'autres besognes, ne daignèrent me porter ce coup. Le froid mordait, et c'était comme autant de poids sur le châtiment que j'endurais. Les rues étaient désertes. Le Pont-neuf était vide, hormis quelques mendiants, massés au pied du cheval de bronze, prêts à braver cette nuit qui s'annonçait terrible. Ils se tenaient debout, autour d'un brasero qui jetait sur les visages l'éclat de la misère. Ils ne me portèrent aucune attention lorsque je passai à côté d'eux, sombre et lugubre, les impressionnant davantage qu'ils auraient pu le faire tous ensemble.

Lorsque j'arrivai à la boutique, onze heures étaient passées. Le Collège était vide, aucune lumière, même pas dans la loge du gardien pour cette nuit exceptionnelle. Je grelottais. Je me dévêtis complètement après avoir jeté sur le sol le paquet que j'avais gardé contre moi comme un trésor. Le chagrin dépassait ma curiosité. Et le froid qui m'avait saisi était plus fort que tout. Je n'arrivais pas à calmer mes tremblements. Je ravivai le feu du fourneau où quelques braises veillaient encore. Je me couvris d'une grande tunique épaisse après m'être séché tant bien que mal. Je n'allumai aucun chandelier. On ne m'attendait nulle part. Grégoire avait imaginé en souriant que Balbine ne finirait peut-être pas cette nuit aux Ursulines comme prévu. Datelin m'attendrait si je voulais les rejoindre, même tard. Augustin était chez Marie Courval et devait y rester le lendemain. Ainsi, je pouvais rester seul toute la nuit, sans que personne s'inquiétât de moi.

Je gardais tout de même la crainte de voir Gersende. Puisque sa mission avait failli, il n'y avait pas à douter qu'elle viendrait me trouver pour me raconter ce qui s'était passé. Et je n'étais certainement pas prêt à écouter la moindre des explications. Qu'elle en portât une part de responsabilité ne m'intéressait pas. Car à cet instant, je n'aurais pu que souffrir de la voir vivante en sachant Balbine morte. J'avais même craint de la trouver devant ma porte en arrivant ou découvrir un billet laissé à mon intention.

Le feu avait fini par prendre et j'arrêtai enfin de trembler. Le paquet arraché à Balbine était déjà oublié. Lorsque je fus complètement réchauffé, je cherchai au milieu de mes flacons un petit que je connaissais bien : une de mes infaillibles préparations pour venir à bout des rats. Ils venaient trop souvent par la rivière ravager mes réserves de pommes et de plantes. Il ne m'avait pas fallu de longues recherches pour fabriquer le poison parfait. J'avais dessiné sur l'étiquette un crâne humain pour signifier aux esprits faibles le danger d'une telle préparation. Je ne le trouvai pas, n'y vis aucun signe du destin et me décidai à descendre dans mon laboratoire secret pour y chercher une autre fiole de cette même préparation... j'en gardais toujours en réserve. Si c'était aussi fulgurant pour les rats, il n'y avait pas à douter que ce serait d'une action aussi radicale sur mon organisme. Muni d'une simple bougie, je soulevai la trappe et descendis l'escalier.

En bas, j'allumai un chandelier. Ayant rapidement, trouvé ce que je cherchais, je poursuivis jusqu'au fond du laboratoire, levai la herse rouillée pour me trouver au bord de la rivière sur un quai très étroit où un seul homme pouvait tenir de front : pour moi seul, à cheval sur deux années, au bord de la vie, prêt à basculer. La Seine était déserte, ce qui était rare, même à cette heure tardive, car à la nuit, les contrebandiers prenaient habituellement la relève des mariniers officiels pour vaquer en paix à leurs sombres affaires.

Quelques lueurs se battaient pour éclairer le ciel et je distinguai nettement son contour en ombres au-dessus des maisons. La rivière bouillonnait à mes pieds et je pouvais voir les éclats de blocs de glace qui se bousculaient mollement à sa surface. Quelques reflets d'écume peinaient à donner un relief à la masse grise et menaçante. Elle aurait pu m'absorber en quelques instants, m'évitant les souffrances probables du poison que je gardais dans ma main. Le ciel me laissait même le choix de ma fuite. Le vertige et la nausée étaient les derniers liens qui me prouvaient en vie, et la peur me tournait dans sa griffe devant les deux destins qui me restaient encore. Je ne savais plus l'heure, car plus aucune ne compterait jamais pour moi. J'oubliais ceux pour qui peut-être j'existais, m'oubliant moi-même pour avoir trop souffert. En vain.

Je m'appuyai contre le mur derrière moi, ne trouvant même plus la force essentielle. Tout me faisait défaut. Le froid gelait mes larmes, incapables de sortir. Les tremblements revenaient, pressant ma décision : inutile d'endurer davantage.

Quelques fusées tirées du côté du Louvre. Un grésillement d'escarbilles rouges au-dessus de la rivière opaque. Les cloches qui sonnent.

Minuit... L'an mourrait....Comme une invitation.

…

Lorsque je revins à la conscience, j'étais comme un noyé. Je poussai une sorte de cri en aspirant une interminable gorgée d'air, comme si ce devait être la dernière ou qu'on m'en avait privé pendant trop longtemps. Je me souvenais de tout. Toute l'histoire de ma vie. Un grand livre que je n'avais eu aucun mal à retenir par cœur, car j'en avais déjà éprouvé toutes les leçons, cruelles ou heureuses, passées ou plus récentes.

Je me souvenais du regard de Gersende un soir d'été où elle chevauchait après moi sur une route sous les remparts de Saint-Malo. Je revoyais son père que nous avions opéré. Mon maître, Pomardini, était revenu comme au théâtre sur le devant de la scène de ma vie. Je revis les tréteaux et je sentis réellement une douleur à cet instant au niveau de la dent qu'il m'avait cassée. Je ressentis cruellement le goût du pain offert par la jeune novice le jour de mon départ de *la maison de la Providence*. C'était comme une vague terrible qui balayait dans mon crâne des heures entières d'hébétude où j'étais resté. Une lumière qu'on jetait sur le prisonnier au fond de sa geôle après des années d'obscurité.

Les souvenirs se combinaient comme les couleurs du peintre pour redonner de la vie à mon passé, et pourtant, rien ne pouvait me montrer ce qu'il y avait avant mon départ de l'hospice de Saint-Malo. Comme si, avant l'apparition de Balbine, il n'y avait plus rien dans ma vie. Une sorte de barrage m'empêchait de voir au-delà. Mais l'effort de concentration que je devais fournir pour assembler tous ces souvenirs était déjà si imposant que je ne pouvais trouver d'autres ressources pour les forcer davantage. Mon passé était un grand vertige, une sorte de tempête qui replaçait les choses dans un ordre précis, mais qui exigeait de moi une attention douloureuse. Et malgré toutes les touches successives que rendait le pinceau du souvenir, je ne pouvais retrouver aussi loin que je cherchais l'image d'une mère, d'un père ou d'une enfance quelconque. J'étais comme un adolescent qu'on avait placé à la porte de *la maison de la Providence*, un matin de grande tristesse et d'émerveillement aussi. Une sensation de chaleur luttait comme un sourire contre le froid de ma solitude.

Malgré les images de mon existence, je savais que l'obscurité et le froid avaient vaincu, donnant au tableau final une teinte lugubre. Il n'y avait plus de larmes à verser, seulement un long frisson qui me fit trembler complètement, me rappelant la dernière, sur les berges de la rivière et le poison dans la main. La tentation définitive, puis la chute dans l'eau glacée... Je continuais de trembler, m'y croyant encore, bien certain que ma vie ne se relèverait jamais de cette tristesse-là. Qu'importait alors mon passé, qu'il fût joyeux ou triste, qu'importaient mes origines et mon rang, mes talents, mes faiblesses, car je n'avais personne avec qui les partager. Un simple petit cahier, une atmosphère, un lieu avaient finalement permis de me remettre à ma place. Mais en équilibre entre le précipice de l'avenir et le mur infranchissable du passé, au risque encore de perdre ma raison.

Mais il y avait dans tout cela, au-delà de l'image de Balbine, celle de cette autre femme. Car j'eus à cet instant l'impression qu'elle était la seule cause de mon malheur. Elle était l'esprit qui avait dicté la lettre maudite, elle était celle qui m'avait poussé à fuir Saint-Malo, celle encore à qui j'avais accordé une nouvelle fois ma confiance et qui avait failli pour mon malheur.

Je venais d'ouvrir les yeux. On m'avait installé derrière le paravent, sur la chaise d'opération. Celle-ci permettant une position légèrement allongée, Marie avait dû m'installer là avec Datelin lorsque j'avais perdu conscience, mais je n'arrivais pas à m'imaginer comment. Un feu brûlait dans le foyer, il faisait chaud. Je ne tremblais plus, mais ma tristesse me gardait toujours immobile.

Mes deux amis étaient penchés sur moi, et je reconnus dans leur sourire l'amitié du vieil homme et une grande tendresse de la femme.

— Comment te sens-tu ? demanda-t-elle.

— Je me souviens...

— De tout ?

— De tout. Pour ce que vous ne savez pas, je vous raconterai plus tard. Pour le reste… il faudra du temps.

Je laissai passer un temps.

— Je suis resté évanoui un long moment ?

— Non, à peine quelques minutes.

Le jour finissait en effet à peine d'éclairer la boutique. Je reconnaissais aux ombres l'heure approximative de la journée. Tout cela m'avait paru un siècle. J'avais mille questions encore et la première me surprit.

— Et Gersende ?

— Gersende ? On ne l'a pas revue tout de suite.

— Pourquoi ?

— Je ne sais pas, on ne l'a jamais su. Ce qu'elle nous a dit d'abord, c'est que Balbine n'avait pas supporté le voyage. Qu'elle était souffrante lorsqu'elles sont arrivées à Paris et qu'elle a décidé d'aller tout de suite à l'Hôtel-Dieu, tellement la pauvre jeune fille était à l'agonie. Ensuite, elle t'a envoyé chercher depuis l'hôpital où elle est restée, tandis qu'on donnait les premiers soins à la novice.

— Pourquoi n'était-elle pas là-bas ?

— Quand Balbine est morte, Gersende savait que tu ne supporterais pas la douleur et que sans doute, tu lui ferais porter la responsabilité de sa mort. Elle est partie juste après. Elle n'aurait pas osé t'affronter.

— Me laisser seul affronter le pire était en effet un acte de grand courage... Cela me surprend d'elle ! Et ensuite ?

— Elle est réapparue le soir du premier janvier. Elle s'est présentée rue du four. Elle a demandé à me voir pour connaître les dispositions dans lesquelles tu te trouvais par rapport à elle. C'était une femme diminuée et faible, craintive, apeurée, comme si elle avait croisé le diable lui-même. Quand je lui ai dit que tu avais disparu, elle est retournée aussitôt à l'Hôtel-Dieu pour savoir si tu étais venu. Elle a parlé au gardien de la salle des morts. Elle a tout de suite craint le pire et s'en est ouverte à nous, ne voulant se résoudre à l'idée que tu avais disparu. Et il y avait ton laboratoire secret abandonné, la herse sur la rivière laissée ouverte.

— Et Balbine ?

— C'est Gersende qui s'est occupée de tout. Elle a retrouvé sa famille et s'est occupée des funérailles. Il ne lui restait que sa mère qui, fait du hasard sans doute, se trouvait à la Cour. On n'en a pas su davantage.

— Où a-t-elle été inhumée ?

— On ne l'a pas su. Nous étions tellement préoccupés à te chercher tous. Je dois dire que je n'y croyais plus. Gersende et Grégoire ont exploré les rives de la rivière depuis le quai de Conti jusqu'au Gros Caillou[2] et au-delà. Ils ont interrogé les mariniers, les pêcheurs, les contrebandiers. Ils ont fini par retrouver ta trace sur l'île aux cygnes. On avait retrouvé le matin du premier janvier un homme jeune à moitié noyé et à moitié mort de froid. Il a fallu encore plusieurs jours de recherches pour finalement te retrouver à l'Hôtel-Dieu dans la salle des aliénés.

— Comment suis-je arrivé là ?

— On n'en sait rien. D'après les gens qui s'occupaient de toi, tu délirais lorsque tu as repris connaissance. Tu hurlais, tu as essayé plusieurs fois de te faire du mal, malgré toi. Ils ont dû t'attacher les premiers jours. Tu ne te nourrissais plus. Lorsqu'on a retrouvé ta trace, on était déjà à la moitié de janvier. On a décidé que c'est moi qui viendrais la première pour te reconnaître. Au fond, on nous avait parlé d'un homme jeune et grand, mais nous n'avions aucune certitude qu'il s'agissait bien de toi. Gersende n'avait pas voulu t'imposer sa présence.

— Et comme elle a bien fait.

— Grégoire avait l'air terrifié à l'idée même d'entrer dans l'hospice, jurant que ça portait malheur, puisque toi-même tu en étais sorti par la morgue et revenu par les aliénés.

— Et ?

— Tu étais maigre, pâle, bien plus encore qu'aujourd'hui. J'ai su que c'était toi, mais tu n'avais rien de reconnaissable. La première fois, tu étais sanglé dans un lit à côté d'autres hommes. Tu regardais le plafond fixement, comme si tu y cherchais une vérité qui ne voulait pas apparaître. Tu n'écoutais pas le son de ma voix. Je t'ai parlé doucement, tes yeux ne bougeaient pas.

Marie Courval me faisait face et me regardait sans doute avec la même intensité que ce jour-là. Avec l'espoir et la volonté de me transmettre ses forces pour me tirer de l'enfer dans lequel je m'étais laissé descendre. Une larme coulait sur sa joue.

— Tu as lentement tourné la tête vers moi. Tu ne me reconnaissais pas, tu regardais ailleurs, cherchant à travers moi des souvenirs où raccrocher ta raison. Puis tu as pleuré. Tu as juste prononcé un mot que je n'ai pas compris.

— Pardon.

À cet instant, je me souvins de ce mot obsédant, qui revenait sans cesse dans les rares moments de lucidité gardés durant mon triste séjour à l'Hôtel-Dieu. *Pardon*. Et ce mot pesait de toute la cruauté d'une rédemption que je savais inaccessible par le poids de la faute qu'il aurait fallu gommer. *Pardon*. Il n'y avait pas de contrition assez forte pour une rémission définitive. Pardon pour Balbine, cette âme pure et jeune que j'avais entraînée par ma vanité dans une mort injuste. Car je ne pouvais m'empêcher de croire que sans mon intervention, elle serait encore dans son couvent de Ploërmel, tout aussi proche de Dieu qu'elle l'était sans doute à l'heure où je la pleurais. Mais sans moi, elle serait encore vivante. Pardon pour Gersende. Car si elle ne m'avait appris que la jeune novice se trouvait encore sur le sol français, je n'aurais sans doute pas eu l'audace de

---

2 — Quartier de la rive gauche, correspondant à la rue de Grenelle

bouleverser son destin pour des sentiments qui semblaient alors impérieux. Ils devenaient bien dérisoires à l'heure où leurs retombées avaient souligné à l'encre noire les traits ultimes de mon inconséquence. Pardon pour Augustin, que j'avais décidé d'abandonner par un geste égoïste et solitaire. Pardon à Marie pour tant de choses. Pardon à mes parents, pour tous les sacrifices faits pour moi que j'aurais rendus inutiles en me tuant.

Marie pleurait en face de moi et ne disait rien, me regardant simplement avec la bienveillance maternelle qu'elle me dispensait avec autant de naturel qu'à Nestor ou à Augustin.

— Je t'ai cru mort, Jean.

— Pardon.

— Il faudra beaucoup plus qu'un simple mot pour nous faire oublier, à tous, les nuits de cauchemar et de tristesse que nous avons vécues à cause de toi.

— Ce n'était pas vraiment moi.

Datelin s'était rapproché.

— Ne t'inquiète pas de ça, mon garçon. Mieux vaut la douleur que la folie. L'homme n'est rien s'il perd la conscience de sa fragilité. Tu espéreras de nouveau.

Sa main décharnée sur mon bras avait la force de sa conviction. Mais j'étais plus seul que jamais et mon désespoir m'empêchait de tendre les bras vers la dernière femme peut-être capable de me rendre une chaleur perdue à tout jamais. Je ne savais que répéter comme dans mes moments de délire, avec l'espoir de faire entrer ce mot dans mon cœur, comme un clou qu'on martèle dans le nœud du bois.

— Pardon...

Jean-Baptiste Seigneuric

III

Confessions

— Bénissez-moi mon père, car j'ai péché.

Il faisait sombre, le confessionnal sentait la cire et la vieille poussière. Par-dessus surnageait une odeur sournoise qu'on ne reconnaissait pas tout de suite : la transpiration du prêtre qui depuis quelques minutes avait réussi à traverser les épaisseurs des vêtements de sa charge et de son office. À travers le claustra de bois, son souffle hésitant résonnait comme celui d'une bête qu'on aurait forcée dans ce recoin obscur. Il n'y avait pas besoin d'imaginer plus, mais il était bien difficile dans ces conditions de s'élever au-dessus de ces considérations matérielles. Le confesseur dilapidait les signes de son humanité, faisant oublier Dieu et sa clémence impartiale. Le ministère disparaissait derrière la trivialité des sens, empêchant l'élévation et gênant l'examen de conscience.

Il y eut de longues secondes de silence qui laissèrent à Gersende le temps de l'analyse. Le temps de douter aussi de l'opportunité de sa présence dans le confessionnal et de sa capacité à se libérer des fautes dont elle voulait se laver. Peut-être qu'au fond, l'idée n'était-elle pas si bonne que cela. C'était pourtant, lui avait-il semblé, le passage obligé pour tenter d'obtenir, après la grâce divine, le pardon de Jean. Celui qui serait sans doute le plus délicat à enlever. Lui révéler l'entière vérité lui paraissait impossible. Il fallait donc, pour laver son péché et tenter d'atténuer un chagrin qui venait tout compliquer, qu'une personne au moins reçoive son entière confession. Et il n'était certes pas facile pour cette jeune fille hautaine et si sûre d'elle, quelques mois plus tôt, de s'abaisser à reconnaître ainsi ses faiblesses. Le poids de ses fautes se conjuguait dans leur enchevêtrement : capitales pour la plupart, elles lui vaudraient sans doute, malgré tous les pardons, sinon une damnation éternelle, au moins une vie entière de souffrance et de repentir.

Le prêtre semblait avoir repris son souffle. On bougea de l'autre côté de la grille, remuant les odeurs douteuses.

— Dominus sit in corde tuo et in labiis tuis, ut rite confitearis omnia peccata tua : in nomine Patris et Filii, et Spiritus Sancti. Amen.

Gersende se signa. Les mots prononcés par le prêtre revinrent comme oubliés après des années sans avoir sacrifié aux traditionnelles confessions que sa mère imposait à Combourg lorsqu'elle habitait encore le château. En bon militaire, son père, plus laxiste par paresse et iconoclaste par devoir, avait rendu au confesseur sa liberté, le dispensant de venir chaque semaine confesser la famille de Coëtquen. Le dernier signe de croix de Gersende devait remonter aux funérailles du lieutenant-général de police et sa dernière confession à un âge si lointain qu'elle l'avait oublié ; un âge où la valeur la plus lourde du plus obscur de ses péchés ne devait pas monter bien haut dans l'échelle vénielle. Il n'y avait que le péché d'orgueil qu'elle n'avait jamais considéré, puisqu'il l'empêchait justement de la moindre clairvoyance à son endroit. Ce sens élevé de l'honneur et des valeurs de sa condition ne relevait en rien du péché, comme le lui avait assez souvent affirmé son père. Il n'y avait donc aucune faute à avouer sur ce versant où l'estime de soi, aussi haute qu'on pût la placer, n'était qu'une vertu essentielle.

Lui revinrent alors, du fond de cet âge révolu, les formules toutes faites récitées par cœur au prêtre, le préambule à de longues séances laborieuses où elle inventait dans son esprit de jeune fille de petits péchés pour en dissimuler d'autres, guère plus inquiétants pour son salut. Mais elle avait toujours préféré inventer de grossiers mensonges qui ne lui appartenaient pas, plutôt que d'avouer des vérités qu'elle pensait futiles. Dieu n'y verrait rien à redire là-dedans. Sa ferveur avait toujours été suffisante pour soutirer une absolution bienveillante contre l'aveu du vol d'un pot de confiture ou des pensées mauvaises contre une domestique paresseuse. Le confesseur ronronnait de ces petits larcins qui rendait sa tâche plus facile et son pardon généreux, tant il y avait peu à pardonner.

Mais ce jour-là, il n'était pas question de mentir, car Gersende voulait cette confession comme une contrition sincère : offrir le récit dans toute son horreur. Ce qu'un sentiment amoureux avait été capable de provoquer. Pour trouver le courage de cette sincérité, il faudrait oublier l'homme derrière le paravent de la grâce divine. Il faudrait articuler l'indicible, murmurer l'horreur pour assumer l'impensable. Un seul mot l'obsédait comme une plaie qu'on ne pourrait jamais assécher : fratricide. Tout était là, le meurtre le plus atroce, même si le hasard avait en réalité une part de responsabilité plus lourde que la main de Gersende. Enora, sa jeune sœur qu'elle n'avait pas revue depuis des années était morte par sa faute dans la conjugaison fatale d'un accès de jalousie, foudroyée par un poison dérobé à l'homme que Gersende convoitait. Le châtiment était incrusté dans le crime, plaçant les remords à un degré tel, qu'il semblait impossible de pouvoir les ramener à une raisonnable mesure. Jamais elle ne pourrait en atténuer la force. Et malgré le repentir, la jeune femme avait besoin d'avouer. Car c'était sa main qui avait versé le poison, nulle autre. Car c'était sa jalousie, expression captieuse de son amour, qui avait organisé ce meurtre. Qu'importait qu'elle eût agi de manière impulsive ou réfléchie, cela ne changeait rien à rien. Gersende avait trop longuement cherché de vaines excuses, pour savoir qu'elle n'en trouverait aucune. En tous les cas, aucune acceptable devant le tribunal de son intransigeance.

Elle récita d'une voix lente, retrouvant les mots de son enfance et en pensant peut-être pour la première fois à leur réel sens. C'était amorcer une longue marche qu'elle savait pénible par avance, sans en connaître les méandres ni les surprises, sans certitude aucune de son issue.

Confiteor Deo omnipotenti,
Et beatæ Mariæ semper Virgini
Et beato Dominico patri nostro
Et omnibus Sanctis, et vobis, fratres
Quia peccavi nimis cogitatione
Locutione, opere et omissione
Mea culpa[3].

C'était le rituel tel qu'on lui avait appris et elle n'en connaissait pas d'autres. Elle s'étonna elle-même de retrouver avec facilité des mots qu'elle croyait perdus, tels d'inutiles souvenirs. Après, elle ne se souvenait pas exactement de ce qu'il convenait de faire ou de dire. Elle avait un peu espéré qu'on la guiderait dans sa démarche. Avouer son crime brutalement était impossible. Car elle entendait bien, sinon en justifier certains éléments malheureux, au moins tenter d'expliquer le cheminement qui l'avait conduite jusque-là pour écarter un geste délibéré et impardonnable. Le ministre de Dieu était habitué à ce genre d'hésitation. Il ne dit rien tout d'abord, laissant le silence se dénouer comme un tissu propice à la complicité. Il n'était qu'un intermédiaire. Gersende entendit bientôt le bruit régulier de la respiration de l'homme de l'autre côté du confessionnal. Un souffle de métronome qui aurait pu même laisser croire qu'il était en train de s'endormir.

Le bois était dur et les genoux de la jeune femme montraient déjà des signes d'impatience, peu habitués à un inconfort aussi prolongé. Son corps tout entier rejetait cette soumission, lui faisant douter du bien-fondé de sa démarche. La jeune femme hésita encore. Tant qu'elle n'avait pas parlé, tout était encore possible. Même si elle savait qu'à la fin, il faudrait qu'elle en vienne à cette extrémité. Et comme une bête dont l'instinct cède devant la raison, Gersende baissa la tête un peu, pour elle seulement, car on ne voyait rien de part et d'autre de la grille de bois. Elle décida de compter en silence jusqu'à cinq encore, comme on égraine les perles d'un chapelet. Elle s'apprêtait à ouvrir la bouche lorsque le prêtre parla. Sa voix était bienveillante avec des tonalités de basse qui vibraient dans l'espace clos comme une présence quasi divine.

— Je vous écoute ma fille.

L'interruption involontaire, venue à l'instant précis où Gersende allait parler, retarda encore le début de la confession. L'homme ne s'impatientait pas, mais en habitué du sacrement, il avait appris à évaluer rapidement, parfois même au ton de la voix, au rythme ou aux hésitations, à quel type de pécheur il avait affaire. Il pouvait presque à coup sûr déterminer la gravité du péché dont on venait se décharger. La voix de Gersende était jeune, elle avait récité

---

3 — Je confesse à Dieu Tout-Puissant, à la Bienheureuse Marie toujours vierge, à Saint Dominique Notre Père, à tous les Saints, et à vous, mes frères, que j'ai beaucoup péché, par pensées, par paroles, par actions, et par omissions. C'est ma faute.

son confiteor avec hésitation : ce n'était pas une habituée. Rien à voir avec une courtisane frivole ou une bigote quotidienne. Il avait reconnu en Gersende le pécheur authentique, celui qui méprisait ce sacrement jusqu'au jour où une faute terrible l'obligeait à passer la porte du confessionnal. Celui-là prenait toujours le soin de placer son péché capital au milieu d'un fatras de fautes accessoires et souvent inventées. Tout le stratagème se trouvait là. Il n'était pas question du catalogue exhaustif de légers écarts, mais bien de livrer la pierre brûlante. Sous la croûte des bassesses se trouvait la farce indigeste du péché principal. C'était là le prix du Salut pour cette race de pécheur. La jeune femme n'avait pas dû être reçue en confession depuis plusieurs années. Le parfum un rien trop marqué qui parvenait jusqu'au prêtre, soulevant doucement les dentelles de son vœu de chasteté, signait une personne de qualité, sans doute de la noblesse. Elle parlait sans accent et ne s'embarrassait d'aucune précaution, maintenant les silences autant qu'elle le voulait, comme si le temps de son interlocuteur n'avait aucune importance pour elle. Assurément un gros poisson. Le prêtre se cala plus profondément sur son siège et prêta une oreille curieuse, certes bienveillante, mais tout autant maligne.

— Parlez-moi de votre dernière confession.

Gersende ne se souvenait pas. C'était à Combourg. À l'époque, Enora était encore au château. Elle revit son visage, alors qu'elles riaient toutes les deux en se racontant les péchés inventés pour leurs confessions. C'était une de leurs rivalités préférées que d'inventer de nouvelles fautes toujours plus extravagantes. Mais Gersende revit tout de suite le visage de sa sœur, lorsqu'elle l'avait reconnue dans sa chambre au relais de Saint Symphorien. C'était en même temps celui de la douleur et de la surprise. Toute l'affection oubliée après tant d'années venait comme les frapper toutes les deux, coupant le souffle d'abord, avant de céder la place à la douleur.

— C'était il y a longtemps.

— Avez-vous suivi depuis les recommandations que le ministre du Culte vous a faites alors ?

— Oui, mon père.

— Vous êtes-vous bien préparée avant de vous présenter devant Dieu, ma fille ?

— Oui, mon père.

— Voulez-vous me confier tous vos péchés depuis votre dernière confession sans en omettre aucun, ni capital ni véniel ?

— Oui, mon père.

— Dieu vous écoute.

Puis il se tut de nouveau, prolongeant comme un chasseur le plaisir de la traque. Gersende hésita à aborder directement les circonstances de son meurtre, sachant que par la noirceur et le poids de l'ignominie, elle balayerait la procession de vétilles que le prêtre attendait en préambule. Pour lui, il ne devait rien y avoir de choquant dans les confessions d'une jeune femme du monde, fussent-elles chargées de luxurieuses incartades, ce qui ne serait pas pour fâcher sa curiosité.

— J'ai péché par gourmandise, à plusieurs reprises, ne respectant pas le jeûne du vendredi ou de certains jours de Carême.

— Avez-vous jeûné d'autres jours en compensation ? L'avez-vous fait sciemment ou par négligence.

— Par négligence, mon père

— Ce n'est qu'une demi-faute alors, ma fille. Continuez

— J'ai péché par orgueil, bravant l'autorité de mon père.

— À plusieurs reprises ?

— Bien souvent.

— Lui avez-vous demandé le pardon pour ces extravagances ?

— Oui, mon père.

— Prenez-vous la résolution ici devant moi, devant Dieu et devant les hommes, de cesser à l'avenir les formes d'irrespect dont vous avez pu chagriner votre géniteur ?

— Je sais que je ne le ferai plus...

— Bien ma fille.

—... car il est mort.

L'instant de silence qui suivit permit à Gersende de trouver encore quelques grains de péché à donner à moudre au rédempteur. Elle énuméra encore quelques vanités qu'elle imagina propres aux jeunes filles de son âge et de son rang. Vint enfin l'instant qu'elle attendait.

— J'aime un homme, mon père.

— Continuez.

— C'est un homme que j'ai rencontré il y a plusieurs années et que j'avais oublié quelque temps, lorsque, par hasard, il est à nouveau rentré dans ma vie.

Gersende attendit avant de poursuivre, car comme un fait exprès, chaque fois qu'elle parlait de lui, sa voix séchait dans sa gorge, son souffle se raccourcissait, entravant son air et l'articulation de ses paroles. Le sang battait à ses tempes comme après une longue course alors qu'elle n'avait fourni aucun effort. C'était comme cela à chaque fois qu'elle pensait à Jean, il n'y avait rien à y faire. Ses pensées de la journée se concentraient autour de lui, comme le fil d'une pelote qui repasse sans cesse sur lui-même jusqu'à former une boule aussi dure que dense : une concentration de pensées dont les frustrations acérées occupaient chaque minute.

Comme elle tardait à poursuivre et que la confession avait commencé depuis de longues minutes, le prêtre tenta d'accélérer le développement de ce qu'il espérait être le dernier des crimes confessés, n'imaginant pas à quel point ce terme dont il qualifiait si légèrement les péchés de la jeune femme s'appliquait à ce qui allait suivre.

— Cet homme est-il marié ?

— Non, mon père.

— Cet homme répond-il en retour aux sentiments que vous placez en lui ?

— Non, mon père.

— Avez-vous eu une relation charnelle avec cet homme ?

Il y avait dans cette question de quoi porter en flamme l'imagination de la jeune femme. Elle avait pourtant déjà envisagé la chose, non sans rougir peut-être les premières fois, mais avec une audace farouche comme tout ce qu'elle avait désiré depuis son plus jeune âge. Et parce que cette possession lui avait été jusqu'alors refusée, malgré toute sa volonté, elle avait cédé la place à la plus orgueilleuse des exigences. Mais bien plus que cela, il y avait ce feu intérieur qui la consumait, l'empêchait de penser, de manger, de dormir, la privant de toutes les choses autrefois essentielles, qui ne l'étaient plus, car une seule pensée suffisait alors à son quotidien. Ce mot qu'on appelait amour, cette notion ridicule dont elle avait lu les ravages dans certains ouvrages de sa mère venait prendre sa vengeance. Elle touchait la jeune femme de sa pointe fulgurante, lui imposant pour la première fois la soumission et la forçant en même temps à l'humilité et presque à la modestie.

Pensant avoir enfin touché le nœud du problème, le prêtre insista :

— Avez-vous eu une relation charnelle avec cet homme ?

— Non, mon père.

— Vous n'avez sans doute alors péché qu'en pensée, la faute est moins grave.

— La véritable faute n'est pas là.

— Y a-t-il autre chose que vous vous reprochiez, ma fille ?

— C'est une faute bien terrible et un péché bien grand.

— Dieu vous écoute, ma fille.

Par l'aveu de cette faiblesse, Gersende avait espéré trouver enfin le courage de ce récit dont la honte s'effaçait devant la douleur. Le prêtre, sentant l'instant décisif et comprenant peut-être enfin que l'on n'était pas là pour peser de menus écarts, se taisait. Sa respiration suspendue appelait le souffle de Gersende

— J'ai tué pour lui.

Le silence resta pour couvrir de son épaisseur la confidence et la garder au coin de cette alcôve où la confession venait enfin au point précis où on l'attendait.

— J'ai tué… J'ai tué ma sœur.

Le prêtre laissa le fil de l'aveu se dévider de lui-même, à un rythme qui le rendrait avouable.

— Cet homme, ce misérable qui a refusé l'amour que je lui porte n'a trouvé d'autre justification que dans l'affection d'une autre femme, depuis sa jeunesse. Lorsque je l'ai retrouvé, des années plus tard, il était encore sous l'emprise de cette femme que je ne connaissais pas. Malgré moi, ne sachant pas que je m'apprêtais à faire le malheur de tous, je lui révélais que cette femme qu'il croyait disparue était toute proche. Et de la même façon que j'ai toujours gardé pour lui une affection incompréhensible, il avait gardé la même tendresse pour cette jeune femme qu'il croyait perdue. Je ne savais pas qui elle était, le ciel en est garant. Cet homme a fini par entrer dans les grâces de la jeune femme.

Tout semblait les porter l'un vers l'autre, me fermant définitivement les espoirs d'affection que j'avais pu garder pour lui. Et comme je lui avais proposé mon amitié pour le garder près de moi, cet homme que j'adore, qui me coupe le sommeil et emprisonne ma raison dans son image brûlante, me demanda alors comme le plus grand des services de convoyer la jeune femme jusqu'à lui. Il me demanda à moi, sans savoir qu'il m'imposait un sacrifice d'une cruauté extrême et qu'il mettait ainsi en danger toute son entreprise. C'est alors que je cessai de m'appartenir.

Gersende avait oublié la rudesse du confessionnal. Ses paroles coulaient, maintenant aussi fluides et dangereuses que ses pensées.

— Il y avait entre ma fureur et mon désespoir une frontière si mince que la raison ne pouvait y survivre, au moins dans ces instants qu'il me donna à vivre. Je partis chercher la jeune femme, comme il me l'avait demandé, dans les conditions exactes qu'il avait prévues.

Gersende s'arrêta quelques instants, pour reprendre son souffle, comme le cheval qui l'avait amené au relais de Saint-Symphorien. Elle se retrouvait sous la neige, transie de la même façon qu'alors, dehors comme dedans. Elle sentait contre sa poitrine la fiole de poison volée chez Jean. Cette fiole dont l'étiquette représentait un crâne. Elle n'avait eu aucun mal à la dérober, tandis qu'il lui avait fait visiter son laboratoire. Et ce jour-là, elle sentait encore contre elle la pression glacée du petit flacon, prêt à répandre le mal et la misère par sa main.

— Je devais retrouver la jeune femme dans un relais de poste pour la prendre en charge et la ramener à cet homme. Il disait la chérir comme le plus précieux de ses biens alors qu'elle ne lui appartenait pas. Mais une volonté supérieure avait décidé pour moi qu'elle ne lui appartiendrait jamais. Je savais ce qui allait arriver, même si je ne l'avais pas vraiment décidé. Ce n'était plus moi, mais une autre qui agissait, exactement la même qui s'éprenait parfois de cet homme et dont le désespoir était tel qu'il m'arrivait de retrouver mes sens sur le fil du suicide.

— Mais comment ne connaissiez-vous pas l'identité de la jeune femme?

— Il s'agissait d'une novice que nous ne connaissions lui et moi que par son nom de religieuse. Je savais ma sœur partie pour un couvent, mais sans savoir lequel et sans connaître le prénom qui lui avait été choisi là-bas.

— Vous voulez dire que cet homme a tenté de dévoyer une religieuse?

— Elle a quitté son couvent quelques jours avant la Nativité. Et elle était complètement consentante.

— Mais elle a renié ses vœux pour un homme qu'elle ne connaissait pas. Vous n'êtes pas la seule à supporter le poids de cette malédiction, ma fille. Cet homme, comme la jeune femme avec qui il partageait des sentiments, est au moins fautif d'avoir arraché cette jeune femme à la promesse divine.

— Ça ne change plus rien, maintenant.

— Si. Il pèse sur lui une faute terrible. Et le malheur qui le frappe en perdant celle pour laquelle il avait des sentiments, même sincères, est bien peu de choses en face du poids de son péché. Quant à votre sœur… Racontez-moi comment elle est morte. A-t-elle au moins reçu le dernier sacrement ?

Gersende préféra ne pas répondre et poursuivre son récit là où elle avait été interrompue.

— J'avais imaginé que j'affronterais ma rivale directement. Je ne sais pas ce que j'espérais. Peut-être qu'au fond, je pensais que de rencontrer cette jeune femme me rendrait à des sentiments plus raisonnables. Mais je n'ai pas eu ce courage. En arrivant au relais, tout se passa très simplement. Je n'avais eu qu'à suivre un mécanisme qui semblait déjà en mouvement, comme si je n'en étais qu'un simple rouage. Indispensable et innocent. Une servante apportait son souper à la jeune femme dans la chambre. Je me proposai de la remplacer, versai le poison dans la soupe de la malheureuse et posai le repas devant sa porte. Ah, si j'avais eu seulement le courage de frapper à la porte, de la voir ! Si j'avais eu ce courage, ma sœur serait encore en vie. Je suis redescendue dans la salle, pendant que mon œuvre se réalisait au-dessus, implacable, aveugle. Lorsque je l'entendis crier, c'était l'homme que j'aimais que j'entendis crier. J'entendis très distinctement le cri et le désespoir qui seraient siens lorsqu'il apprendrait la mort de celle qu'il aimait. Cela, je pouvais le comprendre, puisque je l'aimais lui de la même manière. Et justement parce que je l'aimais, de cet amour inconditionnel, je compris que je ne pouvais lui infliger une telle souffrance, car elle finirait par être la mienne. Je me portais donc au secours de l'infortunée. C'est alors que je reconnus ma sœur, mais le poison avait déjà commencé son ouvrage.

— Qu'avez-vous fait, alors ?

— J'ai appelé au secours. Il y avait déjà beaucoup de monde attiré par les cris. J'avais retrouvé d'un coup toute ma lucidité. Dans mes bras, ma sœur était secouée de longs sanglots et de spasmes terribles, comme si on avait placé une bête indomptable au cœur de son ventre, une sorte de créature qui malmenait ses intestins et la poussait à vomir des crachats qui commencèrent rapidement à se teinter de sang. Je devais agir vite. Un carrosse était près pour nous amener toutes les deux à Paris, mais au vu de son état, il était impensable qu'elle puisse supporter le voyage. Je demandai après le médecin le plus proche. Il était à quelques lieues de là. Avec le carrosse, nous fûmes en quelques minutes chez lui. Il en fallut quelques autres interminables pour le faire sortir de son logis et lui faire accepter cette consultation exceptionnelle, au nom de Dieu, du salut de la jeune femme, de tout ce qui était le plus précieux… Mais ce fut finalement la promesse d'une récompense qui le décida à nous porter secours. — Vous avez donc tenté de la sauver, votre crime fut l'œuvre d'un instant de folie. Mais votre raison tentait de la sauver.

Gersende ignora la remarque et poursuivit.

— On transporta ma sœur dans son cabinet. Sa peau avait des teintes pâles, striées de marques sombres, comme les veines du marbre. Elle en avait le froid, et malgré les couvertures dans lesquelles on l'avait enveloppée, elle tremblait par de violents à-coups qui alternaient avec les vomissements et les plaintes de souffrance. Je ne suis même pas sûre qu'elle m'avait reconnue à cet instant.

Le cocher était venu nous aider, mais nous avions du mal à la tenir en place. Le médecin tournait autour avec un air paniqué. Finalement, il se décida et fit une première saignée. Je ne pouvais lui dire qu'elle avait été empoisonnée, et je m'efforçais du mieux que je le pouvais de lui suggérer cette cause pour orienter son diagnostic. Mais il ne voulait rien entendre, évoquant l'hydrophobie ou une démence. Il parla même à un moment de possession ou d'hystérie, ce qu'il avait l'air de ranger au même point. Peut-être que la robe de religieuse lui avait suggéré l'un ou l'autre des diagnostics. Ce fut une chose terrible que d'assister à la saignée. L'homme avait eu du mal à trouver la veine, tant la malheureuse s'agitait. Le sang finit par couler et je sentis le contact chaud et visqueux d'un sang que je partageais avec la malheureuse. Elle n'avait pas eu la force de crier quand il avait plongé sa lancette sous sa peau. Elle sembla s'apaiser quelques instants, mais je crois que l'épuisement d'une aussi âpre lutte était en train de la gagner. Le médecin se voulait rassurant. On lui fit un bandage pour interrompre l'hémorragie, car il semblait qu'on avait suffisamment purgé d'humeurs mauvaises pour ne pas laisser mourir la malheureuse en la vidant finalement du peu de sang qui restait dans son maigre corps. Il compléta la mesure en lui donnant un purgatif des plus puissants et des plus efficaces, qui finirait sans doute son ouvrage et conduirait immanquablement ma sœur vers une guérison certaine autant que rapide. La malheureuse réussit à absorber une espèce de poudre noirâtre avant de perdre connaissance. Mais elle vivait encore à cet instant. Le médecin m'assura alors qu'elle pourrait supporter le voyage jusqu'à Paris.

— Elle n'est pas arrivée vivante ?

— À peine. À mesure du trajet, les cahots de la voiture tantôt la ramenaient à la conscience, tantôt lui arrachaient des cris terribles. Mais il n'y avait rien à faire d'autre qu'éreinter les chevaux jusqu'aux octrois. Son état empirait à vue d'œil et je décidai de la conduire directement à l'Hôtel-Dieu pour ne perdre aucune des rares minutes qui semblaient lui rester à vivre. Elle mourut quelques instants après notre arrivée, sans que je me rendisse compte moi-même qu'elle était passée de la vie au trépas. Cela sembla un soulagement sur son visage, et pour moi ce fut la révélation de ce qui venait de se passer. Car tout au long de cette cavalcade infernale contre la mort, je n'avais eu d'autre pensée que son salut, persuadée qu'il ne pouvait en être autrement. Une si jeune vie ne pouvait être arrachée aussi facilement, à cause de quelques gouttes d'un breuvage dont j'ignorais au fond les propriétés. C'était ma sœur ! Ma sœur que je venais de tuer !

Le prêtre laissa passer quelques instants, estimant que son rôle n'était pas de consoler. Cette tâche, dont il était bien incapable de surcroît, quelque bonne âme s'en chargerait avec davantage de succès. Après tout, le remords, le repentir et les tourments qui allaient avec serviraient efficacement la cause de la contrition. Il commençait à avoir faim. Il enchaîna.

— Comment se faisait-il que cet homme que vous connaissez détînt une telle substance ? N'était-ce pas un chimiste[4] ou quelque autre individu dont l'activité est amplement condamnée par l'Église ?

4 — Alchimiste.

— Cet homme est un charlatan.

— Et comment s'appelle-t-il ?

— Passadieu de Saint-Pierre.

Gersende ne pouvait l'appeler par son prénom, gardant pour elle-même cette évocation comme un trésor qui lui appartenait en propre. Le prêtre ne réagit pas derrière la lucarne et resta muet. Il n'avait pas l'intention d'en entendre davantage, ayant déjà l'impression qu'on avait dépassé les limites raisonnables.

— Ma fille.

— J'ai péché, mon père, pardonnez-moi.

— Ce n'est pas aussi simple.

Gersende sentit un frisson terrible la saisir, comprenant que ce qu'elle craignait était en train de se produire : on allait sans doute lui refuser le seul réconfort qu'elle pouvait espérer dans sa situation.

— Une faute d'une telle mesure ne peut se pardonner aussi facilement, et je n'ai pas senti dans votre récit tout le repentir qu'un tel péché devrait inspirer.

— Mais… ma douleur n'en est-elle pas le témoin ?

— Votre douleur, je l'ai sentie. J'ai senti la douleur de la perte de votre sœur, j'ai senti la douleur de l'amour pour cet homme dont vous ne recevrez rien à présent. Et je n'ai senti que loin derrière, et trop peu, le remords d'avoir donné la mort. Même si vous prétendez qu'à l'instant où vous l'avez fait, vous ne vous apparteniez plus.

Il y avait dans le ton du prêtre quelque chose que Gersende reconnut à l'intonation. Une autorité absolue qu'aucun argument ne pourrait faire fléchir. C'était la voix de son père. La voix dure et précise qui ciselait un commandement définitif pour ne pas avoir à discuter ou risquer de remettre en question ce qui n'avait besoin d'être énoncé qu'une seule fois. Le poids de la famille revenait jusqu'ici. Jusque dans l'intimité d'un confessionnal où un Dieu goguenard lui rappelait que malgré son orgueil démesuré, la jeune femme ne pourrait jamais s'affranchir de cette autorité. Et prise dans le piège qu'elle avait dressé elle-même, elle se retrouvait contrainte à jamais. Cela avait la saveur d'une malédiction et l'avant-goût de la damnation. De son côté, le prêtre savait les mots et le ton qui coupait court à toute discussion. Il était bientôt l'heure du déjeuner. Et malgré la curiosité qu'avait éveillée en lui le nom de Passadieu, il ne poussa pas plus loin l'interrogatoire. Mais il lui restait encore une dernière chose à commander.

— Nous nous reverrons, ma fille, afin de poursuivre votre examen de conscience et je réfléchirai aux possibilités d'absolution. Peut-être qu'une simple censure[5] vous sera imposée.

Pour Gersende, c'était un moindre mal. La privation d'un sacrement tel que l'eucharistie ou l'interdiction d'assister aux prières publiques ne l'affectait pas. Mais elle s'étonna elle-même du chagrin qu'avait provoqué la possibilité de voir sa faute non pardonnée. Elle était venue trouver auprès d'une oreille bienveillante ce que sa famille n'avait jamais été capable de lui offrir. Son orgueil

---

5 — *Peine spirituelle et médicinale que l'Église impose aux Fidèles dans son tribunal extérieur.* (Rituel romain)

et sa folie l'avaient poussée dans des excès terribles. Après avoir avoué, prête à expier, on lui refusait le pardon. Elle se sentit soudain aussi nue qu'un nouveau-né le jour de sa naissance.

— En attendant, voilà ce que vous allez faire, ma fille.

Le prêtre lui énonça sa prescription et s'assura qu'elle l'avait bien comprise. Puis il convint avec elle de quelques prières de contrition qu'elle aurait en outre à réciter chaque jour jusqu'à leur prochaine rencontre. Il fixa celle-ci de manière péremptoire, puis lui donna à réciter un simple Pater. Gersende récita. Il n'y eut pas de bénédiction. Le volet claqua simplement entre les deux alvéoles. Elle entendit le bruissement de la soutane lorsque le prêtre s'échappa du confessionnal en claquant la porte derrière lui. Elle se trouva alors dans un face-à-face terrible avec elle-même. Gersende sentit les larmes couler, comme elle en avait pris l'habitude depuis le jour maudit où elle avait recueilli le dernier souffle d'Enora.

Elle ne sentait plus les nuances de la douleur, car elle comprenait que cette année, qui s'était inaugurée dans le sang et dans les larmes, commençait une longue période de souffrances sans perspectives de les voir jamais s'atténuer.

******

Lorsque Gersende était entrée dans la boutique, elle s'était simplement effondrée devant moi pour se retrouver à genou, tête baissée, comme devant son juge. Elle semblait totalement démunie de cette morgue que je lui avais toujours connue. Plusieurs jours avaient passé depuis que j'étais revenu au laboratoire à mon retour des aliénés. J'étais moins faible, et mon esprit aussi avait fini de recouvrer toute sa lucidité. Il m'était apparu indispensable de connaître les circonstances exactes de la mort de Balbine. On avait fait chercher Gersende, ce qui n'avait pas été très difficile. Grégoire n'avait eu aucun mal à la convaincre de venir me trouver au Collège des Quatre Nations, au jour et à l'heure choisis par moi. Cette convocation froide et formelle ne souffrait pas de discussion. Grégoire m'avait raconté la contrition de la jeune femme et l'espoir qu'il avait vu dans ses yeux lorsqu'il avait affirmé que j'étais prêt à l'entendre pour écouter son récit. Je savais que ce moment serait insupportable, mais je ne pouvais pas continuer à vivre sans tout savoir, de la bouche même de la dernière personne qui avait vu Balbine en vie — ce qui s'était exactement passé et dans quelles conditions. Je m'étais préparé à cette entrevue, moins pour évaluer la responsabilité de Gersende que pour assimiler pleinement mon chagrin, le mâcher comme un ruminant jusqu'à lui faire perdre à la fin son essence venimeuse.

Pour l'accueillir, je m'étais installé dans mon grand fauteuil, celui où j'accueillais mes clients : une sorte de cathèdre en bois noir dont le dossier sculpté dépassait ma tête d'une coudée au moins. En l'occurrence, il n'était pas question d'impressionner ma visiteuse, mais bien de trouver un soutien à mon organisme encore affaibli et à mon âme toujours aussi fragile. À ma vue, Gersende s'était effondrée et s'était agenouillée devant moi. Ses cheveux lâchés cachaient son visage, mais je pouvais entendre ses sanglots. Nous étions seuls.

Je n'avais voulu aucun témoin à cette scène, par pudeur d'abord, et surtout pour ne pas risquer d'empêcher Gersende de me révéler l'entière vérité.

Je la laissai pleurer sans rien dire, moins par cruauté en lui refusant mon empathie, mais surtout pour préserver mon courage. Inutile de risquer de m'effondrer à mon tour. Car, après tout, tout le chagrin qu'elle mettait dans la perte de cette jeune femme, qui était une inconnue pour elle, ne faisait que traduire ses sentiments pour moi, qu'elle ne m'avait avoués qu'à demi-mot. À la voir ainsi pleurer, j'imaginais qu'ils la brûlaient sans doute bien plus que le remords d'avoir failli à sa mission. Les larmes se tarirent, les sanglots s'épuisèrent entre ses épaules, puis la malheureuse resta ainsi de longues minutes encore, attendant peut-être que je parle le premier, car je l'avais chassée de chez moi quelques jours plus tôt. Grégoire avait agi comme médiateur et je ne considérai pas dans l'instant que j'avais à me justifier ni à m'excuser d'un ressentiment parfaitement légitime. Lorsqu'elle fut enfin calme, elle prononça ces simples mots d'une voix si faible qu'il me fallut un temps pour la comprendre.

— Pardonne-moi, Jean.

Comme il ne pouvait y avoir de pardon sans aveu de la faute, je restai silencieux. Il était convenu qu'elle viendrait me raconter dans son entier cette nuit terrible où tout avait basculé. Péniblement, elle me narra d'abord son voyage : une chevauchée sous la neige qui ne m'intéressait pas. Mais cela lui permit de gagner en fluidité. Sa voix avait repris de l'assurance. Elle termina en détaillant son état d'esprit au moment où elle arrivait au relais. Heureuse d'avoir réussi à rallier une si longue distance dans des conditions difficiles, elle prenait part par avance à notre bonheur, se réjouissant d'y avoir contribué. Elle attendit encore quelques minutes avant de commencer le véritable récit. J'attendis. Elle commença. Je tremblai de l'entendre, vivant pas à pas chacune de ces minutes.

— Lorsque je suis entrée dans le relais de poste, le courrier de Nantes était déjà arrivé. Je me suis enquis de Balbine en arrivant. Comme convenu, elle m'attendait dans une chambre du relais où l'on s'apprêtait à lui servir à souper. Je n'avais pas dîné moi-même, mais je voulais tout de suite l'assurer de ma présence et je demandai après sa chambre. C'est ainsi que je la trouvai sur le sol, se tordant de douleur et se vidant d'une bile amère.

Malgré mon besoin de la questionner, je ne pus tout de suite lui demander, mes mots bloqués par cette même nausée qui me terrassait toujours chaque fois que l'on évoquait la mort de Balbine devant moi ou que j'y pensais simplement. Et l'imagination était sans doute plus cruelle que la réalité, à voir ses effets bouleversants dont l'intensité ne semblait pas vouloir diminuer avec le temps.

— J'ai tout de suite imaginé une intoxication. J'étais paniquée. En quelques minutes, l'aubergiste était près de moi, accompagné d'autres curieux. Tous donnaient des avis contraires avec tellement d'assurance que je ne savais que faire. Je l'interrogeai sur ce que la religieuse avait pu manger. Un simple potage, le même que celui qui avait été servi ce soir-là à tous les autres convives, qui étaient tous aussi roses et frais. La malheureuse continuait à vomir. Peut-être avait-elle mangé ou bu quelque chose au cours de son voyage, que son maigre corps n'avait pas su assimiler ? Je tentai de l'interroger, mais trop occupée à pleurer et à gémir, la malheureuse ne put me répondre de manière compréhensible et j'en restai là de mes hypothèses.

— Il n'était pas question de réfléchir, mais d'agir, tu perdais déjà de précieuses minutes.

— Quelques instants seulement ! J'ai tout de suite demandé qu'on m'indique le médecin le plus proche. Notre équipage était prêt pour nous conduire à Paris et il ne nous fallut que quelques minutes pour conduire la malade dans le véhicule. Eu égard à son état préoccupant, sa jeunesse et sa robe de religieuse, les âmes bienveillantes pour m'aider ne manquèrent pas. L'aubergiste, navré tout autant pour la jeune femme que pour la publicité qu'une telle histoire risquait de lui faire, me donna une épaisse couverture dans laquelle on coucha Balbine. On la transporta ainsi, roulée dans la couverture. Puis je l'installai le moins inconfortablement possible dans la voiture. Le cocher connaissait son affaire et nous arrivâmes chez le médecin rapidement. Balbine avait perdu connaissance, mais au regard des gémissements de souffrance et des vomissements qu'il y avait eu avant, c'était presque rassurant, elle semblait moins souffrir. Je ne voulais pas prendre le risque de réveiller le mal qui couvait.

— Où était ce médecin ?

— À Ablis, il n'y a que quelques lieues de distance.

— Je sais ! Continue !

J'imaginais que cette narration était aussi difficile pour elle que pour moi. Mais son repentir me renvoyait à mon inconséquence lorsque j'avais choisi de lui confier la mission de convoyer Balbine à Paris. Et pourtant, si je me référais à ce qu'elle venait de me dire et si la cause de la mort était bien cet empoisonnement, il y avait fort à penser que personne n'aurait pu changer l'histoire. Mais le doute pesait comme un plomb, laissant jusqu'à la fin de mes jours le goût amer de mon erreur.

— Le médecin a mis quelque temps à répondre. Il était déjà tard. Il avait terminé ses consultations. Mais j'ai réussi à le convaincre en lui promettant une récompense. Il avait l'air aussi apeuré que moi par l'état de la malade, et il a essayé de refuser ses soins au dernier moment. Avec le cocher, nous avons presque forcé sa porte pour installer Balbine dans son cabinet de consultation. Je le priai de faire quelque chose. Il tournait autour, comme un chien qui ne sait pas par quel bout attaquer un ennemi qu'il sait insurmontable. La malheureuse était comme morte, si pâle.

La narration était insoutenable, mais je devais écouter jusqu'au bout. Je m'étais juré d'y arriver, pour moi et par égard pour Balbine. Gersende continua.

— Il nous a demandé de la tenir. Il marmonnait en latin, priait Dieu de lui venir en aide. Il se décida enfin pour une saignée. Sa main tremblait. Il prétendait ne plus trouver ses instruments...

— Assez !

C'était insupportable d'entendre davantage le récit d'une incompétence qui avait coûté la vie de Balbine tout en détruisant la mienne. Comme Pomardini l'avait toujours dit, les médecins noyaient leur insuffisance en appliquant la théorie des humeurs avec une largesse extravagante. Et peu pouvaient témoigner, puisque l'inutilité de cette thérapeutique ajoutait d'elle-même des preuves affligeantes en accélérant l'agonie. J'imaginais le bras gracile et ces mains blanches, si douces, si fraîches. Je voyais la lueur de l'acier tremblant dans une main incompétente, prêt à vider la vie sous prétexte de la sauver. Gersende s'était tue. Elle releva doucement vers moi des yeux rougis par des nuits que je ne voulais pas imaginer. Il n'y aurait jamais trop d'insomnie pour elle, pas moins que pour moi. Je m'enfonçai plus profondément dans mon fauteuil, comme pour m'éloigner davantage de la jeune femme. Son regard implorant cherchait dans le mien la moindre parcelle de compassion, d'aide ou simplement de tolérance. Je ne pouvais fermer les yeux sans imaginer la scène et je les gardai grand ouverts, plongeant dans le regard de cette femme si hautaine, si fière autrefois, réduite comme moi par cette perte à une épave. Mes sentiments garderaient toujours l'influx de vents contraires et sans but. Cet échange muet dura de longs instants encore et je commençais à comprendre que le sort nous liait tous les deux définitivement d'une manière sournoise, nous rendant finalement coupables et complices. Puisque, au fond, c'était moi qui avais poussé Balbine à quitter le couvent pour me rejoindre. Gersende sentit à cet instant le doute qui s'emparait de moi et profita de cette faille minuscule pour un sursaut d'amour propre et de courage.

— Qu'est-ce que tu crois, Jean ? Qu'est-ce que tu t'imagines ? Que tu aurais pu la sauver avec tes médecines de foire tout juste bonnes à amuser les coquettes de la cour ? Qu'aurais-tu fait de plus ? Il n'y avait rien à faire ! Alors, autant tenter n'importe quoi. Le tout pour le tout.

— Continue !

— Il a pratiqué la saignée. Je ne sais si c'était sous l'effet de la douleur ou de la saignée elle-même, mais la malheureuse sembla apaisée un temps. Peut-être avait-elle complètement vidé son estomac du poison qui l'avait prise ? Je ne sais pas. Mais elle sembla trouver un instant de repos. Son corps lui-même se posa, comme si on avait arrêté de le secouer en tous sens. Le médecin lui-même parut surpris. Il contrôla les signes de vitalité. Balbine respirait calmement, et si elle n'avait pas été si pâle, on aurait pu croire qu'elle dormait. Son visage s'était détendu et il me semblait y retrouver…

— Quoi ?

Gersende parut surprise, comme si elle avait oublié à qui elle parlait, comme perdue dans un souvenir dont elle était la seule spectatrice

— Une sorte de paix. Elle s'éveilla au bout de quelques minutes et elle demanda après toi.

— Qu'a-t-elle dit exactement ?

— *Où est Jean ?*

J'avais tout perdu ce jour-là, jusqu'au son de sa voix que je connaissais si peu et que je n'entendrais plus.

— *Je veux le voir, amène-moi près de lui. Vite, il n'y a plus beaucoup de temps.*

— Elle te tutoyait ?

— Je ne sais plus... la fièvre peut-être... où une habitude de religieuses ? Elle délirait...

— Sûr que non, puisqu'elle demandait après moi.

— J'ai demandé au médecin de bander son bras. Je voulais partir au plus vite. Je t'assure, Jean, que j'ai tout fait pour l'amener jusqu'à toi. Je n'avais pas d'autre solution. J'avais un véhicule, des montures fraîches. Je n'ai pas perdu un instant.

— Peut-être.

— Mais avant de partir, le médecin a voulu lui donner un remède pour l'aider à supporter la route. Une sorte de poudre noirâtre que la malheureuse a absorbée entièrement. Il m'a assuré que cette substance avait des vertus miraculeuses sur toutes sortes de maux et que cela hâterait la guérison. Il avait repris de l'assurance, imaginant que sa seule saignée avait rendu au corps fragile un apaisement de bon augure.

— Il aurait pu lui donner n'importe quoi et tu l'aurais laissé faire ?

— Je n'avais personne d'autre à qui faire confiance. Ta douleur te rend cruel. Et ta cruauté ne te rendra pas Balbine et n'augmentera en rien ma peine.

— Pourquoi es-tu si triste, au fond ?

— Tu le sais, Jean, tout ce qui te touche, me touche. Ce qui t'émeut, m'émeut. Il n'y a pas un sentiment qui t'appartienne que je ne veuille partager, ressentir.

— N'insiste pas sur ce versant-là. Tu sais qu'il n'y a rien à attendre. Continue.

— Nous l'avons installée aussi confortablement que possible. J'ai porté moi-même son corps dans mes bras. J'avais l'impression de porter une enfant. Ses mains glacées autour de mon cou serraient avec la force du désespoir. Le cocher m'aida à l'installer pour un voyage plus long et qui promettait d'être pénible. Nous la couvrîmes de couvertures, presque allongée. Puis je donnai l'ordre d'aller au plus vite sur Paris. Par la route la plus rapide, sans ménager les chevaux ni s'arrêter pour les changer. Il n'y avait sans doute plus le temps. Pendant une première partie du voyage, Balbine est restée calme. Elle ne parlait pas. Elle gardait les yeux fermés et je respectai son silence, me disant que ce repos était sans doute la meilleure chose pour l'aider à arriver vivante à destination. Puis, à mi-chemin, elle a été reprise de douleurs. Elle était incapable de me dire d'où provenait le mal. Elle se serra plus fort contre moi.

— Que disait-elle ?

— Presque rien. Elle murmurait ton nom, d'une voix de plus en plus faible.

— Ensuite.

— Nous arrivions sur Paris, mais son état s'était un peu plus dégradé. Alors, elle se raidit davantage et se redressa un peu pour me parler à l'oreille. Elle tenait sa main crispée contre sa poitrine comme si elle avait voulu en extirper le mal, tentant de déchirer sa robe sombre. Elle finit par murmurer ses mots... je les entends encore : *tu donneras à Jean... Son père... J'étais la gardienne...*

J'écoutais simplement en regardant sur le coin du bureau les deux cahiers que j'avais arrachés au cadavre de Balbine. Elle emportait son secret, mais elle avait tenté jusqu'au bout de me livrer le testament. Comme une mission ultime que Dieu lui aurait commandée.

— Elle ajouta. *Dieu me commande…* Puis elle se tut. Elle ne prononça plus une parole. Elle grelottait et moi je la serrais contre moi, pensant que tout ce que je pouvais faire, c'était lui conserver cette chaleur qui voulait quitter son corps. Son souffle était si court que je ne l'entendais plus. Mais je sentais encore sa poitrine se soulever contre la mienne.

— Pourquoi ne pas l'avoir amenée ici comme c'était convenu? J'aurais peut-être pu la revoir vivante.

— Sais-tu mieux que moi comment on pense dans ces moments-là? Avec la sagesse des heures sereines, avec le recul de l'apaisement? Non! J'avais peur de toi, peur de ne t'apporter qu'un cadavre tiède au lieu de la promise que tu espérais. J'ai imaginé qu'à l'Hôtel-Dieu, on pourrait encore quelque chose pour elle. Je n'ai agi que pour le mieux, pensé pour le mieux. Le trajet jusque là-bas n'était pas plus long. Elle est morte peu de temps après notre arrivée, sans doute. Je t'ai envoyé chercher tout de suite. Au moins, tu n'aurais pas pu me reprocher de ne pas avoir tout tenté.

— Qui te dit que je n'aurais pas pu quelque chose pour la sauver?

— Je ne sais pas. Qui te dit que son destin en aurait été autrement si je l'avais conduite ici? Elle ne respirait guère plus les derniers instants. Elle n'était plus consciente. Qu'est-ce que ça aurait changé?

— Rien! Mais j'aurais été là. Elle aurait peut-être reconnu ma présence avant de partir.

— C'est pour elle que tu pleures ou pour toi?

— Pourquoi es-tu partie ensuite?

— Je te l'ai dit, j'avais peur de toi. Peur de ta réaction.

Il n'y avait sans doute plus rien à entendre que je ne savais déjà. La présence de Gersende, que j'estimais quelques instants plus tôt nécessaire, était mainte-nant odieuse. La jeune femme le comprit sans doute, car elle se releva et me regarda bien droite, bien en face. Et je retrouvai alors la défiance de la jeune arrogante que j'avais connue à Combourg quelques années plus tôt.

— Si tu me reproches sa mort, Jean, reproche-la-toi en même temps. Mais dis-toi aussi que lorsque le destin de Balbine s'est mis en route pour la dernière fois, ni toi ni moi n'y pouvions plus rien. Malgré toutes les volontés et les prières dont nous n'avons pas eu le temps. Le chagrin se partage autant que la culpabilité.

Elle me toisait à présent, attendant un verdict ou une sentence, mais se sachant graciée par l'évidence de ma complicité. Je pris les deux cahiers dans ma main et les lui montrai. Elle me regarda avec incompréhension et je sus qu'elle ne savait rien de plus. Elle ne pourrait m'expliquer la présence de ces cahiers sur le corps de Balbine.

— Qu'est-ce que c'est?

— Tu n'as jamais vu ces cahiers?

— Non.

— Très bien. Tu peux partir maintenant.

Il n'y avait rien d'autre à dire. Il ne restait plus qu'à ruminer ma colère et mon chagrin en espérant que le sort me délivrerait rapidement de mes hésitations. Gersende attendait encore, soutenant mon regard. Ma main qui tenait les cahiers s'était posée doucement sur le bureau.

— Quoi encore?

— Nous nous reverrons?

— Qui le sait?

Puis j'ajoutai comme un commandement :

— Va, maintenant!

Gersende fit une légère courbette de la tête, peut-être par défi, peut-être parce que simplement elle ne savait pas quelle attitude adopter qui ne ressembla pas à une déroute. La porte claqua derrière elle. Je restai seul, comme un noyé, avec pour seul refuge mes souvenirs et les deux cahiers. Le premier que je connaissais bien retraçait le journal de ma mère. En revoyant ces lignes, je me souvins confusément l'avoir vu le noircir lorsque nous étions sur l'île aux chiens. Peut-être n'était-ce que l'illusion d'un souvenir, inventé par mon esprit pour me reconstruire un passé. Dans ces souvenirs, je n'avais jamais eu le droit de le toucher, et encore moins de l'ouvrir. Si bien que j'y avais découvert pour l'écriture de ma mère en l'observant pour la première fois. L'autre carnet était une sorte de recueil où on retrouvait recettes et prières héritées de temps immémoriaux. C'était un ouvrage écrit à plusieurs mains, on y retrouvait parfois celle de ma mère. Mais la plupart des autres étaient très maladroites et hésitantes ; celles de personnes dont la connaissance des mots se limitait à l'essentiel. Des croix revenaient régulièrement, sans doute en référence à certaines prières ou au signe de la Croix. On devinait par ailleurs quelques traces confuses sur certaines pages qui auraient pu évoquer des dessins ou autres choses, mais sans grande précision. Et sur le moment, je n'y prêtai guère d'attention.

Il y avait tant de souvenirs à mettre sur ces vestiges-là. Une force qui dépassait tout rayonnait de ces carnets, celle de la destinée qui avait permis que ces feuillets me parvinssent. Je n'aurais pu imaginer qu'ils eussent survécu à notre exode, ou au naufrage du navire de mon père lorsqu'il avait péri sur les côtes africaines. C'était cette force qui devait soutenir la mienne, pour me donner encore à croire qu'il y avait dans tout cela une volonté supérieure qui avait voulu que les choses arrivassent, et qu'il en fût ainsi.

Je me souvins de notre maison sur l'île. J'étais encore enfant, mais il me revenait les cris de ma mère lorsque je jouais sur le plain et qu'elle m'appelait, sa voix luttant contre le vent, pour que je rentre. Je me souviens de mon père, de cet homme qui semblait aussi bon que fort. J'avais un jour pensé que cette image serait toujours là pour veiller sur moi et que je n'aurais jamais rien à craindre ni des hommes ni des choses. Je me souvenais de notre fuite en barque, en pleine nuit. Je me souvenais de cette traversée entre brumes et glaçons, la mer encore teintée des lueurs du feu que les Anglais avaient jeté sur nos maisons. Je me souvenais de la cabane. Je me souvenais du premier cri et du visage de ma sœur…

Et de la cruauté du destin qui n'épargnait personne.

IV

L'île de l'Anglois

Le jour de la naissance d'Ambre restera entièrement gravé dans ma mémoire, définitivement, avec la précision d'un tableau que le temps ne pourra pas même roussir. J'ai tenu cet enfant plein de chaleur qui semblait être le seul être dans cette cabane à respirer paisiblement, comme si l'effort qu'elle avait fourni pour arriver là justifiait bien qu'elle ne se préoccupât de rien d'autre après être arrivée à destination. Mais à la vérité, je ne saurais dire quel jour exact ni en quelle année cet événement avait eu lieu. C'est en relisant les carnets de ma mère que je le sus. Ils avaient cela de précieux qu'ils étaient écrits au jour le jour et ne dépendaient pas de la mémoire et de ses failles. C'est donc à la fin de cette année 1716 que naquit Ambre Passadieu. De même qu'il n'y avait pas de date précise à mettre sur le jour de la naissance, je ne pouvais être sûr de l'endroit. Je ne connaissais à l'époque que très peu de choses de la géographie de l'archipel, pour n'avoir vécu auparavant que sur l'île aux chiens. Je me souviens de la passe par laquelle nous quittâmes notre premier refuge, mais savoir très précisément de quel bord nous partîmes serait présomptueux. Soit nous nous trouvions sur l'île du Grand Colombier, soit nous étions encore sur l'île Saint-Pierre, mais dans son versant opposé à l'île aux chiens.

Cela n'avait au fond qu'une importance toute relative. En tenant compte de la brume qu'il y eut pendant ces jours-là, il n'y avait pas à craindre qu'on nous surprenne par la terre d'une manière ou d'une autre. On m'avait demandé de ne pas crier, de ne pas parler fort et de ne m'exprimer que lorsque c'était indispensable. Malgré mon très jeune âge, je restais tellement frappé par ce que j'avais vu la veille, quand on avait détruit nos maisons de manière impitoyable et systématique, que je savais tout l'intérêt qu'il y avait à ne rien manifester qui pût trahir notre présence. On devait nous imaginer noyés dans notre barque, et il fallait espérer que l'on ne ferait pas grand cas de nous rechercher. Une pauvre famille d'immigrés livrée à son propre sort ne valait pas grand-chose. La première journée passa donc dans le silence où chacun remplit des tâches simples. Ma grand-mère s'occupa de ma mère et de ma sœur. Mon père et mon grand-père se chargèrent d'entretenir le feu, tout en montant un tour de garde qui consistait à écouter au-dehors le moindre bruit suspect au-delà de la brume, qui pourrait révéler la présence d'ennemis à notre poursuite.

Cette précaution était sans doute dérisoire et la panique nous avait sans doute fait perdre de vue la réalité des choses. Et puis, que se passerait-il si l'on venait à entendre des bruits suspects? À part éteindre le feu et observer un silence plus profond, il n'y aurait plus qu'à prier et à attendre : prier pour que la brume nous protège, attendre que les bruits s'éloignent ou se précisent. Alors, tout serait définitivement perdu et la fuite deviendrait inutile et dangereuse. Cette situation précaire ne pouvait perdurer. Si nous avions pu profiter d'une chance extraordinaire jusque-là, il n'était pas envisageable de prévoir ne serait-ce que quelques jours de plus dans ces conditions. Le bois viendrait à manquer et la nourriture peut-être plus rapidement. On me tenait bien sûr écarté de ces considérations et l'on faisait en sorte que je reste dans la naïve ignorance qu'on offre maladroitement à l'âge qui n'est pas encore jugé de raison. Mais avec le souvenir, j'avais retrouvé mes pensées exactes d'alors et la crainte du froid, des Anglais, des bateaux, de tous les dangers effrayants auxquels nous avions échappé et qui rôdaient immanquablement autour de nous. Cela me tenait dans une terreur constante, malgré les efforts des uns et des autres pour me rassurer.

Je ne fus pas informé de la suite, mais je voyais bien les discussions des deux hommes qui s'entretenaient avec des airs de conspirateurs, quand l'un ou l'autre n'était pas de corvée de guet ou de bois. La première journée passa. Nous restâmes tous groupés autour du feu. Je pus dormir un peu contre ma mère, sous la montagne de couvertures qu'on avait rassemblées pour nous. La cabane restait toujours chaude, malgré des courants d'air sournois qui nous rappelaient le froid environnant et notre situation précaire. Au déjeuner, ma grand-mère nous servit un ragoût de morue et des pois, seules denrées que nous avions eu le temps d'emporter avec nous. Là-bas, sur Miclon, un autre havre nous attendait, guère plus confortable sans doute, mais aux réserves plus grandes et plus diversifiées. Le premier soir, mon père nous expliqua son plan qui tout en étant simple, reflétait la plus élémentaire logique.

Nous ne pouvions rester là plus longtemps. La brume finirait par se lever. Et si les Anglais étaient toujours à nous chercher, ils finiraient par nous trouver. Nous n'avions par ailleurs pas de quoi tenir plus d'une semaine. Ma sœur était trop chétive et ma mère trop faible pour prendre le risque de les déplacer tout de suite. Voici comment les choses allaient se passer. Un premier voyage serait effectué avec les trois hommes. Et je fus bien fier à mon âge de pouvoir revendiquer l'appartenance à ce groupe, ce qui me plaçait d'un coup au même rang que les adultes. Nous irions jusqu'à Miclon, cela prendrait la journée. Puis mon père me laisserait à la garde de mon grand-père, pour revenir chercher seul les trois femmes, car Ambre avait rejoint du haut de ses quelques heures de vies, le groupe opposé. C'était une rude épreuve pour mon père, car il lui faudrait ramer beaucoup et le second voyage avec la charge des trois femmes représentait une lourde responsabilité. Mais il était bien plus fort que mon grand-père. Et il était par ailleurs inconcevable de me laisser seul à mon âge dans une cabane précaire pendant presque une journée. Cela ne m'aurait pas effrayé et l'on jugea bien ainsi mon inconscience à cette réflexion que je leur fis, alors que mon père exposait ce qui avait été décidé. Ce voyage aurait lieu dès le lendemain. Il n'était pas question de perdre un temps précieux pour la vie de chacun.

La nuit passa lentement. Il faisait froid dans la cabane et le maigre repas du soir n'avait pas suffi à caler mon estomac. On m'avait pourtant donné une ration conséquente, avec quelques biscuits et un thé chaud. Ma mère s'était enfouie sous les couvertures avec le bébé, une fois le repas pris, et on ne les avait pas revues. Mon père et mon grand-père triaient les affaires pour déterminer ce qu'ils emmèneraient le lendemain et ce qu'ils laisseraient aux femmes, afin que rien ne vienne à leur manquer, même si mon père prenait un ou deux jours de retard dans son voyage de retour. C'était une éventualité à considérer, car les conditions de visibilité, les glaces dérivantes et le vent pouvaient s'avérer de terribles obstacles. Les hommes entassaient le bois, rassemblaient les vivres, en en laissant suffisamment, mais pas trop, de manière à pouvoir tout emmener lors du voyage de retour, lorsque mon père reviendrait définitivement sur Miclon avec les femmes. Lorsque la nuit était tombée, la brume était toujours aussi épaisse et il n'y avait aucun espoir pour que le temps changeât. C'était un danger pour une si petite embarcation, même bien conduite. Mais il valait mieux profiter de la protection qu'elle nous offrait contre les yeux de nos ennemis, s'ils n'avaient pas abandonné notre poursuite.

Je finis par me glisser sous les couvertures et ma grand-mère me calfeutra en me conseillant de dormir pour rassembler mes forces en prévision de la journée à venir. Je mis très longtemps avant de trouver le sommeil, car toutes ces images tournaient dans ma tête. Il y avait d'abord le souvenir de la nuit précédente et ses images terribles : la peur, le chagrin et cette impression tragique que tout basculait. La mort de mon grand-oncle était une chose sur laquelle je n'avais pas eu le temps de m'appesantir moi non plus. Je savais pourtant que chacun ressentait cette absence et vivait ce deuil dans sa solitude intérieure. Chacun était jusque-là resté concentré sur sa propre tâche, avec l'opiniâtreté d'un animal qui écarte la conscience du malheur pour aller au bout des buts fixés. Et il y avait aussi la vision du bébé que j'avais tenu dans mes bras quelques courts instants, et qui m'avait laissé une impression étrange. La fragilité de cet être qui allait devoir surmonter le froid, la faim sans doute, le mal de mer, lorsqu'on la transporterait dans la barque : tout cela à peine quelques heures après sa naissance. Car il n'y avait pas de raison de penser que malgré son âge, la pauvre enfant soit épargnée de ces vicissitudes que je parvenais mal à maîtriser, sans doute par manque d'habitude. La fatigue eut raison de toutes ces affres et je m'endormis...

Mon père me secouait doucement. Je ne sus pas tout d'abord où je me trouvais, mais je n'eus pas le temps d'espérer sortir d'un cauchemar pour me réveiller paisiblement sur l'île aux chiens. J'étais roulé dans une couverture à même le plancher, seul mon nez dépassait. Le froid piquait, comme après de longs après-midi passés à jouer en plein vent. J'avais oublié mon destin, avec l'insouciance compréhensible de l'enfant. La main ferme de mon père était sur mon épaule.

— Debout, Jean, il faut y aller.

Il y avait une odeur de thé dans la pièce. Le visage de ma grand-mère, penché au-dessus d'une gamelle fumante et une pauvre lumière pour éclairer cette misère. Il ne fut pas question de toilette ce matin-là, pas plus qu'il n'en avait été la veille. Notre vie était suspendue à l'instant et paraissait bien trop fragile pour perdre la plus petite minute. La moindre tâche superflue aurait pu nous coûter la vie. Pour l'heure, l'essentiel était de se nourrir, de maintenir en vie le bébé, de ne pas mourir de froid et d'échapper à nos agresseurs. Car il aurait été plus simple et bien moins risqué de nous laisser déporter comme les autres familles. Au moins, nous n'aurions pas à nous préoccuper ainsi de la précarité de notre sort. Toutes les autres familles de l'île aux chiens qui avaient choisi de se soumettre devaient être à l'abri dans le ventre du navire, peut-être pas dans des conditions de confort parfaites, mais sans doute meilleures que les nôtres. Comme nous, elles avaient vu brûler leur maison, détruire le moindre de leurs biens : leur tristesse n'était en rien inférieure à la nôtre. Mais pour avoir pris ce risque dont les autres n'avaient pas voulu, il n'était plus question alors de renoncer. Aucun retour possible. Ce qui était certain, c'est que nos poursuivants nous feraient payer très cher notre résistance et le temps perdu à nous rechercher. Alors il fallait se battre, c'était le combat de chacun et de tous. Mais il allait falloir nous séparer.

Ma grand-mère me tendit une écuelle, remplie généreusement de cette bouillie de biscuits au thé, dont elle semblait décidée à faire une spécialité depuis la veille. C'était chaud. L'énergie indispensable à ma survie était sans doute contenue dans cette pâte roborative qui collait au palais et aux dents. Le thé chaud, lui-même, lava tout ça, tassant dans mon estomac ce lest pour la traversée. Ainsi prémuni, ni roulis ni tangage n'auraient la moindre influence sur moi et le mal de mer n'aurait qu'à bien se tenir. C'est en tous les cas ce qu'il fallait espérer, car je n'imaginais pas alors comment un tel emplâtre que j'avais eu tant de mal à ingurgiter pourrait raisonnablement effectuer le trajet inverse. Dehors, il faisait encore nuit : on ne devinait aucune lueur à travers les maigres interstices laissés dans les murs de la cabane. Tandis que je mangeais, mon père et mon grand-père entraient et sortaient, aussi silencieux que des loups. Il n'y avait que le bruit du bois qui grinçait et du froid qui glissait sur moi quand ils entrebâillaient la porte. Ma mère se reposait sous les couvertures et n'avait pas bougé lorsqu'on m'avait réveillé. J'étais assis, drapé dans ma couverture.

— C'est prêt.

Mon grand-père était rentré une dernière fois dans la cabane, mais seul. Mon père était dehors en train sans doute de mettre l'embarcation à flot, car j'entendais le raclement du bois contre la pierre. Ma grand-mère vint vers moi et m'embrassa sur le front. Et je sentis dans le poids de son baiser quelque chose d'exceptionnel, de ce poids qui donne aux événements la dimension intemporelle de ce qui devait rester. S'il ne devait rien rester d'autre. Je lui dis :

— À bientôt.

Elle me sourit avec beaucoup de douceur et répondit simplement.

— L'homme propose…

Puis elle me poussa doucement vers l'amas de couvertures où ma mère et ma sœur se trouvaient.

— Va leur dire au revoir.

À ces mots, les couvertures bougèrent, se redressèrent et je vis apparaître le visage de ma mère. L'enfant geignit sous les profondeurs des étoffes.

— Mon Jean, embrasse-moi.

Assise, elle n'était guère plus haute que moi. Je la pris dans mes bras et sentis contre moi la pression d'une main minuscule, celle de ma sœur qui s'étirait. Ma mère dégagea la couverture, juste à peine pour que je puisse voir le visage. La tête était toujours aussi primitive, comme si elle n'avait pas encore fini de trouver ses véritables proportions. L'enfant avait les yeux fermés. Ses joues étaient rouges, témoignant de la chaleur protectrice dont elle bénéficiait dans son terrier de couvertures. Je tendis un doigt vers cette main. Ses doigts s'accrochèrent tout de suite, comme à un relief salvateur.

— Tu vois, elle t'aime déjà.

Ma mère me parlait à voix douce, comme si nous étions tranquillement dans notre maison de l'île aux chiens, et non pas comme si nous nous apprêtions à nous quitter, sans même avoir la certitude que nous nous reverrions un jour. C'est à cet instant que je compris l'intensité du moment. Et c'est depuis ce jour-là qu'il n'y eut plus pour moi ni départ ni séparation sans cette ferveur dans les sentiments, comme s'ils étaient les derniers qu'on aurait à partager. Cela n'empêchait rien, sinon peut-être les remords. La douleur rarement. Je n'avais pas six ans et je venais de comprendre cela, par un instinct discret que m'avait soufflé à l'oreille ce fragment de sagesse. J'embrassai une nouvelle fois ma mère. Ambre ne semblait pas vouloir lâcher mes doigts et ma mère détacha une par une les petites phalanges de cette ténacité inconsciente en souriant.

— Voilà. Il n'y aura pas long avant de nous revoir. Va maintenant.

Ma grand-mère finit de m'enrouler dans ma couverture, si bien que je dus marcher à petits pas pour ne pas tomber. Sur le pas de la porte, je me retournai, fixant ce tableau qui resta dans mes souvenirs comme une toile. Des années plus tard, je retrouvais cette même émotion au milieu d'autres, comme un bagage dont on ne voudrait ni ne pourrait se défaire… à aucun prix.

Dehors, on n'y voyait rien. Mon grand-père tenait une lanterne qui n'éclairait pas plus loin que nos pas. La brume retenait le jour jusqu'à ses dernières extrémités. Une opalescence où nous serions à l'abri des regards, mais qui rendrait les obstacles invisibles et d'autant plus dangereux. Mon père s'affairait sur la berge.

— Il semble qu'il n'y ait plus de glace.

— Tant mieux.

Les mots étaient comptés, comme les actions et les vivres. Rien d'inutile au prix de la survie. Et sans rien dire, mon père m'attrapa dans ses mains puissantes et me souleva aussi facilement qu'un chaton pour me déposer dans la barque. Elle était prête : quelques vivres, une couverture supplémentaire. Les rames étaient rangées à l'intérieur, en attente. Lorsque mon grand-père grimpa, cela fit tanguer l'embarcation. Et ce fut une sensation étrange de sentir l'eau sous nos pieds, sans rien voir autour de nous. Mon père sauta à son tour en poussant la barque un peu plus. Puis, armé d'une des rames comme d'une gaffe, il finit de nous donner l'élan nécessaire. L'instant d'après, on ne distinguait plus rien de l'endroit que nous avions quitté. La brume nous avait absorbés, laissant toujours le doute sur sa volonté future de nous libérer sur une prochaine rive. Mon père se mit à ramer.

Le froid s'était fait sentir tout de suite après la sortie de la cabane. Ça commençait par les pieds, même si le fond de la barque avait été doublé avec une sorte de papier huilé qu'on destinait habituellement à d'autres fonctions. Cela remontait progressivement le long de mes chevilles. Je commençai à grelotter. Mon grand-père me prit contre lui, me couchant presque et m'enroulant dans la seconde couverture. Je n'étais pas aussi fragile qu'un nourrisson, mais mon corps jeune aurait eu tôt fait de geler sur place si on n'y avait pas pris garde. Il me parla doucement pour me rassurer. C'était à ma mère ou à ma grand-mère d'habitude que revenait cette tâche, lorsqu'on me couchait certains soirs de grands vents et que je craignais de fermer les yeux de peur de voir s'envoler notre maison sous l'assaut des bourrasques. Mon grand-père avait un accent qui roulait, quelque chose de subtil, mais de solide, comme une branche qui barrait le courant du froid et de la peur, pour me rasséréner doucement.

Je finis par ne plus trembler et je souris bientôt au visage ridé au-dessus de moi. Derrière, on entendait les coups de rame dans l'eau. Il me vint à ce moment, alors que j'arrêtais à peine de trembler, l'idée que nous ne pouvions nous diriger dans une pareille mélasse. Mon père m'avait toujours dit qu'il n'y connaissait presque rien aux choses des marins. Mais il continuait sans se retourner, traçant son chemin en même temps sur l'eau et dans la brume, au risque de se perdre faute de repères. Dans cette opacité lugubre, nos sens avaient perdu toute utilité. Mon oreille exercée remplaçait la vue et c'était aussi cela qui guidait mon père. Car au départ, j'entendais nettement le clapot de l'eau qui revenait régulièrement, sans doute le bruit des vagues contre le rivage. Cela avait duré un moment et il était facile d'imaginer que nous suivions la côte. Puis le bruit s'était atténué, très progressivement, jusqu'à disparaître. Mon père cessa de ramer alors et la barque continua doucement sur son erre pendant quelques instants. Les rames levées vers le ciel, leur extrémité perdait déjà de sa netteté dans l'épaisseur du brouillard. Les deux hommes tendaient l'oreille. Je voulus bouger et ils se retournèrent vers moi, manifestement dérangés par le bruit que j'avais pu faire, pourtant insignifiant. Je restai donc assis et ne bougeai plus, les observant : deux chasseurs à l'affût guettant la piste invisible de notre salut.

Mon grand-père bougea le premier. Il tendit le bras par-dessus le plat-bord dans une direction très précise. Mon père tendit l'oreille encore quelques instants avant de hocher la tête et de reprendre les rames. Puis il fit pivoter doucement la barque pour rejoindre le cap que lui avait désigné mon grand-père. On avança encore doucement pendant de longues minutes, peut-être, et je sentis que le balancement de la barque avait une fâcheuse tendance à s'accentuer. Des vagues commencèrent à frapper les flancs de la barque, avec mollesse d'abord. Puis, avec plus de vigueur, elles se mirent à soulever l'embarcation de manière inquiétante. Mon père ramait sans cesse et mon grand-père à l'arrière du bateau corrigeait avec précision notre direction. Et il était bien étrange d'imaginer qu'il y ait eu quelque exactitude dans leur façon de naviguer. Il y avait sans doute bien plus d'instinct dans la tête de mon grand-père : un sens qu'on n'expliquait pas, comme celui des oiseaux ou de certaines baleines qui les guident dans n'importe quelle situation, sans repères ni compas. Mon père seul n'aurait sans doute pas pu tracer lui-même notre route.

Au plus fort de ce qui me sembla une tempête, nous étions au milieu de la passe. Une sorte de chenal entre Saint-Pierre et la petite Miclon. Il y avait grand vent et l'on ne s'entendait plus. Mon père luttait de toute la force de ses bras et mon grand-père rectifiait de manière constante la direction que les éléments s'ingéniaient à contrarier. Je m'imaginais perdu au milieu de l'océan, prêt à voir surgir une vague immense qui achèverait notre périple de manière brutale et définitive. L'eau glacée retombait sur nous et de petits glaçons commençaient à se former sur le plat-bord de la barque, rappelant que la lutte que nous menions était aussi contre le froid. Je crus à cet instant que ma vie aller s'arrêter là. Il n'était plus question de nausées ni de mal de mer. La peur que j'avais pu éprouver la veille ne se mesurait pas avec celle que je ressentais alors. La lumière grise qui nous entourait bouchait la vue à quelques brasses et au bout d'un moment, je préférai ne pas continuer à affronter mon angoisse en tentant de deviner la brume. Je devais faire confiance aux hommes qui pour m'avoir donné la vie, feraient de leur mieux pour la conserver.

Je me calai au fond de l'embarcation, fermai les yeux et me dissimulant dans le repli de la couverture, ne laissai plus à mes peurs que le chahut terrible de la tempête. Le vent soufflait et la barque continuait à danser sans ordre, malgré les efforts des naufragés. Car c'est ainsi que je nous considérai à cet instant. Je ne pensai pas à notre sort, mais au destin cruel de ma mère et de ma grand-mère qui, se croyant abandonnées, finiraient par mourir de solitude et de tristesse, emportant avec elle ma sœur nouvelle-née. La peur avait dépassé le stade de l'angoisse, mon esprit était à la résignation. La mort pouvait venir et, pour la première fois, je ne la craignais plus, alors que je n'avais pas six ans.

Sans que je m'en sois rendu compte, la tempête avait fini par faiblir et la brume s'était levée elle aussi. À force de persévérance, le soleil de la mi-journée avait dénoué l'écheveau opaque pour donner sur la mer quelques rais de lumière qui pointaient sur les vagues les étapes de notre progression. Mon grand-père était près de moi. Il me tendait un morceau de biscuit que je refusai. La simple vue d'un aliment eut sur mon estomac le même effet que si je l'avais absorbé : une nausée mauvaise qui manqua de justesse de finir en vomissement. Je m'assis sur le banc de nage. Mon père ne ramait plus. Il me regardait avec ce sourire toujours bienveillant dans lequel il mettait toute la force nécessaire pour préserver mon courage et ma confiance. Le spectacle de ces halos lumineux au milieu de l'océan était étrange et donnait à notre position une impression extraordinaire, comme si nous flottions au milieu d'un nuage. Il n'y avait en réalité plus de vagues. La barque tanguait très peu et le silence était revenu au même point qu'à notre départ.

Mon père et mon grand-père semblaient attendre quelque chose une nouvelle fois. Je fis un tour de ce qui n'était ni un horizon ni une perspective, mais mes yeux finalement éblouis de cette clarté particulière ne décelèrent nulle part le détail qui nous guiderait. Je me taisais, n'osant perturber leur attente. Puis mon grand-père, une seconde fois, tout comme la première, pointa son doigt dans une direction et mon père se remit en place. Il maniait les rames avec autant de ferveur et de force qu'au départ. Cela prit encore de longues minutes, ou bien plus de temps encore. Le souvenir et le temps avaient sans doute faussé l'appréciation des mesures. Le soleil jouait avec la brume, nous donnant parfois l'impression que le rideau allait se lever définitivement ou nous noyant juste après dans une vapeur où l'on ne distinguait plus rien à trois brasses.

Je finis par percevoir à nouveau le bruit du ressac, le chuintement régulier de l'eau sur les rochers. Nous approchions d'une côte et il fallait espérer que nous n'étions pas revenus à notre point de départ. Car pour moi, si le bruit était identique à celui que j'avais entendu le matin, il y avait toutes les raisons de craindre que nous fussions revenus au même endroit. Des ombres se dessinaient dans la brume, des masses sombres et imposantes, juste en face de notre étrave. Mon père se retourna pour apprécier la distance et mon grand-père hocha la tête pour confirmer que nous étions dans la bonne voie. Le brouillard s'était encore éclairci, me donnant à voir une haute barrière de rocher. Le soleil accrochait ses rayons sur les sommets d'une falaise enneigée et inaccessible dans mon souvenir. La côte, que l'on distinguait alors nettement, ne semblait pas permettre un accostage dans des conditions raisonnables.

Le ressac écumait joyeusement ces contreforts gigantesques, signifiant le danger des récifs. Il ne restait plus que quelques lambeaux de brume. Derrière nous, on distinguait une autre côte, sans doute Saint-Pierre. Et un petit point isolé : l'île du grand Colombier, sur laquelle nous avions passé la première nuit. Notre embarcation semblait bien dérisoire au milieu d'un tel théâtre. Je me réjouis de cette éclaircie, mais mon père et mon grand-père semblaient plutôt inquiets, scrutant l'horizon. Ils craignaient que notre ennemi fût encore à rôder. S'il nous repérait, il ne faudrait pas longtemps pour que nous soyons rattrapés et mis au fer à fond de cale. Cette perspective rendait plus cruel l'isolement des femmes, qui se trouveraient une nouvelle fois dans une situation bien périlleuse.

Après s'être assuré qu'on ne distinguait aucune voile sur l'horizon, mon père se remit à ramer. Beaucoup plus vite cette fois, jusqu'à nous amener au pied des falaises. De près, elles apparaissaient sans doute telles qu'elles étaient, c'est-à-dire moins hautes, mais toujours aussi impressionnantes, quoique moins abruptes. En revanche, les rochers n'avaient rien à envier à certains reliefs des côtes de l'île aux chiens. Impossible d'accoster là. À mesure que nous approchions, je finis par distinguer derrière des rochers une sorte de petite anse parfaitement dissimulée. Les rochers étaient gelés d'une fine couche de glace qui brillait au soleil comme l'écaille des poissons. Il fallait être pratiquement sur le récif pour remarquer un étroit passage et une petite crique juste derrière, pratiquement invisible si on ne connaissait pas son existence. Un des gros avantages de cet endroit était qu'il était inaccessible à de gros navires. La mer était calme. Nous longeâmes les rochers. Comme un renard rentrant dans sa tanière, la barque se faufila, continua sur sa lancée pour s'échouer sur une petite plage de graviers. De gros phoques paresseux glissèrent dans l'eau en aboyant, ce qui nous surprit, car nous ne les avions pas vus.

Mon père descendit et tira la barque sur la grève, bientôt aidé par mon grand-père. On me sortit de l'eau pour me poser un peu plus loin, au sec. Je profitai de quelques rayons du soleil qui donnaient l'illusion de chaleur. Les brumes restaient cependant tapies plus loin, dans une sorte de crevasse qui s'enfonçait à l'intérieur de l'île. On tira la barque pour la dissimuler à la vue d'éventuels bateaux. Puis chacun se chargea comme il put. On me donna un petit sac de toile, que je passai en bandoulière et qui n'était guère lourd. Et c'était bien dommage, car il contenait nos provisions pour les jours à venir. Nous emballâmes nos mauvaises chaussures avec des sortes de bas de four-rure : de la peau de phoque

— Ça va aller, Jean ?

— Oui papa.

Il n'y avait rien d'autre à dire. Nous avions tous montré tant de courage jusqu'à présent qu'il n'était pas question de trahir la moindre faiblesse alors. Nous partîmes vers l'intérieur des terres. On aurait dit que l'île avait retenu pour elle tous les brouillards du matin, et je n'eus qu'une vision très parcimonieuse de l'endroit vers lequel nous avancions. Une sorte de gorge où coulait un ruisseau, de grands sapins, certains bien plus grands que tous les arbustes qu'on pouvait trouver sur notre île. Tout cela était abondamment enneigé et ne facilitait pas notre avancée. Il fallait s'accrocher aux branches basses pour avancer, car nos pieds s'enfonçaient parfois profondément. Il fallait un grand effort pour les sortir et pouvoir avancer. La pente était rude et cela ne facilitait rien. Le froid et la faim firent de cette ascension un souvenir terrible. Le brouillard était là, presque collant, encore plus froid, noyant tout, nous faisant parfois perdre notre route et rebrousser chemin, dilapidant de précieuses parcelles d'énergie. Au bout d'un moment, mon père donna à mon grand-père une partie de son chargement et me prit sur ses épaules. Je n'avais pas pu protester, car cela semblait inutile, mais je me fis aussi léger que possible. Je ne me souvins plus du reste : impossible d'évaluer le temps et encore moins la distance que nous avions pu parcourir.

Au bout d'un moment, le sol se fit plus plat. Il y avait encore des buissons. Malgré la neige et la glace que l'on voyait partout, on entendait le gargouillis de l'eau, comme si une rivière continuait à braver le gel en secret. Il faisait presque nuit. Malgré le peu de force qui leur restait, les hommes accélérèrent. Il fallait espérer que le but était proche, car je n'imaginais pas comment nous allions pouvoir nous repérer ensuite. Enfin, mon père me posa par terre. Nous étions arrivés.

— Entre, me dit-il.

Et il me poussa doucement vers une ombre de forme rectangulaire. Je tendis les mains devant moi, de peur de tomber ou d'arriver sur un obstacle. Ma main rencontra une étoffe. Je l'écartai et avançai.

— Nous n'avons pas eu le temps de la finir, mais on trouvera bien le moyen d'y ajouter une porte et ça fera une habitation tout à fait convenable.

Son ton se voulait joyeux, mais sonnait faux, malgré le soulagement de nous voir finalement arrivés à cette destination inespérée. Mon grand-père réussit à allumer une lampe après plusieurs essais. L'humidité rendait la pierre à fusil capricieuse. Et voilà ce que la petite clarté me donna à voir. C'était une simple pièce carrée dont le plafond était très bas. Mon père pouvait à peine s'y tenir debout. Les murs étaient faits de planches juxtaposées, entre lesquelles on devinait de la terre. Au-dessus de nos têtes, des planches, toujours, comme sur le sol. Il n'y avait que l'encadrement de la porte qu'on avait occultée par une épaisse couverture. Au milieu, une fournaise. Et j'imaginais bien les efforts qu'il avait fallu pour apporter cet objet jusqu'ici. Dans le foyer, un feu avait été préparé et il ne fallut pas plus de quelques minutes pour qu'une douce chaleur commence à diffuser dans la pièce. Sur le sol, quelques paillasses de laine, sans doute bourrées de feuilles séchées. Mais le plus étrange était cette impression que l'air avait dans cet espace une pesanteur différente. Mon père avait remarqué mon étonnement.

— Nous avons creusé la cabane à flanc d'une petite butte. Nous sommes dans la terre, un peu comme dans un terrier. L'air y est plus âpre, mais la terre nous réchauffera. Maintenant, mange un peu et puis tu dormiras. Demain, il fera grand jour.

On me donna quelques biscuits, je bus une eau glacée. Je finis par m'endormir, roulé dans une couverture, mais je ne mis pas longtemps avant de me réchauffer complètement.

Lorsque je me réveillai le lendemain, il faisait bon dans la cabane et si ce n'était cette odeur un peu oppressante de terre, j'aurais pu imaginer me réveiller dans notre maison de l'île aux chiens. La fournaise veillait. Le craquement du bois me réveilla en même temps qu'une douce odeur de thé. J'étais seul, mais j'entendais des bruits dehors. Je pus à loisir observer la cabane qui, pour être rudimentaire, n'en était pas moins mon nouveau foyer et pour je ne savais combien de temps. Je l'aimai tout de suite. Il n'y avait guère de racoins ni de rangements. Pas de placards, pas de lits. Une réserve de bois dans un coin. Dans un autre, deux grosses caisses rassemblaient l'ensemble de ce que nous possédions. Il restait bien encore quelques vivres et couvertures sur le Colombier, et si tout se passait bien, nous serions bientôt tous réunis pour cette nouvelle vie. Et il n'y avait aucune raison de ne pas faire confiance à mon père pour cela.

Mon grand-père entra dans la cabane, il portait un fagot de ramures, ses épaules étaient couvertes de neige. J'eus à peine le temps d'entrevoir l'extérieur, mais la luminosité paraissait très faible, peut-être même pire que la veille.

— Tu es réveillé, c'est bien.

— Où est papa ?

— Il est parti ce matin, mais ils ne rentreront pas ce soir.

Hector, mon père, était déjà reparti. Ce héros de mon enfance n'avait pas pris le repos indispensable, parti aux premières lueurs pour retourner sur le Colombier. Le dernier voyage serait sans doute le plus difficile. Et je mesurais à celui que nous avions fait la veille, ce qu'il allait être, avec des passagers plus fragiles ; seul pour affronter les éléments et trouver sa route. Je ne savais pas s'il fallait espérer pour eux la brume protectrice ou le soleil qui les exposerait davantage aux ennemis. Peut-être que leur navire était parti, préférant ne pas risquer le regel et se trouver bloqué dans la rade.

Mon grand-père me préparait une écuelle de bouillie qui cuisait sur un coin de la fournaise. Comme je ne disais rien, il précisa.

— Il neige, on ne voit rien. D'un côté, la température est moins basse, mais il ne trouvera pas sa route pour rentrer, c'est trop risqué. Peut-être demain.

Il me tendit mon assiette en souriant et s'assit à côté de moi, après s'être servi une tasse de thé. Je mangeai en silence en réfléchissant à la situation. Au fond, elle n'était pas si mauvaise même si notre famille était séparée. Jusque-là, tout s'était passé comme mon père l'avait prévu. Le plus grand péril aurait été de se faire prendre par les Anglais. Ça, je l'avais compris et puisque nous leur avions échappé, l'espoir de jours meilleurs était donc permis.

— Tu penses à ton tonton ?

C'était comme cela que j'avais l'habitude d'appeler mon grand-oncle. La question parut surprendre mon grand-père, venant d'un enfant de mon âge, peu susceptible de se préoccuper de ce genre de choses. Il se tut un instant et sans me regarder, me répondit par une autre question.

— Et toi, tu y penses ?

— Bien sûr. Tu crois qu'il est mort ?

— Je ne sais pas. Et je ne sais pas ce qui est mieux pour lui. C'est peut-être grâce à lui que nous avons pu nous échapper et il faut le remercier pour ça, où qu'il soit.

— D'accord.

Et je continuai à manger. Je me rendais compte que la faim avait dû me sortir du sommeil, car depuis la veille, les rations avaient été très simples, même si on m'avait très vraisemblablement favorisé.

— Aujourd'hui, tu m'aideras à ranger la cabane. Il faut tout préparer pour l'arrivée de ta sœur.

La journée passa vite et je n'eus presque pas le temps de m'inquiéter, ni de mon sort ni de ceux qui étaient restés au Colombier. Mon grand-père entreprit de construire une sorte de berceau pour Ambre. Il avait apporté quelques outils, un simple marteau, quelques vieux clous rouillés. Avec des planches gardées spécialement, nous construisîmes une petite caisse, guère plus grande que l'enfant elle-même. Puis nous sortîmes ramasser de la végétation pour confectionner une sorte de matelas. Cela me permit de me rendre compte par moi-même de la situation extérieure.

Une neige molle recouvrait tout, une nouvelle couche qui venait se coller sur la première, collant chaque pas. Le ciel était fermé comme une marmite. On ne distinguait rien d'autre qu'une seule nuance de gris qui se mêlait à la neige quelques pas plus loin, bloquant l'espace et donnant l'impression de nous tenir prisonniers. Quelques arbustes dépassaient encore de la neige, sans laisser présager de son épaisseur. Mon grand-père, muni d'un couteau destiné habituellement à vider les poissons, coupait tout ce qui dépassait et me le tendait. Je suivais derrière, jusqu'à confectionner un petit fagot. Puis, lorsque celui-ci était trop encombrant, je rentrais dans la cabane pour le déposer devant la fournaise pour le mettre à sécher. Et nous recommencions. Nous ne nous éloignions pas beaucoup de la cabane. Mon grand-père m'avait mis en garde.

— Ne t'éloigne jamais et garde toujours la cabane en vue, quand il fait ce temps-là. Il y a beaucoup de rivières et d'étangs autour, et des marais pas loin. Tu te perdrais assurément.

C'était étrange de penser que cet homme, capable de se diriger sur la mer sans rien voir, au milieu d'une tempête, s'inquiétait des dangers des chemins lorsqu'il avait le pied sur le sol. Lorsqu'il estima que nous avions rassemblé suffisamment de branchages, nous rentrâmes. Il étala les sarments devant le poêle pour mieux les faire sécher. Le reste de la journée passa, aussi uniforme que le ciel. Nous sortîmes peu. L'intérieur, quoique peu confortable, nous réchauffait rapidement au retour et c'était grandement appréciable. Un morceau de morue séchée fut mis à cuire dans de la neige et cela nous servit de dîner. Nous fîmes une courte prière et je m'endormis aussi vite que la veille. Mon sommeil resta vide de rêves, du moins dans mon souvenir.

La journée du lendemain fut semblable à la précédente. La neige tombait avec une assiduité inquiétante, comme si le ciel ne devait jamais finir de déverser sur nous sa malédiction. La conséquence était évidente : par un temps pareil, mon père ne prendrait pas le risque de tenter la traversée de la baie. Mon grand-père entreprit de briser en minuscules morceaux les branchages que nous avions ramassés la veille. Il commença par les fractionner puis, muni d'une petite hache, il les brisa jusqu'à réduire chaque fragment à la taille d'un ongle de ses vieux doigts. À la fin, il avait obtenu une sorte de gravier léger qu'il enferma dans un linge. Il le retourna ensuite plusieurs fois sur lui-même. Puis il cousit le tout avec le fil qu'il utilisait pour la pêche.

— Tiens, dis-moi ce que tu en penses.

Et il me donna à tâter ce coussin improvisé. Au fond, il n'était pas moins moelleux que nos paillasses de fougères ; cela ferait un matelas tout à fait acceptable pour ma sœur. Il l'avait prévu aux dimensions exactes de la petite caisse qui devait servir de berceau. Puis il prit dans une des malles une paire de bottes en peau de phoque et entreprit de les découdre.

— C'était la paire de ton grand-oncle. Il n'en aura plus besoin maintenant. En tous les cas, pas ici.

Une fois dépliées, elles formaient deux pièces d'une fourrure très dense et rase. Il les cousit ensemble pour confectionner une couverture. Nous étions prêts pour accueillir Ambre et ce n'était pas la moindre de nos satisfactions. Le reste de la journée, nous sortîmes pour les corvées de bois. Nous mangions, parlions peu. Mon grand-père ne me portait pas d'attention particulière, un peu comme il l'aurait fait avec un adulte, et répondait sommairement à mes questions d'enfant. Mais je savais qu'il veillait sur moi aussi bien que n'importe qui aurait pu le faire, et je n'avais pas peur à son côté. Combien dura cette attente ? Mon souvenir ne peut le préciser, mais plusieurs nuits et plusieurs journées passèrent, semblables, noyant dans la routine les détails qui auraient pu les distinguer.

Jusqu'à cette nuit terrible où le vent ne faiblit point. Il avait commencé dans l'après-midi et gonfla. Les bourrasques faisaient craquer le bois. Mon grand-père m'avait rassuré ; puisque la cabane était en grande partie enterrée et que notre construction était figée dans la neige et la glace, il n'y avait aucun risque de voir notre toit envolé. Mon grand-père bloqua la tenture qui servait de porte et nous ne fûmes pas davantage inquiétés. Malgré le bruit et les grincements des planches, il n'y avait rien à redouter. En fin de nuit, le souffle faiblit. On pouvait voir derrière la tenture une grande clarté, comme si le soleil que nous avions oublié depuis plusieurs jours nous offrait un retour triomphant. Je sortis et restai quelques instants devant la cabane, aveuglé et surpris d'une telle beauté.

Le vent avait chassé la brume et la neige en excès. Le ciel où moutonnaient encore des nuages pressés était d'un bleu parfait, découpant chaque relief avec une précision captivante. L'entrée de notre cabane se trouvait dans le flanc d'une petite colline. Nous nous trouvions sur une sorte de plateau vallonné. Juste en face de moi se trouvaient deux étangs gelés, dont la surface brillait comme le métal. L'un petit, l'autre grand, une sorte de petite rivière entre les deux. Leurs limites se perdaient sous des congères immaculées. Et c'était bien cette impression fabuleuse que personne d'autre que nous n'avait traversé ce territoire auparavant qui suscitait la plus vive émotion. J'avais l'impression que je pouvais toucher le ciel et que de cette pureté accessible, je pourrais tirer les armes de notre salut. Et c'est par cette journée exceptionnelle que mon père revint en héros au campement, ramenant avec lui le reste de notre famille.

C'était la fin de la journée. Il n'y avait plus de vent, et nous étions avec mon grand-père à sauver du bois à côté de la cabane. Je les aperçus avant de les entendre. Depuis le matin, mon grand-père m'avait laissé espérer que ce jour serait peut-être celui des retrouvailles, et il m'avait indiqué sur quel chemin je risquais de les voir arriver. Je courus à leur rencontre. Ma grand-mère marchait en tête, toujours aussi fière et courageuse, portant contre elle deux grands sacs de toile. Ma mère venait ensuite, soutenue par mon père. Elle était enveloppée dans une sorte de grand manteau de couvertures. Elle était aussi pâle que la neige, et pour ne pas l'avoir vue depuis si longtemps, je la trouvai changée. Je crus un instant qu'elle venait seule. Mais ses bras et ses mains disparaissaient sous ses vêtements, tenant à l'abri du froid le plus précieux de notre trésor à tous ; cette petite vie qui compensait tous les sacrifices passés et à venir. Ce fut un jour magnifique dans mon souvenir. Le retour de ceux qui m'étaient chers, sous ce brillant soleil, avait suffisamment de force à me donner pour me permettre de garder l'espoir. Car nous n'étions qu'au début de l'hiver, au tout début. Décembre finissait à peine et les mois les plus rudes étaient devant nous.

Nous profitâmes de ces jours cléments pour arranger au mieux notre situation, améliorer le confort de notre cabane, stocker un maximum de réserves. Mon père et mon grand-père prirent même une journée pour aller pêcher. Car il n'était pas facile d'imaginer avant combien de temps ils pourraient y retourner. On enterra des vivres. Nous ne pouvions de toutes les façons compter que sur nous-mêmes. La faune n'était pas si dense et à part quelques phoques timides, il n'y avait pas grande viande à espérer. Quelques chats-huants ou de rares aigles passaient parfois, mais il nous apparaissait bien audacieux d'espérer les atteindre.

Pour le poisson, la pêche en mer était trop aventureuse ; elle devenait mauvaise avec l'hiver et il n'était pas question de prendre le risque de se faire surprendre par un navire ennemi en maraude. D'après mon grand-père, les étangs devaient regorger de poissons. Il n'y aurait qu'à briser la glace et tremper une ligne : nous verrions bien ce qui mordrait. Encore faudrait-il trouver des appâts satisfaisants. On trouva bien vite les victimes pour notre pêche, car en creusant la terre autour de notre cabane, où le sol restait plus chaud du fait de notre présence, il ne fut pas difficile de trouver de très beaux cochons de lait[6]. Et il ne fut pas plus compliqué de capturer ainsi de très belles truites de rivière[7]. Pour le poisson, il y aurait donc toujours dans ces étangs matière à pourvoir à satiété à l'appétit de chacun, pour peu que le temps autorise la pêche.

On ne manquait pas d'eau douce. Les rivières nous fournissaient une eau pure. En cas de gel trop important, il suffisait de faire fondre un peu de glace ou de neige. Bientôt, les biscuits et les fruits secs manquèrent. Il n'y avait plus de farine ni de sel. On rationna le thé. Il y avait toujours de quoi manger, mais les carences commencèrent à se faire sentir. Sans fruits, il était difficile de survenir aux besoins élémentaires de ma jeune sœur. Le lait de ma mère suffisait encore, mais il fallait pour elle des rations conséquentes qui privaient les autres. Mais chacun se dévouait avec bonheur, bien avant qu'Ambre ne manifestât les premiers signes de joie ou de colère, bien avant ses premiers sourires. Chaque jour et chaque semaine passés étaient une victoire, sans que nous n'imaginions jamais plus loin que le jour suivant. Il n'était question d'aucune perspective, sinon peut-être passer le cap de ce premier hiver. Le printemps, puis l'été, si nous parvenions jusque-là, nous permettraient peut-être d'explorer plus loin notre nouveau domaine pour en évaluer les richesses.

Je prenais une grande part à tous les travaux, bien conscient que ma ration, avec celle de ma mère, représentait une grande partie de nos ressources et qu'il

6 — Cloportes
7 — Ombles de fontaine

me fallait mériter comme un salaire toutes ces attentions. Je n'avais pas mon pareil pour trouver les cochons de lait, ramasser du bois, étendre les drapeaux[8] à sécher, vider les truites. Il m'arrivait aussi de veiller sur Ambre pour soulager ma mère. Je lui inventais des chansons pour la faire sourire ou pour l'endormir. Elle se portait bien, toujours, et c'était pour nous le meilleur indicateur de notre situation. Ne manquant de rien, ma mère avait toujours de quoi la nourrir. L'hiver était rude, la glace s'épaississait et il fallait chaque fois un peu plus de temps pour creuser un trou dans les étangs avant de pouvoir pêcher. Le vent nous épargna un peu cette année-là, et c'était déjà une belle satisfaction. Car il suffisait d'une pétuche pour rendre le froid plus dur et plus mordant, limitant le temps passé dehors, malgré les multiples couches de vêtements pour nous protéger.

Petit à petit, on améliora le confort de la cabane. Ce n'était pas grand-chose, mais un petit banc fait de quelques branches ou un tabouret changeaient le quotidien. Les jours passèrent, puis les semaines. Nous avions oublié nos poursuivants, la guerre, les corsaires. Nous ne savions plus qui nous étions ni quelle était notre patrie. Car c'était sur la bordure de cet îlot, à quelques centaines de pas dans les terres, que nous avions bien modestement colonisé notre nouveau territoire. Le peu que nous avions n'appartenait à personne, et nous appartenait donc. Il n'était plus question de la couronne de France ni d'Angleterre. Il n'était pas question de possession, mais simplement d'une légitimité que nous offrait cette terre, puisqu'elle nous laissait en paix… enfin!

Les souvenirs restaient par bribes. Ils s'effilochaient comme les bancs de brumes sur les arêtes du passé. Mon enfance resta sur cette côte peu hospitalière, mais bien moins hostile que ce que nous avions connu auparavant. L'image que j'en garderais ne serait pas si mauvaise, juste le reflet de moments difficiles où le quotidien nécessitait un effort de chaque instant et où la notion d'avenir n'avait pas d'épaisseur.

---

8 — Couches

Jean-Baptiste Seigneuric

V

Pierre Fauchard

En cette fin d'hiver, où je croyais avoir tout perdu, mes sentiments étaient bien comparables à ceux que j'avais pu avoir enfant sur la côte de l'île de l'Anglois. Il fallait pourtant continuer à manger et à respirer pour vivre. Mais sans but, la vie que je m'efforçais de préserver avait-elle encore une signification ? J'avais beau tenter de me persuader que la disparition de Balbine ne devait pas prendre tout le poids qu'elle cherchait à occuper dans ma vie, je n'y parvenais qu'à de rares moments, et de manière toujours incomplète et fugitive. La douleur, le chagrin, et le souhait de ne plus vivre finissaient toujours par revenir comme un poison dont je n'arriverais jamais à atténuer le mal. Pourtant, je ne l'avais guère connue et je l'avais presque oubliée durant ces longues années d'éloignement. Et par la simple cause de souvenirs idéalisés, par l'espoir inespéré que Gersende avait rallumé en m'annonçant que la jeune novice n'avait pas quitté la France, je m'étais remis aussitôt à espérer, à aimer même. Et qu'y avait-il de plus terrible qu'aimer quelqu'un que l'on ne connaissait pas, dont on imaginait des sentiments hypothétiques, dont on n'avait jamais éprouvé la réciprocité ? Quoi de plus pervers que de se prendre d'affection pour un être dont la seule connaissance n'était liée qu'à ce qu'on en imaginait ? Et alors qu'elle avait disparu, je comprenais qu'un piège terrible se refermait, m'enfermant dans des illusions de bonheur que je ne pourrais jamais vérifier. C'était bien là la plus odieuse des passions. Mon cœur était pris, bien plus que je n'aurais pu imaginer que ce fût possible.

Il y avait eu ensuite ces lettres, comme un cheminement, une carte du Tendre[9] toute en hypothèses. Rien que des mots. Des échanges sans voix, sans ton, sans sourire : aucune indication et rien que ses sentiments propres à calquer sur tout cela les nuances des sentiments de l'autre. Au fond, peut-être n'avais-je jamais aimé Balbine ? Peut-être n'avais-je été abusé moi-même que par l'image, forcément fausse, que je m'étais façonnée de sa personne et de nos relations. Peut-être... Et c'était avec ce misérable raisonnement, qui pourtant avait un fondement logique, que j'espérais me défaire de cet ennui mortel, de cette pernicieuse maladie qui me tirait toujours dans une profonde détresse, me faisant oublier tout ce qui aurait dû me pousser à vivre. La force de cette

---

9 — Représentation de la géographie amoureuse inspirée du roman sentimental du XVIIe siècle «Clélie, Histoire Romaine»

passion avortée, que pourtant j'imaginais fausse ou au moins faussée, gommait tout le reste : mes responsabilités envers Augustin, ma charge au Collège et l'entretien de ma boutique et mes travaux.

D'avoir retrouvé les souvenirs tangibles de mon enfance, dans les cahiers de ma mère, m'avait apporté une nuance nouvelle à ma solitude, mais sans me permettre véritablement de voir plus clair dans une voie ou dans une autre. Je ne savais plus quel sens donner à ma vie, pour peu qu'elle en eût encore un. J'avais relu plusieurs fois ses mémoires : comme une boîte à musique, pour moi. Lorsque j'ouvrais le cahier relié en cuir de poisson, j'entendais presque la voix de ma mère, je sentais l'odeur des poissons mis au sel, j'entendais le choc des vagues sur le plain. Mais j'entendais aussi le beugloux les soirs d'alarme, je retrouvais l'odeur étouffante de l'incendie qui avait brûlé nos maisons, l'odeur inconnue puis indélébile de la poudre. Et puis il y avait l'autre cahier, où des mains diverses dont je ne reconnaissais pas toutes les écritures avaient rassemblé recettes et prières, remèdes et autres compositions à vertu thérapeutique. Parfois, je ne comprenais même pas le sens de certaines, mais il semblait étrange que moi-même, devenu charlatan, d'une manière tout à fait hasardeuse, je me retrouvasse héritier des secrets de ma famille. Ce petit doute était un germe infime au cœur de mon accablement, mais suffisant pour donner une nouvelle matière à ma réflexion et me distraire du chagrin.

Nourri des bons soins de Marie Courval, qui s'ingéniait à me faire engraisser, je finis par reprendre des forces et à ne plus souffrir des douleurs quasi constantes et des difficultés à trouver la force élémentaire pour me déplacer. Les premiers jours de mon retour chez moi, je m'étais trouvé extrêmement faible. L'instinct de la nourrice et son dévouement inébranlable avaient trouvé dans cette nouvelle tâche des motifs suffisants pour me harceler de ses ragoûts, de son empathie et de sa chaleur. Elle y mettait autant de cœur qu'elle l'aurait fait pour un nourrisson malingre. Et je m'appliquais bientôt à finir les assiettes qu'elle me préparait, de peur qu'un jour, en désespoir de cause, elle me présentât à souper le quotidien de ses anciens protégés. Cela aurait sans doute pu prêter à sourire à Datelin ou envie à Grégoire.

Ma force vive, je la retrouvais surtout dans le jeune Augustin. Je l'avais quelque peu négligé jusque-là, tout occupé à mon ascension et à mon art. Il m'avait toujours reconnu pour père, et ce n'était qu'au retour de l'Hôtel-Dieu que j'avais véritablement compris ce lien subtil qui nous unissait, et que je n'avais aucune raison de ne pas satisfaire. Il y avait là aussi matière à réfléchir. Ne l'avais-je tiré des salles nauséabondes de l'assistance publique que pour lui offrir un meilleur confort, le gîte et le couvert ? Seulement ? Mon vœu n'avait-il été que vanité, puisqu'au fond, je n'étais guère allé au-delà ? Ne pouvais-je lui offrir véritablement ce dont j'avais eu la prétention ? N'étais-je donc pas capable de lui rendre un amour instinctif que mes parents m'avaient enseigné à travers les épreuves effroyables que nous avions traversées ? À son âge, il n'était sans doute pas capable de ressentir la différence et de trouver dans mon attitude une distance normale vu notre situation. J'étais en fait en train de lui offrir l'enfance qu'il aurait eue dans la caste dont il était véritablement issu. Rien ne lui aurait manqué, sinon sans doute l'amour vibrant, celui qu'on dit, celui qu'on montre, et pas celui qu'on tait parce qu'on le croit trop évident pour braver la pudeur. Je n'étais pas de ce monde-là et malgré une particule dont j'abusais pour dorer l'enseigne de ma boutique, je ne voulais pas tomber dans ces travers.

Je songeais souvent au souper chez le Lieutenant général : à ses convenances, à ses manières, à ses filles. À cette mère qui avait écouté sans perdre une once de son appétit les misères de son propre enfant, celui qu'elle avait abandonné. Et même si elle l'avait fait sous la contrainte, ce n'était en rien une raison pour abandonner les instincts animaux, ceux du sang qui nous liaient indéfectiblement à notre progéniture comme à nos aïeux. Augustin était là, témoin vivant de ce que j'avais voulu, malgré le bon sens et les recommandations de Marie Courval. Et je sentais depuis ce jour qu'elle m'en gardait un ressentiment. Non pas parce que j'avais été cherché l'enfant à l'orphelinat, mais bien comme elle l'avait craint, parce que je m'étais montré jusque-là incapable de lui donner au fond davantage que ce qu'il aurait reçu à l'assistance. Rien que du matériel, sans aucune chaleur humaine.

Il y avait tout cela à revoir, et décider de ce que j'allais être capable de faire de ma vie allait dépendre de tout cela. Une nouvelle fois, j'avais l'impression de reprendre au départ un long processus qui, chaque fois qu'il semblait s'être stabilisé, se trouvait submergé par une nouvelle vague qui détruisait mes précédents efforts. Il fallait pourtant croire que la vie et le courage étaient plus forts que les éléments, puisque je me trouvais à reprendre cette question avec les réflexions précédentes. Mais mon mal de dents avait repris une vigueur sinon nouvelle, tout au moins inquiétante. Depuis le matin où nous nous étions rendus à ma boutique avec Marie Courval, il n'avait pas véritablement cessé. Comme je voulais la ménager, je prenais garde de manger seulement de l'autre côté de ma mâchoire. Cela n'empêchait pas de temps à autre au mal de se réveiller. Et lorsque par mégarde, il m'arrivait de croquer sur cette mauvaise dent, c'était toujours la même pique que je sentais. Elle traversait la racine et l'os de la mâchoire, me laissant craindre que la peau même se verrait transpercée de tant de vigueur. Chose beaucoup plus inquiétante, il arrivait parfois à la douleur de se réveiller en pleine nuit, sans que je n'eusse rien fait pour exciter son humeur. La souffrance me réveillait, me donnant l'envie de me jeter par la fenêtre si cela avait pu me soulager. C'eut été naïf, inutile, mais peu dangereux depuis l'entresol de la rue du four. On m'avait en effet jugé trop faible jusque-là pour me proposer de gravir un ou deux étages.

Depuis mon retour, je partageais mon temps entre mon lit de la rue du four, et ma boutique où je restais de longues heures à relire les mémoires de ma mère, à pleurer sur mon sort et à réfléchir sur les circonstances capables de me sortir définitivement de cette impasse où le sort m'avait coincé. Je me trouvais donc, ce matin-là, au Collège des Quatre Nations, en train de mâcher ensemble souvenirs et désillusions pour statuer sur mon avenir. Et je n'aurais pas dû tant mastiquer, car ma dent sournoise choisit ce moment précis pour se réveiller d'une manière encore plus forte, incomparable à ce qu'elle m'avait fait subir jusque-là. Ce fut comme un coup de tonnerre qu'on n'aurait pas attendu. Un coup de fouet ! Et puis la douleur sourde, palpitante, celle que je connaissais par cœur s'installa juste derrière, mais avec une force nouvelle, ne me laissant pas imaginer que je réussirais à la vaincre d'une seule potion. L'essence de girofle s'avéra bien inutile et sembla paradoxalement attiser le mal comme le souffle sur les braises. Le simple contact de mon doigt sur la dent, la gencive ou même les dents voisines était proscrit, sous peine d'avoir à endurer des souffrances plus terribles encore. Je me contentai d'un gargarisme à l'essence de thym, dans lequel j'avais écrasé une ou deux gousses d'ail. La recette était mauvaise au goût et s'avéra parfaitement inefficace. J'essayai de m'allonger, mais la position couchée semblait attiser les souffrances. Je me relevai, m'assis à mon bureau et me mis en quête d'une solution.

Il y avait dans cette extrémité une nécessité à apporter la solution au problème. Et j'aurais aimé qu'il en fût de même pour mon accablement : que la nécessité de ma survie m'imposât des choix et des orientations rapides pour me sortir de l'enlisement. En tous les cas, ce fut un des rares instants où je réussis, quoique bien involontairement, à chasser de mon esprit l'image de Balbine et la vision effroyable de son petit cadavre. Il n'était pas question d'aller trouver Datelin qui avait arrêté depuis bien longtemps sa pratique, ses tremblements le lui interdisant. Il avait d'ailleurs beaucoup perdu de son énergie vitale depuis quelques mois, et il y avait fort à craindre que les mois qui restaient ne lui soient âprement comptés. Il était impensable d'imaginer confier ce mal à l'autorité de mes collègues du Pont-Neuf. Je savais qu'il n'y avait pas grande subtilité à attendre d'eux. La dent ne branlait pas. Pomardini l'avait brisée au ras de la gencive et il fallait nécessairement de l'astuce et de l'expérience pour venir à bout de ce mal. Il fallait l'extraire ! Mais qui pourrait se montrer capable d'un tel acte ?

Il me vint soudain à l'esprit ce livre qu'un vieillard m'avait offert à mes débuts. L'ouvrage d'un illustre dentateur que je m'étais promis de lire, mais que j'avais oublié dans un rayonnage de ma bibliothèque au milieu des nombreux autres que de Blégny avait rassemblés. Je me mis donc en quête de cet ouvrage assez épais, un petit livre relié en plein chagrin. Je le retrouvai assez facilement et y cherchai le nom de celui que j'espérais déjà comme mon sauveur, tant mon cas me semblait désespéré. J'avais entendu parler de cet homme-là avec force éloges, mais le considérant au fond comme un concurrent, je n'avais pas prêté beaucoup d'attention à lui, sans doute aveuglé que j'étais par son succès, bien plus légitime que le mien. Je parcourus l'ouvrage, espérant y trouver la solution à mon remède en m'opérant éventuellement tout seul. Il n'y avait pas à se mentir, j'en étais réduit à des extrémités telles que j'aurais même pu imaginer livrer ma bouche à Jean Thomas[10]. Mais il restait encore quelques minces espoirs d'échapper à sa poigne. Malheureusement, je n'avais non seulement pas la tête à ce que je lisais, mais je découvris, sur de nombreux bois gravés dans le corps

---

10 — Voir lexique de Jean Passadieu (Première époque).

de l'ouvrage, que le bonhomme était aussi l'inventeur de nouveaux instruments et que son arsenal spécialisé mettait hors de portée mes espoirs de régler ce problème tout seul. Le mal vrillait ma mâchoire, gagnant le maxillaire supérieur. Mon oreille du même côté commençait à siffler : tout cela allait exploser. Cette éventualité n'aurait sans doute pas pour effet d'améliorer mon état.

Je n'imaginais pas endurer ce mal une heure de plus et il fallait aller au plus pressé. Je questionnai le concierge du Collège qui, comme tous les concierges, devait avoir une idée sur toutes sortes de choses sorties du chapeau à l'improviste, et a fortiori sur mon problème en particulier. Je lui donnai le nom de Fauchard et il réfléchit avec un air entendu, en répétant le nom du dentiste plusieurs fois.

— Fauchard ? Attendez voir. C'est pour lui demander conseil ?

— Non, nous devons discuter d'un patient que nous soignons tous les deux.

— Oui, je comprends.

À voir mon visage crispé de douleur, il n'y avait pas à douter que l'autre avait effectivement compris de quoi il s'agissait en réalité. Son sourire entendu avait un rien d'ironie que je fis mine de ne pas saisir dans l'instant. Il pouvait bien penser ce qu'il voulait, pour peu qu'il me donnât une adresse ou quelque chose qui me permettrait de retrouver celui que je tenais déjà pour mon sauveur.

— Vous êtes sûr qu'il exerce encore ? Si ma mémoire est bonne, depuis le temps, il ne doit plus être tout jeune. Il est peut-être même mort, qui sait. Mais attendez…

L'autre me faisait languir, sans scrupule ni pitié pour ma souffrance.

— Je ne sais plus qui m'en a parlé en plus grand bien. L'on m'a dit qu'on le trouvait facilement au café Procope. En tous les cas, vous trouverez là-bas de toute évidence des renseignements plus précis.

Je le remerciai et lui demandai de m'appeler une voiture le plus rapidement possible. Il ne fut pas utile de préciser l'adresse au cocher, car l'endroit avait une grande renommée dans la capitale. On s'y bousculait pour déguster des glaces l'été et des boissons à la mode toute l'année. L'établissement était tenu par une famille de limonadiers-apothicaires qui avaient éprouvé comme moi leurs premiers succès à la foire Saint-Germain. C'est pour cette raison, parmi bien d'autres, que je n'avais jamais souhaité fréquenter l'endroit. Si l'on m'y avait reconnu, j'aurais immanquablement fait l'objet de railleries et de critiques. On jalousait ma renommée alors, et il n'était pas question de la mettre en péril pour satisfaire à une mode quelconque. Grégoire fréquentait l'endroit qu'il jugeait tout de même un peu trop prétentieux pour ses habitudes, plus provinciales.

La voiture me laissa devant l'établissement, rue des fossés Saint-Germain. J'entrai. C'était une vaste salle richement meublée. De nombreuses tentures décoraient les murs. De grands miroirs savamment agencés distribuaient la lumière et permettaient aux habitués de surveiller aisément chaque coin de la salle et d'y espionner à l'aise. On y parlait fort, d'un ton plein d'assurance, et chaque table était le lieu d'un débat particulier. J'étais parti de ma boutique à la hâte et n'avais mis aucune fantaisie ni élégance dans ma mise. Je ne portai pas de perruque, mes cheveux étaient simplement noués sur mon cou. Il n'y avait donc rien de remarquable chez moi, sinon cette excentricité qui consistait à n'en afficher aucune. Il n'était pas question de m'asseoir comme un simple client. Il n'était pas question non plus de m'adresser directement au tenancier du café : mon histoire aurait tôt fait le tour de Paris, et ma réputation s'en serait trouvée d'un coup joliment éborgnée. J'avais bien remarqué que le ton des conversations s'était un peu affaibli à mon entrée et que certains regards curieux glissaient par endroits au-dessus des pages de la *Gazette*[11] ou du *Mercure*[12]. Il n'y avait rien de tel pour donner l'impression de se retrouver d'un coup comme un voyageur débarqué dans un tripot des Indes. Il restait heureusement de nombreuses tables libres. Le mieux était peut-être quand même de m'asseoir, de commander un café. La curiosité, après tout, n'avait rien de répréhensible. Après, je verrais bien.

C'est au moment où j'allais m'asseoir dans un coin de la salle que je remarquai un homme qui me dévisagea avec insistance lorsque je passai près de sa table. Il n'était pas comme les autres, ceux qui cherchaient à me reconnaître avec une maladresse évidente. Non, lui me fixait avec l'arrogance d'un homme qui en a reconnu un autre et qui compte bien le lui montrer. Je ne le reconnus pas tout de suite, et ne sachant ni la nature de ses intentions ni l'endroit où j'avais pu le croiser, je ralentis mon pas en approchant. J'allais passer devant sa table en prévoyant de l'ignorer. Il se leva.

— Vous n'avez pas l'air de me reconnaître, Monsieur de Saint-Pierre.

Il avait eu une accentuation un peu trop marquée à mon goût sur la particule. Comme s'il avait été au courant du truchement qui m'avait élevé à ce rang illégitime. Je ne répondis pas. Il souriait. Ma mémoire avait du mal depuis mon séjour chez les aliénés, et en particulier avec les événements d'un passé proche. Alors que tous les souvenirs de mon enfance étaient revenus avec une grande clarté, mes souvenirs récents conservaient des lacunes où rien ne transparaissait de ce que j'avais pu faire ni de qui j'avais pu rencontrer. Ce devait être le cas pour cet homme-là. Je reconnaissais sa voix, mais pas son visage. Il était imposant, mis avec élégance. Sa perruque était propre et discrète, mais on l'imaginait facilement avec une autre de meilleure facture, plus adaptée à son rang. Il dégageait d'emblée une prestance naturelle, mais en même temps une modestie sincère.

— Vous avez peut-être besoin de mon aide ?

Je n'avais pas saisi le fond de sa question, pensant qu'il cherchait simplement à m'aider et non à me faire retrouver les circonstances de notre rencontre.

— Je… Je cherche Pierre Fauchard.

Son sourire s'élargit et quoique j'y cherchasse une nuance ironique, je n'y trouvai rien d'autre que de l'empathie. Il paya son café, qu'il n'avait pas terminé, et replia la gazette qu'il était en train de lire.

— Vous avez de la chance, je sais où il exerce. Je vais vous conduire ! Il n'est peut-être pas encore rentré.

---

11 — Gazette de France

12 — Mercure de France

Jean Passadieu - Le Secret d'Abraham

L'homme passa devant moi, sans s'étonner davantage de mon trouble. Je restai hésitant, car je ne pensais pas que je pourrais trouver aussi facilement mon chemin vers mon libérateur. Mon guide se retourna :

— Eh bien, n'avez-vous pas hâte d'être soulagé ? Suivez-moi donc !

Ce que je fis, sans même m'interroger sur la faculté qu'avait eue le bonhomme à deviner chez moi la souffrance qui me conduisait chez le sieur Fauchard. Il sortit de l'échoppe et traversa la rue pour entrer en face, au numéro quatorze. J'hésitai encore. Après tout, malgré son air affable et trop honnête, cet homme pouvait simplement m'attirer dans un guet-apens. Il s'était retourné sous le porche et son sourire me parut soudain trop franc, alors que je l'avais trouvé avenant l'instant d'avant.

— Allons, vous risquez de le manquer.

Derrière lui, l'arrière-cour était sombre et peu engageante. Je me retournai pour regarder l'intérieur du café où, dans tous les cas, je n'avais pas l'intention de retourner. La douleur était intenable. Je devais en avoir le cœur net. Je traversai et l'homme souriant entra sous le porche. Il monta tout de suite une série de marche vers un grand escalier de pierre. On hurla derrière moi. Je sursautai. Mon guide se retourna en souriant toujours :

— Ne vous inquiétez pas de cela. Ce sont les acteurs de la Comédie[13]. Ils répètent sans doute quelque nouvelle parodie. Vous connaissez un peu le théâtre, Monsieur de Saint-Pierre ?

Je ne voyais pas très bien le tour de sa question, qui au fond n'était sans doute que pure politesse. Comme je ne voulais pas paraître incorrect, je répondis à tout hasard.

— On m'a beaucoup parlé de Molière. Et j'ai connu Monsieur Rameau personnellement.

— Bien. Bien.

Nous étions arrivés au premier palier et le personnage poussa la porte sans même prendre le temps de frapper.

— Nous sommes arrivés. Je vous en prie.

J'entrai derrière lui dans un appartement très lumineux. Le parquet était parfaitement ciré. On aurait pu se trouver chez quelqu'un de la noblesse, dans son hôtel particulier. Mais il y avait une forte odeur tenace d'essence de girofle. Il n'y avait pas à douter de la nature du parfum. Il était obsédant, comme si on s'était ingénié à frotter entièrement le parquet de cette encaustique odorante. Mon hôte se débarrassa de sa veste, qu'il posa sur un guéridon. Une jeune femme se présenta. Depuis le début, j'avais l'impression que quelque chose m'échappait. Comme si le personnage profitait de mon trouble et de mon évidente amnésie pour me mystifier. La jeune femme était étrangement habillée. Elle portait un tablier de cuir par-dessus des vêtements d'homme. Elle ne sembla pas s'étonner de ma présence, mais un léger voile rosé teinta ses joues lorsqu'elle croisa mon regard. Elle était très jeune, ne devait sans doute pas avoir plus de quinze ou seize ans

---

13 — Comédie-Française

— Vous êtes rentré bien plus tôt que prévu, et je n'ai pas encore fini l'ouvrage, maître.

Et c'est alors que mon esprit, qui était resté fermé jusqu'alors, s'ouvrit d'un coup, libérant souvenirs et capacité de déduction. Cet homme, que je n'avais pas reconnu tout de suite, était cet étrange visiteur que j'avais soigné dans ma boutique, celui-là même qui m'avait offert l'ouvrage de Pierre Fauchard. Mais la situation avait cela d'encore plus extraordinaire, c'est que je comprenais en même temps qu'il s'agissait de Pierre Fauchard lui-même. Car, non content de m'avoir abusé une première fois dans ma boutique, en ne se présentant pas lorsqu'il était venu me consulter, il venait de renouveler l'exploit avec une certaine malice, tout innocente. Il vit à mon regard que j'avais enfin compris.

— Voyez, je ne vous avais pas menti. Vous êtes bien chez Pierre Fauchard, chirurgien-dentiste, pour vous servir, Monsieur de Saint-Pierre.

Et il effectua une discrète courbette devant moi. Je me penchai à mon tour.

— Tout l'honneur est pour moi.

— Vous m'avez tiré d'une mauvaise passe, il y a quelques années, et ce sera avec grand plaisir que nous vous rendrons la pareille, mon élève et moi.

Ce fut au tour de la jeune fille d'effectuer une révérence, bien plus académique celle-là, si l'on ne faisait pas attention à son accoutrement, qui la faisait ressembler davantage à un forgeron qu'à une véritable femme. Mais il y avait un charme tout de même dans cet anachronisme.

— Je vous présente Florence d'Auxois. Elle nous vient tout droit de Bourgogne. Je l'ai prise en apprentissage, depuis les déboires de mon regretté Gaulard[14]. Mais comme c'est une femme, je ne peux lui proposer une association. Lorsqu'elle aura terminé son apprentissage, elle ira faire profiter les Bourguignons de la science parisienne.

La jeune fille sourit timidement, et repartit dans un couloir pour aller s'enfermer dans une pièce située tout au fond.

— Je lui ai donné un difficile travail de prothèse à terminer pour ce soir. En attendant, occupons-nous plutôt de vous.

Et il me proposa d'entrer dans une pièce lumineuse qui donnait sur la rue. Au centre se trouvait un fauteuil dont je reconnus tout de suite certains aménagements.

— Voyez que ma visite chez vous fut bien plus fructueuse que vous ne l'avez pensé! Je dois admettre que vous avez un certain talent pour imaginer les choses.

Le fauteuil était d'un bois précieux et toutes les zones d'appui : accoudoir, siège dossier et têtière étaient garnis d'un cuir souple et capitonné qui invitait presque à s'asseoir. C'était en effet un modèle semblable au mien, avec un appui pour les pieds, mais dans une version beaucoup plus luxueuse et confortable. Je pensai qu'il faudrait peut-être qu'un jour je revoie certains détails de ma boutique, si je souhaitais poursuivre mon activité. Et cette pensée m'alerta, car jusqu'à ce jour, depuis la mort de Balbine, je n'avais rien envisagé de tel.

14 — Pierre Gaulard était le premier associé de Fauchard. Il fut exécuté pour vol en place de Grève en septembre 1740.

— Cet instrument vous doit beaucoup. Je me suis juste permis d'y ajouter une petite amélioration.

Et d'une main énergique, il appuya sur le dossier. Le siège se mit à pivoter sur son axe avec facilité.

— Ainsi, je peux profiter de la meilleure lumière en fonction de l'heure de la journée. De plus, je ne suis pas obligé de tourner autour du patient, et j'ai tous mes outils à portée de la main.

De sa main gauche, il me désigna une table que je n'avais pas remarquée en entrant. Des instruments se trouvaient alignés méticuleusement : les mêmes que ceux que j'avais rapidement observés en gravure dans son ouvrage quelques heures plus tôt. Puis, de sa main droite, il me désigna le fauteuil qui avait fini de tourner, s'arrêtant juste en face de moi avec une précision toute calculée. Je n'avais plus aucune raison de ne pas faire confiance à l'expert et montai sur le siège.

— Appuyez bien votre tête au fond.

Je m'exécutai.

— Êtes-vous confortable ?

— Autant qu'on peut l'être sur ce genre de fauteuil.

— Allons, allons. Laissez-moi regarder. Ouvrez tout grand la bouche et laissez-vous faire.

— Vous ne voulez pas savoir où est la douleur ?

— Laissez-moi deviner, c'est le genre de mystère que j'aime résoudre.

Pierre Fauchard était en train de se frotter les mains dans un linge sec. Puis il examina le linge, parut satisfait et s'approcha de moi. Il se plaça à ma droite et de ses mains nues, empoigna mon visage, écartant mes lèvres sans ménagement. Il imprimait de manière autoritaire les mouvements que ma tête devait faire pour lui permettre d'explorer chaque partie de ma bouche.

— Je vous guide, ne résistez pas.

Il m'examina de face, d'abord, fit basculer ma tête en avant, puis en arrière. Ensuite, il tourna mon visage de côté sur la droite et procéda de la même manière. Il recommença ensuite avec le côté gauche. Il ne disait rien et chantonnait une petite rengaine qui aurait pu être assez agréable dans une autre situation. De l'étage en dessous, je commençais à percevoir les bruits d'un combat à l'épée assorti de cris violents. Hormis le confort de la petite pièce, l'atmosphère n'était finalement pas si lointaine de celle des meilleures soirées de la Foire Saint-Germain. Fauchard sourit.

— Ah, ces comédiens ! Ils ont un sacré tempérament, mais il ne faudrait pas qu'un jour mon fils s'avise de choisir cette voie-là[15]. De la chair à excommunication que ces gredins !

J'aurais bien voulu répondre quelque chose par politesse, mais les mains du bonhomme continuaient à explorer ma bouche, palpant mes dents, évaluant leur solidité, explorant chaque repli de ma gencive. Il continua sa rengaine d'un

15 — Jean-Baptiste Fauchard, fils de Pierre Fauchard, fit ses débuts à la Comédie-Française en 1790 après une carrière d'avocat.

ton léger, comme s'il était à une autre affaire. Il termina enfin, laissant ma bouche grande ouverte.

— J'ai trouvé ! Et vous ?

— Pardon ?

— Avez-vous trouvé ?

— Je sais parfaitement d'où vient le mal.

— Non bien sûr. Je vous demandais si vous aviez reconnu l'air que je chantais.

— Je ne crois pas non.

— Vous disiez connaître personnellement Rameau. Il est venu se faire soigner ici une fois.

— Je le connais, en effet, du temps où il était à la foire. Mais je ne connais pas bien ses œuvres.

Et la dernière fois que j'en avais eu l'unique occasion, je n'avais assisté qu'à une partie de représentation.

— L'air des sauvages des Indes Galantes[16]. Une merveille. Courez-y sitôt qu'on le rejouera à l'Académie[17].

— Je n'y manquerai pas.

Je laissai passer un temps.

— Et pour ma dent ?

— Oui, votre dent. Il s'agit sans nul doute de la troisième molaire en bas à droite. La première grosse molaire si vous préférez[18]. Eh bien… Elle est fort mal en point. L'avez-vous brisée sur un os, ou sur une noix peut-être ?

Je préférai garder la véritable histoire pour moi.

— À moins que ce ne soit les pinces de quelque charlatan qui aient œuvré de la sorte. En tout état de cause, elle est fendue. Et je pense que les nerfs et les vaisseaux sont agacés par le contact de la salive ou de l'air. Vous avez mal ? Beaucoup ?

— Assez pour être venu frapper à votre porte…

— Sans même avoir pris la précaution d'un rendez-vous ni savoir si je vous recevrais ? Je pense qu'il s'agit d'une douleur plutôt distensive. Votre molaire est perdue, mon ami. Ça, c'est la mauvaise nouvelle. Mais d'un autre côté, vous avez une nature plutôt heureuse puisque vous êtes en possession de trente et une autres dents, assez magnifiques, je dois dire. Car à votre âge, peu peuvent encore se vanter de disposer d'en garder autant dans un état aussi remarquable.

Il enchaîna.

— Et donc, il va nous falloir l'ôter. Cela soulagera le mal assez promptement.

— N'y a-t-il aucun moyen de la conserver ?

— Hélas. Sans parler de la douleur qui ne fera que vous agacer davantage,

---

16 — Créé en 1735

17 — Académie royale de musique.

18 — Dans la nomenclature de l'époque, les dents sont divisées en incisives, canines et molaires. Les petites molaires correspondaient aux prémolaires actuelles et les grosses molaires aux molaires actuelles.

lorsque les nerfs et vaisseaux de cette dent auront fini leur agonie, la fluxion viendra aussi sûrement que le printemps après l'hiver.

Le sort me narguait, me plaçant dans la position de tous les malheureux à qui j'avais ôté une dent. Je n'osais imaginer le mal que cela pouvait faire, mais il n'y avait pas d'autre solution pour échapper à celui qui m'agaçait aussi fortement depuis bientôt une nuit et un jour. Pierre Fauchard me regardait, comme s'il attendait de moi une quelconque décision. Après tout, je n'avais aucune raison de ne pas faire confiance à cet homme, sans doute le plus compétent de Paris. J'étais prêt à me livrer à n'importe quel truand le matin même, alors il n'était plus temps d'hésiter. Mais comme toute bourrique qui refuse l'obstacle même si elle sait qu'elle devra le passer, j'avais encore besoin de gagner un peu de temps, sous des prétextes et des excuses plus ou moins bien venus.

— Mais comment allez-vous faire pour l'ôter ? La dent est cassée très bas, et il n'y aura guère de prise pour la saisir.

Fauchard sourit encore, avec une ironie presque imperceptible.

— Voyez que vous auriez eu grand intérêt à lire le livre que je vous ai offert. Vous savez, avec votre dextérité et le savoir que vous pourriez puiser dans mon *chirurgien dentiste*, vous seriez sans doute bien plus talentueux que beaucoup des aspirants chirurgiens qui veulent être experts pour les dents. Parmi leurs juges, aucun dentateur, et c'est bien dommage. Le titre ne fait pas tout, et c'est bien pour cela que j'étais venu vous trouver ; faisant davantage confiance à votre réputation qu'aux diplômes de mes cadets.

Il n'y avait sans doute rien à répondre sur cet argument-là. Et comme je ne disais toujours rien, il ajouta.

— Au plus vite cette dent sera tombée, au plus tôt vous pourrez dire adieu à ce mal terrible. N'oubliez pas, *la patience outrée se tourne en fureur.*

Je crois bien que ce stade était largement dépassé.

— Alors, allons-y.

— Et ne vous inquiétez pas pour la façon dont je vais vous ôter cette friponne. Comme je vous le disais, j'ai perfectionné un certain nombre d'instruments tout à fait propres à la situation qui est la vôtre.

Puis il me présenta un instrument d'une facture toute particulière, que je n'avais pas vu auparavant. Il était certain que depuis mon arrivée à Paris, je m'étais davantage consacré à l'amélioration des produits de ma pharmacopée qu'aux techniques que j'utilisais pour ôter les dents. Les instruments que j'utilisais étaient ceux de Pomardini et il ne m'était jamais venu l'idée d'en changer. Je me rendais compte, à ce moment, que ma vanité m'avait joué des tours malgré moi. Puisque je me considérais comme meilleur que la plupart de ceux qui exerçaient sur le Pont-Neuf, et que personne ne m'avait donné tort jusque-là, je n'avais pas réfléchi un seul instant aux moyens qui auraient pu me permettre d'améliorer ma technique. Preuve en était la négligence avec laquelle j'avais traité l'ouvrage du grand Pierre Fauchard.

— Puisque vous n'avez pas lu mon livre, vous ne pouvez pas savoir alors ce qu'est ceci.

Il me présenta une sorte d'appareillage assez complexe, composé d'un manche et de deux crochets fixés en son centre. Au milieu, une sorte de roue permettait de régler la mobilité des crochets en fonction des dents à extraire.

— Voici un pélican de ma façon. Certains l'ont fait d'une façon, les autres d'une autre, mais croyez-moi, celui-ci permet de tirer toute sorte de dent, chicot ou racine dans la plupart des situations. Il en existe un pour le côté droit de la mâchoire inférieure et le côté gauche de la mâchoire supérieure. Et un autre pour les autres parties de la bouche. Je l'ai fait ajuster d'une manière qui n'a encore jamais paru, et j'ose dire qu'on peut s'en servir avec plus de facilité que tous ceux employés jusqu'à présent. Tenez !

Et il plaça l'instrument dans ma main. Il était relativement lourd, mais tenait bien en main. Le manche était d'un buis patiné par un usage que j'imaginais fréquent. De cinq pouces de long environ, il présentait une large courbure qui assurait sa prise. L'ensemble était renforcé de deux lames de laiton situées de chaque côté et solidarisées entre elles par quatre goupilles. Chaque extrémité était plane et recouverte d'un vieux cuir de buffle, peut-être. Assujettis par un axe qui se trouvait au centre du manche, deux crochets bifides recourbés d'une manière complexe, mais sans doute parfaitement étudiée complétaient l'outil. Le chirurgien-dentiste ne disait rien et me regardait découvrir son ouvrage. À mesure que je le manipulais et que je faisais jouer les crochets, je comprenais peu à peu son positionnement et son mode d'action. Il y avait du génie et sans doute beaucoup d'expérience dans l'élaboration de cet instrument-là. Après plusieurs minutes, je le rendis à son inventeur.

— Hélas, on a beau avoir les instruments les plus perfectionnés, il restera toujours le problème de la douleur. Le jour où un illustre savant voudra soulager l'humanité d'un grand mal, il n'aura qu'à se pencher sur ce problème de la douleur et les moyens de l'ôter, en particulier dans la période où on arrache la dent. Non pas une panacée, mais bien une substance propre à supprimer le mal.

— Ferranti avait peut-être une ébauche de solution avec sa poudre narcotique.

— Oui, j'en ai entendu parler. Mais personne n'a gardé le secret. Il paraît que de Blégny avait travaillé sur le sujet juste avant sa mort.

— Le père ou le fils ?

— Le père. Mais comme toute chose, ses travaux ont été perdus. Il a peut-être emporté son secret en Avignon. Je voulais demander à son fils s'il n'avait pas gardé trace de ses travaux, mais il est mort lui aussi avant que je puisse lui poser la question.

Fauchard me regardait alors avec une curiosité appuyée, essayant de me sonder en attendant ma réaction.

— Bien sûr, vous n'avez rien trouvé là-dessus dans sa boutique du Collège ?

— Non, rien du tout.

— On dit même qu'il possédait un laboratoire secret, mais personne n'a su dire s'il l'avait laissé à Paris ou s'il avait emporté la somme de ses connaissances avec lui.

— Il n'y avait rien d'autre que la plupart de ses ouvrages, lorsque j'ai emménagé dans sa boutique. À croire que quelqu'un d'aussi curieux que vous était passé avant.

— Son fils ne vous en pas parlé ?

— Je ne l'ai vu qu'une fois, notre entretien a été très bref. Il est mort quelques jours plus tard.

— Après tout, c'est un peu tard maintenant pour s'en préoccuper. Un peu d'essence de girofle ? Cela, vous connaissez ?

Je pris le petit flacon qu'il me tendait et badigeonnai ma gencive aussi fortement que possible jusqu'à sentir l'engourdissement. C'était le mieux que nous pouvions faire. Pendant cette opération, Fauchard appela :

— Florence !

La jeune assistante apparut presque aussitôt, attendant les ordres.

— Tu vas tenir notre invité. Cela sera plus sûr, et sans doute plus agréable pour lui.

— Bien, maître.

La jeune femme vint se placer derrière le fauteuil. Sa main gauche se plaça sur mon front. De sa main droite, elle empoigna mon menton et fit doucement basculer ma tête vers l'opérateur qui se trouvait placé à ma droite. Elle n'avait pas hésité un seul instant. Sa poigne était ferme, mais la peau de ses mains était douce. Mon seul souvenir avant le début de l'opération fut le parfum mêlé de charbon et de musc de ses mains. Puis ce fut l'enfer. Je me souviendrais toujours de chacun de ses gestes et malgré tout l'art qu'il mit à son action, j'en tirai à chaque étape une douleur différente. Il commença par utiliser un déchaussoir, sorte de petit instrument terminé par un croissant d'acier propre à détacher la gencive sur le tour de ma dent. Fauchard s'employa donc à décoller la gencive. L'effet du girofle était encore tangible, puisque je ne sentis qu'une douleur sourde, la même que si j'avais agacé ma gencive déjà inflammatoire avec un cure-dent ou un furgeoir.

— Ça va aller ? Vous avez un visage de bois flotté. Je ne vous ai pas proposé un alcool avant de commencer ?

Il ne s'agissait pas d'une politesse hospitalière, mais bien d'une préparation qu'on avait parfois la précaution de conseiller au malade pour altérer les perceptions qu'il aurait de son supplice. Il était trop tard pour cela et ma fierté restait tout de même maîtresse de la situation. Cette question attisa néanmoins ma peur, mais je hochai la tête pour lui signifier mon refus. La douleur battait dans ma mâchoire, maintenant comme une plaie à vif. Je sentis le sang couler lentement dans ma bouche. Il n'y avait plus qu'à espérer que cela ne prenne pas trop de temps. Pour affermir mon courage, je me concentrai sur les mains que l'assistante avait posées sur moi sans ménagement. Je ne pouvais éprouver leur douceur que sur mon front, puisque je n'avais pas pris soin de me faire raser depuis plusieurs jours. La douleur n'en était pas la seule cause, car depuis mon retour de l'Hôtel-Dieu, il m'arrivait fréquemment de laisser mon visage à l'abandon pendant plusieurs jours. Lorsque la situation dépassait les limites de la bienséance, Marie Courval se chargeait elle-même de me raser, profitant de cet instant de proximité pour m'asséner une nouvelle leçon de sa grossière morale.

Mes idées revinrent à leur place quand Fauchard utilisa un poussoir pour essayer dans un premier temps de faire bouger la dent.

— Nous allons bien voir de quel bois elle se chauffe, celle-là.

Il ne sifflota pas comme pendant l'examen et je l'en remerciai silencieusement, car je crois que sans cela, je n'aurais plus jamais été capable d'aimer le moindre air de musique. Peut-être même aurais-je pu me mettre à détester ce brave Rameau. Le poussoir provoqua une autre sensation, comme si on tirait sur ma mâchoire, comme sur une branche tendue et prête à craquer. Il fit plusieurs mouvements de va-et-vient. Son front se ridait à mesure de l'exercice et je cherchai dans son regard les perspectives qu'il donnait à notre entreprise. La jeune fille tenait ma tête avec une fermeté telle que l'autre pouvait à loisir agir sur son instrument avec toute la force requise. La douleur montait en proportion, me laissant craindre qu'elle était encore loin de ses limites. J'eus, un instant, l'éclair du souvenir de Pomardini au-dessus de moi, lorsqu'il avait cassé ma dent. Mais au fond, le geste avait été rapide et brusque, et quoique la douleur me semblât atroce sur le moment, elle était bien ridicule à côté de ce que je subissais à cet instant. Fauchard retira le poussoir de ma bouche.

— Bien. J'ai réussi à la faire bouger, mais guère trop. Je pense que ses racines sont divergentes ou barrées. Ça ne va pas être facile et il va falloir être courageux, mon garçon.

Il n'y avait plus de Monsieur ni de titre à cette heure de l'intervention. Florence d'Auxois tenait ma bouche grand ouverte, m'empêchant de parler. Je clignai simplement des yeux pour signifier définitivement mon accord.

— Allons-y, alors.

Pierre Fauchard tenait le fameux pélican dans sa main droite. Il déposa l'extrémité du manche contre ma gencive, du côté de la joue, et vint glisser le crochet contre ma dent, du côté de la langue. Je voyais quelques gouttes de sueur glisser entre les rides de son front. Ses joues avaient pris avec l'effort une teinte carmin. Une fois bien assuré de sa prise, il imprima un mouvement de son poignet de droite et de gauche, puis de bas et de haut, doucement d'abord, puis de manière plus vigoureuse. Aurait-on placé mille forgerons à cet endroit pour me martyriser, que ma douleur n'en eût guère été plus insupportable. Mais sournoisement, elle gardait ma conscience intacte, alors qu'il aurait sans doute mieux valu que j'abandonnasse le champ de bataille dès cet instant. Il y eut ensuite un craquement sinistre.

— Ah !

Il y avait une nette satisfaction dans son exclamation, mais je savais que la dent était toujours en place, puisque je sentais toujours le manche de l'instrument à la commissure de mes lèvres.

— Les racines sont disloquées et c'est déjà une bonne chose.

Il y eut encore des mouvements, des craquements, puis des mouvements

encore. Et la douleur toujours. J'avais depuis longtemps renoncé à suivre l'évolution du processus, et avais reclus ce qui me restait de courage au plus profond
de ma conscience, imaginant d'autres lieux, d'autres personnes. Mais à chaque
fois que je fermais les yeux, des images terribles de mon passé revenaient en
théorie, comme si cette nuance de cruauté était le meilleur assaisonnement au
mal fulgurant. Balbine, ma mère, Ambre, mon père, Pomardini, chacun défila
à son tour comme un spectre. Mais, au final, leur vision finit par affirmer mon
courage, à l'image de leur très propre souffrance dans leurs derniers instants.
Au bout de minutes interminables, je me rendis compte que la douleur semblait
avoir légèrement reculé. Je rouvris les yeux. Je ne me souvenais même pas si
j'avais crié. Fauchard souriait au-dessus de moi, tenant dans une pince une belle
racine entière.

— Voilà. J'ai peur que l'os de l'alvéole n'ait un peu souffert, mais nous allons
vérifier cela tout de suite.

Avec ses doigts, il tâta la gencive à l'endroit de l'extraction.

— Je rapproche les parties divisées. Elles se rétabliront bientôt d'elles-
mêmes, car les fibres de cet os sont peu serrées. Mais il ne semble pas y avoir
de portions qui aient souffert d'un trop grand déplacement. Sinon je devrais les
ôter, car elles deviennent des corps étrangers nuisibles.

Il prit ensuite une sonde pour contrôler l'intérieur de l'alvéole. Il retira enfin
ses doigts et me regarda d'un air satisfait.

— Vous allez bien ?

Je hochai simplement la tête et tentai de sourire en signe de gratitude. Je
sentis l'étreinte de la jeune fille se desserrer très progressivement. La douleur
était effectivement moins forte, et surtout, elle ne frappait plus comme un
marteau. En revanche, je sentais le sang qui coulait au fond de ma gorge, d'un
flot qui me paraissait excessif. En l'avalant, j'émis un petit gargouillis qui alerta
Pierre Fauchard. La jeune fille, rompue aux habitudes de son maître, rétablit
la position de ma tête et ouvrit ma bouche. Le chirurgien-dentiste se pencha
à nouveau au-dessus de moi et regarda. Avec un peu de charpie, il épongea le
sang. Une fois, puis deux. Il hocha la tête d'un air entendu et se retourna pour
chercher un nouvel instrument.

— Florence, apportez-moi de l'eau de Rabel[19], voulez-vous ? Il y a d'autres
substances pour stopper une hémorragie, mais rien ne vaut la compression des
chairs.

Fauchard glissa deux doigts dans ma bouche et pressa l'alvéole entre le pouce
et le doigt indicateur[20]. L'assistante lui tendit un petit flacon, mais Fauchard
hocha la tête et maintint la compression sur la gencive. Au bout d'un moment,
il retira ses doigts et regarda dans ma bouche. Il épongea encore, mais la charpie
semblait teintée de manière moins forte. La sensation de sang qui s'écoulait
semblait, elle aussi, s'être assagie.

---

19 — Remède inventé par Rabel au 17e siècle contre les hémorragies, solution alcoolique d'acide
sulfurique colorée par le coquelicot. On lui permit de l'expérimenter sur un soldat des invalides
qui devait être amputé. Malgré le remède, le sang inonda les bandages et le soldat mourut.
20 — Index

— Donnez-moi plutôt une plaque de plomb.

La jeune fille lui tendit une petite plaque de plomb pas plus large qu'un pouce. Fauchard la plia pour en confectionner une sorte de pont, qu'il vint appliquer sur la gencive à l'endroit de l'extraction. Je sentis bien chaque pression tandis qu'il ajustait la plaque de métal.

— Voilà, cette plaque maintiendra la compression. Vous la garderez ainsi deux jours sans toucher à rien. Normalement, tout devrait rentrer dans l'ordre. Je n'ai pas, je pense, à vous donner des conseils sur les médications cicatrisantes en usage?

Il souriait toujours. Puis il se frotta les mains dans le même linge qu'avant l'examen. Le sang qui le souillait maintenant m'impressionna bien plus que celui de tous les autres malheureux qui avaient fait appel à mes services. Maintenant je savais. Malgré tout le talent et la dextérité, le véritable problème était la souffrance.

— Vous penserez maintenant différemment à ce que je vous ai dit.

— À propos?

— Des travaux de de Blégny… On ne sait jamais, ce serait un grand bien pour l'humanité. Cherchez toujours dans votre laboratoire, il aura peut-être laissé quelques notes qui vous auront échappé.

— Je n'ai pas fait d'inventaire.

Mes mots étaient hachés, car la douleur bloquait encore toute fluidité d'expression. En outre, la plaque de plomb frottait contre la langue et la joue et me gênait également de chaque côté. Je m'assis un peu plus droit sur le fauteuil. Je remerciai la jeune fille qui, après un signe de tête de son maître, retourna à ses autres travaux.

— Comment vous sentez-vous?

— Comme vous l'imaginez. Mais je ne saurais jamais vous être trop reconnaissant de vos soins.

— Oh, vous savez, je ne suis pas aussi satisfait que cela. Ce n'est qu'avec regret que je me détermine à ôter une dent, non par rapport à la violence de l'opération, qui n'est jamais si considérable que d'autres.

— Quand même!

— Je vous invite à venir assister à une amputation aux Invalides ou ailleurs et vous jugerez en connaissance. Non! J'hésite à les ôter par le grand cas que j'en fais et à cause de l'importance de leur usage. Si chacun avait les mêmes égards, on conserverait autant de dents que l'on en détruit mal à propos. Et on n'aurait pas tant de mépris pour ceux qu'on appelle *arracheurs de dents*, dont à la vérité certains ne méritent que ce titre, tandis que bien d'autres méritent celui de *conservateurs de dents*. Souvenez-vous de cela, monsieur de Saint-Pierre. Mais pour votre dent, hélas, il n'y avait rien à espérer.

Je dois avouer qu'à cet instant je ne sus deviner dans quelle catégorie il me classait. Je finis par me lever, l'homme me proposa de rester encore quelques instants avec lui. Mais malgré toute l'émulation que son discours était capable de prodiguer, je n'avais de cesse de rentrer me reposer de cette épreuve. Car même s'il ne l'estimait pas si considérable, c'était sans doute, il avait bien moins souffert sur ma chaise que moi sur la sienne. Mais il avait dû ôter une dent solidement ancrée dans l'os de la mâchoire, alors que la sienne, toute branlante, était venue au premier mouvement.

— Je ne saurais trop comment m'acquitter de vos soins.

— Vous ne me devez rien. Et si les petits échanges que nous avons eus aujourd'hui peuvent vous permettre de progresser dans votre art, qui n'est sans doute pas moins considérable que le mien, j'en serai satisfait. Florence a été commander une chaise, pour qu'on vous raccompagne promptement chez vous. Ne buvez pas trop chaud avant demain. N'hésitez pas à profiter du froid de la rue, c'est encore le meilleur remède contre la douleur.

Sa poignée de main était franche et sincère, d'un égal à un autre. Il n'avait pas quitté son sourire de toute notre séance. Je le laissai sur le palier de son appartement. À la Comédie, on ferraillait toujours, comme si les réalités de la vie n'étaient qu'un jeu pour les comédiens. Dehors, une chaise m'attendait, et je fus reconduit quai de Conti. Là, je me reposai le reste de la journée, ne prenant qu'une légère collation au souper, qu'on m'avait fait porter selon les ordres donnés au concierge. Je décidai de rester la nuit dans ma boutique, comme il m'arrivait de le faire de plus en plus souvent. Je ne me levais que pour l'entretien du feu. La douleur resta encore intense une grande partie de la nuit, dessinant sur mes pensées les ombres les plus pessimistes. Car cette distraction d'une journée, si elle m'avait libéré l'esprit momentanément, ne réglait en rien mes questionnements et mes doutes. Ce n'est qu'à force de réflexion que les chagrins s'agencèrent dans une hiérarchie précise, au côté des bonheurs que j'avais encore à attendre de ma vie. Mais au fond, peut-être me trompais-je dans ce raisonnement, car j'aurais dû plutôt imaginer les bonheurs que j'avais encore à donner, plutôt que ceux, bien maigres, que je pouvais encore attendre. Peut-être viendraient-ils dans un second temps ? Il y avait dans tous les cas bien des dispositions à prendre. Il fallait balayer les derniers doutes, aller jusqu'au bout de toutes les idées, même les plus noires, démonter comme une mécanique mon accablement pour bloquer ses rouages.

C'était un travail que j'avais sans doute fait plusieurs fois, mais dont je n'avais eu jusqu'alors ni l'acuité ni la conscience. Et c'était d'autant plus difficile, cette fois-là. Mais le jour me vit avec un œil, sinon rasséréné, tout au moins davantage déterminé. Ma joue avait très peu gonflé. Lorsque je bus une première tasse de thé un peu chaude, je retrouvai la sensation douloureuse que la plaque de plomb s'appliqua à maintenir, comme l'aurait fait un cautère sur la plaie de ma gencive. Dès la première heure, j'envoyai un garçon de courses chercher Gersende. Je n'avais aucun doute sur la promptitude de sa réponse.

Jean-Baptiste Seigneuric

Chapitre VI
La poudre de Jean Ailhaud

Nous ne partîmes que le lendemain, car il avait fallu une certaine organisation pour prévoir ce voyage qui n'était pourtant guère long. Gersende avait tout de suite accepté ma proposition et avait décidé de se charger de tous les détails : du transport, de l'approvisionnement et de mon confort. Voyant l'état moral où je me trouvais, et quelque peu bousculé par mon intervention chez Fauchard, elle avait tenté de me convaincre de reporter ce voyage. Il faisait encore froid, les routes n'étaient pas bonnes et je risquais toujours une hémorragie sur une plaie aussi récente. Mais elle avait appris depuis quelques semaines qu'il était inutile de trop contrarier mes volontés, sous peine de revenir en disgrâce... ce qu'elle craignait par-dessus tout.

Dans un premier temps, les cahots de la route me firent en effet regretter d'avoir entrepris cette excursion inconsidérément. J'avais emporté avec moi une lotion pour laver ma bouche, dont la recette revenait à Paré : des racines de jusquiame et de mandragore mises à macérer dans du vin. Mais je ne savais si l'effet apaisant revenait aux spécifiques des plantes ou au vin lui-même, qui dispensait les effets de l'alcool qui, à force de malmener la plaie, finissaient par l'engourdir. Gersende avait proposé de voyager dehors, avec le cocher, pour ne pas m'incommoder de sa présence dans l'habitacle. Mais dans un élan de pitié, je lui avais proposé de rester avec moi. Dehors, il faisait un froid terrible et je n'avais pas le cœur à lui faire endurer cela. Comme une jeune enfant qu'on gratifie d'un présent inespéré, elle avait grimpé dans la cabine derrière moi. Elle s'était assurée de mon confort, m'avait enveloppé dans une couverture comme un vieillard à l'agonie, puis s'était assise en face de moi.

Pendant la première partie du voyage, elle se contenta de regarder par la fenêtre de la portière, cherchant à éviter mon regard. Mais comme elle sentait le mien inébranlable sur elle, elle avait fini par tourner la tête et lever les yeux. Elle n'avait pas paru surprise. Mais mes yeux qui cherchaient à sonder les siens l'intimidaient. Elle me sourit avec une réserve à laquelle elle ne m'avait pas habituée. La jeune arrogante de Combourg avait définitivement disparu. Je pouvais lire en elle comme dans un livre. Ses remords avaient éteint toute autre nuance, et c'est peut-être ce qui m'empêchait de discerner le fond réel de ses sentiments. Son sourire finit par disparaître, mais elle osa soutenir mon regard encore pendant quelques lieues, attendant sans doute un ordre que j'aurais pu lui donner et qui ne venait pas. Puis, épuisée par cette lutte inutile, elle abandonna mon regard pour porter sa vision sur la campagne enneigée. Personne ne parla durant le voyage.

Nous arrivâmes à Ablis en fin de matinée. Nous n'avions pu prévenir le médecin de notre visite. Mais comme il habitait au-dessus de son lieu d'exercice, tous les espoirs de le trouver étaient permis. Il était à l'étude dans son cabinet. Un grand feu brûlait dans la pièce principale. Une domestique boiteuse, qui était peut-être sa femme, nous fit entrer sans difficulté. Il leva les yeux de l'ouvrage qu'il lisait et nous regarda comme des malades. La femme qui nous avait fait rentrer se glissa derrière le bureau et souffla quelques mots dans l'oreille du praticien, ce qui eut pour effet immédiat de relever son niveau d'attention et d'intérêt. C'est alors qu'il reconnut Gersende. Il se leva et fit le tour du bureau pour venir vers nous, espérant peut-être une récompense des soins qu'il avait donnés de bonne foi.

— C'est vous ! Comment va notre malheureuse religieuse, s'est-elle promptement rétablie ?

Il ne comprit pas tout de suite à notre silence que ses propos étaient hors de la situation. Mais nous comprîmes plus rapidement qu'il n'avait jamais été informé de la mort de Balbine. Il finit par comprendre et se raidit.

— Je... je suis désolé.

Pendant de longues secondes, on n'entendit plus que le craquement du bois dans la cheminée. Je regardais dans les yeux ce petit homme, dont l'incompétence était la cause de mon malheur. De son côté, il comprenait que j'étais sans doute l'homme à qui il avait fait le plus de mal malgré lui, et que je n'étais là ni pour le féliciter et encore moins le remercier. Même si, au fond, la Faculté était sans doute plus en cause dans ce qui était arrivé à Balbine, je ne pouvais m'empêcher de le détester. Mon regard devait exprimer mon ressentiment avec toute la force possible. Mais cette haine était tout autant tournée contre moi, qui avais choisi de confier à d'autres le destin de la malheureuse. Car je garderais à jamais un doute : ma présence ce soir-là lui aurait-elle donné une chance supplémentaire ? Doute ou remords, le ver était dans mon cœur et ruinerait à jamais tous les efforts de raison.

L'homme s'était interrompu dans son mouvement vers nous. Il recula doucement et retourna derrière l'autorité protectrice de son bureau et, sur un ton grave, nous invita à nous asseoir comme de simples malades en consultation.

— Je vous en prie.

Il y eut encore un silence.

— Que puis-je pour vous ?

Gersende gardait la tête baissée, revivant sans doute les moments effroyables dont elle avait été la témoin. Je me résignai à prendre la parole, malgré un chagrin qui montait sournoisement. Mon imagination dressait le tableau de ce drame décisif qui s'était joué là à mon insu.

— La jeune novice que vous pensiez avoir soignée a succombé quelques heures après être passée entre vos mains.

— J'en suis navré. Et connaît-on les causes de la mort?

— Pas exactement, mais je souhaiterais simplement savoir quel était votre diagnostic au moment où vous l'avez reçue et quelles ont été vos actions.

— Qui êtes-vous, monsieur, pour me demander cela? Êtes-vous de la justice?

— Le frère de la victime. Et j'entends bien que vous me donniez des réponses, sans cela j'irai en effet quérir la justice pour vous contraindre. Mais mes intentions ne sont aujourd'hui que documentaires.

Ça, c'était dans un premier temps. Ensuite on verrait bien. Mais je gardais quand même l'idée de porter l'affaire au parlement si j'estimais que son action avait pu nuire directement à Balbine. Cela ne changerait rien à la destinée de la malheureuse, mais j'avais besoin d'aller jusqu'au bout, de savoir, de comprendre. Gersende semblait vraiment très mal à l'aise, craignant probablement que cette scène puisse exciter à nouveau mes rancœurs à son endroit. Pour la première fois, elle donnait l'impression d'une immense fragilité à laquelle elle ne m'avait pas habituée.

— Eh bien! Je ne sais pas quoi vous dire.

— Vous ne vous souvenez pas?

— Si hélas, je ne m'en souviens que trop bien, c'était le soir du Nouvel An. Je n'avais pas donné de consultations ce jour-là. Il faisait un temps de chien. En tous les cas, pas un temps à mettre deux jeunes femmes sur les routes inconsidérément.

Il me regarda de biais, comme s'il avait ébauché une nuance de reproche. Un peu comme s'il préparait déjà une défense, alors que je ne l'avais pas encore véritablement attaqué. Ces remords, il n'avait pas besoin de me les présenter, mais cette entrée en matière eut pour effet de raffermir mon courage et ma détermination. Je lui renvoyai un regard plus dur et plus froid encore, pour lui conseiller de garder ses reproches et ses considérations pour lui.

— Tenons-nous en aux faits. Je me souviens parfaitement du temps qu'il faisait ce jour-là. Et ni la neige ni le froid n'entrent malheureusement en concurrence avec l'art que vous avez appris sur les bancs de la Faculté. Je ne veux que les faits.

L'autre gesticula sur sa chaise, mal à l'aise, regrettant déjà sa maladresse.

— Elle était très pâle, son pouls était faible. D'après ce que j'en appris de mademoiselle ici présente, elle avait présenté une sorte de convulsion inaugurale, puis avais été prise de violents spasmes et de vomissements sanglants.

— Je sais tout cela, mais qu'en avez-vous pensé? Vous avez examiné la malade, vous aviez une somme de signes. Quel était votre diagnostic?

— Je dirais probablement un ulcère dû à un engorgement des intestins. C'est la première chose à laquelle j'ai pensé. C'est pourquoi je me suis empressé de pratiquer une saignée. Le sang était particulièrement fluide et clair, comme s'il signait une faiblesse constitutionnelle. La jeune femme était fort maigre déjà, de ces natures qui souffrent davantage que d'autres pour de petits déséquilibres. Elle n'avait pris qu'un léger bouillon dans l'auberge où elle venait d'arriver.

— Avez-vous pu examiner ses vomissements ?

— Non, elle ne vomissait plus lorsqu'elle est arrivée chez moi. La saignée a semblé l'apaiser un peu. Comme mon diagnostic pour un trouble digestif semblait se confirmer, je lui ai fait prendre une poudre purgative.

— Bien entendu.

Mon ironie sembla le surprendre, mais cette réflexion avait jailli tout de suite lorsque je repensai aux discours de Pomardini sur l'usage abusif, et quasi systématique, qui en était fait un peu partout dans le royaume, et dans tous les pays se vantant d'une médecine civilisée.

— Elle l'a pris sans difficulté. D'ailleurs, elle en a paru réconfortée très rapidement, puisqu'elle a pu reprendre la route. Je ne l'aurais pas laissée repartir sans cela.

— Avait-elle repris connaissance ?

— Non, mais elle ne tremblait plus et sa respiration s'était apaisée.

— C'était un peu maigre comme signes de rétablissement.

Gersende intervint.

— C'est moi qui ai forcé le départ. Je pensais en effet qu'elle supporterait la fin du voyage et qu'il n'y avait aucun instant à perdre pour la conduire jusqu'à toi.

Je ne disais plus rien. Le malheureux docteur avait fini son compte-rendu, mais n'en paraissait guère soulagé. Il n'osait plus me regarder, tournant machinalement une lancette entre ses doigts, comme si le démon de la saignée semblait vouloir le reprendre.

— Quel purgatif avez-vous utilisé ?

— Un remède excellent ! Il a fait ses preuves.

— Un remède officiel ?

— Il ne saurait tarder, au vu des grands succès obtenus à travers tout le royaume. Son inventeur est monsieur Jean Ailhaud, docteur agrégé de la faculté d'Aix. Il s'agit d'une poudre purgative qui convient à merveille à ce genre de problème.

Le docteur en face de moi s'était emporté dans cet éloge qui semblait à lui seul justifier tout son art, oubliant un instant la modestie que lui imposait l'échec que nous venions de lui rapporter. Il se calma donc devant mon air toujours plus sévère, ne croyant pas la minute d'avant que je serais capable de l'aggraver encore.

— Il existe sans doute une notice de cette poudre ?

— Hélas, je serais bien en peine de vous la fournir, car jusqu'alors et malgré tous ses grands succès, son inventeur n'a pu encore obtenir de brevet pour sa fabrication et sa commercialisation. Mais il serait dommageable de ne pas en faire usage dès maintenant, au vu de ses grands résultats, en sacrifiant des vies que l'on pourrait sauver dès maintenant.

Il n'en était pas à une maladresse près et l'on sentait que son malaise le poussait dans des dissertations qui l'égaraient et ne faisaient qu'attiser ma rancœur. Et croyant se dégager de ce nouveau faux pas, il crut bon d'ajouter :

— Et soyez certain que nous en avons fait le meilleur usage sur la malheureuse. L'inventeur précise lui-même les horaires qu'il conseille pour la prise de ce médicament. Mais il affirme, en outre, qu'il peut être pris dans un cas pressant après avoir fait vomir le malade. Ce que nous n'avions pas eu besoin de faire, en l'occurrence.

Je me levai, pris d'une nausée terrible. Je ne savais ce que j'allais faire en réalité : me jeter sur l'homme sans raison, cédant à une bestiale envie de vengeance, ou m'effondrer simplement après un tel compte-rendu. Gersende s'était levée presque en même temps. Elle resta près de moi, prête sans doute à chacune de ces éventualités. L'homme derrière le bureau manipulait toujours son instrument et j'y trouvai sur le moment un air de défi, abus que ma rage et ma tristesse avaient sans doute inventé pour me torturer un peu plus. Il n'y avait plus rien à attendre et hélas, plus rien à espérer de cette entrevue. Je ne saurais jamais ce qui avait provoqué la mort de Balbine... j'avais imaginé que cela changerait peut-être quelque chose. Au fond, il y avait à voir là une méchanceté du sort, qui me punissait par la main de la Faculté, moi simple charlatan, de ma science empirique. Un médecin complètement diplômé avait exercé ses talents de saigneur, puis il avait prescrit un remède obscur inventé par un autre diplômé. Que la poudre soit autorisée ou pas ne changeait rien. J'aurais agi de la sorte, on aurait pu lancer le prévôt et ses hommes à mes trousses, et personne n'aurait rien trouvé à redire à ça.

Nous partîmes. Le médecin semblait déçu, peut-être avait-il espéré autre chose de plus gratifiant. Mais il n'osa rien dire, nous reconduisit lui-même. Durant le trajet de retour, je ne dis rien. Gersende n'osa pas parler, ne croisa jamais mon regard. Elle se contenta de s'enquérir à mi-parcours de mon confort. Je ne répondis que par un vague signe de tête, qui signifiait surtout mon souhait qu'on me laissât tranquille sans perturber mes réflexions. De réflexions, je n'en avais plus, ayant épuisé toutes les sortes de raisonnements qui s'étaient bousculés jusque-là dans ma tête. Je regrettais même parfois d'avoir quitté l'Hôtel-Dieu. Là-bas, l'absence de l'esprit que j'avais pu éprouver réservait parfois des surprises bien confortables. Le trajet du retour ressembla un peu à cela : un vide qui aurait pu inquiéter s'il ne venait pas comme un soulagement sur mes malheurs. Le soleil brillait sur la campagne. La lumière de fin d'après-midi donnait au soir d'hiver des dimensions de titans.

Le carrosse nous emmena directement au Collège des Quatre Nations. En entendant le bruit des chevaux, le concierge sortit avec un empressement inhabituel et cela m'inquiéta. Il faisait presque nuit. Il fit un petit signe au cocher et prit les chevaux de l'attelage à la bride, comme pour interrompre une manœuvre. Il portait une lanterne qui éclairait mal son visage. Il vint jusqu'à la porte du véhicule. Je n'avais pas eu le temps de m'inquiéter pour en descendre.

— On vous a fait mander par deux fois, Monsieur. De toute urgence.

— Qui cela ? Où ?

— Chez monsieur Datelin, il est souffrant, je crois. Quelqu'un est venu deux fois vous chercher. Il vous attend chez Datelin !

L'homme paraissait véritablement inquiet. Si l'on était venu me chercher, il n'y avait pas à douter que des événements graves étaient à craindre. Déjà, le concierge donnait la nouvelle destination au cocher sans attendre mon avis. Celui-ci négocia, prétextant l'heure tardive et cette course supplémentaire qui n'était pas prévue. Mais comme il savait, au fond, que j'étais un bon payeur et que la rue du four n'était qu'à quelques coups de fouet de là, il remit son attelage en route. Quelques minutes plus tard, nous étions chez Datelin. La lumière avait été laissée allumée dans sa boutique. Nous descendîmes, Gersende paya la course et le cocher repartit. Nous entrâmes. À l'intérieur, Jean Grégoire somnolait sur une chaise. Il s'éveilla brutalement.

— Tu es là, enfin ! Il t'attend, viens vite !

— Qu'est-ce qui se passe ?

— On ne sait pas. Il a eu les fièvres toute la nuit, mais il n'a voulu inquiéter personne. Finalement, c'est Marie qui est allée chercher un médecin. Il ne voulait rien entendre, ne jurait que par toi. Mais il était tellement mal, il a fini par se laisser examiner. L'autre a fait le tour de son lit…

— Tu m'expliqueras plus tard, puisque tu me dis qu'il m'attend.

— Oui, mais je voulais te prévenir, tu ne vas presque pas le reconnaître. On dirait que la mort lui a tiré le peu de cheveux qui lui reste en une nuit. Il est pâle comme un fantôme.

— Le médecin, qu'est-ce qu'il a dit ?

— Une phtisie.

— Et qu'est-ce qu'il a fait ?

— Il lui a donné une poudre… une panacée… un remède universel si efficace que son inventeur ne tardera pas à recevoir son brevet. Mais le médecin nous a laissé peu d'espoirs. À son âge, et vu son état…

Je n'écoutais pas mon ami jusqu'à la fin et je me rendis directement dans la chambre de ce vieux bonhomme, qui avait pris dans ma vie la place laissée par un autre. Gersende avait fait mine de me suivre, mais d'un geste, je l'en avais empêchée. Il n'était pas question de partager cette intimité-là avec elle.

Il n'y avait que quelques pas jusqu'à la chambre, mais ce fut suffisant pour comprendre que tout était fini, et que le sort m'apportait un nouveau coup. Au fond, tout ce qui m'était arrivé de bon depuis mon arrivée à Paris, c'était en grande partie grâce à lui. L'atmosphère était prémonitoire dans la chambre. On avait surchauffé l'endroit : il n'était pas question que le malade prenne froid. On n'avait pas dû ouvrir la petite lucarne depuis la veille et des remugles de sueur et d'excréments se mélangeaient avec arrogance. Je ne voyais pas Datelin, son épouse était auprès de lui et son dos cachait le visage du malheureux aux nouveaux arrivants. Les marionnettes pendaient, immobiles, multipliant par leurs ombres la population silencieuse qui veillait Datelin. Et derrière, grimaçant leurs sarcasmes en silence, les singes empaillés donnaient la note finale de la scène. Les impressions se partageaient entre celles du cauchemar et d'autres directement infernales. Mais l'odeur terrible, la lumière parcimonieuse et ses ombres inquiétantes ne laissaient aucun doute sur la réalité des choses.

À mon entrée, sa femme se retourna vers moi. Son visage baigné de larmes était la note ultime du tableau. Derrière elle, j'entendis une voix très faible.

— C'est Jean ?

— Oui, c'est lui.

— Enfin, je vais pouvoir m'en aller.

— Chut, ne te fatigue pas à dire des bêtises.

— Laisse-moi avec lui s'il te plaît.

— Mais…

— Je n'en ai pas pour longtemps.

— Je fais chercher le prêtre ?

— Non, de celui-là je n'ai nul besoin. Va maintenant. Ne t'inquiète pas, je ne partirai pas sans toi.

Durant ce court dialogue à peine chuchoté, j'étais resté debout à l'entrée de la chambre. Car à cette heure-là du vieil homme, je crois qu'il n'y avait plus que la discrétion que je pusse encore offrir, en sus de mon amitié. Mon retard m'était d'autant plus douloureux, même si je sentais pourtant que je n'aurais rien pu changer aux événements. Un mal aussi foudroyant se serait bien moqué de mes médecines de foire, et contre la vieillesse et la décrépitude, j'étais encore plus impuissant.

Marie Sautereau se leva, me regarda sans me voir, puis sortit de la pièce. Datelin avait les yeux fermés. Sa respiration était faible, mais régulière, exprimant un léger sifflement à chaque cycle, comme si l'homme était en train de perdre son souffle d'instant en instant. Je m'approchai doucement, ne souhaitant pas révéler tout de suite ma présence et laisser à l'homme quelques secondes de paix et de repos. Je regardais les singes au-dessus de son lit, dont le clair-obscur mouvant des chandelles augmentait les sourires sarcastiques. Les générations de ces bêtes esclaves recevaient aujourd'hui la vengeance, se délectant de cette veillée funèbre qu'ils avaient si longtemps espérée. Mon regard se porta de nouveau sur le dernier des Briochés. Il avait ouvert les yeux et me regardait. Après les masques velus et figés des singes, le choc fut instantané et je sursautai.

— Te fais-je donc peur ainsi ?

Je ne sus pas répondre, car certes j'avais été surpris d'apprendre qu'il était souffrant, mais je craignais au fond de moi ce moment depuis que je connaissais le vieillard. Et je m'étais appliqué au meilleur détachement pour ne pas trop avoir à souffrir ce jour-là. Hélas, mon état de chagrin naturel et encombrant, qui ne voulait faiblir depuis mon retour des aliénés, ne m'autorisait pas le stoïcisme espéré. Ce chagrin nouveau mettait le feu aux étoupes de ma misère et je ne pus retenir une larme qui n'était certes pas de peur.

— Cela fait beaucoup de chagrin d'un coup.

— Sûr, mais tu ne sais pas ce que le sort te réserve encore, car ta vie à venir est bien plus longue que ce qu'il reste de la mienne.

Je me taisais.

— Tu sais, Jean, lorsque tu as passé le seuil de cette boutique il y a de nombreuses années, je n'étais pas très vaillant, tu te souviens ?

— Oui.

— Et je considérais à cette époque qu'il n'y avait plus grand-chose à attendre d'une vie qui me donnait plus de souffrances que de joies. Et puis tu es arrivé, avec ta naïveté, ton ambition... ton talent aussi. Et tout cela a sans doute contribué à apaiser les tourments de mon corps. Il avait besoin de voir, de suivre un temps ton parcours. C'est ta jeunesse qui m'a redonné une énergie que je croyais perdue. J'ai brûlé jusqu'au bout ses dernières étincelles et je peux m'en montrer satisfait.

— Ce n'est pas juste !

— Qu'est-ce qui n'est pas juste ? Ma mort ou ta solitude qui sera plus grande lorsque je serai parti ? Dis-toi bien qu'elle sera moins longue et bien moins inconsolable que celle qui t'afflige en dehors de moi.

— C'est sans rapport.

— Justement. Je suis un vieillard et j'ai fait mon temps. Tu m'as donné beaucoup, je t'ai apporté un peu. Nous sommes donc quittes. Nous étions partenaires, et puisqu'il faut maintenant nous séparer, faisons-le comme deux associés : en toute amitié et sans rancœur, surtout, même si elle s'adresse à la maladie qui est cause de mon départ.

— Mais…

Datelin me fit signe de me taire en posant un doigt sur ses lèvres : une brindille sèche sur le cuir de son visage.

— Pas de *mais*. Et puis, on m'a délivré la meilleure des panacées. Dis-toi bien que si celle-ci ne peut rien pour moi, c'est qu'il n'y avait pas davantage à tenter. C'est l'heure du départ et c'est tout. Je voulais juste te voir une dernière fois. Il y a toujours eu dans les adieux quelque chose qui m'affecte particulièrement. J'aimerais à chaque fois être capable de me dire que la fois précédente était la dernière, que je ne te verrai plus jamais. Ainsi, je n'aurai pas à souffrir de te quitter, cette fois-là qui est la dernière. Au fond, te souviens-tu de la dernière fois que nous nous sommes quittés ?

— Oui, bien sûr. C'était la semaine dernière.

— Exactement, tu es venu souper ici. J'étais un peu fatigué et tu es parti tôt. Un peu fatigué, mais cela n'a rien à voir avec ma fatigue du moment.

— Et bien ?

— Et bien après le souper, j'étais allongé dans ce vieux fauteuil, près du feu que j'affectionne tant. Tu t'es approché, tu m'as serré la main.

— Je vous ai souhaité la bonne nuit, en vous promettant de revenir bientôt vous visiter.

— Exactement. C'est exactement ça. Eh bien, qu'y avait-il de plus paisible dans ces adieux-là ? N'aurait-il pas valu mieux que ce fussent les derniers et que la mort me prenne par surprise, nous laissant ce départ-là comme ultime souvenir ? Plutôt que ce tableau morbide que nous sommes en train de jouer.

— Mais c'est vous qui m'avez fait venir ?

— Eh oui, vois-tu, parce que j'avais peur. Avec l'âge, on devient faible, craintif, surtout devant ce qu'on ne connaît pas. J'ai prié toute la journée pour qu'il me reste encore un peu de souffle jusqu'à ce que tu arrives. Et me voilà à devoir payer avec toi des adieux déchirants que m'impose mon égoïsme.

— Ne dites pas ça. Je n'aurais pas supporté de vivre sans vous avoir revu une dernière fois.

— Revu ? Il y a toujours cette dernière fois où tu m'as vu et elle était bien plus paisible que ce soir. Tu n'aurais pas eu à supporter la vision de mon vieux corps en pleine décrépitude, se vidant des médecines âcres du bon docteur Ailhaud.

Je sursautai.

— Qu'est-ce qu'il y a ?

— Rien, j'ai déjà entendu parler de ce remède, c'est une coïncidence, c'est tout.

— C'est sans importance maintenant.

— Sans doute.

— Oui, et tu sais ce que nous allons faire ? Nous allons discourir quelques instants de choses et d'autres, puis tu partiras lorsque je serai fatigué. Tu partiras et tu me salueras comme si tu devais revenir demain pour prendre de mes nouvelles.

— Et si vous passez cette nuit ?

— Et si toi, tu passais cette nuit ? Qui le sait ? Je ne veux pas te dire adieu, cela nous fera de la peine pour rien.

— Mais…

— Suffit maintenant, je ne veux plus parler de cela. D'ailleurs, le simple fait de t'avoir revu m'a redonné de la force, tu vois. Je suis peut-être reparti pour plusieurs années.

Je voyais pourtant qu'il n'en était rien. Et même s'il faisait tout pour ne rien laisser paraître, son teint s'obscurcissait. Je voyais, à la coloration sombre de ses lèvres, les prémices d'une fin, sinon imminente, tout au moins promise rapidement. Mais je n'avais sans doute pas le cœur à lui faire perdre ses dernières forces dans de vaines chamailleries.

— Dis-moi, Jean, qu'as-tu fait ces derniers jours ?

— Eh bien…

— N'as-tu pas une belle anecdote à me conter ?

Je n'eus pas bien long à réfléchir.

— J'ai rencontré Pierre Fauchard.

— Ah, ah ! En voilà un homme savant et avisé.

— Et habile !

— Ah ?

— Oui, il m'a tiré un vieux chicot sans plus de difficulté qu'on arrache une carotte en son jardin.

— J'ai entendu parler de lui. J'aurais aimé lire son livre, mais je n'ai jamais eu la chance de l'avoir entre les mains. Et toi?

— Je le lirai bientôt.

— Tu n'as pas trop souffert, au moins?

— Sans doute moins que vous à cette heure.

— Et que t'importe? La souffrance est un bagage de mon âge. Le problème, c'est d'avoir encore un peu de force pour le porter. Mais continue, de quoi t'a-t-il parlé?

— De tout, de rien. De la souffrance, justement, et des moyens de la combattre.

— Hélas.

Datelin se retourna un peu, cherchant sans doute une position moins inconfortable sur son lit. Il n'y parvint sans doute pas, car il se contenta de grimacer et toussa doucement.

— Fichu remède, il m'a mis les boyaux sens dessus dessous. Mais j'ai dû rendre, à cette heure, tous les miasmes de la maladie. Je devrais aller mieux bien vite.

— Sans doute.

— Mais, dis-moi? As-tu repris tes activités?

— Non, je vais souvent au Collège, mais je n'ai encore accepté aucune consultation. Je ne suis pas sûr de vouloir continuer.

— Pourquoi?

— Je ne sais pas, je pense que tout cela est vain.

— Pense à Augustin.

— Il a Marie pour lui. J'ai été un bien mauvais père jusqu'à présent. Au fond, elle avait raison, il aurait sans doute moins souffert de s'éveiller à la vie dans un orphelinat. N'ayant connu que cela, il n'aurait pas eu à souffrir d'un mauvais père comme celui que je prétends être.

— Ne dis pas cela. Tu sais quelle aurait été sa vie sans toi. Tu as vu de tes yeux le sort qu'on réserve à ces malheureux? Et tu sais très bien que si tu n'as pas eu le temps jusqu'à présent de t'occuper de lui comme tu aurais imaginé le faire. Le temps viendra où tu pourras assumer cette charge avec satisfaction. Quant à ton œuvre…

— Mon œuvre, de quoi parlez-vous?

— Tu as un réel talent comme opérateur, Jean, et pas seulement. Tu es doué dans la confection des onguents, des pommades, j'ai toujours pensé que tu serais capable de chercher ce que nous autres cherchons toujours un peu toute notre vie sans le savoir. Et comme nous ne savons pas ce que nous cherchons, autant de chance de moins de le trouver.

— Je ne comprends pas.

— Tu sais, Jean, chacun à son remède secret. Tu as entendu parler de l'orviétan et de toutes ces sortes de thérapeutiques, plus ou moins mystérieuses, dont les secrets de fabrication se jalousent même au sein des familles. Chaque charlatan, chaque homme, chaque femme, qui a un jour voulu se mêler de spécifiques et de traitements, a imaginé découvrir quelque secret digne de révolutionner la médecine. Et comme la plupart ne le trouvaient pas, ils ont inventé des procédés chimériques, des préparations extraordinaires revendues à prix d'or.

— Vous me parlez de fortune ?

— Non, je ne te crois pas attiré par cette fortune-là. Mais Jean, réfléchis bien à ce que tu sais, à ce que tu connais, et à ce dont tu pourrais faire profiter un maximum. Pour le bien de l'humanité, pour ta renommée et ton talent, et pour ta bourse aussi, il n'y a pas de raison. N'y a-t-il pas une chose que tu aurais aimé un jour avoir à ta disposition et qui t'a fait défaut ?

— Si fait. L'autre jour, chez maître Fauchard, j'aurais tout donné pour ne pas avoir à supporter la douleur lorsqu'il m'a ôté la dent.

— Tu vois…

— Mais tout cela, c'est bon pour les gens de la Faculté, ils ont le talent, l'argent. Ils ont l'autorité et le roi pour eux.

— Tu as tout cela, Jean. Relis ton brevet, tu peux vendre n'importe quel médicament de ton invention. L'argent tu l'as, il te suffira de reprendre tes consultations et te garder le temps qui te reste pour tes recherches. Tu ne m'avais pas dit que tu avais rapporté des herbes spéciales de ton lointain pays ?

— Si, mais je ne les connais pas.

— Va voir les gens qui savent, pour connaître leur nom et trouver les mêmes. Cherche, essaie, trouve. Et si tu ne trouves pas, cherche encore. Et à la fin tu verras, la fièvre du travail te prendra tout le temps et distraira ton esprit de tous les chagrins qui t'encombrent aujourd'hui.

Il se tut, épuisé de ce dialogue passionné qui était sur le point de me convaincre s'il n'avait pas fini en évoquant Balbine, et sans doute sans s'en rendre compte, sa mort prochaine. Il reprenait son souffle doucement et me regardait avec bienveillance.

— Maintenant…

Les mots venaient plus difficilement. Il s'était allongé plus confortablement. Sa tête disparaissait au milieu des coussins qu'on avait entassés pour le soutenir un peu. Il regardait le plafond, comme s'il cherchait quelque chose au milieu des poutres qui s'estompaient dans la pénombre. Une ou deux bougies avaient rendu l'âme depuis que j'étais entré dans la pièce. Il y ferait bientôt complètement noir, et cette idée ne me parut pas d'un excellent augure.

— Maintenant, tu vas me laisser me reposer et je te verrai demain. J'ai besoin de sommeil. Viens sans faute dès ton réveil me porter le fruit de tes réflexions. Et ne t'inquiète pas pour moi, je me sens beaucoup mieux de t'avoir parlé.

Je retins difficilement un sanglot. Il sourit encore, les yeux maintenant dans un monde lointain, d'où il ne reviendrait pas.

— Pas d'adieux, Jean, c'est inutile. Nous nous verrons demain. Va maintenant.

Je me levai. Je voulus lui prendre la main, j'avais besoin d'un dernier contact. Il le sentit et le refusa.

— Dépêche-toi, on t'attend sans doute quelque part.

Tout comme lui. Je partis donc, laissant un dernier regard sur cette pièce qui semblait se rétrécir à vu d'œil sur la pauvre carcasse de Louis Jean-François Datelin, dernier sans doute de l'illustre lignée des Briochés. La cohorte des Fagotins empaillés triomphait en haut de l'étagère, sans même une once de tristesse pour leur maître agonisant. Je sortis. Derrière la porte, Marie attendait. Lorsqu'elle vit mes larmes, elle crut sans doute qu'il était mort sans elle.

— Il est… ?

— Non, il vous attend. Dépêchez-vous tout de même, il a la mort sur les lèvres, quoi qu'il en dise.

Elle pressa mon bras.

— Courage, Jean.

Elle entra dans la chambre et referma la porte sur elle. Je retournai dans la boutique où Jean Grégoire attendait, l'œil triste devant une timbale de vin. Je m'assis en face de lui sans rien dire. Il me versa un verre où je trempai mes lèvres sans y prêter attention, juste pour remettre mes idées à leur place. Je revenais du monde des morts et il fallait bien quelque chose pour me rappeler dans lequel je vivais. Trop de choses alors me parlaient des enfers, de la mort et de tout le cortège sombre qui entourait ces choses. Nous bûmes en silence. Nous espérions sans doute tromper ainsi la nuit pour qu'au matin, aux premières lueurs du jour, Marie Sautereau ne revînt pas de la chambre de Datelin pour nous annoncer la nouvelle. Chaque minute, chaque nouvelle gorgée était une petite victoire contre la fatalité, et surtout contre toute raison. Nous aurions été prêts à nous enivrer si chaque verre bu eût pu prolonger la vie de notre ami.

Jean Grégoire n'eut pas le temps d'ouvrir une autre bouteille. Marie vint nous chercher après quelques verres. Elle ne dit rien. Ne pleurait pas. Nous regarda tous les deux comme une mère regarde ses fils à l'annonce d'une nouvelle terrible. Nous nous tûmes. Il n'y avait rien à dire.

— Vous lui avez offert une seconde vieillesse. Et il vous en était resté reconnaissant.

Elle s'assit finalement entre nous et fixa le bois de la table avec une obstination étrange. Tout le temps qu'elle avait passé à veiller sur Datelin, à le soigner, le protéger, à le réprimander aussi lorsqu'il outrepassait ce qu'elle croyait être vital à sa santé, elle avait porté son rang comme une jeune femme. Et alors qu'il avait disparu, elle devenait à son tour une vieille personne.

— Il m'a dit qu'il veillerait sur vous, où qu'il aille. Il n'a pas voulu de prêtre. Il a blasphémé un peu à la fin. Une simple fanfaronnade. Il n'a pas souffert… Enfin, je crois… En tous les cas, il n'en a rien montré, il ne voulait jamais faire de peine à quiconque.

Il n'y avait rien à annexer à ces évidences-là.

— Je préfèrerais que vous ne le voyiez pas dans cet état. Demain sans doute, il sera plus présentable. Je ne sais pas ce que je vais faire sans lui. Je vais fermer la boutique quelques jours au moins.

— Nous pouvons rester avec vous, ce soir au moins ? proposa Grégoire.

— Merci, mais je préfère rester encore un peu seule avec lui. Je voulais juste vous dire comment il était parti.

Nous nous levâmes ensemble et embrassâmes la veuve. Elle ne tremblait pas, retenait ses larmes et gardait une dignité exemplaire, alors qu'un pan de sa vie venait de disparaître, la laissant comme une maison aux vents de la solitude. Au moment de partir, elle posa une main sur mon épaule.

— Jean ?

— Oui ?

— Il a voulu te laisser le Polichinelle, celui de ses débuts. Il a dit qu'il te porterait chance. Tu pourras le prendre demain.

Je ne répondis rien, fis un signe de la tête qui tint lieu en même temps de remerciement, d'assentiment et d'adieu. Nous sortîmes dans la rue. Il faisait nuit. Grégoire me raccompagna jusqu'à la boutique. Lorsque j'annonçai que je voulais y rester seul jusqu'au lendemain, il eut sans doute peur de mes réactions devant ce nouveau deuil. Je tentai de le rassurer du mieux possible, pas très certain au fond de mes sentiments à cet instant précis. Il finit par partir, me laissant seul. Je n'arrivais pas à imaginer que le lendemain je ne pourrais reprendre avec Datelin notre discussion là où nous l'avions laissée.

Inquiétée par mon absence rue du four et surtout par la mise en garde de Grégoire, Marie Courval arriva à la boutique le lendemain matin. Le soleil commençait à peine à colorer le ciel. Elle avait exigé après mon retour de l'hô-tel-Dieu de garder toujours avec elle une clef de ma boutique. *On ne sait jamais*, avait-elle argumenté. J'entendis son pas pressé dans l'escalier de pierre. Elle m'appela. Je ne répondis pas. Elle m'appela de nouveau, plus fort. Je l'entendis s'arrêter derrière moi.

Fait étrange, elle me trouva dans le passage secret du laboratoire du sous-sol. Je me souvins avoir étudié longtemps dans la nuit les grimoires de de Blégny. Mais j'étais incapable de me remémorer comment j'avais pu me retrouver sur le bord du quai qui surplombait la Seine. À l'endroit même où quelques semaines plus tôt, j'avais décidé de mettre fin à mon existence, ne me croyant plus capable de la poursuivre davantage.

— Jean !

Peut-être s'imaginait-elle que j'allais sauter, à me voir comme ça, penché au-dessus de la rivière. Je savais parfaitement que je n'avais aucune raison de sauter à ce moment-là. J'imaginais que j'avais eu envie de chercher les motivations qui m'avaient alors poussé à une telle extrémité. Je regardais les eaux sombres, frissonnant du froid dont je ne me souvenais plus et que j'imaginais terrible. Et je me plus à imaginer que si j'avais pu survivre à la noyade ainsi, c'est qu'il y avait là encore une injonction du destin qui exigeait de moi autre chose que ce que j'avais pu lui offrir jusqu'alors. En un pas elle fut derrière moi.

— Jean, qu'est-ce que tu fais là ?

Elle avait peur, elle était en colère. En colère contre un petit garçon qui aurait attendu qu'on lui tourne le dos pour recommencer une bêtise… impardonnable. Marie me parlait, mais je ne répondais toujours pas. Elle me secoua.

— Jean, réponds-moi ! Qu'est-ce que tu fais là ?

Je détaillais les pierres du petit trottoir qui surplombait la rivière. Marie prit mes mains et tenta de me secouer.

— Jean ! Réponds !

Ses mains étaient chaudes : une brûlure sur les miennes. Il y eut comme un bourdonnement, et un éclat de soleil. Un hanneton des roses[21] se posa sur ma main. Cet animal, ici et en cette saison, c'était assez improbable pour que je ne doute plus de la nécessité de poursuivre ce qui avait été commencé. Comme cette bestiole opiniâtre.

Je souris à Marie Courval et me laissai guider sans difficulté jusqu'à l'intérieur de mon laboratoire.

---

21 — Nom vernaculaire de la cétoine dorée.

VII

Renaissance

Je retournai le lendemain chez Datelin. Marie Courval avait souhaité m'accompagner, mais confondant tristesse et égoïsme j'avais refusé, affirmant que je ne voulais partager cette douleur avec personne. Et avec elle, moins qu'avec quiconque. Les funérailles n'étaient prévues que le lendemain et elle aurait tout le loisir, si elle le souhaitait, de témoigner ses condoléances plus tard, lorsque je n'y serais plus. Elle s'en montra chagrine, mais toujours soumise à la moindre de mes volontés, elle n'alla pas davantage sur le terrain des négociations. Car elle jugeait sans doute que mon chagrin était tel depuis la mort de Balbine, et doublé depuis la mort de Datelin, qu'il n'y avait aucune contrariété qui pût se justifier. Au fond de moi, je lui en voulais sans doute de cette passivité qui témoignait de sentiments à mon endroit, que je jugeais contradictoires avec mon état et donc parfaitement insupportables. Ma méchanceté à son égard répondait à chacune de ses tentatives de m'être agréable, et par son souci constant d'aplanir devant moi toute forme de chagrin. C'était hors de sa portée, elle le savait et je lui en voulais d'autant de cette obstination.

Je me rendis donc jusqu'à la boutique de la femme de Datelin, avec cette certitude terrible que le monde avait changé depuis la veille ; une nouvelle porte s'était fermée et plus rien ne permettrait de revenir en arrière. Après avoir embrassé Marie Sautereau, j'allai tout de suite dans la chambre de Datelin. Toutes les fenêtres avaient été ouvertes et si le soleil éclairait la pièce généreusement, ses rayons ne pouvaient la réchauffer. L'air vif faisait peut-être oublier un peu le chagrin, mais il ralentissait la corruption des chairs et en atténuait les émanations. L'homme était allongé sur son lit, tel que je l'avais laissé la veille. Marie l'avait préparé selon les directives précises de l'ancien saltimbanque. Il portait un costume de couleurs vives assorties à certaines des marionnettes qui pendaient au plafond. Malgré cela, il semblait tout petit et maigre dans des vêtements qui n'avaient pas vieilli et soulignaient la lente décrépitude de son corps depuis qu'il avait arrêté d'opérer dans les foires. On avait passé son visage au blanc, ce qui atténuait la pâleur de sa peau et donnait presque l'illusion du sommeil. Mais ses mains timides sorties des manches trop longues de son habit trahissaient la mort, pour qui n'aurait pas su.

Sur un fauteuil d'enfant, près du chevet, se tenait bien droite une marionnette de Polichinelle. Étrange personnage pour une veillée. La forte lumière qui entrait dans la pièce avait retiré aux singes toute dimension fantastique ou malveillante. L'ombre légère qui se portait sur eux donnait l'illusion du sommeil, comme chez leur maître. Et pour la première fois dans cette pièce, régnait une atmosphère paisible. Ce qui tenait pratiquement du miracle.

— Celui-là est pour toi.

Marie Sautereau tenait dans les mains une grande marionnette, sans doute la plus belle et la plus brillante de toutes par son costume qui semblait presque neuf.

— Elle n'a pas servi beaucoup celle-là. Et, à vrai dire, jamais. Louis Jean-François l'avait faite réparer pour toi. Je lui avais confectionnée un habit tout neuf…

Elle sourit.

— Mais quand il comprit que tu étais aussi peu doué pour les marionnettes, il a renoncé. Il n'en avait gardé aucun regret. Mais il m'avait dit simplement que je te la donnerais lorsqu'il serait parti. Et que cette marionnette servirait un jour à transmettre son savoir.

— Merci.

Je pris la poupée dans mes bras et frémis à son contact, comme si cette créature gardait de par son énergie propre un peu de celle de son défunt maître. Le visage peint et figé me troubla quelques instants. Mais j'étais heureux au fond de ce relais que Datelin m'offrait par delà la mort. Une sorte de messager. Et comme message, le même que celui de Pomardini quelques années plus tôt. Nous étions une famille et je devais continuer à transmettre cet héritage et l'expérience accumulés à leur écoute. Ma tristesse n'en était pas moins grande, à la mesure de ma solitude qui revenait trop souvent me rappeler une condition d'homme si fragile. Je pensai à Mario, à Aliette et au temps perdu avec Augustin. Nous restâmes ainsi de longues minutes en silence. Marie Sautereau m'offrit une chaise avant de quitter la pièce et je restai une partie de la matinée à veiller un homme de bien parti dans la paix.

On enterra Datelin quelques jours plus tard. À sa demande, on plaça dans son cercueil un des petits singes empaillés. C'était une image étrange que ces deux créatures, que rien n'aurait dû relier, unies dans la mort et définitivement ; le dernier des Fagotins disparaissait avec le dernier des Briochés. Restaient la mémoire et la tradition orale, dont je serais un maillon incomplet, puisque j'avais connu le saltimbanque bien après qu'il eût arrêté son activité dans les foires. Malgré la grande tristesse que je pouvais ressentir, l'image de Marie Sautereau aux funérailles me donna l'exemple d'un courage où trouver les ressources du mien. Elle m'expliqua que ces dernières années avaient été bien au-delà de ce qu'elle aurait pu d'abord en espérer. Et elle avait accepté ce regain de jeunesse comme une mansuétude inespérée du ciel. Datelin avait été rappelé à l'heure juste, et il n'y avait à l'entendre que de mauvaises raisons de s'attrister. Cet apitoiement sur ma solitude, elle me le refusait avec sagesse. Je m'accommodai donc seul avec ma peine, qui me toucha ainsi davantage, vu mon état. Ce nouveau revers devait s'imposer comme un autre tourment, et il n'était pas question que je me laisse aller.

On s'inquiétait pour moi. Après ma nouvelle escapade à Ablis, qui avait inquiété tout mon entourage, on m'interdit d'aller seul au laboratoire. C'est sur l'instigation de Marie Courval qu'une sorte de conseil restreint prit cette décision, en docte censeur prétendant juger ce qui était bien pour moi. Grégoire, Marie Courval et Marie Sautereau composaient cette instance tutélaire. C'est ainsi que je me vis contraint de rester dans mon appartement de la rue du four, sous la surveillance de la ventrière, et en compagnie de Nestor et d'Augustin, qui se réjouirent d'emblée de ma présence parmi eux. Après les funérailles de Datelin, j'avais demandé une nouvelle fois à me recueillir sur la tombe de Balbine. Et même si l'instant où l'on m'attribuait, à cause de ce nouveau deuil, une faiblesse émotionnelle particulière, j'estimais que les progrès de mon rétablissement l'autorisaient. Il y eut un silence gêné lorsque j'exprimai ma requête. C'est Marie Courval qui me répondit.

— Tu sais, Jean, nous ne te l'avons pas dit tout de suite. Nous ne voulions pas te chagriner davantage. Tu étais si mal lorsque nous t'avons retrouvé, tu étais si loin… Et puis, après ta disparition, nous avons été si soucieux de te retrouver que nous ne sommes pas occupés de la dépouille de la malheureuse. C'est Gersende qui s'est rendue à l'Hôtel-Dieu pour s'entretenir avec le garçon de la salle des morts…

Un frisson terrible me bloqua, lorsque le souvenir de cette scène atroce se redessina dans ma mémoire. Tout revint ensemble encore une fois, avec une précision mauvaise : les odeurs, le froid, l'écho des paroles de l'homme sous la voûte de pierre, le contact de la peau de Balbine qui m'avait paralysé. Marie Courval continua.

— Tu imagines bien que personne n'avait attendu après nous. La famille de la malheureuse était venue chercher le corps pour des funérailles. En province, je crois.

— Et bien, sa famille ? On doit bien avoir un nom ?

— Hélas, la mémoire du brave homme n'a pas permis d'en apprendre davantage. On ne saura jamais, à supposer qu'il l'ait même su lui-même. Il semblerait que la jeune fille ait été de noble origine. Et tu sais combien ces gens ont le souci de la discrétion.

Marie Courval me regarda bien en face, avec ce regard que je trouvais parfois si dur, tant je le sentais entrer en moi comme pour me deviner. Il y avait de la compassion et de la tristesse. Et il me sembla alors que cette tristesse à peine dissimulée s'exprimait autant sur son sort que sur le mien. Puis elle dit très sèchement, comme un ordre :

— Tu finiras par l'oublier.

Et elle se détourna. La conversation était finie. Entre elle et moi, ce sujet était clos et sans ma douleur de l'instant, j'aurais certainement pu sentir la morsure de la jalousie dans ce ton péremptoire. Je garderais pour moi ce chagrin que je ne pourrais plus partager qu'avec très peu de personnes. Les vies continuaient autour, des vies jeunes, pleines de force, dans lesquelles je pourrais déverser une affection si mal placée jusque-là.

Nestor commençait à prendre force et caractère et se montrait en tout point identique à un grand frère pour Augustin. Augustin allait avoir quatre ans, commençait à étendre son vocabulaire et ses connaissances au gré de sa fantaisie, délaissant les lettres et les mots pour les sciences. La connaissance des animaux et des plantes, en particulier, le passionnait. Il lui arrivait de ramener quelques cancrelats qu'il avait attrapés dans l'arrière-cour de l'immeuble ou peut-être même dans les appartements, à la plus grande honte de sa nourrice. Nestor lui enseigna ses propres secrets pour attraper mulots, souris et rats, et les deux compères se firent rapidement une belle réputation dans le quartier, rendant de-ci de-là des services contre menue monnaie. Cela m'amusait et les enfants trouvaient dans ces jeux une satisfaction toute particulière. La fierté d'Augustin lui permettait de communiquer avec moi, ce qui compensait sans doute le manque d'affection dont il se sentait victime.

Je profitai de cette disponibilité pour observer les liens de Marie Courval avec Nestor. Car si elle prodiguait les mêmes qualités de soins et d'attention aux deux enfants, il y avait, en y regardant bien, une nuance subtile, celle de l'amour d'un parent pour son enfant; une sorte d'instinct que je ne pouvais connaître. Une inquiétude dans le regard, une bienveillance dans le sourire, une complicité... Tous ces petits détails qui ne trompaient pas et que je dénombrai bientôt avec facilité et envie. Car même si Augustin n'était pas mon vrai fils, j'avais eu la prétention de le lui faire croire jusqu'à ce jour et, à l'âge où la raison commençait à montrer ses premiers frémissements, il était plus que temps pour moi de m'aligner sur un modèle qui était si facile à suivre, sinon de lui avouer la vérité.

Marie n'était que douceur quand il s'agissait des enfants. Elle leur donnait ce dont ils avaient besoin avec une sensibilité qui relevait de l'instinct animal. Une force tranquille qui se passait de la moindre réflexion, tant chaque action était spontanée et sincère. Chaque baiser, chaque embrassade n'étaient pas donnés par calcul, mais bien au moment propice où l'enfant l'attendait. La tendresse était entre eux comme une respiration : évidente, mais essentielle. Je m'appliquai alors à donner à Augustin des marques semblables. Ce n'était jamais évident ni facile pour beaucoup de raisons.

N'ayant moi-même pu bénéficier de ces attentions que dans mon plus jeune âge, j'en gardais un souvenir confus. Bien vite, je m'étais retrouvé seul à la charge de mon père. Et celui-ci était parti sur les mers pour assurer ma subsistance. Et peut-être aussi, je le comprenais alors, pour oublier un destin misérable qui ne l'avait jamais épargné et l'avait rattrapé trop vite. Il y avait bien la tendresse de ma mère, mais son souvenir était encore plus lointain. À la naissance d'Ambre, la plus grande partie de son attention s'était retournée vers l'enfant. Je ne pouvais lui en vouloir, même avec le temps, car nos conditions de vie étaient telles sur l'Anglois que la fragilité d'un nourrisson était une préoccupation de chaque instant. En revanche, je dois dire que jusque-là, j'avais bénéficié de sa part de toute la chaleur possible. En relisant ses carnets transmis par delà la mort par Balbine, je retrouvai certaines émotions avec bonheur, jusqu'à ressentir physiquement, même, des années après, le frisson d'une caresse ou la chaleur d'un baiser.

La tendresse de mes grands-parents était différente. Sans être moins subtile, il y avait quelque chose en elle d'un peu trop fort, de trop marqué. Comme s'ils avaient justement voulu compenser la distance qu'avait prise ma mère à la naissance d'Ambre, et la froideur naturelle de mon père. Il n'y avait pas à douter de leur sincérité et de leur affection, mais le naturel y perdait un degré. Un peu comme lorsque je m'exerçai les premières fois avec Augustin. C'était comme s'entraîner à amadouer un animal sauvage. C'était un premier pas, et même si l'enfant avait paru surpris les premières fois, tentant même de s'échapper en riant lorsque je voulais le prendre sur les genoux, il exerçait lui aussi des sens nouveaux qui ne demandaient qu'à s'épanouir.

Une autre des raisons de ma maladresse était le regard de Marie Courval. La plupart du temps, elle se trouvait dans le parage des enfants, chose parfaitement normale puisqu'elle était leur nourrice. Et elle ne me laissait que très rarement seul avec l'un ou l'autre, sous le prétexte de ne pas me fatiguer, mais surtout pleinement persuadée, et sans doute à juste titre au début, que j'étais incapable de m'occuper de ces deux larrons aussi bien qu'elle le faisait. Lors de mes premières tentatives d'approche avec Augustin, je remarquais un sourire indulgent ou je sentais son regard derrière moi. Elle ne disait rien, ne commentait jamais, me laissant progresser à ma mesure. Mais elle restait la témoin obligée de mes échecs et de mes progrès. En revanche, il n'était pas question qu'elle me laissât m'occuper de la moindre des tâches domestiques ayant un rapport avec les garçons. J'avais imaginé, au départ, qu'il aurait été facile de créer un contact en aidant Augustin à la toilette ou pour son repas. Mais j'avais compris d'emblée qu'il n'était pas question de garder le moindre espoir de ce côté. Pour la toilette, Marie s'en occupait. Et je crois même qu'elle se serait occupée de la mienne si je l'avais laissée faire. Car elle commentait souvent mon hygiène rustique, se vantant de par sa profession de ventrière de connaître les nécessités du corps humain pour garder tout au long de la journée une naturelle fraîcheur. Pour les repas, je me rendis compte qu'à son âge, et contrairement à ce que je pensais, Augustin n'avait nul besoin d'une main supplémentaire. Il maniait la cuiller avec talent, se servant plus volontiers de ses doigts sans laisser le moindre reste au fond de son écuelle.

Il fallait se rendre à l'évidence. J'avais pris durant ces trois années un retard considérable, et ma méconnaissance de cet enfant avait mis entre lui et moi une distance incompatible avec le rang de père, ce que je voulais rattraper. Je continuai donc mes expériences, et je remerciais Marie Courval de s'abstenir de la moindre réflexion, ce qui aurait eu pour effet de suspendre et de ralentir mes tentatives d'approche affective.

Il y eut une chose toute particulière qui fit beaucoup dans notre rapprochement. Comme dans cette période encore troublée affectivement, j'aimais à me replonger dans le journal de ma mère, l'enfant vint me voir et me demanda ce que je lisais. Il n'y eut rien de plus facile alors que de lui parler par le détail de sa famille, tantôt en lui lisant des morceaux entiers du journal de sa grand-mère, tantôt lui rapportant détails et anecdotes de notre vie là-bas. L'enfant s'émerveillait alors de ces récits que je rendais héroïques, se blottissant contre moi. Nestor venait lui aussi écouter mes histoires, mais n'y trouvant pas les résonances présumées du sang, il n'y prenait pas la même part. Dans ces moments, Marie Courval me souriait de loin, comme pour m'encourager et me féliciter de mes progrès. Il y avait alors une sorte de cohésion qui donnait au tableau l'illusion d'une forme de bonheur. Une quiétude, une chaleur, où il manquait pourtant une épice subtile que je me refusais encore de voir. Sentant mes progrès, je décidai que je tairais à Augustin sa véritable histoire. J'étais prêt à lui offrir une véritable famille, comme j'avais choisi de le faire en allant le chercher dans les orphelinats de la ville.

Les semaines passèrent ainsi dans une sorte d'insouciance. J'avais enfin retrouvé toute ma force et ma vigueur. Je faisais de longues marches dans le quartier, parfois accompagné des garçons ou parfois seul, essayant d'imaginer quel pourrait être mon avenir. Je n'arrivais pas à formuler de projet ni de perspective d'aucune sorte. Je vivais au jour le jour, comme un de ces malheureux mendiants dont je croisais le regard aux portes des églises, lorsque j'osais encore y entrer. Mes promenades me conduisirent dans plusieurs de ces sanctuaires. Mais de Notre-Dame à Saint-Eustache, de Saint-Sulpice à Saint-Julien, je ne trouvais que des temples vides où résonnaient sans écho des prières bien naïves. Après tout, Dieu, que j'avais si longtemps négligé, n'avait aucune raison de s'apitoyer sur mon sort, et encore moins d'apporter des réponses aux questions essentielles dont je devais seul trouver les réponses.

Grégoire fit bien quelques tentatives pour m'entraîner dans les gargotes où il avait ses habitudes, mais je refusai à chaque fois. Il ne réussit pas davantage à me décider pour une soirée du caveau. Les esprits surchauffés qui s'exaltaient là-bas, au son de leurs pamphlets et aux vapeurs de l'alcool, ne seyaient pas à mon humeur que je gardais sauvage, loin de toute société. C'était encore dans l'immeuble de la rue du four, puisque j'étais consigné là, que je trouvais quelques échos à mon tempérament d'alors, dans la tendresse naïve des deux garçons.

Depuis notre voyage à Ablis, je n'avais pas souhaité revoir Gersende, malgré les offres qu'elle avait renouvelées de me venir en aide à la moindre occasion. Elle s'était proposée de rester à mon entière disposition, d'une manière si servile que j'en éprouvai tout d'abord de la répugnance. L'épreuve endurée avait changé mes sentiments dans ce registre aussi. Depuis son retour à Paris, j'avais été surpris par ces pulsions qu'elle m'inspirait toujours malgré moi, et ce, jusqu'au retour de Balbine dans mon univers. Depuis le dîner chez le Lieutenant-général, j'avais retrouvé chez Gersende cette même attirance, celle que j'avais éprouvée à Combourg. Une sorte de désir bestial, une envie de découvrir son corps et de partager ses caresses. Sans doute un peu le même qu'avait dû éprouver la petite Catherine, à la foire Saint-Germain. Car pour m'avoir ainsi entrepris comme l'aurait fait une bête, il avait fallu qu'elle aussi ressentît ce même désir animal, que Gersende avait toujours suscité chez moi.

Mais je l'avais défiée, et je m'étais finalement défié aussi en l'envoyant chercher Balbine. Je ne sais si cela aurait changé quelque chose au destin si je n'avais pas eu cette idée mauvaise. Balbine avait peut-être tout simplement succombé à sa faible constitution, à une mauvaise grippe. Et quelque idée que je me fasse de son destin, il était raisonnable de penser que celui-ci était tracé sans que ma main prît la moindre part à son dessein. Mais un doute persistait. Et je ne pourrais jamais cesser d'en vouloir à Gersende, de l'exacte manière que je ne pourrais cesser de m'en vouloir. Ces deux remords étaient indissociables. Et de me savoir définitivement lié à Gersende rendait les choses d'autant plus insupportables. Ma vision de la jeune femme fougueuse, de la ferrailleuse qui bataillait pieds nus sur le sol froid de Combourg, avait disparu d'un coup, ne laissant que l'enveloppe froide d'un corps dont je ne ressentais plus la chaleur.

J'avais changé, certainement. Mais peut-être avait-elle changé également. Il m'arriva de m'étonner que la mort de Balbine pût affecter autant une personne qui faisait montre, quelques jours plus tôt, d'une assurance et d'une arrogance que rien ne semblait pouvoir fléchir. Pour Gersende aussi, il y avait eu un choc, et l'humilité que je ne lui connaissais pas auparavant avait coulé la jeune femme dans un moule nouveau. Sa personnalité s'était émoussée. Et sans cette flamme, qui faisait vibrer la jeune châtelaine à cheval dans les bois de son domaine, elle ne paraissait plus qu'une âme affaiblie qui cherchait désespérément à me plaire, alors qu'elle n'était autrefois que mépris à mon endroit. Elle m'avait à l'époque rabaissé avec malice, me reprochant mes basses origines et mon métier de saltimbanque. Quelques années plus tard, elle faisait tout pour montrer que les rôles étaient inversés, donnant à ma particule injustifiée une valeur au moins aussi importante que la sienne. Comme une pièce d'acier qu'on a mise au feu sans la tremper, Gersende avait perdu tout éclat, sa dureté qui m'excitait alors n'était que soumission. Et puisqu'il semblait ne plus y avoir aucun obstacle, si je l'avais encore désirée, je n'éprouvais plus pour elle qu'un vague mépris en sus de la rancœur. L'avait-elle senti ? Je n'en savais rien. Mais sa servilité était telle qu'elle avait disparu à mon commandement, me laissant simplement une adresse où je pourrais la retrouver. Comme le plus fidèle des chiens, elle restait à mon service, espérant peut-être un jour se racheter de la faute dont elle assumait entièrement le poids. Qu'elle fût véritablement responsable ou pas ne changeait rien à mes sentiments.

Le printemps arrivait, et l'on sentait pareillement la sève monter aux bourgeons des arbres et les odeurs de la rue reprendre avec vigueur les droits perdus au froid hivernal. Je pensais souvent au petit scarabée qui s'était posé sur ma main le lendemain de la mort de Datelin. C'était un signe que je ne pouvais refuser. Dieu, mon père, ma sœur, qu'importe qui me l'avait envoyé. Il était apparu tout simplement, s'était posé un instant sur ma peau. J'avais senti les petites griffes de cette vie insignifiante graver un souvenir léger, mais inoubliable. Puis, dans un bourdonnement presque gai, l'emeraudine[22] avait repris son vol. Elle avait fait briller ses ailes au soleil, puis avait piqué du côté du Louvre, entreprenant, chose audacieuse pour elle, la traversée de la Seine. Sa vie avait sans doute à cette heure bien davantage de signification que la mienne. Mais elle m'avait donné, sans le savoir, un peu de son courage : le germe de la survie.

Mais heureusement, la survie ne tenait pas uniquement dans les dispositions que mon esprit pouvait prendre à arranger son courage de la meilleure des façons. Marie Courval n'avait pas voulu m'inquiéter, mais me prévint suffisamment tôt lorsqu'en parfaite intendante, elle considéra qu'il était dangereux de continuer à vivre avec insouciance sur nos réserves. Elle m'en parla un soir, mais par une voie détournée, m'annonçant son souhait de reprendre son activité d'accoucheuse à l'Hôtel-Dieu. Elle m'avait annoncé cela comme une lubie, et non comme la nécessité que quelqu'un dans la maison reprît une activité lucrative. Ce fut une révélation, car je ne me préoccupais plus depuis longtemps d'aucune contingence matérielle, et encore moins des problèmes d'argent, n'imaginant pas s'il en manquait ou s'il fallait faire quelque chose pour ne pas manger nos économies jusqu'au dernier sol. C'était l'évidence, il fallait que je me décide à reprendre une activité, même si Marie Courval était sincère dans son projet de retourner à l'Hôtel-Dieu.

— Les garçons sont grands maintenant. Nestor peut s'occuper d'Augustin une partie de la journée. Et puis, je ne serai pas absente tout le temps. Et puis, toi aussi tu pourras m'aider pour les garçons. Je vois que tu te débrouilles bien avec eux maintenant.

Elle sourit.

— Un vrai père.

Cette réflexion me mit mal à l'aise, car c'était une des premières fois qu'elle se permettait un commentaire sur mon désir de me rapprocher d'Augustin. Cette idée ne me plaisait pas. J'avais une notion bien précise de ma responsabilité, car j'avais toujours assuré à la nourrice qu'elle ne manquerait jamais de rien, ni pour l'éducation d'Augustin ni pour elle et l'éducation de son fils. Il y avait autre chose de plus confus. Une image terrible. Car, par deux fois déjà, j'avais été confronté à l'Hôtel-Dieu qui, comme un démon aveugle, avait dévoré mes illusions, tué mes espérances et dissout ma raison entre ses murs crasseux. C'était plus fort qu'une superstition, une prémonition, la vision d'un nouveau malheur qui nous frapperait tous si l'un d'entre nous retournait là-bas. L'affront que j'avais fait à la médecine officielle par l'exercice de mon art empirique et illégal, couronné d'un outrageant succès, se vengeait et restait comme une menace sur moi et mes proches. Quand l'un de nous prendrait le risque de s'en approcher, je savais qu'il y aurait à craindre de nouveaux tourments, ce que je n'étais en aucun cas prêt à endurer.

Je rassurai Marie Courval, malgré ses protestations. On m'avait demandé plusieurs fois depuis la fin de l'hiver de reprendre mon activité à la boutique.

---

22 — Autre nom de la cétoine dorée (hanneton des roses).

Il n'était pas question de perdre ce qui me restait de renommée. Ma réputation courait sur son erre. Si je ne faisais rien avant l'été, on m'oublierait. Car si j'avais été l'un des derniers charlatans à la mode, qu'on se devait d'avoir consulté, au moins une fois dans l'année, mon nom ne signifierait plus rien avant les vendanges. Il n'était pas question de renoncer au train de vie que nous avions offert jusque-là aux garçons. La pension d'une ventrière de l'assistance publique n'y pourvoirait pas. C'était l'heure pour moi. En outre, je savais que l'oisiveté à laquelle je m'étais peu à peu habitué finirait à la longue par bousculer mes humeurs vacillantes et contradictoires, avant de me jeter sans doute dans une nouvelle crise de doute.

On fixa la date de mon retour et Grégoire s'occupa de colporter la nouvelle par le biais de ses connaissances. Elles n'étaient pas toutes aussi illustres que ses fréquentations du Caveau, mais il fallait compter, parmi ses compagnons de beuveries, plus d'un bavard qui répandrait avec bonheur l'annonce de ma rentrée, pour peu qu'ils pussent détailler les conditions de ma chute, quitte à en écorner certains détails pour enjoliver leurs cancans. Nous décidâmes de faire paraître, à nos frais, une petite annonce dans le Mercure de France, pour préciser les raisons officielles de mon absence et celles de mon retour. Celles que l'on raconterait à côté ne feraient qu'attiser la curiosité, ajoutant à cet entrefilet une publicité gratuite et sans doute plus efficace. Voilà ce qu'on pouvait lire dans le Mercure du mois d'avril 1741 :

Nous annonçons par la présente, le retour du sieur Jean Passadieu de Saint-Pierre, opérateur pour les dents, inventeur de nombreuses pommades et onguents, exerçant sous l'autorité royale par Privilège du roi, Louis le quinzième à Paris, consenti le premier jour de novembre de l'an de grâce mil sept cent trente-sept. Après un voyage scientifique aux Indes, il revient avec une nouvelle pharmacopée dont il compte faire profiter le plus grand nombre. Durant la dernière semaine d'avril et à compter du vingt-troisième jour du même mois, il consultera en sa boutique du Collège des Quatre Nations : les soldats par fantaisie, les pauvres pour l'amour de Dieu, et les riches pour de l'argent.

De pharmacopée nouvelle, je n'en avais point. Mais il y avait encore une réserve à écouler. Sans compter ce qui s'était peut-être gâté depuis l'année précédente. J'avais toujours su préserver un caractère secret dans mes prescriptions, qui les rendait inimitables, même entre elles. En outre, même si l'on parlait ouvertement de moi et de mes succès dans les salons, il était rare qu'il soit fait mention des soins et des diagnostics discutés dans ma boutique. Pour la plupart, en tous les cas, car on n'imaginait pas tel comte ou tel marquis faire état en société des mêmes confidences faites quelques jours plus tôt, dans l'intimité de ma consultation. Fièvres de Malte, véroles petites et grandes, maladies honteuses ou inavouables, morpions, puces, gales et parasites se bousculaient sous les perruques ou les jupons, s'échangeant sans difficulté dans les meilleurs salons de la capitale, aux prétextes les plus frivoles ou les plus lumineux. Versailles n'était pas épargné, semblait-il, et j'aurais pu à moi seul dresser une carte détaillée de ces fléaux, notant de mois en mois la progression de l'un ou de l'autre dans les quartiers de la capitale. Un tel observatoire me garantissait le silence des plus grands, sous réserve du mien. Ce qui était une chose entendue, pour pouvoir faire fructifier mon commerce.

Je n'avais donc nul besoin de renouveler mes recettes, comme la plus vulgaire des courtisanes n'a pas besoin de changer de robe. Car ce qui intéressait, au fond, c'est ce qu'il y avait dessous. J'eus donc le droit de retourner au Collège où je fus accueilli par le concierge et mes voisins. La nouvelle de mon retour n'avait échappé à personne. Et il faut croire que mon commerce profitait au leur, à voir l'empressement et la joie qu'ils montraient à me revoir. Grégoire était en représentations à l'Académie Royale et il disposait de temps dans la journée pour *veiller sur moi*, comme il avait été décidé pudiquement par le conseil des tuteurs. Dans un premier temps, j'entrepris de contrôler mes réserves, de mettre en ordre mon bureau. Je ne reconnaissais pas dans tout cela quelque chose qui me ressemblât. Car je devais admettre qu'une part de mon art en matière de thérapeutique tenait plus de la suggestion, au mieux, ou du charlatanisme, celui que Pomardini rejetait. Car si j'avais sans doute quelques talents d'opérateur, pour les dents tout au moins, même si mes pommades étaient sans nul doute les plus onctueuses de Paris, la plupart des spécifiques que j'y incorporais servaient davantage à parfumer qu'à soigner. Je ne m'étais jamais jusqu'alors essayé à d'autres opérations que celles des dents ou de la bouche. Et, à vrai dire, je n'avais distribué que des remèdes de pacotilles.

Je ne valais sans doute pas mieux que ceux qui sévissaient sous le cheval de bronze. J'avais juste eu plus de chance, puisqu'un simple mot du roi autorisait mes médecines et que quelques succès de hasard m'avaient mis à la mode. Mon retour des Indes serait un succès, à n'en pas douter, pour quelque temps au moins. Mais les réflexions de Datelin et de Fauchard avaient semé un germe dans mon esprit. Je devais me rendre à l'évidence : mon ouvrage n'avait pas plus de sens que si j'avais vendu du vent ou de la fumée. Il fallait autre chose, et cette vision nouvelle qui s'imposait à moi me soufflait des idées dont je n'arrivais pas encore à saisir le sens. Différents éléments se mettaient en place. Je ne le savais pas encore, mais j'avais à portée de la main et de l'esprit l'ensemble des pièces d'une invention. Mais, n'en ayant ni la conscience ni la prémonition, je ne pouvais encore en échafauder les moindres ébauches.

Qu'importait, pour l'heure, il s'agissait de remettre à flot l'intendance de ma maison. Je me refusais à l'idée que Marie Courval retournât à l'Hôtel-Dieu. On annonçait déjà pour la semaine fixée de mon retour de nombreuses demandes, et je recevais des billets d'illustres maisons demandant des rendez-vous dès les premiers jours. Beaucoup des habitués me réclamaient en toute hâte, de nouveaux noms se recommandant d'autres requéraient mes conseils et mon expertise. Il y avait une grande majorité de femmes. C'était étrange de voir tout ce beau monde se presser à ma porte au premier signe de retour, alors que nul ne s'était inquiété de mon absence pendant une si longue période. J'étais indispensable à cette heure, oublié quelques jours avant. Un être transparent. C'était exactement le même sentiment que lorsque je m'étais rendu à Notre-Dame aux obsèques du Lieutenant-général. Tous ces visages connus et si souriants chez moi, se fermaient et se détournaient de peur que je les eusse reconnus. C'était là un jeu que j'avais appris à connaître rapidement, et dont dépendaient ma survie et mon succès. Pour ce qu'on m'avait confié, je devais supporter l'ignorance ou l'infamie, même si chacun se félicitait d'avoir pu obtenir un rendez-vous chez moi. On devait critiquer mon titre dans mon dos, mais on se courbait presque comme devant un monarque en passant ma porte. Rien de tout cela ne m'atteignait véritablement, puisqu'il s'agissait d'un jeu et qu'au fond mon quotidien dépendait de ceux qui en fixaient les règles.

Il ne fallut pas plus de quelques jours pour que les affaires reprennent un cours normal. Mes premières consultations étaient étayées par la curiosité des plus chanceux, qui avaient obtenu les faveurs de mes premiers rendez-vous. Je me conformai à l'annonce. La plupart ne se réclamèrent nullement d'elle, puisqu'il s'agissait en effet de riches personnages. Se considérant parmi les plus fortunés, il n'était certes pas question pour eux de réclamer la moindre ristourne. Il y eut bien quelques vieux nobles désargentés qui se réclamèrent de tel ou tel régiment du roi, et je leur accordai l'avantage de leur dispenser mon art pour rien. J'avais arrangé mon bureau de manière légèrement différente, assortissant les murs de nouvelles tentures à prétention orientales, dont j'avais fait l'acquisition l'année précédente à la foire Saint-Germain, sur les conseils avisés de Datelin :

— Viendra un temps où ils auront besoin de nouveauté. Ne sois jamais au dépourvu et garde toujours en réserve du mobilier neuf, des choses exotiques. Même s'il s'agit d'objets qu'ils peuvent acheter eux-mêmes, ils n'y verront chez toi que les marques d'un grand voyageur, dont les connaissances s'enrichissent de son esprit aventurier.

Ce conseil encore m'avait permis de me prémunir contre un avenir où forcément la lassitude viendrait, et où il me faudrait renouveler la scène de mon théâtre. C'était une façon comme une autre d'être ambulant. Cela donnait à mes visiteurs l'impression de voyager, de la même façon que nous apportions la nouveauté lorsque nous allions de village en village avec Pomardini. Je compensais mon état statique par un renouvellement de décoration. Les thérapeutiques ne changeaient pas. Il me suffisait de transformer certains noms, avec une consonance propre à satisfaire le besoin de nouveauté de mes patients.

Il n'y avait pas eu à faire grand-chose, et je me demandai même si mon absence seule, avec un soupçon de mystère, n'avait pas suffi à stimuler un intérêt qui n'avait pas encore eu le temps de faiblir. Les doyens de la Faculté ne jugèrent pas utile de m'ennuyer une nouvelle fois. On se contenta de m'envoyer un espion qui, sous le prétexte de la curiosité, demanda à consulter ma lettre de privilège, ce que j'avais prévu et je m'empressai de lui montrer. Marquises et comtesses revinrent donc sans difficulté me raconter leurs petites histoires et leurs tourments intimes, contre quelques minutes où je les écoutais, et une pommade dont elles pourraient nourrir n'importe quelle partie de leur corps. J'étais au fond bien plus puissant par ce que je savais de ces personnages que par mon art, mais ma discrétion et ma naïveté, que j'avais presque conservées intactes, m'interdisaient toute forme de spéculation sur ce registre-là.

Certaines consultations requéraient mes réels talents et sans faire concurrence à Pierre Fauchard, je repris rapidement le chemin des extractions. Pas une fluxion ni une dent qui ne résista bien longtemps à mes talents. J'avais cependant une vision nouvelle de mon art. Je regrettais en particulier de ne pas avoir à ma disposition le fameux pélican que l'illustre dentiste avait utilisé sur moi. J'avais dessiné plusieurs fois l'objet d'après mes souvenirs, mais tant dans les proportions que dans les formes exactes, je n'avais réussi qu'à ébaucher un objet dont nul n'aurait pu se servir, même pas pour décrotter des bottes. Je m'étais procuré quelques déchaussoirs supplémentaires et je continuais à utiliser les daviers de Pomardini, qui rendaient encore pleinement le service pour lequel on les avait conçus. Mais il y avait une nuance plus subtile dans mon art. Puisque j'avais éprouvé moi-même cette opération, je savais parfaitement, et avec grande précision, ce que subissaient les malheureux à qui je devais ôter une dent. Depuis mon passage chez Pierre Fauchard, pas une fois il ne m'arriva d'ôter une dent, même branlante, sans éprouver dans ma mâchoire le souvenir de ma douleur d'alors. Et je m'employais à trouver un moyen de la prévenir, augmentant en particulier la dose de vin ou d'alcool que je conseillais avant l'opération. Je ne manquais jamais de vendre une dose d'essence de girofle. Mais mon esprit n'était pas encore suffisamment ouvert pour imaginer plus loin ce que je pourrais faire pour améliorer leur sort.

Cette année-là, j'eus trente ans sans m'en apercevoir. Mon affaire était florissante, l'argent n'était plus un souci et ma maison allait sur le train d'antan, sans qu'au fond aucune différence notable ne transparût. Ne restait que mon humeur, dont je n'arrivais pas à diriger le cours et qui restait définitivement sur le registre de la souffrance et de l'ennui. Malgré mon rapprochement d'Augustin et les joies familiales, je recherchais la solitude sans lui chercher d'occupation. Je ne trouvais dans le travail qu'une faible distraction. Il semblait que la plaie s'était refermée en surface, mais que la cicatrice continuait à brûler en profondeur. Je n'en montrais rien et on finit par me laisser aller avec une certaine liberté. Je savais pourtant que Grégoire prenait parfois de son temps pour me surveiller, en particulier lors de mes promenades solitaires. Car lorsque je me rapprochais de la rivière, par exemple, je le voyais surgir d'une ruelle comme un fait exprès, feignant de me reconnaître et de m'avoir trouvé de manière complètement fortuite.

Augustin ouvrait son affection à mon contact. Nestor restait le meilleur des grands frères pour lui et Marie Courval la meilleure des intendantes. J'avais accroché dans mon appartement de la rue du four le pantin que m'avait légué Datelin. Car c'était le signe tangible d'un virage de mon existence. Nulle nécessité de choses matérielles pour m'en souvenir, mais j'avais besoin de garder près de moi certains de ces objets, qui me rattachaient à l'existence. Je me considérais encore comme un rescapé sur un océan de solitude. Le Polichinelle de Datelin et les cahiers de ma mère formaient à eux seuls le radeau où m'accrocher.

L'année 1741 passa, les jours se succédèrent sans avoir l'air de peser, mais avec ce voile permanent qui prélevait une part de leur saveur. L'automne succéda à l'été et l'hiver vint. Je ne me rendis compte du changement qu'au dernier jour de l'année.

Ce premier anniversaire était le seul capable de m'émouvoir encore, et certes pas de la meilleure des façons. On évita soigneusement dans mon entourage d'évoquer l'événement. Dès la Noël, on m'interdit d'aller à ma boutique. On prétexta que je ne m'étais pas ménagé et qu'il fallait prévoir un repos que je méritais amplement. On dîna simplement rue du four, pour le Nouvel An, avec Grégoire et la veuve de Datelin. On n'évoqua point la nouvelle année et l'on fit même en sorte que je sois couché avant minuit. Malgré toutes ces précautions, je gardai au cœur, ce soir-là, toute la mémoire de la soirée tragique de l'année précédente. Depuis, mon destin n'avait perdu aucune once d'amertume, et il fallait craindre que rien maintenant ne soit capable d'infléchir une humeur, dont j'avais fini par me contenter comme d'un état normal.

Jean-Baptiste Seigneuric

VIII

Le remède secret

Mon activité redevint très vite florissante, et le besoin de trouver de l'espace pour entreposer mes réserves se fit urgent. Mes voisins du collège refusaient de me céder l'une de leurs boutiques. On faisait, en effet, trop de profit à mon voisinage pour abandonner le moindre petit emplacement. Un simple cellier, la plus petite soupente, tout m'était donc refusé sans prétexte, le plus souvent, et c'est ainsi que je me résolus à faire appel à la seule pièce supplémentaire dont je disposais : le laboratoire secret. C'était une pièce carrée, sans fenêtre ni lucarne, dont trois des murs étaient bardés de puissants rayonnages qui montaient jusqu'au plafond.

Je n'avais jusque-là pas pris le temps d'inventorier ce trésor. Je disposais d'un héritage extraordinaire, dont j'avais négligé l'importance et les possibles enseignements. Il y avait une bibliothèque imposante qui comportait, outre les ouvrages de mon savant prédécesseur, en plusieurs exemplaires, annotés pour la plupart, des traités de chirurgie, d'anatomie, de chimie, de mathématiques. D'autres, plus hermétiques, venaient compléter cette collection. Je ne pus dénombrer ces ouvrages qui se comptaient par centaines, certains en français, d'autres en latin et une quantité non négligeable encore écrits dans des langues inconnues de moi. Pour cela, je pouvais parfois en deviner le thème par les illustrations qui faisaient référence aussi bien à l'anatomie qu'à la botanique ou à d'autres sciences comme l'astronomie. Une grande partie des sciences connues se retrouvait ici ainsi rassemblée dans la plus éclectique des bibliothèques. Deux murs contigus avaient beaucoup de mal à contenir l'ensemble, car le poids du savoir avait largement débordé les capacités de l'endroit. Manuscrits, grimoires et cahiers étaient entassés sans ordre sur le sol, empiétant un espace déjà réduit.

Il y avait également une importante réserve de produits. Un des autres murs supportait des étagères où étaient rangées fioles et cassolettes, toutes les réserves de de Blégny dont je ne connaissais rien. Pour la plupart, les étiquettes avaient perdu de leur fraîcheur avec les années. Nicolas de Blégny était mort en 1722. Et tout semblait être resté en l'état depuis bientôt vingt ans. Sur beaucoup d'étiquettes, l'encre laissait des ébauches mystérieuses en énigme. Il y avait fort à douter que les principes d'aussi anciennes préparations soient encore actifs et je ne perdis pas de temps à essayer d'en déchiffrer l'origine ni la composition.

Le long du dernier mur, enfin, étaient entassés vaisseaux, marmites, tubes, soufflets de forge, pièces de métal sans usage précis : tout un bric-à-brac, dont un chiffonnier n'aurait sans doute pas tiré dix livres. Restait l'étroit passage pour se rendre à la rivière, mais il ne prenait que la largeur d'un homme de biais. Le couloir était de même largeur jusqu'à la Seine, et il ne fallait pas espérer y entreposer quoi que ce soit sans condamner définitivement le passage.

Je me résolus donc à vider d'abord les préparations les plus anciennes. Et pour cela, je n'avais qu'un seul moyen d'évaluer leur chronologie : la couche de poussière et l'état des étiquettes. Pour certaines, l'humidité les avait déjà rongées complètement. J'avais décidé de garder les contenants pour mon propre usage, estimant qu'il n'y avait aucune raison de ne pas profiter d'un tel assortiment dont j'aurais assurément l'usage. Je déversai donc dans la rivière toutes sortes de substances. Les consistances allaient du liquide le plus pur à certaines boues visqueuses dont je n'osais imaginer l'origine. Des couleurs, j'en détaillais autant que dans l'arc-en-ciel. Et si la plupart étaient indéfinissables, on retrouvait variablement des jaunes limpides et des noirs d'une opacité d'encre. Mais certains bleus me rappelaient le ciel ou la mer de Saint-Pierre, dont la profondeur se confondait parfois sur l'horizon imprécis. Le plus curieux restait encore la variété des odeurs, qui s'échappaient à chaque fois que je descellais une nouvelle bouteille. Je m'étais installé pour mon ouvrage au bord de la rivière. Il n'y a pas à douter que si Grégoire m'avait surpris là à manipuler de probables toxiques, il aurait tremblé pour la vie de son ami.

Je m'exerçai à reconnaître les parfums que je libérais. Je reconnus une multitude d'essences simples à base de plantes : violette, rose, girofle, bien sûr. D'autres, plus subtiles, gardèrent leur secret longtemps, comme une courtisane se laissant désirer. Certains sels et esprits d'ammoniaque agressaient ouvertement, tandis que d'autres laissaient à peine filtrer une odeur âcre et sournoise, dont il était délicat de déterminer l'origine avec précision. Je reconnus malgré tout des essences de café, de thé, des infusions à base de vin, des miels de différentes origines avaient été mêlés subtilement. La cannelle venait régulièrement masquer des parfums trop agressifs. Mon nez n'était hélas pas assez exercé, mais quelqu'un de plus aguerri aurait sans doute pu reconstituer la majorité des compositions. Dans tous les cas, je n'avais aucune envie de reprendre les recettes d'un autre, dont j'aurais sans doute pu retrouver les compositions et les secrets de fabrication plus rapidement dans la vaste bibliothèque laissée à l'abandon. Je ne me hasardai aucunement à les goûter, ne poussant pas ma curiosité dans des excès qui n'auraient sans doute pas manqué de nuire à ma santé. Je décidai délibérément de noyer le travail d'un homme, de toute une vie sans doute, au risque de perdre des secrets dont je ne pensais pas avoir l'usage.

Comme je ne pouvais consacrer tout mon temps à cette activité, car je me devais surtout à mes consultations, il me fallut plusieurs semaines pour venir à bout de toute cette science que je diluai sans état d'âme dans la rivière complice.

Je lavai au fur et à mesure les récipients et les rangeai à leur même place, après les avoir séchés, prêts à accueillir l'une ou l'autre de mes préparations.

Jusqu'alors, j'avais surtout utilisé les principes de la macération, de l'infusion et de la confection de pommades où j'excellais. Hormis pour la fabrication de la pommade, ces techniques nécessitaient peu de matériel et encore moins de science ou d'habileté. C'était surtout le temps qui faisait le travail, pour diffuser les principes du composant choisi dans mes préparations. Je ne voulais pas compliquer mon art, qui s'était parfaitement satisfait jusqu'alors des connaissances conjuguées de Datelin et de Pomardini. J'avais repéré cependant dans le fatras du matériel, des instruments assez anciens de chimie. Je ne m'étais pas encore exercé à la distillation. L'appareil m'intrigua, composé de nombreux vaisseaux et je n'eus aucun mal à trouver dans la bibliothèque plusieurs manuels et ouvrages y faisant exclusivement référence. L'un d'eux attira davantage mon attention, car il était amplement annoté. En guise d'ex-libris, son propriétaire avait écrit son nom et une formule un peu particulière, qui eut le bonheur de m'amuser lorsque je la découvris :

Ce livre appartient à Nicolas de Blégny. En cas de perdition, je prie bien ceux qui le trouveront de me le rendre, et je paierai à la Saint-Jean un tonneau de vin blanc, à la Saint-Martin une bouteille de vin et à la Saint-Nicolas une tranche de lard.

Ce court extrait manuscrit, tout particulier, permettait d'identifier assurément l'écriture du savant homme. Et je pus ainsi être certain que la plupart des annotations du volume que j'avais choisi étaient de sa propre main. L'ouvrage avait été publié à Lyon, le siècle précédent, et s'intitulait simplement : *Elemens de Chymie de Maistre Jean Beguin[23], Aumonier du Roy*. Sous le titre, un frontispice donnait à voir trois angelots et une multitude de signes mystérieux, dont la signification échappait à un novice tel que moi. En parcourant les premiers chapitres, je pus rapidement reconnaître l'instrumentation nécessaire à cette pratique. Et comme pour le reste de la boutique, je me rendis compte que je disposais de tout le nécessaire, et parfois même en plusieurs exemplaires, pour réaliser dans les meilleures conditions toutes les préparations évoquées dans l'ouvrage. On y parlait de médecine spagirique comme d'un art évident. L'auteur évoquait le vitriol, les essences, la quintessence, les esprits et les eaux-fortes. Les techniques se nommaient : calcination, extraction, coagulation, lutation. C'était un vocabulaire à part entière, un art nouveau. Mais je n'étais pas sûr de trouver le courage pour ce nouvel apprentissage que je devais entreprendre seul.

Je sentais, en effet, que l'usage de telles pratiques, dont peu de personnes m'avaient parlé jusqu'alors, s'il ne relevait pas de la sorcellerie, restait tout de même d'un registre en marge, qui exigeait en tout cas une grande confidentialité. C'est ce que je sentis en parcourant ces lignes, comme si cette lecture m'ouvrait des secrets réservés à des initiés, dont je n'étais pas sûr de mériter le savoir. Je me décidai finalement en découvrant sur une page, la recette de la fabrication de l'huile d'ambre. C'était une substance dont on avait toujours vanté la rareté, mais dont je disposais en quantité honnête. J'avais toujours gardé le coffre de

---

23 — Jean Béguin (1550-1620) chimiste qui fut médecin de Henri IV, puis aumônier de Louis XIII.

mon père, sauvé du naufrage de la flûte basque. Je l'avais remisé dans mes réserves, mais ne m'en étais pas préoccupé davantage, considérant la précieuse matière davantage comme un trésor que comme un ingrédient. Le titre du chapitre m'avait intrigué, et je pus lire les propriétés de cette huile si précieuse :

Cette huile était appelée « sacrée » par les anciens à cause des grandes vertus qu'elle démontre, appliquée seule ou mêlée avec autres choses convenables ; en épilepsie, apoplexie, mélancolie, spasmes, vertiges.

D'autres vertus encore faisaient de cette préparation une panacée capable de rivaliser avec les meilleures thériaques[24]. Et comme cette huile en appelait fortement aux maux de l'âme, je décidais que j'étais sans doute le mieux placé pour éprouver une telle mixture. Je n'étais pas à une tentative près pour me soulager d'un accablement, que rien ne semblait vouloir émousser, pas même le temps.

Je n'eus aucun mal à reconnaître le fourneau. Il s'agissait d'une simple colonne d'une matière s'apparentant à la brique. Posé sur le sol, son sommet arrivait à peu près à ma taille. À l'intérieur, je dénombrai trois niveaux et pus les reconnaître sans difficulté à travers les descriptions précises qu'en donnait Jean Béguin dans son livre. Chaque étage était muni d'une petite ouverture. L'étage inférieur, appelé cendrier, était destiné à recueillir les restes de la combustion. Une petite grille métallique le séparait du foyer, où l'on pouvait aisément entretenir un feu de bois ou de charbon. Au-dessus, des ferrements permettaient de déposer le vaisseau contenant la matière à distiller : l'œuvroir ou petit laboratoire. Il était pourvu d'une encoche pour laisser passer le col des cornues. Le sommet était amovible et comportait quatre petits registres[25], afin de laisser de l'air au feu. C'était une pièce imposante, en état de marche, mais qui montrait des signes d'usure témoignant de l'usage important qui en avait été fait. Lorsque je le remontai dans la boutique, je trouvai un emplacement proche du foyer que j'utilisais habituellement : une empreinte dans la pierre permettait de l'ajuster parfaitement, et il était clair que c'était là sa place.

Je m'occupai ensuite des vaisseaux, et à l'aide d'une gravure, je pus facilement reconnaître les différentes formes de mes futurs instruments de travail : vessies, cucurbites, matras, alambics, cloches, retortes, cornues, pélicans, creusets... Même s'ils avaient été entreposés sans ordre au fond du laboratoire secret, aucun n'était brisé ni endommagé. La plupart étaient en verre, contre très peu en terre. C'était un ensemble disparate, dont je compris vite que l'on pouvait tirer les combinaisons les plus complexes. L'auteur détaillait ensuite les moyens de soutenir et d'assembler les structures. Ce qui semblait fondamental était la technique pour luter les pièces ensemble, afin d'assurer l'étanchéité et de ne perdre aucun des principes qu'on avait la prétention d'extraire par ces savantes opérations. Les moyens les plus simples faisaient appel à des bandelettes de

---

24 — Composition très ancienne attribuée à Andromachus l'Ancien, médecin de Néron. C'était initialement un antidote qu'il inventa en mêlant des chairs de vipère au mithridate. De multiples recettes reprirent cette panacée qui a comporté jusqu'à 70 ingrédients différents tant d'origine animale que végétale.
25 — Orifices

vessie de porc, ou plus simplement encore de papier. On prenait soin de les humecter au préalable, d'un emplâtre fait de farine de froment mélangée à du blanc d'œuf battu. D'autres recettes de colles plus complexes étaient ensuite mentionnées, mais elles faisaient appel à des techniques qui requéraient un niveau d'expertise auquel je ne pouvais prétendre.

Je congédiai mon assistant pour quelques jours, lui offrant d'être payé pour se reposer afin de conserver complètement le secret de mon entreprise. Comme je ne pouvais occuper mon temps entier à cet ouvrage, il me fallut plus d'une semaine pour construire mon premier chantier alchimique. J'avais aménagé ma boutique de manière à garder mon installation à l'abri de la vue de mes patients. Car je savais que cette instrumentation baroque ne manquerait pas d'éveiller de mauvaises curiosités, et sans doute des suspicions. Un jeu de paravents permit donc d'agencer simplement l'espace de manière à préserver autant l'intimité de la chaise où je réalisais les extractions, que celle de mon nouvel atelier. Je délaissai quelque temps la confection des pommades et des onguents, mais je savais mes réserves suffisantes pour ne pas avoir à m'en préoccuper avant des temps éloignés. Ce nouveau projet avait un peu pris le pas sur mon humeur affaiblie, même si j'avais perdu de vue la finalité première de cette entreprise. La nouveauté des procédés m'intéressait davantage que les possibles améliorations que l'huile d'ambre serait capable d'apporter à mon tempérament. Je partais chaque matin avec un nouvel entrain au Collège, sans pour autant négliger Augustin, ne voulant perdre le bénéfice d'un rapprochement si difficilement obtenu. Marie Courval n'avait pas reparlé de son projet de retourner à l'Hôtel-Dieu, et comme il n'y avait plus aucune nécessité à cela, j'avais complètement oublié cette éventualité. Je la quittais chaque matin et la retrouvais chaque soir, rue du four, sans que rien ne semblât avoir changé.

C'était l'hiver. Je fis livrer quantité de bois à la boutique, car il n'était pas question que mon fourneau pâtisse des qualités de mon feu aux étapes cruciales de l'ouvrage. L'auteur du livre insistait largement sur les vertus capitales du feu, expliquant comment on pouvait le réduire ou l'augmenter par le truchement des soufflets ou des registres en haut de la tour de distillation. Je commençai par quelques essais de cuisson dans des cornues, me bornant à faire bouillir de l'eau pure et à en recueillir la vapeur. Je faisais et je défaisais cet élément naturel, comme on s'exercerait à démonter la pièce facile d'un mécanisme, avant d'en aborder de plus complexes. Je retardais au maximum le jour de la première distillation, comme on réserve une chose dont on attend, sinon du plaisir, au moins une satisfaction. J'avais bloqué une journée où je ne consultais que le matin, me laissant l'après-midi pour garder toute la liberté nécessaire aux essais, que j'imaginais multiples. J'avais annoncé que je rentrerais plus tard. Je savais Marie toujours méfiante, car plus d'une fois où j'étais rentré, rue du four, longtemps après l'heure prévue, elle avait envoyé quelqu'un s'enquérir de ma santé. J'avais besoin de calme et d'une discrétion absolue. Personne n'était au courant de ces projets et je me réservais pour moi seul le bénéfice d'une indubitable réussite.

Le matin, j'avais écouté les vicissitudes de mes contemporains, me disant à part que beaucoup pourraient profiter de cette fameuse huile d'ambre, si je parvenais à la réaliser, et que ses vertus étaient à la hauteur de ce qu'en disait le sieur Béguin. Lorsque mon dernier consultant fut parti, je commandai au concierge un peu de viande froide pour mon dîner. Je ne bus que de l'eau, pour garder mon esprit et ma concentration intacts. Je retrouvai sans difficulté le coffre de mon père, celui-là même qui avait traversé tant de dangers, et dont j'avais jusqu'alors négligé le potentiel. Il avait survécu à un naufrage, à un pillage, il avait traversé avec nous la baie entre Saint-Pierre et l'Anglois, puis il avait traversé une partie de la baie de Fortune pour prendre le chemin de la France. Depuis Saint-Malo et la maison de la Providence, il ne m'avait pas quitté. Le bois était lourd et dense, mais la rouille des ferrures accusait ma négligence. Je repensai à mon père, armé de son harpon, au-dessus de monstres marins dont je n'imaginais rien d'autre qu'un dos noir et luisant. À cet instant, j'eus un doute, craignant qu'avec le temps, la matière ne se soit complètement corrompue et qu'elle s'avère totalement inutilisable.

Mais l'ambre était à sa place, légèrement plus craquelée et friable, peut-être. Mais comme je n'avais pas ouvert le coffre depuis longtemps, l'air n'avait pu se renouveler et corrompre cette matière capable de résister aux océans et à l'acidité du ventre des baleines. De jolies veines dorées éclairaient la masse sombre. Son odeur était toujours suave et discrète. Lorsque je le touchai, j'eus la sensation d'un corps gras d'une densité subtile, comparable au fond à de l'axonge. Je refermai le coffre et vint le placer à côté de mon fourneau. Tout était prêt pour mon entreprise. Je m'étais enfermé dans la boutique. J'avais exigé qu'on ne me dérangeât sous aucun prétexte, et la pièce d'argent que j'avais glissée au concierge valait mieux que toutes les recommandations.

Ma cornue était prête, lavée et séchée depuis la veille. J'avais tous les ingrédients nécessaires réservés à côté de moi. Je commençai par allumer le feu dans le fourneau. Là encore, j'avais pris la précaution d'essayer plusieurs fois l'entretien et le réglage du foyer, afin de ne pas risquer de compromettre la qualité de mon travail. Je mélangeai donc une part d'ambre et de vin blanc dans un pilon, pour une livre chacun. J'ajoutai une poignée de sel et mélangeai le tout dans un creuset. La matière grasse de l'ambre peina à se dissoudre et je ne pus qu'à grand-peine obtenir une préparation homogène. La matière gardait encore un aspect granuleux, avec des phases qui refusaient obstinément de se mélanger sous mon pilon de buis. Mais il était probable que la chaleur permettrait ce que le simple mélange n'avait que partiellement obtenu. Je versai le mélange dans la cornue, que je plaçai dans le fourneau. Lorsque la préparation fut sur le point de bouillir, je la rectifiai, comme prescrit, avec des os calcinés et préalablement broyés. Les premières gouttes sorties de mon dispositif étaient parfaitement claires, d'une teinte légèrement dorée, mais le parfum qui s'en dégageait était beaucoup plus subtil que celui du mélange que j'avais versé dans la cornue. Je distillai une deuxième fois le résultat de la première eau, que je rectifiai ensuite au bain-marie avec de l'eau de marjolaine.

Lorsque mon ouvrage fut fini, il faisait nuit depuis longtemps. Je n'avais pas pris la peine d'allumer les chandeliers de la boutique, seulement éclairée par la fenêtre du foyer du fourneau et les reflets de vapeur qui glissaient autour des vaisseaux. J'avais obtenu l'équivalent de trois ou quatre onces d'une substance que je tenais alors pour une quintessence en soi. L'extrait d'une des substances qui avait le plus de valeur marchande au monde, et qui se parait pour moi d'une dimension nouvelle, celle du seul héritage qui me restait de mon père. Je ne me lassai pas de ce parfum nouveau, qui répandait dans la pièce une fragrance bien plus subtile que toutes les essences naturelles de plantes que j'avais pu respirer jusqu'alors. Il était tard et je ne doutai pas un instant qu'on craignît déjà pour moi à cet instant. Je transférai mon trésor dans un petit flacon. Je n'osai goûter tout de suite, trouvant le prétexte que la préparation devait encore être chaude. La crainte, au fond, était sans doute le plus solide argument. J'avais la matière. Il serait bien temps le lendemain d'en éprouver les bienfaits.

Je rentrai à pied, rue du four, avec pour la première fois depuis longtemps un contentement sincère : celui d'avoir retrouvé dans le travail et son accomplissement un bonheur simple, dont je n'avais plus retrouvé le goût depuis le jour maudit où j'avais perdu Balbine.

Le lendemain, je me réservai le dîner pour éprouver le fruit de mon travail. Je mélangeai deux gouttes de cette huile à du sucre, que j'absorbai tel quel, dans un verre d'eau pure. Je m'étonnai de ne pas trouver de goût à cette substance, qui était capable de répandre alentour un parfum d'une telle puissance et d'une telle subtilité. Le breuvage ne troubla en rien ma digestion ni mon sommeil, et je ne ressentis à proprement parler aucune modification sensible sur mon humeur. J'avais pourtant absorbé à travers cette huile les puissances et les mystères marins ramenés des antipodes. Je renouvelai chaque jour l'opération, avec la régularité que j'exigeais de mes patients. Mon application finit par payer. Je ne sus si l'obstination ou la persuasion prirent part aux effets mêmes du principe, mais je commençai à partir de cette époque à me détourner du passé et des ombres du chagrin, pour m'essayer à cette nouvelle pratique, comptant la développer de manière à diversifier les talents pour lesquels on me consultait. Et sur ce principe, mon intérêt s'éveillant enfin à de nouvelles perspectives, je laissai peu à peu mon chagrin de côté.

J'emportai avec moi l'ouvrage de maître Jean Béguin, dont je commençai bientôt à connaître par cœur la table des matières. J'essayai de nouvelles recettes à base de produits plus simples, perfectionnant mon huile de girofle, par exemple. Je suivais, en même temps, les annotations que Nicolas de Blégny avait lui-même apportées en marge des chapitres. Cette pharmacopée magique venait en remplacer une autre, et je lui prêtais volontiers de plus grandes vertus, puisque je l'avais fait naître moi-même, bien plus sûrement qu'achetée chez le premier apothicaire.

En parallèle à cette activité, je m'intéressais de plus près au cahier de remèdes hérités de ma famille. Je mis rapidement de côté les nombreuses prières et invocations qui m'étaient inutiles. Ayant perdu ce qui me restait de foi et de confiance, je ne pouvais me résoudre à faire appel à ce genre de conseil pour le soin de mes patients, ou pour ma propre guérison. Délaissant les signes de croix et autres chapelets obscurs, je me concentrais sur certaines recettes plus dignes d'intérêt. J'y appris certaines choses sur des plantes particulières.

La *savoyarde* ou *herbe jaune* guérissait les maux de gorge et servait à se rincer la bouche en cas d'ulcérations buccales. Le *thé du Labrador* était une préparation souveraine contre le rhume. L'*herbe à dindon* retint mon attention pour ses propriétés contre les douleurs dentaires. Beaucoup d'autres plantes étaient également utilisées, mais comme je n'en connaissais pas la plupart, je craignais de ne pouvoir en espérer l'usage. Contre les douleurs de gencive, je retrouvais encore une recette à base d'huile d'anguille chaude, en massage vigoureux et en application sur le visage. D'autres panacées étaient évoquées, mais déjà connues et employées depuis longtemps sur le sol du royaume, le vin de quinquina rivalisant avec l'eau de Lourdes. Je me demandais, en lisant ces recettes, ce qu'il était au fond le plus difficile de se procurer, dans ces contrées qui me paraissaient alors inaccessibles. Il y avait très probablement dans ces descriptions celles des feuilles que j'avais rapportées de l'archipel. Je me mis en tête de les retrouver. Mais il me fallut un certain temps avant de retrouver le livre où je les avais mises à sécher.

C'était dans un des livres de chirurgie de Pomardini que je retrouvais les vestiges. Si le temps avait terni la verdeur des feuilles, elles avaient gardé leur forme et leur aspect primitif, et je pouvais espérer que quelqu'un, dont la science botanique dépassait la mienne, puisse en détailler l'origine. J'en distinguai deux sortes. Je me souvins que mon grand-père et mon père les utilisaient encore sur l'Anglois, en particulier contre les maux de dents. Je me souvins aussi de l'efficacité de leur principe, lorsque Pomardini avait brisé ma dent à Saint-Malo. Il y avait déjà dans ses reliques la puissance du souvenir, mais je pouvais espérer que s'il s'en trouvait de la même espèce, je pourrais les utiliser à des fins thérapeutiques, au bénéfice de mes patients. J'avais cependant trop peu d'échantillons à ma disposition pour risquer de les perdre en les dilapidant dans mes cornues.

Lorsque mes consultants retenaient un rendez-vous à ma boutique, ils me laissaient un nom et bien souvent un titre aussi. Je ne m'étais jamais imaginé qu'ils puissent travestir leurs origines, même s'ils me confiaient mieux qu'à leur confesseur, la part la plus sombre, sinon de leur âme, tout au moins de leur intimité. Et il s'avérait en effet que très peu usaient du subterfuge grossier de venir sous un nom d'emprunt. Pour autant qu'ils me faisaient confiance, ils pouvaient bien venir à visage découvert, puisqu'on savait depuis longtemps que ma discrétion n'avait d'égale que mon talent. Et une réputation comme celle-là, même servie par un titre usurpé, valait toutes les garanties. Ma boutique était une sorte d'annexe du Palais-Royal. Versailles avait davantage de difficultés à venir jusqu'à moi, car outre le trajet, je savais que les puissants disposaient là-bas de leur proportion d'opérateurs, charlatans et apothicaires, plus ou moins officiels, en sus des armées de médecins et d'assistants qui vivaient de leur science approximative aux crochets du roi.

Je recevais des personnages de toutes les professions : artistes, musiciens, savants, qui convergeaient chez moi comme dans une antichambre. Et bien souvent, au-delà de la consultation à proprement parler, je réservais toujours un temps d'écoute, où chacun se répandait avec extravagance sur ses talents, sur des rivalités ou des injustices. J'aurais pu tenir, à moi seul, une gazette mondaine bien fournie, qui aurait sans doute intéressé en particulier mes propres informateurs. Puisqu'au fond, rien ne pouvait davantage les flatter que lorsque l'on parlait d'eux. On me parla donc un jour du jardin du Roy[26] et des travaux qu'on y pratiquait, des recherches en cours et des personnages qui avaient la charge des différentes sections. Le Comte de Buffon en était l'administrateur depuis plusieurs années, et il s'était entouré des meilleurs experts dans chacune des branches de l'histoire naturelle. Pour moi, il y avait les animaux et les plantes, et en dehors de quelques spécificités que Pomardini m'avait appris à reconnaître, je ne m'étais intéressé jusque-là ni aux minéraux ni aux animaux. Je sentais pourtant qu'il était sans doute inconscient de renier certaines branches, et en particulier les métaux, puisque maître Béguin en faisait grand cas dans nombre de ses recettes.

Le jardin du Roy exposait au public quelques raretés de la nature. Sa création ne datait que du siècle précédent. On pouvait le visiter du lever au coucher du soleil, mais comme tout habitant de la capitale, conscient que je pourrais profiter de ses trésors selon mon bon vouloir, j'avais jusqu'alors réservé cette visite à des moments plus appropriés.

Ce fut une cousine de Jussieu qui attira mon attention. Elle était venue me consulter pour des rougeurs de la peau, dont elle souffrait grandement. Irritation et desquamation en étaient les principaux symptômes. Et tandis qu'elle me donnait à examiner ses doigts chargés de bagues, elle me parla avec orgueil de la renommée de son cousin, dont je ne pouvais manquer d'avoir entendu parler. Bernard de Jussieu était professeur de botanique au jardin du Roy depuis 1722. Il n'en était pas moins docteur en médecine, diplômé à Montpellier. Il avait, à en croire la dame, refusé la charge de botaniste du roi, laissée vacante par son frère Antoine après sa mort. Il avait été médecin en chef des armées navales du roi. C'était un homme d'une grande culture, d'une intégrité et d'une modestie aux proportions très exactes de la vantardise de sa cousine. Et ce n'était pas peu dire. Car en toute impunité, elle s'attribuait gratuitement la gloire que son illustre parent refusait par discrétion. Il ne fallut pas un grand talent pour montrer à la dame que j'étais considérablement intéressé par les connaissances d'un tel personnage. La patiente repartit avec une pommade pour sa peau et surtout des recommandations d'hygiène. Quant à moi, je ne fus qu'à moitié surpris de recevoir, la semaine suivante, une invitation pour assister à un des cours que donnait Bernard de Jussieu, au jardin du Roy.

Je me rendis sur place dans une berline inconfortable. Je passai devant la

---

26 — Devenu Jardin des plantes.

halle aux vins et me souvins avec émotion de mon arrivée à Paris. Jean Grégoire avait délaissé ce quartier lui aussi, et habitait alors avec une jeune danseuse de l'Académie Royale, dans une soupente de la Cité. Arrivé au jardin, je n'eus aucun mal à trouver la petite pièce où étaient prodigués les enseignements. C'était un amphithéâtre de bois, qu'on avait construit sur un des côtés des vastes jardins, où des jardiniers patients balayaient chaque allée avec grand soin. À l'image de Versailles, chaque terrain paysagé était entretenu par ses propriétaires, comme un petit modèle en soi. Le jardin du Roy ne trahissait pas cette règle. On y ressentait toute l'influence de Le Nôtre. On était au printemps, la nature ne prenait aucune hâte à s'épanouir, car les matins, encore figés de gelées mordantes, ne reculaient que difficilement. Lorsque j'arrivai, la leçon commençait. Je n'avais pas accordé grande importance au sujet de cet enseignement, surtout heureux de l'opportunité de rencontrer un homme dont le savoir pourrait peut-être répondre à certaines de mes questions.

Plusieurs hommes en perruque avaient pris place sur les bancs de bois. L'atmosphère était très studieuse. Je ne fus pas sûr d'en reconnaître certains, mais surtout, tous m'ignorèrent complètement alors qu'ils conversaient entre eux avant l'arrivée du professeur. Bernard de Jussieu arriva, on se leva. C'était un homme à l'air très affable et dont on devinait le caractère modeste, mais passionné. Ainsi, sa cousine n'avait point menti en décrivant ses qualités. Il portait perruque, son habit était sobre d'un bleu très sombre sans parure ni d'ornement d'aucune sorte. Il avait une voix claire et franche.

— Je vous en prie, messieurs, asseyez-vous.

Sans un murmure, chacun prit place et le silence se fit complètement. On n'entendait que le chant des oiseaux qui parvenait dans la pièce. Un rayon de soleil intrus faisait danser la poussière en éclairant l'orateur. Le professeur sourit pour lui-même, peut-être simplement du recueillement de l'instant. Juste avant de commencer, son regard fit le tour de la salle. Ses yeux passèrent sur moi et, comme s'il m'avait reconnu, il m'adressa un signe imperceptible du regard, m'assurant qu'il n'avait pas oublié son invitation et qu'il me reconnaissait donc, alors que nous ne nous étions jamais rencontrés. Il était de loin mon aîné, aux dires de sa cousine, mais il n'y paraissait pas.

Il commença son discours, avec une autorité naturelle qui aurait suscité l'intérêt de quiconque, et sans doute même de personnes peu soucieuses des mécanismes de notre univers. On suivait son propos comme l'histoire qu'une mère vous raconte le soir au coucher. Il emmenait son auditoire avec lui, traversant les mers pour faire vivre des contrées lointaines, nous faisant toucher du bout de l'imagination, animaux fantastiques et plantes extraordinaires, mieux que dans un livre. Juste par le pouvoir de parole.

Je me souviens en particulier d'un chapitre où il énonça, pour la première fois, une théorie parfaitement extravagante, dont j'eus moi-même du mal à appréhender la portée.

— Car oui, messieurs, j'ai l'audace d'affirmer que les baleines, et autres animaux de la même espèce, sont bel et bien à distinguer des poissons.

Il y eut un murmure, qui ne pouvait être de réprobation. Mais il ne témoignait pas que de la surprise de l'auditoire, car comme leurs femmes papillonnant dans une loge de théâtre, les hommes studieux s'étaient mis à commenter entre eux cette déclaration qui, pour autant qu'elle était surprenante, justifiait à peine une dissipation qui eut l'air de satisfaire celui qui en était l'instigateur. Il détailla sa théorie, expliqua, justifia, affirmant bientôt qu'il apporterait des preuves et qu'il comptait bien révolutionner ainsi certaines aberrations de la classification actuelle du règne animal. Un débat s'engagea, passionnant.

Et l'on parla dans les rangs, avec véhémence, de ces animaux, chimériques pour la plupart des intervenants, puisque nul n'avait sans doute vu de baleine ailleurs que dans les livres. Et pour ce qu'on y voyait en comparaison de la réalité naturelle, il était impossible de se faire la moindre idée de la grandeur ni de la majesté de ces animaux-là. Mon père lui-même aurait sans doute eu davantage à leur apprendre que la plupart des érudits qui se trouvaient là, à se prétendre savants. Moi-même, je me remémorai la rencontre mémorable que nous avions faite avec certains de ces monstres. Et j'en aurais certainement gardé un souvenir plus extraordinaire, si cette rencontre ne s'était pas déroulée dans des conditions aussi dramatiques pour notre famille. De poissons, les étudiants qui discouraient sur ces bancs n'en avaient sans doute guère plus vu qu'au fond de leurs assiettes, ou morts sur les berges de la Seine, aux alentours de la mégisserie. Ces pédants auraient-ils pris la peine de descendre sur les marchés qu'ils auraient sans doute pu découvrir davantage d'espèces qu'ils n'en imaginaient. Jussieu ne semblait pas dupe et donnait la réplique à cette discussion qu'il avait ouverte, estimant que le savoir venait de la contradiction, ce qu'il expliqua lui-même pour clore la séance.

Deux heures avaient passé sans qu'il y parût. La salle se vida petit à petit. Bernard de Jussieu restait en chaire, comme le prêtre à l'office, s'assurant du départ dans le droit chemin de la dernière de ses ouailles. Je restai à ma place, espérant aborder le savant pour mon propre compte : simplement le loisir de quelques mots échangés. Lorsque le dernier des auditeurs fut sur le point de sortir, je me levai à mon tour et m'apprêtai à descendre vers la sortie de l'amphithéâtre. À ma surprise, l'homme qui ne semblait attendre que ce signe, vint à ma rencontre en hôte bienveillant, me témoignant par là un certain degré de reconnaissance.

— Monsieur de Saint-Pierre, vous m'avez fait le plaisir de venir jusqu'ici. Je ne pensais pas que mon invitation serait ainsi honorée.

— L'honneur est pour moi, monsieur…

— Voilà donc l'homme qui défie la Faculté et dont ma cousine n'arrête pas de louer les grands talents ! Au fond, je me demande bien pourquoi m'être employé à de si longues et inutiles études.

La pique était directe, et je me rendis compte soudain que j'étais tombé de moi-même dans une sorte de traquenard. Car si mon brevet me protégeait aux yeux de la loi, il n'empêchait pas certains, à qui mon succès faisait de l'ombre, d'essayer de me ridiculiser d'une manière ou d'une autre. Pourtant, le ton n'était pas ironique, la voix ne portait pas. C'était un simple constat de la part de cet homme, qui serra ma main avec bienveillance.

— Ne vous formalisez pas. Je dis cela sans malice aucune. Car j'ai moi-même abandonné la carrière, y trouvant sans doute peu de satisfaction et de trop maigres succès. La médecine n'en est encore qu'à ses balbutiements. Et les pionniers qui la font avancer sont sans doute autant de votre côté que du mien.

— Je ne vous comprends pas...

— Pour s'affranchir des dogmes qui la bâillonnent, la médecine doit pouvoir s'émanciper. Il n'y a guère de chercheurs à la Faculté, car ils pensent avoir déjà tout trouvé. C'est du côté des rebelles qu'il faut espérer trouver une évolution à nos thérapeutiques. Cela va prendre du temps, mais on y viendra. Pour l'heure, je n'ai pas trouvé mon compte dans ses enseignements. Et je préfère grandement écouter ma cousine louer les mérites de votre pommade, dont je ne veux même pas connaître la composition, que m'évertuer sur sa vieille peau à trouver une cause et un hypothétique remède.

Il agita sa main droite comme on écarte une pensée devenue inutile. Il enchaîna aussitôt.

— Vous connaissez Paracelse, monsieur?

— Oui, j'ai entendu parler de lui.

D'après ce que m'en avait dit Pomardini, je ne savais trop s'il fallait vraiment se vanter d'une telle connaissance.

— Vous savez ce qu'il disait? *Les universités n'enseignent pas toutes choses, il faut, au médecin, rechercher les bonnes femmes, les bohémiens, les tribus errantes, les brigands et autres gens hors la loi, et se renseigner chez tous. Nous devons par nous-mêmes découvrir ce qui sert à la science, voyager, subir maintes aventures et retenir en route ce qui peut être utile*[27].

L'homme parlait bien et je ne préférai pas savoir dans quelle catégorie de ces énergumènes il me plaçait. Car j'imaginais que, comme pour ses poissons, il devait avoir organisé une classification parfaitement méthodique. Mais j'attendais que le préambule se termine, après des politesses un peu particulières, pour que nous puissions en venir à de vrais sujets.

— Qu'avez-vous pensé de ma théorie sur la classification des poissons et des baleines?

— C'est une idée intéressante.

— Allons, vous devez sans doute avoir davantage à me dire. Car dans l'archipel d'où vous êtes originaire, vous avez pu observer certaines de ces espèces?

— Quelques baleines, probablement, dont je n'ai vu que le souffle ou le dos. Des orcas[28], surtout.

— Vraiment? Il faudra que vous me racontiez cela un jour, j'en ai beaucoup entendu parler. On dit même que ce sont eux qui sont à l'origine de l'ambre.

Cette coïncidence, aussi amusante qu'elle fût, n'avait rien de hasardeux, et je me saisis de l'occasion.

— Mon père était harponneur.

— Vraiment?

27 — *Défensiones, Livre IV*.
28 — Orques

— Vraiment.

— Je n'ai jamais connu de *Passadieu de Saint-Pierre*, baleinier. Harponneur, encore moins.

Je commençai à peine à m'habituer à cette forme d'ironie familière dont il se réjouissait, moins par méchanceté que par taquinerie.

— Poursuivez, je vous en prie. Vous éveillez ma jalousie en évoquant ces orcas, et vous savez que ce n'est jamais bon d'attiser ce genre de sentiment, même chez quelqu'un d'aussi bienveillant que moi.

— Mon père a eu la chance de trouver une quantité assez importante d'ambre gris, alors qu'il chassait dans le Nouveau Monde.

— Quelle chance! Je n'ai moi-même pu en observer que quelques petits échantillons, mal conservés, presque en putréfaction. C'est une substance tellement rare, et les parfumeurs en sont tellement jaloux! Même à prix d'or, ils ne concèdent qu'à en vendre les plus mauvaises parties, et en quantités misérables. Ils n'ont aucune compassion pour la science.

Je ne disais rien, attendant la question qu'il préparait.

— Et cet ambre, qu'est-il devenu?

— Je l'ai sauvé, tout au long de ces années.

— Vrai? Il ne s'est pas dissout?

— Non pas. L'état de conservation me semble assez bon. Je dois dire qu'il est resté dans son coffre pendant de longues années, sans avoir à subir la corruption de l'air.

— Mais c'est formidable!

C'était à présent un enfant dont les yeux clairs brillaient d'un espoir inattendu. Il ne me restait plus qu'à le transformer en réalité.

— Je le tiens dans ma boutique du Collège… Et je me ferai un plaisir de vous le présenter, si vous le souhaitez.

— Et comment! Vous feriez de moi un homme comblé.

— Pour si peu.

— Voyons, voyons! Je ne bénirai jamais assez ma cousine et vos pommades!

L'homme était acquis à ma cause, dans la perspective de satisfaire un rêve de scientifique presque aussi fervent que le plus inavouable des désirs. Il devait partir prochainement pour un voyage d'exploration des côtes de Normandie. Mais il tint à venir observer l'ambre avant son départ.

C'est ainsi que je reçus l'illustre personnage, dans ma boutique, deux jours plus tard. Ce délai semblait pour lui comme pour moi déjà trop long. Puisqu'il serait chez moi, outre le plaisir sincère de converser avec un homme aussi savant, je pourrais lui montrer mes échantillons de plantes de l'archipel. Je gardai secrète notre entrevue jusqu'au bout, non par esprit de cachotterie, mais simplement parce que je n'imaginais pas que cette information puisse intéresser quiconque de mon entourage. Marie Courval me trouva particulièrement enjoué, s'en réjouit simplement, sans chercher plus loin. Car elle prenait toujours une part sincère à toute nuance qui pouvait améliorer mon humeur et m'éloigner pas à pas des jours sombres que j'avais traversés.

Jussieu se présenta à l'heure choisie, avec une précision de militaire. Aucun de nous ne s'embarrassa des moindres formalités. J'avais disposé le coffret contenant l'ambre sur mon bureau. Je l'avais simplement entr'ouvert pour m'assurer qu'aucune modification n'était venue altérer la qualité de ma marchandise. Jussieu entra, me salua comme un camarade, et avisant le coffre sur mon bureau, s'en approcha.

— C'est là ?

Je me contentai d'ouvrir le coffre devant lui et m'écartai. Je craignis à cet instant d'avoir trop vanté la qualité de mon trésor. Après tout, j'étais tellement certain de mon triomphe, que je n'avais pas douté un instant. Il y eut un silence. Jussieu regarda d'abord dans la boite et resta sans bouger pendant de longues secondes, comme un sauvage qui contemple une idole : abîmé dans une admiration mystique et presque craintive. Au fond, il ne s'agissait que d'un vulgaire tissu d'origine naturelle, d'extraction probablement digestive et vile.

— Vous savez qu'on n'a jamais tranché sur les origines de cette substance ?

— On affirme tout de même que cela vient des baleines.

— Probablement. Mais plusieurs théories s'opposent. Certains ont autrefois imaginé qu'il s'agissait de ruches détruites, un mélange de miel et de cire. On a pensé à de la fiente d'oiseau. On imagine aussi qu'il s'agit d'une sorte de bitume qui coule du sein de la terre et remonte à la surface des océans. Cette hypothèse repose sur le fait qu'il contient souvent de nombreux débris marins, tels que coquillages, becs de seiche ou arrêtes de poissons. Pour ma part, j'ai tendance à penser qu'il s'agit plutôt d'une concrétion formée dans le ventre de certaines baleines.

Tout en parlant, il ne quittait pas des yeux l'échantillon qui semblait le captiver de la plus certaine des façons.

— Je peux ?

J'approuvai silencieusement et Jussieu posa un doigt sur la substance, l'éprouva comme un paysan évalue la richesse d'une terre avant d'en faire l'acquisition. Je n'avais guère utilisé que quelques onces de l'ambre et il restait dans le coffre une quantité tout à fait impressionnante. Jussieu était subjugué, et c'était réellement surprenant de voir un homme d'un tel savoir s'émerveiller à ce point d'une chose d'allure aussi insignifiante.

— Mais bien sûr, vous ne m'en concéderiez pas une part, même minime ?

— Cela dépend. Mais je ne pourrais céder au plaisir de vous être agréable.

— Le jardin n'est pas riche, mais je fais souvent appel à mes fonds propres, lorsque les conditions l'exigent. Devant une telle opportunité, je serais prêt à vous faire une offre substantielle.

— Ce ne sera pas nécessaire. Puisque nous sommes entre hommes dont la curiosité nous guide, j'aurais juste besoin de vos lumières en échange. Hélas, je ne pourrais en revanche vous en céder qu'une petite part.

Jussieu avait pris dans sa main le bloc entier et il était en train de constater qu'un petit fragment en avait été prélevé.

— Je comprends, vous en avez besoin pour vos propres expériences.

— Disons cela comme ça.

— Mais, dites-moi en quoi je puis vous être utile, alors ?

J'avais préparé les plantes rapportées de Saint-Pierre, que je tenais sur le bureau entre deux feuilles. Je fis glisser celle du dessus pour laisser apparaître ce modeste herbier d'outre océan. Jussieu reposa l'ambre dans le coffre avec précaution et se pencha sur les feuilles séchées.

— Ce sont des plantes à vertu médicinale, que je tiens de mon père. Elles ont été cueillies sur l'archipel où je suis né. Leur principe est très efficace contre la douleur. Mais je n'en connais pas la nature, et il me serait fort agréable de l'apprendre et de savoir si c'est un genre de plante qu'on peut trouver dans nos contrées.

Jussieu se pencha sur les feuilles, qu'il regarda attentivement. Il les prit une à une, avec précaution, et en habitué, les examina longuement. Je suivis son regard, espérant y trouver une lueur qui me laisserait croire qu'il connaissait effectivement ces plantes. Il les reposa ensuite.

— Il faudrait que je puisse les observer plus en détail, pour être certain, mais il semble, hélas, qu'il s'agisse là d'espèces autochtones de votre pays. Aussi, il y a peu de chance que l'on puisse les trouver à l'état naturel ici. En tous les cas, ce sont des espèces que nous ne possédons pas dans les collections des jardins du roi. Et pas davantage dans nos herbiers, je le crains.

Ma déception lui donna un air de regret.

— Mais je connais la personne qui pourrait nous aider dans cette entreprise. Carl von Linné. C'est un médecin suédois, qui s'est spécialisé, tout comme moi, dans la botanique. Il a une plus grande connaissance que la mienne et il reçoit des exemplaires de tous les continents. Il a des correspondants à la Compagnie des Indes et dans d'autres compagnies. Il saurait sûrement reconnaître vos plantes.

— C'est un Suédois…

— Certes, mais je l'ai rencontré ici, à Paris, il y a quelques années. Nous entretenons depuis une correspondance cordiale, en amateurs éclairés. Et je pourrais… si vous le souhaitez bien sûr, lui faire parvenir vos échantillons afin qu'il nous donne son avis sur leur nature.

— Ce serait une grande chance.

— En avez-vous d'autres exemplaires ?

— Oui, quelques-uns. Ceux que je vous ai présentés aujourd'hui sont ceux qui se trouvent dans le meilleur état de conservation.

— Bien sûr, nous pourrions reproduire ces feuilles et adresser les dessins en Suède. Mais il est bien évident que la reconnaissance serait plus sûre et plus facile avec les vraies feuilles.

— Je comprends, c'est donc avec plaisir et gratitude que je vous les confie, si vous voulez bien vous charger de cette tâche.

— Ce sera avec plaisir, mais il ne faudra bien sûr pas attendre de réponse avant plusieurs mois. Les délais des courriers sont ce qu'ils sont, et je sais que

Carl a toujours une correspondance très importante. Il arrive parfois que plus d'une année passe entre ma lettre et sa réponse.

— Je saurai me montrer patient. En attendant, si vous le permettez j'aimerais vous aider moi aussi.

Jussieu ne disait rien. Je connaissais ses espoirs. Je pris sur un coin du bureau une petite boite en bois léger, que j'avais préparée spécialement. À côté, je ramassai une spatule en os.

— Dites-moi, Monsieur de Jussieu. Est-ce qu'un échantillon de la taille d'une noix vous suffirait ?

Il était inutile de préciser de quoi nous parlions. Il prit l'air poli d'un homme du monde faussement gêné.

— Ce serait inespéré… et largement suffisant. Un échantillon de cette qualité.

Je taillai donc une part de la grosseur d'une grosse noix fraîche qu'on n'aurait pas encore tirée de son brou. Je la plaçai dans la boite, la refermai et la tendis à Jussieu.

— Merci.

Il n'y avait pas besoin d'en dire davantage, son ton ne laissait aucun doute sur la force de sa gratitude ni plus que son sourire. Je pliai ensuite la feuille, où se trouvaient les échantillons des plantes de Saint-Pierre. Je les glissai dans une enveloppe, que je lui tendis également. Il prit l'enveloppe avec une grande précaution, comme si ce qu'elle contenait était encore plus précieux que la portion d'ambre que je venais de lui offrir.

— Je ferai partir ceci au plus tôt et avant mon départ pour la Normandie. Soyez sûr que vous aurez de mes nouvelles, dès que Monsieur de Linné m'aura répondu.

— C'est fort appréciable de pouvoir compter sur vous.

— C'est une politesse essentielle que se doivent les gens de notre espèce.

— Notre ?

Jussieu sourit.

— Je sais quelles sont vos origines et à quoi tient votre titre, Monsieur Passadieu. Mais vous avez sans doute bien plus de talent et représentez bien plus d'espoir pour la science que nombre de mes collègues.

Il n'attendit pas ma réponse. Me salua très poliment avec beaucoup de gratitude, s'excusa pour l'heure et le temps pris sur mon précieux temps. Comme si le sien ne l'avait pas été autant, sinon davantage. Je le raccompagnai jusqu'au parvis.

— Voulez-vous que je fasse commander une voiture ?

— Non, je vous remercie. J'habite quai des Bernardins, ce n'est pas si loin. Une marche par ce beau temps ne me fera pas si mal.

Je fis quelques pas avec lui, pour l'accompagner encore jusqu'au quai. De là où nous nous trouvions, nous pûmes constater une activité fébrile qui ne correspondait ni à l'heure de la journée, on était en fin d'après-midi, à un lieu de Paris où l'on n'avait pas l'habitude de se presser. Nous échangeâmes un regard surpris. On entendit sonner les cloches de Notre-Dame. Un tocsin de mauvais augure. Nous arrêtâmes un passant qui courait plutôt qu'il ne marchait.

— Qu'est-ce qui se passe?

— Vous n'êtes pas au courant? Un nouvel incendie à l'Hotel-Dieu!

Jean-Baptiste Seigneuric

IX

Retour à l'Hôtel-Dieu

Les incendies étaient hélas fort fréquents dans cette ville aux rues étroites, mal entretenues, et où les ordures, comme les négligences, favorisaient la survenue de feux qui avaient le temps de ravager des quartiers entiers, avant qu'on parvienne à les maîtriser. Les derniers qui avaient frappé l'Hôtel Dieu dataient de 1718 et 1733. Et si l'on s'émouvait de plus en plus difficilement des événements de ce genre par leur fréquence, il était impossible de ne pas s'apitoyer lorsqu'il s'agissait d'un hospice. Le sort frappait donc doublement les malheureux qu'on tentait d'y sauver.

Avec Jussieu, nous regardâmes dans la direction de la Cité, où un épais nuage de fumée s'élevait effectivement au-dessus des toits. Les cloches de la cathédrale résonnaient, appelant toutes les bonnes volontés. Ça courait un peu partout et, depuis le quai de Conti, on pouvait voir l'agitation sur le Pont-Neuf, laissant imaginer celle qui se trouvait plus loin.

— Encore un grand malheur pour notre pauvre ville !

Sur ces paroles, Jussieu me salua une dernière fois et se mit en chemin le long du quai, sans paraître plus affecté que cela par le drame qui se jouait à quelques quartiers de là. Pour ma part, j'étais hésitant quant à mes sentiments, partagé entre l'apitoiement pour le sort des malheureux qui allaient sans doute nourrir de leur vie le brasier, et une vieille rancœur contre les bâtiments et l'institution. La simple évocation de l'Hôtel-Dieu était synonyme pour moi de chagrin et de douleur, et me laissait un goût amer ; celui d'une vengeance méritée, dans laquelle je n'avais pourtant eu aucune action.

Je retournai fermer ma boutique. Il était presque six heures et je n'avais aucune raison de rester plus longtemps au Collège. On ne m'attendait pas rue du Four avant sept heures, mais j'imaginais la bouille réjouie des deux garçons. C'était une raison suffisante pour me décider à partir plus tôt. Et je trouverais dans la quiétude domestique un égoïste réconfort, à l'abri des malheurs des pensionnaires de l'hospice. Je rangeai l'ambre à sa place, après avoir vérifié la fermeture du coffret, puis je fermai la boutique et me mis en chemin, à pied moi aussi. J'aurais très bien pu faire une partie du chemin avec Jussieu, mais l'homme m'impressionnait. Je n'avais en outre aucune envie de partager ses considérations sur le malheur des uns et des autres, car j'estimais que chacun devait être en mesure de le peser avec son propre malheur. Et je pensais, à cette époque, qu'il y en avait peu capable de contrebalancer le mien.

Ça fumait terriblement au-dessus de la Cité. Les cloches n'avaient pas arrêté de sonner. Une voiture tirée par un cheval et supportant une pompe me dépassa et fila à toute vitesse dans la direction du sinistre. Des curieux convergeaient, des hommes du prévôt aussi. Comme si toute la ville avait soudain concentré son attention au pied de la cathédrale, dans un même élan. Mais pour moi, il n'était pas question de me rendre sur place, ne voulant risquer de m'apitoyer et de voir mon humeur fragile s'en trouver affaiblie. Aussi décidai-je de choisir un autre chemin que celui de mes habitudes. Je pris donc à gauche du Collège, tournant ainsi le dos au Pont-Neuf et à la Cité. Je pris ensuite la rue Mazarine. Si ce chemin n'avait pas le charme de celui des quais, il avait le mérite d'offrir la quiétude. Le son des cloches semblait assourdi par le voile des maisons et, surtout, je ne voyais pas courir, je n'entendais pas les cris. Et je réussis, à la fin de ma promenade, à avoir presque oublié l'événement. Ce qui, pour un parisien, était sans doute inconscient, puisque l'on ne savait jamais combien de temps il faudrait pour maîtriser un incendie. La propagation des flammes était aussi rapide que le vent, et on ne pouvait se croire à l'abri bien longtemps. En l'occurrence, le bras de la rivière était censé protéger mon quartier. Mais comme l'Hôtel-Dieu enjambait la Seine, on pouvait craindre une contamination de la rive outre petit-pont.

Il faisait déjà sombre lorsque j'arrivai rue du four. Tout y était calme, comme si ce qui se passait à quelques lieues de là n'intéressait personne. Je montai directement à l'étage, ne prenant pas la peine de m'arrêter chez moi, tout heureux de faire la surprise aux garçons. J'avais acheté en route des petits pâtés dont ils raffolaient. Je les entendais rire et ils firent silence en entendant mon pas dans l'escalier, le reconnaissant sans doute et imaginant me faire une surprise. J'ouvris la porte et reçus force embrassades et sourires, comme je l'avais imaginé. Je fus surpris de voir Marie Sautereau qui se trouvait là à les garder. Elle aussi sembla gênée de ma présence, et je sentis tout à coup que quelque chose n'allait pas comme de coutume. Il n'y avait pas de raison pour que Marie Courval ne soit pas à la maison à cette heure. Mais il n'y avait sans doute rien de grave à cela. Une course imprévue avait pu la retenir, et naturellement, la veuve Datelin était venue en voisine garder les garçons. Ils m'aidèrent à me débarrasser de ma veste et me proposèrent le meilleur siège, espérant profiter de mon temps pour entendre une nouvelle histoire ou simplement le récit de ma journée. Il m'arrivait souvent de leur conter les meilleures anecdotes, qui ne manquaient jamais, puisque j'avais très souvent affaire à des malades imaginaires. En outre, les deux garnements ne se lassaient jamais du détail de mes opérations, frémissant de plaisir à ces récits que je rendais volontairement épiques.

— Marie n'est pas là ? demandai-je, tandis que Nestor et Augustin partaient à l'assaut de mes genoux.

— Elle ne va pas tarder, je pense. Elle ne pensait pas que tu rentrerais si tôt.

Sa voix était hésitante et ne pouvait tromper. Il se passait quelque chose d'anormal, mais plutôt que questionner Marie Sautereau, je préférai attendre le retour de Marie Courval et lui demander moi-même de quoi il en retournait.

— On a entendu les cloches de Notre-Dame sonner tout à l'heure. Tu sais de quoi il s'agissait, Jean ?

— Un nouvel incendie à l'Hôtel-Dieu.

C'est en voyant le visage de Marie Sautereau, se faner comme une plante sous la chaleur, que je compris. Je ne compris pas pourquoi ni comment, mais je sus à cet instant seulement où se trouvait Marie Courval. Et en même temps, me revint une conversation que j'avais eue avec Marie, et qui revenait de si loin qu'elle m'en frappa avec d'autant plus de force. À compter de ce moment, je ne pensai plus qu'à une chose, la prédiction des cartes[29]. Il n'y avait aucune explication à demander devant la stupeur qui nous saisit Marie Sautereau et moi. Nul besoin d'obtenir confirmation de l'endroit où se trouvait Marie Courval. Elle avait entrepris depuis déjà plusieurs semaines de travailler aux accouchées de l'Hôtel-Dieu. J'avais naïvement pensé que son idée n'était raisonnée que par des préoccupations matérielles. Mais il semblait bien finalement qu'il en était tout autrement. Au pire moment. Il était bien tard pour m'en préoccuper, et certainement pas le moment de m'interroger sur ma responsabilité. Il n'y avait plus de temps à perdre.

Les cloches sonnaient toujours. J'enfilai mon manteau et partis sans prendre le temps d'expliquer aux garçons. Il ne restait plus qu'à courir et à maudire le temps perdu tout à l'heure, en tournant le dos à mon destin. Les cloches sonnaient toujours, mon sang tapait déjà à mes oreilles, comme un sale pressentiment, et je courais toujours, malgré la certitude étrange que le sort de Marie Courval était déjà scellé. Donner tort aux cartes d'une sorcière ne serait pas un défi trop grand pour moi. Je poursuivis ma course, en redoublant d'efforts.

Depuis le Pont-Neuf, l'accès à la Cité semblait déjà bloqué. C'était un encombrement indescriptible de chaises, de charrettes, carrioles, pompes à incendie… Certains véhicules tentaient d'acheminer de l'eau jusqu'au lieu du sinistre, tandis que d'autres tentaient de soustraire des biens matériels au feu. On affluait, ça confluait dans la plus totale confusion. J'avais couru d'une traite jusqu'à l'entrée du Pont-Neuf. Je savais que de là, je pourrais mieux me rendre compte de la situation. Arrivé devant le pont, je tentai de discerner dans ce pandémonium le trajet le plus rapide. Il me fallait aussi déterminer quel côté de l'Hôtel-Dieu restait accessible, en fonction de la localisation du brasier. Il n'y avait pas de vent ce soir-là, et c'était déjà une bonne chose, car la progression de l'incendie serait moins rapide.

Malgré la nuit, on y voyait comme en plein jour. Chacun avait pris une lampe, une torche ou un flambeau, par je ne sais quelle volonté folle d'apporter davantage de lumière à un endroit où nul n'en avait besoin. J'essayai d'obtenir des renseignements. Et chacun y alla de sa version, car il se trouvait comme sur chaque lieu d'un sinistre des observateurs avisés, puisant dans leur passivité des

---

29 — Lire Jean Passadieu Volume I

certitudes sur chaque chose. On disait l'incendie criminel ici, accidentel ailleurs. On accusait des brigands qui auraient entreposé des réserves de poudre dans les cagnards. Certains annonçaient un incendie de petite envergure, que l'on ne tarderait pas à maîtriser. À en écouter d'autres, il avait gagné les maisons voisines, menaçant déjà la Cathédrale. Au milieu de toutes ces informations, aussi discordantes que sincères, il me fut difficile de déterminer la situation précise de l'incendie. Savoir si l'aile des accouchées était atteinte, où on en était de l'évacuation des malades et des personnels, quels accès étaient encore praticables... Les souvenirs des lieux qui me restaient faisaient davantage référence à la nuit de la mort de Balbine qu'à mon internement. En effet, de mon passage dans la salle des aliénés, je n'avais gardé aucune notion géographique précise. Dans ce bâtiment, chaque salle était un cercle de l'enfer, dans lequel je risquais de me perdre une fois encore.

De là où j'étais, on commençait à percevoir des cris. Et si certains étaient d'alarme, d'autres, évoquant plutôt l'agonie, commençaient à planer sur le dos de la foule, qui grouillait d'une détermination panique. Il n'était pas question de rester piégé dans une telle nuée, et encore moins de ne pouvoir progresser jusqu'à l'hôpital. Je n'avais que deux choix : soit m'engager dans la Cité et arriver par le parvis de la Cathédrale, soit aller par la rue de la Bûcherie, en restant plus longtemps sur les quais. De ma position, je pouvais cependant constater que les quais étaient absolument encombrés et qu'on n'y circulait qu'avec une grande difficulté. En passant par le Pont-Neuf, j'aurais toujours la possibilité de prendre de petites ruelles que je connaissais bien, si le chemin direct se trouvait trop incommode et me ralentissait trop. Par ailleurs, si je prenais les quais et que l'entrée de la rue de la Bûcherie était impraticable, je me trouverais contraint de faire marche arrière. Le quai des Orfèvres ne l'était guère davantage. Je décidai donc une autre trajectoire qui, si elle était plus longue, me permettrait tout de même de me rapprocher plus vite de mon objectif. Je pris le quai de la Tourelle jusqu'au Pont au Change. Là, je tournai à droite et me retrouvai bien rapproché, d'autant que j'avais pu courir jusque-là sans difficulté, car les rues étaient encore dégagées.

Mon chemin me porta ensuite dans une foule grouillante. Car si les voitures se risquaient peu dans ce trajet difficile, en dehors des pompes à incendie que l'on peinait à acheminer jusqu'au parvis, une foule d'une grande densité s'y pressait, mélangeant curieux et badauds. Pour la plupart, ils se proclamaient volontiers de potentiels bénévoles, prêts à monter au feu pour un peu de gloire, pour peu que le danger ne soit pas trop grand. Cette foule, donc, animée comme un océan incontrôlable par les velléités individuelles, comme si le vent et les courants exprimaient leurs divergences, allait et venait entre les rues, s'accrochant par endroits au flanc des maisons, partait dans un sens, allait dans l'autre, avec une évidente volonté, certes supérieure, mais qui échappait à chacun. Et vouloir y tracer son cap était pratiquement impossible. Des grappes humaines se trouvaient projetées à l'angle des rues, dans un gémissement apeuré, ne sachant elles-mêmes comment elles étaient arrivées là ni comment elles pourraient espérer reprendre le contrôle de la situation. N'ayant moi-même aucune expérience de cette dynamique, qui aurait échappé au plus perspicace des mathématiciens, je me fiais à une vieille notion de mon père, qui me conseillait toujours, en cas de fort courant, de naviguer au plus près de la côte, s'il n'y avait pas trop de récifs. C'était une donnée rudimentaire, mais comme je n'avais pas d'autre idée, je me plaquai au mur d'une maison et m'efforçai d'avancer, en donnant le moins de surface possible à la foule pour m'accrocher dans son courant. Je perdis plusieurs fois le contrôle, mais je pus ainsi progresser de manière continue, alors que je voyais certaines personnes passer et repasser au même endroit, sans comprendre où elles se trouvaient.

Arrivé au marché neuf, l'espace permettait une meilleure circulation. On pouvait à nouveau s'écarter, pour laisser passer les pompes qui avaient réussi à franchir la marée incontrôlable. Il fallut encore de longues minutes pour réussir à franchir la rue Notre Dame. Les cris étaient à présent un bruit continu, où se relayaient sans ordre : cris de souffrances, alertes ou avertissements. L'autorité venait de partout et de nulle part. Le feu débordait tout le monde et la pagaille le secondait. J'arrivai enfin sur le parvis et je sentis la chaleur du brasier avant de le voir. Toute la façade nord était en flammes. Sous l'action de la chaleur, vitres et vitraux s'étaient brisés, libérant de longues volutes brûlantes. Le bois craquait. Le souffle ronflait d'un air que les fenêtres pulvérisées lui octroyaient en abondance. La fumée épaississait doucement l'atmosphère, qui devint vite irrespirable à mesure que j'approchais.

Il était impossible de distinguer quoi que ce soit ni personne. Faire la part entre les pompiers officiels, les âmes charitables, qui s'improvisaient au secours, les malades, les docteurs, les religieuses était impossible. On cherchait de l'eau, dans des vases, dans des seaux, aux pompes. On l'amenait de loin, de la rivière, d'une réserve, d'une tonne. Puis chaque porteur venait jeter son obole aussi proche que son souffle et son courage le permettait, dans la tentative bien dérisoire de faire reculer le front du brasier. Il n'y avait aucune espèce de coordination, malgré des ordres véhéments, qu'on entendait parfois au-dessus des autres cris et du souffle des flammes. L'eau se volatilisait en vapeur immédiatement, enrageant les flammes, sans les inquiéter, rendant l'atmosphère un peu plus irrespirable et la vision plus difficile. Une porte latérale semblait encore préservée, puisqu'on voyait de petits groupes sortir en courant sur le parvis. De nombreux malades, peut-être d'anciens compagnons de misère, erraient en chemise, sans but, et étonnamment indifférents à la panique épanouie qui les entourait.

Je m'approchai de l'endroit encore épargné d'où l'on extrayait des malades, sous la direction d'un petit homme tout rond qui arborait les signes de l'autorité : un uniforme à moitié brûlé, dont il était impossible de deviner l'origine.

— Ne vous approchez pas, monsieur, on évacue !

Une civière de fortune sortit à cet instant. Elle supportait une femme enceinte, au visage barbouillé de noir. La malheureuse hurlait comme une possédée qu'on envoyait en enfer.

— Où les emmenez-vous ?

— Les malades sont transférés dans la Cathédrale. C'est le plus sûr.

Un homme courut devant moi, muni d'une hache, et entrepris d'abattre le battant de la porte qui était en train de prendre feu. Un autre vint l'aider. Il portait un tablier de cuir et maniait avec dextérité une masse de forgeron. Sa barbe fumait en contre-jour sur fond de brasier. L'enfer et ses sbires ne devaient pas être loin de ressembler à cela.

— Écartez-vous, Monsieur. Je ne réponds de rien !

L'homme, qui gardait donc ce dernier accès sur ce côté de l'hôpital, semblait conserver malgré tout une certaine maîtrise sur la situation. Il n'y avait sans doute rien à faire pour les aider, et il n'était pas question de les encombrer. Encore moins de risquer d'être blessé. Je suivis la civière à l'intérieur de la cathédrale, simplement dans l'espoir d'y retrouver Marie Courval, en train de prodiguer des soins à ses patientes ou à d'éventuels blessés.

Après la lumière aveuglante des flammes, c'était comme entrer dans une caverne obscure. Passées les lourdes portes, il y faisait sombre, malgré les chandeliers qu'on avait rallumés à la va-vite pour pouvoir se repérer un peu. Il y faisait froid, car la chaleur de l'incendie n'avait pas encore porté jusque-là. De même, le bruit de capharnaüm qui régnait au-dehors ne pénétrait pas ici, comme si le droit d'asile écartait en même temps le danger et toutes ses manifestations. Seuls la grande rosace et les vitraux palpitaient d'un rougeoiement presque apaisant après la vision que je venais d'avoir : l'œil du poêle. Tout était calme, on murmurait. Des voix de femmes, surtout. Plus haut, on entendait les cloches qui faisaient trembler la carène recueillie. Car malgré l'urgence et une situation sans doute aussi critique qu'elle l'était au-dehors, on respectait encore ici le repos du Seigneur, aussi bien qu'on le faisait en pleine journée pendant l'office. Il y avait bien encore quelques cris, de femmes, toujours, et d'enfants aussi. Mais perdu sous les ogives, leur écho ne pesait guère plus lourd que les vies que le feu était en train de sacrifier impunément à l'extérieur.

Je me rapprochai des cris d'enfants, imaginant que s'il y avait eu des priorités dans le sauvetage, on en aurait tout d'abord fait bénéficier les nouveau-nés et les parturientes. C'était logique. On avait repoussé les chaises et posé les blessés sans ordre, sur le dallage de pierre. Il n'y avait que quelques couvertures à partager. Ni lits ni civières, trop précieux pour permettre de sauver encore ceux qui pouvaient l'être. Nulle part, je ne reconnus Marie Courval. J'interrogeai quelques religieuses et d'autres femmes, qui devaient être des matrones. On me confirma qu'elle était de service cet après-midi-là, mais on ne l'avait pas vue depuis le début de l'incendie. Je me plaçai quelques instants sous le porche pour regarder passer les nouveaux arrivants, dévisageant les visages sous le noir de la suie, en espérant en reconnaître un.

Jusqu'alors, je ne m'étais pas donné le temps de la réflexion. Lorsque j'avais compris la situation, j'avais couru, comme on court au secours de quelqu'un dont l'absence serait un mal sans nom. En attendant à l'entrée de la cathédrale, puisque je n'avais pas trouvé de meilleure idée, je pensai à Marie Courval, l'imaginant peut-être sous les décombres, ou peut-être déjà sauvée et à l'abri. Une angoisse terrible ne m'avait pourtant pas quitté, et je ne pouvais me défaire d'un poids qui me serrait le cœur d'une poigne féroce. J'avais peur, comme je n'aurais jamais imaginé craindre pour elle. Au bout d'un moment, voyant que le flot des transférés tendait à se tarir, je sortis de la cathédrale. Dehors, j'eus l'impression que le brasier était moins intense, mais en réalité, il avait fini de calciner le porche du parvis et s'était déporté un peu plus loin. De même, les combattants du feu avaient réparti leurs effectifs en fonction de l'ennemi. J'interrogeais de droite et de gauche, mais on ne savait rien, car la plupart de ceux qui étaient là étaient totalement étrangers à l'hospice. Plus personne ne sortait des flammes, du moins de ce côté-ci du bâtiment, et il n'y avait aucun espoir à y attendre. Mais je ne pouvais rester ni dans l'incertitude ni dans l'expectative, et je devais tenter quelque chose. Pour distraire mon inquiétude et pour être sûr d'avoir tout tenté, je demandai :

— Sait-on ce qui se passe de l'autre côté ?

J'interrogeai un homme qui suffoquait, torse nu, à quelques mètres du brasier, tentant de retrouver son souffle au milieu des fumées.

— On a pu évacuer quelques malades par le quai de la Bûcherie. Je ne sais rien de plus...

Il me fallait donc contourner le bâtiment, pour me rendre compte par moi-même de ce qui se passait de l'autre côté. Hélas, malgré l'heure tardive, dès que je m'engageai dans la rue Notre-Dame, je fus à nouveau bloqué par la foule qui continuait ses ondulations erratiques. Je ne pus dire combien de temps cela me prit, mais lorsque j'arrivai au pont Saint-Michel, j'étais épuisé, en sueur. Le pont était surchargé de badauds, cette fois immobiles, pour la plupart, et qui profitaient du point de vue exceptionnel qu'on avait de la catastrophe.

La partie du bâtiment qui se trouvait sur l'île de la Cité brûlait encore, mais faiblement, car certaines parcelles n'avaient plus rien à offrir à l'appétit des flammes. D'autres portions résistaient encore. La fumée noyait les détails et il était en réalité très difficile de se faire une véritable idée de l'importance des dégâts. La rivière reflétait les lueurs vives, comme un miroir sombre et mouvant. Puis il y avait la passerelle et l'autre partie de l'hospice, qui semblaient encore préservées. Mais on avait l'impression perverse que tout le bâtiment était la proie des flammes, car le feu se reflétait dans les fenêtres et donnait une impression particulière du vis-à-vis. Si d'un côté les flammes sortaient de toutes bouches avec virulence, les reflets donnaient l'impression en face qu'un gigantesque brasier était contenu à l'intérieur, prêt à exploser. C'était étrange, mais j'avais mieux et plus urgent à entreprendre que de m'extasier, comme beaucoup, sur cet effet d'optique.

Je contournai le petit Châtelet et je finis par arriver rue de la Bûcherie. Il y régnait une autre forme de confusion. Là, il n'était pas question de combattre le feu. On avait sorti la plupart des blessés que l'on avait rangés en désordre sur la rue, sur les trottoirs, au mieux sur des couvertures, ou directement sur le pavé ou le sol. Certains étaient assis, en chemise ou demi-nu sur les marches des bâtiments, sous les porches des hôtels. De ce côté-ci, point de brasier pour réchauffer l'atmosphère. Et la fraîcheur de cette nuit de printemps prenait en traître. Ça tremblait, on grelottait. Les uns se serraient en petits groupes, d'autres, debout, tapaient du pied, plantés comme des piquets au milieu de ce champ de misère. D'autres encore, ayant apparemment abandonné tout espoir, restaient prostrés là où on les avait posés, comme si ce devait être le dernier lieu de leur agonie.

Je cherchais un foulard blanc. Je m'étais souvenu de ce fichu dont Marie Courval emballait toujours sa chevelure, pour ne laisser voir que son visage. Il y avait des religieuses à la coiffe brune ou noire, parfois blanche, et je cherchais dans les visages des traits que je n'espérais plus. Il régnait ici une paix résignée, à l'inverse de l'autre côté où l'on bataillait toujours. Mais les nouvelles allaient plus vite qu'un malheureux piéton qui aurait voulu, comme moi, contourner le sinistre. Le feu semblait être maîtrisé, et il n'y avait plus que quelques foyers isolés que l'on ne tarderait pas à vaincre. Le ciel n'avait pourtant pas pâli des rougeurs écarlates, mais il prenait des teintes rosées, car sans se faire annoncer, le jour succédait à la nuit. Ceux qui pouvaient le voir, ce matin-là, pouvaient se dire : *j'ai survécu*. Il ne s'agissait ni de mérite ni de courage, mais peut-être bien de chance, de circonstances favorables en tous les cas.

La bataille était donc gagnée. On s'organisait. L'incendie circonscrit, on pouvait d'ores et déjà reprendre possession de la partie du bâtiment qui avait été épargnée. La rivière la séparait du côté sinistré et il n'y avait donc, a priori, rien à craindre. On commençait à faire rentrer les malades. Les valides aidaient les grabataires. On rabattait les aliénés comme un mauvais troupeau en transhumance, innombrable. Il y avait à parier que tous ne dormiraient pas à l'Hôtel-Dieu le soir même, certains ayant sans doute profité de la confusion pour aller chercher ailleurs un remède à leur folie. Un doute me prit, peut-être m'étais-je inquiété pour rien. Marie Courval avait sans doute échappé aux flammes, et on pouvait imaginer qu'à cette heure, elle était rentrée rue du four pour me retrouver.

Je ne pouvais me résoudre à partir, ne sachant si elle se trouvait encore là. Il n'était pas imaginable qu'elle soit venue à ma rencontre pour me rassurer, car au milieu d'un tel chahut, il était impossible de s'y reconnaître. La nuit finissait, l'air se réchauffait un peu. Les cloches ne sonnaient plus, on récupérait les derniers malades. Et comme il n'y avait guère eu de spectacle de ce côté-ci, badauds et bonnes âmes s'en étaient retournés chez eux. Les plus chanceux pour aller se coucher, les autres pour une nouvelle journée de labeur. Rues et ponts se libéraient de leur flot humain, laissant çà et là, comme la marée, les traces de son passage : chaussure ou sabot perdus, panier ou seau abandonnés, brisés, autant de vestiges qui allaient grossir les immondices de la rue. Je revins sur le parvis de la Cathédrale. À la lumière du jour, on pouvait se rendre compte que, quoique très impressionnant, le feu n'avait entamé le bâtiment que sur quelques salles, et qu'il ne faudrait guère de temps à l'obstination des hommes pour rebâtir en quelques mois ce qui avait été perdu en une nuit. On sentait à l'approche de la façade, qui était en apparence la plus vilaine des cicatrices, une chaleur qui diffusait à travers les pierres encore debout et les amas de poutres fumantes qui agonisaient en silence.

Quelques pompiers munis de haches étaient partis à l'assaut des ruines, pour abattre cloisons et charpentes qui pourraient menacer de s'effondrer. Des hommes du prévôt avaient établi une sorte de barrage pour empêcher les curieux d'approcher. J'interrogeai l'un d'eux.

— Il y a beaucoup de victimes ?

— C'est trop tôt pour savoir. C'est dans une des salles des accouchées que le feu est parti. Sans doute dans une des chambres de travail, avec leur maudite manie de chauffer les pièces comme dans un four.

Ce fut comme si toutes les craintes que je n'avais pas exprimées jusque-là me donnaient le plus terrible des coups. En pleine poitrine. Je ne dis plus rien. L'autre avait encore des choses à dire.

— Les hommes de la pompe sont partis explorer cette salle. À ce qu'on dit, on reste sans nouvelles de plusieurs accouchées et de leurs ventrières. Peu de chances, si elles sont restées coincées, qu'elles aient pu survivre dans une telle fournaise.

J'aurais aimé le questionner là-dessus, mais ma voix était bloquée. Je regardais fixement les ruines avec l'envie incontrôlable de me jeter dedans, pour y rejoindre Marie d'une manière ou d'une autre. À cet instant, trois hommes sortirent des ruines avec un air pressé. Ils avisèrent l'officier à qui j'étais en train de parler.

— On ne peut rien faire, une partie de la salle s'est effondrée. Il y a des pierres et des poutres qui brûlent encore. Impossible d'imaginer un secours par là.

— Vous avez appelé ? Quelqu'un vous a répondu ?

— Personne, mais Jacques croit avoir entendu les cris d'un bébé.

Le dénommé Jacques était un drôle de petit bonhomme, qui avait la mine noircie du charbon de la bravoure, dont l'habit brûlé aux manches témoignait derechef de son héroïsme. Ses cheveux bouclés avaient usé leur blondeur à la chaleur des flammes. Il bégayait : c'était un personnage.

— Oui, je... je l'ai entendu, pour sûr. Je saurais pas vous dire si c'était un petit gars ou une mouflette, mais ça criait derrière les décombres. Pour sûr, mon Lieut'nant.

Je ne savais pas si l'autre était effectivement Lieutenant, mais le Jacques se tenait tout droit, fier d'avoir accompli la difficile mission de venir au bout de ses phrases et d'avoir enfin transmis son information.

— Tu n'as pas entendu d'autres voix, des femmes qui auraient pu te répondre, peut-être ?

L'autre me regarda hébété, et mit plusieurs secondes avant de répondre :

— Non.

Le responsable, qui était en réalité un sergent du corps de garde, ne m'accorda pas d'attention et demanda.

— Tu es sûr que tu as entendu les cris d'un bébé?

— Oui.

— Et on ne peut rien dégager?

L'un des deux autres répondit :

— Non. C'est encore brûlant, et on risquerait de faire effondrer ce qui reste sur les malheureux rescapés, s'il y en a.

Jacques cracha par terre, juste devant mes chaussures.

— Ah pour sur, je l'ai entendu le mouflet! Faut faire queq'chose, mon Lieut'nant.

Le troisième, qui n'avait pas encore parlé, prit la parole.

— Y a pt'et une solution. On peut rejoindre cette salle par les cagnards. Et les cagnards, on y va par la rivière.

— Ouais!

Jacques avait parlé, et sa voix n'avait pas hésité, cette fois. Le sergent sembla réfléchir, puis prit une décision.

— Juste après les jardins de l'évêché, il y a un petit passage, vous descendez jusqu'à la rivière. C'est bien la mort si vous ne trouvez pas une ou deux barques pour vous conduire jusqu'aux cagnards. Vous serez dans le sens du courant.

— Pour sûr, on y va tout de suite.

Et les trois hommes tournèrent les talons avec hâte. Et je les suivis sans rien demander à personne. Jacques continuait à pérorer :

— Puisque j'vous dis que je l'ai entendu ce marmot.

— C'est bon, on a compris. On y va de toute façon, tu verras bien si t'as raison.

L'autre finit par se taire. Et il était vrai que sa grande gueule, assortie de son bégaiement maladif, rendait sa compagnie rapidement insupportable. On arrivait au bout du jardin. Une grille, un petit escalier de pierres bien raide. En bas, un ponton où attendaient deux barques plates, que le ciel avait placé là tout exprès.

— C'est le Bon Dieu qui les envoie.

— Tais-toi, Jacques!

Les trois hommes ne s'étaient pas formalisés de ma présence. Comme ils m'avaient vu en train de discuter avec le sergent en sortant des décombres, ils avaient pensé que j'avais une quelconque responsabilité sur le lieu du sinistre et que j'avais toute autorité pour participer aux opérations de sauvetage. Jacques fut embarqué avec l'un des garçons les plus vigoureux. Le dernier m'interpella.

— On prend celle-ci.

Nous montâmes dans la barque et nous mîmes à ramer. Les deux barques allaient de conserve. Le courant était favorable. Il fallait cependant se frayer un chemin parmi d'autres bateaux qui encombraient toute la largeur de la rivière, qui pour leur activité quotidienne, qui à cause de l'incendie. C'était un exercice difficile et je n'avais pas l'habitude de naviguer à la rame, mais au fond, mon équipier n'avait pas à se plaindre de m'avoir choisi. Car dans l'autre barque, Jacques s'était levé et avait sorti un papier de sa poche. L'autre grommelait.

— Assieds-toi, tu vas nous faire chavirer ! Aide-moi plutôt !

L'autre ne l'entendait pas comme ça et annonça en ânonnant.

— Puisque nous sommes là, et pour le cas où nous aurions à porter secours à un noyé, je vais vous donner lecture d'un texte hautement édifiant.

Et du moment où il commença à lire son document, il cessa de bégayer.

— *Avis concernant les personnes noyées qui paraissent mortes, et qui ne l'étant pas, peuvent recevoir des secours pour être rappelées à la vie* — de par les Prévôts des marchands et Échevins de la Ville de Paris[30].

Sa voix portait sur la rivière d'une manière étonnante, d'autant que son défaut de prononciation disparaissait quand il lisait. J'eus l'impression, à cet instant, que nous avions dépassé les limites de la réalité, et que nous étions bien au-delà. Il y avait cette narration qui semblait ne rien avoir à faire avec notre quête. Les couleurs irréelles de l'aube et l'odeur terrible des égouts et des cagnards qui excitait déjà nos narines. L'autre poursuivait, sans se soucier de qui pouvait l'entendre et encore moins de qui cela pouvait intéresser.

— *Dès qu'une personne noyée aura été retirée de l'eau, il faut sur le champ, si son état annonce qu'elle a besoin d'un secours pressant, lui donner, même dans le bateau dans lequel elle aura été placée, ou sur le bord de la rivière, si le temps le permet, ceux qu'on pourra lui procurer dans l'instant, et qu'on indiquera ci-après. Pendant qu'on sera occupé à les lui administrer, quelqu'un se détachera pour aller avertir au Corps-de-Garde le plus prochain, où l'on trouvera toujours une boîte, dans laquelle seront réunies les choses les plus nécessaires.*

— Tais-toi, Jacques, et rame !

Mais ce n'était pas le genre d'exhortation qui pouvait distraire le drôle de son édifiante lecture. Nous progressions vers l'Hôtel-Dieu, et j'essayais d'oublier le drame qui finissait sans doute de se jouer là-bas, contraint d'écouter l'énumération qu'il commença d'une voix toujours aussi sûre.

— *Premièrement : la déshabiller, la bien essuyer avec de la flanelle ou des linges, et la tenir très chaudement, en l'enveloppant, soit avec des couvertures, soit avec des vêtements et ce qu'on pourra se procurer ; ou la mettant devant un feu modéré, ou dans un lit bien chaud, s'il est possible. Deuxièmement : on lui soufflera ensuite par le moyen d'une canule, de l'air chaud dans la bouche, en lui serrant les deux narines. Troisièmement : on lui introduira de la fumée de tabac dans le fondement, par le moyen d'une machine fumigatoire, qu'on trouvera dans tous les corps de garde. Si la personne retirée de l'eau paraissait exiger un pressant secours, et qu'on ne fut pas à portée d'avoir sur-le-champ la canule et la machine fumigatoire, on pourra, pour le moment, suppléer à la canule pour introduire l'air par la bouche dans les poumons, en se servant d'un soufflet ou d'une gaine de couteau tronquée par le petit bout. On pourra également suppléer à la machine fumigatoire, en se servant de deux pipes, dont le tuyau de l'une sera introduit avec précaution dans le fondement de la personne retirée de l'eau, les deux fourneaux appuyés l'un sur l'autre, et quelqu'un soufflant la fumée du tabac par le tuyau de la seconde pipe. On peut aussi employer avec succès les lavements de tabac et de savon. Ensuite : on ne négligera pas d'agiter le corps de la personne en différents sens, en observant de ne la pas laisser longtemps sur le dos. Puis, on lui chatouillera le dedans du nez et de la gorge, avec la barbe d'une petite plume ; on lui soufflera dans le nez du tabac ou de la poudre sternutatoire…*

30 — Authentique.

— Tais-toi, on arrive !

On abordait effectivement. Il se fit un silence tel qu'on n'entendait plus que le bruit de l'eau et celui des rames qui nous dirigeaient. Il y avait une sorte de débarcadère et des voûtes : gueules sombres et impénétrables qui exhalaient un souffle chaud et nauséabond.

— Beuh ! fit Jacques avec dégoût.

— Normal, dit l'homme avec qui je faisais équipage.

— C'est par là qu'on balance toutes les ordures de l'hôpital. Je préfère pas imaginer ce qui flotte dans la rivière.

Et il y avait, en effet, des débris qui flottaient dans l'eau, d'une coloration plutôt inquiétante, où on aurait pu mélanger de la boue et du sang. De la charpie rougeâtre, des linges souillés, des morceaux qu'on aurait pu apparenter à de mauvaises viandes et dont il ne fallait pas trop essayer d'imaginer à quoi ils correspondaient en réalité. On ne voyait pas à deux pouces à travers l'eau, tellement elle était sale et chargée de débris. C'était visqueux, répugnant : une sorte de cloaque qui distillait ensemble les pires émanations de notre misérable humanité. Nous accostâmes et descendîmes des barques. Elles furent tirées sur une pierre glissante et amarrées à des anneaux de fer rouillés, qui ne devaient pas être utilisés souvent. Nous n'avions pas prévu de torches et c'était grande négligence, car on n'y voyait pas à trois pas au-delà de l'entrée, comme dans un four. Jacques se planta devant les voûtes. Il avait rangé son maudit papier. Il se mit à crier.

— Eh oh !

Il y eut beaucoup d'écho. Mais même avec une oreille jeune, exercée et surtout espérant tout entendre, je ne perçus rien que les répercussions de sa voix. Peut-être après, très loin, le bruit de l'eau qui goutte, comme une fuite. Sinon, rien d'autre. Rien pour nous rassurer, en tous les cas. L'humidité visqueuse qui poissait l'atmosphère était palpable. Jacques réitéra son appel.

— Y avait bien pourtant un marmot qui m'avait répondu tout à l'heure.

— S'il t'avait répondu, tu aurais pu lui demander son nom, tant que tu y étais.

— Et puis nous dire où il était aussi.

Et les trois brutes éclatèrent de rire. Je ne pouvais pas leur en vouloir. Après la nuit qu'ils venaient de passer, il fallait bien qu'ils puissent passer leurs nerfs d'une façon ou d'une autre. Et puis, il faut bien avouer que, devant ces cavernes puantes et obscures, il y avait de quoi hésiter. Des torches ou des lanternes ne nous auraient que partiellement rassurés, mais nous auraient permis de voir dans quel cloaque nous nous engagions. Il était trop tard pour réparer cet oubli. À cette époque de l'année, le courant était bien trop fort pour espérer le remonter et retourner chercher de quoi nous éclairer. Descendre le courant et refaire une boucle entière nous prendrait un temps incalculable, et ferait sans doute perdre leurs chances à d'éventuels survivants. Et nous restions là, hésitants. Le plus fort des trois hommes, qui n'était sans doute pas non plus le plus sot, fit la proposition suivante :

— On va faire deux équipes ! La première restera ici pour explorer les berges et l'intérieur des tunnels, aussi loin que ce sera possible. L'autre repartira avec une des barques pour aller chercher de la lumière.

— Ben voyons ! Ne compte pas sur moi pour faire un pas dans ce trou à rats sans lumière.

— Moi, je veux bien rester.

Nul ne parut surpris de mon volontariat et tous furent plutôt rassurés. Il ne me restait plus qu'à espérer qu'on ne me laisserait pas seul avec Jacques. Celui qui avait proposé ce partage des équipes me regarda, me jaugea. Même si je n'étais pas particulièrement frais de ma nuit sans sommeil, je n'avais fait que circuler de rive en rive, dénombrant les blessés et cherchant Marie parmi eux. Mes habits étaient propres, autant que mon visage et mes mains. J'avais l'air de tout, sauf d'un aventurier ou d'un inconscient. Deux points jouaient en ma faveur. J'étais robuste, et j'avais dans l'œil une lueur de détermination qui brisait tout doute sur ma bonne volonté. Le gaillard s'avança vers moi et me tendit la main.

— Alors nous irons ensemble, monsieur.

Sa poigne était solide et franche. Jacques ne dit rien et le dernier homme sembla finalement regretter d'avoir hésité, puisqu'il se retrouvait ainsi à faire équipe avec le demeuré. On se sépara. Les autres nous embrassèrent comme si nous ne devions jamais les revoir. Jacques s'installa debout, en figure de proue sur la barque, sortit son avis et reprit sa lecture :

— *Sixièmement : on la frottera même un peu rudement par tout le corps, surtout sur le dos, les reins, la tête et les tempes, avec des linges ou de la flanelle trempés dans de l'eau-de-vie camphrée, animée avec l'esprit de sel ammoniac.*

Nous regardâmes leur barque s'éloigner. La voix claire de Jacques résonnait sous la voûte de la passerelle et mit du temps à disparaître complètement.

— *Septièmement : la saignée, à la jugulaire surtout, peut aussi être très utile, si on trouve promptement un homme de l'art, qui jugera si elle doit être employée. Si la personne retirée de l'eau donne quelques signes de vie, et qu'on s'aperçoit que sa respiration et la déglutition commencent à se rétablir, on lui donnera d'abord, peu à peu, une petite cuillerée d'eau tiède. Si elle passe, on lui donnera quelques grains d'émétique...*

Cette dernière distraction passée, il n'y avait plus d'autre solution que d'aller de l'avant. Il y avait plusieurs tunnels, et l'un comme l'autre nous savions, car nous en avions tous les deux entendu parler, qu'on se trouvait à l'entrée d'un labyrinthe complexe où se succédaient couloirs, chambres mortuaires, salles de dissection, entrepôts. Avec de la chance, on pouvait finalement rejoindre certaines salles de l'Hôtel-Dieu, par de petits escaliers qu'on empruntait pour la lessive ou d'autres préoccupations ménagères. La lumière du jour affleurait au ras de l'eau et permettait de voir un peu plus loin qu'avec un soleil d'aplomb à midi. Il fallait en profiter. En homme avisé, mon comparse vint humer l'air à l'entrée des bouches.

— J'essaie de retrouver une odeur de fumée ou de brûlé. Cela pourrait nous donner une indication.

Il continua quelques instants.

— Difficile avec tous ces miasmes. On dirait qu'on a mis là des dysentériques en pâtures depuis des semaines. Vous allez salir vos belles chaussures.

— Ça n'a pas d'importance, maintenant que nous sommes là, il faut y aller.

— Vous avez raison.

Il réfléchit.

— Vous avez une préférence?

Sur la berge où nous nous trouvions, il y avait trois entrées. Peut-être communiquaient-elles…

— Je ne sais pas, mieux vaut sans doute rester ensemble.

— Oui, on va prendre celle du milieu alors.

Et sans autre signe, l'homme s'avança sous la voûte. Je le suivis. On y entrait debout, mais rapidement je dus me courber légèrement.

— On voit bien que ça a été construit pour des femmes… ou des souris!

Deux rats dérangés dans leur besogne filèrent entre nos jambes vers la rivière. Le sol était glissant. Au milieu du passage, un ru charriait un liquide brun et chargé sans discontinuer : les eaux usées de l'hospice. C'était irrespirable et la chaleur qui brassait les effluves terribles provoquait des haut-le-cœur. J'imitai mon compagnon et je nouai un mouchoir, que j'avais par bonheur sur moi, autour de ma bouche et de mon nez. Je m'exerçais à respirer par la bouche, mais j'avais la sensation de suffoquer à chaque bouffée. Les murs de pierre semblaient s'effriter lorsque j'y appuyais ma main pour ne pas tomber. Lorsque je la retirais, j'en ramenais une substance molle et collante où se mélangeaient les toiles d'araignées à du salpêtre : une boue écœurante. Je continuai pourtant, car on n'en était pas à la partie la plus difficile encore, puisqu'on y voyait encore suffisamment pour progresser sans risque. Je me retournai. L'entrée du tunnel me semblait déjà inaccessible, mais mon but devait consolider mon courage. Nous continuâmes de marcher en silence.

Après un léger coude du tunnel, la lumière baissa d'un coup et, quoique nos yeux se fussent habitués, on ne distinguait plus grand-chose. Mon compagnon jura, souffla, et notre progression s'en trouva d'autant ralentie. Il s'arrêta quelques pas plus loin, sans doute pour écouter les bruits, et je fis comme lui. On entendait le murmure des eaux grasses, et un frétillement incessant au sol, celui des rats, certainement, qu'on sentait parfois fuir entre nos pieds. Le couloir s'était rétréci, nous laissant tout juste le loisir de marcher de front. Ainsi, nous ne risquions pas de nous perdre. Il y eut l'ouverture d'un premier passage à droite de mon côté, puis à gauche. Ils évoquaient des poternes où débouchaient de nouveaux couloirs. Nous décidâmes de continuer tout droit pour ne pas risquer de nous perdre. Si le réseau s'étendait davantage, il nous faudrait reculer sous peine de nous perdre définitivement. Nous parlions peu, car nos voix portaient très loin et longtemps sous la voûte basse qui nous obligeait toujours à courber la tête, rendant notre progression toujours plus pénible.

Quelques pas après le dernier passage latéral, une herse. Une lourde grille de métal. Nous l'explorâmes de tous côtés. Aucun interstice, aucun défaut ne pouvaient nous laisser espérer la franchir. Elle était trop lourde pour être manœuvrée telle qu'elle. Aucun mécanisme susceptible de nous aider. C'était logique, car elle devait se commander de l'intérieur, donc de l'autre côté. Nous nous apprêtions à reculer, lorsque mon compagnon dit tout bas :

— Chut! Écoutez!

Je n'entendis rien, tout d'abord. Il fallait faire abstraction de l'écho de nos souffles, du furetage des rats et du murmure de l'eau. Un brouhaha terrible dans ce petit espace si sonore. On entendait bien une sorte de ronflement, mais il me sembla que c'était simplement le bruit de l'air qui s'amusait avec nos sens à travers le dédale.

— Je n'entends rien.

— Si, si, écoutez encore.

J'écoutai de longs instants avec toute la ferveur possible. Je finis par percevoir au loin un son indescriptible, amplifié et déformé par la succession d'échos qui l'avait porté jusqu'à nous.

— Un chat?

— Non pas un chat... On dirait... Et puis qu'est-ce qu'un chat ferait là-dedans?

Il y eut un cri plus distinct, celui-là. Jacques avait raison. Nous nous tûmes encore de longs instants, espérant de nouveau percevoir ce signe inespéré. Il fallut plus d'une minute avant qu'il recommence, plus net alors. Il venait du fond du tunnel. Je criai :

— Ici! Ici! Par ici!

Cela produisit un vacarme infernal qui eut du mal à s'apaiser. Lorsque le calme revint, ce fut une voix de femme que je ne connaissais pas qui appela depuis le fond du tunnel.

— Où êtes-vous?

Mon coéquipier, qui avait compris mieux que moi les effets des réverbérations, se contenta de deux mots. Lâchés très vite et sans crier, ils avaient ainsi davantage de chance de remplir leur rôle.

— Par là!

La voix qui nous avait répondu une première fois répondit encore. Et par un échange successif de sons très brefs, qu'il fallait envoyer d'un ton pas trop élevé, le son se rapprocha encore, jusqu'à sembler tout proche, comme si la voix n'était plus qu'à quelques pas, derrière une fine cloison.

— Nous sommes venus vous porter secours. Combien êtes-vous?

— Quatre : une ventrière et trois femmes. L'une d'elles vient d'accoucher, elle est très faible. L'enfant a du mal à respirer.

Je brûlais de demander le nom de l'accoucheuse, mais je n'osais pas interrompre les échanges d'information.

— Vous avez de la lumière?

— Oui, nous avons une lampe à huile avec nous.

— Où êtes-vous?

— Je ne sais pas, il y a un mur juste en face, nous sommes dans un cul-de-sac. On ne peut plus avancer.

C'était difficile d'imaginer la situation. On entendait effectivement la voix de la femme qui chuchotait à peine, comme si, en tendant la main, on avait pu la toucher. Et pourtant, on ne distinguait rien. Il y eut ensuite un nouveau cri du bébé, plus proche. Il aurait pu être dans les bras de mon compagnon que je ne l'aurais certes pas entendu plus distinctement.

— Faites vite, le bébé ne tiendra pas longtemps.

Nonobstant les effets de la réverbération, j'étais persuadé que ce n'était pas la voix de Marie Courval. Malgré l'urgence de la situation, je ne pus m'empêcher de poser la question qui m'avait tenu toute la nuit.

— Est-ce que Marie Courval est avec vous ?

— Jean ?

C'était son cri, sans doute aucun. Sa voix était un peu plus lointaine.

— Jean, c'est bien toi ?

— Oui !

Puis ce fut à nouveau le silence. Marie était à quelques pas de moi, sans doute, bien vivante, malgré toutes mes craintes. Mais inaccessible...

— Tu dois nous sortir de là, les femmes sont très faibles ! Et l'enfant ne tiendra pas longtemps au milieu de ces miasmes !

— Qu'est-ce que tu vois devant toi ?

— Un mur. Et de ton côté ?

— Je sens une herse de fer, impossible à manœuvrer. Le mécanisme doit être de votre côté.

— Il n'y a rien. Un mur de brique, c'est tout.

— Aucune ouverture, rien ? Regarde bien !

De mon côté, l'obscurité restait insondable. Je passai mon bras à travers la grille, pour le tendre le plus loin possible, mais sans rien toucher. Aucune aspérité. Mon compagnon cherchait sans doute de son côté, tentant désespérément de faire bouger la herse. Nous essayâmes ensemble, mais sans davantage de succès.

— Au secours !

C'était la voix d'une autre femme qui criait à présent, une plainte désespérée, angoissante. Et notre impuissance n'en était que plus douloureuse.

— Sauvez-nous, sauvez mon enfant ! Pour l'amour de Dieu !

Il y eut d'autres voix, un murmure pour tenter de la calmer. Puis le nourrisson se remit à crier. La panique était à craindre, de l'autre côté, si nous ne faisions rien.

— Bon écoutez, on ne va pas rester là à ne rien faire en attendant les autres. Ils ne seront pas de retour avant longtemps. Si on ne tente rien, elles vont devenir folles.

— Je suis d'accord !

— Le passage a dû être muré, mais il y a peut-être une autre issue. On revient en arrière et on prend chacun un des couloirs latéraux que nous avons dépassés. On verra bien.

Et sans s'étendre davantage, il s'adressa aux malheureuses de l'autre côté.

— Surtout, ne bougez pas, nous allons venir à votre rencontre. On va trouver une solution.

— Faites vite !

Nous rebroussâmes chemin et, dès que je sentis un tunnel latéral, je m'y engouffrai sans réfléchir au risque de me perdre. C'était folie, puisque je n'avais aucune lumière avec moi et aucune idée de l'organisation des couloirs. Mais il n'était plus l'heure de réfléchir, simplement d'agir. Rapidement, je dus me baisser davantage, continuant ma progression à quatre pattes, le nez au niveau des rats, peut-être. Je n'entendais plus le bruit de mon compagnon que j'avais laissé derrière moi. Je n'entendais que mes propres sons coincés sous la voûte, mon souffle, le frôlement de mes mains sur le sol humide. Elles s'enfonçaient dans une boue dont je n'osais imaginer l'aspect ni la composition. Je gardais une main devant moi afin de continuer à évaluer les obstacles. J'étais un aveugle impotent, contraint de me traîner à tâtons. Je progressai ainsi, tout droit, pendant plusieurs pas, avant de me retrouver en face d'une bifurcation. En face de moi, un mur et une ouverture de chaque côté. Comme l'amorce sournoise d'un labyrinthe. Plus j'avancerais, moindres seraient les chances de me repérer. Je pris à gauche, imaginant retourner dans la direction de la herse, tout au moins m'en rapprocher. Mais très vite, le couloir fit un coude, me ramenant dans l'autre sens.

Je ne cherchai pas à imaginer pourquoi on avait conçu de tels réseaux. Il n'y avait pas ici de bastide à défendre. Et les seuls ennemis, en l'occurrence les rats, se moquaient bien de ce genre d'obstacles. Je ne devais pas réfléchir. Juste me remémorer les coudes, les choix que je faisais aux intersections pour espérer me repérer. Il n'était pas question de mon propre salut. Et je dois l'avouer, moins de celui de toutes ces femmes et du bébé que de celui de Marie Courval en particulier. Je n'avais qu'une seule pensée, sentant la cruauté d'années passées auprès d'elle, et comprenant dans cette situation tout ce que j'avais négligé jusqu'alors. À l'intersection suivante, j'appelai. Ma voix se perdit loin, si loin que je dus attendre de longues secondes avant que le son se pose, et que je puisse écouter si quelqu'un me répondait. Rien... Personne... Je pris encore à gauche. Car s'il n'y avait rien pour guider mon trajet, j'espérais, en choisissant toujours la même direction, pouvoir me repérer plus facilement au retour.

Au troisième croisement, je crus entendre le cri du bébé. J'accélérai ma progression. Bientôt, ce fut le murmure des femmes. Je me rapprochai, assurément. Il n'y avait plus qu'à espérer que je ne me retrouverais pas, comme auparavant, à une portée de voix sans pouvoir les atteindre. La chance me sourit enfin, lorsque je crus percevoir une vague lueur qui tremblait dans le noir. Il y eut encore un coude et je vis directement une lampe posée sur le sol au bout d'un couloir. Autour de ce phare, des corps allongés et immobiles.

— Marie !

— Jean !

— Je suis là.

Une silhouette avança en rampant vers moi. L'instant d'après, Marie Courval était dans mes bras. Et je sus à cet instant qu'il y avait davantage dans cette étreinte que le simple désespoir d'un sauvetage qui n'avait rien d'héroïque. En une nuit, j'avais cru tout perdre, et je venais de tout regagner. Pour une fois, la vie me souriait. Je sentais son souffle dans mon cou, ses mains se crispaient sur mes épaules. Elle pleurait.

— Jean !

Je la caressai doucement.

— C'est fini…

Tout commençait.

X

Marie Courval

Il avait fallu encore de longues minutes de progression dans l'obscurité avant de retrouver notre chemin. J'avais réussi à le mémoriser et, malgré quelques hésitations, nous fûmes rapidement dehors. Toutes les femmes furent sauvées, l'enfant avait vécu jusqu'à voir la lumière du jour, sans doute pour la première fois de sa vie. Et sa vie avait un prix qu'il n'imaginerait jamais. Jacques et son camarade n'étaient pas arrivés lorsque nous sortîmes du cagnard, petite troupe misérable et crasseuse dont j'étais le guide. Pour nous, il n'y eut pas de matin plus clair que celui-là. Nous attendîmes le retour de Jacques, car mon compagnon, que nous avions tenté d'appeler dans le couloir principal, n'avait pas reparu. Il fallut de longues heures de recherche pour le retrouver, il avait eu moins de chance que moi. S'étant égaré du côté des salles des morts, il avait été attiré par la lumière d'un soupirail, et s'était retrouvé piégé par ce labyrinthe dans lequel salles et couloirs avaient été modifiés au fil des années, dans la plus complète anarchie. Marie Courval semblait épuisée, et je n'osais lui demander un effort supplémentaire en me racontant ce qui s'était passé dans le souterrain.

D'autres barques arrivèrent, et l'on put commencer le sauvetage. Nous formions un fameux tableau de naufragés, sur les berges de la rivière, nos visages éteints et barbouillés pour la plupart de la crasse des souterrains. Seul le nouveau-né montrait qu'il y avait encore de la vie dans notre groupe, contre tout espoir. Il partit le premier dans les bras d'une ventrière, sa mère à côté de lui, trop faible pour s'occuper de lui. Nous partîmes avec Marie dans l'une des dernières barques. Elle restait accrochée à moi, presque inconsciente, et je dus la porter dans mes bras, fardeau léger et pourtant si précieux. La chaleur de son corps contre le mien était devenue soudain une énergie indispensable. Arrivé sur les quais, des hommes m'aidèrent à la porter et à l'installer le moins inconfortablement possible, le temps de trouver une voiture pour nous ramener rue du four. Le ciel était clair, derrière nous. La silhouette massive de l'Hôtel-Dieu ne fumait guère plus que par quelques cheminées. Les gens allaient dans les rues et la vie reprenait doucement, comme s'il ne s'était rien passé. Les crieurs criaient, on achetait, on vendait. On avait vaincu l'incendie et la capitale reprenait ses habitudes après la terrible nuit.

Marie n'était pas inconsciente, mais elle était épuisée et incapable d'user ses dernières forces avant d'être assurée d'être revenue chez elle. Elle murmurait simplement entre ses lèvres serrées mon prénom, comme une prière ou peut-être en signe de reconnaissance. Je n'avais pas d'argent sur moi et j'eus un peu de mal à convaincre un cocher d'accepter la course, malgré la promesse d'une généreuse compensation. Je n'avais plus l'aspect bourgeois et raffiné du mage en consultation. Mes vêtements étaient sales, mes mains, blessées sur les murailles dans l'obscurité, étaient couvertes de croûtes mi-boueuses, mi-sanglantes, formant une drôle de carapace qui séchait doucement. Marie restait repliée sur elle-même. Sa robe était maculée de taches de toutes sortes et déchirée par endroits. Mais ce qu'il y avait de plus terrible, sans doute, et je ne m'en rendis compte que bien plus tard, c'était l'odeur que nous promenions avec nous — celle des souterrains puants, une odeur de mort, de putréfaction et de déchets mélangés. Un parfum complexe, que nos vêtements diffusaient abondamment, même au grand air. Je m'en rendis compte dans l'habitacle exigu de la voiture qui avait accepté de nous prendre en charge. Le cocher n'avait pu le faire sur notre mine, et uniquement sur ma bonne foi. Et son geste tenait surtout de l'héroïsme ou de l'inconscience.

Le cocher accepta en outre de m'aider à faire monter Marie dans l'habitacle. Il nous offrit même sa couverture, rempli de compassion pour la malheureuse, sans doute parce que c'était une femme. Arrivés rue du four, il m'aida de la même façon jusqu'à mon appartement. Au bruit de la voiture devant la maison, Marie Sautereau sortit tout de suite pour nous aider. Je vis à son air qu'elle n'avait pas dormi de la nuit, attendant de nos nouvelles avec un espoir qui s'effilochait. Les garçons jouaient dans la cour et on ne s'encombra pas de leur présence pour notre retour. Marie Sautereau avait fait en sorte de ne pas les inquiéter, car ils étaient encore à un âge où de petits mensonges suffisent à éviter les grandes inquiétudes. Quand elle vit l'état dans lequel nous étions, elle ne put réprimer un cri :

— Mes enfants !

Il y avait sans doute autant de soulagement de nous savoir saufs, que d'in-quiétude de ce que nous avions enduré, à voir notre état misérable. On paya généreusement le cocher pour sa confiance et son aide, et nous installâmes Marie sur mon lit. Malgré les tisanes et bouillons dont Marie Sautereau lui fit la proposition, elle refusa tout, ne voulut pas se laver et resta telle qu'on l'avait posée sur le lit. Elle se réfugia tout de suite dans le sommeil. La veuve de Datelin resta à veiller la malheureuse. Mais j'eus beaucoup de mal à quitter son chevet, incapable de m'éloigner de celle que j'avais cru perdre. Je finissais de comprendre, si c'était encore nécessaire, mon attachement pour elle. Quelque chose de profond, d'indispensable, une force qui avait trouvé ses racines pro-fondément, une présence occulte qui venait d'apparaître dans tout son éclat, forte de tout ce qu'elle avait patiemment accumulé en silences.

Je laissai donc les deux femmes et entrepris d'arranger mon état, ce qui, je pense, était la première chose à faire. Après un potage qu'on avait laissé au coin du feu et deux verres de vin, j'allai chercher un seau d'eau de pluie à la citerne au fond de la cour. Les garçons, m'apercevant, voulurent me faire fête de mon retour, mais bien vite rebutés par mon odeur détestable, ils s'éloignèrent, non sans se moquer de moi avec innocence, n'imaginant rien des périls que nous avions traversés. Je me frottai abondamment avec des linges humides, puis me séchai avec d'autres longuement, sans l'impression d'avoir éliminé complètement l'empreinte des cagnards. Cela me laissa le temps de réflexions étranges qui s'imposaient à moi, et dont Marie Courval était le centre.

Sa solitude était comme la mienne, trop préoccupée par la vie de tous les jours pour se poser des questions, dont les réponses risquaient d'être douloureuses ou incomplètes. Elle ne m'avait jamais parlé de son mari, considérant sans doute que sa mort avait été une source suffisante de chagrin, pour ne pas continuer à l'alimenter avec des regrets. Cela faisait presque quinze ans que nous habitions sous le même toit, et il n'y avait eu entre nous que quelques rares moments de confidences, comme si, par un fait exprès, nous avions l'un et l'autre évité ces écueils. Depuis la nuit partagée à la naissance d'Augustin, où nous nous étions endormis l'un contre l'autre, et malgré quelques hésitations que j'avais pu avoir parfois, comme lors du souper chez le Lieutenant-général, nous étions restés à une distance toujours marquée. Comme si la peur de perdre ce nouveau sentiment, que nous pressentions, était plus grande que les attentes du sentiment lui-même.

Peut-être aussi avions-nous peur d'une déception. Blessés déjà tous les deux par la vie et animés d'une sagesse instinctive, peut-être avions-nous pensé qu'il y avait dans cette aventure davantage de risques que de bonheur possible. C'était alors plus raisonnable de rester dans une relation, que nous nous étions jusqu'alors appliqués à ne pas laisser évoluer. J'étais un frère pour elle, peut-être, et elle une sœur pour moi, sans même que nous nous autorisions la tendresse familiale qu'une telle relation aurait justifiée. Nous nous retrouvions là tous les deux, en naufragés. Seule l'urgence d'une situation périlleuse avait autorisé cette révélation, après tant d'années perdues.

Depuis mon aventure désastreuse avec la danseuse, je n'avais jamais eu ni l'occasion ni la curiosité d'approcher une femme aussi étroitement. Et je devais avouer que l'idée non plus ne m'en était pas venue. Car s'il fallait passer par autant d'avilissement pour un plaisir certes nouveau, mais d'une si grande fugacité, cela rendait l'entreprise dérisoire. Je n'allais pas en société, je ne me laissais pas prendre au libertinage délibéré de certaines de mes clientes, même si je savais que nombre d'entre elles ne se rendaient chez moi que par une excitation d'un ordre un peu particulier, tout comme ces élégantes allaient le soir traîner à la foire, parmi les malandrins, pour observer des animaux sauvages, dans des cages qui les rendaient inoffensifs.

À ma boutique, c'était comme à la foire. Je ressentais toujours, dans ces visites, une nette provocation de la part de ces femmes-là. Elles se prétendaient *du monde,* mais ne valaient sans doute guère mieux que les moins chères des catins. La bête sauvage, c'était moi — un jeune homme fort, savant, aux pouvoirs mystérieux. La cage, c'était les règles d'une société où chacun avait sa place. C'était mon sang roturier qui trahissait ma particule. Et même si certaines devaient rêver, une fois rentrées chez elles, d'inavouables aventures qu'elles auraient pu avoir dans mon cabinet, il eût été impensable que quoi que ce soit arrivât sans que je sois rapidement dénoncé, jugé, puis condamné. Je ne pouvais pas dire que, sur toutes ces femmes dont j'avais senti l'excitation et le désir, il n'y en avait eu aucune susceptible de me plaire ni de provoquer chez moi une forme de désir. J'avais appris à reconnaître les signes qui laissaient espérer un rapprochement, en respectant bien évidemment les règles établies par ces maîtresses de jeu.

Mais je n'avais jamais voulu y prendre part, ni par peur d'éventuelles représailles ni par crainte de l'échec et de l'humiliation. Car il y avait là une nuance que je connaissais par cœur, grâce à Gersende. C'était celle des classes qui semblait, à les voir ainsi battre des paupières en me parlant, une épice essentielle. J'étais le sel qu'elles ne trouvaient plus dans les relations de leur milieu. Mais je n'avais jamais imaginé pouvoir entrer dans cette ronde-là, tout en artifices et en illusions. Je donnais parfois la réplique à certaines, leur laissant croire que je me laissais aller à leur jeu, ou tout au moins, en leur montrant que j'en reconnaissais les règles. Et cela, dans le simple but de m'attacher leur commerce, comme on conserve le chaland par de fausses ristournes ou des promesses de nouveauté. Je ne franchissais jamais le seuil de leur salon, car accepter de s'y rendre était un droit d'entrée pour leur boudoir.

C'est ainsi que j'avais cru apprendre des femmes, à leur insu, mais pas à mes dépens ni aux leurs. J'avais éprouvé d'autres natures de sentiments et, sans ceux-là, il n'était pas pensable pour moi d'approcher un jupon, et encore moins ce qui se tramait dessous. Je savais ce qu'il s'y passait et, pour moi, le spectacle n'y prenait guère l'importance qui poussait mes contemporains à autant d'efforts pour en pimenter l'achèvement. Il m'était même arrivé un jour qu'un comte, qui n'avait nullement tenté de dissimuler ni son titre ni ses origines, m'ait proposé un commerce très particulier. Il était venu me consulter une première fois pour mes préparations, car on lui en avait vanté partout leur onctuosité et leur saveur. Certaines même, lui avait-on affirmé, avaient un effet apaisant sur toutes les parties du corps qui se pouvaient être irritées d'une quelconque façon.

Il s'était présenté deux fois. À la première visite, il n'avait pas caché son intérêt pour ma pommade. Il semblait en parfaite santé et n'avoir nullement besoin de mes services. Il revint quelques jours plus tard, désireux de m'acheter le secret de ma pommade et à défaut, puisque je lui avais naturellement refusé, un important stock. Comme j'avais craint que son projet n'ait été d'en faire commerce sur mon dos, je lui avais demandé quel usage exigeait de telles quantités. En fait, je m'étais mépris sur ses intentions dès le début. Car l'homme n'était en réalité qu'un libertin, qui recourait à mes onguents pour des pratiques que je n'avais pas cherché à imaginer plus avant, même s'il s'était montré tout ouvert à m'éclairer.

Il avait rapidement pris ses habitudes chez moi, commandant à loisir certains parfums. Et comme il n'avait jamais mis aucun retard à me payer ce qu'il me devait, je n'avais eu aucune raison de ne pas me plier à ses exigences, en m'épargnant la moindre curiosité. Il lui était bien arrivé parfois d'essayer de me convaincre du bien-fondé de telles pratiques, tentant de m'en donner quelques détails. Il avait même été jusqu'à me présenter certaines esquisses, qu'un de ses amis peintres avait faites à l'occasion de leurs séances. Et si je n'avais prêté à l'époque qu'une attention polie à ces figures, qu'on avait du mal à imaginer humaines, j'en avais gardé un souvenir extrêmement précis. J'avais été tout à la fois choqué de ce qu'il me montrait, tout autant que je l'avais été par la réaction quasi immédiate de ma physiologie. Mais il n'y avait rien eu à faire. Le libertin m'avait même invité à souper chez lui. Sachant de quel type de soupers il s'agissait, je n'avais bien sûr pas donné de réponse à cette sorte d'invitation. Puis il avait fini par se rapprocher de Versailles, et il ne vint plus lui-même. Un coursier venait régulièrement de sa part. Je n'avais plus revu Jean-Baptiste, comte de Sade, depuis la naissance de son fils[31].

Voilà quelles étaient mes maigres instructions des choses frivoles, qui relevaient plutôt de l'imagination que de l'expérience, même si Jean Grégoire m'avait invité plusieurs fois à des soirées à prétention littéraire, dont j'imaginais assez bien le final. Car il était impossible de penser qu'on y invitât des dames, juste pour leur esprit ou leurs talents à la rime. Je nourrissais donc plutôt une sorte d'appréhension pour ce genre de pratiques, ne pouvant imaginer qu'on puisse y trouver d'autre avantage qu'une jouissance subreptice, condamnable et vile. En tout état de cause, je pressentais l'imminence d'une confrontation avec ces notions, que j'avais volontairement mises de côté jusque-là.

Mais en rentrant de l'Hôtel-Dieu, j'en étais rendu à des considérations beaucoup plus terre-à-terre, tentant, avec beaucoup de difficultés, de me séparer de l'odeur putride des cagnards. J'avais épuisé tous les linges propres, mais c'était bien sûr complètement insuffisant. Je me parfumai ensuite largement en espérant vaincre l'odeur qui collait à ma peau. Je m'habillai de propre et je retournai dans la chambre où dormait Marie. Marie Sautereau me laissa la place à son chevet et partit s'occuper des enfants. C'était l'heure du dîner, et il n'était pas question pour elle que les bambins manquassent de quoi que ce soit. Elle emporta avec elle une boule de vêtements aussi puants que moi. Elle avait dû réussir à débarrasser Marie Courval de certaines couches les plus imprégnées.

La ventrière était allongée sous les draps, à présent sur le dos, dans une position beaucoup plus détendue que lorsqu'on l'avait déposée. Depuis la sortie des cagnards, aucun mot n'avait été prononcé. Il n'y avait eu que des étreintes, rendant bien superflu l'usage de la parole. Lorsque nous fûmes seuls, Marie sortit une main de sous les draps pour chercher la mienne, découvrant une épaule nue. Je ne pouvais imaginer que Marie Sautereau l'avait complètement déshabillée. C'était pourtant l'impression que donnait cette vision, dont l'innocence révélait toute l'émotion. Sa main partageait sa chaleur avec la mienne. Je sentais passer bien plus qu'une simple étreinte, une complicité, un aveu. Je

---

31 — Donatien Alphonse François, futur marquis de Sade.

détaillai son cou, chaque grain de beauté, chaque rousseur, qui faisaient d'elle un être unique, des replis d'intimité qu'elle n'avait partagés avec personne depuis de longues années. Je regardai sa peau, et l'envie étonnante me prit de la caresser, de la chérir. Mais une envie qui n'avait rien à voir avec des plaisirs charnels vulgaires, et qui pourtant les appelait clairement. Il y avait une émotion nouvelle que je ne comprenais pas. La fatigue peut-être, ou la faim, créait ces illusions, en mélangeant des sentiments dont j'avais à présent la certitude, mais que je ne pouvais accommoder avec les images scabreuses que le comte de Sade m'avait un jour données à voir. Cela débordait la morale, puisque ma volonté semblait tout orientée vers le désir.

Marie se réveillait doucement, car je sentais sa main trembler dans la mienne, retrouvant une vitalité que le sommeil finissant lui abandonnait. Elle tourna la tête vers moi et me sourit. Et je compris tout en un instant. Je compris que ce sourire, qui n'avait pas changé depuis quinze ans, ce même sourire si profond, si je le recevais différemment aujourd'hui, c'était parce que, moi, j'avais changé, car ma perception s'était enfin ouverte. Le jour se faisait sur notre relation. Marie le comprenait, et je vis ses yeux rougir comme si elle allait pleurer — de bonheur peut-être, de soulagement, sans doute, ou simplement de voir dans mon propre regard une lueur qu'elle avait attendue si longtemps.

Je m'étais empressé à son secours, mais rien au fond, jusqu'au retour, ne lui avait permis de discerner chez moi les signes d'un changement et d'une affection nouvelle. Mais notre étreinte dans les souterrains, nos mains qui se croisaient et ne faisaient plus qu'une, et ce regard que nous avions échangé, c'étaient tous les aveux qu'elle n'espérait plus. Rien d'autre n'avait d'importance que cet instant-là. Il y avait le bruit du feu, puis le pas des garçons dans le vestibule. Ils entrèrent en criant de joie, retrouvant une mère qu'on leur avait pourtant annoncée faible et nécessitant le calme et le repos. Marie leur tendit les bras et les prit chacun contre elle, m'abandonnant à une jalousie bien ridicule au regard de notre bonheur à tous. Mais bien vite, les garçons s'égaillèrent, surpris par l'odeur terrible. Et comme ils l'avaient fait pour moi, ils nous raillèrent copieusement, malgré les réprimandes de Marie Sautereau, qui souriait à l'entrée de la chambre. Nous étions bien loin de mon retour des aliénés, et je crus que nous eûmes tous à cet instant une pensée pour Datelin, qui ne pouvait prendre, ce jour-là, une part de ce bonheur qui avait mis si longtemps à trouver sa voie.

L'après-midi, Marie me raconta ce qu'il s'était passé exactement à l'Hô-tel-Dieu. Le feu avait démarré dans le chauffoir[32]. À ce moment, Marie se trouvait dans la salle des accouchées, occupée à examiner une femme dont le terme se confirmait. Lorsque le feu commença, ce fut la panique. Et alors que l'initiative de quelques bonnes volontés aurait suffi à étouffer les flammes avant qu'elles se propageassent, la plupart se précipitèrent en hurlant vers l'entrée de la salle, cherchant le salut dans la fuite. On criait dans le chauffoir, on appelait à l'aide. Marie s'était précipitée pour aider, remontant le courant des fugitives.

---

32 — Salle où l'on pratiquait les accouchements. Ainsi nommée, car elle disposait d'un poêle afin que les nouveau-nés ne se refroidissent pas.

Rideaux et tentures de la petite pièce étaient déjà en flamme. Il fallait croire que l'accoucheuse, qui avait la charge de la femme, avait elle aussi pris la fuite, car la malheureuse accouchée se trouvait seule, allongée encore sur le lit de couche, son enfant nouveau-né dans les bras, dont on n'avait pas encore coupé le cordon. La femme était très faible, mais avait réussi à se lever. Marie avait coupé le cordon et pris l'enfant contre elle, en soutenant la femme, qui pleurait. L'accès à la salle principale était coupé par les flammes, il avait donc fallu passer dans la salle des fiévreuses, où c'était aussi la panique, puisque flammes et fumées avaient déjà annoncé le péril. On n'y voyait déjà presque plus rien. Deux des fiévreuses, surprises dans leur sommeil, étaient encore dans la salle, ne sachant que faire ni surtout où aller. L'accouchée s'était mise à hurler, reculant, refusant qu'on approchât son enfant des fiévreuses, persuadée qu'à leur contact, son enfant n'aurait aucune chance de survivre.

Mais la confusion était trop grande, pour qu'on s'arrêtât à de telles considérations. Il fallait avancer. Marie avait gardé l'enfant contre elle, pour lui éviter de respirer les fumées âcres qui rendaient l'air impossible. Ses petits poumons tout neufs n'y auraient pas survécu longtemps, assurément. Il n'y avait qu'un seul passage possible. Elles avaient donc fui devant le brasier qui les chassait de salle en salle, jusqu'à la dernière extrémité, les obligeant à descendre un escalier. Là, il n'y avait plus eu que deux alternatives. Soit attendre qu'on vienne les délivrer. Cela risquait de prendre beaucoup de temps, puisque l'incendie paraissait d'importance, et que personne ne savait où elles étaient — elles non plus, d'ailleurs. L'autre solution était d'aller de l'avant, et cela impliquait d'aller chercher dans les cagnards un salut encore plus hypothétique. Mais il avait fallu bouger. Marie étant la seule capable de garder son sang-froid et de prendre des décisions vitales pour la petite troupe, elle les avait donc entraînées dans un petit escalier à l'aspect inquiétant. Elle les avait néanmoins assurées qu'elle connaissait les lieux, et que cette issue était bien plus sûre que toutes les autres voies qu'elles pourraient emprunter. Ce qu'il y avait de certain, c'était que c'était encore la seule issue qui leur restait. Marie n'était jamais allée elle-même dans les cagnards. C'était pour elle une sorte de labyrinthe, que seules certaines initiées osaient encore fréquenter. On les empruntait encore jusqu'à la rivière, pour des besognes inavouables, mais que leur tâche leur imposait parfois. Dans la précipitation, elle avait juste eu besoin d'un peu d'assurance pour les convaincre, et sa détermination seule avait suffi un instant à rassurer les autres.

L'escalier était sombre, l'air y était franchement nauséabond, mais on y respirait tout de même bien plus largement qu'à travers les fumées qui les avaient pourchassées jusque-là. En bas de l'escalier, c'était une obscurité dense comme une nuit d'hiver. Le sol était humide et glissant. Mais les bruits du brasier semblaient loin au-dessus de leur tête, leur donnant l'impression que le danger était alors derrière elles. Marie avait emporté par sagesse une lampe à huile, qui leur avait permis, sinon de s'orienter, tout au moins de voir où elles posaient les pieds. Il devait y avoir des rats, mais les bestioles, peu habituées, fuyaient devant la lumière dans un frôlement furtif. Marie ne disait rien, les autres ne demandaient pas. On avançait. Elles marchèrent longtemps, s'arrêtèrent souvent lorsque l'une d'elles était fatiguée. Les couloirs se ressemblaient, et l'on avait beau essayer de trouver un repère dans les aspérités des murailles, des portes ou des pierres de voûte à certains endroits, Marie avait de plus en plus l'impression qu'elle perdait sa troupe, dans un labyrinthe où elle s'enfonçait un peu plus profondément à chaque nouveau carrefour. L'enfant s'était remis à pleurer. Il avait manifestement faim, mais la jeune accouchée n'était pas en mesure de lui fournir de lait. Elles s'étaient arrêtées.

Une des fiévreuses, qui avait perdu son enfant quelques jours plus tôt, et qui se trouvait encore en état de fournir du lait, proposa naturellement son sein pour satisfaire l'enfant. Il avait fallu de longues minutes de négociations pour convaincre la jeune mère de confier le bébé à l'autre femme. La peur de la maladie était telle qu'elle l'avait longuement regardée, comme si elle avait la peste ou autre chose de plus terrible encore. Marie lui avait expliqué que si c'était la peste, elles étaient toutes condamnées, ainsi que l'enfant, et que, dans tous les cas, tout ce qui allait se passer ensuite ne changerait rien. On avait donc mis l'enfant au sein généreux de la plus pâle des femmes, et l'on avait pris quelques instants de repos et de réflexion. Le doute commençait à s'installer dans la tête de celles qui avaient suivi aveuglément la ventrière. Pour Marie, il n'y avait aucun doute sur la situation, et elle commençait à comprendre la folie qui avait été la sienne de s'aventurer ici, oubliant qu'il n'y avait guère eu d'autre choix. Elles se trouvaient prisonnières d'un dédale inextricable, mais elles respiraient encore. Si elles étaient restées dans les salles au-dessus, elles seraient déjà mortes d'asphyxie, de chaud ou même brûlées vives. C'est ce qu'elle leur avait expliqué, pour tenter de ramener un calme indispensable pour pouvoir continuer.

Mais la confusion semblait être la dernière autorité capable de diriger la petite troupe. L'une voulait rester à cet endroit et qu'on la laisse mourir. L'autre, moins faible, suggérait de diviser les groupes, oubliant qu'il n'y avait qu'une lumière. Et ce seul point, comme l'élément fondamental de leur survie, avait semblé assez fort pour maintenir la troupe réunie autour de la lampe à huile. Elles décidèrent donc de continuer leur progression en marquant leur route. Un bout de ferraille trouvé sur le sol permit à Marie de marquer la pierre d'angle, à chaque nouveau chemin qu'elles croisaient. Elles s'arrêtèrent encore, nourrirent l'enfant. Cela avait semblé durer une nuit, ou une semaine. Ce fut interminable, jusqu'à entendre le cri de leur libérateur.

Arrivée au terme de son récit, Marie se tut. Elle me regarda avec reconnaissance, comme si elle avait déjà oublié ce mauvais passage. Souvenir douloureux qui s'effaçait d'une traite devant la chaleur des instants à venir. Entre-temps, Marie Sautereau lui avait fait avaler quelque soupe, comme on l'aurait fait pour une personne qui n'attend plus que la dernière bénédiction. Lorsque les garçons furent couchés, Marie décida qu'elle avait suffisamment gardé le lit et qu'elle n'avait guère besoin de davantage de repos. Elle se leva. Elle avait passé une chemise à manches, suffisamment longue pour lui arriver à la moitié des jambes. C'était probablement une tenue indécente, mais qui ne choqua personne. Le drap était assez épais pour ne rien laisser voir qui ne soit permis. Elle ne prêta aucune attention au regard troublé que je posai sur elle.

— Je suis sale, je ne peux pas rester comme ça.

Puis, comme elle s'approchait de moi, je la crus sur le point de m'embrasser ou de me serrer contre elle, elle se ravisa en souriant.

— Et toi aussi. Tu pues autant qu'une charogne.

Je dus avoir l'air gêné de celui qui est pris en flagrant délit, car j'avais pourtant pris grand soin de me récurer de la meilleure des façons possibles.

— Pourtant, je…

— Non, non. Cela fait des années que je t'observe. Et dis-moi, franchement, depuis quand n'as-tu pas pris un bain ?

Cette question était absurde, puisque je me livrais quotidiennement à un lavage quasi exhaustif, usant plusieurs linges, parfois, jusqu'à ce que le dernier soit parfaitement propre. Dans ces conditions, un bain ne s'imposait nullement.

— Un bain. Depuis quand ne t'es-tu pas baigné ? Comme je le fais toutes les semaines, avec les garçons ?

— Eh bien…

À dire vrai, je dus chercher assez loin pour retrouver ce souvenir, celui d'une autre vie. Du temps de Saint-Léonard et de Pomardini, lorsque j'allais me laver dans l'eau fraîche de la rivière, qui passait derrière *les deux perdrix*.

— Inutile de me répondre. Puisque je sais tout ce qui se passe ici. Tu n'as même pas un baquet dans ton appartement.

— Cela doit faire plusieurs années.

— C'est bien ce que je dis. Il est temps que quelqu'un te prenne en main. Viens, tu vas m'aider.

Et sur ces ordres, nous descendîmes ensuite le grand baquet dans lequel elle donnait le bain aux garçons, le plus souvent, en même temps, pour ne pas gâcher d'eau chaude. Nous l'installâmes chez moi. J'avais remarqué une grande oule pleine d'eau, que Marie avait remplie et mise à chauffer sur le feu. Marie descendit ensuite des linges propres de chez elle, qu'elle posa sur un coin du lit.

— On va commencer par toi. Déshabille-toi !

Je ne bougeai pas. Elle sourit, se détourna légèrement.

— Ne t'inquiète pas pour ça. Tu n'es pas différent des autres.

Pendant que je me déshabillai, elle s'activa pour défaire le lit et le dresser avec des draps propres. Elle chantonnait. Et c'était un contraste immense avec la femme désemparée que j'avais libérée des cagnards, le matin même. Elle se retourna. J'avais gardé sur moi ma culotte de drap.

— Enlève ça aussi.

J'étais surpris et gêné.

— Oui, même la culotte ! Mais avant, aide-moi à mettre l'eau chaude dans le baquet. Il ne s'agirait pas de te brûler.

Et elle rit de sa plaisanterie. L'eau fumante fut versée. Nous allâmes ensuite chercher dans la cour une seconde marmite d'eau froide, pour ajuster la température et faire monter le niveau dans le baquet.

— Voilà, tu peux y aller. Et sans la culotte…

Puis elle sortit de la pièce. Je finis de me déshabiller et me glissai dans l'eau. La sensation était plutôt agréable. C'était sans conteste un des bains les plus confortables qu'il m'ait été donné de prendre, depuis ceux que me donnait parfois ma mère, dans notre cabane de l'île aux chiens. Marie était restée long-temps alitée cette journée-là, et je me rendis compte, en entrant dans le bain, qu'on approchait du soir. On avait oublié d'allumer les chandeliers, et il n'y avait plus que la lumière du feu, qui paressait mollement sous une bûche qu'on faisait durer. J'entendais au-dessus les garçons qui jouaient. Leurs rires avaient quelque chose de réconfortant. Il n'y avait plus rien à craindre de cette journée, et tout laissait croire que les jours à venir se montreraient pareillement faciles. La porte s'ouvrit derrière moi.

— Tu as oublié le savon.

Je me tassai dans l'eau autant que possible, pour que rien de mon anatomie n'émerge. Marie Courval était dans mon dos. Je sentis sa main sur mon épaule, et pris le morceau de savon qu'elle me tendait.

— Et n'hésite pas à frotter ! Ce n'est pas avec tes linges que tu pourras dé-coller la crasse accumulée depuis des années. Tu as bien besoin qu'on s'occupe de toi.

Le baquet n'était pas bien grand. Il avait une forme oblongue, mais per-mettait tout de même qu'un adulte puisse s'y asseoir entier, tout en gardant les jambes tendues. En les repliant, on pouvait imaginer… ce qui se passa ensuite. Marie Courval, toujours en chemise, vint se placer devant moi. À cet instant, je ne pus détailler son expression, car l'ombre que projetait le feu cachait une partie de son visage. Elle enjamba le baquet et se glissa dans l'eau. Je sentis ses jambes contre mes flancs. Le niveau de l'eau monta sensiblement, jusqu'à la moitié du torse environ. Et cette sensation de double enveloppement, celui de l'eau chaude d'abord, et celui de ses jambes contre moi, me procura une satis-faction toute particulière et une excitation que je n'avais pas imaginée. Marie fit glisser la chemise par-dessus sa tête, et la laissa tomber sur le sol à côté du baquet. Elle était nue, tout contre moi. Je sentais sa peau contre la mienne. Je distinguais l'amorce généreuse de ses seins, qui se perdaient dans l'eau sombre et impénétrable.

Je n'avais qu'à tendre le bras pour la toucher. Mon excitation était terrible, et une douleur que je ne connaissais pas se mit à brûler au creux de mon ventre, impérieuse et affolante. Marie souriait doucement, et il n'y avait rien dans son regard qui laissât suspecter une quelconque intention libertine.

— Tu me feras bien une petite place ?

Je repliai mes jambes, comme par réflexe, mais surtout pour tenter de cacher l'expression de mon désir. Elle ramena les siennes contre elle. Nos pieds se croisaient, nos chevilles se touchaient. Elle sourit, comme un enfant espiègle, puis, me prenant le savon des mains, elle entreprit de me frotter. Le torse d'abord, puis les bras, le cou, le visage. Je restai docile, sous sa main vigoureuse. Car son geste n'avait rien d'une caresse, et était aussi énergique que lorsqu'elle savonnait les garçons. Puis elle me frictionna le dos. Pour cela, elle vint se coller contre moi, et je sentis le poids de ses seins contre ma peau. Je serrai les cuisses un peu plus. Elle semblait tout à son affaire, et ne laissait transparaître aucune émotion. Elle frotta ensuite mes pieds, mes jambes. Elle s'arrêta à mi-cuisse et me tendit le savon.

— Termine.

Elle détourna le visage, pour ne pas me gêner. Je finis de savonner mon corps tout entier.

— Tu n'as rien oublié ?

— Non.

Elle tendit les mains et je m'apprêtai à lui rendre le savon, mais, au dernier instant, je pris sa main tendue et commençai à la savonner à mon tour, tout doucement, d'abord. Elle me regarda, surprise. Elle ne devait pas deviner le rouge de mes joues. Et puis, l'eau était très chaude, c'était une excuse suffisante. Je crois bien que depuis le début du bain, cet embrasement n'avait cessé, comme partout ailleurs dans mon corps. Je frottai la seconde main.

— Toi aussi, tu as besoin qu'on prenne soin de toi.

Sa peau était douce, le savon glissait, un peu plus loin chaque fois. Je remontai le long de ses bras, frémissant de la souplesse de cette peau docile. Ses épaules étaient fraîches. Marie restait impassible, sérieuse. Elle avait placé son regard juste dans le mien et n'entendait pas le quitter, guettant chacune de mes réactions, en fonction des zones de son corps que mes mains exploraient. Elle se laissa faire sagement lorsque je lui frottai le dos, et me prenant au jeu et profitant de cette proximité, je mis un soin tout particulier à n'oublier aucun pied carré[33], me surprenant à rencontrer, tout en bas, l'amorce de reliefs excitants. Marie ne disait rien, attendant l'instant décisif. Nous l'attendions tous les deux. Chacun savait que ce n'était qu'une question de minutes, qu'une question de progression, d'une main hardie qui pousserait aux limites de l'intimité. Mais je préférais prolonger encore, me concentrant sur chaque émotion que je voulais garder intacte, comme le plus profond des souvenirs, le dernier à emporter, s'il ne fallait en garder qu'un.

Je plongeai mes mains dans l'eau. Je trouvai facilement ce que je cherchais et sortis un pied que je posai doucement sur mon épaule. Marie me laissait faire, ni curieuse ni surprise. Je le savonnai, frottai la jambe, la cuisse, ne m'aventurant pas encore sous le niveau de l'eau, m'arrêtant exactement aux limites qu'elle avait fixées sur moi. Lorsque ce fut fini, elle changea de jambe d'elle-même. Je frottai l'autre côté. Et elle continuait de me regarder. Ses yeux brillaient d'une fièvre que je ne connaissais pas. Le feu couvait simplement et jetait quelques éclats rougeoyants dans ses prunelles fixes. Elle ramena doucement la deuxième jambe dans l'eau. Ma main, qui tenait le savon, l'accompagna et, profitant du mouvement, finit de glisser lentement le long de sa cuisse. Toujours plus loin. Et pour ne pas affronter sa réaction, je collai mes lèvres sur les siennes, au moment où ma main atteignait avec surprise le cœur de son intimité. Elle répondit

---

33 — Unité de mesure correspondant à environ 0,1 centiare.

tout de suite, et je sentis la chaleur de son baiser, avec la même intensité que je l'imaginais déjà depuis plusieurs minutes. Le savon glissa, mais elle garda ma main prisonnière. Il y eut un frémissement, elle se leva, m'entraînant contre elle. Et je compris immédiatement ce besoin que nous avions de nous serrer au plus près, ne laissant aucun espace libre entre nous. Dans le baquet, c'était impossible. Cette étreinte, c'était la révélation entière de nos deux corps qui, avant de se donner l'un à l'autre, se découvraient pleinement, d'un bloc, après l'avoir fait avec parcimonie et patience l'instant d'avant. Je me penchai un peu sur Marie, nos lèvres ne se décollaient pas, un sceau que rien ne pourrait plus défaire.

La douleur, qui m'avait pris lorsqu'elle était entrée dans le bain, s'accentua encore, allant chercher dans mes tripes de nouvelles tensions. Debout, cela n'avait rien arrangé et confirmait la nécessité de l'action. Il n'y avait là rien de comparable avec ce qui s'était passé à la foire. Toute la tendresse de Marie bloquait l'impatience, dilatait l'importance de chaque geste, comme autant de mots pour en rapporter le souvenir. Ses mains continuaient sur moi, tantôt douces et souples, fluides comme l'eau, tantôt comme les griffes d'un chat, égratignant ma peau pour l'éprouver. Le temps n'avait pas de place, ni bruit ni odeurs, rien d'autre que les fibres qui se nouent, nos souffles qui se mélangent, les muscles qui se tendent et se tordent en perdant le contrôle.

Je ne sais pas comment nous sortîmes du baquet. Elle m'attira vers le lit. L'empreinte de ses pieds mouillés sur le sol. Et puis un vertige qui nous fit basculer. Tout en travers, c'était l'instant. J'oubliais qu'il y en avait eu un autre avant, avec une autre, pour ne garder de celui-là qu'un souvenir primitif. Une nouvelle virginité. Sa chaleur contre la mienne. Le glissement furtif des chairs. Sa chaleur, enfin, lorsque j'entrai. Ses mains toujours, me guidant d'abord, puis imprimant le rythme d'un mouvement qui ne pouvait se tarir. Il me fallait pourtant garder un contrôle, car je savais… Grégoire en avait souvent plaisanté… qu'il fallait retenir le plus longtemps possible la jouissance, pour permettre à l'autre d'arriver au bout de son plaisir. Je ralentis, ce qui ne sembla pas lui plaire.

— Non! gémit-elle, presque comme un ordre entre ses lèvres qu'elle gardait serrées.

Je me redressai, un peu à bout de bras, pour éloigner mon visage du sien. Ses cheveux sombres formaient une auréole sur le drap blanc. Son visage rougi par le désir. Elle me regardait avec curiosité, comme si elle attendait une explication. Elle exigeait la suite. Il n'y en avait pas d'autre excuse que l'espoir de ralentir ce flot que je sentais monter. J'arrêtai tout mouvement, espérant qu'il n'était pas trop tard. Je souriais, bêtement sans doute, écoutant au fond de moi des mécanismes que je ne maîtrisais plus. Je ne pouvais pas l'embrasser, car je savais que la moindre émotion supplémentaire me précipiterait d'un coup, inéluctable. Comme une vague que la marée appelle, l'onde sembla s'apaiser un peu. Marie avait compris et me regardait dans les yeux. Ses mains, abandonnant l'étreinte, caressaient mon visage. Elle soufflait comme si elle avait couru. Et nous restâmes ainsi, bloqués au bord d'une extase que je voulais prolonger.

Puis, je repris mes mouvements, lentement d'abord, amorçant au commencement une lente ascension. Marie avait fermé les yeux, elle gémissait doucement. Un lent murmure. Puis ses mains sur mon dos, sur mes fesses, et ses jambes qui se croisent pour que j'aille encore plus loin, plus profondément. Impossible alors de s'arrêter, impossible de ralentir la course folle. Encore un peu plus loin, toujours, ne rien oublier de cet instant-là. Puis comme un bois qui craque parce qu'on l'a trop tendu, une explosion, suivie d'une autre. Comme les remous incontrôlables d'une tempête qui fait perdre la tête. Incomparable, inimitable — la foudre qui s'échappe en salves brûlantes. Marie poussa un cri, retenu sans doute. J'avais fermé les yeux, n'osant lire dans les siens ce qu'elle pourrait juger de mes réactions. Elle m'agrippa encore, pour que je continue, guidant mon rythme pour aller sur le sien, encore un peu... plus loin... toujours. C'était un vertige, un fil sur lequel la jouissance se balançait, je perdais mes idées. Il n'y avait rien d'autre qu'elle et moi et ce lien irrésistible que nous venions de nouer.

Je roulais sur le côté, elle roula avec moi pour me garder plus longtemps en elle. Je perdais mon souffle. Des visions fugitives me tentèrent encore, comme autant de comparaisons. Puis je m'abandonnai, la serrant dans mes bras, avec toute la ferveur que mes forces me permettaient encore.

Ma conscience s'ébroua quelques minutes. Peut-être étaient-ce des heures... Car il était impossible de savoir combien de temps avait duré la chose, et combien de temps ensuite nous étions restés immobiles, nous endormant peut-être dans les bras l'un de l'autre, comme au premier matin du péché originel. Marie se leva la première. J'entrevis à peine sa silhouette en ombre sur la clarté du feu mourant. Elle se livra à une rapide toilette dans le baquet. Puis, sauvant le feu d'une nouvelle bûche, elle revint se coucher près de moi. Je lui fis une meilleure place, car ma carcasse, comme celle d'un noyé, était restée en travers du lit, telle que la fin de la bataille l'avait laissée, dans une nudité impudique. Elle se glissa contre moi, cherchant, dans les replis de mon corps et de mes membres, à emboîter le sien au plus près. Sa tête se posa au creux de mon épaule, et mes bras vinrent refermer l'écrin naturellement. Je sentais son souffle sur ma peau. Elle ne parla pas tout de suite.

— Jean.

C'était un simple constat, juste le besoin de se dire que j'étais là.

— Marie.

Il y eut encore de longues minutes silencieuses. De simples caresses. La même douceur que celle qu'on donne à un enfant. Je ne bougeais pas.

— Cela fait si longtemps.

Je préférai la laisser parler. Il y avait toujours cette même modestie qu'on aurait pu croire timidité si on ne la connaissait pas vraiment. Mais je savais d'elle, alors, une ultime nuance, celle qui de toute intimité la rendait unique. Elle parla, comme pour elle-même, comme pour se confesser, avouant des fautes dont je partageais au fond la culpabilité.

— Depuis le premier jour où je t'ai vu, j'attendais ce moment. Depuis le premier jour, mais pas depuis la première fois. Tu te souviens la première fois, dans la boutique ? Lorsque je suis venue avec la montre ? Tu étais froid, distant, gêné. J'ai pensé, à ce moment-là, que tu remplissais ton rôle, et que tu ne voulais montrer aucune faiblesse, simplement parce que je t'importunais en te demandant quelque chose que tu ne pouvais pas faire. Tu me regardais comme une misérable, une va-nu-pieds. Ce regard que tu avais eu sur moi était terrible. J'ai dû penser, à cet instant, que tu étais bien dur pour te montrer aussi implacable. J'ai eu peur, je me suis sentie ridicule, misérable. Et en laissant la montre, j'espérais récupérer un peu de cette dignité que tu m'avais volée par ton mépris. Je ne pensais pas la retrouver un jour ni te revoir.

Elle se tut un instant. Je n'osais rien dire, mais la serrai un peu plus fort contre moi, pour demander son pardon.

— Et puis tu es venu. Tu m'as cherchée, tu m'as trouvée. Et j'ai compris en te voyant devant ma porte. J'ai compris ta gêne, ton trouble. Tu ne t'étais pas comporté ainsi par mépris, mais bien par pudeur pour moi, pour mon malheur que ton attitude ne faisait que souligner, puisque tu y étais contraint. Tu étais là, avec ta jeunesse, ta peur d'être importun, de rajouter encore à mon malaise, en venant bien maladroitement m'offrir un service que tu n'avais pas le droit de me rendre, qui n'impliquait que toi. Toute ta timidité, ta naïveté me touchèrent d'un coup. Et cette retenue... Tu n'as jamais posé sur moi le regard que portent les autres hommes. Et quand je t'ai demandé d'entrer, que j'ai insisté, j'ai su que j'étais perdue. J'ai été perdue pendant quinze ans. Et me voilà sauvée aujourd'hui.

Cet aveu me troublait. Mais j'avais, en réalité, la sensation très étrange que ce que j'entendais n'était qu'une lumière, qu'on posait sur des évidences qui avaient toujours été devant mes yeux, sans que je veuille jamais les comprendre. On venait de m'ouvrir à une nouvelle intelligence des choses, un niveau supérieur ; une révélation qui n'en finissait pas de se déplier, depuis que j'avais compris que Marie risquait de périr dans l'incendie de l'Hôtel-Dieu, comme dans la prédiction de la diseuse de cartes. Elle continua.

— Et puis tu es venu habiter chez moi. Tu étais là, tout proche, mais guère plus qu'un inconnu, au fond. On se croisait de temps à autre. Je préparais parfois tes repas, tu refusais mes invitations, imaginant sans doute qu'une logeuse n'a pas à inviter son locataire chez elle. Surtout si cette femme vit seule, pire que cela, si elle est veuve. J'ai tout imaginé sur toi. Du meilleur au pire, pendant ses longues années. Craignant chaque jour que tu décides d'aller t'installer ailleurs. Imaginant un jour que tu frapperais à ma porte, et que tu entrerais chez moi pour y rester toujours. Ce jour n'est jamais venu... mais tu n'es jamais parti non plus. J'écoutais ton pas, guettant ton départ, attendant ton retour. J'ai tout imaginé, mais même dans mes espérances les plus inavouables, je n'ai jamais pu penser que cette nuit puisse arriver un jour. Pas un jour sans penser à toi. Et puis, il y a eu cette nuit terrible, où tu es venu m'aider. C'était un cauchemar. J'ai tremblé pour la mère, pour l'enfant et puis pour moi aussi, car je savais que ma tête dépendait de sa survie. L'épreuve était si terrible, si forte, que j'en avais perdu toute idée du raisonnable, lorsque ce fut passé. Et j'ai cru que ce que j'attendais allait arriver.

— Comme aujourd'hui ?

— Oui, exactement la même chose. Mais ce jour-là, j'étais la seule à penser cela. Tu m'as raconté ton enfance dans ton lointain pays. Tu étais contre moi. Tu t'es endormi dans mes bras, comme un enfant. Je t'ai veillé, ne dormant pas un instant, malgré la fatigue, en espérant qu'à ton réveil, tu aurais compris.

— J'avais compris, mais je n'étais pas prêt.

— Et depuis ce jour, je n'ai cessé de te détester, pour le mal que tu me faisais, la souffrance que je ne pouvais montrer. Je t'ai détesté pour avoir cherché Augustin, malgré mes avertissements. Moi qui étais orpheline, je me disais : *c'est moi qu'il devrait adopter, pas cet enfant d'une autre, qui n'a rien demandé à personne. Un enfant de la noblesse, qui trouvera sa voie tout seul.* Je t'ai détesté pour ta réussite. Bien sûr, après cette nuit maudite, nous étions plus proches.

Elle se tut un instant.

— Et ce soir de Noël, tu t'en souviens ?

— Oui.

— Qu'est-ce que tu pouvais bien imaginer ? Qu'est-ce que nous avions à faire là, tous les deux, avec nos garçons, comme deux compères ? J'avais envie de te gifler, et en même temps de te dire tout ce qui me passait par le cœur.

— Je comprends, maintenant.

— Je n'avais rien à espérer, j'étais ton employée, tout simplement. Tu me payais. Et si richement que je n'avais rien à dire, sans doute. C'était ma condition. Et je pensais, au fond, que tu étais bien tel que je t'avais imaginé la première fois : un être sans cœur et sans compréhension. Puis il y a eu Balbine, et j'étais près de toi, à te soutenir de ma compassion, à t'aider. J'ai cru mourir quand on t'a dit perdu… pour une autre.

Étaient-ce les émotions de la journée ou celles de toute une partie de sa vie ? Marie pleurait, maintenant, et se serrait.

— Je t'ai cru mort. Et j'aurais pu mourir de chagrin, et de frustration aussi. La peur de t'avoir perdu était un supplice, encore plus grand que tous ceux que j'avais endurés jusque-là, à cause de toi.

— Cette peur, j'ai eu la même hier soir.

— Elle était méritée.

— Pourquoi es-tu retournée à l'Hôtel-Dieu ?

— Il y avait des jours, où je me disais qu'il n'y aurait jamais aucun espoir à t'attendre. Tu t'enfonçais dans le chagrin des souvenirs. Balbine devenait une idole, je ne pouvais rien contre elle. Mais je ne pouvais te quitter sans mon indépendance. Je dépendais toujours de toi. Tu me nourrissais, entretenais mon immeuble, me donnais de quoi élever mon enfant, au même rang que le tien. Mais tu ne me donnais rien d'autre que de l'argent. Tu me tenais captive.

— Tu aurais pu demander à Hérault le service qu'il t'avait promis ?

— Cela faisait bien longtemps qu'il était mort, sans payer sa dette. Lorsque je me suis décidée à partir, c'était trop tard. Il y avait des jours, comme ça. Et puis, il y avait d'autres jours, où je ne pouvais me résoudre à t'abandonner. Imaginant encore un espoir stupide. Gersende avait disparu elle aussi, il n'y avait plus d'obstacle vivant. Je devenais folle...

— C'est fini, maintenant.

— Oui.

Et pour clore cette longue confession, et pour se rassurer, sans doute, qu'elle ne rêvait pas, Marie m'embrassa. Tout comme moi la première fois, dans une seule pulsion animale. Il resta encore un peu de nuit pour recommencer notre enlacement, avec beaucoup de douceur, cette fois. La lumière pâle du matin me réveilla après la seconde fois. Le feu était éteint. Marie était couchée sur le lit, les draps repoussés sur le sol, après notre dernière bataille. Je la regardai.

Il y avait dans son abandon les excuses de l'impudeur. Et il n'y avait pas une parcelle de son corps qui ne m'émeuve lorsque mes yeux passaient dessus, comme une caresse. Elle était couchée sur le côté. Elle me tournait le dos, m'offrant une vision de statuaire. Je ne saurais dire ce qui était le plus troublant, de l'impression globale, ou de l'intimité de chaque fragment que je découvrais en la détaillant. Il n'y avait d'autre comparaison que les mille qui venaient im-manquablement. Son corps était une galaxie où des dizaines de grains de beauté s'épanouissaient, naissant ou disparaissant au hasard des reliefs. Sa chevelure était une autre étoile sombre, qui traçait sur la clarté du lit l'image épanouie d'un soleil noir. Elle ne bougeait pas. La pâleur de sa peau se perdait parfois dans un mouvement d'ombres qui trahissait les reliefs de formes abouties. Elle était une sirène, un astre, une émotion, une déesse, une musique. La plus belle de toutes. Les ombres se portaient sur des portes interdites, où je devinais une fragrance subtile. Il n'y avait plus rien de trivial, rien d'interdit. Et la vision consentie d'une telle beauté ne pouvait lasser son unique spectateur.

Elle ne bougeait pas. Je ne bougeai pas. Ses genoux étaient légèrement pliés, accentuant le relief de ses reins et l'étroitesse de sa taille, et sa peau nue, dont je connaissais maintenant la fraîcheur. J'aurais aimé être peintre, à cet instant, pour garder intact ce frémissement transcendé de l'amour. Et pourtant, il fau-drait simplement se contenter du souvenir, faussé par les voiles successifs du temps. Le souvenir comme alibi d'une perfection...

Marie s'éveillait. Ses pieds s'étirèrent, pour lui rendre une taille plus naturelle. Puis, arrivée au bord de l'éveil, elle ne se décida pas tout de suite à bouger. Elle demanda simplement :

— Jean?

— Marie.

Elle glissa sur le ventre, me donnant à admirer une nouvelle vague de sa silhouette, souleva légèrement le torse, révélant l'orbe lourd de ses seins. Elle tourna la tête vers moi. Son visage noyé dans sa chevelure. Ses épaules un peu rondes, qui trahissaient la robuste musculature de l'accoucheuse. Posé en énigme au berceau d'une main pâle, son sourire n'était que douceur. Elle avait cet air sérieux, que je lui connaissais depuis si longtemps, et dont je savais main-tenant toutes les nuances. Cette image en chassait d'autres, celles de visages que j'avais crus inaltérables. Leur mémoire le resterait, mais elle commençait à rendre au temps et à Marie une part de leur cruauté.

— Tu ne partiras jamais?

On entendit un dernier craquement du bois mort dans le feu. Ses yeux au bord des larmes attendaient une réponse, que je voulais trop solennelle pour ne pas la garder un instant pour moi.

— Non.

— Jamais?

— Jamais.

Il n'y avait pas besoin d'autre chose, juste le ton de ma voix qui ne laissait pas de doute, le rayonnement de son visage et le jour caressant son corps alangui. Il y eut encore de longues minutes de silence, et les bruits de la maison qui s'éveillait au-dessus de nous — des pas, et les voix claires des garçons. Marie Sautereau était restée en gardienne prévoyante, afin de nous laisser toute la liberté de cette première nuit, et du matin qui venait après. Derrière les fenêtres, le ciel semblait clair. Une belle journée, comme toutes les suivantes, maintenant.

Jean-Baptiste Seigneuric

XI

Des années paisibles

Je n'avais jamais imaginé qu'à un moment de ma vie viendrait le temps du calme et de la tranquillité. J'avais jusque-là vécu au rythme de mes premières années : mon existence était ballottée comme une barque sur l'eau sans cesse en mouvement, tantôt terrible comme celui d'une tempête, tantôt moins dangereux, mais ne laissant jamais mon esprit dans une complète quiétude. Et au fil des années, j'avais fini par penser que c'était une fatalité que cet équilibre toujours remis en question. C'était, d'après certains, ce qui donnait du goût à la vie. Peut-être. Mais lorsque je goûtai, en ce printemps de 1742, au bonheur d'une vie familiale complètement aboutie, je pus avouer qu'au fond le calme avait du bon. Ce que j'avais vécu avant me permettait sans doute d'en apprécier chaque nuance, avec davantage de subtilité.

Marie, dont j'avais négligé la qualité essentielle jusque-là, me révéla un amour qui avait attendu si longtemps qu'il s'exprima alors dans des dimensions que je n'aurais imaginées de personne. Pas même des autres femmes, qui m'avaient fait vibrer jusque-là. Elle m'offrait, dans un mélange subtil, une passion sans limites et une dévotion qu'on aurait pu qualifier de religieuse, lorsqu'on la prenait à part. Mais il n'était aucunement possible de se référer à la sainteté, car nos corps avaient rompu une chasteté forcée, semblant près à toutes les audaces pour recouvrer leur dû. Il y avait dans nos désirs autant de connivence que dans nos cœurs. Il n'y avait rien à dire, simplement à laisser parler les uns et les autres, dans un même langage qui ne laissait aucun doute.

Marie n'avait plus jamais parlé de retourner à l'Hôtel-Dieu, car le souvenir de l'incendie restait pour elle la pire des épreuves qu'elle ait eu à subir jusque-là. Mais elle n'avait pas souhaité non plus reprendre une activité, ni de ventrière ni autre. Marie Sautereau lui avait proposé de l'aider à la boutique, car elle se trouvait trop âgée pour cela. Mais Marie ne souhaitait plus qu'une chose pour l'avoir tant attendue : vivre pleinement cette félicité familiale avec moi, et avec les deux garçons, qu'elle considérait alors pleinement comme les siens. J'en avais fait de même pour Nestor, qui, quoique sachant très bien que je n'étais pas véritablement son père, s'accommoda avec grand plaisir de cette tutelle qui lui rendait enfin ce qu'il n'avait jamais eu. Et tout cela s'était fait d'une manière naturelle, puisque tout était déjà prêt dans notre organisation. Il y avait juste

187

eu besoin de cette amorce. Car bien mieux qu'un artificier, l'incendie du vieil hospice avait allumé une autre flamme.

Je regardais Marie avec un regard différent, avec un œil plus curieux, imaginant ses souffrances, ses attentes. Je retrouvais dans mes souvenirs des mots, des gestes, que j'avais eus avec elle qui avaient pu la faire souffrir. Je revoyais des scènes où j'aurais pu comprendre, où j'aurais pu agir. Je retrouvais des regards échangés, des contacts, parfois, et cette nuit terrible que nous avions partagée. Elle nous avait ouvert tout grand la porte, elle nous avait montré le chemin. Ce réveil dans ses bras, et la suite que j'avais négligée. Il m'arriva de penser plusieurs fois à ces années perdues, peut-être. Mais je finissais toujours par revenir à la raison. Si je m'étais ouvert à l'affection pour Marie Courval, à ce moment, je n'aurais peut-être pas entrepris de choses aussi extravagantes, en apprenant que Balbine était encore en France. Peut-être même serait-elle encore en vie. À dire vrai, je n'en savais rien. J'étais incapable honnêtement de savoir ce que j'aurais pu faire, et quelle aurait été la suite de l'histoire. Hélas, il m'arrivait d'imaginer d'autres détours qu'aurait pu prendre mon histoire. Heureusement, ces divagations me portaient toujours à la même conclusion, me ramenant à la situation actuelle. À l'amour de Marie Courval : rien d'autre n'avait de poids en regard. Et avec les années, je m'étais porté à croire que l'attente et les égarements faisaient aussi partie de la recette d'une aussi belle affection.

Il n'avait pas été question de mariage, car Marie ne le souhaitait pas. Je l'avais compris. Il y avait dans ce refus une sorte de superstition. Puisqu'elle avait perdu son mari, elle ne souhaitait pas prendre le risque de devenir veuve une seconde fois. Ce souhait ne me rendait pas immortel, mais peut-être croyait-elle que cela nous mettrait à l'abri d'un sort funeste ou que cela minimiserait son chagrin, puisqu'elle ne perdrait pas un mari : simplement un amour auquel elle voulait pourtant tout donner. Je ne voulais pas la contrarier là-dessus et la laissais libre de ces choix, car, au fond, cela ne changeait pas grand-chose à la situation. Je vivais déjà en marge de l'église et des autorités médicales, par mes actions simplement tolérées. Il n'y avait donc rien à craindre à vivre ainsi sous le même toit, d'autant qu'aux yeux de la plupart, il n'y avait pas à considérer grand changement dans notre situation. Tous ceux qui nous connaissaient devaient déjà penser depuis longtemps que, puisque nous vivions ensemble, nous partagions sans doute le même lit. J'avais même eu, jusque-là, beaucoup de mal à persuader Grégoire de notre chasteté. Lorsque je lui appris que nous nous mettions officiellement en ménage, il se contenta de rire, comme pour une bonne plaisanterie. Pour lui, l'affaire était faite depuis bien longtemps. Il n'y avait bien sans doute que Marie Sautereau, qui avait été la confidente de Marie Courval pendant toutes ces années, pour croire qu'avant l'incendie de l'Hôtel-Dieu il ne s'était rien passé entre nous.

Tout était devenu plus simple. L'organisation de l'immeuble aussi, puisque nous n'avions pas à partager des appartements. Quelques travaux nous permirent d'agrémenter ce que nous appelions en riant notre *hôtel*, qui était si particulier. La réussite de mon activité et le succès manifeste, que mon prétendu retour des Indes avait suscité, me permettaient de vivre sur un grand train. J'aurais même pu prétendre à l'acquisition d'un véritable hôtel particulier. Mais la rue du four avait gardé ma préférence pour plusieurs raisons. Je ne pouvais renier mes origines et, malgré l'opulence de ma situation, je me refusais de vivre comme les riches gens, au mépris de certaines familles qui n'avaient parfois qu'un croûton de pain à partager pour une journée. Je dois avouer que cela participait aussi à ma légende, et j'étais aimé ainsi des grands par les bienfaits que je leur prodiguais et les secrets qu'ils me confiaient. J'étais aimé du peuple pour ma modestie et certaines œuvres pour lesquelles je commençais à me passionner. Enfin, je ne pouvais me résoudre à abandonner la veuve de Datelin. Mon vieux maître et sa veuve avaient tant fait pour moi. Ils avaient une part évidente à ma réussite. Elle ne souhaitait pas quitter ce quartier où elle avait vécu toute sa vie. Tout concordait et nous restâmes rue du four.

J'organisais mon temps pour entreprendre l'éducation des garçons. Il n'était pas question pour moi de les confier à un autre. Et je me considérai sans doute assez savant pour leur transmettre mon savoir. C'était peut-être la seule chose pour laquelle j'avais pu me montrer présomptueux. En réalité, j'étais simplement réaliste. Grégoire me proposa de leur enseigner les bases de la musique, ce qu'il fit, rue du four, pour ne pas qu'il soit tenté de dispenser ses cours dans des gargotes de quartier. J'avais au fond l'idée que l'un ou l'autre des garçons prendrait peut-être goût pour mon exercice. Car il fallait, comme l'avait exigé Pomardini, que je transmette son enseignement pour prolonger cette chaîne du savoir au profit de la science.

Paris vivait à un rythme qui ne nous concernait pas. Je refusais les invitations qu'on s'obstinait à me faire, car il y avait toujours là une compétition. On se souvenait encore que j'avais un soir soupé chez le Lieutenant-général. Et pour une fois la légende avait menti, car personne n'avait jamais su pourquoi j'avais accepté cette invitation, et pas une autre. En réalité, je n'avais jamais accepté une invitation, car j'avais été ce soir-là convoqué et non invité. Je refusais des bals, des soirées à l'opéra, j'étais intraitable. Et je me contentais de partager mes soirées, tantôt restant avec les garçons et Marie, tantôt prolongeant tard mes expériences pour la confection de mon élixir anti douleur. Je ne lui avais pas encore trouvé d'autre nom, ce qui d'ailleurs était sans doute mieux, puisque son efficacité n'avait guère évolué au fil des mois. Je distillais beaucoup plus souvent, purifiant les essences au maximum, concentrant leurs principes avant de les mélanger.

Je l'offrais gracieusement aux clients qui venaient se faire ôter une dent. Je leur expliquais que j'étais en train de mettre au point un remède capable d'ôter la douleur. La plupart du temps, même si je ne pouvais leur assurer l'efficacité du produit, les malades étaient tellement effrayés qu'ils étaient prêts à tout accepter. Leur aurais-je proposé de boire ma propre urine, qu'ils auraient sans doute accepté. Malgré leur enthousiasme et ma dextérité, je ne voyais guère de progrès dans leurs réactions. Ils gémissaient, se tordaient avec autant d'énergie que ceux qui n'avaient pas eu à goûter mon breuvage. Au bout de plusieurs mois, je pus tout de même constater quelque chose d'étrange, que je ne compris pas tout de suite. Certains malades, à qui je devais ôter plusieurs dents, ou ceux pour qui l'opération était particulièrement difficile et d'autant plus longue, semblaient souffrir moins que ce qu'ils auraient dû. Alors que l'agacement aurait dû se faire plus net à mesure que la chirurgie se prolongeait, ils semblaient souffrir moins qu'au début de l'opération. Après chaque dent ôtée, je notais la durée approximative, la composition exacte de l'élixir que j'avais donné à boire au malade et surtout les réactions qui pouvaient permettre d'évaluer sa souffrance. J'avais détaillé un certain nombre de signes pour m'aider à comparer les réactions de chaque malade.

Au tout début, je n'avais pas compris. Et puis j'avais fini par réaliser que le produit que je leur donnais pouvait avoir un peu d'efficacité lorsqu'on lui laissait davantage de temps pour installer son action. En revanche, les malades semblaient abandonner une partie de leur conscience au profit de la douleur. L'un n'allait pas sans l'autre. Et même s'il s'en ressentait une certaine amélioration, ce n'était pas exactement le but que je m'étais fixé. En tous les cas, pas dans ces conditions. Je notais avec précision les dosages des substances et leurs proportions, faisant appel le plus souvent aux prescriptions des anciens, associant jusquiame, pavot et autres principes du même ordre.

La vie avait pris pour nous un nouveau tournant, et chaque nouveau matin était, sinon un émerveillement, tout au moins une grande satisfaction, car je savais que j'avais atteint mon destin, que j'avais trouvé la place qui me revenait sur Terre. Les garçons avaient une santé également solide, Marie s'occupait de nous trois avec l'amour d'une mère, mais d'une femme aussi. Le temps filait, car il semblait toujours aller plus vite lorsque le cours des choses s'installait dans la sérénité.

En 1744, j'eus la grande surprise de recevoir une seconde fois Bernard de Jussieu à ma boutique. Il s'était fait annoncer la veille, et se présenta le lendemain matin avec un étrange équipage. Deux hommes portaient derrière lui une grande caisse de bois : d'un côté un jésuite et de l'autre un bénédictin en robe et capuce. Lorsque l'homme de science fut entré, les étranges porteurs déposèrent la caisse et se placèrent légèrement en retrait, comme des domestiques. Le regard que le jésuite posait sur moi était étrange. Un peu comme s'il me connaissait déjà. Ou simplement comme un homme étonné d'un autre, dont la propre curiosité allait à des choses aussi étranges. C'était une figure austère de vieillard à la barbe blanche, mais entretenue avec dévotion, son crâne retenait à grand-peine une couronne disparate, comme un trophée du passé. Il se tenait raide et impassible, et son allure contrastait avec celle de Jussieu, qui souriait avec impatience. Ce genre d'oiseau n'était pas pour me plaire, et sa présence dans ma boutique avait quelque chose d'inquiétant. La lueur complexe de son œil me rappela un instant celle de la supérieure de Saint-Malo. Et ce genre de souvenir n'allait jamais sans les autres. Je gardai pour moi ma grimace. Curieusement, le moine avait gardé son capuce rabattu et je ne pouvais deviner que son regard. Ces yeux avaient une intensité que peuvent seules donner la fièvre ou une force de caractère quasi magnétique : d'un gris si clair qu'ils auraient pu évoquer la puissance d'un torrent. Avec ce regard-là, on pouvait croire qu'il était capable de sonder le cœur des hommes et des choses indifféremment, comme si le ciel lui avait prêté là quelque pouvoir surnaturel.

Toutes ces impressions s'étaient bousculées en un court instant, sans que j'eusse le temps d'en faire une analyse aussi précise. Il ne s'agissait que de ressenti. Mais la présence de ces deux personnages, aussi différents, donnait à cette rencontre un poids tout particulier. Je me concentrai sur mon illustre invité.

— Vous n'espériez sans doute plus de mes nouvelles ?

— Je dois dire, Monsieur, que j'avais presque oublié l'affaire que nous avions engagée.

— Et c'est tant mieux, car, comme je vous l'avais annoncé, les correspondances avec Monsieur de Linné sont parfois un peu longues, mais ne sont jamais décevantes. Et voyez-vous, je crois que vous allez être particulièrement heureux de la nouvelle dont je suis porteur.

Il continua.

— Monsieur de Linné, qui est un homme d'un incroyable génie, a su, par son sens de l'observation et l'excellence de ses connaissances en botanique, trouver dans vos échantillons les semences des plantes que vous m'aviez confiées. Et sur les bases des conditions de température et d'humidité de votre pays, en reconstituant d'après ses connaissances la composition approximative de la terre de chez vous, il a pu générer ainsi des échantillons vivant de ces deux espèces.

Et tout en parlant, Bernard de Jussieu s'était approché de la caisse et avait tiré le couvercle, au moment même où il terminait sa phrase. Au fond de la caisse en bois se trouvait une couche de terre. Une dizaine de plants, qui me semblèrent assez vigoureux, se balançaient doucement. Il y avait deux rangées, chaque rangée était occupée par une des deux espèces. C'était extraordinaire d'imaginer le cheminement de ces plantes. Tout d'abord à l'état de germes séchés, que mon père avait ramenés de Saint-Pierre, je les avais ensuite promenés sans ménagement dans une vieille boîte de bois, puis mises à sécher des années entre les pages d'un livre. Elles avaient ensuite fait le voyage à l'autre bout de l'Europe, dans une contrée dont je n'imaginais même pas la situation géographique pour y subir des analyses, et je ne savais quelles transformations, pour être ensuite plantées et élevées avec patience. Enfin, le fruit de ces longues recherches opiniâtres avait fait un nouveau voyage pour revenir au jardin du Roy. Et on me les apportait par surprise, directement à ma boutique, comme un héritage inattendu.

Les feuillages étaient fournis et leur couleur vive de bon augure. Ils se balancèrent encore quelques instants après l'ouverture de la boîte. Bernard de Jussieu ne disait rien et souriait simplement de ma réaction. Celle-ci semblait le satisfaire en tous points. Car il y avait là davantage d'émotion que de surprise : le souvenir de ces plantes, qu'il m'était arrivé de cueillir avec ma grand-mère, revenait avec une précision touchante. Ma respiration s'était bloquée. Je me retournai interrogateur vers l'homme de science, et je crus bien qu'à cet instant quelques larmes sournoises tentèrent de déborder. Jussieu me sourit encore avec bienveillance.

— Je savais à quel point vous seriez sensible à cela.

Et comme je ne disais toujours rien, il m'indiqua les feuillages d'une main, comme si j'avais attendu jusque-là son autorisation pour m'y intéresser de plus près.

— Je vous en prie.

Je passai la main délicatement entre les pousses, comme on caresse une fourrure. Mais je ne prenais pas encore conscience du potentiel qu'il y avait là pour mes recherches. Toute mon attention était concentrée sur les origines des plantes et leur pouvoir évocateur. De Jussieu respecta encore le temps nécessaire pour me laisser revenir à Paris.

— Bien entendu, je sais quelles sont vos attentes concernant ces plantes et les principes actifs qu'on leur prête. Et je ne voudrais nullement que vous ne puissiez en jouir de l'exclusivité. Monsieur de Linné m'a assuré de son entière discrétion sur ce sujet. Quant à moi, je conserverai un exemplaire de chacune de ces plantes pour les collections du Jardin. Mais je n'en ferai aucune publicité. Par ailleurs, personne n'aura connaissance de l'existence de ces échantillons. C'est un secret que nous partagerons tous les trois, avec Monsieur de Linné.

— Je vous en suis reconnaissant.

— Vous pourrez ainsi poursuivre vos recherches en toute tranquillité, et profiter de l'avance que cela pourrait vous donner sur vos concurrents. En revanche, il me sera agréable de connaître l'avancée de vos projets, si vos résultats satisfont vos espoirs.

— Bien entendu.

— On dit grand bien de vous, Monsieur, et il est fort dommage que vous n'ayez pu suivre un enseignement tel qu'on le dispense au Jardin ou à la Faculté. Vous n'êtes pas comme tous ces autres empiriques. Et même si vous en avez le statut, vous méritez notre estime.

Le compliment touchait, d'autant qu'il était sincère, et venait d'un homme tel que lui. Je m'interrogeais en même temps sur l'origine de ses éloges, incapables de les deviner. Certes, mon talent était reconnu par beaucoup. Mais ni les coquettes de la Cour ni les marquis, qui achetaient fort cher mes pommades, ne devaient se vanter de leur commerce avec moi, en tous les cas nulle part ailleurs que dans les salons. Toujours aussi perspicace, Bernard de Jussieu devança une question que je n'osais formuler.

— Je suis très ami avec Pierre Fauchard.

Et pour lui, tout semblait être dit.

— Poursuivez donc les travaux dont vous vous êtes entretenus. Pour le bien de la Science et des populations. Dans le siècle où nous vivons, il n'y a point de petite invention qui ne mérite le concours de tous les esprits habiles. Ne laissez pas en repos le vôtre et donnez-nous vite une solution.

Puis il fit une révérence, qui n'était ni flagornerie ni ironie. Je m'inclinai à mon tour devant lui. Il nous plaçait ainsi d'égal à égal. Derrière lui, les deux autres hommes n'avaient pas bougé. Mais ils n'avaient pas cessé non plus de m'observer comme un animal étrange : une espèce rare. Ce qui au fond n'était pas si éloigné de la vérité, compte tenu de mes origines. Et l'objet de leur présence et de leur curiosité était bien là. Bernard de Jussieu se retourna vers eux.

— J'allais oublier. Ces deux hommes partageront avec nous le secret des origines de ces plantes. Permettez-moi de vous présenter Monsieur Pierre François Xavier de Charlevoix.

Le jésuite s'inclina, mais ne me quitta pas des yeux. Il n'y avait aucune hostilité pourtant.

— Monsieur.

— Monsieur.

Bernard de Jussieu enchaîna avec une certaine fébrilité.

— Monsieur de Charlevoix est, en quelque sorte, la seconde surprise que je vous apporte aujourd'hui. Tel que vous le voyez, cet homme a fort voyagé. Je serais disgracieux de nommer tous ses titres, et bien incapable, au risque d'en oublier. Sachez simplement qu'il est aujourd'hui Procureur à Paris des missions des Jésuites et des Ursulines de la Nouvelle-France et de la Louisiane.

Ma curiosité était ainsi satisfaite. Jussieu continuait.

— Il s'apprête à publier une Histoire de la Nouvelle-France. Et connaissant vos origines, Monsieur de Saint-Pierre, il m'a paru heureux de provoquer d'une manière comme d'une autre votre rencontre.

Je compris d'un coup la curiosité de l'homme et toute ma méfiance tomba. J'avançai vers lui et lui serrai la main. Il me rendit ma poigne avec vigueur et un sourire bienveillant.

— Soyez le bienvenu dans mon atelier, Excellence.

Il sourit encore modestement.

— *Mon père*. Cela suffira.

Il n'en fallait pas davantage, et j'oubliai d'un coup mon appréhension. Bernard de Jussieu intervint et poursuivit, en désignant cette fois le mystérieux bénédictin.

— Et je vous présente Antoine Joseph Pernety, bénédictin de la congrégation de Saint-Maur. Actuellement détaché à l'abbaye de Saint-Germain-des-Prés, il n'a pas son pareil pour peindre et dessiner toutes les espèces de la botanique terrestre. J'ai pensé qu'avec votre accord, nous pourrions reproduire ces plantes pour les archives du jardin du Roy.

Le moine rabattit son capuce pour me permettre enfin de voir son visage. Son regard ne perdait rien de son magnétisme, si bien que je fus bien incapable sur le moment de me souvenir du moindre autre détail de sa physionomie. Il me fixait sans modestie, et je sentis une force occulte émaner de lui. Il se contenta d'incliner la tête en signe de respect. Il ne prononça pas un mot. Jussieu ne s'en formalisa pas, sans doute habitué aux manières abruptes du moine. Celui-ci ne devait pas avoir trente ans, mais il émanait de lui tant de choses qu'on eut pu croire qu'il concentrait à lui seul la science et la sagesse de tous les savants de l'académie. Mais je ne me sentis pas véritablement mal à l'aise, car il n'émanait de lui ni animosité ni aménité. Jussieu poursuivit.

— Je tenais à vous présenter frère Antoine, car, si vous l'y autorisez, il viendra un jour prochain à votre boutique pour observer les deux espèces de plante et les dessiner à l'identique pour notre catalogue. Vous n'y verrez pas d'inconvénient, j'espère?

Je répondis que non. L'autre inclina une nouvelle fois la tête sans rien dire. Mais je dus avouer que, sur le moment, l'idée de me retrouver seul avec lui dans ma boutique avait de quoi me perturber légèrement. Jussieu s'était écarté de la caisse en bois et avait reculé pour venir au niveau du moine.

— Frère Antoine reprendra contact avec vous. Il ne lui faudra pas plus de quelques heures pour mener à bien sa tâche. Vous verrez, il a un réel talent pour cela.

Les deux hommes s'apprêtaient à quitter la pièce. Jussieu conclut.

— Je vous laisse en compagnie de Monsieur de Charlevoix. Je suis sûr, Messieurs, que vous avez de grandes choses à échanger. Et s'il ne s'agissait que de ma curiosité, je resterais volontiers avec vous pour la satisfaire. Mais d'autres devoirs m'appellent. Prenez soin de nos plantes, Jean Passadieu!

Et il y avait dans cette interpellation bien plus qu'un encouragement. Un ordre, sans doute : celui de poursuivre le projet que nous avions évoqué avec Pierre Fauchard. Le temps de quelques salutations, et Bernard de Jussieu prit congé avec le bénédictin, resté muet jusqu'au bout, se dispensant sans vergogne des moindres rudiments de politesse.

Une fois seuls, j'invitai mon hôte à s'asseoir et je pris un siège près de lui, ne voulant pas lui faire l'offense de siéger derrière mon bureau comme un monarque écoutant un vassal. Il sembla sensible à cette attention et, pour me faciliter la tâche, il commença lui-même la conversation.

— J'ai eu la chance de voir votre pays lors de mon voyage. Vous en souvenez-vous bien?

— Suffisamment, oui. Je dois dire que je l'ai quitté dans des conditions si particulières qu'il me serait difficile d'oublier le moindre détail de cet épisode de ma vie. Et ce, malgré mon âge encore jeune à cette époque.

— Oui, je sais.

— Vous savez? Que savez-vous?

— Oh, beaucoup de choses... et très peu. En tous les cas, quelques détails de votre vie.

— Et que vous importent ces détails de ma vie? Puisque je n'en connais aucune de la vôtre? Ne trouvez-vous pas cela est un manque d'équité? Qu'aurais-je envie de savoir de votre vie, Monsieur? Pas grand-chose, sans doute? Alors pourquoi cette curiosité?

— J'aime savoir à qui je parle. Et puisque vous n'êtes, à votre âge, qu'un embryon d'homme au regard du mien, il me paraît logique de confirmer cette différence par une expérience supérieure, que je peux avoir sur votre existence, à celle que vous pourriez avoir sur la mienne.

Jean Passadieu - Le Secret d'Abraham

Toute ma défiance était revenue d'un coup. Mais l'homme me fit un signe de la main, comme pour m'apaiser, et son sourire, dont on ne pouvait douter de la franchise, réussit en quelques instants à me calmer.

— Sachez que ma curiosité n'est au fond que le fruit d'un grand hasard. Et sachez que si je n'avais pas suscité moi-même l'intérêt de Monsieur de Jussieu, je ne serais sans doute pas là à vous parler. Et pour ne pas rester plus longtemps sans satisfaire votre curiosité, permettez-moi de revenir quelques années en arrière. J'étais jeune, vous étiez un enfant. En 1720, le premier juillet plus exactement, j'embarquai à Rochefort sur un navire de la Marine Royale. Ma destination était Québec : c'est comme cela que j'ai connu votre pays.

Je n'intervins pas, malgré un silence propice à mon intervention. Sûr de ses effets, le narrateur poursuivit par une question qui me parut tout à fait curieuse.

— Et savez-vous quel était le nom de ce navire, Monsieur de Saint-Pierre ?

— Et pourquoi en aurais-je la moindre idée ? Il ne s'appelait pas le Saint-Pierre, tout de même ?

— Non, bien sûr. Ce navire s'appelait *le chameau*.

Et il se tut. Il me regardait avec insistance, comme si le nom d'un animal dont je n'imaginais que très vaguement l'aspect devait susciter chez moi une réaction évidente. Voyant que ce n'était pas le cas, il se recula légèrement et prit un air grave.

— Je pensais que vous saviez… Votre père… C'est sur ce navire qu'il est mort, quand il a coulé en Afrique en 1725.

Il y avait heureusement suffisamment de distance, et d'autres événements douloureux depuis, pour ne pas provoquer chez moi un supplément de tristesse. Peut-être avais-je entendu ce nom-là chez la supérieure, mais à l'époque, cette information avait laissé peu de traces face à ses conséquences. Après tout, je n'y voyais là qu'une coïncidence. Le jésuite reprit la parole, ne voulant pas me laisser seul trop longtemps avec l'amertume de tels souvenirs. Après tout, il en était tout de même à l'origine.

— Ayant moi-même navigué sur ce navire que je connaissais bien, j'ai lu le rôle d'équipage lorsque celui-ci a fait naufrage en 1725. J'ai une excellente mémoire et j'ai retenu ce nom comme tous les autres : Hector Passadieu. Lorsque j'ai entendu parler de vous dans certains salons, apprenant vos origines, je n'ai pu douter de votre parenté. Une brève enquête m'a permis de confirmer cela. Et me voilà ici. Il n'y a guère de coïncidence que notre Seigneur laisse au hasard. Notre rencontre était prévue.

Il souriait de sa démonstration. Je ne pouvais rien faire d'autre que lui donner raison, même si je n'avais guère eu de raisons, jusque-là, de faire confiance à la fatalité et à l'obscurité de ses desseins.

— Votre père et moi avons foulé les mêmes planches sur ce navire, certes pour des destinations et avec des fortunes différentes. Et c'est sur ce même bateau que j'ai longé les côtes de vos îles. Je n'ai guère eu le temps de m'y attarder, car notre capitaine avait d'autres destinations en tête. Mais je me souviens parfaitement de cette journée. Il y avait dans l'air cette impression étrange, comme si votre pays était plongé dans une aura toute particulière. Voilà, c'est l'idée... Comme un sanctuaire.

— C'est pour moi un sanctuaire où j'ai abandonné et perdu une grande partie de ma famille.

— Oui, je sais, même sans en connaître les circonstances exactes. Et je m'en veux de remuer ainsi les vieux souvenirs. Mais après tout, lorsqu'il ne reste plus que cela, n'est-ce pas une raison suffisante pour les faire vivre encore un peu, plutôt que les garder prisonniers de nos mémoires?

— Je vous le concède.

— Nous sommes passé devant une première île, en face de Terre-Neuve. Nous avons pu observer quelques maisons, et un port où mouillaient des bateaux.

— C'était Saint-Pierre.

— On m'a laissé entendre que les Anglais l'ont rebaptisée San Peter.

Ce fut, peut-être, une des choses les plus déplaisantes que d'apprendre qu'on avait ainsi renommé ma patrie. Et j'imaginai, sur un acte de naissance hypothétique, que j'avais vu le jour sur Dogs Island.

— Vous n'êtes pas sans savoir que nous leur avons déclaré la guerre, une fois de plus[34]?

Je le savais, hélas, pensant avec tristesse à ces contrées lointaines qui se trouveraient une nouvelle fois déchirées au nom des prétentions terrestres de quelques monarques, d'un droit divin très discutable. Étant né moi-même aux confins de ce royaume, on ne m'avait pas inculqué de manière assez forte ces valeurs fondamentales, qui dirigeaient le monde depuis des siècles en asservissant les peuples. J'avais vu la guerre, et je ne faisais aucune différence entre celle qui opposait deux nations et celle qui aurait pu opposer un peuple et une autorité injuste, quoique parfaitement légitime. Mais je ne pensais pas que Monsieur de Charlevoix était prêt à entendre ce genre de discours. Car il y avait fort à penser que sa particule était largement plus légitime que la mienne. Après un court instant, il poursuivit:

— Plus loin, il y avait une autre île, qui semblait comme une montagne entièrement recouverte de mousse. Et plus au nord encore, l'île de Maguelon.

— Je vous prie de m'excuser, mais votre dénomination est fausse, il s'agit sans doute de Miclon, au bord de l'île de l'Anglois? Une erreur de langage ou de prononciation aura pu vous abuser.

L'autre parut gêné.

— C'est regrettable, car l'éditeur ne me laissera pas faire cette ultime correction, et c'est bien dommage.

Une connivence s'était tout de suite faite entre nous, et j'eus la certitude, comme le jésuite l'avait suggéré, que notre rencontre n'était due à rien d'autre qu'à une volonté supérieure, qu'on l'appelle Destin ou autrement. Là n'était pas la question. Et malgré l'âpreté des souvenirs qui ne manquait pas de remonter avec ces évocations, je trouvai un bonheur certain à partager mes impressions

34 — 15 mars 1744

avec cet homme. Même s'il n'avait rien fait d'autre que naviguer le long des côtes de ma patrie, il avait cette faculté étonnante de faire revivre ma mémoire. Parmi toutes les personnes que j'avais jusqu'alors croisées depuis mon arrivée à Paris, aucune n'avait cette expérience, nulle n'avait vu les rivages rocheux de l'île aux chiens, la barrière des falaises de l'Anglois. Très peu même savaient localiser ce morceau de France, trop lointain pour qu'on puisse, même sur une carte, se faire une idée de sa véritable position. Quand j'en parlais, on me regardait avec la curiosité qu'on porte à l'indigène, plus soucieux de la race ou des coutumes que des couleurs du ciel qui m'avait vu naître. Au mieux, on plaçait Saint-Pierre à côté de la Guyane, c'était au moins le juste Continent. Mais il n'était pas rare de saisir des allusions à l'Inde ou à d'autres pays encore plus lointains.

L'homme devint une sorte d'intime, que le pouvoir de la terre seul révélait. Nous discourrions avec facilité, et il m'entraîna vite à lui raconter toutes sortes de choses sur ma famille et mon histoire. Sans qu'il le demande, je me plus à lui montrer les carnets de ma mère, qu'il reçut aussi religieusement qu'un sacrement, avant d'oser ouvrir le cahier pour examiner les textes. Il y prit la même attention sacrée que j'y prenais moi-même, méritant ainsi les confidences que je lui faisais.

Je commandai à souper. L'homme ne refusa pas mon invitation. J'avais trop de choses à raconter et François Xavier avait trop de choses à entendre, pour qu'aucun de nous ne s'embarrassât de la moindre hésitation. Je lui racontai mes souvenirs d'enfance, l'histoire de notre archipel. Je lui lus dans l'intégralité le cahier de ma mère, lui expliquant quelques tournures particulières, qu'il prit plaisir à découvrir et qu'il ne manquait pas de commenter avec intelligence. Son érudition marquait, et sa connaissance, quoique limitée du Nouveau Monde, faisait de lui un auditoire particulièrement exaltant. Il me conseilla plusieurs fois de mettre par écrit toutes les anecdotes de mon histoire, jugeant que, par leur simple vertu documentaire, elles revêtaient déjà un intérêt quasi universel. Je le remerciai de son intérêt.

J'allumais bientôt quelques chandeliers, car la nuit arriva sans prévenir, nous donnant alors une notion précise du temps que nous avions passé dans l'évocation de l'archipel. Je n'avais pas de consultation cet après-midi-là, mais je suis bien certain que je n'aurais pas hésité à faire annuler le moindre événement qui aurait pu nuire à la fluidité de mon histoire. Il faisait presque nuit, lorsque je finis de raconter notre voyage entre le Colombier et l'Anglois. Voyant les dernières lumières du jour disparaître derrière les fenêtres, je m'excusai auprès de mon auditeur, qui souriait simplement, m'invitant à poursuivre. Je savais que j'arrivais à une page particulièrement difficile de l'histoire. Lorsque je la racontais aux enfants, j'éludais cette partie pour épargner leur sensibilité, ressentant la blessure de l'omission. J'avais en face de moi un adulte, capable d'entendre ces choses irrémédiables. Des événements si durs que je n'avais pas encore osé, à l'époque, m'en ouvrir à Marie Courval. Je craignais mes émotions et gardais une pudeur même vis-à-vis d'elle. Cette pudeur m'empêchait de prendre le risque de pleurer ou de m'apitoyer, ce que j'aurais du mal à me pardonner.

Jean-Baptiste Seigneuric

Ce soir-là, devant le jésuite, l'impression était complètement différente. Il avait su s'effacer, n'était plus qu'une sorte de conscience qui m'écoutait avec bienveillance, intervenant de moins en moins à mesure que le récit s'enfonçait dans la cruauté et la souffrance. On ne prit même pas la peine de souper. Je continuai, pour la première fois de manière exhaustive, le récit de notre sinistre passage sur l'île de Miclon.

Chapitre XII
Les barbares

Je ne m'étais jamais imaginé que nous pourrions rencontrer d'autres vies humaines sur ce bout d'île. J'avais imaginé enfant que, comme une forteresse, l'Anglois nous protégeait et que le malheur ne pouvait venir que de la mer. L'hiver passa sur nous avec la rudesse du rabot d'un charpentier, nous laissant croire à chaque passage de tempête qu'il emporterait l'un de nous. J'ai connu des hivers terribles depuis mon retour dans le royaume, mais ils restent pour moi bien moindres que l'impression que je garde du premier que nous passâmes dans notre cabane. C'était alors en 1717, je n'avais pas six ans, mais ma constitution robuste ne m'inquiétait pas davantage que ma famille. Car on prenait tous les soins pour la petite vie nouvelle qui concentrait attentions et précautions, nous faisant oublier notre misère pour avoir choisi d'être libres. Il arrivait parfois que le vent nous contraigne à rester terrés plusieurs jours dans notre abri, mêlant la chaleur animale à celle de la terre, juste pour un peu de survie. Notre vie ne valait sans doute pas plus cher que celle du moindre animal sauvage que nous aurions pu rencontrer. Ainsi, chaque accalmie nous donnait à croire que ce que nous vivions n'était pas si rude, sans doute moins au regard du sort que l'on imaginait, si nous avions cédé aux Anglais.

Par rapport aux adultes, j'avais le privilège d'avoir une notion approximative des jours qui passaient et de la précarité de notre situation. Avec l'usure du temps et l'imprécision de mes souvenirs d'enfant, ma mémoire avait su sélectionner la part la moins rude de ce que nous avons vécu sur notre île. Car, même si notre survie tenait aux efforts de chaque instant, cette époque passa sans drame. Ce qui distinguait nettement cette période-là de celle qui allait lui succéder. Car notre plus grande crainte était de voir périr la plus fragile d'entre nous. Ambre n'avait pas choisi son heure, et dans le cas contraire, sans doute, eut-elle préféré une autre heure et une autre saison en particulier. Insouciante et solide, elle s'éveilla peu à peu au monde, souriant bientôt à ceux qui se dévouaient pour elle, rendant la joie de cet espoir improbable.

Lorsque le temps le permettait, je pouvais sortir, toujours accompagné de mon père ou de mon grand-père, pour aller sauver du bois en particulier, ou pour la pêche, élargissant chaque jour un peu plus le cercle de notre territoire. Dans cette portion de l'île, il s'agissait surtout de buissons bas qui brûlaient mal, et qui, quand ils brûlaient, partaient en fumée trop vite. Il fallait donc alimenter en permanence deux réserves : une extérieure, proche de la cabane, et une autre à l'intérieur, afin de permettre au bois de sécher un peu avant de finir dans la fournaise. C'était une activité à temps plein, pour la plupart d'entre nous, en sus de la pêche. Car s'il arrivait des périodes de blizzard, celles-ci pouvaient durer plusieurs jours, et il n'était pas possible de s'éloigner de notre campement si le bois venait à manquer. Je me souviens, en particulier, d'une de mes premières sorties. Un jour de grand soleil, semblable à celui de mon arrivée sur l'Anglois. Mon grand-père m'avait amené jusqu'au bord de l'île. Mon souvenir d'enfant fit de cette image encore un tableau unique.

Au-dessus, il y avait le soleil, et un ciel d'un bleu plus clair que la mer, aveuglant. Nous nous trouvions postés sur le bord, à plusieurs dizaines de pieds au-dessus du niveau de la mer, comme des soldats sur les remparts d'une forteresse à jamais insoumise. L'impression de domination gonflait la sensation de liberté, la même que celle d'un oiseau, sans doute, qui seul aurait pu comme nous embrasser la vastitude de l'océan. Sous nos pieds, une sorte de brume montait de la mer, vers nous, s'effilochant sous le vent et laissant entrevoir par lambeaux Saint-Pierre. La mer brillait comme l'acier, uniforme et dure : on aurait voulu y marcher. Bientôt, je pus apercevoir le Colombier. La brume montait toujours, tandis que des nuages venus du sud s'approchaient doucement. De notre place, nous n'avions pratiquement pas la sensation du vent, et c'était étonnant d'observer les volutes blanches qui se dispersaient et se regroupaient sans ordre devant nous. La mer finit par se dégager complètement, comme si elle avait repris au ciel l'azur qu'il perdait sous les nuées. Il faisait froid, sans doute. Mon grand-père et moi ne disions rien, observant simplement. Le bleu de la mer se ridait de petites vagues argentées le long des côtes, comme sur une carte vivante. Les nuages gagnèrent encore vers nous, jusqu'à voiler le soleil. Leur ombre courait sur la mer, la voilant comme un drap qu'on aurait déployé d'un coup. La sensation de froid s'accentua et je perçus enfin le vent qui montait. En quelques instants, le ciel devint sombre, nous faisant douter qu'il fît si beau juste avant.

Puis ce fut un, deux, trois rayons qui, traversant les nuages, vinrent frapper au hasard, éclairant par touches la montagne de Saint-Pierre et la mer qui commençait à se creuser. Le phénomène était étrange : la lumière du soleil s'échappait par certaines faiblesses des nuages, foudroyant le ciel en colonnes indomptables. C'était comme si Dieu lui-même avait tendu ses doigts pour désigner un endroit de la terre. D'autres rayons filtrèrent encore, comme à travers les vitraux d'une église, gagnant en intensité ce qu'ils ne livraient pas en couleur.

— Des pieds de vent ! dit mon grand-père sans se retourner.

Je n'avais jamais observé ce genre de phénomène. Et même s'il s'expliquait d'une manière simple et tout à fait logique, il revêtait dans l'instant une dimension quasi religieuse, qui imposait le respect et forçait le silence. Finalement, la lumière passa juste au-dessus de nous. Et je me sentis aveuglé par cet éclair pur, alors que nous étions bientôt au milieu d'une tempête. Et j'imaginais en même temps un petit point sur l'eau, au milieu de la passe : notre barque, lorsque nous avions traversé depuis le Colombier.

— Cours maintenant, cours !

Mon grand-père me poussa devant lui sans plus d'explication. Le vent forcissait. Sur le sol, on voyait encore courir les dernières lumières des pieds de vent. Il y avait loin pour atteindre la cabane avec mes petites jambes. Tout se ferma très vite, une sorte d'obscurité mauvaise nous prit à l'instant où nous arrivions à la cabane. La neige commença à tomber en larges flocons. Et tout cela en moins de temps que j'en pris à le raconter. Arrivé dans la cabane, j'éclatai de rire de cette course que nous venions de gagner et de la magie de l'instant. On ne pouvait me reprocher, à cet âge, d'ignorer un danger ou un autre. Et ma naïveté aidait aussi peut-être les autres à lutter contre la résignation.

L'hiver passa. Il ne parut pas si long, dans ma dimension d'enfant. Les progrès d'Ambre étaient manifestes. Ses joues s'arrondissaient, confirmant la bonne nature de ma sœur et sa volonté de survivre. C'était une sorte d'exemple, qui excitait notre courage bien mieux que n'importe quelle autre motivation. Le poisson était abondant, ni l'eau ni le bois ne manquèrent. Il n'y avait plus à s'inquiéter de nos ennemis historiques. La vie aurait pu, du moins, me semblait-il, continuer ainsi toujours. Puisque boire, manger et respirer l'air pur de notre domaine suffisait finalement à notre survie. On entendit un jour les premières gouttes de neige tomber des branches gelées. La glace craquait jusqu'au milieu de la nuit en agonisant doucement. Et l'on entendit bientôt le gloussement joyeux des rivières sous la neige. Car le vent avait tassé une telle épaisseur de cette gangue dense, qu'il nous semblait que même le plus fort des soleils ne parviendrait jamais à nous défaire de cette emprise-là. Le dégel commençait par-dessous, la terre se réchauffant bien mieux et plus vite que l'air qui restait encore piquant. Les jours s'allongeaient. L'espoir se raffermissait aux premières chaleurs. On prit même la liberté de sortir Ambre au soleil. Ce fut la première des fleurs à renaître sur notre île ce printemps-là.

Je ne sais pas si mon père et mon grand-père avaient en tête une suite à notre aventure. Car l'intelligence d'un adulte n'aurait pu s'accommoder avec l'idée de rester là définitivement. Notre situation, pressée par l'urgence, ne pouvait raisonnablement se poursuivre jusqu'à l'hiver suivant. Un miracle, sans doute, nous avait permis de survivre au froid et aux privations, mais il fallait une alternative à ce havre-là, sans quoi la nature finirait par prendre le pas sur la plus forte des résignations. C'est ainsi que, dès les premiers beaux jours, on parla d'exploration, de migration. Autrefois, il y avait une petite bourgade tout en haut de la deuxième île : Miclon. De notre retraite de l'île aux chiens, nous n'avions eu que très peu de nouvelles de Saint-Pierre et du reste de l'archipel. Il était fort peu probable que le village fut encore habité, et encore moins probable que ce fut par des Français, le cas échéant. Mais il y avait là-bas des maisons, des réserves de nourriture, peut-être à sauver, au pire un abri moins inconfortable à se ménager.

Restait le problème du transport, car on n'imaginait pas faire à pied une route, dont on estimait mal la distance avec un nourrisson de quelques mois. Cela tenait plus de l'exode que de la simple transhumance. Mon père avait dû réfléchir à tout cela. Mais il avait pourtant une connaissance très limitée de Miclon. Pour avoir écouté certains anciens lui raconter, pour avoir vu certaines cartes copiées approximativement sur des relevés de marine, il devait davantage se contenter d'imaginer le reste de l'île. Et il devait, dans sa stratégie, imaginer toutes les situations afin de ne pas risquer de se trouver pris au dépourvu. Il n'y avait pas de doute à avoir sur ses options, mais elles dépendaient de tant de facteurs… Et il ne voulait faire prendre aucun risque au reste de sa famille, qu'il avait su préserver jusque-là. Cela commencerait donc par une exploration maritime.

C'était un matin clair, il n'y avait pas de vent. Malgré ma demande, je n'avais pas eu le droit d'accompagner mon père. Il avait choisi de partir seul, prétextant que mon grand-père, au moins, devait rester. S'il arrivait quoi que ce soit à Hector, il resterait un homme pour veiller sur les femmes et sur moi. Je lui objectai donc que je pouvais l'accompagner. Mais ni lui ni ma mère ne cédèrent, jugeant avec sagesse que ce n'était pas ma place. Je me contentai donc de l'observer, depuis le haut de notre falaise, alors qu'il descendait jusqu'au rivage par ce même chemin que nous avions emprunté quelques mois plus tôt. Puis nous suivîmes sa barque sur la mer qui scintillait comme du métal. Il partit tout d'abord en direction de Saint-Pierre, pour s'écarter du rivage avant de filer vers l'est. Je suivis la petite embarcation jusqu'à la voir disparaître au loin, comme une goutte d'eau supplémentaire dans l'océan placide. Aussi loin que ma vue se portait, je ne distinguais rien d'autre que l'étendue immobile, la ligne de l'horizon, et un ciel presque blanc de tant de soleil. Plus loin sur la gauche, on devinait les côtes de Terre-Neuve, et je craignis un instant que, de là-bas, un amiral anglais ne soit en train de nous observer à la lunette. Je regardai longuement dans toutes les directions, craignant pour mon père. Mais il n'y avait aucun navire en vue. Qu'aurait-on pu distinguer d'aussi loin ? Et surtout, comment aurais-je pu prévenir mon père en cas de danger ? Tout cela n'était que spéculation enfantine. Et de la même façon que je m'étais inquiété au moment de son départ, j'oubliai mon inquiétude quelques heures après pour m'activer aux tâches habituelles essentielles à notre survie.

Il ne revint que le lendemain, mais je ne m'inquiétai pas de savoir où il avait passé la nuit : seul et sans doute sans-abri. Il nous raconta son voyage. Il avait suivi la côte vers l'est, d'abord, puis le rivage s'était infléchi vers le nord. Il avait vu ensuite une sorte d'éperon rocheux, dans lequel la mer avait creusé une gueule gigantesque, à fleur d'eau. Derrière se trouvait une sorte de petite crique bien protégée du vent et surtout abritée des regards extérieurs. Quel intérêt y avait-il à quitter notre abri pour partir à l'aventure ? Mon père affirma que nous ne pouvions rester ici un autre hiver. Si nous avions pu survivre à celui-ci, c'était bien grâce aux réserves de nourriture qui avaient été stockées en prévision de notre fuite. Elles étaient pratiquement épuisées, il fallait bouger. L'avantage de s'installer près de la mer permettrait de pêcher et, mon père l'affirmait, de pouvoir sécher des morues. Sur cette petite plage, cela lui semblait possible. Nous ne pouvions rester dans notre terrier, l'idée était de progresser, toujours, comme un peuple en transhumance en quête d'une terre promise que nous ne connaissions pas. Notre situation n'était pas sans me rappeler l'Exode, que nous enseignaient les sœurs de Saint-Malo. Mon père était convaincant, mon grand-père était de son avis. Et il n'y avait rien à discuter.

Les préparatifs durèrent plusieurs semaines. Forts de leur expérience, mon grand-père et mon père commencèrent des voyages pour transporter ce qui n'était plus nécessaire dans notre abri du haut du plateau. Il avait été décidé qu'on garderait ce campement en secours pour un nouvel hiver, si nous ne trouvions pas entre-temps un meilleur confort dans notre nouveau campement. Ainsi, j'eus la tache de sauver du bois sur place, dans l'éventualité d'un nouvel hivernage sur notre colline. Les femmes s'affairaient, et chaque jour de soleil était employé du mieux possible. Chacun travaillait avec entrain. La neige finit par disparaître et les beaux jours de printemps permirent même d'installer parfois le berceau d'Ambre dehors, tandis que nous travaillions. Le soleil nous réchauffait enfin. Les oiseaux chantaient au-dessus de nos têtes, surpris de cette étrange population sortie de terre. Ma mère et ma grand-mère chantaient, et leurs voix se mêlaient aux gazouillis de ma sœur, qui jouait avec un petit hochet que je lui avais fabriqué avec des branchages.

Puis, ce fut le jour du départ. Comme la première fois, on procéda par étapes. Et je fus le premier débarqué avec mon grand-père. La navigation s'effectua un soir, alors que le soleil déclinait. Notre embarcation pouvait ainsi rester dans l'ombre des falaises de l'île, nous rendant moins visibles à d'éventuels indiscrets qui auraient voulu nous repérer. Nous n'avions, en effet, aucun moyen de savoir s'il restait des Anglais sur Saint-Pierre. Et rien n'excluait qu'un navire ait pu croiser dans les environs. Notre isolement nous avait certes fait oublier l'idée du danger, mais ne l'avait pas écarté pour autant. La navigation était difficile et il fallait se maintenir à distance des rochers du rivage. Quelques phoques placides aboyaient sur notre passage. Certains sautèrent dans l'eau au milieu des algues. On voyait se découper sur la mer l'ombre de l'île qui courait devant nous. Le ciel était si clair, qu'on devinait juste en face, sur la ligne de l'horizon, une bande de terre aplatie.

— C'est Terre-Neuve ! dit mon grand-père.

Elle était donc là-bas cette terre inhospitalière, dont le nom seul me faisait frémir. Un lieu terrible peuplé par ces maudits Anglais : nos bourreaux de toujours. Ceux-là mêmes qui nous avaient impitoyablement chassés. Le ciel palissait, l'air se fit plus vif. Mon grand-père me donna une couverture. Quelques nuages accrochaient encore les dernières lueurs du soleil. Il y eut un éclair rose sur leurs contours, puis la lumière se fit grise, morte d'un coup. C'est alors qu'apparut devant moi une arche gigantesque : une haute muraille rocheuse qui se prolongeait de la côte pour plonger directement dans la mer. À milieu, il y avait un trou gigantesque, comme une grande porte qu'on n'aurait pas pris la peine de fermer : le chas d'une aiguille gigantesque abandonnée en cours d'ouvrage au ras de l'eau. De notre petite barque, la hauteur était impossible à évaluer, et c'est sans doute la chose la plus impressionnante qu'il m'ait été donné de voir jusque-là. Il n'y avait que le bruit des vagues, qui claquaient contre la roche avec régularité. Nous étions assez proches, et les remous malmenaient notre embarcation. Le ciel s'obscurcissait, la nuit arrivait si vite. On passa sous l'arche. Et je regardai la voûte, comme un autre ciel ancien qui aurait survécu aux ans. Quelques brasses plus loin se trouvait la plage. Mon père manœuvra, sauta dans l'eau pour tirer l'embarcation sur les graviers. Puis il me prit dans ses bras et me déposa sur le sol. C'était comme si je foulais une terre nouvelle, alors qu'en réalité, je me trouvais sans doute à quelques lieues de notre ancien campement, en passant par la terre. Mais comme nous ne connaissions rien du chemin à prendre, il y avait davantage de risques de se perdre. La mer était notre élément le plus sûr, et il n'était pas question de ne pas lui faire confiance.

Ç'avait été une très belle journée. Les brumes matinales l'avaient annoncée. Mon grand-père m'expliqua qu'en l'absence de campement, il faudrait nous passer de toit, pour la première fois de ma vie. Et cette expérience, vue de ma position, avait quelque chose de plutôt amusant. Mon père attendit avec nous. Il y avait de nombreux galets sur la plage. Et même s'ils ne valaient pas les rochers de nos graves de l'île aux chiens, il y avait certainement moyen d'y faire sécher les morues. Parmi les galets, j'avais même découvert d'étranges petits cailloux, striés comme des coquillages à trois valves, mais qui ne semblaient pas présenter un intérêt particulier. On alluma un petit feu, à l'abri des rochers, où nous fîmes chauffer de l'eau. Quelques provisions permirent de briser la faim. Mon père attendait la nuit noire pour repartir.

Il y eut comme un éclair sur l'horizon, un frémissement. Puis, un simple arc se dessina en tremblant, tout d'abord, avant de prendre de l'ampleur à vue d'œil. Une lueur orangée teintait la lune qui se leva en quelques instants. On la voyait s'élever dans le plus grand silence. Au dernier instant, juste avant de se libérer de l'horizon, elle laissa croire qu'elle allait rouler dessus. Puis elle s'affranchit de toute pesanteur et continua son envolée, laissant derrière elle la teinte magique qu'elle avait depuis qu'elle était apparue. Elle continua à monter doucement, ralentissant et semblant fondre au milieu du ciel. Sa lumière se reflétait sur les vagues qu'elle écrêtait avec parcimonie. C'est cet instant qu'attendait mon père pour nous quitter. Il avait prévu ce jour précis pour notre voyage, sachant que la lumière de la lune seule lui permettrait de naviguer dans des conditions satisfaisantes, mais discrètes. Il partit donc et sa barque glissa sans effort sous l'arche monumentale, dans l'ombre portée par la lune. Tout était calme, l'air n'était pas froid. Il y avait le bruit de l'eau. Je ressentais une sorte d'excitation incompréhensible. J'avais la certitude que ce nouveau départ marquait pour nous une sorte de renouveau : la promesse de jours heureux. C'était enfin la récompense méritée après nos épreuves. Je m'endormis difficilement, roulé dans une couverture, à côté du feu que mon grand-père continua d'entretenir avec des branchages, et de gros morceaux de bois flotté qui brûlaient mal en craquant.

Au matin, on me secouait. Mon père et mon grand-père au-dessus de moi.

— Réveille-toi, Jean !

Leurs visages et leur empressement me terrifièrent d'emblée. Tous mes espoirs d'apaisement de la veille venaient de s'enfuir d'un coup. Derrière eux, ma mère en pleurs. Je compris tout de suite ce qui n'allait pas. Nulle trace de ma grand-mère ni de ma sœur. Un nouveau malheur venait sur nous, mais j'étais incapable de comprendre ce qui avait pu se passer. On m'expliqua.

Lorsque mon père était arrivé en pleine nuit au campement, il avait trouvé ma mère inanimée devant la cabane. Elle reprit rapidement connaissance et lui raconta. Les Indiens ! Les Indiens étaient arrivés par surprise. Ils avaient l'air très agressifs. Ce n'étaient manifestement pas les mêmes que ceux qui venaient autrefois en troc sur notre île. Ils avaient voulu prendre l'enfant, mais ma mère et ma grand-mère avaient tenté de les en empêcher. Ils étaient deux, robustes, forts et violents. Ils ne disaient rien. Le récit de ma mère était entrecoupé de larmes, et il fallut de longs silences pour qu'elle arrivât au bout de cette histoire atroce. Ma mère avait perdu connaissance. Ambre et ma grand-mère avaient disparu. Ils étaient partis comme ils étaient venus, sans laisser de traces, à travers les marais. Le jour commençait à poindre quand mon père était arrivé sur place. Et ma mère affirma que l'attaque s'était produite en plein milieu de la nuit. Il était impossible d'imaginer les suivre. Pourquoi avaient-ils emmené ma grand-mère au lieu de la mère de l'enfant ? Si l'on imaginait mal les raisons de cet enlèvement, on comprenait facilement que ces guerriers eurent besoin d'une femme pour s'occuper de l'enfant. Et ils avaient choisi la plus faible des deux, celle qui serait plus facile à contrôler. Il y avait là une certaine logique. Et un maigre espoir : ils voulaient garder Ambre en vie. Mais pourquoi ? Et ce questionnement terrible ouvrait l'imagination sur des hypothèses toutes plus atroces et insoutenables les unes que les autres.

Ma mère s'effondra complètement à la fin du récit, appelant le nom de ma sœur, comme une bête appelant sa progéniture. Je me précipitai dans ses bras, ne sachant pas si j'allais y chercher un réconfort ou tenter de l'apporter moi-même. Elle regarda dans ma direction, ses larmes seules trahissaient la souffrance, mais son visage restait figé, fermé, concentré sur le mal qu'on venait de lui faire. Incompréhensible et atroce. Mon père et mon grand-père restaient debout, à côté l'un de l'autre. Nous restâmes ainsi de longues minutes, juste le temps de me souvenir d'histoires que ma grand-mère me racontait autrefois sur les Indiens, leur cruauté et leurs légendes. Elle m'avait même parlé une fois de sacrifices humains. Et bien sûr, à cet instant, c'est ce détail obsédant qui occupait toute la place de mon chagrin. Mes craintes étaient terribles. Difficile de ne pas imaginer le pire. La seule chose à laquelle je pouvais raccrocher mes espoirs était le fait qu'ils n'aient pas massacré tout le monde, comme ils auraient pu le faire sans difficulté, si tel avait été leur but initial.

Je regardai mon père, et je voyais bien à son front qu'il ne pouvait admettre cette situation. Il devait bien sûr s'en vouloir d'avoir négligé ce risque. Mais après tout, comment aurait-on pu imaginer une telle attaque ?

Les Indiens avaient sans doute dû nous localiser grâce à la fumée de notre fournaise. C'étaient de grands chasseurs, et ils n'avaient sans doute eu aucun mal à nous trouver et à nous observer. Le départ des hommes avait été propice à leur entreprise. Mais impossible d'imaginer les motivations de ces êtres fourbes. Les comprendre permettrait peut-être de retrouver leur trace. Car je voyais bien à la détermination de mon père qu'il essayait de penser au moyen de sortir de cette impasse. Comprendre leurs intentions et savoir d'où ils venaient : c'était impossible, et en même temps, c'était là notre seul espoir. Notre méconnaissance de ce territoire nous empêchait d'anticiper le moindre mouvement, à l'intérieur des terres en particulier. C'est pourquoi il avait ramené ma mère avec lui le plus rapidement possible, afin de prendre une décision, s'il y en avait une à prendre. Au moins, nous étions tous ensemble. C'était la seule chose, sans doute, que ses réflexions lui avaient laissé d'évidence. Rester ensemble. Nous séparer avait conduit à ce désastre.

On était sur une île. D'après ce que nous savions, il n'y avait pas d'Indiens qui vivaient sur l'archipel à l'année longue. Ceux qui nous avaient attaqués devaient donc venir de la mer. Et avec leurs petites embarcations, ils devaient prendre le chemin le plus direct pour Terre-Neuve. De notre position, il y avait peut-être moyen de les voir passer. Mais mon père ne pouvait se résoudre à attendre sans rien faire. D'un autre côté, hors de question de nous diviser une nouvelle fois.

Ma mère était effondrée, épuisée, et on avait la sensation que chaque minute de sa vie était une part de souffrance. Au bout d'un long moment, elle s'arrêta de pleurer. Elle restait assise, là où mon père l'avait déposée en descendant de la barque, sur une grosse branche de bois. Elle me regardait sans me voir. Puis elle tourna la tête vers l'horizon, vers Terre-Neuve : là où, peut-être, on avait emmené son enfant. Il n'y avait aucune consolation à imaginer que sa grand-mère était avec elle, et la perte d'un autre être cher venait ajouter un poids supplémentaire au chagrin. Ce drame, qui venait de nous prendre par surprise, nous maintenait bloqués, dans l'incapacité de faire quoi que ce soit. Comme si notre douleur paralysait la vie. Tout s'était arrêté. Il y avait sans doute un espoir, même infime. Pas plus épais que le maigre souffle qui nous maintenait tous les quatre sur ce rivage. C'était une injustice, et je me sentais presque coupable d'être là, tandis que ma sœur avait disparu. Il fallait pourtant que la raison reprenne le dessus. Il n'y avait pourtant à ce moment aucun raisonnement possible.

Mon grand-père se leva, fit un feu, fit chauffer de l'eau, prépara, puis nous servit un repas. Nous mangeâmes, par obligation, conscients pourtant que c'était nécessaire. Ma mère seule résista, sans doute incapable de laisser la place à la faim dans son esprit. Je ne l'avais jamais vue dans cet état. Malgré les nombreuses sollicitations de chacun, elle refusait de bouger, restait prostrée, repliée sur elle-même, comme pour s'oublier, pour perdre cette faculté de raison qui lui causait tant de souffrance. Mon père la prit dans ses bras et l'installa sur une couche préparée près du feu, quelques brousses et une couverture par-dessus. Il l'installa aussi confortablement que possible, l'obligea à se coucher, puis l'embrassa sur le front. Je m'assis près d'elle. Je voulus prendre sa main, elle était glacée. Mais ma mère se recroquevilla sous la couverture, disparaissant presque. Puis tout se figea encore. Le ciel était clair, le soleil haut chauffait notre petite anse. Des oiseaux de mer passèrent en criant. Le monde nous oubliait, au mépris de notre douleur.

Mon grand-père et mon père parlèrent un peu ensemble, à l'écart. Puis je les vis s'éloigner le long du rivage et se poster l'un et l'autre sur des rochers, fixant la mer avec obstination… ou résignation. Je n'avais aucune idée de ce qu'ils veillaient[35] ainsi. Puis il y eut un cri. C'était mon grand-père :

— Là-bas !

Il avait le bras tendu vers le large, une main au-dessus des yeux pour se protéger du soleil. Mon père courut vers lui. J'abandonnai mon poste auprès de ma mère, pour me rapprocher des deux hommes. Ils étaient sur un gros rocher qui bordait la plage. De ma place, je regardai dans la direction qu'avait indiquée mon grand-père. Deux petits points sur l'eau. Deux points noirs minuscules, en mouvement : des embarcations, sans doute. Les deux hommes restèrent encore quelques instants à scruter leur progression. Si c'était bien des navires ou des barques, ils étaient déjà éloignés de la côte. Rien n'était certain, mais ce qui était sûr, c'est qu'une décision devait être prise, tout de suite ! Ne rien faire, c'était peut-être risquer de perdre définitivement tout espoir de revoir Ambre et ma grand-mère. Mon père sauta du rocher et courut jusqu'à la couche de ma mère. Il me cria sans se retourner :

— Jean, au bateau, tout de suite !

Mon grand-père sauta lui aussi, m'agrippa par la manche et m'entraîna jusqu'à la barque. Il me posa dedans, vérifia les rames et commença à tirer la barque vers la mer. Mon père revenait déjà avec ma mère dans les bras, enroulée comme un nourrisson dans sa couverture. Il la déposa près de moi, dans le fond de l'embarcation, puis il fila jusqu'à notre campement pour ramasser à la volée tout ce qui pourrait nous être utile. Il y avait dans ce départ une résolution définitive. Et sans aucune préparation, cela m'apparut d'autant plus effrayant. La barque tanguait déjà. Mon grand-père surveillait l'horizon.

— Dépêche-toi, on a peut-être encore le temps de les rattraper.

Mon père jeta nos dernières possessions au fond de la barque avec d'autres qui s'y trouvaient déjà. Puis il la poussa pour l'éloigner du rivage. Il sauta dedans. Tandis que je l'aidais à installer ma mère le moins inconfortablement possible, mon grand-père commença à ramer. Rapidement, mon père vint le rejoindre sur le banc de nage. Je les vis s'activer avec une énergie folle. Leur vie ne dépendait pas de leurs efforts, mais cette autre vie qu'ils espéraient sauver était autrement bien plus précieuse. Bientôt, il n'y eut plus que le bruit des rames qui frappaient l'eau en cadence et le souffle des deux hommes qui n'imaginaient pas un instant que la moindre fatigue oserait les ralentir. De temps à autre, l'un des deux se retournait pour suivre la progression des fuyards et s'assurer que nous gardions le bon cap. À un moment, il me parut en effet que les deux embarcations apparaissaient plus proches.

35 — Guettaient.

— On gagne sur eux !

Mon cri, censé exhorter leurs forces, avait sorti ma mère de sa torpeur. Elle s'était redressée d'un coup, comme piquée par une aiguille qu'on aurait oubliée dans sa couverture. Elle s'assit et, me prenant dans ses bras, elle regarda quelques instants dans la direction que je lui indiquai. Lorsqu'elle distingua les deux petites barques, elle cria :

— Elle est avec eux ! J'en suis sûre !

À cet instant, il n'y avait aucune raison de douter de son instinct. Personne n'en doutait, d'ailleurs. Chacun était certain que nous allions les rattraper. Dans quelques minutes, peut-être, nous serions à leur niveau et, quel que soit leur nombre, notre détermination et notre bon droit auraient raison de deux guerriers farouches et entraînés. Je sentais la main de ma mère se crisper sur mon bras.

— Plus vite !

Mon père se retourna pour vérifier que nous gagnions effectivement du terrain sur eux. On distinguait bien mieux leurs embarcations. Je n'en avais jamais vu de telles : très fines et en longueur, très étroites. Chose peu ordinaire, la proue ressemblait à la poupe. On ne devinait encore que des silhouettes, et il était difficile d'être sûr que ma grand-mère et ma sœur se trouvaient sur ces embarcations. J'avais mis du temps à comprendre ce qui se passait véritablement. Car il était évident que nous prenions le pas sur les Indiens. Mon père et mon grand-père ramaient en cadence. Je voyais leurs muscles tendus dans un unique effort. À cette distance, j'eus l'impression très nette que les pirogues des sauvages ne progressaient plus.

Je les distinguais parfaitement. Ils avaient effectivement arrêté de ramer. Ils étaient deux dans chaque embarcation. Ils nous regardaient, féroces et méprisants, prêts à l'affrontement. Ils nous attendaient. On ne distinguait personne d'autre avec eux, mais leur pirogue semblait assez profonde pour dissimuler sans difficulté ma sœur et ma grand-mère. À aucun moment, je ne doutai qu'elles étaient bien là. Il était tellement peu probable de rencontrer âme qui vive dans cet endroit désertique, qu'aucun hasard, qu'aucune coïncidence ne pouvait être permis.

Je n'avais pas eu le temps de réagir. Lorsque mon père se retourna une nouvelle fois et comprit ce qui se passait, il hurla :

— Stop !

Le bruit des rames avait fait place au silence. On aurait pu imaginer des cris dans une telle situation. Il y avait seulement le clapot de l'eau. La barque glissa encore quelques instants sur son erre, puis, prise délicatement par le roulis, elle nous plaça à quelques brasses à peine des fuyards. On ne sut à cet instant distinguer les fugitifs des poursuivants, pas plus qu'on ne pouvait envisager, en cas de combat, lequel des opposants prendrait le pas sur l'autre. Ce qui était certain, c'était l'imminence d'un affrontement. Le ciel du matin écrasait les ombres, étirant les visages mauvais, qui nous détaillaient avec impudence. J'eus tout le temps alors de les détailler. Ils étaient jeunes, la peau de leur visage était tendue comme un masque sombre, qui n'était pas sans rappeler le cuir des animaux. Elle était relevée par endroits de traits de couleur, leurs cheveux noirs étaient tressés et agrémentés de perles et de plumes. L'un d'eux avait un collier d'osselets autour du cou. Sur les parties découvertes de leur corps, je distinguai des inscriptions et des signes étranges, comme s'ils avaient été peints là aussi. La couleur évoquait celle du sang des morues. Je n'avais pas vu jusqu'alors d'autre sang que celui-là. Mais c'était déjà bien assez effrayant pour mon âge. On ne distinguait pas d'armes, leurs mains tenaient des palettes de bois qui leur servaient de rame. Et la simple force de leur regard déterminé et arrogant paraissait déjà une arme suffisante. Ils n'avaient peur de rien. Leur jeunesse et leur détermination étaient des atouts suffisants pour qu'ils se sentissent invincibles.

Il ne se passa rien pendant tout ce temps, et j'essayai de distinguer dans leur embarcation des signes témoignant de la présence des malheureuses. Ma mère se leva, doucement, imaginant qu'avec davantage de hauteur, elle pourrait voir ce qu'on lui cachait immanquablement au fond des pirogues. Les Indiens ne bougèrent pas. Notre barque se mit à tanguer un peu. D'un côté comme de l'autre, on prolongeait l'attente. L'initiative révèlerait sans doute les vainqueurs de cette bataille nautique improbable. Mais mon père n'osait prendre la décision, comme s'il craignait un piège. Tous nos regards se concentraient sur les deux embarcations, et ce fut bien là notre plus grande erreur. Car il y avait bien là un traquenard. Nous ne reconnûmes la ruse de nos ennemis que trop tard.

Ils étaient arrivés sans un bruit, juste derrière nous. La finesse de leur embarcation et l'habileté des rameurs leur avaient permis d'arriver jusqu'à notre barque sans que nous ne nous rendions compte de rien. Il y eut un petit choc derrière nous et, lorsque je tournai la tête, je découvris trois autres embarcations qui nous encerclaient. Deux vinrent se placer de part et d'autre de notre barque. Une autre avait touché notre poupe, et c'est ce choc imperceptible qui avait révélé leur présence. Ma mère poussa un cri, mon père se leva. Mais déjà deux des Indiens avaient sauté dans notre embarcation avec l'agilité d'un animal.

Il n'y eut même pas de combat. Mon père et mon grand-père furent maîtrisés et on leur passa des liens de cuir autour des poignets. La barque tangua à peine. Ma mère se mit à hurler, à supplier, demandant qu'on lui rende sa fille, mais en vain. Nos assaillants ne parlaient pas. Tout se passa tellement vite que j'eus à peine le temps d'avoir peur. On lia mes mains de la même manière. Le lien n'était pas trop serré, mais parfaitement ajusté pour m'empêcher de m'en dégager. Le plus effrayant était leur silence. Ils n'avaient fait aucun cas des cris de ma mère ni des jurons de mon père et de mon grand-père. Et ma mère finit par se calmer. Car d'un regard échangé avec mon père, elle avait compris que, dans l'instant, mieux valait se soumettre et attendre. Après tout, c'était peut-être le moyen de nous rapprocher d'Ambre et de ma grand-mère, ce qui serait déjà un progrès. Captifs, certes, mais ensemble. C'était au moins l'espoir que nous gardions, car il n'y en avait pas d'autres. Et il était impossible de faire quoi que ce soit. Inutile alors de gaspiller notre énergie quand on comprenait que toute dépense était inutile.

On nous transféra dans les bateaux et on me laissa avec ma mère. On nous assit au fond de la pirogue où stagnait un peu d'eau. Les Indiens étaient nus pieds. Ils prirent soin d'emporter tout ce que nous avions avec nous : vêtements, couvertures et objets divers. Il y avait même le coffre d'Ambre, les carnets de ma mère et deux ou trois autres choses encore, dont le souvenir s'est effacé depuis. Ils n'avaient pas pris soin de lier les mains de ma mère. Elle me gardait contre elle, et le cercle de ses bras créait une protection inattaquable. Au bout de longs instants, je sentis qu'elle pleurait. Dans les autres embarcations, on avait couché mon père et mon grand-père, afin de les empêcher de tenter quoi que ce soit d'extravagant. Un acte désespéré aurait pu les faire se jeter à l'eau. Mais il était impensable qu'ils nous abandonnent ma mère et moi. Et puis, entravés comme ils étaient, et ne sachant que très mal nager, cela aurait été précipiter leur fin.

À la fin du transfert, un Indien resta seul dans notre barque. Il portait une sorte de hache à sa ceinture. Il la saisit et s'appliqua en quelques coups habiles et définitifs à crever le fond de notre embarcation, détruisant pour toujours le peu qu'il nous restait. Si l'arraisonnage s'était déroulé jusque-là dans le plus grand calme, il montra à cet instant une sauvagerie telle que je nous crus définitivement morts. La froideur de nos ravisseurs était effrayante, mais celui-là, qui semblait être le chef, avait quelque chose de terrifiant. Il resta encore de longs instants dans la barque en train de couler, comme pour s'assurer qu'elle était définitivement perdue. L'embarcation commença à chavirer, accélérant le naufrage. Au tout dernier moment, l'indien gloussa un son inintelligible vers le ciel et il sauta dans une des pirogues qui l'attendaient à côté. La barque finit de couler. Chaque Indien prit sa rame et, sans concertation préalable, ils se mirent à ramer.

Toutes les hypothèses se bousculaient dans ma tête. Ce qui était certain, c'est qu'ils nous avaient attirés sur la mer pour nous placer dans une position où nous ne pourrions rien faire pour leur résister. Ils n'avaient ainsi pris aucun risque. Mon père et mon grand-père ayant encore la force de se défendre, nous attaquer par la terre aurait entraîné des pertes inutiles. Leur plan était parfaitement calculé. Le choix de ce jour également, où nous étions divisés. Il ne restait plus qu'à attendre pour connaître notre sort.

Nous nous étions éloignés de la côte, dans notre course aveugle, et les Indiens firent demi-tour. Devant moi, je commençai à distinguer un paysage complètement différent de ce que je connaissais. Sur ma gauche se dressait la masse sombre de l'île que nous venions de quitter et où nous avions passé l'hiver. Des côtes arides, des rochers abrupts qui plongeaient directement dans la mer. Je pouvais encore distinguer tout au bout, le cap percé que nous avions franchi à travers cette muraille qui enjambait la mer. Juste à côté, la petite plage de galets où j'étais resté une nuit avec mon grand-père. À côté se trouvait une sorte de montagne boisée de grands arbres. C'est par là que nos assaillants avaient dû venir à la nuit pour nous observer et finalement enlever Ambre. La côte se continuait ensuite par une grande anse toute plate, suivie de petites collines où des herbes très denses ondulaient doucement, comme des vagues paresseuses. Elles étaient de hauteurs différentes, comme si le vent les avait façonnées une à une sans aucun souci précis, juste dans un élan de création désordonnée. Les dunes s'étiraient enfin en fines langues jusqu'à mourir dans la mer. De l'autre côté, on distinguait l'horizon à travers une passe relativement étroite. Quelques colonies de phoques restaient au soleil de part et d'autre comme des gardiens séculaires. Et puis plus loin, encore plus loin, les dunes reprenaient, symétriques des premières comme si la nature avait rompu leur continuité, ou comme si elle s'apprêtait à les unir un jour, jusqu'à former un isthme.

Nous longeâmes ces petites dunes de longs instants. Devant la passe, des phoques sautèrent à l'eau en aboyant. Quelques têtes curieuses pointèrent çà et là entre les vagues, semblant nous narguer. Une fine brume commença à se lever, voilant le ciel. Derrière moi, l'île que nous quittions semblait suspendue entre le ciel et la mer, car on ne distinguait plus les teintes de l'un et de l'autre. De l'autre côté, une île jumelle, plus massive, qui prenait vie à la fin de la succession des petites dunes. Nos ravisseurs continuaient à ramer en silence. Je ne distinguais rien dans les autres embarcations. J'imaginais mon père et mon grand-père, ruminant leurs craintes. Mais je ne doutais pas un seul instant qu'ils avaient une solution pour nous sortir de ce revers. Nous n'avions pas échappé à l'assaut de l'île aux chiens pour finir ainsi prisonniers des Indiens.

Le soleil se voila et il se mit à faire froid à la surface de l'eau. Instinctivement, ma mère me serra un peu plus fort contre elle. On se rapprochait de la seconde île, plus au nord. On distinguait de grandes plaines, et des collines plus imposantes derrière, de véritables forêts, plus denses. Soudain, un des Indiens cria quelque chose. Bien sûr, c'était incompréhensible pour nous. Mais il pointa son doigt dans une direction. Pas très loin à gauche. Je regardai dans la direction qu'il indiquait. Trois ailerons noirs sortaient de l'eau. Mes connaissances de l'époque ne me permirent pas de reconnaître l'espèce de ces poissons-là. Mais je connaissais le métier de mon père et il m'avait raconté ses campagnes de pêches à la baleine. Mais pour n'avoir jamais vu de ces animaux fantastiques, je ne pouvais imaginer de quoi il s'agissait. Les Indiens semblaient perplexes, et pour la première fois hésitants. Ils arrêtèrent tous de ramer et ils ramenèrent leurs rames rudimentaires à l'intérieur des barques. Les ailerons noirs brillaient. Ils se dirigeaient résolument vers nous. L'Indien qui se trouvait à l'avant de ma pirogue se retourna vers moi et ma mère, et nous regarda avec un air sévère, sa main à plat vers le bas. Et il n'était pas difficile de comprendre que nous ne devions pas bouger.

En quelques instants, ils étaient autour de nos embarcations. Les ailerons mesuraient plusieurs pieds de haut et j'imaginai facilement la taille des animaux qui se trouvaient en dessous. Ils tournèrent comme des prédateurs en maraude avant d'attaquer. Les Indiens ne bougeaient pas. Sans paraître effrayés, ils n'en étaient pas moins prudents, silencieux et immobiles, tandis que les cercles des ailerons se faisaient et se défaisaient autour des quatre pirogues. Peut-être que le naufrage de notre barque les avait attirés, en quête d'un fretin facile.

L'un d'eux passa si près de la surface que je pus le distinguer : une sorte d'immense dauphin noir et blanc, peut-être cinq à six fois plus ventru que ceux que je connaissais. Plus long que les pirogues, sans doute plus haut qu'un homme debout. Je crus distinguer un œil sombre qui me fixa quelques instants avant de plonger à nouveau. Juste en avant de la nageoire, on voyait par instant un petit jet d'écume accompagné d'un souffle bref. Et c'était le seul bruit sur la mer. Nous étions à distance du rivage, et il n'était pas pensable d'engager la course avec de tels adversaires. Mieux valait en effet attendre. S'ils décidaient de lancer l'attaque, un simple coup de queue ou d'aileron et les pirogues auraient tôt fait de chavirer. Nous aurions fait un bien maigre fretin pour ces monstres. Les Indiens attendirent encore un temps raisonnable, espérant sans doute que les gros poissons allaient se lasser. Ils tournèrent pourtant encore de longues minutes autour de nous, hésitant à donner l'attaque.

Sur le rivage, on entendit aboyer les phoques, à deux reprises. Ce fut assez pour arracher les prédateurs à notre observation. Ils filèrent droit vers la côte, en quête de proies plus évidentes et surtout plus habituelles. Les Indiens attendirent encore de longues minutes avant de se remettre à ramer. Ils redoublèrent d'efforts et, dès qu'ils furent à distance des animaux, ils piquèrent droit vers la côte, bien certains qu'il y avait encore un danger. J'avais passé un œil au-dessus du plat-bord de la pirogue, pour suivre la progression des ailerons. Car cet événement avait bouleversé la hiérarchie des dangers. Nous restions certes prisonniers des Indiens, mais nous avions fait silence commun pour ne pas déclencher l'attaque des orcas. Et pour l'heure, c'étaient sans doute bien ces bêtes qui étaient le plus à craindre : sans raison, mues par la faim et l'instinct, impossibles à maîtriser. Les Indiens, c'était encore autre chose. Je surveillai donc les ailerons, tandis que nous nous rapprochions de la côte. Ils filèrent tout droit vers le groupe de phoques, puis plongèrent avant que les placides chiens de mer les aient repérés. Ils avaient tout simplement disparu. Le ciel clair permettait une vision très nette de la colonie : trois adultes et un juvénile qui se roulaient dans les vagues, se laissant malmener par le ressac de la marée.

Je les vis sauter ensemble. Deux des terribles prédateurs avaient jailli de l'eau de chaque côté du petit groupe de phoques. D'un côté, l'animal avait juste bondi hors de l'eau pour les effrayer. Mais de l'autre, l'orca s'était propulsé sur la berge, s'échouant presque au milieu des cailloux. Mais par cette manœuvre, il réussit à se saisir du plus jeune. C'était évidemment la proie la plus facile. Les adultes aboyèrent, mais, devant la menace d'autres ailerons qui venaient d'apparaître, ils reculèrent pour se placer hors de portée des mâchoires terribles. Celui qui s'était échoué ne lâchait pas sa prise, la malheureuse bestiole criait tout ce qu'elle pouvait, demandant après une aide qui ne viendrait pas. Le démon se tortilla de toute sa masse sur le rivage, passant sur le dos, puis sur le flanc, sa proie toujours serrée entre ses dents. À force de se démener, il finit par se rapprocher de l'eau et finit par se laisser glisser dans les vagues de la berge par un ultime mouvement de queue. La stratégie était imparable, mais il lui avait fallu évaluer précisément l'endroit où s'échouer pour être certain de pouvoir ensuite regagner la pleine mer.

Mais le spectacle ne s'arrêta pas là. Le groupe d'ailerons s'éloigna progressivement du rivage. Je pensais qu'ils allaient plonger pour profiter de leur festin au fond de l'océan. Mais je vis soudain une petite masse molle propulsée à plusieurs pieds au-dessus de l'eau. Plus loin, une gueule béante la récupéra au vol. Desserrant doucement son étreinte, le tueur laissa s'échapper la carcasse ensanglantée. Le phoque semblait encore vivant, puisque je vis sa petite tête émerger hors de l'eau, et il se mit à nager péniblement dans une direction. Un nouvel aileron arriva droit sur lui. Arrivé à son niveau, l'orca se retourna sur le côté, plongeant sa proie sous l'eau. Les ailerons disparurent encore. Et le repas fit encore un saut dans les airs. Le jeu s'apparentait un peu à celui du chat avec une souris. Cela se prolongea encore de longues minutes, tandis que les phoques adultes contemplaient la scène, impuissants, bien à l'abri sur les rochers, à quelques brasses à peine du lieu du massacre. Il y eut un dernier bouillonnement teinté de rouge, et les ailerons disparurent définitivement.

Lorsque je détachai mes yeux de ce spectacle, mon regard rencontra celui d'un des Indiens de ma pirogue, qui me regardait avec une férocité toute particulière, comme s'il avait voulu me dire :

— Ton sort n'a rien à envier à celui de ce malheureux phoque. Attends que nous soyons arrivés à terre !

Mon bouleversement était tel, que c'est l'interprétation que je fis de ce visage grimaçant au-dessus de moi. Tout s'était enchaîné tellement rapidement, depuis le matin, que je ne savais même plus s'il y avait autre chose à espérer, sinon de ne pas trop souffrir avant de mourir. Car je n'espérais aucune autre issue, ni pour moi ni pour les autres. Nous arrivions sur la berge. La scène de chasse des orcas m'avait distrait quelques minutes, mais il avait suffi d'un regard pour me replacer dans la situation où je me trouvais. Mon avenir n'était en effet guère plus lumineux que celui de ce jeune phoque. Nous arrivions sur le rivage, le long de dunes herbues. Les Indiens sautèrent dans l'eau en grande hâte et tirèrent les embarcations, en laissant leurs prisonniers à l'intérieur. Puis, on nous fit descendre. Nous nous serrâmes tous les quatre, trouvant dans cette réunion un maigre réconfort. Deux Indiens veillèrent sur nous, tandis que les autres cachaient les pirogues à l'aide de branchages qui semblaient avoir été laissés là exprès. Tout se passait très vite, comme s'ils avaient peur de quelque chose ou de quelqu'un. Le temps n'était pas particulièrement menaçant, la mer était plate et il n'y avait aucun vaisseau à l'horizon. Lorsqu'ils eurent fini leur opération, on ne distinguait plus rien des pirogues.

Le plus robuste des Indiens s'avança vers nous et il s'empara de ma mère. Mon père tenta de s'opposer, mais les autres n'eurent pas à se manifester pour qu'il comprenne qu'il valait mieux obéir pour le moment. Je n'avais pas remarqué sa stature, lorsqu'il était assis dans sa pirogue, mais c'était un véritable géant. Il souleva ma mère, comme j'aurais ramassé une brindille, puis il la plaça sur son épaule sans plus de ménagement qu'on l'aurait fait avec un sac de farine.

Un autre me prit dans ses bras. Un troisième hurla quelques mots en direction de mon père et de mon grand-père. Puis tout ce petit équipage se mit à courir à travers les herbes, comme si un démon était après nous. Sous la menace, mon père et mon grand-père s'étaient mis au même rythme que nos ravisseurs. Mon visage était collé contre la peau de l'indien et je ne pouvais pas distinguer pleinement ce qui se passait. J'étouffais à moitié, le nez encombré d'effluves mêlés de cuir, de sueur et de sel.

Cette course dura de longues minutes. On franchit une première série de dunes. Plus loin s'étalait une terre en forme de crochet, qui se terminait par un cap rocheux. Ils coururent encore. Mon père tenait la distance, mais je voyais bien que mon grand-père avait des difficultés à suivre le rythme des jeunes guerriers. Ma mère avait perdu connaissance. Sa tête pendait dans le dos du géant qui la portait. Je ne pouvais distinguer son visage au milieu de sa chevelure. Le rythme se ralentit sensiblement. À aucun moment, pourtant, les Indiens ne donnèrent l'impression de chercher leur route. Nous finîmes par arriver sur une nouvelle côte, de l'autre côté de l'île. Dans le repli d'une colline, je crus discerner un panache de fumée. Quelques instants plus tard, nous arrivions dans le campement des Indiens.

Il y avait deux sortes de huttes. Deux guerriers entretenaient un feu entre les deux habitations. Ils se levèrent à notre arrivée et arrivèrent vers nous. C'était l'instant décisif, celui que j'attendais : celui où j'allais peut-être retrouver Ambre et ma grand-mère. Je regardai du mieux que je pouvais dans toutes les directions, mais aucun signe ne me permit de suspecter leur présence. Pas de cri non plus. Nous étions au milieu du campement. Le géant posa ma mère sur le sol, et mon porteur me laissa glisser entre ses mains. Je me précipitai auprès de ma mère, toujours inconsciente. Mon père et mon grand-père s'étaient aussi rapprochés, interrogeant du regard nos ravisseurs : inquiets de la suite. Le géant s'avança vers nous et nous désigna l'une des huttes. C'était une mauvaise construction sans forme, faite de branches entrecroisées. On avait tendu maladroitement des peaux de bêtes en guise de muraille. Il semblait que le sommet présentait un trou. Une construction bien rudimentaire où on nous poussa tous les quatre. Juste avant, les sauvages nous libérèrent de nos liens. On rabattit sur nous un pan de fourrure, puis on nous laissa seuls à notre misère, sans plus d'explications. Et surtout sans espoir.

******

Je me tus de longues minutes, à la fin de ce récit dont je n'avais omis aucun détail. Au moins, cela m'avait permis de fixer avec précision tous ces souvenirs qu'avait enregistrés mon regard d'enfant. François Xavier de Charlevoix resta silencieux quelques minutes, attendant peut-être une suite, ou respectant simplement ma douleur, ne sachant l'issue de ce récit. J'étais pour ma part épuisé. Il me regarda avec compassion.

— Ce récit est effrayant. Quand je pense que j'ai observé moi-même ces décors, que je trouvais simplement fabuleux, lorsque je longeais les côtes de votre pays. Je ne pouvais pas imaginer que de tels drames avaient pu s'y jouer.

— Partout où l'âme humaine n'est pas en paix, les pires choses sont à craindre. Il n'y a souvent pas loin avant la bête.

— Je n'ai pas connu beaucoup d'espèces de sauvages, mais ceux-ci, vus de mon regard d'enfant, avaient de quoi terrifier.

Je sentais que mon visiteur était impatient de la suite, mais je n'avais pas la force de poursuivre, car je venais de reprendre pour lui l'intégralité de mon récit. En commençant par le naufrage du navire baleinier de mon père, au large de Saint-Pierre. Il avait suffi d'une nuit pour résumer ces quelques courtes années. Par la fenêtre, le ciel se teintait au-dessus des quais, et nous nous trouvâmes surpris de cette heure tardive à laquelle nous avions abandonné toute notion de durée. Lorsque le jésuite comprit qu'il faudrait patienter pour entendre la suite. Il se leva doucement.

— J'ai déjà suffisamment abusé de votre patience, Monsieur.

Je me levai en même temps.

— Vous savez, après les épreuves par lesquelles je suis passé, celles que je viens de vous narrer, celles que je vous raconterai un jour, et celles, plus récentes, dont on vous a certainement parlé, je ne me laisse plus importuner par personne. Mon temps est trop précieux pour le dilapider avec n'importe qui. Sachez que ces confidences échangées sont bien mieux placées que beaucoup d'autres spéculations qui préoccupent nos contemporains.

— Vous me faites trop d'honneur. J'espère entendre un jour la suite de votre aventure, même si je suis bien certain que ça ne se fera pas sans chagrins. Et n'oubliez pas qu'une épopée telle que la vôtre mériterait qu'on la publie pour édifier la jeunesse. Gardez cela en mémoire. Il n'y a pas que les sciences pour forger notre savoir.

Sans me laisser le temps de répondre, il s'inclina respectueusement. Je lui rendis son salut. Il prit le manteau avec lequel il était arrivé la veille, en apportant le coffre de Jussieu. Puis il me laissa seul. La caisse de bois était restée ouverte et je pouvais voir les pousses fraîches et vives : d'autres souvenirs de mon pays. Je tirai la caisse devant la fenêtre. Les premières lueurs du soleil vinrent se poser dessus. C'était mon héritage. Et c'était à moi de le faire fructifier.

Jean-Baptiste Seigneuric

Chapitre XIII
Le procès

Le mistral venait de caler. Cela faisait presque une semaine qu'on entendait à peine le chant des cigales, tant la force du vent dans les branches des oliviers produisait de bruissement. Un chahut insupportable à qui n'était pas né là. Quelque chose d'incompréhensible que cette force qui s'engouffrait dans la vallée du Rhône des jours durant, à rendre fous les plus endurcis. On avait transporté la chaise en osier du vieil homme, sous le grand micocoulier qui dominait toute la prairie devant le château. Malgré son âge respectable, il avançait d'un pas fier et il semblait qu'aucun rhumatisme ni aucune défaillance n'aient pu jusque-là atteindre sa constitution. La légende voulait que l'usage de sa propre poudre l'ait maintenu ainsi, jusqu'à sa soixante dixième année, et qu'elle prolongerait encore sa saine existence pendant de nombreuses autres années. Une simple canne le soutenait : un morceau d'ébène à pommeau d'or richement travaillé. C'était, à l'écouter, son seul luxe. Mais cette plaisanterie était certainement celle qu'il faisait le plus souvent.

Jean Ailhaud arriva sous le tronc séculaire et s'assit sur la chaise qu'on avait préparée pour lui. De là, il pouvait contempler l'étendue d'un de ses nombreux domaines, symbole évident de sa réussite. L'invention d'une simple poudre purgative, et un réel talent pour le commerce et la publicité avaient permis son essor en quelques années. Bien sûr, comme toute personne qui avait rencontré le succès, il devait affronter ses détracteurs et leurs piques calomnieuses. Il y avait eu des échecs, sans doute. Mais aux quatre coins de l'Europe, dans les cours les plus en vues, tous connaissaient cette poudre mirifique qui, avec le talent d'une panacée universelle, avait la vertu de guérir pratiquement toutes les pathologies sans aucun discernement. Pas une ville importante du royaume qui n'avait pas son propre dépôt de sa poudre purgative. Certains de ses confrères de la Faculté, par jalousie ou par ignorance, lui faisaient quelques procès, parfois bien documentés. Mais en définitive, la meilleure foi des uns et celle des autres s'affrontaient sur l'autel de sa renommée, lui délivrant une publicité gratuite et un engouement toujours renouvelé. L'un des plus retentissants des procès s'était achevé quelques jours plus tôt au parlement de Paris. On venait de lui apporter le verdict des juges, que son fils lui avait transmis. Il ne l'avait pas porté lui-même, ce qui n'était pas forcément un signe : bon ou mauvais. Le vieillard préféra patienter encore avant de casser le cachet de l'enveloppe.

Jusqu'alors, rien ne l'avait jamais fait douter de l'efficacité ni de l'innocuité de sa préparation. C'était son grand œuvre à lui, le fruit d'années de recherches, de combinaisons de simples, de torréfaction, distillation, sublimation. Une recette jalousement conservée pour une richesse qui durerait pour des générations encore. Il avait ainsi pu faire l'acquisition de cette propriété, à Vitrolles, qu'il affectionnait tout particulièrement. Mais il y avait aussi eu celles de Montjustin, du Castellet, ainsi que son hôtel particulier à Aix-en-Provence. La légende racontait que des chariots entiers d'argent arrivaient chez lui. Si ce n'était bien sûr qu'une légende populaire, elle reflétait très exactement l'état de prospérité de son affaire. Il ne restait plus qu'à faire l'acquisition d'un titre et sa satisfaction serait complète. À le voir ainsi sommeiller sous le grand arbre, ingambe et lucide malgré un âge vénérable, il n'y avait pas de raison de douter de sa parfaite quiétude.

Il y avait pourtant une épine à ce triomphe qu'on aurait cru parfait. Un simple accident, un hasard fâcheux de circonstances. Et s'il n'y avait eu cette conjonction d'événements et de personnes, à ce moment précis, cet échec de sa poudre serait resté comme tous les autres, une simple petite fausse note inaudible au milieu de la symphonie des louanges. C'était il y a plusieurs années. Cette histoire avait malheureusement pris un tour tel qu'il n'avait pu se défaire complètement de son ombre. Et Jean Ailhaud savait qu'il faudrait sans doute encore en payer longtemps les conséquences. Tout s'était mélangé dans cette mauvaise histoire, le sacré, le profane, les liens du sang, le tout barbouillé d'une passion dont il avait rarement observé une telle fureur.

******

La cavalière s'était présentée au printemps de l'année 1741. Elle ne s'était fait annoncer d'aucune façon, seulement lorsqu'elle avait passé les grilles de la propriété. Gersende de Coëtquen, c'était son nom. Elle ne revendiquait aucun titre, mais Jean Ailhaud apprit plus tard qu'elle était châtelaine de Combourg, une propriété laissée à l'abandon et promise à la ruine, tout au nord, en Bretagne. Une sorte de province polaire du royaume, où pas un Provençal n'aurait eu l'idée de poser le pied, à moins d'y être contraint pour servir son maître ou son roi. Lorsqu'un domestique avait annoncé l'arrivée de la cavalière, Jean Ailhaud s'était approché d'une des fenêtres donnant sur la cour pour l'observer. Elle donnait à boire à son cheval qu'elle n'avait pas ménagé pour arriver jusque-là. Habillée comme un homme, un flot de cheveux sous un tricorne sans panache laissait tout de même deviner le sexe du cavalier. Elle était de dos et la lumière acide de ce milieu de journée jouait avec des rondeurs que contenait mal un vêtement trop ajusté. En esthète rompu, le vieillard prit tout son temps pour observer la jeune femme, comme on observe une proie. N'imaginant pas qu'en la laissant entrer, il allait ouvrir la porte à des choses d'un autre registre que ces pensées frivoles du matin.

Il la fit attendre une bonne heure, estimant que c'était rendre à cette Parisienne les médisances de ses concitoyens sur l'indolence des gens du sud. La belle ne s'en formalisa pas, bien consciente, cependant, qu'elle était l'objet d'un examen attentif, poussé et certainement pas des plus innocents. Elle s'était assise sur la margelle d'une fontaine qui ornait la cour. Elle avait trempé un mouchoir de dentelle dans l'eau claire pour s'en rafraîchir le visage et la naissance de la gorge. Le vieillard aux aguets avait pu contempler un visage d'une grande noblesse, où rien ne laissait trahir la bassesse d'une extraction de province. Il n'y avait aucune arrogance dans son attitude ni dans ses expressions et elle attendit patiemment le bon vouloir de celui qu'elle venait visiter, sans solliciter aucun domestique qui passait dans la cour, sous le prétexte d'une trop longue attente. Le vieil homme était conquis. Midi approchait et il se réjouissait déjà de l'avoir avec lui pour dîner.

Mais il en fut comme Gersende l'avait décidé, et non comme le vieil homme l'avait espéré. Lorsqu'il lui fit porter sa réponse en forme d'invitation à partager son repas, la jeune femme précisa au domestique qu'elle était venue rencontrer cet homme dans un but bien précis, qui n'était certainement pas celui de s'asseoir à table avec lui. Le domestique lui rapporta très exactement la moue méprisante que Jean Ailhaud avait parfaitement pu observer depuis sa fenêtre. Cette insolence le piqua davantage qu'il ne l'aurait imaginé et il décida de répondre à la provocation. Il fit porter une collation à la jeune femme avec la réponse suivante. Son activité et sa charge ne permettraient de recevoir cette personne, certes fort noble, mais qui était arrivée à l'improviste, qu'à partir de deux heures de l'après-midi. La jeune femme reçut la réponse dignement, ne sembla pas s'en formaliser et remercia pour le plateau qu'on lui apporta. Une assiette de viande froide et un verre de vin.

Son hôte, de plus en plus intrigué, ne perdait pas un geste de la jeune femme. Lorsque vint le moment de boire, elle leva son verre en direction de la fenêtre d'où il l'observait, comme si elle avait parfaitement su où se trouvait le bonhomme. Il se fit donc servir son propre repas dans son observatoire improvisé, si bien que finalement ils dînèrent, sinon ensemble, tout au moins de concert, sans se voir ni s'entendre. À l'heure dite, un domestique descendit chercher la voyageuse qui avait cherché plus loin une part d'ombre, car l'après-midi s'annonçait déjà très chaud. Jean Ailhaud avait décidé de la recevoir dans cette même pièce d'où il l'avait observée.

Il s'était installé dans un fauteuil imposant, sa tenue était impeccable, il avait passé des bas blancs neufs, sa canne à pommeau d'or entre ses mains. Il avait demandé qu'on le laissât seul avec la jeune femme. C'était aussi pour le barbon un autre de ses plaisirs, que de jouir seul de la présence de la fringante cavalière. On avait entrecroisé les volets et il régnait dans la pièce un clair-obscur qui aurait pu appeler à la sieste, tradition que le maître des lieux avait décidé de sacrifier ce jour-là, ce qu'il n'avait pas fait depuis bien longtemps. Car à ses dires, ce rituel concourait à sa bonne santé, tout autant que ses médications et secrets. Il ne s'était pas levé lorsqu'elle était entrée. En arrivant, Gersende avait jeté un œil à la fenêtre d'où l'autre l'avait observée, lui signifiant simplement qu'elle n'était pas dupe. Puis elle vint se placer fièrement devant lui, sans se découvrir, mais sans montrer non plus le moindre signe d'agacement. Elle attendit.

Il put la détailler tout à loisir et l'impression première qu'il avait eue depuis sa fenêtre se confirmait. Une bien charmante personne, qui avait toutes les qualités pour réveiller les ardeurs d'un homme à l'hiver de sa vie. L'arrogance ne gâchait rien.

— Ainsi donc, madame, vous venez de Paris me visiter ?

— Tout droit.

— Eh bien ! Vous me voyez fort curieux de savoir quelles sont les raisons d'un tel voyage. Et j'aimerais vivement connaître les motifs de vous voir ainsi en personne, alors qu'un courrier aurait peut-être suffi.

— Votre curiosité aurait certes pu être satisfaite depuis plusieurs heures, si vous n'aviez pas pris la liberté de me faire attendre comme un vulgaire courrier.

— Ah !

Puis il y eut un silence. Gersende enchaîna :

— Mais je ne peux m'en prendre qu'à moi-même, puisqu'en effet, j'aurais pu prévenir de ma visite. Ou, tout du moins vous en préciser le motif. Mon nom ne vous dit rien ?

— Non.

— Tout le monde ne peut pas s'enorgueillir d'une renommée telle que la vôtre, monsieur. Mais mon nom et mes titres ont quelques résonances dans mon pays.

— Je n'en doute pas. Mais vous êtes ici chez moi. Et venons-en au fait, madame.

Jusqu'à présent, la visiteuse n'avait montré aucun signe extérieur trahissant la moindre faiblesse ou un manque de détermination. Mais il y avait fort à parier qu'une telle assurance, dans ses manifestations aussi évidentes, ne pouvait être qu'une sorte de défense. C'était l'instant où elle allait se dévoiler. La curiosité de l'homme était à son comble. Car comme la meilleure des dramaturges, la jeune femme avait su tout mettre en place dans sa mise en scène pour faire monter chez le spectateur la tension dramatique. Restait à savoir si l'intrigue serait à la hauteur.

— Je viens, monsieur, vous rapporter la triste efficacité de votre poudre.

— Je connais très bien ma poudre, puisque j'en suis l'inventeur. Et depuis tant d'années, je ne suis pas sans savoir que son action, quoique toujours très efficace, ne peut venir à bout de toutes les maladies.

— Vous la vendez pourtant comme telle. Une panacée, dites-vous ? N'est-ce pas là sa définition ? Un médicament universel ? N'est-ce pas ce qu'écrit Furetière ?

— Que venez-vous me parler encyclopédie jusqu'en ma maison. Ce n'est d'ailleurs pas dans les attributions d'une femme, même bien née. Votre siècle, madame, n'est pas encore venu, et n'est pas près de l'être.

L'attaque de la jeune femme était un peu trop directe, et surtout trop maladroite, pour que Jean Ailhaud s'inquiétât sur le moment des mobiles de la confrontation. Gersende continuait.

— Un médicament universel. Pas un poison !

— Eh bien, racontez-moi ! Je n'ai pas tout mon temps, et votre crédit est en train de s'affaiblir.

— Après m'avoir fait patienter, monsieur le docteur, il vous faudra attendre la fin de ce que j'ai à vous dire. Et répondre à mes accusations, jusqu'à me donner satisfaction.

— Soit. Eh bien quoi, ma poudre vous aurait-elle déclenché des troubles digestifs, quelques embarras qui pourraient être cause de cette mauvaise humeur que vous venez répandre jusque dans ma maison.

— Vous en plaisantez ? C'est bien. S'il y avait quelque chose à répandre dans votre maison, monsieur, ce serait la honte. Ou bien ce serait toute la bile et le sang que ma sœur rendit après avoir absorbé cette purge perfide avant de mourir.

Jean Ailhaud se tut, l'affaire devenait sérieuse. Si le succès et les mérites de sa poudre n'étaient plus à prouver depuis les années qu'il la commercialisait et la perfectionnait, il connaissait ses limites, et certains effets surprenants contraires au bon sens de la guérison. Des confrères en avaient rapporté certains échecs, de manière plus ou moins virulente. Certaines Facultés lui avaient déjà intenté des procès. Ils avaient reçu plusieurs dizaines de courriers de confrères ou de patients déçus, mais à mettre en balance avec les témoignages de succès et les lettres de félicitations, il n'en avait pris aucun ombrage. Quelques personnes avaient tenté de se manifester directement, mais c'était toujours pour lui exprimer sa satisfaction. Dans le cas contraire, jamais. Cela ne s'était jamais présenté. Il était bien trop prudent pour risquer la moindre publicité qui lui soit défavorable. Et ce jour-là, il venait de se prendre en défaut lui-même, par un excès de frivolité. C'est ce qu'il aurait dit de ce fâcheux épisode si on lui avait demandé de l'analyser. Afin d'apaiser une ire, qu'il était peu enclin à gérer, par sagesse sans doute, il abandonna le ton quelque peu dédaigneux et décida qu'il serait plus prudent et plus économique d'écouter patiemment. Une telle furie lancée, il était trop tard pour espérer la mettre dehors.

— Eh bien, racontez-moi votre chagrin, madame, puisque vous avez fait une si longue route pour le porter à ma connaissance.

La visiteuse parut désarçonnée par ce changement de ton et attendit quelques secondes encore avant de commencer son récit.

— C'était la nouvelle année 1740. Ma sœur Enora de Coëtquen était novice dans un couvent de Bretagne et s'apprêtait à prononcer ses vœux l'année suivante. Mais avant, elle avait souhaité rendre une dernière visite au monde en se rendant à Paris pour nous saluer une dernière fois, ma mère et moi. Ensuite, il y aurait le voile des Carmélites. Et elle tenait sa vocation en si haute estime qu'elle savait qu'elle ne souhaiterait plus nous revoir, passée cette frontière. Je devais la retrouver à quelques lieues de Paris, le soir du 31 décembre, pour la guider dans la capitale. Ma sœur Enora se trouva fort malade, sans doute à cause de l'inconfort du voyage. Un embarras dysentérique, sans doute, mais qui risquait de compromettre la fin du voyage si nous ne trouvions pas un remède entre-temps. Un médecin d'Ablis nous reçut, malgré la date et l'heure tardive. Et cet homme, qui nous sembla avisé et de bon conseil, nous proposa votre poudre.

— Bien.

— Ma sœur se conforma à ses prescriptions et se retrouva bientôt prise de violents spasmes et de vomissements terribles, comme si son corps tout entier venait de recevoir le plus foudroyant des poisons.

— Qu'est-ce qui vous dit qu'il ne s'agit pas plutôt, et plus vraisemblablement des symptômes de sa maladie en train de s'affirmer ?

— En la voyant ainsi, le médecin parut d'emblée terrifié.

— Ça ne veut rien dire. Vous n'êtes pas médecin vous-même. Pourquoi venez-vous me faire ainsi la morale, sur les prescriptions des uns et des autres, alors que vous n'y entendez rien.

— Parce que ma sœur est morte dans d'affreuses souffrances, dans les instants qui ont suivi l'absorption de votre poudre. Voilà ce que je sais, et c'est assez pour le porter à votre connaissance, vous en faire le reproche, et vous en demandez réparation.

Jean Ailhaud conservait son calme, afin de ne pas faire mettre la jeune femme à la porte, sans davantage de cérémonie. Mais il ressentait qu'il y avait quelque chose d'autre à attendre de cette confrontation. Il ne risquait rien, pas même un énième procès : car c'était bien la seule chose que la jeune femme pouvait réellement tenter contre lui. Il essaya néanmoins de désamorcer ce flot de reproches, et cette colère qui prenaient le pas sur le sang froid de Gersende. Quelques signes ne trompaient pas. Elle ne présentait plus la morgue et l'assurance dont elle avait usé au début de l'entrevue. La carapace se fissurait, laissant à jour les hésitations et les angoisses de la jeune femme, plus tellement sûre du bien-fondé de sa démarche.

— Racontez-moi la suite. S'il vous plaît.

— Et quoi la suite ? Puisque je vous dis qu'elle est morte !

— Comment est-elle morte, quel était son aspect une fois qu'elle a rendu son dernier souffle. N'oubliez pas que je suis médecin, et que si je veux pouvoir me faire une idée sincère de la responsabilité de ma poudre dans son agonie, il serait bon que vous n'omettiez aucun détail.

Les vomissements étaient toujours plus violents.

— Y avait-il du sang ?

— Non, mais les déjections étaient très mousseuses… et verdâtres.

— Ensuite ?

— Le médecin semblait complètement débordé. Nous étions en pleine campagne, mais pas si loin de Paris. Je disposais d'une voiture et d'un équipage prêts. Je décidai de rallier la capitale au plus vite dans l'espoir de confier ma sœur à quelque docteur plus savant.

— Son état me semblait peu propice à la route. Peut-être est-ce vous qui aviez provoqué sa mort en prenant cette décision.

— Je ne pouvais pas la laisser dans cette ville sans soins, alors qu'elle se tordait de douleur comme si elle venait d'avaler quelque démon. Le lendemain était le premier jour de janvier. Loin de tout. C'était sans espoir.

— Soit. Comment s'est passé le voyage ?

— Mal. Elle a très rapidement perdu connaissance. Elle ne reprenait ses sens que pour vomir. Je ne suis pas certaine moi-même qu'elle se soit rendu compte que nous étions dans la calèche. Arrivées à l'Hôtel-Dieu, je la fis transporter à l'intérieur. Le temps qu'on l'installe et qu'on trouve un médecin, elle était morte.

— Y a-t-il eu autopsie ?

— Grand Dieu non, pour quoi faire ?

— Juste pour connaître les causes de sa mort.

— Ça ne change rien. Elle est morte des fameux bienfaits de votre maudite poudre. Elle qui se destinait à Dieu, elle l'aura rejoint bien plus rapidement et plus sûrement que prévu.

— Et ensuite ?

— Je…

Gersende hésitait. Plus du tout certaine de ce qu'elle faisait là. Comme si, en franchissant le dernier pas de son cauchemar, celui-ci avait perdu toute son épaisseur et sa légitimité.

— Et bien ?

— Je voulais que vous sachiez cela. Vous qui vivez tranquille dans votre petit château de province, bien à l'abri sur les lingots que vous rapporte votre sale invention. Je voulais que vous sachiez cela, pour prendre part au malheur que vous avez provoqué. S'il reste encore un peu d'honneur à votre titre de docteur, s'il vous reste encore un peu de compassion. Alors, que vos remords vous réveillent la nuit, qu'ils emportent le sommeil, l'appétit et le goût des bonnes choses. Que cette histoire macabre dont vous êtes l'artisan vous réveille et vous torture. Comme une malédiction.

— C'est tout ?

— Non, ce n'est pas tout. Sachez que, dans les meilleures places de Paris, tous seront informés de cette chose ignoble. Je connais personnellement Jean Passadieu.

— Je n'ai pas cette chance.

— Mais lui vous connaît. Un de ses amis est également mort après avoir absorbé votre poudre. Vous trouverez en lui un détracteur et un ennemi qui emploiera son art et ses connaissances pour porter les coups nécessaires à votre réputation et la ruiner, comme vous avez ruiné ma vie et celle de ma famille.

Jean Ailhaud avait entendu quelque chose à propos de cet empirique venu des Indes ou d'ailleurs, et qui, par un concours de circonstances et d'influences, avait réussi à prendre une place fort enviable dans la capitale. Il estima que les menaces de la jeune femme n'avaient pas grand support. Elle ne connaissait vraisemblablement pas le charlatan. Et il n'y avait aucune raison pour qu'il s'intéressât à son activité. Il mémorisa le nom à tout hasard et écouta la jeune femme jusqu'au bout de ce qu'elle avait à dire. Autant essayer de lui offrir un maigre apaisement en la laissant terminer ce pour quoi elle était venue. Il n'y avait aucun soulagement à trouver, malheureusement, pour un deuil si proche et si récent, il le savait. Mais il ne voulait pas la contrarier davantage. Et il ne voulait pas contrarier non plus la sieste, dont le besoin impérieux commençait à élimer sa patience. Gersende termina.

— Voilà ce que j'étais venue vous dire jusque chez vous, monsieur.

— Soyez satisfaite, car je vous ai entendue. J'assume pleinement toutes les responsabilités de mon invention. Mais je ne crois pas qu'on ait jamais fait la preuve du moindre désagrément porté à une personne qui l'aurait absorbée, et encore moins d'un décès. J'ai pris la peine d'écouter votre histoire jusqu'au bout. Sachez que mon âme de médecin me dicte tout naturellement une compassion envers vous et la malheureuse qui a été frappée par la terrible maladie qui l'a emportée. Et ne doutez pas un seul instant que si j'y avais la moindre part de responsabilité, ce fameux remords que vous invoquez sur ma tête, me rappellera de jour comme de nuit cet hypothétique forfait. Maintenant, je vous demanderai de me laisser. Parler ainsi de personnes disparues souligne combien le temps qui nous est imparti est précieux à chacun. Profitez du vôtre pour calmer votre deuil, il apaisera votre colère.

Jean Ailhaud n'attendit pas de réponse, ne se conforma à aucune formule de politesse. Il passa devant la jeune femme en l'ignorant. Le dernier regard qu'elle lui lança était teinté d'un désespoir, sans doute car la jeune femme comprenait à cet instant que sa venue n'avait servi qu'à attiser son chagrin, en ravivant la mémoire comme le souffle les braises.

******

Jean Ailhaud se souvenait parfaitement de tout ce qui avait suivi et de l'enchaînement qui avait porté chacun des protagonistes jusque-là, comme un torrent. Il n'y avait pas lieu de parler de véritable affaire, même si elle avait beaucoup remué le milieu « médical » durant les derniers mois de son dénouement. Il y avait tout d'abord eu ces plantes qu'on lui avait portées. Même si Jean Ailhaud connaissait parfaitement leur provenance, il savait aussi leur rareté, et donc le potentiel avantage qu'elles pourraient apporter à une éventuelle nouvelle préparation. Après tout, il aurait très bien pu obtenir de tels spécimens par une autre source. La nature était prodigue pour chacun et il n'était effectivement pas pensable qu'un seul individu puisse en faire bénéficier sa pratique, sous le prétexte d'avoir ramené de telles raretés d'un archipel lointain, qui plus est occupé actuellement par les troupes anglaises. Il reçut donc avec discrétion les deux spécimens et s'employa les premiers mois à exercer ses jardiniers à en assurer la survie et la prolifération, ce qui ne fut pas chose très difficile, sous le climat généreux de la Provence. Ce délai permettrait aussi de justifier ces trouvailles botaniques, sans que son légitime propriétaire s'inquiète d'une concurrence inattendue.

Il fallut donc une année entière pour que les talents horticoles des équipes du docteur Ailhaud puissent acclimater les nouvelles espèces, et pour que leur nouveau propriétaire puisse disposer d'assez de matière pour en éprouver les éventuelles propriétés. Il s'avéra d'emblée que ces espèces disposaient de grandes propriétés, en particulier dans le domaine de la douleur. Leurs principes permettaient en effet de soulager des maux d'importance moyenne à grande, sans présenter les effets parallèles d'autres substances habituellement employées dans ce but, comme la jusquiame, le pavot ou les extraits de belladone. Elles s'étaient montrées également très efficaces dans le traitement des accès fébriles simples. Ces nouvelles plantes se montrèrent bien aussi prometteuses qu'on l'avait promis au médecin en les lui livrant. Dans le même temps, on lui avait confié certains documents utilisés par Jean Passadieu, dont il se servait pour élaborer les recettes : certains secrets apportés directement de l'île de Saint-Pierre.

Jean Ailhaud s'informait régulièrement des travaux de Jean Passadieu, n'imaginant pas qu'avec le temps et la distance, il pourrait y avoir problème à ce que chacun produisît une préparation de même nature ou voisine. On lui rapporta certaines avancées de ses travaux, dans lesquels il eut la mauvaise inspiration de piocher quelques idées qu'il trouva assez bonnes. Dans cette compétition informulée, dont il était le seul au courant, le médecin provençal y trouva une certaine émulation, espérant de sa province prendre de vitesse celui qu'il tenait pour un mage et un usurpateur. Il n'aurait eu aucunement besoin d'une telle préparation, car sa fortune était faite depuis longtemps, l'usage de sa poudre était passé dans les mœurs et sa production pratiquement industrielle témoignait de la prospérité de son affaire. Mais on n'était jamais trop prudent, se disait-il. La morale l'aurait plutôt jugé trop gourmand, et sans doute présomptueux, pour imaginer conserver le privilège de ces plantes volées en toute impunité. Lorsque sa nouvelle préparation fut au point, il la fit présenter par son fils à la société royale de médecine. Il avait oublié les premières difficultés qu'il avait rencontrées lorsqu'il avait soumis sa poudre purgative à la société pour approbation.

Il aurait dû commencer à se méfier lorsqu'on lui demanda une composition plus précise, et surtout lorsqu'on exigeât de connaître les origines des deux nouvelles plantes qu'on avait incorporées dans ce nouveau remède. Aucune ne figurait encore au codex, et pour cause, elles étaient inconnues en France l'une et l'autre. Lorsqu'on lui demanda de justifier leurs origines, Jean Ailhaud ne se méfia pas davantage. Son esprit était déjà perdu dans les perspectives joyeuses d'une nouvelle source de revenus, et sur une victoire contre ce nouvel ennemi qu'il s'était trouvé. La passion dévorante du pouvoir avait provoqué chez lui une forme de légèreté, une insouciance qui risquait de lui coûter fort cher. Car quand la société royale lui demandait les origines des nouvelles plantes, elle le faisait sous la dictée du parlement : on instruisait déjà le procès à venir. Jean Passadieu avait déjà déposé depuis longtemps une préparation du même genre, accommodée d'une façon bien différente. Mais la similitude de ces nouvelles plantes avait aussitôt attiré l'attention des experts. Jean était à Paris et, quoiqu'il nourrît lui aussi nombre de détracteurs, il était appuyé de membres influents dans le domaine, prêts à lui apporter leur soutien lorsqu'il s'était inquiété de cette similitude.

Jean Passadieu disposait d'une année de récolte d'avance et il avait pu ainsi commencer ses recherches et ses expérimentations bien avant Jean Ailhaud, et surtout bien avant que celui-ci s'en souciât. Sans s'inquiéter davantage, ce dernier raconta une histoire fantaisiste sur l'histoire des deux plantes qu'on aurait retrouvées dans les cales d'un bateau de la compagnie des Indes, et qu'on lui aurait confiées au vu de sa grande renommée. On lui demanda un nouveau complément de détails et l'imprudent s'enfonça dans le mensonge sans aucune précaution. C'est alors qu'il reçut alors notification de la plainte que Jean Passadieu avait déposée devant le parlement contre lui. Celle-ci n'était pas à prendre à la légère, car non seulement il était accusé de falsification et de fraude, mais on l'accusait également du vol des précieux échantillons. Prétextant un âge avancé et une fatigue que personne ne viendrait vérifier, il fut soustrait à l'obligation de se présenter au jugement. Il s'y fit représenter par son fils, Jean-Gaspard, qui était au courant de toutes ses affaires et de ses nouvelles recherches.

Pour toute défense, il ne put cependant qu'étayer son histoire de plantes retrouvées par hasard dans la cale d'un navire en fin de campagne. Il brouilla les pistes dans les allées de la foire de Beaucaire, où certains commerçants d'épices auraient proposé à certains de ses fournisseurs ces échantillons venus d'ailleurs, en vantant leurs mérites. Ainsi, si Jean Ailhaud ne pouvait que difficilement se défaire des accusations, il cherchait à diluer les responsabilités entre les multiples intermédiaires : des personnes de paille, sans nom et sans visage, qui étaient venues lui apporter comme sur un plateau ces nouveautés. Jean-Gaspard informait son père très régulièrement de l'évolution de l'instruction.

De son côté, Jean Passadieu, qui avait d'emblée montré une grande agressivité, en portant sa plainte au parlement, produisit un nombre impressionnant de preuves et de témoignages. Le moindre d'entre eux fut celui de Bernard de Jussieu qui, lettres de Linné à l'appui, entendit bien prouver qu'il n'existait sur le sol du royaume qu'une unique souche de ces deux espèces, et que d'une certaine façon, Jean Passadieu et lui en étaient les officiels découvreurs. Passadieu de Saint-Pierre produisit des carnets manuscrits ayant appartenu à sa famille, où l'on décrivait ces plantes et où l'on donnait l'ébauche des recettes qui avaient été utilisées. Il y eut aussi de très belles planches de dessins et d'aquarelles, dessinées par un ami du mage parisien lorsque les plantes avaient été apportées à Paris pour la première fois. D'autres témoignages et documents suivaient, telles les différentes personnes qui avaient vu les plantes dans les premiers temps à la boutique du collège des Quatre nations. À mesure que l'instruction avançait,

Jean Passadieu - Le Secret d'Abraham

Jean Ailhaud avait senti dans la défense de son adversaire une attitude très agressive et délibérément revancharde, comme si les véritables enjeux avaient été tout autres.

En attendant, les procès contre la poudre purgative se multipliaient. La fabrication du nouveau remède était bloquée. Mais Jean Ailhaud était bien plus soucieux de sa renommée et de son honneur que de ses affaires économiques, que le procès contre Jean Passadieu se contentait d'égratigner. En 1748, l'année qui précéda la conclusion du procès, il publia un ouvrage qu'il avait préparé de longue date et qui devait porter sa renommée à son maximum. Il reçut pour cela un vif succès, mais, comme il n'était question que d'y défendre les vertus de sa poudre purgative, cela n'eut aucune influence sur le procès et la décision des juges. Malgré toutes ses actions, les échos du procès parisien venaient jusque dans sa campagne secouer l'ombre des oliviers. On parlait. La rage du vieil homme, pris à son propre piège, se transformait doucement. Alors qu'il n'y avait eu qu'un défi tout professionnel au départ, l'honneur s'en mêlait à présent. Et le risque de se voir déclarer coupable de ce dont on l'accusait le rendait extrêmement nerveux, usant les forces vives qu'il avait réservées pour prolonger au maximum ses vieux jours. Cela l'usait, le minait, car au fond la crainte de se voir perdre s'était progressivement ancrée dans ses idées.

Ce matin-là, on lui avait porté le courrier de Jean-Gaspard, mais il avait préféré attendre un moment plus propice pour prendre connaissance du verdict de la cour et des conséquences de la décision qui avait été prise. Le sort était scellé, dans ce petit bout de papier qu'un coursier spécial lui avait apporté en grande urgence, afin qu'il soit le premier à apprendre tout de ce qui le concernait. Mais il avait peu de temps d'avance, avant les rumeurs et les nouvelles fausses ou vraies, qui curieusement parcouraient parfois le royaume de part en part, bien plus vite qu'un cheval au galop ou qu'un ramier à tire d'aile. Il n'avait donc guère de temps d'avance pour se préparer, mais il préféra dîner légèrement dans la maison avant de venir s'asseoir sous l'arbre pour y lire ce qu'on avait décidé pour lui.

Il rompit le sceau, ne s'embarrassa pas des formules de politesse, essayant de deviner dans le ton des mots de son fils les augures bons ou mauvais de ce qui était à suivre. On le reconnaissait coupable en tous points, sur tous les chefs d'accusation : plagiat, vol, falsification, usurpation de biens. La somme de plusieurs milliers de livres qu'il avait à rembourser n'était pas en soi le pire des châtiments. Ce qui était bien plus préjudiciable, c'était sa légitimité de médecin mise en péril par un vulgaire charlatan sans titres, qui lui donnait une si belle leçon. Au fond de lui-même, il savait parfaitement que cette sentence était méritée et qu'il était allé de lui-même au-devant des problèmes. Mais dorénavant, plus rien ne serait comme avant. La nouvelle allait faire le tour des universités de tout le royaume, et l'on se défierait sans doute à l'avenir de ses prescriptions et de ses préparations. Il n'y avait plus qu'à attendre le retour de Jean-Gaspard de Paris, pour solder ce qu'il devait à son adversaire, en espérant que celui-ci se

montrerait magnanime et qu'il ne profiterait pas trop de la position de supério-
rité que lui donnait cette affaire.

Les domestiques avaient laissé le vieillard seul : le temps pour lui qu'il ouvre le
courrier et découvre une nouvelle qui ne faisait aucun doute, vu le tour qu'avait
pris très rapidement le procès. Jean Ailhaud replia soigneusement la feuille et
ferma les yeux. Il écouta les derniers sursauts du vent qui secouaient les frondaisons. Le soir venait, en jetant des éclats sanglants sur les premiers nuages. Il
faisait encore chaud et pourtant les cigales avaient interrompu leur chant, on ne
savait par quel mystère. Car à cette époque de l'année, on les entendait normalement chanter bien longtemps après que la nuit fut complètement installée. Jean
Ailhaud ressentit une immense fatigue, une lassitude terrible, de ces longs mois
d'attente passés à espérer en vain qu'on l'épargnerait. L'atmosphère paisible
du soir ne parvenait pas à calmer sa peur. Car pour la première fois de son
existence, il ressentit la charge des années. Comme s'il avait toujours négligé la
fatalité ultime, ne voulant pas croire qu'elle finirait un jour par l'intéresser, lui
aussi. Son corps se détendit, comme la corde d'un arc qu'on a maintenue trop
longtemps tendue. Il laissa retomber la tête sur sa poitrine, en espérant que ce
soit là un signe qu'il donnait au ciel pour qu'il lui épargnât la suite.

Il attendit ainsi de longues minutes. Il laissa ses bras s'alourdir, une pesanteur s'installer dans ses jambes. Il espérait s'endormir en imaginant qu'il serait
si simple que ce fut pour toujours. On le laissa ainsi dans son fauteuil jusqu'à
la nuit pleine, comme il l'avait ordonné. Puis un de ses fermiers vint enfin avec
une petite lanterne.

— Monseigneur ?

Jean Ailhaud ne bougea pas la tête, mais il se contenta de grogner.

— Qu'y a-t-il ?

— Vous m'aviez dit de venir vous chercher lorsque la lune serait levée.

— Eh bien ?

— Elle court dans le ciel depuis une bonne heure.

— Elle a bien de la chance.

— Pourquoi dites-vous cela ?

— Je dis qu'elle a bien de la chance, car elle en est encore capable.

Le domestique ne répondit rien. Il avait ramassé la canne à pommeau d'or
que Ailhaud avait laissé rouler dans l'herbe et se contenta d'attendre. Le vieil
homme se redressa et prit la canne des mains de l'autre.

— Tu ne me demandes pas qui a gagné.

— Je ne savais pas quelle réaction aurait eu monseigneur en cas de défaite.
Mais je savais parfaitement comment il aurait réagi s'il avait gagné.

— Tu te crois si pertinent que ça. Et bien, comment aurais-je réagi si j'avais
gagné ?

— Vous auriez fait comme s'il ne s'était rien passé, sans rien changer à vos
habitudes. Vous seriez sans doute, à cette heure, en train de jouer au sphinx
dans le grand salon.

Le vieillard émit un petit rire rouillé.

— Tu n'as pas tort. Avec peut-être à la main un verre du vin des papes.

— Sans doute.

— Allons, il n'est pas trop tard. Il me reste peut-être encore le temps de gagner quelques parties.

Les deux hommes entrèrent dans la maison, laissant le jardin aux cigales qui avaient repris leur chant.

******

Jean Ailhaud n'eut guère le loisir de gagner beaucoup de parties dans les quelques années qui lui restèrent à vivre. Après l'affaire Jean Passadieu, ses détracteurs, ragaillardis par cette cuisante défaite, se remirent en devoir de l'étriller de parlement en parlement, faisant en sorte qu'on lui ferme un maximum de porte d'université, malgré ses titres et l'époque glorieuse où l'on se pressait pour lui serrer la main ou simplement lui adresser un compliment. Les vieilles affaires qu'il croyait enterrées ressortaient d'elles-mêmes comme des spectres, pour lui renvoyer en pleine figure les échecs de sa poudre. Les démonstrations se faisaient plus solides et les argumentaires inflexibles.

Le vieil homme résista tant bien que mal aux attaques. On ne le voyait guère plus qu'entre son hôtel d'Aix et le château de Vitrolles. Il finit par ne plus bouger, préférant ne rencontrer personne plutôt que de risquer railleries et cynisme à chaque coin de rue. Jean Passadieu ne s'acharna pas, montrant finalement son dédain pour son adversaire, débarrassé des contraintes du procès, enrichi de plusieurs dizaines de milliers de livres, crédité partout de cette publicité qu'il n'avait pas demandé. Il n'avait plus grand-chose d'autre à réclamer à l'existence. Il se trouvait alors dans cette situation de complète félicité où se trouvait Jean Ailhaud avant que Gersende Coëtquen ne vint le visiter.

Après l'appétit et le sommeil, Jean Ailhaud perdit même la notion du goût. Son palais se desséchait, tout comme son vieux corps. Un parchemin roulé abandonné au soleil du désert. Sa carcasse ne valait pas davantage. Il avait perdu le goût du combat. Sans le moteur spirituel qui l'avait jusqu'alors servi, la machine se mit à faiblir chaque jour. Malgré le soutien indéfectible d'un fils aimant, il se laissa partir. Jean Ailhaud devait mourir en 1756, bien après la fin du procès, ruiné moralement, même si celui-ci n'avait en rien ralenti la prospérité de son affaire ni la reconnaissance des gens de sa province. Il avait plus de quatre-vingts ans et c'était un âge bien respectable pour s'éteindre, mais à l'ombre d'une vie riche et pleine, sa vieillesse ne fut plus que de longs errements. Jean Ailhaud se trouvait isolé et obligé de répondre à nombre d'accusations. Sa poudre se vendait encore bien, car dans les cours du fond de l'Europe, le bruit de l'infamie n'avait roulé que de manière fugace. Le vieil homme ne cessa de s'en vouloir d'avoir prêté l'oreille à la voix charmante de la jeune bretonne qui avait franchi, il y avait si longtemps, le pas de sa porte.

Il avait maudit jusqu'au bout sa vanité, qui l'avait poussé dans ce combat imbécile dont il n'avait pas besoin. Il n'avait alors ni besoin de plus d'argent ni de davantage de renommée. Il avait pourtant cédé, et la justice pertinente avait remis les choses en place. La seule satisfaction qu'il avait pu emporter avec lui au-delà de la mort, c'était que son fils jusqu'au bout l'avait soutenu encore, et qu'il soutiendrait bien longtemps encore sa mémoire. Ce qu'il n'imaginait pas, c'était à quel point Jean-Gaspard Ailhaud était nourri d'un désir de revanche, estimant que ce procès avait tué son père, en faisant par la même porter la responsabilité à Jean Passadieu. Il n'était plus question de rivalité, mais bien de châtiment. L'esprit de famille était nourri d'un honneur qu'on avait ébranlé. Avant de mourir, Jean Ailhaud avait tenté d'apaiser cette ire qu'il sentait destructrice, expliquant que la sentence était méritée, puisqu'il s'était réellement rendu coupable de ce dont on l'accusait. Mais le fils, affligé de la vision du vieillard débile, n'avait pas souhaité entendre raison. Et la loi du Talion ne lui semblait pas une mesure exagérée dans cette affaire. Jean-Gaspard avait la jeunesse, il fourbissait ses armes.

Chapitre XIV
Une nouvelle vie

Je ne pus jamais comprendre comment les choses s'étaient passées. Et sans la vigilance de certaines personnes de mon entourage, qui agirent en véritables camarades, je n'aurais sans doute pas eu connaissance de ce complot qu'on avait ourdi contre moi depuis la perfide province. Je ne pensais pas non plus que le nom de Jean Ailhaud et que le souvenir de sa terrible poudre allait prendre une place dans mon univers, alors que j'avais fait tout mon possible jusque-là pour l'écarter de ma mémoire. Tout avait commencé en 1744, lorsque Bernard de Jussieu m'avait apporté mes plantes. Et je n'avais pas imaginé à cet instant qu'il eut pu se trouver dans tout le royaume une autre personne disposant de tels spécimens. Je connaissais leurs propriétés pour les avoir éprouvées. Et j'étais seul à connaître les recettes qui étaient parvenues jusqu'à moi dans les carnets de ma mère : écrites de la main de ma grand-mère, puis de celles de ma mère, il était impossible de douter de leur originalité. L'arrivée dans ma boutique de ces quelques feuilles fut certes un événement marquant, mais il fallut avouer que ma nouvelle vie avec Marie Courval et les garçons avait de quoi occuper également.

Mon activité n'avait jamais été aussi florissante. Et avec les limites que je m'étais fixées, il n'y avait aucune raison pour que cette période de prospérité, que j'avais si longtemps attendue, ne soit pas enfin une sorte d'avènement : une finalité vers laquelle j'avais mis si longtemps à tendre. Certains principes de modestie et de raison devaient me garder des chemins de traverse où s'égaraient parfois certains de mes confrères, soit par appât du gain ou par une vanité toute naturelle, dès que la nature nous donnait l'impression d'obéir quelques fois à l'action de nos prescriptions. Je m'en tenais à mes pommades dont la renommée était immense. Je ne me mêlais pas des grandes maladies, comme le faisaient certains, et je n'allais jamais à l'encontre des prescriptions de la Faculté, afin que ceux qui me toléraient continuent à le faire.

J'engageais donc mes nouvelles recherches dans le plus complet secret. Depuis longtemps, suivant les idées de Mario, de Pierre Fauchard et de biens d'autres, je m'étais mis en quête d'un remède secret qui pourrait soulager le mal de dents, et permettant particulièrement les extractions de celles-ci dans des conditions plus supportables pour les malades. J'avais obtenu une première préparation, où l'ambre apportait une atténuation de l'effet narcotique des autres drogues par sa saveur prononcée et toute particulière. L'arrivée des nouvelles plantes, dont je savais l'effet puissant, promettait une progression rapide de mes recherches. Tous ces travaux se déroulaient le soir, dans le plus grand secret, lorsque mon domestique était parti. En dehors du cercle intime dont je ne voulais pas douter (Marie Courval, Marie Sautereau et Grégoire), seuls deux autres hommes étaient au courant de cette activité. Bernard de Jussieu était revenu me voir à plusieurs reprises à ma boutique, et tout naturellement, je m'étais ouvert à lui de ce projet de remède secret qui ne manqua pas de l'intéresser au plus haut point. Je lui avais même offert une nouvelle portion d'ambre pour le remercier de sa fidélité. La puissance de l'arôme de cette substance était en effet telle que je me contentais de distiller de minuscules fragments pour obtenir de grandes quantités d'huile. Ainsi, le morceau que je possédais me semblait un trésor autant inestimable qu'inépuisable.

Le second homme, que j'appris à connaître lentement, était le moine bénédictin qui avait apporté la caisse la première fois, avec Bernard de Jussieu. Je dois avouer que l'effet qu'il avait provoqué sur moi à notre première rencontre n'avait pas manqué de me mettre mal à l'aise. Sa façon de regarder les personnes, avec une insistance aussi arrogante, donnait facilement l'impression de se trouver devant l'inquisiteur lui-même. Sa tenue, dont il maintenait le capuce rabaissé, donnait au personnage cette dimension mystique et impressionnante. Pourtant, malgré cette sorte de malaise que provoquait son regard lorsqu'on le croisait, il était extrêmement difficile de se détacher d'une certaine curiosité, qui finalement s'avérait plus forte que l'appréhension. Si j'avais eu à n'utiliser qu'un seul qualificatif pour définir ce qui se dégageait de lui, j'aurais pu employer celui de magnétique. Comme l'aiguille aimantée qui se tourne vers le pôle, une fois qu'on avait plongé son regard dans ses yeux si clairs, il était presque impossible de s'en détourner. Tel était le pouvoir du moine bénédictin.

Il ne s'était pas trouvé là par hasard. Car se mêlant de botanique et préparant un traité sur la peinture et le dessin, le saint homme se proposait de reproduire pour le bien de la science les spécimens que la main généreuse de Linné avait fait renaître. De l'ordre de Saint-Maur, il était détaché en l'abbaye de Saint-Germain-des-Prés. Sur l'intercession de Bernard de Jussieu, on mettait en quelque sorte à notre disposition les talents du jeune homme pour mener à bien cette mission. Je mis quelques jours avant de me décider à le convier à ma boutique afin qu'il se mette à l'œuvre. Je n'avais aucune raison de douter de ses compétences ni du bien fondé de reproduire ces espèces dans les meilleures conditions possible, afin d'alimenter les collections du jardin du Roy. J'avais consulté les carnets de ma mère et j'avais cru y reconnaître certains croquis qui n'étaient pas sans rappeler les échantillons vigoureux dont je disposais. Mais ils ne ressemblaient en rien à ce qu'on pouvait voir dans certains ouvrages scientifiques.

La semaine suivant celle où étaient arrivées les plantes dans ma boutique, je priai donc le moine de me visiter afin que nous mettions en œuvre ce qui était prévu. Il se présenta dès le lendemain de mon invitation. Il revêtait la même tenue que lors de notre première entrevue. Il portait une lourde sacoche en cuir où il devait tenir son matériel de dessin. Il attendit sur le pas de la porte que je le fasse entrer. Son regard était toujours aussi magnétique, il le promenait partout comme s'il ne devait rien oublier de chaque détail qu'il observait dans la pièce. Curieusement, il ne dégageait aucune animosité. Je le laissai terminer son inspection et renouvelai mon invitation à entrer. Il s'excusa, comme s'il avait eu une absence, et finit par entrer. Il ferma la porte derrière lui.

— Je m'appelle Antoine-Joseph Pernety, je suis à votre service, monsieur de Passadieu.

— Je me souviens parfaitement de votre nom.

Il ne m'avait pas paru curieux qu'il ne se présentât pas sous son nom de moine, comme le voulait la tradition. Il avait prononcé ses vœux et, ainsi, il aurait dû abandonner toute prétention à ses patronymes de naissance. Mais cela ne me choqua pas. Je m'en fis juste la réflexion, comme si cet homme n'avait pas encore véritablement trouvé sa vocation dans sa congrégation. Il avait posé sa sacoche à terre, soucieux de ne pas encombrer le mobilier de ma boutique et de ne se montrer importun en rien.

— Je ne vous importunerai guère longtemps, monsieur, puisque je crois qu'il n'y a que deux espèces à reproduire ?

— C'est exact.

Le moine déballait déjà son matériel. De grandes feuilles de chagrin, des feuilles de papier de plusieurs dimensions, des pointes de charbon, des plumes, de l'encre et une boite de couleurs. Des pinceaux venaient compléter un attirail impressionnant. Pernety m'expliquait :

— Le chagrin, c'est pour les collections du Roy. Il est de la meilleure qualité. Pas du cheval, non, mais bien de l'âne, de la partie la plus propice à ce genre de travail[36]. Je commencerai par des croquis, puis je les reproduirai à la plume avant de les mettre en couleurs. Ce n'est qu'à la fin que je réaliserai les dessins définitifs sur le chagrin.

— Je vous laisserai tout le temps nécessaire. De toutes les façons, je ne compte pas me servir tout de suite des plantes. Je ne voudrais pas risquer d'épuiser les quelques échantillons mis à ma disposition, avant de m'être assuré qu'ils puissent survivre malgré mes soins encore hésitants. Lorsque je serai certain de leur vigueur, et assuré d'être capable de réaliser de nouvelles boutures, je commencerai à les utiliser.

— C'est en effet une sage résolution. Je pense réaliser au moins trois croquis pour chacune des espèces. Un dessin de la feuille vue par au-dessus, un de la feuille vue par au-dessous et une vue d'ensemble de la plante, afin de bien fixer son maintien et sa stature. Par ailleurs, nous serons amenés à nous revoir par la suite, car il faudrait que je puisse reproduire les fleurs, s'il y en a, puis les fruits et les graines, en fonction des saisons de floraison. Comme nous ne connaissons pas encore ces plantes, il faudra nous montrer patients et vigilants.

---

36 — L'arrière-train.

Le moine était maintenant prêt. Il tenait dans sa main un petit carnet de feuilles pas plus grand que la paume de sa main, dans l'autre quelques pointes de charbon de fusain. Il avait rangé le reste de son matériel dans un coin de la pièce. Je remarquai comme ses doigts étaient longs et fins, tout à fait propices au travail d'artiste auquel on allait les employer.

— Où sont les spécimens ?

Je fus un peu gêné lorsque je me rendis compte que j'observai l'homme avec beaucoup plus de curiosité que la politesse ne le permettait. L'autre avait feint de ne pas le remarquer.

— Venez avec moi.

J'avais sorti les plants de la caisse en bois dans laquelle on les avait acheminés. Je les avais installés dans deux bacs séparés où chaque espèce pourrait profiter tout à son aise. Les bacs se trouvaient devant les fenêtres, afin de profiter à plein de la lumière du soleil qui ne manquait jamais à cet endroit.

— Les voilà.

Le moine s'avança et s'accroupit devant les bacs. Il s'approcha si près des plantes qu'il aurait pu les dévorer comme le premier ruminant venu. Il ferma les yeux et je vis sa narine se dilater imperceptiblement comme s'il essayait de percevoir les odeurs des plantes. Puis, sans me demander, il passa sa main très délicatement à travers les feuilles, comme pour en éprouver la fermeté. Le geste était imprévu, mais semblait si respectueux que je ne dis rien.

— Imaginez quels sont les desseins de Celui qui a créé ces plantes et les a fait pousser sur votre île lointaine. Il doit bien y avoir une volonté supérieure à cela. Ne pensez-vous pas ?

La question ne manqua pas de me surprendre et je ne sus que répondre tout de suite. L'autre poursuivit.

— Ne pensez-vous pas que ces créations sont d'essence divine, autant que la moindre des créatures animales ? Au même titre que vous ou moi ?

— Si.

— Eh bien, ne croyez-vous pas à ce titre qu'elles ont une fonction particulière à prendre dans notre univers ? Et que c'est à nous de la trouver et de la leur donner ?

— Sans doute.

— Et c'est sans doute pourquoi vous les avez amenées jusqu'ici, que vous en avez conservé les germes sans le savoir, qu'un savant homme les a confiés à un autre dont le talent a permis de leur redonner la vie. Et nous voici ici, peut-être aux portes d'une connaissance qui n'attend que notre intelligence pour la révéler. Tout ce qui frappe nos yeux, tout ce qui fait impression sur notre esprit commence par nous intéresser. Nous sentons d'abord que ce qui n'est pas nous a cependant un rapport avec nous, qu'il peut contribuer à la conservation ou à la destruction de notre existence.

Je ne répondis pas. La conversation de cet homme était tout à fait particulière, mais ne correspondait en rien à ce que j'aurais pu attendre de l'austérité laborieuse d'un bénédictin. De même, si ses paroles semblaient délibérément empreintes d'un degré très élevé de spiritualité, elles ne correspondaient pas au registre habituel d'un ecclésiastique. J'avais du mal à savoir si cette conversation m'était agréable ou non. Il n'y avait rien d'hostile dans son attitude, rien de pédant non plus. C'était étonnant de ressentir une si grande curiosité de la nature et une immense modestie. Il continua quelques instants à caresser le feuillage, puis me dit.

— Vous m'avez dit que vous aviez des carnets qui décrivaient ces plantes. N'y avait-il quelques croquis pour les accompagner ? Cela nous serait fort utile. Peut-être pourrions-nous retrouver au moins les noms que vous donniez à ces plantes dans votre pays. Vous ne vous en souvenez pas vous-même ?

Je regardai une nouvelle fois les plantes comme si je les regardais pour la première fois. Et pourtant, depuis qu'elles étaient entrées dans ma boutique, j'avais passé de longues minutes, plusieurs fois par jour, à les observer. J'imaginais qu'elles pourraient me raconter des fragments de mon histoire. Ceux qui me manquaient. Que je pourrais les replacer dans leur contexte naturel, me montrant ma mère ou ma grand-mère, ou n'importe qui d'autre de ma famille, en train de les prélever dans un sous-bois. Mais les plantes étaient jusqu'à ce jour restées muettes, et ma science botanique était si inexpérimentée que j'avais rapidement abandonné un tel projet.

— J'ai essayé, mais il y a juste des sortes de gribouillages. S'il y a eu des dessins, ils ont dû passer avec le temps.

— Cela vous ennuierait de me les montrer tout de même ? Il y a parfois des signes qu'un spécialiste peut reconnaître, là où l'œil d'un novice reste aveugle. Vous-même, lorsque vous examinez vos patients, vos yeux décèlent des signes que je serais parfaitement incapable de distinguer.

Je me levai et allai chercher le second carnet où étaient répertoriés les remèdes. Les croquis étaient d'une qualité technique bien modeste. Je tendis le document au moine qui le reçut avec précaution. Il me jeta un œil pour s'assurer de mon plein consentement pour l'autoriser à examiner le document. Il l'ouvrit, le feuilleta. Dans un sens, puis dans l'autre, jetant de petits coups d'œil rapides aux plantes dont il essayait d'analyser l'image pour en faire correspondre des bribes avec ce qui pouvait sembler au premier abord pour de simples ratures. Finalement, il s'assit sur le sol, en tailleur, et posa le carnet sur ses jambes croisées.

— Venez vous asseoir près de moi.

Je m'exécutai. Le sol de pierre était froid et son contact désagréable, mais je n'avais pas envisagé un seul instant ne pas faire ce que l'autre m'avait proposé. À travers les fenêtres, la lumière donnait à plein.

— Regardez. Il y a toujours une solution à trouver. Et bien souvent, c'est le soleil qui nous prête sa force ou sa clairvoyance.

Il avait gardé le carnet ouvert à une page précise, et le leva doucement à la lumière du ciel. Là où je n'avais vu que des traits jugés à tort vulgaires, et sans doute de hasard, se dessina progressivement une forme beaucoup plus précise. Celle d'une plante avec sa tige, ses feuilles. Un dessin minutieux auquel les rayons lumineux redonnaient sa précision originelle. Le moine resta ainsi de longs instants, tenant le cahier à hauteur de mes yeux, pour être bien certain que je me rende compte de l'effet d'optique.

— Je comprends, c'est étonnant.

— Il y a un secret en toute chose, à nous de le révéler.

Il désigna la plante la plus robuste qui n'en était qu'à un stade juvénile. On imaginait bien pourtant qu'elle serait bientôt capable de former une sorte de buisson.

— Voyez ces feuilles simples et solides. Elles sont épaisses. Leur forme rappelle un peu celle du laurier, mais de moindre ampleur. Ne trouvez-vous pas qu'elle ressemble un peu à celle-ci?

Il désigna le dessin où était représentée une feuille qui aurait pu ressembler à celle que nous observions à l'état naturel. Mais elle aurait aussi bien pu rappeler celle d'une autre espèce. Le moine continua sa démonstration.

— Voyez comme la tige est irrégulière? Et la disposition des feuilles sur la tige? Ne trouvez-vous pas une certaine ressemblance?

Il fallait avouer que, présentée de cette manière, la similitude était presque évidente. Sur le schéma, il y avait une autre tige horizontale qui servait de point de départ pour les tiges aériennes de la plante. Une sorte de racine commune.

— Et ça, qu'est-ce que c'est?

— C'est une tige souterraine. Voyez.

Le moine passa son doigt dans la terre avec beaucoup de délicatesse, entre deux des tiges verticales, et découvrit rapidement en profondeur cette racine commune qui reliait les tiges entre elles. J'étais convaincu. Il n'y avait plus qu'à lire le nom qui était écrit en face, de la main de ma grand-mère.

— Du thé rouge[37]. Je me souviens en avoir entendu parler. Ma grand-mère en avait toujours avec elle. Elle nous en distribuait dès qu'il y avait des signes de fièvre ou de douleurs.

— Eh bien, voyez, ce n'est pas plus compliqué que cela. Voyons pour l'autre.

Il se remit à consulter le carnet en le feuilletant doucement et en observant la seconde espèce. Il n'y avait d'autre bruit dans la pièce que le bruissement des feuilles du carnet. Je sentais le froid du sol me gagner progressivement, mais trop excité par cette découverte, je ne bougeais pas. Il semblait hésiter entre deux autres pages. Et à chaque instant où il élevait le carnet devant la lumière, je voyais apparaître de nouvelles figures, comme si on avait voulu garder une sorte de secret en dissimulant ces dessins à des yeux trop impatients.

— Voilà, nous y sommes. Regardez notre seconde espèce.

Je regardai.

— La feuille a une forme complètement différente de la première. Voyez comme elle est élancée et fine. Ses bords sont dentelés et l'on sent comme une fragilité dans sa structure. Les feuilles viennent s'insérer à plusieurs endroits sur la hauteur de la tige. Une autre particularité qu'on devine à peine sur le dessin,

---

37 — Aussi appelée gaulthérie couchée.

mais qui, à mon avis, est indubitable, c'est que la tige présente des formes de petits poils à certains endroits de sa hauteur.

La plante que nous avions en face de nous était effectivement très ressemblante. Je passai mes doigts délicatement le long d'une tige, et je pus reconnaître une sensation toute particulière, comme si un fin duvet en recouvrait la surface. Le moine me tendit le cahier.

— Avec ces similitudes, dites-nous vous-même de quelle espèce il s'agit, si vous êtes en accord.

— L'herbe à dindon[38].

En même temps que je le prononçai, le nom me revint en mémoire. Je lus sur le cahier les conseils que l'on donnait pour cette plante. Il fallait la ramasser à l'automne et la faire sécher pour en faire des infusions. Elle était utilisée en particulier contre les douleurs dentaires.

— Vous voyez bien qu'il n'y a pas de hasard dans les signes que le Ciel nous envoie.

C'est ainsi que je fis la connaissance d'Antoine Pernety. J'appris rapidement à le connaître et pu profiter de ses connaissances en matière de botanique. Je l'accompagnai parfois pour herboriser, et il proposa que Nestor et Augustin nous accompagnent. Nous formions ainsi une joyeuse compagnie. Nous partions souvent au-delà des faubourgs Saint-Jacques et Saint-Michel, là où l'empreinte de l'homme n'avait pas encore marqué la nature. Nous y découvrions certaines plantes nouvelles et, frère Antoine, comme il avait demandé que je l'appelle m'enseigna certaines choses que je ne connaissais pas. Je retrouvai pourtant certaines espèces que Pomardini m'avait appris à reconnaître, mais sans la science des noms, et une autre plus précise qui prêtait de nouvelles propriétés à ces plantes que je connaissais déjà.

Les semaines passèrent et mes protégées semblèrent satisfaites sous ma protection. Elles ne tardèrent pas à fleurir. Le thé rouge donna à l'été de petites feuilles d'un rose très pâle avant de porter des baies rouges. Bien évidemment, frère Antoine fut informé de chacune des étapes de la vie des plantes et vint recueillir chaque témoignage qu'il fixa avec application dans ses cahiers. La verge d'or émit de beaux panaches de fleur jaune et je compris très vite pourquoi on lui avait donné ce nom-là. Je me risquai à quelques bouturages, sur le conseil de Bernard de Jussieu. Une année passa et je pus me féliciter d'avoir non seulement maintenu en vie mes espèces, mais d'avoir pu porter à la vie plusieurs nouveaux plans de chacune des deux plantes. Antoine Pernety vint me montrer les planches définitives qui comportaient aussi, outre une vue exhaustive de la plante et de ses feuilles dans plusieurs plans de l'espace, les fruits, à l'extérieur comme à l'intérieur. C'était des planches magnifiques. Les couleurs que le talent du moine y avait placées donnaient à l'ensemble un air de fraîcheur qu'on eût pu croire qu'il s'agissait là de véritables spécimens vigoureux en lieu de simples dessins coloriés.

Dans cette époque riche et fastueuse, j'oubliais dans un même élan la pesan-

___

38 — Ou verge d'or.

teur de mon âme et le temps qui passa sans rien dire, comme une rivière tranquille. Un hiver passa, puis un deuxième. Les garçons grandissaient et venaient parfois me seconder à la boutique trouvant, dans mes expériences un sujet de distraction et de grand intérêt. J'attendis encore quelques mois avant d'utiliser les premiers échantillons de mes plantes, usant de divers procédés chimiques ou plus classiques pour évaluer lequel permettait le mieux de faire profiter à mes patients de leurs effets. J'invitai le moine à participer à mes recherches et m'ouvrit, peut-être inconsidérément, à mes travaux alchimiques auxquels il sembla prendre goût très rapidement. Ses suggestions étaient toujours judicieuses et bien vite j'appréciai sa présence à mes côtés. Marie Sautereau s'appliquait à déverser sur moi les trésors de tendresse qu'elle avait retenus si longuement, me prouvant que la vie pouvait provoquer des émerveillements bien au-delà des pires douleurs et des chagrins. L'âme humaine était donc beaucoup plus riche que je ne l'avais imaginé tout d'abord. Peut-être était-ce aussi le temps qui avait forgé mon esprit d'une expérience et d'une sagesse nouvelles. La maturité venait peut-être enfin. Je ne ressentais pas la charge des ans, tant la vie me paraissait enfin d'un poids bien agréable, me faisant presque oublier, parfois dans un sentiment de honte, quels malheurs avait traversés ma famille jusqu'à ce qu'elle me laissât seul. Le monde n'était plus un champ de souffrance, puisque j'y avais pris ma place, construisant autour de moi, par un courage insatiable.

Ma famille était pour moi un émerveillement et une satisfaction toujours identique. J'avais quelques amis, dont la fidélité compensait la rareté dans le choix que j'avais fait de leur proximité. Grégoire, Marie Sautereau pour les plus proches. Bernard de Jussieu, François Xavier de Charlevoix et le moine faisaient également partie de ce cercle de privilégiés, prêts à franchir mon intimité. Au-delà, je me passais complètement des relations sociales que l'on me proposait par des sollicitations, certes bienveillantes, mais toujours aussi insistantes et fondées sur une étiquette sociale que je n'étais pas prêt à adopter. On me le reprochait parfois, on le regrettait toujours. Mais c'était au nombre de ces invitations qui ne fléchissait jamais que je pouvais mesurer ma renommée et la santé de mon affaire. Le temps filait, comme il savait le faire : toujours plus vite, quand les conditions de notre vie étaient souriantes et propices. Et lorsqu'il y avait un grain de sable dans la machinerie, chaque minute se mettait à peser pour faire payer chaque instant de souffrance de notre condition d'hommes. C'était donc une période si faste que les années passèrent nourries de l'affection, du travail et d'une certaine idée du bonheur qui, pour n'être pas parfait, n'en était que plus estimable.

Deux événements marquèrent leurs coups pour ponctuer cette période faste et nous rappeler à l'ordre : nous étions tous mortels. Quoi que nous puissions en penser, il semblait toujours bon de nous le rappeler, comme le disait frère Antoine. Le premier de ces rappels à l'ordre marqua le ralentissement du temps, une sorte de balise pour signifier que les temps avaient changé et qu'un certain chapitre se fermait définitivement. Marie Sautereau nous quitta un matin, sans alerte, sans maladie. Elle avait fait le deuil du départ de maître Datelin et avait pris son parti de profiter des années de vie qu'il lui restait à vivre. Elle était la grand-mère que nos jeunes garçons n'auraient jamais, et ils lui avaient toujours rendu l'affection qu'elle leur portait. Il n'y avait donc pas de raison pour que le chagrin et le veuvage l'aient emportée. Simplement l'âge, qu'elle n'avait d'ailleurs jamais osé nous avouer. Un matin, Marie Courval trouva les volets de la boutique de vannerie fermés. Elle entra sans inquiétude et trouva la vieille femme froide dans son propre lit. Son visage avait gardé l'apparence du sommeil. Et malgré le chagrin que nous avions pu tous nourrir, car nous la chérissions tous, la certitude d'une mort paisible et probablement inconsciente nous rassura. De simples funérailles furent organisées. Quelques commerçants voisins vinrent pour un dernier hommage. Nous offrîmes une collation à la boutique et puis tout fut dit. Il ne nous resta plus, à Marie Courval, Grégoire et moi-même, qu'à tenter de combler le vide qu'elle laissait et à tenter d'expliquer aux garçons le mystère de la mort.

Ce qui y eut de bien plus déterminant pour moi dans cette disparition, ce fut la sensation très nette d'une nouvelle page qui se tournait dans ma vie. Depuis mon arrivée à Paris, peu de choses, qui m'étaient arrivées de près ou de loin, s'étaient faites sans l'intermédiaire ou l'aide de Datelin. C'était lui qui m'avait aidé pour mes débuts à la foire Saint-Germain. Ce fut lui encore qui m'aida à m'installer au collège des Quatre nations. Malgré sa mort, Marie Sautereau avait gardé cette fonction tutélaire, comme si le vieil homme me protégeait encore par l'intermédiaire de sa veuve. Je lui devais tout, à lui comme à la chance. Mais la chance était une maîtresse farceuse, je le savais, et l'on ne pouvait guère compter sur elle, aussi bien à l'échelle d'une vie qu'à celle d'un simple instant. Il n'y avait bien que la fidélité des hommes sur laquelle on pouvait compter. C'était la seule vraie valeur qu'il fallait reconnaître et préserver. Et c'était une partie de cette sagesse que m'offrait la maturité, à l'heure où une nouvelle figure parentale disparaissait de ma vie. Depuis mon départ de Saint-Pierre, je n'avais au fond jamais cessé d'être orphelin. Mais je renaissais chaque fois malgré tout.

Avec ce départ, je devenais définitivement adulte, pleinement responsable de mes actes et de mes choix. Marie Courval restait près de moi une image rassurante. Mais bien que mon aînée, il n'y avait pas entre nous une telle notion. Une nouvelle vie commençait donc, sans véritable drame, cette fois, mais il fallait me rendre à l'évidence, la roue tournait pour moi aussi et je m'approchai de ma quarantième année avec une insouciance dont je ne savais que penser. Marie Sautereau était propriétaire de la boutique. Elle l'avait transmise à Marie Courval, qui hésita longuement à poursuivre son commerce dans lequel elle s'entendait pourtant fort bien. Grâce au ciel, l'incendie de l'Hôtel-Dieu, qui avait failli lui coûter la vie, l'avait apparemment dissuadée de reprendre la coiffe des ventrières. Elle connaissait en outre ma grande appréhension par rapport à cet endroit et aux risques d'un tel métier. Les choses avaient été dites, tranchées et on n'en reparlerait plus.

Il ne fallut que quelques petits changements à nos habitudes pour que la vie reprenne un cours régulier. Les garçons grandissaient et s'occupaient entre leurs leçons et ma boutique où ils aimaient venir, affirmant qu'ils s'instruisaient aussi bien sinon mieux à mon contact qu'à celui de leur précepteur. C'était en effet le seul luxe que j'avais décidé pour nous, en accord avec Marie Courval. La réussite de mon commerce nous aurait en effet permis de déménager dans un autre quartier et de prétendre à une certaine domesticité. Mais ma modestie refusait un tel train que j'apparentais à du gâchis. Mes origines restaient collées à mes habitudes comme au train de ma maison. Nous avions de quoi vivre confortablement dans notre immeuble de la rue du four. La boutique de Marie Sautereau venait augmenter la valeur de nos biens. Le seul excès que je jugeai utile fut de trouver les meilleurs professeurs pour les deux garçons, afin de leur inculquer la meilleure et la plus éclectique des éducations, et en même temps leur insuffler le goût du savoir et la curiosité des bonnes choses et des belles actions. Je devais avouer que, dans ce domaine, je dépensais sans compter, et qu'en outre, les deux garçons me rendaient au centuple la valeur de mon investissement. Ils étaient tous deux d'excellents élèves, ne rivalisant qu'au prétexte de l'excellence et à celui de me satisfaire.

Je ne souhaitais pas amasser mes gains et malgré quelques œuvres choisies, en particulier au profit d'anciens artistes de la Foire, l'argent rentrait toujours. Je finis par réussir à convaincre mes propriétaires de me vendre la boutique du collège, ce qui ne fut pas chose facile. En augmentant mon loyer très régulièrement, ils avaient fait de mon bail la plus lucrative des rentes. Mais la somme que je proposai ne pouvait se refuser et je devins propriétaire de ma boutique, ce qui me mettait à l'abri de certains revers qui pouvaient toujours rester à craindre. La vie aurait pu continuer ainsi, dans ces nouvelles dispositions que rien ne semblait pouvoir ébranler. Bernard de Jussieu vint un jour me voir. Il venait régulièrement me trouver pour s'enquérir de mes progrès. Mais ce matin-là, un trait de souci barrait son front nettement, ce qui contrastait avec l'air affable que je lui connaissais.

— Vous semblez bien soucieux ce matin, monsieur, et je crains que votre visite ne soit porteuse de nouvelles désagréables.

— Ce ne sont que des doutes, mon cher, mais que l'amitié que je vous porte ne peut laisser en suspens. Dans ce genre d'affaires, il ne faut rien laisser au hasard.

— Vous m'inquiétez déjà. N'attendez pas plus longtemps pour m'en dire davantage.

— Connaissez-vous un certain Jean Ailhaud ?

Même si j'avais oublié depuis longtemps ce nom sinistre et les vertus mortifères de sa poudre, ce rappel fut une pique qui traversa mes viscères, comme si je venais moi-même d'en absorber quelques demi-septiers[39].

— Je ne le connais pas, mais je connais deux personnes qui se seraient bien passé d'absorber sa fameuse poudre purgative.

— Je sais cela, hélas. Mais dites-moi, vous n'avez eu aucun contact avec lui ces derniers temps ?

---

39 — Unité de mesure équivalente à une demi-chopine. La chopine équivalait à une demi-pinte soit 476 millilitres.

— Non, et je pense que c'est le meilleur moyen de me bien porter, tant dans mon corps que dans mon esprit. Vous m'intriguez de plus en plus. Ne tardez point, s'il vous plait.

— Il vient de présenter une nouvelle préparation, à la société royale de médecine dont je suis membre. Il compte en obtenir le brevet. Je connais bien vos travaux et certaines similitudes m'ont paru assez suspectes dans la composition de cette préparation.

— Qu'est-ce qui a pu vous inquiéter à ce point ?

— L'apparition de deux nouvelles plantes, qu'il affirme être introuvables sur notre vieux continent, ne m'aurait pas inquiété outre mesure s'il n'y avait pas dans les autres ingrédients de l'huile bouillante d'anguille qu'on avait réduite.

— L'anguille est un animal qu'on trouve partout dans le royaume, il n'y a pas de raison que j'en aie l'exclusivité.

— Je commence à bien connaître vos travaux. J'ai étudié longuement les carnets de remèdes qui viennent de Saint-Pierre. Je connais par ailleurs les pratiques en usage courant chez la plupart de vos confrères, je sais par cœur les ingrédients du codex. Personne n'avait encore eu l'idée de faire usage d'huile d'anguille bouillante. La présence de cet ingrédient associé à deux nouvelles espèces de plantes me surprend. Êtes-vous sûr que personne ne peut avoir espionné vos travaux et vos recherches pour le compte de cet homme-là ?

Cette question était très surprenante, car je n'avais jamais imaginé qu'on ait pu s'intéresser à mes travaux. L'enjeu de mes recherches ne pouvait être d'un intérêt aussi élevé pour exciter des convoitises ennemies. Si j'avais gardé quelque discrétion par rapport à mes recherches, c'était surtout en raison de l'usage de l'alchimie dans mes procédés. Cette science encore mal connue gardait un caractère mystérieux qu'on pouvait facilement apparenter à de la sorcellerie. Même si le Moyen-âge était loin, la médisance et le soupçon étaient encore des armes redoutables pour défaire une réputation aussi facilement que la mienne s'était faite.

— Vous connaissez comme moi le cercle des personnes qui sont dans la confidence. Je parlerais de secret si je pensais que la valeur de mes travaux avait un tel poids, ce dont je doute.

— Vous êtes encore bien naïf, mon ami, pour croire que l'importance de vos travaux n'est pas capable de susciter jalousie et convoitise. Je voudrais cependant vous demander votre permission pour m'enquérir de manière plus précise de la nature, et surtout de la provenance, de ces fameuses plantes qu'utilise Monsieur Ailhaud. Si elles semblent aussi extraordinaires, il faut nécessairement que leur provenance soit précise et historiquement identifiable.

Je ne m'inquiétai pas davantage lors de cette première alerte. Je donnai ma confiance à Bernard de Jussieu pour enquêter comme il l'entendait sur les travaux de ce monsieur. Ce provincial ambitieux était médecin, je le savais. Et je n'imaginais pas qu'il n'e pût avoir l'entière protection de la Faculté. Faudrait-il entrer en conflit contre lui que je n'aurais pas trop de toutes les armes possibles pour me défendre efficacement. Quelques mois plus tard, Bernard de Jussieu confirma ses soupçons. Vu les réponses de Jean Ailhaud, il y avait beaucoup de doutes sur la paternité et la légitimité des plantes dont il vantait l'exclusivité. Les méandres et les imprécisions de ces réponses laissaient en effet suspecter une félonie quelconque. Les similitudes avec mes travaux les confirmaient. À partir de ce moment, nous commençâmes à fourbir mes armes.

Manifestement, j'avais été victime d'espionnage. C'était une donnée complètement nouvelle pour moi et je ne sus tout d'abord comment entreprendre ma défense. Il fallait que je me prémunisse contre de nouvelles fuites. On changea les serrures de ma boutique. On disposa de nouveaux systèmes plus sûrs et plus difficiles à crocheter. Le gardien du collège ne fut pas informé de ces dispositions et on lui laissa croire que les clefs dont il disposait fonctionnaient encore pour entrer dans ma boutique. On préféra ne pas l'interroger pour n'éveiller aucun soupçon. S'il y avait un espion, on pouvait toujours espérer qu'une manœuvre le trahît. On vérifia l'accès par la rivière et je ne quittais jamais mon cabinet le soir sans avoir vérifié que la herse était fermée et verrouillée. On se préparait en quelque sorte à une bataille. Je n'avais aucune raison de douter des membres de mon entourage et ne fis aucune recherche particulière de ce côté-là, continuant à accorder ma confiance à ceux à qui je l'avais fait jusque-là.

De son côté, Bernard de Jussieu écrivit à Linné. Bien sûr, il faudrait un certain temps avant que celui-ci ne réponde, pour attester qu'il avait bien la paternité de l'acclimatement de ces plantes, dont j'avais apporté les séances avec moi en venant de Saint-Pierre. D'ici là, il fallait gagner du temps pour ne pas initier une procédure trop tôt, de peur de ne pas avoir en notre possession tous les arguments pour défaire notre adversaire d'un coup. Je m'étonnais encore de ces préparatifs quasi militaires, n'imaginant jamais qu'on était en train d'initier une véritable guerre. Car il aurait fallu imaginer que, dans le cas d'un conflit de cette envergure, il risquait d'y avoir des blessés, voire des morts. Je poursuivis mes travaux parallèlement et ne changeai rien à mon quotidien, confiant dans les préparatifs que Bernard de Jussieu semblait prendre très à cœur.

Quelques mois plus tard, nous reçûmes la réponse de Carl von Linné, qui écrivit un rapport très officiel où il décrivait les plantes, leurs origines et les procédés très exacts qui avaient permis leur renaissance. Il les avait classés avec minutie dans son arborescence du règne végétal et leur avait même donné des noms latins afin de leur conférer toute la légitimité requise. Le thé rouge fut classé dans la famille des Éricacées et porta le nom de Gaultheria Procumbens. La verge d'or de la famille des Asteracées, celui de Solidago Canadensis, en hommage probable à cette partie du monde où elle était née. Il y avait aussi les magnifiques planches d'Antoine Pernety, qui étaient entrées dans les collections des jardins du Roy depuis plusieurs années. Il n'y avait donc aucun risque de se voir voler l'antériorité de cette découverte. Les témoignages de tous les protagonistes encore vivants mis bout à bout, l'affaire serait réglée rapidement.

Entre-temps, Bernard de Jussieu avait ralenti l'examen de la formule de Jean Ailhaud pour l'obtention de son brevet. Celui-ci ne se doutant de rien, continuait d'alimenter les questions que lui envoyait la commission de la société royale de médecine. C'est en 1749 que je déposai ma plainte au parlement de Paris, et que les procédures se mirent en route. Je n'étais certainement pas au fait de ce genre de démêlés, comme de beaucoup d'autres domaines, mais Bernard de Jussieu, bien plus avisé, me conseilla dans le choix d'un avocat que je payai fort cher, mais qui devait assurer toute une partie du travail préliminaire. De mon côté, je n'avais qu'à fournir les documents, pièces nécessaires, ainsi que l'identité des personnes qu'il jugerait utile de faire témoigner lorsque viendrait le temps du procès. Cela ne vint pas tout de suite, car, de son côté, mon adversaire semblait jouir de quelques influences occultes, puisqu'il y eut de nombreux reports, des essais de mise en défaut des procédures.

Tout cela ralentissait sensiblement l'instruction. Les jours des audiences se voyaient parfois reportés sine die. Mais cela n'inquiétait pas mon avocat qui, quoique d'un âge tout à fait respectable, semblait avoir tout le temps du monde pour lui, pourvu que je continue à entretenir sa bourse aux dépens de la mienne. Une nouvelle routine s'installa. On m'avait assuré de la victoire et je me contentai de suivre les indications de mon avocat.

Les inquiétudes de départ étaient oubliées. Toute la pression de l'entreprise dépendait d'autres bonnes volontés que la mienne, ce qui me permettait de poursuivre mon activité à la boutique : le commerce restait florissant et mes recherches avançaient modestement. Nous avions réussi à ne pas trop faire de publicité sur cette affaire. Car même si le dénouement nous apparaissait certain, l'influence des rumeurs sur ma renommée était plus délicate à évaluer. Les essais de mes nouveaux produits n'apportaient qu'un maigre supplément de confort aux malheureux qui venaient subir une extraction dentaire. Malgré l'utilisation des nouvelles plantes, je ne trouvais pas de mode d'administration qui permît une action optimale. Je donnais à absorber à certains une prépa- ration de type infusion, qui mettait du temps à agir et incomplètement. Les patients ressentaient surtout les effets secondaires des principes narcotiques, qui n'empêchaient tout de même pas la douleur de se réveiller d'un coup dès que l'on commençait à œuvrer dans leur bouche. J'avais fait par ailleurs de nombreux essais sur une pommade à appliquer directement sur la gencive, en périphérie de la dent qu'il me fallait extraire. J'avais volontairement épaissi ma préparation de base, la rendant plus collante, afin qu'elle puisse adhérer davantage dans la bouche malgré l'action de la salive. L'utilisation de certains corps gras y contribuait. Je faisais de nombreux essais tant sur les malades que sur ma propre gencive, ou parfois même dans la bouche des garçons qui se prêtaient à l'expérience, bien heureux de ne pas avoir à subir réellement ce type d'intervention.

La vie semblait tourner en rond. Le procès n'avançait pas, de même que mes recherches, malgré mon assiduité, l'aide conjuguée de tous et ma volonté opiniâtre. Le procès vint finalement et je dus assister à quelques audiences. Il y eut encore des tentatives de report à l'initiative de l'accusé, mais les juges commencèrent à montrer leur impatience, d'autant que les noms célèbres de certains scientifiques appelés comme témoins donnaient à ces ajournements intempestifs des airs d'amateurisme. J'étais finalement impatient de rencontrer Jean Ailhaud, moins par curiosité que dans l'appréhension de me trouver en face de celui qui avait d'une certaine façon contribué à la mort de Balbine et de Datelin. Je fus surpris d'apprendre qu'on avait accordé à l'homme, au vu de son grand âge, la possibilité de se faire représenter par son fils, un prénommé Jean-Gaspard. C'était un jeune homme arrogant. Il n'était sans doute pas sans savoir que son père était coupable des fautes dont on l'accusait, mais cela ne l'empêcha pas de se comporter d'une manière telle qu'on eut pu croire que c'était lui l'outragé dans cette affaire. De mon côté, même si j'étais déterminé à faire valoir mon droit, je n'avais pris aucun ombrage de cette affaire et n'avais senti à aucun moment des enjeux qui auraient valu qu'on lavât mon honneur par une sentence exemplaire. Ce n'était qu'une question de droit.

Jean-Gaspard montra tout de suite que pour lui les objectifs étaient autres : lorsqu'on souillait l'honneur d'une famille, il fallait s'attendre à un châtiment exemplaire, que ce soit d'abord de la main des hommes, puis de celle de notre divin créateur. C'est ainsi que son avocat commença la défense, qui malheureusement pour lui eut bien du mal à s'étayer par la suite. J'eus très vite la certitude, en suivant la description des travaux de Jean Ailhaud, que celui-ci avait obtenu, on ne savait comment, des échantillons de mes plantes. Il apparaissait par ailleurs très nettement qu'il avait suivi certaines de mes lignes directrices concernant certaines associations de produits, dans la quête du fameux remède dont il espérait obtenir le brevet. La défense de Jean-Gaspard continuait sur sa même lancée, invoquant un complot jaloux pour défaire la réputation et la fortune de son père.

À la fin, les juges n'en pouvaient plus de tant d'arrogance. Restant modeste et réservé en face, je ne montrai qu'une détermination calme qui finissait d'attester de mon bon droit. Le jugement s'ensuivit, la sentence fut exemplaire. Les bruits coururent jusqu'à mes oreilles que le fils, définitivement meurtri par la défaite de son père, avait juré d'obtenir la mienne un jour ou l'autre, par n'importe quel moyen. La somme exigée en réparation des dommages fut versée aussitôt, et on n'entendit plus parler de la famille Ailhaud. Je reçus simplement un avis de décès de Jean Ailhaud en 1756. On ne me conviait pas à ses funérailles. On m'informait simplement qu'il était mort. Au bas de l'imprimé, une main rageuse avait inscrit à l'encre rouge :

— Souvenez-vous de moi, car je serai bientôt l'artisan de vos cauchemars.

Je reconnus dans la signature presque illisible, le prénom *Jean-Gaspard*.

Chapitre XV
Le poids des ans

La vie reprit un cours plus que normal après cette affaire, qui n'avait à notre échelle pas eu de conséquences bien bouleversantes. Les menaces d'un industriel malheureux de Provence ne m'avaient ôté ni le sommeil ni l'appétit, et je n'avais plus aucune raison de craindre ses attaques. Il était clair, dans tous les cas, que le moindre témoignage d'agressivité de la part de Jean-Gaspard Ailhaud contre moi serait aussitôt sanctionné par le parlement. Le bonhomme s'était acheté un titre et s'ingéniait, à ce que j'en avais appris, à colliger toutes les recommandations, félicitations et louanges qu'il avait pu trouver pour défendre la subtile poudre que son père avait inventée. Mais ce n'était plus mon affaire. Les miennes allaient bon train.

Augustin allait avoir dix-neuf ans et je commençais à me rendre compte que la vie s'accélérait à mesure de l'âge, me rappelant qu'il n'était pas vain de fouiller chaque parcelle du quotidien pour en extraire ses bienfaits. C'était à la mort de Jean Ailhaud que je compris ces choses avec davantage d'acuité. Moins que la menace d'un nouvel adversaire, je trouvais dans la dernière bassesse de Jean-Gaspard le chagrin d'un fils qui avait perdu son père trop tôt, comme il est toujours d'usage pour les gens qu'on aime. En me retournant, je ne voyais plus les chagrins de mon enfance à Saint-Pierre, ni même celui de la perte de Balbine. Tant de choses étaient venues teinter d'un voile plus doux mon existence. Ce que je voyais, c'était ces deux garçons bien portants et heureux de leur chance, je voyais la tendresse de Marie Courval qui était inaltérable. Ce que je n'avais pas vu, et que je ne compris qu'à ce moment, c'était les évolutions qui m'avaient échappé et que j'appréciais avec une émotion bien différente.

Augustin et Nestor n'étaient plus des enfants, mais des hommes. Forts, robustes, savants, ingénieux et appliqués, qui donnaient à présent davantage d'affection qu'ils n'en demandaient, promettant un bel avenir pour peu que l'on trouvât la voie de leur émancipation. L'un et l'autre étaient assidus à la boutique et y avaient pris une part de plus en plus responsable et autonome. Ils maîtrisaient tous les deux la plupart de mes secrets, m'aidaient dans la majeure partie de mes tâches, confectionnaient les pommades, organisaient les fournitures et inventoriaient les réserves. La seule chose qu'ils ne faisaient pas, c'était consulter. Je savais parfaitement que ma clientèle, qui m'était acquise, aurait vu d'un œil sceptique le transfert même partiel de mon activité. Il y aurait forcément eu des jalousies, mes patients imaginant une hiérarchie entre les plus chanceux qui auraient le privilège de me consulter véritablement et ceux qui n'auraient que le savoir de l'un ou l'autre des garçons. Même s'ils commencèrent à partir de cette époque à me demander la permission de m'assister pendant mes consultations, je refusai. Je voulais garder ce caractère intime et mystérieux, cet échange unique que les gens venaient chercher chez moi. On le ressentait toujours dans leur ton de confidence. Ce qu'ils venaient chercher, davantage qu'un remède, c'était surtout l'affirmation de leur pouvoir à travers la chance qu'ils avaient eue d'avoir pu obtenir une audience avec le grand charlatan.

Ce que je voyais aussi à travers les deux jeunes hommes, c'est que j'avais vieilli. Si je ne ressentais dans mon corps aucune faiblesse et que je gardais encore toute ma confiance dans une mécanique qui fonctionnait parfaitement bien, je reconnaissais dans mes traits les signes insidieux de la vieillesse. L'affaissement des tissus, l'amoindrissement de la force et de l'endurance. Je courais sur ma cinquantième année avec l'inconscience de celui qui n'avait jamais connu la maladie jusque-là, sinon celle de l'âme. Et comme j'avais su combattre celle-là même qui me paraissait la plus perfide, je restais confiant et surtout inconscient des fragilités de ma physiologie. Ma digestion était plus paresseuse, j'avais réduit ma consommation de vin. Je ne pouvais plus me livrer à certaines libations tardives dont nous avions l'habitude avec Grégoire, lorsque nous étions plus jeunes. Celui-ci avait gardé ces habitudes, prétextant que par son statut d'artiste, il se devait de garder un entraînement dans ce domaine, aussi bien que dans la maîtrise de son archet, comme un athlète toujours prêt pour un nouvel exploit.

La seconde chose beaucoup plus troublante et certainement plus désagréable qu'il m'avait été donné à constater, c'était que Marie Courval elle aussi avait vieilli. Tout discrètement, en cachette, comme si elle avait eu peur de nous blesser. Car pour nous, elle restait l'incarnation de la flamme féminine indispensable et nous l'espérions éternelle. Marie était mon aînée, mais elle n'avait jamais accepté de m'avouer son âge, par une coquetterie que je trouvai charmante au début, mais qui s'avéra obstinée avec le temps, et je finis même par m'en désintéresser, ne voulant pas l'embarrasser davantage. Son âge au fond importait si peu, au regard de la lumière qu'elle avait apportée dans ma vie, que j'oubliai ce détail. Il n'en demeura pas moins qu'avec le temps et l'énergie qu'elle déployait à nous entretenir tous, elle s'usait chaque jour un peu. Si bien qu'au bout d'un certain temps, je finis par me rendre à l'évidence. Je proposais d'engager une domestique pour la seconder dans son travail. Elle refusa. Je lui proposai de vendre la boutique de vannerie, elle refusa. Ce genre d'héritage était sacré pour elle. Je lui suggérai de la mettre alors en gérance, mais comme elle trouvait là une distraction aux travaux de la maison, elle refusa encore.

Elle n'avait rien perdu d'un charme qui me subjuguait toujours, mais on commençait à ressentir une certaine faiblesse chez elle, qui nous surprit tant nous la croyions invincible. Elle s'endormait parfois à la veillée, lorsque les garçons et moi racontions notre journée à la boutique ou une expédition de botanique avec frère Antoine. Elle mangeait moins et avait sensiblement maigri. La couleur de ses yeux avait baissé d'un ton, de même que son acuité, qui empêchait certains travaux minutieux de couture lorsqu'il faisait trop sombre dans la maison. N'avais-je pas voulu voir, ou n'avais-je pas vu jusque-là ? Je m'avouai avec honte que je ne savais rien, mais le fait était là. Je n'avais pas saisi cette évolution et je me trouvai alors en face de réalités nouvelles, les mêmes auxquelles nous avions tous à faire face, à des degrés différents. Je me montrai plus prévenant, mais le plus discrètement possible, car cette femme qui avait toujours fait montre d'un grand courage et d'une rigide fierté ne se laissait pas faire. Et ce que je voulais lui rendre, pour tout ce qu'elle avait fait pour moi, elle ne l'acceptait que difficilement. Le plus souvent, dans les cas extrêmes où sa force et ses capacités ne lui permettaient plus ce qu'elle réalisait autrefois avec insouciance.

Je diversifiais mes recherches, partageant ma concentration et mon esprit d'invention entre la poursuite de la quête du remède secret qui ôterait la douleur à ceux à qui j'enlèverais les dents, et la recherche d'un tout autre traitement : celui qui permettrait de préserver le plus de temps possible la jeunesse et la vigueur. Je me reportais alors vers toutes sortes de préparations et recettes, dont le sérieux était aussi fragile que l'utopie de cette nouvelle entreprise. Je connaissais trop la nature pour imaginer que l'esprit humain pourrait la contrecarrer. Arrêter son évolution, certainement pas, mais la ralentir, cela ne coûtait pas grand-chose d'essayer. J'expérimentais donc sur moi les remèdes les plus variés, mais aussi les plus farfelus. Et lorsque j'en trouvais un que j'imaginais plus efficace qu'un autre, j'en versais quelques gouttes dans le verre de Marie Courval dès qu'elle avait le dos tourné.

J'agissais également à l'insu des garçons, car ils n'auraient pas manqué l'un comme l'autre de me mettre en garde contre de telles pratiques, qui n'étaient pourtant pas dans mes habitudes. Je pense que Datelin aurait souri de tant de naïveté et que Pomardini se serait emporté contre autant de bêtise. Et il m'arrivait bien souvent de m'imaginer trahir mon art. Lorsque j'utilisai des crapauds bouillis dans l'huile, comme dans le baume tranquille[40], il me sembla ainsi que je sombrai dans la sorcellerie. Je m'essayai à la réalisation de l'eau céleste de Paracelse, dont la formule était pratiquement connue de tous. On y trouvait dans le désordre le plus complet : cannelle fine, girofle, noix de muscade, gingembre, poivre blanc, pelures de bon citron, poignées de raisin de Damas, rhubarbe, miel, graines de genièvre bien mûres, semence de fenouil vert, fleur de basilic, fleur de millepertuis, fleur de romarin, fleur de marjolaine, de pouliot[41], de franc sureau, de rose muscade, de rhue, de scabieuse, de centaurée, de fumeterre et d'aigremoine. À quoi il fallait encore ajouter du bois d'Aloës, des graines de radis, de l'oliban, de l'ambre fin… La liste était encore plus longue, et il me

---

40 — Inventé par le capucin Aignan, dit Père Tranquille, il entrait dans sa composition vingt plantes différentes et des crapauds bouillis dans l'huile. Madame de Sévigné écrivait ainsi à sa fille : « *Je vous envoie ce que j'ai de plus précieux, qui est ma demi-bouteille de baume tranquille.* Ce baume passait pour guérir à peu près tous les maux.

41 — Variété de menthe.

sembla bien difficile d'imaginer comment pouvoir rassembler autant d'ingrédients divers à la même période de l'année. Pourtant cette eau était une sorte
de préparation universelle, propre à ranimer un mourant s'il en buvait une seule
goutte. Elle suffisait pour détruire tous les fléaux, la rage, le délire, le vertige,
les ulcères, la pierre, l'insomnie, la mélancolie. Une fois cette préparation pilée,
pulvérisée, distillée, *il fallait encore que les génies élémentaires instruisent l'opérateur perti-
nemment.* C'était ainsi que Paracelse lui-même précisait les conditions de réussite
de sa recette, se prémunissant ainsi d'éventuelles réclamations d'opérateurs
incompétents. Mon maître Pomardini m'avait pourtant parlé de lui et sur cette
bonne foi, j'imaginai qu'il y avait peut-être un bénéfice à tirer d'un tel mélange.

Mais arrivé à un tel degré de pratique, je savais par expérience, que les formules les plus efficaces ne comportaient qu'une dizaine d'éléments. J'avais remarqué cela au fil de mes expériences : le nombre d'ingrédients croissant, leurs
propriétés se diluaient en se mêlant au lieu de concentrer leur efficacité comme
on aurait pu le penser. Mieux valait contre la fièvre, une simple infusion de
thé rouge qu'une préparation complexe qui avait demandé des heures pour un
effet moindre. Je délaissai donc Paracelse et sa thériaque chimérique. Ce n'était
pourtant pas la recette la plus extravagante que je tentai dans cette période,
puisque je me hasardai en dernière extrémité à l'eau de mille fleurs de ce bon
de Blégny[42]. Puisque j'étais dans sa boutique et sous son égide, je ne risquais
rien à m'y essayer. Sinon une grande déception et une violente diarrhée qui me
tint au lit plusieurs jours. Ce dernier exercice calma mon acharnement, et je
me contentai de simples et honnêtes préparations que j'absorbai tout d'abord
pour m'assurer de leur innocuité, avant de les glisser dans le verre ou l'assiette
de Marie Courval.

À la suite de l'attentat contre le roi en janvier 1757, nous eûmes de longues
discussions avec monsieur de Charlevoix et Antoine Pernety. Cet événement
qu'on aurait cru impossible quelques années plus tôt marquait les esprits.
Qu'on osât attenter à la vie du roi, c'était un peu comme s'attaquer au Créateur
lui-même, puisqu'il était le garant du droit de notre souverain. Ce fut l'occasion
pour nous de longues soirées animées, chacun défendant son idée, qui défendant la monarchie et qui défendant l'idée que le monde était en train de changer
et que des signes précurseurs ne laissaient aucun doute. L'assassin avait été jugé
et supplicié et il n'y avait rien à dire là-dessus, la cause était entendue. Pernety
s'était rendu place de Grève, malgré la foule immense qui s'y pressait, moins
pour assister par esprit vengeur au châtiment de celui qui avait attenté à la vie
du roi, que pour y prendre le sentiment du peuple rassemblé là, plongé dans
l'épouvante d'un destin exemplaire.

Le moine nous raconta le châtiment, et ce fut bien la première fois que je le
vis ainsi ébranlé, tant dans ses convictions civiques que dans sa foi en l'humanité, qu'il considérait comme l'essence même de notre condition. Il rapporta tout
d'abord la sentence dans ces termes exacts :

Damiens était condamné pour régicide à faire amende honorable devant la principale

---

42 — Lire Jean Passadieu Volume I.

porte de l'église de Paris où il devait être mené et conduit dans un tombereau, nu, en chemise, tenant une torche de cire ardente du poids de deux livres. Puis, dans le dit tombereau, à la place de Grève, et sur un échafaud qui y serait dressé, tenaillé aux mamelles, bras, cuisses et gras des jambes, sa main droite tenant en icelle le couteau dont il avait commis ledit parricide, brûlée au feu de soufre, et sur les endroits où il serait tenaillé, jeté du plomb fondu, de l'huile bouillante, de la poix-résine brûlante, de la cire et soufre fondus et ensuite son corps tiré et démembré à quatre chevaux et ses membres et corps consumés au feu, réduits en cendres et ses cendres jetées au vent. Une fois la sentence prononcée, Damiens aurait dit simplement : « la journée sera rude. »

Au simple récit atroce et minutieux du châtiment, je ne voulus en entendre davantage, mais Pernety avait insisté, m'assurant qu'il serait bon pour chacun de ressentir toute la cruauté de ces tortures qu'un tribunal avait jugées légitimes. J'avais donc supporté le récit de cette fin atroce jusqu'au bout. Des bourreaux étaient venus de toutes les provinces du royaume, certains très jeunes[43], beaucoup étaient inexpérimentés et visiblement mal à l'aise. On avait choisi quatre chevaux étriqués, leurs cavaliers avaient bu : avaient-ils voulu se donner du courage, ou avait-on simplement soudoyé quelques trinqueurs au sortir d'une échoppe ? On n'en savait rien. Le supplice dura plus de deux heures. Car, comme les bourreaux n'avaient pas pris soin de couper les tendons pour faciliter l'arrachement, celui-ci dura plus que de coutume, infligeant une mort particulièrement cruelle.

La foule s'était rassemblée là en masse, on avait loué terrasses et balcons pour que chacun pût s'offrir une place de choix et assister à la fin tragique. Mais la foule silencieuse se mit à gronder, protestant sans doute à sa manière. Le récit de Pernety nous maintint dans l'horreur jusqu'au bout, comme il l'avait souhaité. Mais il nous fit remarquer, et sa pertinence me frappa, combien la souffrance du pauvre homme semblait soudain disproportionnée par rapport à la simple entaille qu'il avait infligée au côté du roi. Charlevoix répliqua qu'il n'était pas question de l'ampleur de la blessure, mais bien de la nature de la faute. Mais ce qu'il y avait à prendre en considération, c'était la réaction de cette populace qu'il avait éprouvée en son sein : ce dégoût, cette peur, cette envie peut-être d'achever la victime et ses souffrances en même temps.

Mais il avait ressenti, de manière plus spécifique encore, la crainte de beaucoup qui avaient peut-être imaginé porter eux-mêmes un coup plus décisif au monarque critiqué. Il y avait comme un chancellement des valeurs, et des décennies d'injustices qui semblaient ébranler un trône bien fragile lorsqu'on se trouvait au tout milieu d'une foule pareille. Un baril de poudre qu'une simple étincelle pourrait faire exploser. Charlevoix avait tenté de le modérer dans ses propos. Mais pour être le seul d'entre nous à avoir osé assister à ce triste spectacle, il en était donc seul juge, quoique son interprétation prêtât à discussion.

Le contact du moine était toujours aussi enrichissant. Il se piquait volontiers de mythologie, affirmant qu'il fallait voir des signes particuliers dans ces histoires d'adultes qu'on racontait aux enfants d'une façon qui se voulait

---

43 — Charles-Henri Samson n'avait alors que dix-huit ans.

toujours édifiante. En 1757, il avait publié son *Dictionnaire portatif de peinture, de sculpture et de gravure* qui remporta un vif succès. Mais cet homme étonnant semblait ne jamais s'arrêter. Une fois qu'il lui semblait avoir achevé un sujet, il lui fallait aussitôt en aborder un autre. Comme si cet être insatiable portait en lui cette sagesse innée des vieux philosophes : puisque nous n'avions qu'une vie sur cette Terre, il convenait d'en tirer le meilleur parti, sans laisser perdre la moindre goutte de son savoir. Même s'il avait reçu nombre de témoignages sur la qualité de son travail, il se référait toujours à l'encyclopédie de messieurs Diderot et d'Alembert.

Nous avions fait l'acquisition des deux premiers volumes lors de leur sortie en 1751. Augustin et Nestor avaient aussitôt trouvé cette œuvre indispensable à tout honnête homme et s'étaient attristés lorsqu'on l'interdît à peine deux années plus tard. Nous nous en étonnâmes, mais Pernety, par sa sagesse et sa perspicacité, nous démontra ce qu'un tel ouvrage pouvait avoir de dangereux pour le pouvoir en place. On y donnait à l'homme une importance et un rôle que la royauté lui avait volé. On ébranlait l'Église. Charlevoix participa à ces discussions, et en digne jésuite, il défendit les détracteurs qui, depuis les premières parutions, s'ingéniaient à entraver la poursuite de cette publication. Jusqu'en 1757, elle s'était poursuivie tant bien que mal, mais l'attentat de Damiens avait redonné des arguments aux ennemis de l'encyclopédie, et il était à craindre que son privilège finirait par être révoqué[44].

L'humanité était donc bien souvent au centre de nos débats, mais lâchement, je continuais à me considérer en dehors de ces problématiques. J'étais né à Saint-Pierre. Je dépendais certes de la couronne de France, mais quelque chose d'imperceptible me tenait à l'écart de ces signes prémonitoires. Et puisque je ne croyais pas pouvoir être touché par ces bouleversements, je ne leur accordais qu'une faible crédibilité. Pernety les prévoyait imminents, François-Xavier restait persuadé que l'autorité saurait rétablir ce que le droit divin avait d'inaliénable. Et moi, je me considérais comme un étranger, une sorte de Suisse en exil qui rejoindrait sa patrie au moindre danger. Il y avait là sans doute moins une part de naïveté qu'une part de reniement. À leur différence à tous deux, j'avais connu la guerre. Et les bouleversements dont ils menaçaient le royaume dans leurs hypothèses ne pouvaient m'effrayer par leur caractère chimérique.

En 1758, je reçus la visite d'une femme que je ne reconnus pas tout de suite. Il s'agissait de Florence d'Auxois. Son maître Fauchard venait de mourir, à un âge tout à fait respectable. La nouvelle ne manqua pourtant pas de m'attrister, car je vouais une grande admiration pour cet homme, pour son habileté, son génie et son esprit d'invention. Il m'avait aussi frappé, de la même manière que Jussieu, par un esprit beaucoup plus ouvert que la plupart de ses contemporains, en tous les cas dans les domaines des sciences et de la médecine. En me prenant en considération, malgré mon statut d'empirique et un titre usurpé, il avait prouvé cette nouvelle qualité que l'on pouvait considérer comme rare chez les gens de son espèce. À la différence du grand Thomas, il n'avait montré

---

44 — Ce qui arriva en 1759.

aucune jalousie de mon talent. Il avait même poussé la confiance jusqu'à me confier sa propre santé alors qu'il ne me connaissait pas.

J'étais seul à la boutique lorsque la jeune femme était venue m'annoncer cette nouvelle. Elle en paraissait elle-même terriblement affectée. Elle portait avec elle une petite sacoche de cuir qu'elle ouvrit devant moi.

— Il avait souhaité qu'ils vous reviennent.

Elle étala devant moi une série d'instruments parmi lesquels je reconnus le célèbre pélican, facilement reconnaissable par sa forme et son manche en bois. Je la remerciai et l'interrogeai sur la fin du grand maître. Nous discutâmes ainsi, comme j'aurais pu le faire après ses funérailles. Puis la jeune femme s'en alla et je ne la revis plus. Je pris grand soin de cet héritage et m'employai à faire reproduire certains de ces instruments dont je ne disposais pas encore dans mon arsenal. Je ne souhaitais pas en effet utiliser les siens propres au risque de les casser. Mais je souhaitais ardemment faire profiter la plus grande partie des malades en souffrance de l'efficacité des inventions du grand homme. Il avait sans doute attendu en vain que je vienne lui présenter le secret du fameux remède secret. Et je regrettai bien de n'avoir pu lui faire ce plaisir.

Je replongeai d'autant plus vivement dans mes recherches. Si j'étais redevenu plus modéré quant à mes prétentions de réinventer une panacée contre la douleur et également contre le vieillissement, je gardai toujours autant d'enthousiasme dans ma quête de fabriquer le fameux remède secret. Et même si mes travaux ne me rendaient pas en satisfaction tout ce que je leur donnais de mon temps et de mon énergie, je ne m'en désespérais pas pour autant. J'étudiais toujours les bons conseils de Bernard de Jussieu ou de Pernety.

Nous avions d'autres discussions, certains après-midi, tout en surveillant certaines distillations ou en tentant de déchiffrer certains manuscrits de Nicolas de Blégny, dont nous tentions de percer les secrets. Et celles-là s'avéraient bien moins philosophiques, quoique tout aussi passionnantes. Car, à travers les notes et certains textes manuscrits, il apparaissait que le savant homme était allé beaucoup plus loin dans ses recherches que l'histoire ne le laissait espérer.

Il parlait par moments d'une certaine préparation, et surtout d'un procédé qui pourrait permettre d'augmenter son efficacité, de manière telle qu'un homme serait capable de surmonter certaines douleurs sans les ressentir. Bien évidemment, malgré toute notre imagination, il était impossible d'envisager le mode d'action d'un tel procédé. Frère Antoine pensait qu'il fallait y voir là un message métaphorique plutôt qu'une réelle découverte qu'on eût pu apparenter à quelque chose de scientifique. C'était un de ses sujets de prédilection. Pour lui, le monde n'était que métaphore où il fallait savoir lire et transcrire les indices obscurs que le Créateur avait placés à dessein sur notre chemin. En 1758, il avait publié deux énormes volumes que je n'avais pas eu la prétention de lire, à défaut de les comprendre : *Fables égyptiennes et grecques dévoilées et réduites au même principe*, avec une explication des hiéroglyphes et de la guerre de Troie. Pernety y expliquait que la mythologie et toutes les fables s'y apparentant étaient des formes d'allégories que les sages avaient inventées afin de transmettre leurs connaissances au fil de l'histoire, tout en faisant en sorte qu'elles restent cachées aux yeux des plus ignorants.

Je ne comprenais pas tout ce qu'il m'expliquait de ces principes de la philosophie hermétique, mais il y mettait un tel enthousiasme que je ne pouvais m'empêcher d'admirer l'érudition et l'imagination de cet homme. Nous passions des journées entières à philosopher ainsi, sans voir le temps filer. Mais le savant homme savait aussi s'effacer, car il ne manquait pas de me rapporter les nouvelles qu'il recevait sur la guerre que le royaume entretenait avec les Anglais. Il semblait sincèrement s'intéresser à cette guerre lointaine et aux conséquences qu'elle avait sur le territoire qui m'avait vu naître. En 1756, nous leur avions repris Fort Oswego. Malgré cela, le grand dérangement[45] se poursuivait. La chute de Québec en 1759 fut un coup terrible porté à mon moral, car je retrouvais dans ces nouvelles, l'écho de mon passé, celui de guerres terribles qui m'avaient valu de finir orphelin. En 1760, c'est Montréal qui capitulait malgré l'envoi de nouvelles forces françaises en renfort. Quoiqu'il en était, mon ami le moine était fort intéressé par ces contrées et, d'une certaine façon, faisait le vœu de s'y rendre par une curiosité toute naturelle. Les peuples là-bas disposaient peut-être d'un autre libre arbitre dont il critiquait sans cesse l'indigence dans le royaume.

Nous abordions ces sujets comme à contrecœur, car toutes les nouvelles que nous pouvions recevoir ne transcrivaient que misère et désolations pour ceux de notre patrie. Nous reprenions alors nos entretiens philosophiques et le décryptage des derniers secrets de Nicolas de Blégny. Il était tout de même à craindre qu'il ait emporté avec lui ses plus importants secrets lors de son bannissement en Avignon, là où il avait fini sa vie. L'étendue de sa bibliothèque était telle, qu'à moins d'un inventaire très minutieux, il nous serait impossible d'être certains d'avoir exploré toutes les voies possibles à travers les nombreux ouvrages édités, carnets de travail, feuillets volants et tout autre support où il lui arrivait parfois d'inscrire à la va-vite une idée ou une formule. On retrouvait en effet, sur certaines pierres du sous-sol, des inscriptions gravées qui à n'en pas douter étaient de sa main. Il fallait inventorier… nous inventoriâmes donc. Certains de ses propres ouvrages étaient parfois représentés en quatre ou cinq exemplaires. Mais les annotations différaient de l'une à l'autre des éditions et nous dûmes nous astreindre à un recensement très méticuleux.

Le laboratoire secret qu'il avait aménagé sous la boutique disposait d'un climat particulièrement favorable à la conservation des livres. En effet, un système de ventilation permettait d'éliminer toute forme d'humidité, l'absence de lumière naturelle préservait en outre la qualité et la souplesse des reliures de plein chagrin. L'air y était très sec. Un matin, nous fîmes une découverte assez surprenante. Un des exemplaires du traité sur le bon usage du thé du café et du chocolat se révéla fort altéré. Nous crûmes d'abord à une attaque par des vers, et ce qui nous surprit, c'était que jusqu'à présent aucun des livres que nous avions eus entre les mains ne semblait souffrir d'un tel parasitage. À mieux y

---

45 — Déportation des Acadiens.

regarder, nous comprîmes qu'il ne s'agissait pas de l'action des vers, mais bien d'une volonté humaine délibérée. Une main précise avait piqué dans les feuilles de papier à l'aide d'une aiguille chauffée préalablement. La périphérie des orifices était en effet brûlée très légèrement. À première vue, l'organisation de ses trous nous avait paru désordonnée. Nous aurions pu penser à un accident, si l'ensemble des pages de l'ouvrage n'était ainsi systématiquement mutilé avec un acharnement et une précision que nous ne pouvions attribuer au hasard.

Certains orifices étaient délicats à repérer, puisqu'ils se trouvaient parfois en plein milieu des pages, parfois en face d'une lettre qui avait été imprimée. Pleins d'excitation, nous pressentîmes là une manière de code : une sorte de défi que Nicolas de Blégny nous lançait depuis le royaume des morts. Un détail nous avait confortés dans cette idée, puisqu'en y prêtant attention, nous découvrîmes une date manuscrite à l'ombre d'une des couvertures de l'ouvrage. Celle-ci ne laissait aucun doute. Le livre que nous avions en main avait appartenu à Nicolas de Blégny à la toute fin de son existence, dans sa période avignonnaise, donc. Il était possible qu'il y révélât son ultime secret. L'ouvrage avait dû être ramené à Paris par son fils après sa mort, comme nombre d'autres livres et objets. Antoine Pernety se prêta au jeu du décryptage et vint quotidiennement à cette période.

Le défi n'était pas mince et il fallut de nombreuses tentatives pour trouver la voie de la vérité. Il s'employa d'abord à reproduire sur des feuilles blanches les trous du livre. Il lui fallut donc répéter l'opération près d'une cinquantaine de fois, puisque le corpus contenait près de quatre-vingt-dix pages de textes, sans compter le frontispice et l'épître d'introduction. On aurait pu imaginer que les trous pointaient certaines lettres, mais il s'en trouvait certains dans les marges qui ne correspondaient à rien, tant sur le verso que sur le recto des feuilles. Placées les unes à côté des autres, on aurait pu espérer une suite, mais il n'en était rien. La seule chose qui retenait l'attention sans donner la solution, c'était que, en dehors des trous des marges, ceux percés en face du corps de texte se trouvaient de plus en plus bas, dans la hauteur de la page, à mesure qu'on avançait dans le livre.

— C'est là la solution ! affirma le bénédictin avec assurance. Il me montra les feuilles.

— Voyez comme les points vont en se rapprochant vers le bas de la page, à mesure qu'on s'approche de la fin du livre. Je pense qu'il y a un texte écrit sur plusieurs lignes et que chaque ligne correspond à un feuillet. Il ne nous reste plus qu'à découvrir le nombre de feuillets qui correspond à chaque ligne.

Pernety s'arma donc d'un chandelier qu'il plaça devant lui. Puis il s'employa à passer devant la lumière chacune des feuilles, par liasse de deux, de trois, puis de quatre feuilles. Il recommençait à chaque fois de nouvelles combinaisons puis finit par s'exclamer.

— Nous sommes deux imbéciles. Venez voir !

Je me rapprochai.

— En réalité, les points dans les marges servent à aligner les feuilles et à les regrouper par groupes définis. Chaque groupe de feuille destiné à former une ligne de mots comporte des trous identiques dans les marges. Cela permet ainsi de les regrouper.

Avant de s'assurer que j'avais complètement compris, il se mit à trier les feuilles. Les groupes de feuillets ne comportaient pas tous le même nombre. Frère Antoine dût même en retourner quelques-unes afin de classer certaines selon l'alignement qu'il espérait. Notre hypothèse concernant l'écriture d'une phrase de bas en haut s'avérait donc fausse, mais elle nous avait conduits par erreur à la bonne solution. Cela lui prit deux heures au moins pour finir de classer les feuillets. Il se trouva avec près d'une dizaine de feuillets d'épaisseurs différentes. C'est à ce moment que je pris conscience de l'habileté et de la patience de celui qui avait réussi une telle prouesse. Pernety me demanda du fil. Sous chaque feuillet, il glissa une feuille vierge de trou. Puis, utilisant les trous placés en repères dans les marges, il entreprit de lier chaque feuillet en plaçant une ligature à chaque trou. Soit environ six à huit trous sur chaque feuillet. Comme j'écarquillai les yeux pour essayer d'ouvrir mon esprit à son stratagème, il précisa sa démonstration.

— Pour chaque feuillet, je dois reproduire l'ensemble des trous de chaque page sur une même page : sur celle que j'ai placée en dessous. Je vais donc percer toute l'épaisseur de chaque feuillet dans chaque trou de chaque page afin d'obtenir l'ensemble des signes sur cette même page.

Il plaça le feuillet sur une étoffe grossière, sur une table, et entreprit de repasser minutieusement chaque trou de la première page du premier feuillet. Puis il détacha cette même page et reproduisit la manœuvre sur la page suivante, puis sur la troisième, jusqu'à n'obtenir à la fin que la dernière feuille qui avait recueilli tous les signaux. Le résultat sembla décevant au premier abord. Les groupes de points semblaient moins anarchiques. En y regardant de plus près, il semblait qu'avec un peu de minutie, on pourrait rejoindre ces points d'un trait de plume pour former des signes ou des lettres. Mais c'était sans doute encore un travail long et fastidieux. Pernety envisagea donc de recueillir les signes sur chacun des feuillets. À la fin de l'opération, il avait à sa disposition une dizaine de feuilles. Il les regarda en souriant, me demanda une plume et de l'encre. Puis il se remit à ce nouvel ouvrage plein de confiance.

Il lui fallut encore de longues minutes afin de pousser un cri de victoire. Je le rejoignis devant mon bureau où il avait disposé les pages dans un ordre précis. Il semblait très excité de sa découverte. Les mots étaient assez grossièrement écrits, mais on pouvait y lire d'une feuille à l'autre le message suivant :

En allant à la rivière, près de la herse, sous la pierre marquée d'un...

À cet endroit se trouvait un signe assez étrange. Le texte reprenait ensuite :

... mon testament vous découvrirez.

Le moine m'expliqua l'origine du signe qui se trouvait là : deux triangles côte à côte, l'un la pointe vers le haut et l'autre la pointe vers le bas.

— Des signes classiques de l'alchimiste représentant les éléments : la pointe en haut pour le feu, la pointe en bas pour l'eau. Tout dépend de quel point de vue on se place.

Je connaissais bien ce signe pour être passé devant maintes fois en me rendant à la rivière, par le souterrain du laboratoire secret. Je n'y avais prêté qu'une attention fugitive, pensant qu'il s'agissait de la signature des bâtisseurs qui avaient construit l'endroit.

— Je sais où ça se trouve, suivez-moi !

Nous descendîmes dans le laboratoire secret, puis par le passage que j'avais déjà montré au moine, et nous arrivâmes devant la herse qui était baissée. À main droite, presque à hauteur des yeux, se trouvait dans le mur la fameuse pierre gravée. Pernety avait pris par précaution un chandelier et éclaira la pierre. En regardant de près, le joint de celle-ci n'était pas exactement de la même couleur que les voisines. Elle avait été descellée puis remise en place. Le ciment semblait légèrement friable, mais encore solide. Notre excitation était telle qu'il n'était pas question d'attendre : nous étions d'accord pour utiliser les premiers instruments qui nous paraîtraient adaptés pour dégager la pierre. Avec un déchaussoir, sur lequel nous tapâmes avec le pilon en pierre d'un mortier, nous réussîmes à décoller petit à petit le ciment tout autour de la pierre. Un premier déchaussoir cassa, le second fut tordu de manière irrémédiable et ce n'est qu'à l'aide du troisième que le joint finit par céder.

Mais il nous fallait quelque chose de plus solide pour mobiliser et dégager la pierre. À l'aide d'une des pinces à charbon du fourneau, nous finîmes l'ouvrage. La pierre bougea, racla et glissa finalement hors de son logement. À son emplacement, une cache assez profonde que la lumière du chandelier ne permit pas de dévoiler complètement. J'enfonçai la main dedans. Tout au fond se trouvait un petit livre. Je le sortis : un tout petit volume, une reliure usagée de maroquin brun, qu'un petit lien de cuir gardait fermé. Nous nous regardâmes avec triomphe et, sans remettre en place la pierre, nous retournâmes dans le bureau. Installés confortablement au-dessus du bureau, nous déballâmes notre trésor. Je défis le lien délicatement et, après un dernier instant d'attente, j'écartai la couverture du volume.

C'était en réalité un carnet manuscrit. C'était celle de Nicolas de Blégny à n'en pas douter. On trouvait pêle-mêle des lettres, des mots entiers et des fragments de portées musicales : rien qui n'apparaisse compréhensible au premier abord. Pas une phrase, pas d'organisation précise, pas de table... rien. Je passai le volume à frère Antoine qui le prit avec précaution et commença par le retourner. Il fit glisser les pages afin de s'assurer qu'aucun document n'avait été glissé entre les pages. Il vérifia ensuite sous la coiffe de la reliure qu'on n'y avait rien glissé. Aucun indice, rien qui puisse nous aider. Il examina minutieusement la reliure, mais elle restait muette. Les portées musicales étaient disposées sans ordre précis. Nos connaissances dans le domaine étaient trop limitées pour avancer dans ce domaine. Il était probable que la clef du code se trouvât là. Je pensai tout de suite à Grégoire, dont il nous fallait le concours. C'était le moyen le plus rapide et le plus discret également. Je lui fis envoyer un billet immédiatement. L'heure du dîner était passée depuis longtemps et il était probablement en répétition à l'Académie royale.

C'est là que mon message le trouva. On me rapporta la réponse dans l'après-midi. On donnait le soir même la dernière représentation des Paladins de Rameau. Grégoire n'était donc pas disponible, mais il avait tout de même pris le temps de répondre de manière très courtoise, nous invitant tous les deux à la représentation. Il nous assurait qu'après la représentation, il trouverait bien le temps d'une manière ou d'une autre pour examiner le document pour lequel nous requérions son expertise. Je savais qu'il y avait une très légère pointe d'ironie dans sa réponse, puisque depuis l'héroïque soirée d'octobre 1737[46], il n'avait jamais manqué une occasion de m'inviter à retourner à l'opéra pour assister à une nouvelle représentation. Hasard ou obstination, j'avais toujours trouvé une excuse ou un prétexte, valable ou pas, pour repousser à une fois prochaine ma visite à l'Académie Royale. Lors de mes rares sorties publiques, j'avais toujours à supporter le regard des uns et des autres. Les uns, comme la bête curieuse que j'étais. Les autres, comme le détenteur de secrets inavouables dont il convenait de se méfier de la discrétion. Je n'avais pas analysé jusque si loin les motifs de refus systématiques et finalement obstinés.

Mais ce soir-là, alors que nous venions d'exhumer peut-être un secret de la plus haute importance, Pernety et moi n'aurions toléré le moindre délai pour décrypter le mystère. Grégoire l'avait sans doute senti et s'amusait à nous inviter, nous forçant d'une certaine manière à lui faire ce plaisir. C'était le prix de son expertise. Pour moi, la cause était entendue, mais je n'imaginais pas le moine bénédictin m'accompagnant dans cet endroit. Pour le souvenir que j'en avais, je n'y voyais pas de membres d'ordres religieux, en robe de surcroît. Cela n'empêchait pas pour autant certains hauts dirigeants ecclésiastiques et prélats, paradant ostensiblement aux places les plus en vue, d'y être présents. La réponse que fit Pernety à la lecture du message de Grégoire me prit au dépourvu.

— Et bien soit, nous irons… N'est-ce pas ?

Je ne savais que répondre, et il comprit immédiatement à mon air gêné ce qui risquait de poser problème.

— Bien sûr, nous irons. Mais rassurez-vous, je prendrais le soin de me changer. Je n'imagine pas effectivement un moine bénédictin en robe et capuce se promenant dans les loges de cet endroit.

— Mais, comment…

— Et quoi, comment ?

— Vous n'allez pas jeter votre froc aux orties ?

— Qui le saura ? Je ne risque pas de rencontrer là-bas qui que ce soit de ma congrégation, ni les bons pères ni mes frères. Vous me prêterez un habit et le tour sera joué. Il y a fort à parier que l'expérience sera du plus haut intérêt.

La cause était entendue. Nous répondîmes à l'invitation en assurant Grégoire de notre présence le soir même, puis nous rentrâmes rue du four pour nous apprêter. Je n'avais guère de tenue d'apparat pour me rendre dans ce genre d'endroit, mais j'avais toujours gardé dans ma garde-robe, un ou deux habits capables de donner l'illusion du faste pour peu que j'en jugeasse l'utilité. Puis nous partîmes pour le Palais Royal. Je gardais contre moi, dans une poche de ma veste, le petit carnet de Nicolas de Blégny. En tant d'années, rien n'avait changé. Peut-être la vétusté de la salle toujours aussi bruyante, le parquet manquait par endroits. Certaines loges attestaient d'une vie mondaine telle qu'elles avaient succombé au manque d'entretien : les rideaux qui permettaient autrefois aux précieuses de dissimuler leurs agapes ou de voir sans être vues pendaient par endroits, comme autant de fantômes d'un faste révolu. Là encore, le temps avait passé au milieu de l'insouciance, se vengeant sournoisement par son action patiente. Lustres et chandeliers où manquaient souvent des bougies n'étaient plus aussi droits, ne brillaient plus que d'un éclat voilé sous la poussière et les toiles d'araignées qu'on ne combattait plus. On imaginait facilement qu'un petit courant d'air ou quelque accident, aurait tôt fait de provoquer dans ce sanctuaire délabré, un sacré feu de joie[47].

En revanche, pour ce qui était du public, rien n'avait changé. Ni la morgue ni l'arrogance qui régnaient là comme dans une annexe de Versailles ou du Palais Royal. Les mêmes perruques, les mêmes élégantes cachant leur haleine terrible derrière un éventail, les mêmes marquis poudrés de même, avançant comme sur des aiguilles, avec un air pincé. Peut-être était-ce là au fond la raison véritable de mes refus répétés lorsque Grégoire m'invitait à revenir ici. On nous avait installés dans une loge près de la scène. Il n'y avait que deux fauteuils à peu près valides. Deux autres carcasses témoignaient encore d'une époque révolue. Au-dessus du brouhaha des spectateurs, régnait toujours ce même parfum douteux, une concentration des pires choses, produits de la nature humaine et de la vanité de vouloir les masquer.

Pernety goûtait chaque nuance avec une curiosité nouvelle. C'était étrange de le voir dans des habits de bourgeois, car il disparaissait ainsi dans l'assistance avec une faculté déconcertante. Personne ne semblait le voir, et il les observait tous, comme il avait regardé mes plantes pour la première fois : avec un appétit féroce d'apprendre de toute chose jusqu'à la pleine satiété. Rameau fit son entrée, il ne dirigeait pas. Il s'installa dans une loge en face de la nôtre. Il ne semblait pas vieilli, mais plus soucieux peut-être.

La musique commença et peina dans un premier temps à surmonter le murmure des voix des spectateurs, dont l'indiscipline semblait de mise. Elle finit par prendre le dessus et je reconnus dans les accents lumineux cette même mélodie vibrante, un chant naturel et vivifiant qui envahit l'espace avec la prétention de le purifier. L'histoire n'était pas très originale. L'action se situait au Moyen-Âge, où un vieux sénateur convoitait sa jeune pupille, gardée par un personnage aussi ridicule que peureux. Cela dansait beaucoup, décors et costumes étaient très réussis. L'alchimie pourtant ne semblait pas prendre.

À l'entracte, Pernety voulut se promener pour explorer encore, en invoquant le prétexte qu'une telle occasion ne lui serait sans doute plus jamais offerte.

---

47 — Le 6 avril 1763, cette salle sera effectivement ravagée par un incendie.

En nous promenant ainsi parmi le public, nous pouvions goûter au ton des conversations que le succès du maître s'étiolait.

— Ce livret est d'une faiblesse! Personne n'a jamais rien vu d'aussi mauvais. Quelle bêtise a faite ce pauvre Rameau en sacrifiant sa musique à ce Monticourt.

— On le connaît?

— Nous aurions surtout gagné à ce qu'il ne sache pas écrire.

— Si peu pourtant, mais suffisamment pour ruiner définitivement ce pauvre Rameau.

J'éprouvais beaucoup de peine à entendre ce genre de commentaires et je m'apprêtais à regagner ma loge lorsque je fis la rencontre la plus imprévue qui se puisse imaginer. Je la reconnus sans la reconnaître, car pour elle aussi, le temps avait fait son œuvre. Gersende de Coëtquen ne brillait plus comme la pierre brute qu'elle était à l'heure de ses vingt ans. Il persistait néanmoins une flamme qui avait survécu : peut-être au fond était-ce cela véritablement qu'on appelait la noblesse. Au détour d'une coursive, je l'aperçus. Elle était seule. J'aurais souhaité qu'elle ne me reconnaisse pas... j'aurais tourné les talons et me serais épargné cette scène étrange : celle d'un mauvais théâtre, servi par deux acteurs qui bafouillaient leur texte, se demandant s'ils jouaient bien la même pièce. Mais il n'y eut aucun doute dans la lueur de ses yeux lorsqu'ils passèrent sur moi. Si j'hésitai encore, elle ne le fit pas et s'avança vers moi. En homme fin et poli, Pernety s'effaça tout de suite, me disant qu'il regagnait notre loge.

Le temps lui aussi avait fait son œuvre, ce long travail de sape qu'il effectue inlassablement et dont il distribue avec parcimonie, mais sans oublier personne, une petite part quotidienne. C'était peut-être une des premières fois où il m'avait été donné de la voir dans une tenue véritablement féminine : une lourde robe, une perruque imposante et un éventail à la place de la lame que je lui connaissais. Elle n'avait manifestement lésiné ni sur le fard ni sur la poudre. Elle avait le maintien d'une duchesse, ce qu'elle était, je l'appris ce soir-là. Il y avait mille lieues entre la femme qui se trouvait devant moi ce soir-là et la jeune fille que j'avais surprise un soir en sueur dans la salle d'armes de Combourg. Je pensais, ce soir-là, et sans doute pour la première fois, qu'elle devait avoir sensiblement le même âge que Marie Courval. Mais on ressentait avec amertume toutes les différences de l'une à l'autre, même si au plus profond, le temps avait marqué son entaille à la même profondeur. Gersende par son apprêt semblait plus jeune, mais il manquait alors la part naturelle du charme que rien n'enlèverait jamais à Marie Courval. Marie s'était flétrie, peut-être, mais Gersende avait vieilli.

En me voyant, elle sourit. De ce sourire surpris, mais où l'on devinait la satisfaction de la rencontre. Un plaisir sincère qui venait curieusement après vingt ans d'absence. De mon côté, son image restait marquée par les dernières heures que nous avions partagées, marquées par l'angoisse et le deuil de l'infortunée Balbine. Je ne pus donc lui sourire et me contentai de m'incliner légèrement lorsqu'elle arriva devant moi. Sa voix n'avait pas changé et elle me troubla tout de même un peu. Je ne pouvais parler. Elle commença alors :

— Bonsoir, Jean. Je ne savais pas que tu appréciais la musique. C'est la première fois que je te croise ici. J'y ai pourtant mes habitudes.

Je ne répondis rien, incapable d'exprimer la moindre forme d'intelligence, ne sachant pas encore si je devais reprendre le ton de la conversation là où nous l'avions laissé il y a vingt ans, ou s'il fallait faire confiance aux années pour adoucir mon amertume. Je n'en savais rien et ne voulais parler. Gersende essaya de ne pas s'en inquiéter et poursuivit.

— Décidément, nous sommes toujours amenés à nous rencontrer par hasard.

— Il y a des hasards dont je me serais volontiers passé.

— Je n'oublie pas, Jean. Mais que dirais-tu de celui de ce soir?

Ma première parole avait terni son sourire. Imperceptiblement, mais assez pour que je la sente alors sur la défensive. Je revins alors sur un terrain plus propice, plus à l'aise. Au fond, le premier effet de surprise passé, je me rendais compte que je l'avais complètement oubliée. Les années l'avaient effacée de mon monde comme de mon esprit, et la seule curiosité que j'aurais pu exprimer alors relevait surtout de la simple politesse. Comme quoi, d'une certaine façon, je me trouvai contraint de satisfaire aux exigences d'une étiquette que je voulais ignorer.

— Tu n'as pas changé. Cela fait combien de temps?

— Bien sûr, j'ai changé. Comme toi. Cela se voit peut-être moins, c'est tout. L'outrage du temps est sans doute moins sensible sur un homme que sur une femme, car il agit surtout sur ce qui est superficiel.

C'était méchant et gratuit. Mais je lui en voulais de se trouver là, devant moi, de me rappeler tant de choses en même temps, tant de choses désagréables pour la plus grande partie d'entre elles. Gersende encaissa la botte comme un escrimeur qui pouvait s'attendre à n'importe quoi, bien certaine alors que je n'avais pas changé mes sentiments à son endroit. Mais elle ne voulait pas céder.

— Tu as toujours ta boutique?

— Oui.

— J'ai entendu dire que tu avais gagné un procès?

— Je me suis défendu, c'est tout ce que j'ai fait. Et logiquement j'ai gagné. Il y a encore des choses logiques dans ce royaume.

— Et tes travaux?

Je n'avais aucune raison de lui révéler quoi que ce soit sur mes recherches, comme à nul autre. Je sentais dans ma poche le petit carnet de de Blégny, tout plein de ses promesses. Mon orgueil prit le dessus.

— Mes travaux avancent bien et je pense qu'ils vont aboutir très prochainement.

— Un nouveau remède?

— Nous verrons.

Gersende enchaîna.

— Tu sais que je suis mariée? Nous serions très heureux de te recevoir. Je sais que tu n'aimes pas les mondanités.

— Eh bien, pourquoi m'inviter, alors ? Pour moi, tu n'es pas différente des autres.

— J'aurais plaisir à évoquer le passé avec toi. Je m'apprête à vendre Combourg[48].

— Tu fais ce que tu veux de cette ruine. Je n'y ai pas, pour ma part, beaucoup de souvenirs agréables. Nous étions des enfants ou presque. Tu m'as pourchassé pour une faute dont tu me savais innocent.

— Je sais... je m'en suis déjà excusée.

— Il y aurait trop de choses à te pardonner, Gersende. Pour moi, tu fais partie des fantômes, comme le chat de la tour. Je ne reviendrai pas sur ces souvenirs-là.

— Je comprends.

Des appariteurs passaient dans les coursives, annonçant la fin de l'entracte.

— Nous reverrons-nous, Jean ?

— Je ne le souhaite pas, mais il semble que les facéties du ciel en disposent plus librement. Nous verrons bien.

— Je ne t'oublierai pas, Jean.

— Tu ferais mieux.

Je m'inclinai et me retournai sans un dernier regard. Le malaise n'avait été que passager, car j'avais trouvé dans la méchanceté certains appuis qui m'avaient permis de ne céder en rien à la moindre des faiblesses. Dans la loge, Pernety m'attendait. Il ne demanda rien, m'expliqua que Rameau venait de quitter la salle et que l'on continuait sans lui. La représentation reprit et l'on sentait parfaitement dans la salle l'expression des humeurs que nous avions perçues dans les conversations de l'entracte. Il y eut quelques sifflets. L'orchestre s'interrompit. Un des chanteurs fut obligé de raccourcir son air. Il y eut quelques démarrages de la musique vite interrompus : on tronquait les ballets pour raccourcir le supplice. Tout se termina bien vite dans une indifférence ponctuée de huées copieuses. Et même si la grossière vindicte désapprouvait ensemble, les acteurs, les chanteurs, les danseurs et ceux qui avaient commis cette mascarade, on reprochait surtout au librettiste l'indigence de son inspiration. Il eut la bonne idée de ne pas se montrer pour les saluts, ce qui écourta le lynchage. Les spectateurs se décidèrent enfin à quitter l'arène.

À l'orchestre, je vis émerger la tête de Grégoire qui nous fit signe de nous rapprocher. Nous descendîmes dans la loge en affrontant le courant contraire des spectateurs déçus. Grégoire nous accueillit avec son éternel sourire. Nous nous voyions de loin en loin, mais il reconnut tout de suite à mon visage que quelque chose n'allait pas.

— Eh bien, mon Jean, ne fais pas cette tête-là. On dirait que c'est toi qui viens de te faire huer ce soir...

— Je viens de croiser Gersende.

— Un fantôme. Dis-toi que tant que tu sais les reconnaître, c'est que tu es encore vivant et c'est déjà une bonne chose.

---

48 — La propriété de Combourg sera en effet vendue à la famille de Chateaubriand en 1761.

Le brave homme m'étonnait toujours de cette bonne humeur inaltérable, malgré une soirée qui n'avait été ni facile ni glorieuse. Il poursuivit :

— Je sais ce qu'il te reste à faire. Et je vais pour une fois t'y contraindre. Avoue que notre musique ne manquait pas de panache.

— J'ai eu du mal à en apprécier toutes les subtilités avec ce vacarme.

— Comme souvent. Vois-tu, Jean-Philippe est déjà à nous attendre au Caveau, à cette heure. Je crains d'ailleurs qu'il n'ait commencé les libations sans nous pour oublier ce naufrage. Vous me montrerez votre document là-bas.

J'avais eu la prémonition d'un pareil chantage. Il était de bonne guerre. J'étais certain que mon bénédictin saurait tirer parti de cette nouvelle expérience. Grégoire n'avait pas attendu ma réponse.

— On se retrouve là-bas !

Il prit son instrument à bras le corps et s'enfonça dans les coulisses avec ses collègues. Il ne nous restait plus qu'à obéir. Nous trouvâmes une voiture, à la sortie de l'opéra, qui nous amena jusqu'à la rue de Buci. Il n'était pas question de refaire le trajet à pied, comme je l'avais fait vingt-trois ans plus tôt, dans les conditions que l'on sait. J'avais appris par Grégoire que le caveau avait été d'une certaine façon abandonné en 1742, qu'on avait tenté de le réhabiliter en 1759 sans véritable succès. Certaines agapes s'y déroulaient toujours, mais sans le faste et le cérémoniel qu'on y avait connu.

Après être passés dans une première salle, on nous amena dans une seconde que l'on aurait pu croire voûtée, si l'on avait pu distinguer les poutres du plafond sous l'épaisse fumée qui régnait là. On avait allumé un grand feu, dans une cheminée qui trônait au fond, et qui envoyait d'épaisses vagues de fumée bleutée, ce qui ne semblait incommoder personne. Quelques fumeurs de pipes venaient apporter leur tribut à ces épais nuages qui formaient comme une voûte au-dessus des convives. Il y avait quelques tables, des chaises en quantité, disposées dans un apparent désordre, mais toutes tournées vers la porte qui permettait d'entrer dans le bouge. On ne pouvait passer inaperçus en y pénétrant. J'eus la mauvaise surprise de découvrir cela lorsque, passant une lourde tenture, je me trouvai avec Pernety en face d'une assemblée attentive et silencieuse, comme elle devait l'être à chaque nouvelle arrivée. Le silence se prolongea quelques instants. Je cherchai Grégoire des yeux, car il était indispensable qu'il nous introduise.

Il était en réalité installé très légèrement en retrait. Je reconnus sa voix avant de le voir.

— Vous voilà, mes amis !

Puis se retournant vers les convives, il annonça :

— Messieurs, j'ai l'immense plaisir de prier nos invités à se joindre à nous. Je vous présente le grand mage et savant, Jean Passadieu de Saint-Pierre, vainqueur de la plupart de nos misérables maux d'hommes, en sa boutique du Collège des Quatre Nations. Il est accompagné du non moins célèbre Antoine Joseph Pernety, auteur d'un remarquable traité sur la peinture et la sculpture, ainsi que d'un extraordinaire traité de philosophie hermétique, dont je vous conseille vivement la lecture.

Puis il se tut, et il y eut un grand silence qui se prolongea quelques instants d'une manière assez gênante. Il fallait espérer que cette pause fasse partie d'une sorte de rituel, sinon nous pouvions craindre que malgré l'enthousiasme de Grégoire, cette société allait nous refuser son intimité. Au bout de minutes interminables, un homme se leva. Il avait posé sa perruque à côté de lui, dégageant sa calvitie avec ostentation. Il avait un visage affable où se lisaient ouvertement sa joie de vivre et l'usage régulier des plaisirs de la vie.

— Et bien, moi, Alexis Piron, auteur de l'ode à Priape et pilier de cette digne société, je suis heureux et flatté de vous accueillir en notre sein.

Puis il se retourna et attrapa sur la table, derrière lui, deux verres d'une contenance respectable, qu'on avait remplis de vin jusqu'à leur limite et qu'on avait préparés à notre intention. Il s'approcha de nous d'un pas leste, jusqu'à nous tendre les verres dont il n'avait pas perdu une goutte.

— Tenez, messieurs, et qu'il n'en reste rien de la première à la dernière gorgée.

Puisque nous étions là, il n'y avait pas à parlementer. Pernety et moi prîmes les verres des mains de notre héraut, puis commençâmes à boire. Pendant ce temps, les convives s'étaient tous levés, verre en main, et ils se mirent à entamer une rengaine qu'ils répétèrent jusqu'à ce que nous ayons fini nos verres :

Rions, chantons, aimons, buvons
En quatre points c'est la morale
Tous les méchants sont buveurs d'eau,
C'est bien prouvé par le déluge.

Le vin était assez grossier, mais surtout ne se révélait pas trop chargé en alcool, ce qui devrait nous permettre de préserver nos capacités au long de cette soirée. La fin de notre exploit fut appuyée de vifs applaudissements, de hourras et autres exclamations. Grégoire se chargea de remplir nos verres à nouveau avec un sourire rassurant.

— Ne t'inquiète pas, celui-là n'est que pour les plaisirs des sens et du palais. Tu n'es pas obligé de le boire d'une traite. Bienvenue au caveau.

Piron nous gratifia chacun d'une accolade qui finit de sceller notre admission dans la confrérie. On nous présenta à nombre de personnages. Je les connaissais tous. Quelques-uns pour les avoir reçus à ma boutique, d'autres dont la renommée était telle qu'elle avait franchi les portes de mon ermitage. Parmi les plus célèbres, je reconnus François Boucher, Crébillon, Helvétius. Salieri et Goldoni discutaient dans un coin avec Rameau. On s'assura qu'aucun verre vide ne venait offenser la bonne tenue de cette soirée, puis certains se mirent en tête de chanter un épithalame avec une emphase volontairement exagérée. Je ne prêtai qu'une attention distraite aux paroles, délibérément grivoises, pour ce que j'en compris. L'attention qu'on nous avait portée au départ se dilua rapidement. Grégoire nous invita à une table et tira des chaises pour chacun.

— Tu ne peux imaginer, Jean, quel plaisir tu me fais ce soir. Depuis le temps que j'avais promis à tous mes amis ta présence parmi nous !

— J'espère qu'ils n'en profiteront pas pour me soutirer des consultations à titre gracieux.

— Ne t'inquiète pas. Ici, il n'est question que de choses propres à réjouir et à réchauffer l'âme.

À observer le groupe de chanteurs, c'était ce qui semblait, en effet. Il n'y avait que le trio des poètes où se trouvait Jean-Philippe Rameau qui semblait tout occupé à analyser l'échec de la soirée à l'Académie Royale.

— Allez, Jean. Ne me fais pas attendre plus longtemps. Je sais pourquoi tu es là. Et moi aussi je suis curieux d'une énigme où je pourrais me montrer d'une quelconque aide.

Je sortis le livre de ma poche et le déballai avant de le tendre à Grégoire.

— C'est un manuscrit de Nicolas de Blégny ?

— Tout porte à le croire, nous l'avons trouvé scellé sous une pierre du souterrain.

— Quel goût vous pouvez avoir pour le mystère vous autres hommes de science ? À croire que vos secrets intéressent la sûreté des états ou même du Ciel, peut-être.

Je ne répondis pas, laissant Grégoire parler pour ne rien dire, comme je lui en connaissais l'habitude. Il ouvrit le livre et l'observa longuement. Pernety et moi gardions le silence. Lorsqu'il eut pris tout le temps nécessaire, il nous fit part de son analyse.

— Je crains de ne pouvoir vous être d'une aide quelconque. Il s'agit d'un code, c'est certain. Mais en fait de musique, même s'il s'agit bien de note, il n'y a aucune clef en début de portée donnant la tonalité. De plus, toutes les notes ont la même valeur : que des blanches. Rien à attendre non plus du rythme. Je ne sais pas quoi vous dire de plus…

Ma déception était grande, mais il eut été fol de notre part d'imaginer qu'un simple coup d'œil, même d'un expert en musique, allait nous ouvrir les clefs d'un secret qui paraissait aussi bien protégé. Au fond de la salle, Rameau s'était levé et verre en main il s'adressa au public :

— Chers amis ! Puisque hélas ce soir, je ne vous ai régalé que d'une médiocre farce, à écouter certains critiques…

Des murmures réprobateurs se firent entendre un peu partout. Rameau les apaisa d'un geste d'une main, celle qui n'avait pas de verre.

— Je ne suis pas comme certains de mes confrères, incapables d'entendre la critique. Et puisque ce soir le meilleur de mon art n'a pas su plaire aux Parisiens, je vais vous offrir à vous, mes amis, la plus simple de mes compositions.

Il vida son verre d'un trait. Tous en firent autant. Nous écoutâmes. Sa voix était claire et ne trahissait nullement les éventuels excès que l'alcool aurait pu suggérer. Une voix de baryton.

— Frère Jacques, frère Jacques… Levez-vous ? Levez-vous ? Sonnez les matines, sonnez les matines. Bing Bong Bong[49].

---

49 — La musicologue Sylvie Bouissou découvrit un manuscrit du célèbre compositeur, attestant

La mélodie était simple et je crus que le chant s'arrêtait là. Mais lorsque Rameau reprit la mélodie pour la seconde fois, Salieri grimpa sur la table à côté de lui et d'une voix fluette, entonna le *frère Jacques* en canon à la suite de Jean-Philippe. Goldoni suivit, et en quelques instants, tous les convives étaient aux pieds du maître à reprendre le canon avec une ardeur telle qu'on eût pu penser que le chant ne s'arrêterait jamais. Pris moi-même par la ferveur de l'ensemble, je me rapprochais de la table comme d'un autel, là où se trouvait déjà Pernety depuis deux ou trois reprises. C'était un chœur admirable, loin des exaltations braillardes et avinées que j'avais pu imaginer. Nous reprîmes le chant une fois, puis une fois encore. Cela se termina en un tonnerre d'applaudissements. On porta Rameau sur une chaise tout autour de la salle au son de ce formidable canon. Il me plut à penser que de toutes ces compositions, celle-ci resterait peut-être la plus célèbre sans que jamais personne ne se souvienne qui l'avait composée.

Le grand artiste fut récompensé de clameurs et d'un nouveau cru qu'on versa dans les verres avec une largesse qui semblait intarissable. Grégoire était revenu près de moi pour étudier à nouveau le manuscrit, lorsque son maître vint se rapprocher. Grégoire nous présenta. Jean-Philippe Rameau l'interrogea en remarquant le petit carnet de Nicolas de Blégny.

— Et que fais-tu à cette heure à étudier encore ? L'heure est aux plaisirs.

Je voulus reprendre le carnet à Grégoire.

— Monsieur Rameau a raison. Je ne devrais pas t'embêter ici avec de telles sottises.

Mais Grégoire avait gardé le carnet dans sa main et l'ouvrait déjà devant son maître.

— Il s'agit pourtant d'une noble cause. Un savant collègue de Monsieur de Passadieu aurait découvert un secret capable d'enlever le mal des dents. Et il a besoin de nos lumières musicales pour décrypter ce manuscrit.

Rameau grimaça en portant sa main droite sur sa joue et s'adressa à moi.

— Si un tel secret existe, monsieur, je ne voudrais pas être celui qui aura retardé sa découverte, pour le profit de l'humanité tout entière. Montrez !

Et il saisit le carnet des mains de Grégoire avant que quiconque ait rien pu objecter. Il feuilleta le carnet. Il hochait la tête comme un oiseau qui hésiterait au-dessus d'une mare entre une grenouille et un poisson. Au bout d'un moment, il sourit et regarda Grégoire.

— Et toi, bien évidemment, tu n'as pas su leur dire ?

Grégoire balbutia :

— Non, je n'ai pas trouvé.

Rameau sourit encore et me rendit le carnet.

— Essayez donc avec la notation allemande, monsieur Passadieu. Une note, une lettre. Voilà la clef. Et n'oubliez pas de me donner des nouvelles de ce remède quand vous l'aurez trouvé.

Il nous tourna le dos et disparut parmi les autres convives.

---

que celui-ci était l'inventeur du célèbre canon.

Chapitre XVI
Retour à la foire Saint-Germain

Jean-Philippe Rameau avait raison. Mais il fallut plusieurs mois à Antoine Pernety pour décrypter complètement le manuscrit. Chaque note équivalait donc à une lettre, selon les correspondances avec le solfège allemand. Pernety s'appliqua à la tâche avec une précision de moine bénédictin, ce qu'il était justement. Et il avait la patience de Griselidis. Il commença par rapporter sur une feuille l'ensemble du texte en remplaçant les notes par les lettres correspondantes. Mais cela semblait encore confus. Des bribes de phrases apparaissaient çà et là, mais rien de cohérent. Passé maître dans l'art des rébus et des fables sibyllines, il ne doutait pas qu'il trouverait la clef, que ce nouveau niveau du problème exigeait encore. Comme je n'avais aucune raison de me méfier de lui, il emporta le texte complet qu'il avait manuscrit de sa main dans un autre carnet.

Nous avions cru, en quittant le caveau, que notre affaire était faite, que les indications de Rameau nous permettraient de dévoiler le mystère, le temps d'une nouvelle transcription du carnet. Mais il ne s'agissait en fait que d'une nouvelle étape, indispensable certes, mais insuffisante à elle seule. À mesure des jours, notre excitation retomba, ce qui me permit de revenir à des préoccupations plus terre-à-terre. J'allais avoir cinquante ans l'année suivante et il était temps de penser à ma succession, d'autant qu'Augustin et Nestor ne demandaient qu'une seule chose, prendre une part de responsabilité plus grande aux travaux de la boutique, devenir mes assistants, en espérant qu'un jour ils pourraient me seconder, pour soulager mes vieux jours.

Les choses se mirent en place doucement et d'une manière assez harmonieuse. Les premiers temps de mon installation, je trouvais souvent dans le regard de certaines jeunes courtisanes une nuance friponne. Et c'était parfois pour elles le premier motif de la consultation : se confronter à une sorte de mage mystérieux dont le physique vigoureux et exotique était propre à exalter certains de leurs fantasmes. J'avais vieilli. Les vieilles marquises continuaient à se pâmer d'aise à ma consultation, celles-là mêmes qui vingt ans plus tôt déjà ne juraient que par mon charme et ma perspicacité. Mais pour continuer à entretenir cette clientèle féminine qui assurait ma publicité auprès de leurs maris, il fallait stimuler l'engouement auprès des nouvelles générations. Sans cela, ma clientèle allait s'étioler et finir par disparaître, malgré la réputation de mes préparations.

Augustin et Nestor remplirent à merveille cet office et nous dûmes bientôt refuser du monde, quand un des jeunes gens était à m'assister à la boutique. Je les laissais souvent œuvrer sous ma surveillance, me contentant moi-même de trôner dans le grand fauteuil où le fils de Nicolas de Blégny m'avait reçu la première fois, dans cette même boutique. Je n'étais là que pour attester de l'originalité de la marque qui avait fait mon succès. Les premières fois, il m'arrivait de penser à Datelin dans sa chaise, dans la boutique de vannerie de sa femme. La comparaison était cruelle, même si je me sentais loin de la fin de ma vie et que j'étais persuadé qu'il me restait encore beaucoup de choses à accomplir. J'en avais l'intuition et je n'avais aucune raison d'en douter. Car même si le malheur s'était abattu autour de moi sans discernement tout au long de ma vie, j'avais continué à survivre. La période d'accalmie dans laquelle j'évoluais depuis la disparition de Balbine m'avait conforté dans cette certitude. Le noyau familial que nous avions formé me gardait dans cette forme de quiétude, toute prudente et réservée. Mais c'était une forme de paix dont je jouissais avec application, sachant que chaque jour était un nouveau défi et que survivre était un don du ciel.

Les entretiens philosophiques que j'avais avec Pernety m'aidaient aussi à comprendre ces mécanismes de l'âme, qui régissaient notre humeur en fonction de notre force de caractère, qui nous aidaient à endurer tel obstacle ou à jouir de telle insignifiante satisfaction. Depuis cinquante années que j'avais passées sur cette terre, j'avais au moins appris une chose, c'était qu'on n'allait pas contre les éléments : il fallait faire contre fortune bon cœur. C'était ce que disait souvent mon maître Pomardini. Lorsqu'il le disait, je n'avais pas seize ans, et je n'étais pas capable d'admettre qu'on pût se résigner ainsi. Avec les années, j'avais compris qu'il y avait là la part de sagesse indispensable à une vie sinon heureuse, tout au moins acceptable. Mon esprit travaillait avec acharnement, appréciant davantage chaque jour la valeur de la moindre minute.

J'usais de cette forme de philosophie également à l'égard de Marie Courval. Malgré toutes mes attentions et mes tentatives plus ou moins discrètes pour lui infliger mes obscures médications, je la voyais vieillir, et j'eus bientôt l'amère certitude que viendrait un jour où je devrais me passer de sa présence, de son amour et de son soutien. Je prenais grand soin d'elle, comme elle prenait soin de moi, avec l'attention d'une mère en sus de son formidable amour.

J'eus cinquante ans, sans en rien avouer à personne, malgré les sollicitations des uns et des autres qui tinrent absolument à connaître le moment exact. Je gardai pour moi le secret de mon âge, essayant d'atténuer dans la discrétion l'usure des années. Ce fut en début de l'année 1761 que Pernety commença peu à peu à exhumer les secrets de Nicolas de Blégny, sous le fatras inextricable de codes à tiroir, dont la vanité se révéla bientôt. Il y avait effectivement un grand nombre de recettes et de préparations, rangées avec méticulosité pour une fois, ce qui était une nouveauté chez l'inventeur. En réalité, il avait répertorié ses travaux majeurs dans cette sorte de testament. Il apparut, à la lumière de la vérité que j'avais déjà expérimentée, bon nombre de ces recettes qui se trouvaient disséminées dans sa bibliothèque. Il n'y avait pas de remèdes secrets à proprement parler. Et même si la somme de toutes les connaissances rassemblées dans le recueil était impressionnante, il n'y avait rien que je n'eus déjà reproduit et expérimenté.

En résumé, mes remèdes souverains contre le vieillissement lui étaient directement empruntés, mais je les connaissais déjà. Il n'y avait aucune formule révolutionnaire en ce qui concernait le mal de dents et le caractère préventif qu'on aurait pu espérer dans une combinaison miraculeuse. Il en parlait à quelques endroits et ses conclusions se calquaient sur les miennes : un juste dosage entre les principes narcotiques et les principes destinés à atténuer la douleur locale. Il n'y avait bien que mes propres plantes rapportées de Saint-Pierre qui apportaient une nouveauté. La viscosité de la préparation était également un élément important, puisque j'avais réussi à obtenir une pâte suffisamment collante pour tenir accrochée plus longtemps à la gencive, en prolongeant son action. Là-dessus, je crois, j'avais même un peu d'avance sur Nicolas de Blégny. Il ne restait qu'une seule énigme. À la fin du manuscrit, après quelques formules emphatiques sur la portée de son œuvre et le caractère secret de son travail, on pouvait lire une dernière phrase :

— Le reste est entre les mains du sieur Ricci.

Il n'y avait pas d'indication supplémentaire. De Ricci, nous n'en connaissions pas de prime abord. Et il nous fallut chercher. On retrouva quelques traces dans d'autres carnets de la bibliothèque et dans certaines correspondances. C'était un comparse qui exerçait sur les foires et qui avait une loge à la foire Saint-Germain. En mars de l'année de mes cinquante ans, nous retournâmes une première fois à la Foire Saint-Germain. C'était un matin, les allées étaient quasiment désertes et je n'y retrouvai pas tout l'affairisme que j'y avais connu du temps de mes débuts. Nous enquêtâmes sur le dénommé Ricci. Sa loge était fermée, il était sur les routes, pour une année au moins, quelque part dans le royaume. Il reviendrait sans doute à la foire en 1762, ou l'année suivante, selon sa bonne fortune en province. Nous apprîmes deux trois choses sur lui.

Jean-Baptiste Ricci était opérateur pour les dents, issu d'une famille qui avait une certaine notoriété dans le domaine. Il jouissait d'une certaine réputation en vendant une sorte de baume contre les douleurs dentaires, qu'il avait baptisé Esprit de La Mecque[50]. Selon son boniment officiel, c'était un spécifique infaillible contre les problèmes scorbutiques des gencives, les ulcères buccaux et les douleurs dentaires. D'après l'âge qu'on lui prêtait, c'était un homme qui aurait pu être contemporain de Nicolas de Blégny sur la fin de sa vie. Nous ne trouvâmes pas trace d'un autre larron portant le même nom et Pernety et moi conclûmes que c'était celui que nous cherchions. Il ne nous restait plus qu'à patienter jusqu'à l'année suivante pour essayer de le rencontrer. Notre excitation s'était émoussée sur la banalité des recettes patiemment décryptées

---

50 — Authentique.

par le bénédictin. Mais il restait encore un petit espoir dans cette piste, une clef qui ouvrirait un nouveau portail à mes ambitions.

L'hiver 1761, Marie Courval attrapa un mauvais coup de froid, on ne sut comment. Elle ne voulut pas l'avouer tout d'abord. Elle se préparait force grogs et tisanes pour son propre compte, prétextant qu'elle cherchait à se réchauffer. Mais je voyais bien surtout que l'utilisation de ses propres remèdes de bonne femme n'avait qu'un but : l'empêcher de tousser de manière trop visible, de peur de nous effrayer tous les trois. On ferma la boutique de vannerie pour la soulager un peu, les garçons renforcèrent leur présence et je pus réserver davantage de mon temps à son chevet. Elle refusa tout d'abord mes attentions, niant le mal qui l'avait frappée.

On appela les médecins. C'était une étrange ironie qu'après avoir défié leur science et leur autorité, j'en vienne à solliciter leur concours. Ils refusèrent tout d'abord. Poliment. Mais j'étais bien persuadé de ce petit triomphe qu'ils devaient savourer en me refusant leur aide. Ce ne fut que par l'intervention de Bernard de Jussieu que deux d'entre eux acceptèrent de visiter la malade rue du four. Ils avaient revêtu leurs grandes robes noires, les chaussures à boucle et une mallette d'accessoires qu'un laquais portait derrière eux.

Après de longues négociations, j'acceptai de les laisser seuls avec la malade. J'avais pris soin, avant de l'abandonner à leurs griffes, de lui faire promettre de refuser tout lavement, saignée ou autre médication du même genre qui n'aurait fait que l'affaiblir. Lorsqu'ils sortirent, ils avaient tous les deux la mine grave et de circonstance, ce qui ne m'affola pas outre mesure. Je connaissais en effet par cœur ce théâtralisme qui allait bien souvent de pair avec une bouillie de latin qui laissait les ignares à l'écart de leurs connaissances. Ils n'étaient pas sans savoir qui j'étais et ils se contentèrent de se parler entre eux, devant moi, mais en utilisant des mots vulgaires que je pourrais comprendre

— Une phtisie, sans doute.
— Assurément.
— Ou une pneumonie.
— Certes. La fièvre est lente.
— Elle va consumer le corps et l'affaiblir.
— Le pus qu'elle crache va au fond de l'eau, ce n'est pas bon signe.
— Certes, son phlegme[51] est gros, mais n'est pas encore teinté de sang.
— Cela viendra.
— Et signera la fin.
— Une saignée aurait pu la libérer de ces mauvaises humeurs.
— Elle l'a refusée.
— Un lavement aurait sans doute été d'une aide précieuse.
— Elle l'a refusé.
— La poudre purgative à la limite serait un dernier secours.
— Je le refuse !

J'avais fini par intervenir, dans ce dialogue imbécile qui aurait inspiré le

---

51 — Crachat épais (ancien)

grand Molière. La poudre purgative, je la connaissais trop. Je l'avais vaincue lors du procès et il n'était pas question de la laisser à nouveau entrer dans ma maison. Je payai la consultation pour laquelle on ne me fit aucune ristourne et je remerciai les deux larrons qui continuèrent à marmonner dans la rue, sans doute sur le point d'aller colporter la nouvelle : le grand charlatan était impuissant à guérir sa maîtresse, malgré tous les pouvoirs qu'on lui prêtait à tort. Ils tenaient leur revanche et je leur laissai. Je retournai dans la chambre auprès de Marie. Elle était assise sur une chaise, dans un coin de la pièce, près de la fenêtre, cherchant dans la lumière du jour quelques couleurs à passer sur son visage. Il était pourtant bien pâle et trahissait la maladie.

— Qu'ont-ils dit ?

Je pensais que mon visage aussi exprimait sans doute la tristesse de mes pensées.

— Ils voulaient me faire prendre de la poudre d'Ailhaud. J'ai refusé.

— C'est une bonne chose.

— Tu sais, Jean, la vieillesse est un mal qu'il faut savoir accepter.

C'était tellement plus facile lorsqu'on parlait pour soi. Quand il fallait se raisonner ainsi en pensant à un être cher, c'était une autre musique.

— Tu guériras. Tu as surmonté des choses plus graves que ce mauvais rhume.

— Ce qui me rassure juste, c'est que la vieille sorcière avait menti. Je ne mourrai pas dans les flammes.

Je n'étais pas certain qu'il y avait là matière à nous consoler. Je ne sus que répondre, scellant ainsi son sort dans une forme de résignation. Pour ne pas me chagriner davantage, elle accepta toutes les médications que je lui proposai, avala chaque potion avec application, donnant tous les signes possibles d'une amélioration, malgré une fatigue qui creusait avec acharnement les rides de son visage. Elle vieillissait chaque jour un peu plus. Les garçons l'avaient compris eux aussi et ne cessaient de montrer toutes les marques d'attentions possibles, renforçant ce sentiment de tristesse devant une chose inéluctable qui nous laissait tous impuissants. L'hiver fut relativement clément et il sembla que la progression de la maladie avait stoppé dans son élan. Mais ce qu'elle laissait en répit nous donna tous des espoirs de guérison. Certaines journées se passaient paisiblement, et j'installai Marie sur un fauteuil au soleil, espérant puiser une nouvelle énergie qui permettrait à la flamme fragile de durer encore un peu. Certains matins, je la trouvais debout avant moi, préparant le déjeuner pour nous tous et c'était une grande joie pour chacun. Mais ces jours-là se faisaient de moins en moins nombreux, malgré notre meilleure volonté à tous.

Pernety, Grégoire, Jussieu et le voisinage de la rue du four montraient chacun mille témoignages d'affection à cette femme qui avait tant donné de sa vie pour les autres. Elle recevait chacun avec douceur, les rassurant elle-même, affirmant que grâce à moi et aux garçons, elle avait bien vécu. Et que si le temps se déclarait, il ne fallait pas aller contre. Elle ne montrait pas sa souffrance, mais certains jours moins fastes, elle gardait le lit. Elle tentait de retenir des quintes de toux et je découvris bien vite que ses phlegmes étaient souillés de sang. Je me souvins de la conversation des deux docteurs, n'ayant plus qu'un espoir, celui de leur ignorance. C'était pourtant un signe bien cruel que de la voir perdre ainsi un fluide vital. Selon la théorie des humeurs, ceux-là mêmes qui la condamnaient hier auraient peut-être pu affirmer qu'elle se soulageait ainsi des miasmes qui la gardaient dans la maladie. À force, nous en avions pris l'habitude, oubliant la fatale échéance.

Chacun allait à ses occupations, et les garçons tenaient de plus en plus souvent la boutique, me laissant tout le temps libre nécessaire pour rester avec Marie. Vint le temps de la nouvelle foire Saint-Germain. Un billet sur la loge du sieur Ricci informait le public qu'il serait de retour le 16 mars de l'an de grâce 1762, en soirée. Il nous faudrait encore patienter quelques jours, mais pas un de plus, de peur que notre homme ne reparte en quête d'autres fortunes sur les routes de France. Ce soir-là, Marie avait plutôt passé une bonne journée. J'avais proposé de rester avec elle et Pernety s'était proposé d'aller enquêter seul à la foire. Après tout, il n'avait pas besoin de moi. Mais Marie savait à quel point ce dénouement me tenait à cœur et elle affirma qu'elle serait fâchée de me voir différer cet événement pour quelques minutes avec elle. Elle se coucherait tôt. Les garçons étaient retenus à la boutique avec un fournisseur. Mais son insistance et mon excitation étaient telles, que j'en oubliai les voix de la raison et filai avec mon moine qui s'était une nouvelle fois travesti.

J'y revenais pour la deuxième année consécutive, après l'avoir délaissée si longtemps, et j'y trouvai surtout une certaine nostalgie : celle de ma jeunesse et de mon apprentissage, celle de mon compagnonnage avec Datelin. Celle aussi d'une certaine naïveté et d'une foi en l'homme que j'avais délaissées, préférant les certitudes d'amitiés parcimonieuses aux étourdissements d'une société si brillante qu'elle en oubliait parfois tout signe d'humanité. On s'y amusait toujours, mais les spectacles avaient vieilli, certaines cordes de danseurs semblaient si élimées qu'on pouvait craindre le danger pour les équilibristes inconscients. Qu'était devenue la petite Restier ? Petite ? À n'en pas douter, ce devait être sa fille ou sa petite fille qui paradait avec grâce au-dessus du public, et au même endroit. Ma poitrine se creusait d'un poids qui me renvoyait bien loin en arrière. Mais je ne savais pas à qui attribuer ce mauvais charme : aux souvenirs ou au fait d'avoir abandonné Marie rue du four. Le malaise était palpable et je dus m'arrêter quelques instants.

Pernety s'inquiétait. Il proposa de me raccompagner. Je refusai. Nous prîmes un verre de vin grec à une échoppe. C'était un liquide rugueux et détestable, mais propre à réveiller un mort : sans doute ce qu'il me fallait. Nous y restâmes assis quelques minutes à écouter deux vieillards se raconter leur foire. Le plus ancien rapportant avec force extravagances l'année où on y avait exposé un rhinocéros[52]. Le cœur n'était plus défaillant, mais la tête tournait un peu, mais pas suffisamment pour me faire renoncer. J'avais pris soin d'emporter avec moi le carnet manuscrit de Nicolas de Blégny, pour prouver notre bonne foi

---

52 — 1749

devant Ricci. La loge était toujours fermée et l'avis qu'on y avait vu placardé ne s'y trouvait plus. J'étais sur le point de renoncer, mais Pernety, avec sagacité, me montra par les interstices du volet de bois qui fermait la boutique, qu'on pouvait apercevoir quelque lumière. Ce qui tendait à montrer qu'il s'y trouvait sans doute quelqu'un.

Je m'apprêtai à frapper au volet, mais Pernety retint ma main et me fit signe de le suivre, il avança jusqu'à la première ruelle et s'engagea sans hésiter. Il y faisait assez sombre. Je butai sur des détritus et d'autres objets informes, entreposés là, sans volonté, depuis des années. Nous arrivâmes à l'arrière supposé de la loge de Ricci. Une lourde tenture la fermait, mais il y avait bien de la lumière à l'intérieur. J'hésitai, Pernety non.

— Seigneur Jean-Baptiste Ricci ?

L'appellation était volontairement flatteuse, mais dans l'endroit et adressée à un charlatan, elle était à peine exagérée.

— Qui le demande ?

C'était une voix rocailleuse, mâtinée d'un très mauvais accent italien, contrefaite, assurément, et déformée par des années de pratique sur les tréteaux.

— Nicolas de Blégny.

Il y eut un temps d'attente.

— Le seigneur de Blégny est mort en Avignon depuis bien longtemps. Il y est resté enterré avec ses secrets et sa renommée. Passez votre chemin.

Il n'y avait même pas une pincée de curiosité dans la réponse. Nous ne bougions pas. Pernety réfléchissait. L'autre derrière le rideau devait sentir notre présence, car il ajouta :

— Ne vous ai-je pas dit de passer votre chemin ? Je ne reçois personne ce soir. Et si vous souhaitez vraiment faire la connaissance du seigneur Ricci, attendez comme tout client patient que sa boutique soit ouverte.

— Le sera-t-elle ce soir ?

— Sans doute pas. Peut-être demain, ou un autre jour… ou l'année prochaine.

Manifestement, le bougre s'amusait de notre curiosité, mais rien ne semblait pouvoir le faire fléchir. Je voulus partir, mais Pernety me fit signe d'attendre encore. Au bout de longues minutes, le rideau s'écarta. Une ombre gigantesque passa sur nous, celle du charlatan qui se tenait devant nous. L'éclairage de quelques bougies à l'intérieur de la loge ne permettait pas de distinguer son visage, mais le ton de sa voix laissait facilement imaginer son expression.

— Espions ? Voleurs ? Qu'est-ce que vous attendez encore à traîner là ? Et d'abord, qui êtes-vous ?

— Jean Passadieu de Saint-Pierre.

Cela eut au moins le mérite d'intéresser le colosse.

— Celui qui est aux Quatre Nations ?

— Celui-là même.

— Et bien, que fait-il à cette heure ? Une foire n'est pas pour les gens de son espèce ?

— Il désire vous parler, tout simplement.

— Je n'ai pas de temps pour ça. J'ouvre dans une heure.

— Il s'agit d'une affaire privée. C'est Nicolas de Blégny qui nous envoie.

Je sortis de ma poche le petit carnet et le présentai dans la lumière afin que l'autre puisse l'observer à son aise. Il approcha la main et le prit. Il le feuilleta, grogna quelques instants.

— Où avez-vous trouvé ça?

— Dans sa boutique.

— Et que dit ce carnet?

— Il nous mène droit à vous.

— Vous allez sans doute m'accuser, comme d'autres, d'avoir emprunté à son art le secret de mon baume dentaire?

— Nous ne venons pas pour ça. Vous le savez bien.

Il finit par s'écarter et, tenant le rideau sur nous, il nous fit signe d'entrer. En pleine lumière, je pus l'examiner plus en détail. L'homme pouvait avoir mon âge environ. Mais la robustesse de ses traits, le teint mat des hommes du sud et une certaine façon de bouger lui conféraient une force naturelle qui le laissait paraître bien plus jeune.

— Il m'avait fait promettre une chose : *à celui qui te présentera ce mémoire, tu donneras ça.*

Je demandai :

— De quoi s'agit-il?

— Il ne me l'a pas dit lui-même, au moment où il me l'a confié. C'était un ami de mon père, je n'avais pas quinze ans. Peut-être même pas douze. Pourquoi me l'a-t-il confié, je ne sais pas. Peut-être parce que j'étais le plus jeune de ma lignée. J'étais celui qui pourrait porter son message le plus longtemps possible et le remettre à qui de droit. Cela fait si longtemps, je pensais que ce moment n'arriverait jamais.

En l'écoutant, je comprenais que Nicolas de Blégny avait voulu transmettre son héritage par delà les générations, laissant le soin au hasard de désigner celui qui aurait la chance de le recueillir. Pendant qu'il parlait, Ricci, puisqu'il ne faisait aucun doute qu'il s'agissait de lui, défit le lien qui retenait le col de sa chemise, découvrant un torse musculeux. À son cou, un simple lacet de cuir retenait une petite clef de métal. Il passa le lien au-dessus de sa tête et me tendit la clef.

— Puisque vous m'avez apporté son carnet, je dois vous remettre cette clef.

— À quoi correspond-elle?

— Je n'en sais pas davantage. Je lui avais demandé à l'époque. Il m'avait affirmé que celui qui saurait s'en montrer digne trouverait le chemin de la clef. Lorsqu'il me l'a donné, il était à la fin de sa vie. Nous étions en tournée en Avignon avec ma famille. Je n'en sais pas plus.

Il déposa la clef dans ma main sans plus de cérémonie, sans regret ni curiosité. Un homme d'honneur qui accomplissait la parole donnée sans condition. Il n'était qu'un instrument, et c'était assez pour lui d'avoir rempli son rôle. Je ne savais pas quoi lui dire. La clef rendait la chaleur de l'homme au creux de ma main.

Il y eut un bruit dans la ruelle derrière nous. Après, je ne me souvins plus de rien.

Quatrième époque

Le sud

1762 - 1791

Chapitre I
Fugitif

On passait l'octroi. En trente-cinq années, je ne l'avais pas franchi trois fois. Deux tout au plus, chaque fois en compagnie d'Antoine Joseph Pernety, lors d'excursions de botanistes plus longues les unes que les autres. Et ces souvenirs, comme tous ceux qui me le rappelaient, avaient l'acidité d'une fausse note. Les deux journées qui venaient de s'écouler avaient été effroyables, nourries d'angoisses terribles, d'incertitudes qui barraient le sommeil. Et elles s'achevaient dans la fuite, en laissant toutes les questions dans la capitale, au risque bien réel de les garder à jamais sans réponses. J'avais encore sur moi l'odeur terrible du feu, ce qui manifestement semblait incommoder les autres passagers de la diligence, qui m'adressaient de petits coups d'œil furtifs, sans oser encore exprimer de manière plus évidente leur inconfort. La seule réflexion dont j'étais capable pour me distraire, c'était le constat que le bien-être des voitures ne s'était guère amélioré malgré les années.

Des suspensions maladives reproduisaient une forme de roulis terrestre, bien plus irrégulier que celui de la mer, et d'autant moins supportable pour l'estomac. Il y avait fort à craindre que mon état d'angoisse n'améliorât pas ma tolérance à ces mouvements brusques, qui donnaient l'impression d'être au cœur d'une tempête. Et je devais sans doute paraître si pâle dans mon costume noir. Le martèlement des pavés avait cessé, allégeant le bruit à l'intérieur de l'habitacle, mais la route irrégulière avait renforcé le balancement terrible. Et nous n'étions qu'à quelques lieues de la capitale. Si j'avais pu disposer de mes effets, j'aurais utilisé quelques essences prévues tout exprès pour ce type de souffrance. Mais la totalité de mes bagages se trouvait sur la galerie, au-dessus de ma tête. Et il n'était pas question de pouvoir en profiter avant la prochaine halte. Heureusement, le temps clément me permettait d'ouvrir de temps à autre la petite fenêtre de mon côté, et je flairais l'air campagnard en quête d'un apaisement.

L'odeur de la fumée et du bois brûlé revenait toujours. Et avec les souvenirs, les incertitudes et l'angoisse, aussi, de ne pas être en mesure de comprendre tout ce qui s'était passé. Lorsque j'avais repris connaissance, j'étais toujours dans la loge de Jean-Baptiste Ricci, à la foire Saint-Germain. Je m'y trouvais seul. Une douleur, qui battait comme un tambour dans mon crâne, m'empêchait de me souvenir pourquoi j'étais là. Mais il n'avait pas été question de s'en préoccuper trop longtemps, car j'avais vite compris que ma situation était critique. Ce bruit-là, cette odeur-là, je les reconnaissais. Les mêmes qu'à l'Hôtel-Dieu, les mêmes que sur l'Île aux chiens. Le feu! Ça craquait… partout. Il n'y avait encore aucune flamme visible, mais les fumées qui sinuaient vers moi ne laissaient aucun doute. Au-dehors de la loge, on criait, on appelait à l'aide, on s'agitait beaucoup. J'entendis les pas pressés d'un troupeau en fuite devant l'indomptable élément.

La foire n'était pratiquement faite que de bois, à la différence d'autres bâtiments. Il ne faudrait que quelques minutes avant que tout s'embrasât et qu'il n'y ait plus rien à sauver, pas même un pauvre charlatan. Une flamme maladroite sous ces halles et tout serait perdu en quelques heures, sans que la moindre des pompes et les meilleures volontés ne fussent capables de l'entraver. Les souvenirs revinrent lorsque je sentis la petite clef au creux de ma main. Ricci, Pernety, le secret. Tout! En quelques instants, je me redressai, cherchant partout le carnet secret de Nicolas de Blégny, mais ne le trouvai nulle part. Je passai la clef autour de mon cou et sortis de la loge pour retourner dans l'allée. Il était difficile de s'y reconnaître, car une épaisse fumée se concentrait déjà sous les charpentes, se retournant en nuages furieux pour redescendre vers la foule. Les fuyards s'éparpillaient en tous sens, aveugles et incapables de trouver le chemin du salut.

Je me trouvais dans une des allées secondaires. Ce qui me servit, c'était d'avoir travaillé là pendant des années. Je connaissais l'endroit bien mieux qu'un simple visiteur, même coutumier. La loge de Ricci n'était pas très loin de celle où j'avais exercé et cela facilitait d'autant mon orientation. J'arrivai dans la rue principale, là où le plafond était plus haut. J'aurais pu croire que la vision serait meilleure. Il n'en était rien. Par une sorte d'effet de courant d'air, la voie centrale était comme la gueule du diable. À un bout, un énorme brasier dévorait tout. Avec application, sans parcimonie. Et quoiqu'il fût encore éloigné de moi, je ressentais avec force la chaleur de ses flammes. La fumée qu'il produisait était aspirée de mon côté dans une sorte de tempête où volaient ensemble, escarbilles incandescentes, cendres opaques et débris divers.

Le courant, tel qu'il venait sur moi, avait tendance à me repousser dans un des coins de la foire, comme une souris dans un piège. Tous ceux qui se trouvaient là, aveuglés et dociles, fuyaient consciencieusement la chaleur et la fumée, se hâtant vers leur fin. J'essayai de crier, d'en retenir certains, mais on courait si vite devant le démon, qu'il ne fut pas possible d'en raisonner un seul. Aucun de ceux qui se trouvaient là ne serait sauvé. Plus loin se trouvait une barricade de bois, dont on fermait les portes jusqu'à la fin du printemps afin de garder la chaleur à l'intérieur de la foire… pour le confort de tous. Je toussai, la fumée se faisait plus épaisse, quand elle n'était que brume lorsque j'avais recouvré mes sens. Il me fallait pourtant aller de l'avant. On ne voyait même plus les flammes, mais on les entendait gronder et fracasser le bois entre leurs mâchoires redoutables, comme s'il s'agissait de simples brindilles. Mais il persistait au cœur de la fumée une lueur rougeâtre qui vibrait comme un œil fiévreux : celui du monstre qui s'apprêtait à nous dévorer tous.

Tout cela n'avait duré qu'un instant, celui de me rendre compte de la situation et d'espérer raisonner encore juste assez pour décider du chemin à choisir pour sortir de là. Par-dessus le vacarme du brasier, on avait entendu les cloches. Mais les secours ne viendraient que trop tard. Juste à côté de moi se trouvait l'échoppe d'un marchand de liqueurs. Je cherchai de l'eau, en trouvai. J'arrachai un morceau de tissu à ma manche et l'imprégnai d'eau avant de nouer ce masque de fortune devant mon visage. Cela ne me permettait guère de distinguer mon chemin davantage, mais il épargnait mes poumons surchauffés qui donnaient déjà des signes de faiblesse. Chaque inspiration brûlait jusqu'au fond et je me mis à haleter par à-coups, de petites gorgées d'air, à peine suffisantes pour ne pas m'essouffler trop vite. Courir n'était pas la meilleure solution malgré l'urgence. Par chance, beaucoup des visiteurs et des forains avaient déjà libéré cet endroit, tassés dans quelque impasse où je les entendais crier. Je pouvais circuler librement.

Je me mis à progresser le plus rapidement possible, mais sans courir pour ne pas m'étouffer ni risquer de me perdre. Je décidai de longer un des bords de l'allée, car je ne distinguais plus rien dans la fumée. Je croisai encore quelques derniers fuyards qui, me voyant à contresens de leur entendement, m'interpellèrent et me traitèrent de fou. Mais trop occupés à sauver leur propre carcasse, ils passèrent sans s'attarder. La chaleur devenait terrible et le halo rouge au milieu de la fumée plus précis. Il me regardait avec appétit, imaginant que je serais le prochain à flamber. Le roulement des flammes débordait tout, s'épaississant dans la fumée. Je continuais pourtant à entendre derrière moi les cris atroces de ceux qui s'étaient précipités au plus mauvais des endroits. Il n'y avait pas de pires hurlements que ceux-là.

La course était engagée entre le feu et moi. Il me fallait arriver à la prochaine allée latérale avant lui. Celle-ci me mènerait tout droit dehors, le temps de quelques enjambées. Il y eut un craquement énorme et la fumée reflua devant moi, me donnant à voir le brasier plus parfaitement. Une partie du toit venait de s'effondrer, appelant l'air et les fumées vers l'extérieur et dégageant temporairement la vision de la catastrophe. La chaleur des flammes vint sur moi avec une assurance inquiétante. Mais il ne me restait plus que quelques pas avant d'arriver dans l'allée secondaire. Derrière moi, les hurlements s'étaient faits plus pressants, on tapait dans les cloisons de bois pour forcer un passage vers le salut. La fumée retombait doucement. Mon mouchoir était bouillant et brûlait déjà mes lèvres.

Je n'avais plus l'agilité de mes vingt ans et je maudis une décrépitude qui risquait de me coûter la vie. J'arrivai enfin dans l'allée secondaire, du moins le pensais-je en sentant sous ma main l'inflexion des parois des loges. Je courus alors, ne voyant presque rien, imaginant là-bas une porte vers le ciel et l'air libre. Je trébuchai. Je me relevai. Derrière moi, des cris encore et un craquement toujours aussi formidable. Des débris en flamme tombaient autour de moi.

J'étais un nègre fuyant au pied de son volcan. J'étais mort sans doute. Mon dos brûlait, je sentais sur moi la fumée qui voulait me retenir. Tenir encore, malgré le souffle qui se perdait, les jambes qui s'alourdissaient.

Je courus encore quelques instants. Quelqu'un avait dû déverser de la lave dans mes poumons, je fondais. Je tombai, les mains en avant. Une autre main devant les miennes ! Une main qui m'agrippait, me tirait. J'étais dehors, on me traînait, je soufflais, je crachais. J'étais vivant ! Et derrière moi, la Foire Saint-Germain finissait de se consumer : un immense feu à ciel ouvert, une bouche qui crachait tout son fiel incandescent. Et au-dessus, le ciel impassible qui ne cherchait même pas une excuse. On criait encore à l'intérieur : à l'épouvante ! La porte par laquelle on m'avait extrait était maintenant en flammes et il était difficile d'imaginer que j'étais passé par là. Des pans entiers de murailles de bois s'effondraient. Plus que quelques instants et ce ne serait que ruines. La seule sagesse des constructeurs, comme si l'un d'eux avait pu imaginer pareille catastrophe, c'était d'avoir laissé un large espace entre la foire et les maisons. Si bien qu'à moins d'un fort vent ou d'une grande malchance, le feu ne pouvait se transmettre aux maisons voisines. Lorsqu'il n'y aurait plus rien à brûler, le brasier s'arrêterait de lui-même. Il n'y avait donc plus rien à tenter, et si l'on actionnait encore les pompes, c'était avec la résignation de l'impuissance.

Mais il n'était pas pour moi question d'attendre la fin. Inutile aussi d'espérer retrouver Pernety ou Ricci. Je ne pouvais que souhaiter qu'ils se fussent extirpés des halles avant que j'aie repris connaissance, ce qui m'étonnait tout de même un peu. Car cela laissait entendre qu'on m'avait abandonné à un sort qui n'aurait fait aucun doute, si je n'avais retrouvé mes esprits entre-temps. Cela restait tout de même l'alternative à souhaiter, car dans une autre voie, comme nous avions été agressés, on pouvait craindre d'autres hypothèses moins réjouissantes. Je ne savais pas où l'on pourrait retrouver le sieur Ricci. Quant à Pernety, il était fort probable qu'il était retourné rue du four. S'ils étaient saufs, c'était inutile de les chercher dans la périphérie du brasier où régnait le chaos habituel des rescapés, des badauds et des volontaires à la pompe, luttant encore pour être sûrs d'avoir tout tenté. Et par là-dessus, les cloches de Saint-Germain et des autres paroisses qui carillonnaient la défaite, comme à chaque fois.

Je décidai de rentrer. On me laissa aller, car il y avait peut-être d'autres âmes à sauver. Je tenais sur mes jambes et retrouvais mon souffle peu à peu. Il n'y avait pas long, juste le temps d'analyser la situation et d'imaginer ce qui avait bien pu se passer dans la loge du charlatan. On m'avait laissé la clef de Nicolas de Blégny, mais on avait dérobé son carnet secret. L'un avait-il davantage de valeur que l'autre ? Pour moi, le carnet ne présentait plus qu'un intérêt modéré : je connaissais la plupart des recettes et il avait rempli son rôle, puisqu'il nous avait conduits à la clef. Mais il restait encore à savoir quelle serrure elle était censée ouvrir.

Jusqu'alors, la clef ne m'avait pas quitté. Il fallait avouer que la précipitation des événements qui suivirent ne me permit pas de réfléchir davantage à sa destination. Je l'avais passée à mon cou, par réflexe, et l'y avais pratiquement oubliée. Lorsque je rentrai rue du four, il y régnait un parfum de désastre : la prémonition de nouvelles catastrophes, même si personne n'imaginait quelle allait en être la nature ni d'où le coup viendrait. Il n'y avait là que les deux garçons à peine rentrés du Collège, ayant fini très tard avec les fournisseurs. Marie Courval était absente. À cette heure de la journée, c'était plus qu'exceptionnel... inquiétant ! Je trouvai les garçons dans une grande perplexité en me voyant seul, car ils avaient imaginé que Marie se trouvait avec moi. Quand ils me virent arriver, noir de suée et empestant la fumée, ils ne manquèrent pas d'exprimer toutes leurs angoisses.

Pour moi, les miennes convergeaient vers l'absence de Pernety, et surtout de Marie. J'avais imaginé que, s'il avait réussi à échapper à l'incendie, le moine serait sans doute venu jusque chez moi pour s'enquérir de ma santé. Il y avait trois hypothèses à son absence. Soit il avait péri dans l'incendie, soit il avait eu des démêlés particuliers avec nos agresseurs, ce qui ne valait sans doute guère mieux. Je ne voulais pas étudier la troisième hypothèse, car tout en la craignant davantage, elle mettait en lumière des choses terribles. Le carnet avait disparu, c'était un fait. On m'avait laissé pour mort dans la loge de Ricci, c'en était un autre. Mais on m'avait laissé la clef. Peut-être en vérité n'avait-elle pas toute l'importance que j'imaginais. Quant à Marie, elle n'avait laissé aucun mot ni aucun indice. Les garçons avaient trouvé la porte de l'immeuble ouverte, comme si on avait pris la fuite. Aucune trace à l'intérieur, rien n'avait été dérangé, aucun signe de fouille, apparemment rien n'avait été volé.

Nestor était très nerveux et je l'autorisai à retourner à la boutique. Marie y était peut-être allée, même si on n'imaginait pas pour quelle raison. Mais notre trouble était tel que nous ne voulions écarter aucune possibilité. Ce fut sans doute une des nuits les plus effroyables. Les cloches finirent par se taire. Malgré cela, on vit défiler dans la rue pendant toute la nuit, rescapés et sauveteurs, pompiers et pompes. Tous rapportaient l'ampleur du désastre qui n'avait rien épargné des bâtiments. On ne comptait pas encore les victimes, mais on suspectait les disparus par dizaines. Cet incendie n'était sans doute ni pire ni moins terrible qu'un autre, mais en frappant ainsi un cœur vivant de la ville, le feu dévastateur avait ajouté une nouvelle ligne à sa sinistre activité. Il était impossible de chercher le sommeil, lorsqu'il manquait chez nous l'âme de la maisonnée. Même si c'était inutile, nous organisâmes comme suit notre nuit : Nestor resterait à la boutique, Augustin à l'immeuble, rue du four. Je décidai de retourner à la foire, dans l'espoir et la crainte de recueillir des nouvelles de Marie. Le voisinage interrogé ne nous avait rien appris.

Là où se tenait la foire, quelques heures plus tôt. Là où l'on aurait pu lire comme en plein jour à la lueur du brasier au plus fort de la catastrophe, ce n'étaient que gémissements et fumées, l'obscurité et l'odeur atroce de toutes les carbonisations ensemble. Nul n'aurait souhaité le faire, mais sans effort, on aurait pu distinguer celle de la chair brûlée de celle des encens ou des épices. Marchandises, marchands, visiteurs, simples curieux, coquettes, larrons, nobles et valets, pacotille et camelote, tout avait brûlé d'un coup, réduisant à la cendre originelle chacune de ces créations. J'avais parcouru les alentours, me rapprochant des groupes de sauveteurs, interrogeant les victimes, arrêtant une silhouette qui aurait pu être celle de la ventrière. Le jour vint sans fatigue pour moi, mais avec le sentiment cruel qu'un malheur était sur le point de se déclarer, attendant patiemment la clarté du matin pour me frapper en traître. Je n'avais pas dormi, n'avais pas reposé mes jambes le moindre instant, courant presque quand j'espérais la reconnaître. Mon énergie ne faiblissait pas, même si je sentais une fatale tristesse qui cherchait à me submerger.

Lorsque je décidai de rentrer, il faisait plein jour. Nestor attendait sur le pas de la porte, Augustin somnolait à l'intérieur. Je remarquai sur le visage du jeune homme les signes de cette angoisse que je connaissais par cœur. À mon arrivée, Augustin nous rejoignit très vite. Nous nous regardâmes tous trois sans rien dire, n'arrivant pas à imaginer quelle ressource il nous restait entre l'espoir et la désespérance. C'était le pire des maux que de ne pas savoir. On imaginait tout, le pire bien sûr, car c'était la voix de la raison. Il n'y avait aucune chance pour que Marie fût partie ainsi sans prévenir, et encore moins pour qu'elle ne fût pas rentrée au matin. Mais il y avait cette voix déraisonnable qui nous faisait espérer, quand même, qu'il y avait bien justement quelque part, dans un endroit gardé secret de notre imagination, une solution à ce mystère. Une raison tellement évidente à cette disparition qu'aucun n'y avait pensé : une suite si logique d'événements, si simple, qu'elle nous mènerait forcément vers une issue heureuse. En attendant, il n'y avait rien à faire sinon à craindre ou à espérer.

Aucun de nous n'avait d'appétit, mais il fallut bien s'astreindre à déjeuner pour garder quelques forces, car pour conserver au corps toutes ses facultés, il fallait au moins lui offrir l'énergie première. J'hésitais à retourner de nouveau sur les lieux du désastre, mais les deux garçons me conseillèrent la prudence, prenant tous les égards pour mon âge qu'ils jugeaient fragile, et les faiblesses que cette nuit terrible n'avait pas manqué d'occasionner chez moi. C'était un tourment effroyable que de ne pas savoir. L'esprit en venait à espérer ou imaginer n'importe quoi, pourvu qu'on le délivrât enfin d'autant de questions angoissantes. Il n'était pas dix heures sonnées lorsqu'on frappa à la porte. Deux grands coups pressés. La hâte qui laissait enfin espérer des nouvelles heureuses nous poussa tous les trois devant la porte pour accueillir le visiteur. Ce fut une grande surprise de voir Bernard de Jussieu. Il semblait aussi pressé que nous étions terrifiés. Ce qui me choqua d'emblée, c'était sa mise : plutôt simple, alors qu'il mettait toujours un soin particulier dans son équipement vestimentaire. Cette négligence trahissait chez lui une précipitation inhabituelle.

— Dieu merci, vous êtes là !

Il entra, jeta un œil inquiet dans la rue et referma la porte derrière lui. Il s'adressa à moi :

— Vous n'êtes pas facile à trouver. Et c'est peut-être une chance !

Toutes mes rencontres avec le savant homme s'étaient déroulées jusqu'à présent à ma boutique ou au jardin du Roy. Je compris à peine à ce moment le

caractère improbable de sa présence à l'immeuble de la rue du four. Mais il ne me laissa pas le temps de l'interroger.

— Qu'avez-vous à voir avec l'incendie de la foire Saint-Germain de cette nuit?

— Je m'y trouvais… par le plus grand des hasards.

— Vous y a-t-on reconnu?

— C'est possible, je ne sais pas.

— Cela n'a que bien peu d'importance. On vous a dénoncé.

J'espérais des nouvelles de Marie Courval. Ma déception se transportait déjà vers une autre inquiétude.

— Dénoncé? Mais, je ne comprends pas. On m'a attaqué là-bas… et laissé pour mort au milieu du brasier.

— C'était un traquenard. Pour votre chance, j'ai quelques cousins qui ont leurs amis dans la police. Connaissant les amitiés que je vous réserve, on m'a informé ce matin de ces accusations. On vous rend responsables, vous et un certain Ricci, d'avoir déclenché depuis sa loge l'incendie qui a ravagé les halles de la foire. On ne compte pas encore les morts, mais étonnamment, la police connaît déjà les coupables et ne va pas tarder à se mettre à leur recherche.

Le piège était donc en effet bien plus complexe que ce que j'avais d'abord imaginé. Aucun mot ne parvenait à sortir de ma bouche, comme les idées qui restaient à tourner en rond dans ma tête, provoquant une forme de vertige. Les paroles de mon ami sapaient doucement la force de mes jambes. Je m'assis sur les marches de l'escalier de l'immeuble. Les garçons m'aidèrent. Augustin ne dit rien et gravit les marches en toute hâte. Nestor exprima ses inquiétudes et les recommandations qu'il avait déjà exprimées :

— Je t'avais bien dit de te ménager. Après une nuit pareille, à ton âge. C'est plus que déraisonnable.

Je n'avais plus de force que pour m'inquiéter du sort de Marie Courval. Bernard de Jussieu restait près de moi et pour la première fois, je le vis indécis.

— Voulez-vous que je fasse appeler un médecin?

Il se rendit compte aussitôt combien cette proposition était déplacée. Il était lui-même amplement diplômé. Et il savait par ailleurs le manque de confiance que je donnais à l'art médical de ses doctes collègues.

— Un simple vertige, cela va passer.

Augustin revenait déjà avec une petite bouteille que je connaissais bien et un verre. Il me versa une lampée de cordial que je m'empressai de boire. Il n'y avait rien de mieux qu'un coup de fouet pour remettre en route un vieil âne tel que moi. La force revint bientôt dans mes jambes.

— Que dois-je faire?

— Première chose, ne pas vous montrer. C'est à votre boutique qu'on doit vous surprendre, dès cet après-midi. Je ne sais pas pourquoi la police agit avec vous comme si vous étiez le plus grand des criminels. Personne n'imagine que vous êtes informé. C'est pourquoi nous avons encore le temps d'agir.

— Très bien. Je vais me rendre au Châtelet pour m'expliquer de cette affaire.

— N'en faites rien. Je connais ce genre de diablerie. Tout est préparé d'avance : témoins à charge, juges... On ne vous écoutera pas. Quelqu'un cherche votre perte.

— Je ne me connais pas d'ennemis.

— Que vous croyez ! L'échec se sent toujours l'ennemi de la réussite. Quels que soient votre modestie et votre humanisme, il y aura toujours quelqu'un qui voudra vous nuire.

Une pensée m'obsédait pourtant à cet instant. En ces heures cruelles qui devenaient même dangereuses, le moine Pernety avait mystérieusement disparu. J'écartais de moi cette pensée, car Bernard de Jussieu ne me laissait pas le temps de la moindre réflexion.

— Comme je vous l'ai dit, les hommes du prévôt viendront vous chercher cet après-midi à la boutique. Ne vous y trouvant pas, ils viendront directement ici. Il vous faut partir.

— Partir ?

— Quitter Paris.

— Alors même qu'il n'y a rien que l'on puisse me reprocher dans cette histoire ? Alors même que nous sommes sans nouvelles de Marie Courval depuis cette nuit ?

— Voilà bien une coïncidence des plus étranges. Mais ne nous arrêtons pas à cela. Je me chargerai de la faire chercher, ne vous inquiétez pas pour ça. Il en va de votre survie. On vous a vu hier à la foire, et je suppose que vous ne trouverez aucun témoin pour dire ce que vous y avez fait ?

— Non.

— Alors il n'y a pas à discuter davantage. Si l'on vous trouve, vous serez condamné… et pendu ! Au mieux !

— Quitter Paris ? Mais pour aller où ? Et je ne partirai pas sans avoir de nouvelles de Marie. Et que vont devenir les garçons ?

Nestor et Augustin étaient restés jusqu'à présent silencieux. Ils recevaient en même temps que moi le choc supplémentaire de cette nouvelle effroyable.

— Je vous assure que je ferai tout pour retrouver la dénommée Courval. Soyez bien certain que s'il y a un moyen, le plus rapide qui soit, pour avoir de ses nouvelles, je serai le premier informé. Et vous, le second. Je pense qu'il vaut mieux que les garçons restent à Paris, dans un premier temps, pour défendre vos intérêts.

Les deux garçons ne disaient rien et leur silence valait consentement.

— Mais pour aller où ?

Poser une nouvelle fois cette question, c'était déjà pour moi aussi consentir un peu.

— Je ne sais pas, je vais voir. Tout va si vite. Préparez quelques affaires, de l'argent. On viendra vous chercher dans une heure. Soyez prêt ! Il n'est point temps de regretter. Après, il n'y aura plus le choix.

******

Je n'avais guère plus de force. Les garçons avaient préparé pour moi quelques effets. Cette heure avait été sans doute une des plus longues de mon existence, puisque j'avais espéré jusqu'à la dernière minute que je verrais apparaître Marie Courval sur le seuil de l'immeuble. Partir sans elle était une trahison. Mais chacun s'était également employé dans cette heure-là à me rassurer sur toutes les dispositions qu'on prendrait pour s'inquiéter d'elle et pour me tenir informé de la moindre nouvelle. Je ne m'étais occupé de rien, incapable de penser. Je m'étais senti comme un fardeau, ou pire, comme un rameau arraché de son arbre par la tempête et jeté dans un fleuve furieux qui m'emportait sans volonté. Un mauvais courant assurément, qui me faisait payer je ne savais quelle mauvaise action pour laquelle le Ciel lui-même était venu réclamer le paiement. Jussieu n'était pas revenu lui-même. Un domestique en livrée s'était présenté et sans grandes explications, il avait chargé deux malles sur une voiture. Puis, il m'avait conduit rue de la contrescarpe.

Dix heures sonnaient lorsque le carrosse régulier partit pour Orléans. En attendant l'éclaircissement de nos affaires, Bernard de Jussieu avait préféré ne pas trop m'éloigner de la capitale. En deux jours, je serais rendu. Et j'attendrais là-bas, en mesure de revenir au plus vite, puisqu'un carrosse partait chaque jour pour Paris. Je n'avais eu le temps d'adieux prolongés avec mes garçons, car il y avait eu fort à faire pour préparer mon départ et rassembler mes affaires. Nestor avait dû également courir à la boutique pour ramener deux ou trois choses que je lui avais demandées, et une certaine somme d'argent prélevée sur une réserve secrète que je conservais là-bas. Pour ce qui était du reste de la part matérielle, je savais que les garçons sauraient tenir maison et boutique, pour peu qu'ils ne soient pas inquiétés eux aussi par la police.

Mes idées allaient et venaient, tourmentées, balançant entre le désespoir et l'inquiétude. Cette dernière se tournait moins à mon endroit qu'à celui de Marie Courval. Malgré les craintes évidentes de Bernard de Jussieu, je ne me préoccupais pas de mon sort. Le ciel était sale, tout comme la campagne que je traversais. Seuls quelques arbres bourgeonnants timidement marquaient la frontière entre la terre et le ciel où les couleurs se confondaient par endroits. J'étais dans un navire en perdition, attendant patiemment le terme du voyage, espérant follement qu'une nouvelle heureuse m'attendrait au bout du chemin pour me permettre de refaire aussitôt la route dans le sens inverse. On avait passé Linas et l'on approchait d'Arpajon.

Je partageais l'habitacle avec deux dames qui se donnaient des airs bien au-dessus de leur véritable condition. Des années de pratique à la boutique m'avaient appris finalement à savoir rapidement à qui j'avais affaire et à distinguer à tout coup une vraie marquise déguisée en courtisane pour venir me consulter, aussi bien qu'un authentique valet envoyé consulter pour son maître. Malgré leurs atours qui auraient pu faire illusion, ces deux-là ne valaient pas un bouton. Sans doute une mère et sa fille qui, plus fardées qu'un Arlequin en parade, faisaient des mines aussi inutiles qu'extravagantes face à un vieux barbon tel que moi. La plus jeune maniait avec une fine élégance un furgeoir pour déloger quelque matière intruse entre ses dents. La plus âgée m'avait proposé une prise. Je lui avais à peine répondu avec ce que la politesse exigeait, si bien que ces deux dames mirent fin rapidement à cette sorte de parade où elles rivalisaient devant moi. La voiture avançait bien, car on arriva à Etréchy dans l'après-midi.

Impossible durant ce voyage de ne pas repenser au voyage depuis Saint-Malo. C'était là qu'était né un nouvel élan, l'époque d'une jeunesse. Et malgré les conditions douloureuses et dangereuses qui m'avaient à l'époque poussé dans la diligence pour Paris, je revoyais avec le temps une histoire différente, celle revue avec l'exaltation de ma jeunesse, que j'imaginais alors insouciante, avec les yeux d'un homme mûr, ce même homme qui se croyait quelques jours plus tôt empreint de sérénité. C'était durant ce voyage que j'avais rencontré Grégoire, cet ami indéfectible que je n'avais pas même eu le temps de prévenir de mon départ, et qui s'inquiéterait un jour de mon absence. Le temps et les préoccupations individuelles nous avaient éloignés, et seuls les regrets étaient capables de mettre l'accent sur des manques que je ressentais trop tard.

Ce voyage serait une nouvelle transition peut-être, même si à cet instant précis, j'espérais avec la plus grande ferveur que l'exil ne serait que temporaire et que l'on me rendrait bientôt Marie, la justice et mes affaires dans la capitale. Car je n'imaginais pas les choses autrement, tant les événements s'étaient précipités et ne m'avaient guère laissé le choix de mes décisions.

Il y eut une nuit d'insomnie, dans un relais juste avant Étampes, passée à me retourner dans un mauvais lit aux draps rugueux. Il me fut impossible de diriger mes pensées, et je me vis contraint de les voir naviguer de l'angoisse à l'inquiétude. La première de savoir ce qu'était devenue Marie Courval allant se briser sur la seconde qui consistait à deviner qui avait finalement ourdi une pareille machination. Le nom de Pernety revenait comme un spectre, et la crainte qu'un malheur soit arrivé à Marie ne faisait qu'augmenter ma rancœur contre ce suspect tout désigné. Une autre journée de voyage avec les mêmes oiselles vint brasser ma fatigue à des idées morbides et des affres plus terribles encore que celles de la veille. Tout cela sans qu'à un seul moment, je ne prisse le temps de m'inquiéter simplement pour moi. L'éloignement augmentait la sensation terrible de perdre la maîtrise de ce qui allait se passer. Je repensai à mon père et à son destin, qui n'avait tenu qu'à sa seule volonté. Destin qui était le mien, puisqu'il m'avait insufflé la vie. J'étais seul, mais ce n'était pas ce qu'il y avait de plus préoccupant. C'était le fait de me retrouver sans ressources, ni pour agir, ni même pour savoir ce qui se tramait loin de moi dans la capitale.

On passa Angerville, Toury puis Artenay : autant de villages dont j'avais à peine entendu le nom, peut-être, et qui passaient devant ma fenêtre comme autant de lieux qui se moquaient bien de mon passage et me coupaient davantage des miens. Cette nouvelle famille, que j'avais mis si longtemps à construire, j'avais la sensation de la perdre à mesure des lieues que le galop des chevaux déroulait. Juste avant l'octroi se trouvait un autre relais. Il était convenu avec Bernard de Jussieu que j'y attende des nouvelles ou un messager. Il avait jugé préférable que je ne rentrasse pas dans Orléans. Nul n'était certain qu'on s'en tiendrait à la capitale pour me faire chercher. Il apparaissait, d'après ses renseignements, que l'acharnement contre moi était tel que toutes les polices du royaume me poursuivaient à cor et à cri. Je réservai une chambre et informai l'hôtelier suspicieux que je ne savais pas combien de nuits je comptais rester chez lui. Cela ne manqua pas de l'exciter davantage, mais comme je le payai sans discuter, il n'en demanda pas plus. Fort heureusement, mes compagnes de voyage avaient poursuivi leurs babillages au-delà de l'octroi et je me trouvai ainsi seul à souper dans une grande salle.

On était en mars et pourtant la soirée avait fraîchi rapidement. L'hôtelier avait dressé mon couvert devant la cheminée, prenant même le soin de me demander si j'aurais l'usage d'une fourchette. Mais comme le sommeil, l'appétit avait déserté l'assiette depuis mon départ. Un potage me suffirait largement. Il grommela en retournant en cuisine, me signifiant sans doute qu'il avait apprêté pour moi ses meilleures marchandises en pure perte. On entendit des chevaux devant le relais. Apparemment, l'aubergiste n'attendait personne d'autre. Le temps qu'il allât jusqu'à la porte, j'entendis celle-ci s'ouvrir. Un courant d'air coucha les flammes du chandelier qui éclairait ma table. Je me trouvais face à la cheminée et donc dos à la porte. La similitude de cette situation improbable avec une autre ne me laissa aucun doute. Et par cette simple intuition qui m'offrait une longueur d'avance, je dis sans me retourner, avant même que l'hôtelier ait fini d'ouvrir la porte :

— Entrez, Gersende, il ne manquait plus que vous à mon égarement.

— Jean !

Je reconnus tout de suite sa voix. Son intonation ne semblait pas trahir la moindre surprise, seulement l'impatience. Il semblait que dans la pièce personne n'avait bougé. J'imaginais l'hôtelier devant la porte de son auberge, Gersende sur le pas.

— Ne prenez pas la peine de faire prendre mes bagages.

Les miens attendaient toujours au pied de l'escalier que quelqu'un se décidât à les porter dans ma chambre. Gersende continua.

— Mais faites plutôt charger ceux de monsieur dans ma voiture.

L'aubergiste ne disait rien. Je me levai alors et me retournai lentement pour observer le tableau qui était bien tel que je me l'étais imaginé. Et pourtant, comme à chaque fois que j'avais rencontré Gersende, il y avait une nuance imperceptible, à la frontière entre un léger malaise et une subtile excitation, un sentiment confus qui m'empêchait de réagir tel que je l'aurais voulu. Gersende avait renoué avec son goût pour les tenues confortables que l'on réservait aux hommes. Ce n'était plus la comtesse en perruque et robe que j'avais rencontrée à l'opéra. Plus d'éventail, mais une courte dague en guise de pourpoint qu'on voyait dépasser sous son manteau. Un tricorne à la main. Son habit était très sombre. Une guerrière se trouvait devant moi, avec un air si déterminé que je retrouvai l'espace d'un instant l'éclat de son regard ; celui qui m'avait ému à notre première rencontre. C'était la dernière personne que j'imaginais rencontrer dans cette situation, et la confusion dans laquelle je me trouvais à cet instant précis put seule expliquer ce qui se passa ensuite. Gersende avança vers moi.

— Il faut que tu viennes avec moi, Jean.

— Il n'y a aucune raison à cela.

Elle continuait d'avancer.

— C'est ton ami de Jussieu qui m'envoie vers toi.

— J'ai du mal à te croire.

Elle ne pouvait inventer une telle chose, mais je ne voulais pas l'entendre. Elle continuait de progresser : deux pas de plus et elle serait devant moi. Malgré la proximité, je ne retrouvais plus les signes de la vieillesse qui m'avaient étonné lors de notre rencontre à l'opéra. Autant de détails scabreux auxquels j'espérais arrimer ma détermination. Elle n'était pas fardée. Encore un pas. L'aubergiste n'avait pas bougé, unique spectateur de la scène.

— Pour la dernière fois, Jean, je te demande de me pardonner.

Un pas supplémentaire. Ses yeux plongés dans les miens, comme autrefois... Les circonstances s'effondraient. J'étais incapable de parler, incapable de bouger, encore moins capable de penser la suite. Gersende était devant moi. J'entendis son chapeau tomber sur le sol.

— S'il te plaît... et fais-moi confiance.

Ses mains glacées cherchaient les miennes. Mes bras immobiles, bloqués le long de mon corps. Un long frisson. Et sans que j'aie eu le temps de la moindre réaction, elle était contre moi, me serrant avec toute la force de ses deux bras. J'étais incapable de bouger, je ne ressentais rien, me privant de toute réaction, me concentrant sur le mal qu'elle avait pu me faire, même si cela avait été sincèrement involontaire. J'aurais voulu la repousser, me persuader de mon dégoût. Ce ne fut que lorsqu'un profond sanglot la secoua que je sentis mon propre corps réagir malgré moi : une sourde vibration qui remontait jusqu'à mon crâne, mes joues. Et une envie idiote de pleurer moi aussi. Pour rien... pour tout. Pour ce qui avait été perdu, gâché, d'une manière ou d'une autre, je ne savais plus avec qui... Une émotion aussi forte que celle que Gersende libérait ne pouvait être que sincère. Car mon corps y avait répondu brutalement, par un cheminement réflexe qui avait échappé à ma propre volonté. Mes mains reprirent vie et je la serrai contre moi à mon tour, ce qui eut pour effet d'augmenter encore son trouble.

— Jean ! Enfin ! réussit-elle à murmurer entre deux sanglots.

Son corps s'alourdissait entre mes bras. Pour l'avoir retenue sans doute trop longtemps, la malheureuse abandonnait toute son énergie, se confiant à moi seul dans cet élan désespéré. L'aubergiste avait fermé la porte pour nous préserver du froid et était retourné en cuisine. Le temps passa sans que rien autour de nous ne donnât l'impression qu'il y avait autre chose. Au bout de ce temps-là, que nous perdîmes ensemble sans en avoir conscience, Gersende me repoussa à bout de bras et me regarda. Son visage n'était que sincérité, mais il reflétait derrière une peur réelle.

— Jean, il faut que nous partions. Je ne suis pas sûre de ne pas avoir été suivie.

Le brusque retour dans un monde plus vivant m'arracha un nouveau frisson. Ce qui venait de se passer, je ne l'avais pas contrôlé, mais je n'étais pas davantage en mesure d'en préciser l'origine. Il n'était pas question de sentiment, juste d'un partage : deux bêtes perdues qui se réchauffaient comme elles pouvaient. Il était soudain question de fuite, et mes angoisses des dernières heures me revenaient d'un coup. Il fallait repartir, plus loin encore. M'enfoncer davantage dans une situation inconnue d'où je pourrais encore moins suivre ce qui se passait dans le monde des vivants.

— Tu m'entends, Jean… Il faut partir.

Gersende me secouait doucement.

— S'il le faut.

— Je vais faire charger tes affaires dans mon carrosse. Et puis nous partirons. Tu veux bien ?

Je n'avais ni la force ni même l'idée de demander la destination. Gersende était déjà partie aux cuisines pour renouveler ses ordres à l'aubergiste. Je la regardai s'éloigner. Puis, j'eus simplement l'idée de boire le verre du vin qu'on m'avait servi pour souper. La volonté peut-être d'y trouver quelque force. De la lucidité, certainement pas. Je regardai l'aubergiste et son domestique reprendre mes malles et les sortir dans la cour pour les charger dans la voiture de Gersende. Elle s'assurait de tout. Puis quand tout fût prêt, elle m'aida à enfiler mon manteau et me conduisit dehors. Il faisait pleine nuit, l'air était vif et je lui attribuai un autre frisson, qui était sans doute plutôt dû à mes craintes.

Gersende ne disait plus rien, elle me conduisit à un puissant carrosse sombre. Elle m'aida à grimper dans la cabine et monta après moi. Les banquettes étaient larges et confortables. Deux petites lanternes donnaient une lumière timide qui jetait l'ombre partout, laissant à peine deviner le visage de celle qui m'enlevait ainsi. Elle triomphait sans doute, mais n'en témoignait aucune gloire. Je me glissai dans un des coins de ma banquette pour y trouver un appui, elle se plaça dans celui opposé. Puis elle ramassa sur le sol une lourde couverture de fourrure qu'elle plaça sur mes jambes avant d'en disposer l'autre extrémité sur les siennes. Elle donna deux coups contre l'habitacle de bois et le cocher hurla après ses chevaux. Le fouet claqua. Les fers résonnèrent quelques courts instants sur le pavé. Puis ce fut la route, moins sonore, mais moins confortable aussi. Gersende souriait, timidement.

— Tu ne crains plus rien, Jean. Dans quelques heures, tu seras en sécurité.

Et comme si cette parole avait eu dans sa bouche la valeur d'un évangile, je la crus. Pour la première fois de ma vie, je crus en cette femme, dont le propre père m'avait autrefois mis en garde. Peut-être était-ce la fatigue et cette soudaine tension qui m'avaient successivement assailli puis abandonné d'un coup ? Le visage de Gersende sembla se faner, comme si l'on venait de souffler les lanternes.

Je fus réveillé par un chaos plus violent que les autres. La voiture venait de s'arrêter. Gersende n'avait pas bougé. Nul n'avait éteint les lanternes. J'avais dû m'assoupir.

— Nous sommes arrivés.

Elle s'attendait sans doute à ce que je lui demande des précisions sur notre destination, mais elle ne s'étonna pas de mon silence et de ma passivité. J'étais comme un enfant qu'on conduisait, je me laissai faire. Elle descendit la première du carrosse puis me tendit sa main. Je la pris, elle était chaude et ferme. Je sortis.

La nuit était très claire et, même si on ne voyait guère de lune, les ombres de la bâtisse se dessinaient vaguement. La construction me parut menaçante depuis ses pieds : trois grosses tours qu'on ne distinguait pas parfaitement, alignées comme des militaires à la parade, d'un bloc sur un premier niveau sans extension ni dépendances. Les alentours semblaient peu boisés. On était loin de l'imposante forteresse de Combourg, mais le château renvoyait une forte résonance. J'eus soudain peur de ce qui m'attendait à l'intérieur. Une porte s'ouvrit sur le devant et un premier domestique s'empressa de venir aider le cocher à décharger nos bagages. Un autre, plus posé, s'avança vers nous en tenant haut au-dessus de sa tête une méchante torchère. Il y eut l'éclat bref des briques à la lumière. Présenté ainsi, avec ce rustaud et sa torche, je me crus transporté quelques siècles en arrière. Oubliant que la province, parfois, pouvait avoir un arrière-goût archaïque. Les domestiques pourtant portaient des livrées à la dernière mode, même si leurs manières gardaient un trait rustique.

On entendait plus loin le roulement de quelque rivière. Je ne savais pas combien de temps j'avais dormi. Et comme je ne m'étais jamais mêlé auparavant d'autre géographie que de celle de mon lointain pays et de la Nouvelle-France, j'aurais eu grand mal à situer Orléans sur une carte du royaume, et donc à imaginer quelle rivière se répandait derrière nous. Toutes ces impressions ne durèrent que le temps d'un soupir. Le domestique éclairé nous accueillit et nous demanda de le suivre jusqu'au bâtiment. Il s'effaça ensuite pour nous laisser entrer les premiers dans un large vestibule, garni complaisamment des massacres aveugles d'autant de bêtes qu'un seul homme n'aurait pu chasser dans toute une vie, avant de les empailler. Pour certains, le temps avait ouvert de nouvelles blessures dont la paille brouillonne tentait de s'échapper.

— Voudrez-vous souper ?

Ce brave homme avait décidément tout prévu. Gersende se retourna vers moi et m'interrogea du regard. Mon expression dut lui suffire, car elle répondit.

— Nous avons soupé, merci. Montrez-nous nos chambres et faites monter nos bagages. Ceux de monsieur en priorité. Qu'il puisse prendre du repos au plus vite.

C'était sans doute ce qu'il y avait de plus raisonnable. Je ne me souvins pas très bien de la suite. Un escalier étroit de pierre. Une vaste chambre ronde avec un imposant lit à baldaquin dont les tentures manquaient de fraîcheur. Une cheminée où un feu brûlait à l'opposé du lit. Partout l'odeur vieillie d'un monde laissé à l'abandon depuis longtemps. On me laissa seul dans cette chambre. Gersende avait dû regagner la sienne. Je me laissai choir dans un fauteuil. On m'y surprit quelques instants plus tard en me réveillant : les domestiques apportaient mes malles. Je n'aurais pu dire quelle heure de la nuit sonna à une pendule dans un recoin éloigné du château. J'usai de mes dernières forces pour aller jusqu'au lit où je me laissai tomber d'un bloc, tout habillé, sans même prendre le soin d'ôter mes souliers. Je tirai une couverture de velours frappé qui couvrait le lit et me roulai dedans. Le monde pouvait bien s'arrêter, je courais déjà devant...

Le monde ne devait pas s'arrêter de tourner, en tous les cas, cela n'en prenait pas le chemin, car je finis par me réveiller. Sans doute était-ce par la faim, car je n'éprouvai à mon réveil aucun autre désir, tant ma lassitude était grande. J'étais seul dans la chambre et je pris quelques minutes pour reconnaître l'endroit que j'aurais simplement pu imaginer en rêve dans la confusion de la nuit. Dans la cheminée, le feu était éteint. On avait pris soin d'ôter mes chaussures et mon manteau. On m'avait ensuite glissé sous les draps. Sans me réveiller. Il y avait de lourdes tentures aux fenêtres, mais il semblait bien que par certains bâillements, on pouvait deviner la lumière du jour au-dehors. Je ne bougeai pas, écoutant les bruits dans le château. Tout était silencieux, comme si l'on m'avait abandonné à mon sort. Je me levai. Le grincement du parquet me trahit avec malice, remplissant la pièce et me donnant à croire que, s'il y avait encore quelqu'un dans cette demeure, il serait aussitôt averti de mon réveil. Mais après tout, je n'avais aucune raison de m'en inquiéter.

La rencontre de la veille avec Gersende m'avait laissé une impression étrange, et je n'arrivais pas à tirer de conclusions sur mes sentiments. J'imaginais qu'elle était capable des pires actes, mais au nom de quoi ? Je ne l'avais jamais comprise, n'étant moi-même pas très belliqueux ; peut-être au fond bien trop naïf. J'allai jusqu'à la fenêtre et tirai les rideaux. Il n'y avait pas grand-chose à voir de ce jour-là. Une brume digne de mon pays avait envahi la cour devant le château. On n'y voyait pas à une brasse. Il n'y avait qu'une seule fenêtre et il n'y avait pas à espérer d'autres informations, à moins de sortir de cette chambre pour aller à l'inconnu. Ce qu'il convenait de faire, la faim me faisant sortir malgré moi de mon refuge.

La porte de ma chambre donnait sur un couloir étroit. À l'une des extrémités, un petit escalier que je ne reconnus pas. J'avais dû arriver par un autre la veille, mais c'était sans importance. Ce qui me troublait le plus, c'était ce silence. Il donnait à chacun de mes pas l'agressivité de ceux d'un importun. Arrivé en bas de l'escalier, un autre couloir, des portes. L'une d'elles, ouverte, m'amena dans le salon des massacres que j'avais apprécié la veille et qui tenait lieu de vestibule. Je retournai sur mes pas, cherchant au bruit, ou pourquoi pas à l'odeur, un indice qui pourrait me rapprocher d'une âme vivante, ou peut-être, de la cuisine. J'entendis claquer la porte de l'entrée. Je me retournai. Le pas de Gersende sonnait vers moi avec détermination. C'était bien la seule chose que j'étais en mesure de reconnaître d'elle, tant elle était capable de montrer des facettes différentes de sa personnalité ou de sa physionomie. Elle portait un costume à sa manière, adapté avec bon goût du confort masculin. Et sombre toujours. Ni perruque ni fard. Un simple ruban pour nouer ses cheveux.

— Où sommes-nous ?

Elle se contenta de sourire.

— Bonjour, Jean. Nous sommes au château de l'Ilse. C'est un ami de mon mari qui nous le prête. Je ne sais plus lequel des deux frères Midou de Cormes.

— Je ne les connais pas.

— Quelle importance ! C'est une très riche famille qui n'a aucun besoin de ce château, mais qui a la bonté de nous le prêter avec quelques domestiques.

— On te prête un château, comme ça, sur ta bonne foi ?

— Ne t'inquiète pas pour cela. Mon mari a des pouvoirs qui permettront à Paris de régler cette dette de la plus avantageuse des façons. Chacun y trouvera son compte. Nous sommes ici chez nous, pour le temps qu'il faudra.

— Nous ? Le temps qu'il faudra ?

— Les nouvelles ne sont pas bonnes, Jean. Je n'ai pas eu le temps de t'en parler hier. Tu dois avoir de farouches ennemis, pour qu'en si peu de temps, ta réputation ait été aussi vite détruite dans la capitale. La police est venue à la boutique, on t'a cherché. Heureusement que Nestor et Augustin avaient des témoins pour prouver qu'ils ne se trouvaient pas à la foire la nuit de l'incendie. Quoi qu'il en soit, ce château est l'endroit idéal pour disparaître. On m'a assuré que les propriétaires n'y viennent plus depuis fort longtemps.

— Et ton mari ?

— Il y a grand temps que mon mariage ne vaut plus que par le nom qu'il me prête. Mon mari s'est montré lui-même trop heureux de me voir quitter Paris. Cela fait des années que nous ne nous croisons plus qu'en société.

— Et Marie Courval ?

— Rien, pas de nouvelles. Mais je n'ai quitté Paris que quelques heures après toi. Il y a tout à espérer pour elle… d'une certaine façon.

— Pourquoi toi ?

— Parce qu'il fallait quelqu'un de confiance. Parce qu'il fallait un endroit sûr pour te cacher, pas trop loin de Paris. Un endroit où l'on ne te trouverait pas.

— Très bien, maintenant que je tu m'as amené ici, il n'y a pas forcément de raison pour que tu restes avec moi. Tu n'as qu'à retourner à Paris et chercher des nouvelles de Marie.

Sa grimace fut imperceptible.

— Tu as sans doute faim, Jean, l'heure du dîner est passée, mais j'ai fait réserver quelque chose pour toi. Viens avec moi.

Mon estomac lui donna raison et je la suivis à l'office. Là, une cuisinière aux joues aussi blanches que de la farine, et étonnamment maigres, s'empressa de me servir sur une lourde table de bois, à côté du lièvre qu'elle était en train de dépecer. Son air malingre laissait bien mal présager de sa cuisine. Elle ne s'embarrassa d'aucune manière avec moi, montrant même imperceptiblement que ma présence la dérangeait quelque peu dans l'ordonnancement de ses tâches. Gersende sentit le besoin de l'excuser, même si je ne me formalisai absolument pas de sa désinvolture.

— Nous souperons dans un des salons, ce soir. Mais pour l'heure, les domestiques sont à Orléans pour le ravitaillement. Je ne voulais pas déranger Marguerite.

Le prénom me fit tressaillir. Gersende eut un sourire gêné. La cuisinière versa sans ménagement une louche de ragoût dans l'assiette qu'elle avait posée devant moi.

— Monsieur boira du vin ?

Gersende fit signe que oui, car j'avais déjà la bouche pleine. La cuisinière me servit. Était-ce la faim ou son talent était-il réel ? Car la cuisinière avait fait tomber en quelques bouchées mes appréhensions, prouvant qu'il ne fallait pas toujours se fier à la mine des gens, qu'elle fût bonne ou mauvaise, en adéquation ou non avec ce que notre imagination espérait d'eux. Elle me resservit, et je la sentis se détendre, flattée par mon appétit. On me servit une part de fromage avec un large morceau de pain blanc. Je terminai mon verre, remerciai Marguerite et quittai la cuisine. Pendant mon repas, Gersende était restée debout, près de moi, me veillant presque et s'assurant que rien ne manquât à ma satisfaction.

— As-tu assez mangé ?

— Oui.

— Alors, suis-moi. Je vais te faire visiter le château.

Une chose me préoccupait toujours, c'était de savoir Gersende associée à mon exil, car après tout, il n'y avait aucune raison pour qu'elle restât terrée ici avec moi, sous le seul prétexte de mon confort et de ma sécurité. Je la suivis cependant, attendant un moment plus propice pour renouveler mes questions. On traversa de grandes pièces. Au rez-de-chaussée se succédaient une salle à manger, un salon de musique et une salle d'armes. Au-dessus, se trouvaient alignées trois tours : deux rectangulaires encadrant une tour ronde, dans laquelle se trouvait ma chambre. Les deux premières tours étaient occupées par des chambres. Tout au bout du bâtiment, dans la dernière des tours, celle-là rectangulaire, une gigantesque bibliothèque occupait tout l'espace. Des rayonnages couraient sur les murs sur plusieurs niveaux, montant à l'assaut de la toiture, puisqu'on devinait tout en haut, les premières poutres de la charpente. Une sorte de chemin de ronde de bois, alternant passerelles et escaliers, permettait d'accéder à tous les rayonnages et tous les volumes, qui se comptaient par milliers.

Cette découverte m'offrit le premier véritable moment de distraction et d'oubli depuis mon départ de Paris. Car il y avait là une collection merveilleuse de tant de savoirs et de connaissances. Le travail de plusieurs vies, sans doute, bien au-delà de ce que pouvait offrir la bibliothèque laissée par de Blégny à la boutique. Mais j'eus bien vite un sentiment plus amer, une sorte de prémonition : celle que j'allais avoir le temps de l'explorer bien plus que je ne voulais l'imaginer en la découvrant pour la première fois. Gersende respecta mon émerveillement muet avant de dire :

— Je crois qu'il n'y a pas plus belle bibliothèque dans tout le département. Et j'ai pris soin de regarder, il y a un grand nombre de livres médicaux.

Je ne répondis pas. Passé le premier instant d'émerveillement, ce fut celui de l'angoisse. J'avais l'impression d'être un hôte de marque dont on voulait à tout prix masquer la réclusion pour rendre celle-ci moins pénible. Cette bibliothèque, dont j'aurais pu rêver, semblait avoir été placée là exprès pour ma curiosité, et surtout pour tromper mon ennui à venir.

— Viens, j'ai encore quelque chose à te montrer.

Elle quitta la bibliothèque, je la suivis. Elle emprunta un petit escalier très étroit pour arriver dans une autre pièce. Ses fenêtres s'ouvraient sur l'arrière du château. Gersende vint se placer devant l'une d'elles. Dehors, le brouillard se fatiguait mollement sous le soleil. Une large rivière se trouvait là. Si large qu'avec la brume, on n'apercevait pas la berge de l'autre côté. On aurait pu croire à la mer, mais le cours paisible laissait peu de doutes. Sur un chemin de halage juste au pied du château, deux forts chevaux tiraient une gabarre chargée de grumes.

— La Loire.

Je regardais le patient travail des animaux, qu'un paysan fouettait généreusement pour essayer d'accélérer leur rythme. Les percherons supportaient les coups, patients dans la fatalité, attendant le repos du soir et une hypothétique ration de foin. J'étais comme eux : contraint dans le joug, celui de mon destin, la brume, l'évocation du prénom de ma mère, le départ précipité de Paris, l'impression de tout perdre. Au fond, je n'avais jamais rien été d'autre qu'un fugitif en sursis. Les années de quiétude parisienne n'avaient servi qu'à endormir ma méfiance. J'avais cru être arrivé au bout de mes épreuves, mais il fallait bien se rendre à l'évidence, le combat ne finirait que dans la mort. Et je sentis un frisson, imaginant que celle-ci ne se ferait pas attendre bien longtemps. Je me revis enfant, séparé de ma grand-mère et de ma sœur, prisonnier des sauvages.

Même si ma situation était sans doute, à cette heure, plus enviable, il n'y avait que peu de consolation à trouver dans le confort matériel dont on voulait m'entourer. C'était mon cœur d'enfant qui se serrait à nouveau, la sensation de me trouver face à une solitude qui ne m'avait jamais quitté. J'avais voulu construire autre chose, mais le destin me le reprenait en forme de reproche pour avoir osé braver son incontournable dessein. Depuis l'Île aux chiens, je n'avais jamais cessé de fuir. Telle était ma destinée.

Chapitre II
Terre-Neuve

La première soirée fut horrible. On nous jeta dans la première des huttes que l'on calfeutra avec une peau de bête. Une peau si large et si longue d'un seul tenant, qu'elle ne pouvait appartenir qu'à un bestiau que je n'avais jamais osé imaginer. Une créature imaginaire et féroce, sans doute, qui vivait de l'autre côté de la mer, sur les côtes lointaines, celles que j'apercevais par beau temps lorsque je jouais enfant sur le plain. Passée une odeur étrange de moisissure et de poisson avarié, je me rendis compte qu'il y faisait bon et que cette construction d'apparence sommaire avait au moins un mérite : celui de préserver du vent et du froid. Nos yeux s'habituèrent à la pénombre et il ne nous fallut que quelques instants pour découvrir notre prison.

Au centre se trouvait un foyer dessiné avec de gros galets, sans doute ramenés de la mer. Le feu était éteint, les cendres étaient froides. Autour, on avait disposé sans ordre d'autres peaux de bêtes plus ou moins bien tannées, des couvertures de différentes tailles et d'autres étoffes qui devaient servir à l'occasion de vêtements aux sauvages. Dans un coin se trouvaient quelques écuelles très grossières, à peine creusées dans des disques de bois taillés à même le tronc. Point de garde-manger, encore moins à boire, pas même une cruche. Nous nous assîmes tous les quatre dans la portion la plus éloignée de ce qui servait de porte. Il ne restait plus grand-chose à faire d'autre qu'à regarder notre misère bien en face et laisser notre imagination jouer. Il y avait tout à craindre : de ce qui était arrivé à Ambre et à ma grand-mère, du sort qu'on nous réservait. Autant d'éléments que notre situation ne nous permettait d'appréhender que dans les plus funestes des perspectives.

Mon père et mon grand-père gardaient le silence, leur détermination ne trouvant plus les mots en face de l'adversité. Je restai blotti dans les bras de ma mère qui, n'ayant d'autre ressource que son chagrin, recommença à pleurer doucement, contenant mal des larmes que la pudeur ne suffisait pas à bloquer. Tout s'était passé tellement vite, depuis le départ précipité de l'Anglois, que nous avions perdu la notion du temps ; aucune idée de l'heure de la journée qu'il pouvait bien être. À travers les interstices de notre abri, on devinait encore la luminosité du jour qui semblait fléchir. Le soir venait. Par moment, le silence était troublé par des conversations. Des voix masculines qui palabraient dans un dialecte incompréhensible. Même si mon père avait eu l'occasion autrefois de troquer avec certains d'entre eux, il ne trouva rien d'intelligible dans ces bribes de phrases que le vent perdait aussitôt. Peut-être s'agissait-il d'une autre tribu que celle qu'il avait l'habitude de rencontrer. Ceux-là avaient un air tellement farouche et sournois que je les imaginais mal préoccupés par des activités de commerce. L'impression première qu'ils m'avaient donnée était plutôt celle de dévoreurs d'enfant. Et même si je les avais vus manier leurs embarcations avec dextérité, je les imaginais accroupis, dévorant la chair crue de leurs proies à même le sol.

Je faisais tout mon possible pour ne pas trembler et ne rien montrer de mes angoisses, pour ne pas accroître encore le désespoir de ma mère. En dehors de la peur, je ne ressentais plus rien d'autre. Elle nous prenait avec la même sauvagerie que les Indiens et bloquait tous les autres sentiments, nous réduisant à l'état animal : des créatures insignifiantes face à la barbarie. L'obscurité vint, sans que cela changeât quoi que ce soit à notre situation ni à nos états d'âme. Les voix s'animèrent un peu plus et je crus percevoir par instants le craquement caractéristique du bois dans le feu. En même temps vint l'odeur du bois brûlé, puis celle, plus subtile, mais nouvelle, de la nourriture qu'on mettait à cuire. Cela réveilla un peu la faim, même si cette considération nous parut à ce moment bien triviale au regard de nos malheurs.

Finalement, une main écarta la peau qui barrait la porte et je pus observer quelques instants ce qui se passait dehors. Plusieurs Indiens étaient en effet assis autour d'un feu où ils avaient mis à griller de la viande sur des perches de bois. La lumière changeante des flammes donnait à leur visage l'aspect de masques plus effrayants encore que leurs expressions naturelles. Ce qui me frappa le plus, c'était qu'il n'y avait aucune femme dans ce groupe. Je n'en aperçus nulle part. Et cela me donna à penser qu'il n'y avait aucune pitié à attendre de ces lascars sans la tempérance que des femmes, même sauvages, auraient pu suggérer à nos ravisseurs. Ce fut une vision fugitive, car dans l'espace ouvert, un visage apparut, pas particulièrement hostile, mais sa proximité nous permit de détailler les peintures qu'il portait sur le visage. Il fut difficile de distinguer si elles avaient été faites avec de l'ocre ou une autre couleur, ou bien avec du sang séché. Le sauvage posa devant nous un morceau de bois sur lequel se trouvaient divers morceaux de chair grillée. Il posa à côté une outre de cuir. Il ne dit rien, nous contempla, misérables, sans animosité, quelques instants encore. Puis il recula et rabattit la tenture de peau, nous livrant à nouveau à l'obscurité.

Nous mangeâmes à tâtons. Les chairs étaient grillées de manière assez rustique, car brûlées en plusieurs endroits. Mais on pouvait y distinguer le goût du poisson, mais aussi celui de la viande, une viande particulièrement sèche au goût âpre. Je ne sus jamais ce que c'était. Mais la faim avait fini par vaincre notre abattement : il convenait en tous les cas de garder les forces nécessaires pour les épreuves que nous ne manquerions pas d'affronter. L'outre contenait une eau claire, aussi claire que celle que nous pouvions recueillir aux sources de l'Anglois pendant l'hiver. Je n'avais jamais connu mon père aussi taciturne.

Et comme il se taisait, personne n'osait rompre ce silence, sentant qu'il y avait là les signaux évidents d'une situation désespérée. Jusqu'alors, il avait toujours fait preuve d'un esprit d'initiative qui nous avait permis de faire face à toutes les situations. D'avoir perdu Ambre et ma grand-mère nous privait d'une partie de notre force. Jusqu'à présent, nous avions combattu et survécu tous ensemble, comme un seul et même organisme qui, alors privé de son intégrité, se trouvait livré à lui-même, sur le point peut-être d'abandonner l'espoir.

Comme il vit finalement qu'il n'y avait plus rien à attendre de cette journée-là, Hector Passadieu installa chacun du mieux possible avec les fourrures et étoffes que les sauvages avaient laissées là.

— La nuit donne conseil, finit-il par dire alors qu'il s'assurait que j'étais bien protégé sous une lourde peau de bête.

Ma mère était contre moi, épuisée. Et je sentis à peine la force de ses mains qui me serraient doucement. Les sanglots avaient fini par la laisser au bord de l'épuisement. Je fermai les yeux pour entrer davantage dans mon obscurité. Dehors, on entendait les voix d'hommes qui parlaient, il y avait parfois des rires. Des hommes qui riaient ne pouvaient être forcément mauvais. Dieu avait bien dû leur donner en même temps que cette faculté-là, une part même minime de notre humanité. Je finis par m'endormir. La fatigue allait me sauver des angoisses de la nuit.

Ce fut une envie terrible d'uriner qui me réveilla. On ne s'était pas préoccupé jusqu'alors de ce genre de problème. Je me glissai hors de la couverture et m'approchai de mon père. Celui-ci ne devait pas dormir, car il me demanda ce que j'avais. Je lui dis mon envie et il se leva. Raisonnablement, il n'était pas question de me laisser faire mes besoins dans la hutte. On ne voyait rien, et tout se passait par signes. Mon père posa un doigt en travers de mes lèvres pour me faire faire silence. Puis, sans le moindre bruit, il rampa jusqu'à la porte. Je me rendis compte de l'endroit où il se trouvait lorsqu'il souleva un coin de la peau qui fermait l'ouverture. Dehors, la lune éclairait un peu le ciel, découpant dans notre univers un triangle bleu. Mon père souleva un peu plus la porte. Il n'y avait plus aucun bruit au-dehors. Rien ne bougeait. Il avança encore, puis passa une jambe à l'extérieur, tout doucement. Habitués à l'obscurité et à la faveur de la lune, mes yeux ne perdaient rien de sa progression. Lorsqu'il voulut passer le torse au-dehors, il y eut un bruit mat. Puis il s'écroula.

Il y eut ensuite un rugissement, car le sauvage qui venait d'assommer mon père s'était mis à hurler. Il avait des gestes menaçants. Mon père se releva doucement, se frottant le crâne. L'autre lui asséna un violent coup de pied dans le ventre pour le presser de rentrer dans la hutte. Puis l'Indien rabattit la tenture et nous précipita dans le noir. Bientôt, nous étions tous autour de mon père. Ma mère poussa un cri en se rendant compte qu'il y avait du sang dans ses cheveux. Mon père tenta de la rassurer. Puis il me dit de trouver un endroit dans la hutte où aller calmer mon envie. Ce que je fis lorsque le calme revint. Je trouvais un endroit où le sol était libre de tissus ou de fourrures. Dessous, c'était une terre battue où l'on sentait encore des touffes d'herbe qui avaient été piétinées. Je réglai mes affaires et revint me coucher près de ma mère. On entendit les sauvages grommeler encore de longues minutes au-dehors. En tous les cas, une chose était certaine : il n'était pas question de tenter de fuir. On veillait sur nous…

Le lendemain, on nous réveilla et on nous fit sortir sans ménagement de la hutte. Le soleil se levait à peine. Je fus effrayé de voir qu'une large croûte de sang barrait une partie du front de mon père. Il avait saigné dans le cuir chevelu, mais durant la nuit, le sang avait suinté et était venu lui faire cette méchante marque qui amusa fort nos geôliers. Les Indiens nous désignèrent une petite butte herbeuse en nous montrant leur entrejambe et en riant assez méchamment. Ils nous indiquaient tout simplement à leur façon comment se passer de latrines. Ma mère s'y rendit la première. Puis mon grand-père, qui revint veiller sur elle tandis que mon père et moi allions à notre retour nous soulager de manière plus honorable que je n'avais pu le faire pendant la nuit. À notre retour, ils nous donnèrent une sorte de récipient fait de peau tendue dans laquelle il y avait de l'eau, sans doute pour nos ablutions. C'était de l'eau de mer. Nous nous en rendîmes compte lorsqu'en lavant la blessure de mon père celui-ci grimaça violemment. Le sel rongeait les chairs. C'était une belle entaille aussi longue que la paume de ma main d'enfant. À la ceinture des Indiens, pendait sans doute l'objet responsable d'une telle balafre : une sorte de galet qu'on avait grossièrement taillé, serré entre deux morceaux de bois par un lien de cuir : un marteau barbare contre lequel le crâne de mon père avait servi d'enclume. Maudit casse-tête !

Je revoyais parfaitement mon grand-père réclamer nos affaires. Après de longs palabres où les signes compensaient la différence de langage, un des Indiens l'autorisa à fouiller dans ce qu'ils avaient pris dans notre barque et ramené à leur campement. En cherchant, mon grand-père en tira un bouquet de feuilles mortes. Il ramassa de la terre qu'il humecta de l'eau du récipient pour en faire une sorte de boue très épaisse entre ses mains. Puis il broya dedans les feuilles séchées. Avec cet emplâtre, il entreprit de recouvrir la balafre qui sillonnait le crâne de mon père et qui s'était remise à saigner après le lavage à l'eau salée. Les Indiens avaient arrêté de chahuter autour de nous et regardaient l'œuvre de mon grand-père comme celle d'un puissant mage. Un des Indiens s'empara du sac de mon grand-père et en ressortit un autre bouquet de feuilles séchées. Les sauvages ensemble observèrent la plante avec de petits gloussements d'extases. On eût dit qu'ils avaient reconnu là une plante qu'ils connaissaient déjà et dont ils venaient d'apprendre une propriété nouvelle.

Du coup, on rendit le sac à mon grand-père et ce fut, semble-t-il, le premier geste favorable de ces sauvages envers nous. Il ne s'agissait pas là de fraternité, mais bien d'une preuve qu'il y avait chez eux une forme d'intelligence, autre que celle que Dieu avait bien voulu donner aux bêtes du règne animal. On nous donna à manger : une sorte de galette cuite au feu. Je n'en connaissais pas le goût et mon père nous dit qu'il s'agissait peut-être de maïs, chose que je n'avais jamais connue sur mon bout d'île. Puis on nous laissa libres autour de notre hutte. Les guerriers allaient à leurs affaires sans donner l'impression de se préoccuper de nous. Mais il était clair que pas un seul de nos mouvements ne leur échappait. Ils étaient cinq au moins ce jour-là. Mais il y avait à craindre que d'autres fussent postés plus loin, pour mieux nous surveiller ou nous surprendre.

Entre les deux huttes, ils entretenaient un feu avec des morceaux de bois sauvés sur le rivage. Ce bois encore humide ne brûlait pas bien, mais comme le brasier était large, les bûches finissaient toujours à la fin par se dissoudre en fumée. La mer était calme. Sur cette portion de côte, il y avait une sorte de sable bien différent des gros galets qui comblaient les plains de l'Île aux chiens. Je m'approchai du rivage et on me laissa faire. Il était évident que je ne pourrais tenter de fuir seul, et encore moins par la mer. Enhardis par la curiosité des Indiens vis-à-vis des plantes de mon grand-père, mes parents s'approchèrent de l'un d'eux. Il était petit et son visage ridé marquait d'emblée le signe de sa sagesse, et peut-être de sa tempérance. Jusqu'alors, chaque fois qu'il avait pris la parole, les autres l'avaient écouté. S'il n'était pas le chef, il en avait en tous les cas l'aura. Mes parents essayèrent de l'interroger sur la disparition du bébé et de ma grand-mère. Après avoir recueilli l'attention du vieil Indien, mon père montra le ventre de ma mère et fit le signe d'un enfant qu'on berce entre ses bras vides. L'autre le regarda faire, visiblement soucieux de comprendre ce qu'on essayait de lui dire. Pendant toute la pantomime, il hocha la tête d'un air concentré. Puis, quand mon père eut fini en écartant les bras d'un air impuissant et interrogatif, l'autre hocha la tête négativement. Ils se regardèrent quelques instants, puis l'Indien lui tourna le dos et retourna à ses occupations. Le plus attristant était sans doute de se rendre compte que celui-là était peut-être sincère, et qu'il ne savait réellement pas où se trouvaient ma grand-mère et ma sœur.

La journée passa ainsi, d'une façon très étrange, car nous paraissions libres d'aller au milieu des sauvages. Ils semblaient attendre quelque chose, observant l'horizon pendant de longues minutes ou regardant le soleil qui rythmait la journée. On nous distribua encore à manger, une sorte de bouillie avec des morceaux de poissons mélangés. Leurs plats n'avaient rien de raffiné, mais leurs saveurs particulières éveillaient la curiosité et calmaient la faim. Le soleil était alors à son zénith. Chose curieuse, les Indiens ne mangèrent pas à ce moment-là. Un moment plus tard, on vit arriver une de leurs embarcations dont deux guerriers tirèrent une carcasse de phoque encore frémissant, d'où gouttait un sang rouge et fluide. Ils furent accueillis par des sortes d'acclamations. Les Indiens se regroupèrent autour de la dépouille de l'animal et commencèrent un festin barbare, ce qui me donna l'occasion de les détailler davantage.

Leur crâne avait une morphologie toute particulière, le front aplati partait en arrière et se terminait en pointe à son sommet. Cette forme se distinguait parfaitement de celle des humains que j'avais connus jusqu'alors. Même les Anglais ne présentaient pas de diversité de crâne avec nous, même s'ils faisaient tout pour nous montrer que nos deux espèces devaient se maintenir en guerre l'une contre l'autre. Le crâne des Indiens était très différent et semblait commun à tous ces sauvages. Leurs pommettes étaient très larges et massives et leur nez semblait ridiculement petit en proportion, comme s'il avait été chercher son origine au plus profond de leur être, sous la base du front. Ils avaient une bouche très large et une mâchoire à l'avenant. Le menton était propulsé vers l'avant, comme s'ils cherchaient à faire une grimace, alors qu'il semblait que cela fut leur expression naturelle. La lèvre supérieure était elle aussi très marquée. Tel était leur aspect, je dus dire assez effrayant.

À cela s'ajoutait leur façon de manger, qui finissait de laisser à penser qu'il s'agissait d'êtres cruels et sans pitié. Certains munis de couteaux, d'autres de simples pierres aiguisées, ils taillaient de larges morceaux de chair qu'ils tenaient de la main gauche. Ils mordaient à pleines dents dans la viande crue à même le morceau avant de tirer dessus. Puis, d'un geste précis de la main droite munie de leur couteau, ils venaient libérer le morceau qu'ils s'empressaient d'avaler goulûment. À plusieurs autour du festin, cela faisait un raffut formidable, agrémenté de murmures de satisfaction et du claquement des mandibules insatiables.

Ce ne fut qu'avec le temps que je devins capable d'analyser en détail cette période, car mon esprit d'enfant n'avait pas dû être en mesure de ressentir autre chose qu'une sourde terreur face à ces êtres incompréhensibles et forcément mauvais. Car il n'était pas possible de croire qu'ils n'étaient en rien responsables, eux ou leurs congénères, dans l'enlèvement de ma sœur et de ma grand-mère. Les adultes autour de moi s'étaient ingéniés à apaiser ces sentiments, mais la proximité de ces créatures diaboliques maintenait fermement le cap de mon angoisse.

Après leur repas, ils abandonnèrent les restes tels quels. Certains venaient s'en repaître à l'envi de temps à autre jusqu'au soir, où on nous en présenta un digne morceau pour tout souper. Et je regrettai d'un coup le ragoût de poisson qu'ils nous avaient servi au dîner. Ils rirent de bon cœur à voir notre dégoût devant ce morceau de viande devenue raide dans sa croûte de sang séché. Puis ils nous laissèrent nous approcher du feu pour faire cuire le morceau au bout d'une perche que mon père ramassa dans un buisson. C'était une communauté étrange, d'autant plus surprenante lorsque, peu avant la tombée de la nuit, ils nous invitèrent à retourner derrière la petite colline, prendre nos précautions pour la nuit avant de nous pousser sans délicatesse dans notre hutte.

Ils agissaient avec nous comme on l'aurait fait d'une prise de guerre, à laquelle un élément particulier, qu'il restait à déterminer, concédait un peu de valeur. Ce qui nous valait cette relative considération durant la journée. Mon père ne renouvela pas sa tentative d'excursion nocturne. Et l'on nous réveilla le lendemain avec le jour, d'une façon presque naturelle. Il y avait fort à craindre que cette cohabitation ne finît par entrer dans leurs habitudes, et par voie de conséquence, que nous nous y habituions aussi. J'avais confiance en mon père, et s'il ne disait pas grand-chose, j'imaginais qu'il avait quelque idée sur la suite de notre aventure. Contrairement aux rumeurs, ces Indiens-là ne mangeaient pas de chair humaine, puisqu'ils se satisfaisaient de malheureux phoques. Et si cela avait été le cas, il y avait sans doute longtemps qu'ils auraient préféré ma carcasse.

Ma mère avait fini par épuiser les ressources de sa tristesse. Mais, avant d'arriver au stade de la résignation, moment de l'épreuve où la raison finissait par céder et où l'intelligence nous conseillait de continuer à vivre, elle avait simplement fini de souffrir. Après avoir interrogé à sa façon chacun des sauvages qu'elle avait pu aborder, l'espoir l'avait quitté, semblait-il sans secours. Elle se contentait de regarder droit devant elle, les mains croisées sur sa poitrine, comme si la fin de son existence se résignait à supporter le froid de sa solitude. J'eus à cet instant l'impression que plus rien ne lui permettrait de retrouver le moindre courage, la moindre confiance. La nuit suivante ne fut pas meilleure, si ce n'est sans doute moins empreinte d'inquiétude, car nos ravisseurs avaient tout fait pour nous donner à croire que le jour suivant serait à l'identique du précédent : ni pire ni meilleur. Mais je ne pouvais pas savoir que je passais ma dernière nuit sur l'archipel qui m'avait vu naître.

Il y avait d'autres événements plus graves encore que je n'imaginais pas. J'avais appris depuis mon plus jeune âge que la vie était dure et que chaque chose se méritait. J'avais découvert la cruauté lorsque nous avions fui l'Île aux chiens en abandonnant mon grand-oncle, lorsqu'on nous avait enlevé Ambre et ma grand-mère. Je ne pensais pas alors qu'il serait possible de descendre encore plus loin dans le chagrin. C'était ce grand escalier que je m'apprêtais à descendre, une spirale dont on devinait à peine les marches suivantes et où l'on continuait pourtant à avancer, pour espérer trouver un peu de lumière ou de réconfort. Cette nuit passa, noire, sombre et dense comme les galets du plain. Je dormis sans conscience, et me retrouvai le lendemain matin, surpris de l'endroit où je me m'éveillai. C'était comme si je découvrais pour la première fois la dureté de notre situation.

Le jour commençait à peine. Le ciel était encore d'un bleu plus profond qu'une mer en tempête, mais les rares nuages épars accrochaient déjà quelques lueurs en guise de prémices. Les sauvages avaient allumé un feu entre les deux huttes. Ils nous avaient réveillés et sortis de la cabane. On nous donna simplement à boire : la même eau fraîche dans l'outre de peau. Les Indiens semblaient fébriles, à croire que ce qu'ils attendaient la veille était enfin arrivé. Ils pointaient leurs doigts vers la mer, là où le ciel palissait en attendant le soleil. Je finis par distinguer une pirogue qui arrivait vers nous. Il fallut patienter encore. Je finis par mieux distinguer les détails. Elle était d'un modèle plus long que celui des embarcations qui nous avaient amenés jusque-là. Il y avait trois hommes à bord. Deux ramaient : l'un à l'avant, l'autre à l'arrière, chacun d'un côté. Au milieu se tenait un autre Indien.

Le ciel pâlit encore et je pus distinguer les traits du guerrier assis au milieu de l'embarcation. Il n'y avait pas de doute sur son statut, car ses traits étaient durs, son visage était fendu de plusieurs cicatrices aux teintes effrayantes. Par-dessus, il avait passé les couleurs traditionnelles que je commençais à bien connaître. Ses yeux étaient très profondément enfoncés dans son crâne et paraissaient curieusement petits. Il regardait devant lui et je ne pus deviner grand-chose de son expression sous des sourcils aussi noirs que ses yeux. Ce qui était certain, c'était que ce sauvage-là devait être encore plus intraitable que les autres. Le genre de barbare farouche avec lequel il valait mieux ne pas entrer en contradiction.

L'embarcation finit par s'échouer au milieu de nos sauvages, qui accueillirent le nouvel équipage avec beaucoup de déférence et force palabres. Les rameurs sautèrent à l'eau pour tirer la pirogue à sec afin que le passager principal pût en descendre. Il était beaucoup plus grand que tous les autres, plus fort et plus musclé et tous le respectaient en le regardant avec un air soumis. Lorsqu'il regarda dans notre direction, je sentis passer la cruauté aussi nettement que s'il avait crié, ou que s'il avait pris l'un de nous à la gorge pour nous montrer à quel point nous étions négligeables en face de son pouvoir. Il y eut un seul regard, un seul qui lui suffit à nous jauger. Puis il interrogea les autres. Ils lui montrèrent le peu d'effets qu'on nous avait dérobé, rassemblés dans un grand sac de toile. Il s'accroupit pour examiner une à une chacune de nos affaires. Les autres penchés autour de lui attendaient un verdict ou un commentaire. Puis il remit chaque chose au fur et à mesure dans le sac avec un air dédaigneux. Rien ne sembla retenir sa convoitise. Il se releva et cracha par terre dans notre direction.

Ma mère hurla. Et ce fut la dernière fois que j'entendis le son de sa voix. Elle avait regardé venir l'embarcation et ne l'avait pas quittée des yeux, espérant sans doute y apercevoir sa fille et sa mère. Je ne savais trop quelle idée elle pouvait avoir en tête, peut-être que cet homme terrifiant était responsable de son malheur. C'est pourquoi elle se précipita sur lui en criant lorsqu'il cracha. Elle fit quelques mètres, on vit voler un objet lancé par un des Indiens qui frappa ma mère à la tête. Elle s'écroula. Déjà mon père était près d'elle. Mon grand-père me retint contre lui pour m'empêcher de les rejoindre, car c'était inutile. L'impitoyable sauvage se rapprocha de mes parents et les regarda à peine, puis donna quelques ordres dans sa langue incompréhensible en pointant le doigt vers l'ouest. Il s'éloigna pour entrer dans la hutte que nous n'occupions pas.

Les autres sauvages s'affairèrent en poussant de petits cris d'excitation, tels des chiens de mer à qui leur maître aurait enfin donné une permission fort attendue. Ils vinrent vers nous avec des liens de cuir. On nous ficela chacun les mains dans le dos. On aida mon père à relever ma mère qui gardait un visage blanc et sans expression. C'était elle alors qui était sans doute la plus terrifiante de ce tableau. En quelques minutes, tout fut prêt. Deux embarcations furent mises à l'eau : sur chacune d'elles, deux rameurs. Mon père et ma mère furent installés dans la première. Mon grand-père et moi dans la seconde. On prit soin d'y jeter le sac qui contenait toutes nos affaires. Il n'y avait pas moyen de deviner davantage quel sort on nous réservait. Mais si l'on prenait la peine de sauver nos affaires avec nous, on pouvait espérer que l'on n'allait pas nous mettre à mort dans l'instant. Je me mis à pleurer, non sur notre sort, mais sur celui de ma mère que j'avais vu tomber si brutalement.

Elle était assise dans l'embarcation devant moi, et son visage me faisait face.

J'avais cru au début qu'elle me regardait, mais elle scrutait en réalité le rivage que nous quittions, gardant ses yeux fixes dans la direction de l'archipel, et plus précisément dans la direction présumée où se trouvait sa fille. Cette femme, à qui l'on avait pris son deuxième bien le plus précieux, ne pouvait se résoudre à abandonner là son enfant. Mais puisqu'on la contraignait à partir, elle gardait comme un point fixe ce dernier repère, avec tout de même un espoir, peut-être. De voir ainsi son visage fermé, dont la tristesse avait bloqué la moindre expression, me rendait plus triste que jamais. J'avais l'impression qu'après le choc qu'elle avait reçu sur la tête, c'était la dernière main à son abattement. Un effondrement dont elle ne devrait jamais se remettre. Je me mis à trembler, mais c'était peut-être le froid matinal et la brise marine. Mon grand-père me serra plus fort contre lui, et je me laissai aller. Je restai sur ses genoux au fond de la barque et je regardai le ciel qui finissait de s'éclairer. Quelques oiseaux passèrent. Les sauvages étaient silencieux. Il n'y avait que le bruit des rames qui frappaient l'eau. Le roulis me berçait. Il n'y avait qu'à attendre.

Nous arrivâmes dans un grand port. Je n'avais jamais vu une telle chose. Des bateaux immenses, aussi grands que ceux qui croisaient parfois au large de l'Île aux chiens avant d'arriver à Saint-Pierre. Mais là, on en comptait par dizaines, formant une masse compacte aux abords de la côte. Nos petites embarcations se faufilaient entre les coques massives des navires à l'ancre, navires de guerre, marchands ou de pêche, tous ensemble, sans distinction. Cela ne semblait pas effrayer nos sauvages, qui louvoyaient en silence entre les chaînes tendues et sous les quolibets de marins qui, depuis leur bord, les interpellaient, moqueurs. Rien ne les détournait d'une route qu'ils semblaient connaître parfaitement. Il y avait tout de même quelque chose de rassurant à retrouver la civilisation : tout portait à espérer au moins qu'on allait nous laisser la vie sauve, ce qui n'était finalement pas sûr du tout depuis que les Indiens nous avaient capturés.

Nous débarquâmes à un petit ponton à l'écart, où curieusement personne ne contrôlait les arrivées. Pas très loin se trouvaient des hommes en uniforme rouge. Mon grand-père me dit qu'il s'agissait de soldats anglais. Les Indiens nous firent descendre l'un après l'autre. Ce qui était le plus marquant, c'était la passivité de ma mère qui obéissait aux ordres, regardant dès qu'elle le pouvait derrière elle, en direction de notre île dont les contours s'étaient perdus dans la brume. Les Indiens étaient parfaitement résolus et s'approchèrent du groupe de soldats. Ils échangèrent quelques mots, puis les soldats conduisirent notre petit groupe jusqu'à un baraquement de bois. À l'intérieur se trouvaient d'autres soldats. L'un d'eux dégageait d'emblée une autorité supérieure. Nos sauvages vinrent se planter devant lui. Ils se remirent à parlementer en nous désignant. Mon grand-père, qui savait apparemment quelques mots d'anglais, m'expliqua que les Indiens essayaient de nous vendre.

Telle était la raison pour laquelle ils nous avaient maintenus en vie, nourris et préservés malgré leur légendaire cruauté. Nous n'étions qu'une marchandise, mais dont la valeur justifiait qu'on en prît soin. D'après ce que je voyais, l'officier n'avait pas l'air très convaincu. Il désignait souvent ma mère et mon grand-père avec un air peu satisfait. Ma mère avait l'air si faible qu'il avait fallu l'asseoir sur un banc dans le cabanon. Mon père tentait de la réconforter du mieux qu'il pouvait. Les Indiens commençaient à s'impatienter, mais semblaient ne vouloir céder en rien. D'après ce que comprenait mon grand-père, ils nous vendaient tous les quatre ou ne vendraient personne. L'officier nous reconsidéra alors, un par un. Il y eut de nouveaux échanges de signes : les négociateurs échangèrent des chiffres avec les doigts. Le marchandage était âpre. Au bout d'un long moment, les sauvages parurent satisfaits. Ils ne dirent plus rien. L'officier anglais donna un ordre. Un soldat sortit et revint avec deux sacs de toile : un grand et un petit.

Les Indiens contrôlèrent : le premier contenait une sorte de farine, le second du sel, selon toute vraisemblance. Ils quittèrent la pièce avec leur butin, en jetant dans notre direction le sac qui contenait nos affaires. Mon grand-père le rapprocha discrètement de lui avec ses pieds. Mais cela ne semblait pas intéresser les soldats anglais. L'officier donna un nouvel ordre. Jusqu'alors personne n'avait montré la moindre intention de nous libérer de nos entraves. Nous n'avions aucune idée de ce à quoi on nous destinait. La réputation des soldats anglais n'était guère meilleure que celle des sauvages, même si on aurait pu les espérer plus civilisés. Nous étions en guerre, et quoique civils, nous étions des ennemis. Et même s'il n'avait pas été question de notre résistance et de notre fuite de l'Île aux chiens, nous pouvions craindre de ces soldats jusqu'au pire des châtiments.

Cela commença par une séparation. Sans aucune explication ni aucun autre ordre que celui qu'avait donné l'officier, deux soldats entrèrent dans la pièce et emportèrent mon grand-père. Il eut à peine le temps de me dire au revoir et de me glisser :

— Sois courageux, Jean, prend soin de ta mère. Et n'oublie jamais que tant que tu es en vie, il y a toujours quelque chose à espérer, même si on ne le voit pas.

Je criai, tentai de m'agripper à lui, mais les soldats étaient plus forts. Ils poussèrent notre sac en direction de mes parents, puis, sans s'occuper de mes protestations, ils emmenèrent mon grand-père. Trop préoccupé par la surprise et le chagrin, je n'eus pas le temps de voir les réactions de mes parents. Comme je me traînais près de ma mère, incapable de la prendre dans mes bras et que l'on me considérait comme inoffensif, on coupa mes liens. Je ramassai notre sac et me rapprochai de mes parents. On éparpillait notre famille sans aucune précaution, davantage n'était pas imaginable. L'officier suivait les événements avec une sorte de flegme, sans que ses émotions prissent le moindre parti, comme s'il cherchait à exercer sa cruauté. Il faisait son travail et ne cherchait pas à s'embarrasser du moindre scrupule, pour peu qu'il en eût. Il s'approcha de nous et dit dans un français très correct, mais avec un terrible accent :

— Vous êtes Français ? La couronne d'Angleterre a interdit aux Français de rester à Saint Peter, savez-vous ? Les Indiens vous ont trouvé là-bas ? Nous allons vous envoyer dans les colonies pour aider au peuplement. Le vieil homme était trop âgé pour cela, il restera ici. Vous avez de la chance, le bateau pour la Géorgie part ce soir avec la marée. Vous verrez, vous serez bien là-bas.

Mon père hésita, comprenant qu'il n'était pas utile de résister. Il imaginait qu'en exprimant un souhait raisonnable et en montrant sa bonne volonté, il pourrait être entendu.

— Le vieil homme, il est très robuste. C'est un bon marin. Qu'il reste avec nous. S'il vous plaît.

— Nous avons besoin d'hommes jeunes, vigoureux et... comment dites-vous? Fertiles?

Pour lui, il n'y avait pas à discuter davantage. Les soldats qui avaient emporté mon grand-père revinrent. L'officier s'était déjà détourné de nous.

— S'il vous plaît! Nous avons peut-être un moyen de nous entendre.

Mon père pensait sans doute à l'ambre, mais on ne l'écoutait déjà plus. On libéra mes parents de leurs liens. Puis un soldat aida mon père à soutenir ma mère. L'autre me tint par le bras pour m'emmener de force alors que je criai après mon grand-père. Je n'avais pas lâché notre sac.

— Non! Non!

On nous emmena dans une sorte d'enclos ou d'autres malheureux attendaient. Pas plus d'une dizaine en tout. Il n'y avait rien pour s'asseoir, de la paille sur le sol. Nous étions serrés. Mon père joua un peu des coudes pour trouver un endroit ou faire asseoir ma mère. Moi, je restai près des barrières, essayant désespérément d'apercevoir mon grand-père, criant toujours après lui. Deux soldats qui nous surveillaient me regardaient en riant. Une poignée d'hommes et de femmes attendaient là, sans doute depuis plusieurs jours vu l'état pitoyable dans lequel ils se trouvaient. Personne de notre connaissance. C'était bien là la chance que nous avait reconnue l'officier, celle de ne pas avoir à séjourner trop longtemps dans une telle bauge en embarquant le soir même.

Le navire n'était guère plus confortable. C'était un lourd navire de commerce, équipé de trois-mâts gigantesques. Lorsqu'on nous chargea, des matelots étaient encore à hisser des caisses et des tonneaux sur le pont, des paquets de fourrure et bien d'autres marchandises. On nous poussa avec les autres sur une étroite passerelle jusqu'au pont, situé à plusieurs pieds au-dessus du quai. De là-haut, j'avais la même vision que du haut des falaises de l'Anglois, du moins me sembla-t-il à cet instant. Cette sensation ne fut que brève, car on nous fit descendre dans la cale, où on nous entassa dans un sombre espace. Les femmes criaient dans plusieurs langues, les hommes soufflaient. On aurait eu davantage d'égards pour du bétail. On ferma au-dessus de nous une écoutille de bois noir.

Après les ordres criés pour la manœuvre, on ressentit les premiers mouvements du bateau. Du roulis, tout d'abord, et sur un navire d'un tel tonnage, c'était un mouvement terrible qui prenait aux tripes à qui n'en avait pas l'habitude. Plusieurs d'entre nous vomirent, ce qui n'arrangea pas l'atmosphère de notre parc. Les plus virulents avaient cessé de crier, rompus par la fatigue et persuadés que personne ne nous écoutait. Je restai blotti contre mes parents, serrant contre moi notre sac, me raccrochant à ce baluchon, comme s'il contenait mes derniers espoirs. Il n'y avait sans doute plus rien à craindre sur notre sort, la mort pouvait venir si bon lui semblait. Au milieu de ce marasme, certains ne s'en rendraient peut-être même pas compte.

Le navire avait dû gagner la haute mer, car un fort tangage vint nous secouer davantage, nous tassant les uns contre les autres, d'un côté, puis de l'autre, alors qu'au-dessus de nos têtes, on entendait les ordres hurlés en anglais pour faire face à ce qui s'annonçait être une tempête. De notre poste, en tous les cas, il était impossible de savoir s'il faisait encore jour dehors. Mais dans notre nuit à nous, c'était au plus horrible des cauchemars qu'il nous était imposé de participer. Nous n'étions plus qu'une masse compacte, à peine humaine, engluée dans les miasmes devenus collectifs de la maladie, du mal de mer et d'autres besoins parfaitement naturels en d'autres circonstances. Venait alors la question lancinante : quand ce cauchemar prendrait-il fin ? Et qu'importait l'issue, qu'elle fût heureuse ou définitive, il en fallait une. Et le plus tôt serait le mieux. Il n'y avait plus de faim, plus de peur, rien de distinct dans ce sentiment atroce d'impuissance, si terrible que l'espoir lui-même ne gardait plus de foi que dans sa libération par la mort.

Nous étions une poignée, et chacun dût ressentir cette même oppression : une image terrible que nul n'avait imaginé avoir à supporter, car nul n'imaginait survivre à cela. Imperceptiblement, le bateau se stabilisa, lentement. Ça roulait encore pas mal, mais les plus valeureux réussirent à se mettre debout pour essayer de capter un air plus pur au-dessus de la masse compacte des prisonniers. Mon père était toujours resté près de moi et de ma mère, essayant, au plus fort de la tempête, de nous protéger et de préserver autour de nous deux un espace vital, qu'il estimait indispensable.

Certains ne bougeaient plus : ceux-là n'avaient pas résisté. Après le bouleversement de la tempête, la présence de cadavres parmi nous risquait de provoquer la panique. Dans cet espace clos, l'effet d'un tel élan serait tout aussi dévastateur. On appela au secours. Un marin finit par descendre. Il ne parlait pas français. Il éclaira avec une torche l'intérieur de notre cage. Puis quand il eut bien distingué le tableau, il recula son visage et on l'entendit vomir sur le pont.

Cela eut au moins le mérite d'attirer leur attention sur notre sort. On ouvrit l'écoutille et on fit monter les valides sur le pont. Là, il faisait un vent terrible qui secouait encore le navire. Il faisait nuit. La tempête finissait, mais elle avait encore du grain à moudre. On n'y voyait rien. Les marins étaient équipés de lanternes à huile qui n'éclairaient que leur visage par instants. Ils ne cachaient ni leur dégoût pour les uns ni une certaine forme de compassion pour les autres. Après tout, il ne s'agissait pas de militaires. Et la marchandise qu'on leur demandait de transporter comme du bétail avait perdu une bonne part de son humanité. Il n'empêchait que nous faisions peur à voir. Je restai blotti pendant toute l'opération contre mon père, qui tenait ma tête tournée contre sa veste pour m'épargner sans doute les rudes visions qui suivirent. Pendant tout le temps que dura notre calvaire, je gardai notre sac contre moi.

L'éclairage parcimonieux des fanaux ne me permit pas de saisir en détail toute l'horreur de la situation. Mais je pus me rendre compte assez nettement de ce qui se passait. Après nous avoir tassés sur un coin du pont, les marins descendirent dans ce qui s'apparentait plus à une morgue qu'à autre chose. Ils en sortirent trois cadavres qu'ils s'empressèrent de jeter par-dessus bord sans autre cérémonie qu'un vague signe de croix. Le vent couvrit le bruit de la chute des corps dans l'eau. Certains membres de notre groupe regardaient fixement les leurs partir. Tous, nous étions tellement épuisés par la nuit de tempête, que nous n'étions plus capables de réagir.

Au moment de nous faire regagner notre prison, les marins, pris de pitié ou peut-être simplement de dégoût, ne purent se résoudre à nous parquer à nouveau dans l'état où nous nous trouvions. Munis de seaux qu'ils remplissaient à même la mer, ils nous aspergèrent d'eau salée et glacée dans l'espoir de nous rendre un aspect plus humain. Il y eut bien quelques cris de protestation, mais nos réactions étaient engourdies par la résignation. Finalement, on nous poussa dans la cage qu'on avait également lavée à grande eau. Arrivés au fond, il n'y avait qu'une seule chose à faire, nous serrer les uns contre les autres, sans distinction : des bêtes partageant leur chaleur pour tenter de survivre. Il était évident que dans ces conditions, aucun d'entre nous ne terminerait ce voyage. Si ce n'était la faim ou le froid, la maladie finirait par nous attraper tous, et nous finirions en pâture aux poissons. J'entendis même un de nos voisins d'infortune dire, avec une note de désespoir, que de telles cages, on les réservait habituellement aux nègres. Je ne compris pas ses paroles, pensant qu'il parlait d'une race d'animaux que je ne connaissais pas.

Quelques heures plus tard, il faisait jour. Les marins nous sortirent une nouvelle fois pour nous faire prendre l'air et peut-être nous sécher sur le pont. On nous distribua quelques couvertures, aussi élimées que possible. Des peilles[53] dont nous n'aurions rien fait en temps normal, pas même les donner à un chien pour sa couche. Nous en fûmes pourtant heureux. Le temps était clair, la mer paisible, le navire avançait régulièrement. Je me penchai par-dessus le bastingage pour chercher les côtes. Mais pour la première fois de ma vie, je ne trouvai plus ce repère-là. À Saint-Pierre, par temps clair, je pouvais voir Terre-Neuve. De même, lorsque nous étions sur l'Île de l'Anglois. Mais là, j'avais beau exercer mes yeux dans toutes les directions, je ne pouvais distinguer que l'horizon parfaitement plat d'une mer à l'identique. J'avais perdu mes repères et je ne pouvais pas croire qu'à certains points de la Terre, on pouvait ainsi perdre de vue le moindre repère.

Ce temps de répit me permit également d'observer un peu mieux le navire qui nous emportait. En fait de bateau de commerce, on pouvait distinguer, çà et là, derrière le plat-bord, des canons. Quoique dissimulés aux yeux extérieurs, ils semblaient prêts à être armés rapidement. Et à bien regarder parmi les membres de l'équipage, je crus distinguer sous les lourdes capelines des éclats d'uniformes rouges, de ce même rouge criard que celui des uniformes anglais. Ce navire avait tout d'un simple transport de marchandises, mais en réalité,

---

53 — Chiffon usagé destiné à la fabrication du papier.

il semblait un peu organisé comme une citadelle flottante qu'on aurait voulu maquiller. On nous distribua de vieux biscuits qui n'avaient qu'un seul mérite, c'était d'être tellement gonflés d'humidité qu'ils étaient digérés en quelques minutes, malgré les vicissitudes de nos pauvres intestins malmenés par la mer. Ma mère ne mangea pas, malgré les tentatives et les conseils répétés de mon père. J'essayai moi aussi de la convaincre, mais elle continuait de scruter l'horizon, perdue dans un monde inaccessible. Un monde chimérique où elle espérerait toujours retrouver les traces de son bébé.

On nous redescendit dans la cale. Presque secs, mais pas rassasiés. Notre confort était pourtant bien maigre, mais comme la mer nous laissait un répit, cette situation nous parut bien plus enviable à ce que nous avions vécu jusqu'alors. Et cette fin de journée nous parut bien plus courte. La nuit vint. On nous jeta un seau pour satisfaire nos besoins naturels, puis on nous donna une simple miche de pain sec à partager et quelques rations d'eau claire. C'était peu, mais c'était davantage que ce que la veille nous avait laissé espérer. Le lendemain ne pourrait être que meilleur. Et c'était dans cet esprit curieusement optimiste que je m'endormis entre mon père et ma mère, bercé par le roulis et les gémissements de nos voisins, qui se plaignant, qui agonisant peut-être. On ne parlait presque pas, car il n'y avait rien à dire, et pas grand-chose à espérer.

Ce fut un bruit formidable qui me réveilla. C'était comme la foudre. La surprise fut générale dans notre prison. J'étais toujours couché contre ma mère. Tous les autres étaient debout, les mains agrippées aux écoutilles et criant déjà pour exiger des informations. Ma mère ne bougeait pas. Il me fallut poser ma main sur son visage pour m'assurer que la chaleur de la vie ne l'avait pas abandonnée. Ma caresse ne provoqua chez elle aucune réaction. On s'agitait beaucoup. J'interrogeai mon père, qui ne quittait pas des yeux l'écoutille au-dessus de sa tête. Ce bruit, il l'avait reconnu. Et pour la première fois dans son regard, je pus deviner la peur. C'était quelque chose d'étrange : jusque-là, je l'avais placé au-dessus de ce registre de sentiment. Car il s'était sans doute efforcé de n'en jamais rien montrer, même si cela avait été le cas. Il me dit sans me regarder :

— Le canon a parlé.

Il y eut un deuxième coup et ça se mit à crier en anglais. On entendait le pas de course des marins sur le pont. Des craquements du bois, des objets qu'on traînait. Je ne comprenais rien à ce qui se disait. Le navire prit une gîte formidable d'un coup, on virait de bord. La chasse était engagée. Mais impossible de savoir si notre navire était le poursuivant ou le pourchassé. Il aurait été encore plus difficile de présager laquelle de ces deux positions était pour nous la plus enviable. Pourchassé, il risquait d'être coulé et nous avec. Poursuivant, c'était vraisemblablement contre un navire français. C'était peut-être là notre chance… ou notre plus grand malheur. Mais nous n'y pouvions rien. Là-haut, sur le pont, il y avait tellement de chahut que nos pauvres lamentations n'intéressaient personne. Mon père me dit simplement.

— Reste près de ta mère. Garde le sac avec toi. Et tiens-toi prêt à tout instant à faire ce que je te dirai. Sans réfléchir.

Il n'y avait pas à discuter. Je me mis à mon poste, à genoux près de ma mère. Une main dans la sienne, l'autre serrée sur le sac de toile calé entre elle et moi.

Il y eut un choc formidable, comme si le navire venait de briser sa coque sur une batture[54]. Ceux qui étaient debout tombèrent. Les uns sur les autres. On attendit le craquement de la coque, l'éventration inévitable. Un silence. Et au lieu de cela de nouveaux cris, une voix nette par dessus les autres.

— Tout le monde debout!

Et après une seconde, la même voix qui cria.

— À l'abordage!

C'est une meute en furie qui passe au-dessus de nos têtes. On entend le choc sourd des bottes des hommes qui sautent sur le pont de notre navire. Le cri d'effroi des Anglais. Et l'affrontement : le bruit des épées, quelques détonations et des cris, des râles et des cris encore. Le choc mat des corps qui tombent sur le pont. Ça ne dure pas longtemps, mais c'est une horde furieuse qui s'entretue au-dessus de nos têtes. Enfin, un cri au-dessus des autres :

— We surrender!

Un nouveau silence. On jette des épées par terre. Puis il y a des mouvements d'hommes, quelques ordres criés en français, cette fois. L'espoir renaît! Le remue-ménage dure encore de longues minutes. Finalement, l'un des nôtres, plus téméraire que ces compagnons, crie à travers l'écoutille.

— Au secours!

Des bruits de pas. Le bruit d'une serrure qu'on force, le claquement du métal. L'écoutille se rabat, laissant entrer un peu de soleil dans notre cachot. L'odeur de la poudre et du sang vient avec. Un visage balafré, mais souriant, passe dans l'ouverture.

— Y a des sujets de Sa Majesté là-dedans?

L'accent était méconnaissable, mais la langue française, dont nous n'en avions pas entendu le moindre mot, en dehors de notre cage, depuis notre départ de Terre-Neuve nous rassura. Nous étions sauvés. On nous fit monter sur le pont. Il faisait plein jour. La scène qu'il me fut donné de voir alors était terrifiante. Le pont de notre navire avait été transformé en champ de bataille. À plusieurs endroits, des marins tiraient des cadavres d'hommes en uniforme rouge pour les jeter par-dessus bord. Ces marins-là ne portaient pas d'uniforme et ils ressemblaient fort à ce que j'imaginais des pirates, comme ceux qui venaient parfois nous rançonner sur l'Île aux chiens. D'autres rassemblaient des armes, sans doute prises à l'ennemi. Au milieu de ce tableau effroyable, malgré les flaques de sang qui séchaient un peu partout sur le pont, malgré l'agonie de blessés dont on n'avait pas le loisir de s'occuper, il y avait quelque chose de plus formidable. Le long de notre bateau, un autre était venu à l'accostage, enchevêtrant ses vergues à celles de notre navire. De nombreux cordages tissaient en effet des liens incompréhensibles entre les deux vaisseaux : autant de suspensions qui avaient permis aux marins français d'attaquer le navire anglais. C'était un vaisseau plus petit, dont on ne voyait pas grand-chose, si ce n'étaient

---

54 — Rocher qui n'affleure qu'à marée basse.

les mâts qui dépassaient largement : il n'en possédait que deux. Et il me parut étonnant qu'un si petit bateau ait pu venir à bout aussi facilement de notre gros navire. C'était compter, sans doute, sans la vigueur de son équipage et le génie de son commandant.

L'homme qui s'avança vers nous n'avait pas trente ans. Il était très grand et donnait l'impression par sa prestance que tout autre homme placé à côté de lui aurait paru ridicule. Ses vêtements étaient sales, certes, mais on y reconnaissait la souillure honorable du sang qui effaçait toutes les autres. Il s'approcha de notre petit groupe et se planta devant nous avec un large sourire.

— La fameuse cargaison que voilà !

Je ne savais pas trop ce qu'il fallait penser de cette introduction. Machinalement, je serrai mon sac contre moi et m'enfonçai un peu plus profondément dans les replis de la robe de ma mère. Ce mouvement n'échappa pas à l'homme qui se mit à rire. Un rire terrible.

— Eh bien, mon garçon, n'as-tu jamais vu de corsaire ? Tu ne connais pas Bertrand Herbert ?[55]

Je ne répondis pas. Mon père s'avança.

— Nous venons de Saint-Pierre.

— Saint-Pierre ? Je n'y suis guère allé depuis plusieurs années, du temps où j'étais encore banquais[56]. Et vous autres ?

Il s'adressait à notre groupe.

— Vous êtes tous de bons et loyaux sujets de la couronne ? Il n'y en a aucun parmi vous qui aurait eu la bonne idée de prêter allégeance aux Anglais ?

Parmi nous, que de bons Français. Loyaux. Et pour cause, on nous avait faits prisonniers et on nous parquait comme un mauvais bétail, pour aller repeupler on ne savait quelle colonie.

— Allons, c'est votre jour de chance. Nous venons de vous délivrer d'un destin effroyable. La plupart d'entre vous n'auraient pas tenu deux jours de plus dans cet enfer. Au lieu de cela, votre serviteur vient vous libérer. Et je propose, pour ceux qui le souhaitent, de vous ramener en Europe. Le navire que nous venons de prendre va nous servir pour poursuivre la course, c'est mon second qui s'en chargera. Mais mon bon vieux Géraldin a besoin d'un certain rajeunissement et je le ramène à bon port. Il est grand temps que je m'explique avec mon armateur, monsieur Jallobert. Nous allons tirer tout droit sur Saint-Malo. Ceux qui le souhaitent sont les bienvenus.

Il n'y avait guère d'autre choix, à moins de se sentir soudain une vocation de corsaire. Eût-il été seul, mon père aurait sans doute choisi cette voie pour tenter de retrouver tous les membres épars de notre famille écartelée. Mais il savait qu'il n'y avait aucun avenir pour ma mère et moi, s'il ne restait pour nous veiller. Il me rapporta plus tard ses réflexions.

On nous embarqua donc sur le brick du corsaire, qui mit les voiles aussitôt vers le vieux continent. C'était un bateau rapide et nerveux qui, malgré son

---

55 — Corsaire malouin né en 1688.

56 — Marin qui fait campagne sur les bancs de Terre-Neuve.

grand âge, tenait parfaitement la mer aussi bien par temps calme que par fort vent. Et notre souci principal n'était pas de nous éloigner de ceux que nous avions abandonnés malgré nous sur notre archipel. Il y avait l'état effroyable de ma mère qui s'altérait de jour en jour. Elle refusait de s'alimenter, de boire même. Mon père humectait ses lèvres avec un linge mouillé. Toute tentative de la contraindre la plongeait dans un état encore plus inquiétant : elle se mettait à trembler, comme prise par un froid intense, elle criait parfois. Et la crise se terminait toujours de la même façon, par des gémissements terribles qui allaient mourant lorsque toutes ses forces restantes étaient épuisées.

Mon père essaya des emplâtres avec les plantes rapportées de notre pays. Il les appliquait patiemment avec extrêmement de délicatesse sur les tempes de la malheureuse, mais elle ne semblait en retirer aucun bénéfice.

Il y avait à bord un homme qui prétendait connaître quelques rudiments de chirurgie. Il se porta tout naturellement à son chevet. À cette époque, ni mon père ni moi n'avions la moindre idée des attributions de telle ou telle corporation de l'art médical. Sur l'Île aux chiens, on se soignait par les plantes et les remèdes ancestraux qu'on se transmettait de génération en génération, en tentant d'améliorer au passage telle ou telle recette. Sur ce genre de navire, on avait surtout besoin d'un chirurgien, quelqu'un capable de soigner les blessures des marins, de prévenir la gangrène et de distribuer des doses de mercure aux marins trop imprudents aux escales. C'était un homme circonspect, qui parlait peu à bord et restait volontiers solitaire. On craignait sa scie ou le long couteau qui servait parfois à démembrer un malheureux pour lui sauver la vie, au prix d'une jambe ou d'un bras.

Ce qu'il comprit de la maladie de ma mère ? Ce que nous lui en apprîmes. Le terme d'humeurs le plongea dans une profonde réflexion qui dura un après-midi entier. Mais son état s'aggravant chaque jour, il était impossible de ne rien tenter. Et nous étions prêts à tout, mon père et moi, pour la garder en vie malgré elle. Le chirurgien effectua donc une première saignée. Je vis avec horreur le métal brillant plonger dans le bras pâle de ma mère pour en extraire un flux épais et paresseux, comme celui que j'avais vu couler sur le pont du navire anglais. Le chirurgien le recueillit dans un bol de métal. Lorsqu'il estima qu'elle avait été assez saignée, il plaça un bandage sur de l'étoupe pour arrêter le sang. Puis il inspecta celui qu'il avait recueilli, le sentit même, avant de le jeter à la mer, comme un vulgaire fluide.

Il nous expliqua avec ses termes ce qu'il pensait de l'état de ma mère. La mélancolie était une des quatre humeurs du corps. L'équilibre des humeurs étant rompu par un excès de cette dernière, ma mère s'enfonçait donc dans une sorte de rêverie sans fièvre. La tristesse et la frayeur semblaient envahir tout, l'empêchant même de prendre le soin de s'alimenter ou de boire. Il prononça même le terme de mélancolie noire, une extrémité terrible de cette maladie qui conduisait parfois à la folie les personnes qui en étaient frappées. Afin de rééquilibrer ces humeurs, il convenait de pratiquer des saignées jusqu'à améliorer l'état du malade. Il n'y avait d'autre recours que de suivre ses prescriptions.

311

Mon père s'efforçait de lui parler sans arrêt pour tenter de la ramener vers la raison, mais il apparaissait que les paroles bienveillantes du pauvre homme se perdaient dans l'esprit de la malheureuse, sans arriver jamais jusqu'à sa conscience. De mon côté, j'entourais ma mère de toute l'affection possible, sentant chaque jour qu'elle s'éloignait de nous. Sa raison était restée à Saint-Pierre, comme son cœur. Sans cœur, elle ne survivrait pas longtemps.

Une seconde saignée dilua ses dernières forces, sans que sa volonté ne daignât réapparaître. La mélancolie terminait son lent travail. L'état de ma mère était devenu la préoccupation de tout le petit navire et elle recevait sans le savoir toutes les attentions dont chacun voulait témoigner son soutien. À la fin, on la porta sur le pont, en estimant que l'air vif de la mer et la chaleur du soleil pourraient lui apporter au moins du réconfort à défaut de la guérison. On installa une sorte de couche au pied du mât de misaine où on la plaça, légèrement surélevée afin que son regard puisse porter sur les flots.

Ce fut la dernière manifestation volontaire de ma mère, lorsqu'elle se tourna résolument vers la poupe de notre navire. Elle fixa son regard une ultime fois dans la direction de notre sillage, car là-bas, au loin, se trouvait encore la chair de sa chair, essence indispensable à sa survie. Elle refusait de détourner ses yeux de cette direction et de capter une dernière fois son attention malgré mes pleurs et la sollicitude de mon père. L'air vif du large rosit sensiblement ses joues, laissant croire au chirurgien qu'il restait encore un peu de sang à répandre. Mais il n'osa pas, pensant sans doute qu'il n'y avait plus qu'une issue possible, et craignant qu'on l'attribuât à un dernier geste fatal. Elle ne mourrait pas de sa main, mais bien de sa propre absence de volonté, victime d'un destin qui lui avait volé son élan vital.

Le dernier soir, le vent tomba. Ma mère semblait si faible que nul n'entreprit de la déplacer. On nous laissa seuls auprès d'elle, mon père et moi. Et cette dernière délicatesse aurait dû nous prévenir de la fin imminente. Sans vent, le bateau s'était arrêté. Une houle imperceptible nous berçait encore : le temps suspendait les derniers instants qui restaient à ma mère. Mon père l'avait prise contre lui, comme on prenait une enfant. Elle se laissa faire sans résistance. Je tenais sa main. La chaleur de sa peau était depuis longtemps le dernier lien qui nous restait encore. De l'arrière, un chant de marins montait doucement comme une prière. Le soleil touchait la mer, le Géraldin suspendit son mouvement sur l'eau. Un souffle glissa entre les lèvres desséchées de ma mère. Sa main se crispa dans la mienne. Ses yeux fixes contemplaient sans le voir l'horizon immobile. Mon père pleurait, tout était fini. Le ciel rougissait, peut-être de honte. Dieu avait fini de nous abandonner. La mélopée des marins en guise de prière. Le visage de ma mère s'apaisa enfin à la lumière du soir : une libération pour elle. Et le malheur pour nous.

En quelques jours, nous avions tout perdu. Mais comme un naufragé qui n'a plus qu'une planche de salut, il me fallait oublier ce qui était perdu. Il me restait mon père et j'étais son seul espoir. Une voile claqua au-dessus de nous, un souffle d'air passa, le vent reprenait de la force, le navire trembla. Le monde des vivants reprenait ses droits. Quelques ordres furent criés et les marins vinrent à la manœuvre. On nous aida à transporter ma mère dans le ventre du bateau.

Le lendemain, on avait cousu son corps dans un sac de drap. On ne m'avait pas laissé assister à l'opération. Il n'était pas question de garder à bord sa dépouille, par crainte des maladies contagieuses. Parmi les rescapés français du navire anglais se trouvaient quelques femmes qui avaient veillé la dépouille durant la nuit. Juste avant le lever du soleil, le capitaine fit carguer les voiles. Le navire courut encore de longues minutes sur son erre tandis qu'un maigre cortège apporta le corps de ma pauvre mère. Mon père faisait partie de ceux qui la portaient, le second était un des colons rescapés, les deux autres étaient des marins. L'ensemble de l'équipage s'était rassemblé sur le pont. Les femmes m'avaient gardé avec elles, craignant peut-être une folie d'enfant. On avait disposé une large planche sur le plat bord, soutenue à son autre extrémité par un lourd tonneau.

On installa le sac sur la planche. Et on attendit. Le navire stoppa. Le bruit prémonitoire de l'ancre plongeant dans l'écume me fit trembler. Il faisait si froid dans ce petit matin. Le capitaine sortit de sa cabine. On entendait le craquement de la mâture. Seul mon père était resté près de la dépouille. Les hommes qui l'avaient aidé à porter s'étaient placés en retrait. Avais-je compris, à cet instant, que cette forme immobile qui donnait à peine des contours au grand sac de toile était la seule chose tangible qui restait de ma mère ? Avais-je compris à cet instant que je ne la reverrais plus ? Impossible de le dire. Ce fut peut-être cette ignorance qui me rendit la séparation supportable. Mais à chaque fois que mes souvenirs repassaient sur ces images, les accents en devenaient chaque fois plus douloureux.

Le capitaine eut un regard vers mon père. Il tenait dans ses mains un livre, ce qui ne devait pas être fréquent pour un homme de sa trempe. Et visiblement, on l'imaginait plus à l'aise avec un sabre d'abordage en main qu'à célébrer des funérailles. Les marins s'étaient découverts. Le capitaine lut :

— Seigneur, hâte-toi de venir à notre aide, car nos os sont étonnés. Soutiens et rassure nos âmes, car elles sont en grande agitation. Seigneur, sauve-nous, car nous périssons, sauve ta fille Marguerite et accueille-la en ton sein. Parle au vent et il s'apaisera, commande à la mer et les ondes s'abaisseront. Protège Jean et Hector et préserve-les dans l'espoir de ta Miséricorde. Tire-nous du danger par ta bonté. Et si tu ne veux pas nous garantir du naufrage, garantis-nous au moins de la mort et fais-nous la grâce qu'étant réchappés, nous puissions encore éprouver tes faveurs sur la terre des vivants.

Il griffonna quelque chose à l'intérieur du livre, après avoir consulté l'heure à une montre gousset tirée de sa poche. Il referma ensuite le livre et adressa un signe aux marins. On souleva la planche, le sac bascula. Il y eut le bruit de la mer, sinistre, définitif. Quelques signes de croix, un instant de silence. Et la vie reprit à bord, une lutte opiniâtre qui ne pouvait s'arrêter à chacun des drames qu'elle portait en elle. Par égard pour moi, mon père ne montra pas trop son chagrin, mais je sentais que cet homme, que j'avais toujours connu si solide, était ébranlé dans ses convictions pour la première fois de sa vie. Ma mère avait succombé au chagrin quelques semaines avant l'arrivée prévue sur les côtes françaises. Mais nous étions tous bien persuadés, à l'avoir vue ainsi se laisser dépérir, qu'aucun des grands médecins du vieux continent n'aurait pu aller contre cette volonté.

Puis ce fut une violente tempête. Les souvenirs de cette époque s'estompèrent à dater de la mort de ma mère. Cette période noire avait atteint un tel paroxysme que mon esprit avait voulu se prémunir contre tous ces souvenirs horribles. Je crus que la tempête arriva véritablement, ou bien était-ce celle qui avait précédé l'abordage du navire anglais ? Je n'étais plus capable de me souvenir. Mon esprit se ferma définitivement, peut-être d'une façon proche de celle qui avait porté ma mère aux extrémités de sa mélancolie. D'abord, l'expérience de mon âge me permit sans doute d'en réchapper, bloquant le temps et diluant dans ses circonvolutions plus de trois années de ma vie. Trois années dont il ne resterait rien, et dont mon père tairait jusqu'à sa mort les événements principaux.

Notre navire fut dérouté vers les Antilles. C'est ce que mon père me raconta. Et il nous fallut trois longues années avant de pouvoir regagner le royaume de France. Dans cette période, je me souvenais vaguement d'autres rivages ensoleillés, de journées de chaleur comme je n'en avais encore jamais connu. Et toujours cette même tristesse irrémédiable qui replongeait mon esprit dans l'oubli, en dehors de quelques pics de lucidité. C'était peut-être les Antilles, peut-être la Guyane, ou toute autre contrée dont le nom n'avait plus aucune importance. Je pouvais bien mourir, comme tous les autres membres de ma famille avant moi, il n'y aurait aucune terre indigne d'accueillir mon dernier souffle, pourvu qu'il me libérât de ma misérable condition. Obligé de travailler pour subvenir à nos besoins, mon père ne pouvait m'offrir toute l'affection qui aurait pu me permettre de guérir plus vite. Je survécus, amputé d'une partie de mon enfance, comme d'autres d'un membre, boitant de mon deuil pour enfin renaître à la vie.

Ce fut un parfum qui me réveilla. Tout au début de l'année 1721. Nous étions à bord d'un navire. Nous rentrions enfin sur le vieux continent, comme si ce voyage-là n'avait été que la continuité de celui que j'avais abandonné par manque de courage. L'air se modifia soudain, on sentait les essences des arbres, une odeur bien particulière qui changeait de celle de notre navire : le parfum de la terre. Puis les côtes se dessinèrent. Le dernier soir, notre navire mouilla en vue d'une cité fortifiée en attendant une marée propice. Vue de si loin, cette ville paraissait bien plus grande que tout ce que j'avais connu jusqu'alors. Pour la première fois, ma lassitude faiblit devant l'excitation, à la vue de cette nouvelle terre que j'allais fouler. Et j'étais encore trop jeune pour me soucier du sort qu'on me réserverait ensuite. C'était Saint-Malo.

Un marin accoudé au bastingage près de moi, heureux de retrouver sa patrie, me montra un îlot qui dépassait à peine de l'océan et me dit :

— Regarde petit, c'est le grand Bé. Sitôt qu'on l'aperçoit, on sait qu'on sera le lendemain dans les bras de sa belle.

Au matin, la mer était pleine. On mit le cap sur la cité corsaire. Le navire se glissa entre les rochers. Je jetai un œil curieux à ce fameux grand Bé : un simple tas de cailloux qui scrutait l'horizon dans une pause éternelle, tournant le dos aux remparts. C'était là un autre spectacle et j'en oubliai presque mes malheurs un court temps, celui d'un émerveillement forcé devant autant de choses extraordinaires que je n'avais jamais osé imaginer.

Jean-Baptiste Seigneuric

Chapitre III
Le château au bois dormant

— Et ensuite, ce fut *la maison de la Providence*?

Assise dans un profond fauteuil, Gersende m'interrompit. Un domestique s'était employé à charger le feu dans la somptueuse cheminée de la salle commune. Ce récit m'avait épuisé. Et la tristesse de celui-ci avait retenu Gersende qui n'avait rien osé dire jusque-là.

— Oui, la *Maison de la Providence*, j'allais avoir dix ans. Un sordide établissement. Le moins sale, sans doute, que mon père avait pu trouver avant de repartir, enrôlé dans *la Compagnie des Indes*. Il fallait bien continuer à survivre! De vieilles nonnes incultes et aigries pour toute famille, de quoi renouveler des générations d'imbéciles. Peut-être devais-je me résigner et considérer que le sort m'avait finalement servi en m'extrayant malgré moi de cette atmosphère délétère.

— Cette histoire est terrible. Et, il est impossible de se souvenir du reste du voyage?

— Impossible, c'est comme une pièce noire où je me refuse d'entrer. Je ne trouve pas la porte. Et je préfère ne pas la chercher en vérité.

— Un jour votre esprit se libérera.

— L'histoire est déjà bien assez triste sans tous ces chapitres.

Je la regardai, essayant de retrouver l'éclat de défi du premier soir à Combourg, bataillant presque nue contre une pauvre armure sans défense. Mais ce soir-là, au fond de notre château des brumes, je ne retrouvai dans ce regard pas même l'expression mauvaise de la furie en quête de vengeance qui m'avait poursuivi sur les routes de Saint-Malo. Ce n'était pourtant pas le plus grand des malheurs auxquels elle avait été associée. Le visage de Balbine passa dans mon souvenir, idéalisé et béat comme celui de ma mère, tel que j'aurais aimé les retrouver l'une et l'autre. Le visage de Gersende s'était fermé : elle suivait dans mes yeux ces émotions successives qui finissaient comme toujours par me précipiter dans un abattement sans ressource. Sans nouvelles de Marie Courval, j'avais une fois encore perdu l'amour d'une femme. Gersende n'y était pour rien. Mais l'idée de me retrouver enfermé seul avec elle pouvait être parfois rassurante ou parfois odieuse, comme à cet instant.

Je me levai et regagnai ma chambre. C'était la fin de ma première journée au château de l'Isle. Et je n'imaginais pas qu'il y en aurait beaucoup d'autres à passer dans cet endroit. Le lendemain fut plus lumineux et Gersende me fit les honneurs de l'extérieur. Comme je l'avais imaginé depuis l'intérieur, le bâtiment principal était composé de trois tours massives qui s'élevaient au-dessus de deux niveaux : le premier d'un bloc, le deuxième plus compliqué, où s'amorçaient déjà les fondations du donjon ; la tour centrale qui était ronde. Les deux tours latérales placées sur le même plan étaient carrées. L'ensemble aurait pu paraître sans attrait si les tours ne s'étaient pas terminées par des toitures effilées en ardoise. Les murs étaient en brique rouge, les encadrements des fenêtres et autres ouvertures, de claires pierres taillées. L'ensemble donnait une impression curieuse : au premier abord, la bâtisse pouvait paraître lourde, mais avec du recul, il y avait, dans ces trois tours élancées vers le ciel d'un seul jet, quelque chose de féminin qui soufflait par-dessus une grâce subtile. Et son appellation avait quelque chose de prémonitoire : d'une île, l'autre. Peut-être que ce havre que je n'envisageais pas plus de quelques jours n'attendait que moi ?

Les premiers jours, j'en pris donc mon parti, car j'espérais que bientôt des nouvelles de la capitale me permettraient de m'extraire de l'endroit. Mon inquiétude à l'égard de Marie Courval n'avait pas faibli, mais elle se transformait peu à peu, mue en une sorte de chagrin. Car, repensant à la prédiction de la cartomancienne, une part de mon esprit était déjà prête à la pire des issues. Au fond, elle avait réchappé à son destin de justesse dans l'incendie de l'hôtel-Dieu. Il l'avait sans doute rattrapée à la Foire Saint-Germain. Je devais pourtant exercer mes réflexions à combattre sans cesse cette idée fixe, de peur qu'elle devienne une certitude. Ce que j'avais appris jusque-là de mon histoire, c'était que, tant qu'on n'avait pas de preuve, il était inutile de se désespérer pour rien. À défaut de désespérer alors, j'entraînais mon esprit à s'habituer à l'idée de cette nouvelle qu'on risquait de m'annoncer un jour ou l'autre. Je l'attendis le second jour, puis le troisième, jusqu'à la fin de la première semaine. Mais aucune information d'aucune sorte ne nous parvint dans cette période. La vie au château allait à un train lent, se diluant au bruit des horloges comme les brumes matinales qui s'effilochaient le matin sur la Loire.

J'évitais la compagnie de Gersende. Sans doute, tout d'abord, parce que je voulais rester seul. Nous nous retrouvions pour les repas, où nous n'échangions guère que quelques mots sur le temps, la qualité de ce que nous avait préparé la cuisinière, cela n'allait guère plus avant. Nul courrier, nulle gazette : le monde nous avait oubliés d'une étrange façon. Pour tuer le temps, j'entrepris donc d'explorer l'opulente bibliothèque que j'avais à ma disposition. Richesse et éclectisme étaient les deux qualificatifs qui pouvaient le mieux la décrire. Nul humaniste plus éclairé n'aurait pu être davantage exigeant sur le choix des volumes ni sur le classement, par ailleurs. J'y retrouvai beaucoup d'ouvrages de science médicale, communs avec ma propre bibliothèque. De ce point de vue là, il fallait avouer que de Blégny avait rassemblé tout ce qu'on pouvait espérer en la matière. Mais au château, la collection s'était enrichie d'ouvrages plus récents que de Blégny n'aurait pu connaître. Je me rendis alors compte de ma propre insouciance, puisque dans mon orgueil, je ne m'étais soucié en rien des dernières avancées scientifiques qui auraient pu, d'une façon ou d'une autre, profiter à mes patients, en exerçant mes connaissances.

Et pourtant, en parcourant les volumes plus récents, on y trouvait les mêmes recettes du côté des charlatans et les mêmes apologies de la saignée et du lavement du côté de la Faculté. Il y avait même un certain *Traité de l'origine des maladies et de l'usage de la poudre purgative* du sieur Ailhaud, ouvrage publié en 1755, dont je connaissais l'existence, mais dont je n'avais voulu faire cas jusqu'alors. Et il n'y avait pas davantage intérêt à s'y intéresser. Ce serait sans doute le livre que je ne lirais que lorsque je serais venu à bout des milliers d'ouvrages qui garnissaient les rayonnages ; contraint.

Il y avait une collection extraordinaire de dictionnaires : plusieurs éditions de celui de Furetière, tous les volumes de l'encyclopédie parus jusqu'alors, des dictionnaires en latin, d'autres dans des langages obscurs dont je n'imaginais pas l'origine. Tout un pan de mur était consacré aux auteurs anciens, grecs, latins, dont je n'avais jamais rien lu et dont les noms résonnaient tout de même, mais d'un écho fort lointain. Peut-être du temps de la Maison de la Providence où nous avions parfois le droit, entre deux lectures des textes sacrés, de parcourir ces ouvrages mystérieux, dont j'étais à peine capable de saisir le sens à l'époque, mais encore moins d'en savourer la qualité. Il y avait nombre de livres consacrés à d'autres sciences, botaniques, animales ou minérales. La plupart d'entre eux étaient épais et lourds et justifiaient leur grand nombre de pages par la présence de formidables illustrations. L'histoire naturelle de Buffon me passionna d'emblée. Je connaissais l'homme par son nom, car Bernard de Jussieu m'en avait parlé quelques fois, puisqu'ils étaient collègues au jardin du roi. Les gravures étaient fascinantes, quoique parfois fantaisistes, ce que je remarquais par rapport à certains animaux que je connaissais. On aurait dit que les dessinateurs avaient voulu, à toute force, prêter aux animaux des expressions empruntées à l'homme. Certaines gravures étaient rehaussées de couleurs passées à la main.

À un autre endroit se trouvaient des publications qu'on avait interdites. Ce qui les avait rendues célèbres d'une certaine façon. Outre les volumes de l'encyclopédie qui avaient été l'occasion de luttes et autres règlements de compte, certains ouvrages, pour certains licencieux, pour d'autres fantaisistes ou teintés d'idées antimonarchiques ou anticléricales, se trouvaient rassemblés sur une étagère discrète qu'on avait volontairement laissée quelque peu inaccessible. La plupart des volumes étaient représentés dans leur forme originale, avant que la censure ait eu le temps d'en remanier à sa main les passages les plus dangereux. Ainsi, *L'esprit des lois* côtoyait *Les bijoux indiscrets* sans aucune gêne. Il était surprenant de constater que la liste des ouvrages, interdits pour la plupart et imprimés dans l'anonymat ou à l'étranger, était conséquente. Il y avait là du grain à moudre pour des générations de censeurs et de juges, pour remplir les donjons de Vincennes et de la Bastille de tous ces auteurs indéfendables.

Plus loin, des recueils pour la jeunesse apportaient un peu de fraîcheur. Je me surpris à découvrir toute cette diversité, une richesse que j'avais ignorée, non par mépris, mais bien par méconnaissance. Mes préoccupations étaient ailleurs. Et il avait fallu que je me trouve aux portes de l'ennui pour m'intéresser à d'autres choses qu'à ce qui touchait en propre à mon art. Le premier livre que j'empruntai fut par le plus grand des hasards : *Histoires ou contes du temps passé*, par Monsieur Perrault. L'édition était assez récente, imprimée à La Haye en 1742. Ce qui m'avait tout d'abord attiré, c'étaient les titres des historiettes qu'on pouvait y trouver. Rien que dans leur lecture, j'en éprouvais déjà une distraction certaine : ce qui était au fond la finalité de ma quête. Un petit chaperon, des fées, un maître chat, autant de curiosités, semblait-il anodines, qui me permettraient de tuer les premières heures d'ennui de ma réclusion.

Je pris un certain plaisir à cette lecture fort divertissante, mais qui n'occupa qu'une partie de la journée. Je m'abandonnai ensuite avec une grande délectation dans les récits héroïques de l'antiquité. Loin des fables mythologiques chères au moine Pernety, il s'agissait d'épopées réelles, de conquêtes de la Gaule ou de pensées philosophiques d'empereur romain. Après les contes de Monsieur Perrault, je choisis l'Enéide de Virgile. Il y avait de nombreux mots que je ne connaissais pas et je dus retourner dans la bibliothèque pour emporter un dictionnaire avec moi. Je m'installai confortablement dans ma chambre. Et puisque je n'avais alors pas d'autre solution que d'attendre des nouvelles que j'espérais favorables, je ne quittai mon antre que pour les repas, que je partageais avec Gersende, et des promenades, lorsque le temps le permettait, où je tolérais parfois sa présence.

De son côté, Gersende ne manifestait rien devant ma défiance. Elle semblait prête à tout supporter, comme pour m'épargner, respectant mon chagrin, ne souhaitant pas le perturber. Elle apparaissait parfois, au détour d'un couloir ou d'un bosquet lors d'une promenade. Et au premier coup d'œil, elle savait si sa présence était tolérée ou s'il valait mieux qu'elle passât son chemin jusqu'à la prochaine rencontre. Trop occupé à mes inquiétudes, je ne prenais pas le loisir de lui vouer inimitié ou sympathie, quoiqu'elle m'ait sauvé en m'accueillant dans ce château paisible. On n'y entendait aucun bruit autre que ceux de la nature et des animaux. Les bâtiments n'étaient pas vastes, mais les pièces longues et ventrues absorbaient les moindres sons de trop rares habitants qui se dispersaient dans l'atmosphère. Les parquets craquaient avec complaisance, signalant qu'il y avait encore quelques êtres vivants à m'accompagner dans cet exil.

D'exil, il s'agissait bien. Je le compris lorsque, quelques jours après notre arrivée, je reçus une lettre de Bernard de Jussieu. Elle avait été envoyée par messager privé, afin de n'éveiller la curiosité de personne. De même, il avait jugé lui-même qu'il était trop tôt pour que les garçons pussent m'écrire. La missive était brève, et je reconnus dans les quelques phrases, que ce précieux ami m'adressait, l'urgence de lui obéir malgré mon souhait de rentrer à Paris au plus tôt.

Mon très cher et malheureux ami, comme je vous l'avais annoncé, une véritable cabale a été organisée contre vous. Vous êtes effectivement recherché activement par les hommes du

Lieutenant-général, comme principal responsable de l'incendie de la Foire Saint-Germain. Le bilan de cette catastrophe est terrible, et l'on voudrait vous en faire porter tout le poids. Les meilleurs espions sont à votre recherche, à croire qu'il n'y a pas aujourd'hui par tout le royaume plus grand criminel que vous. Ma seule parole et mes convictions ne sauraient suffire à vous disculper. Risquer le procès serait mettre votre tête en péril. Soyez prudent et restez dans votre retraite. Vos garçons vont bien et n'ont pas été inquiétés, car ils ont pu apporter la preuve de leur innocence. Ils ont dû fermer la boutique quelques jours en attendant que les braises se soient quelque peu refroidies. Les esprits échauffés, par je ne sais quelle mauvaise influence, finiront bien par s'apaiser. Nous n'avons hélas aucune nouvelle de l'infortunée Marie Courval. Soyez assuré, cher ami, de toute ma sympathie. Attendez de plus amples nouvelles et ne désespérez pas. Votre dévoué.

Je connaissais malheureusement trop bien le pouvoir du Lieutenant-général. Mais, je ne pouvais plus me vanter de sa protection. L'homme qui se trouvait en poste à cette époque était un dénommé Antoine de Sartine, qui avait fait parler de lui, œuvrant pour le bien-être des Parisiens en favorisant le développement des éclairages publics et la gestion des approvisionnements. Il n'en était pas moins réputé pour l'efficacité de ses services de police et d'un département spécialisé d'espions. C'était le pouvoir occulte de ces hommes qui était le plus à craindre, capable de corrompre quiconque pour stimuler les aveux et obtenir les informations souhaitées des bouches les plus discrètes. Si ces hommes étaient à ma recherche, il convenait en effet de ne prendre aucun risque. Et c'était pourquoi on n'avait pas autorisé Nestor et Augustin à avoir un contact direct avec moi. D'après ce que m'avait dit Gersende, par ailleurs, on ne les avait pas jusqu'alors informés du lieu exact de ma résidence, afin d'éliminer des risques supplémentaires.

J'implorai une fois encore le Ciel de me rendre Marie, même si je sentais de jour en jour que son image s'éloignait de moi progressivement. Nulle autre nouvelle ne me parvint pendant plusieurs jours, ni de Pernety, du sieur Ricci encore moins. Cette énigme resterait peut-être définitivement sans explication. Après avoir observé une dernière fois la clef que m'avait remise Ricci à la foire, je l'avais déposée dans un tiroir de mon chevet. Une petite clef en bronze oxydé. Je m'étonnais de détenir cet objet, qui était sans doute sur le point de m'ouvrir un secret que j'avais si longtemps cherché, et de ne plus éprouver pour cette quête qu'un intérêt puéril en face des malheurs qu'il avait entraînés.

Le brouillard se refermait sur le château de l'Isle, qui m'étouffa un peu plus de ces épais murs. Cette missive que j'espérais pleine d'espoir ne m'avait apporté que des certitudes dans la déchéance de ma condition. Pourchassé, bientôt banni, je vivais sans lendemain, dépossédé de mes proches et de tout ce qui me rattachait à mon ancienne vie. J'étais prisonnier, et c'était la condition unique de ma survie.

Je repensai à la princesse du conte endormie dans son château. Ce château où le temps s'était arrêté pendant cent ans. Et je sentis à cet instant précis, avec une pression sur le cœur, que cette retraite risquait bien d'être mienne pendant un temps beaucoup plus prolongé que ce que j'avais d'abord imaginé.

Ce silence dans le château de l'Isle, c'était comme dans celui de Monsieur Perrault : un silence affreux, l'image de la mort s'y présentait partout. La mort de Marie Courval, qui devenait de plus en plus probable, l'image des victimes du funeste incendie de la Foire, et l'image de ma propre mort, puisque déjà âgé, les événements semblaient me précipiter alors que rien jusqu'à présent ne m'avait encore alerté sur l'issue de ma condition d'homme. Je n'étais certes pas une princesse, et il y avait fort à craindre que personne ne puisse me tirer de ce mauvais pas-là. Il ne restait plus qu'à attendre, à défaut d'espérer.

Les jours passèrent, le printemps vint éclairer d'un vert plus vif ces bords de Loire que je commençais à connaître et qui délimitaient le périmètre de mes excursions. J'avais demandé à Gersende s'il m'était possible de me rendre à Orléans, même en toute discrétion. Mais, à l'écouter, le simple bon sens m'interdisait jusqu'à passer les limites de la propriété. Elle semblait aussi craintive que moi sur les risques de ma capture. Et je plaçais ses craintes sur la peur d'être reconnue et jugée comme complice si je venais à être découvert. Les nouvelles de Jussieu se firent attendre. J'avais demandé aux domestiques plus chanceux que moi et qui avaient le droit de quitter le château de me rapporter la moindre presse qu'ils pourraient trouver en ville. Les seuls périodiques qu'on me rapporta furent *Le journal économique* et *Le journal littéraire*. Et malgré toute mon application, je n'y trouvai aucune information utile qui aurait pu m'éclairer sur ma condition.

Jussieu m'apprit dans sa seconde lettre qu'il avait mis du temps à me répondre, car il avait été obligé de se renseigner prudemment sur mon sort afin de ne pas éveiller des soupçons. Jusqu'alors, malgré sa sympathie pour moi, les hommes de Sartine l'avaient laissé en repos et il fallait bien qu'il restât discret pour continuer à servir d'intermédiaire. Sur mon sort, j'appris que toujours resté introuvable, on me considérait comme banni de la capitale, on offrait une récompense à quiconque pourrait fournir aux autorités des informations me concernant. Il était fort à craindre que l'immeuble de la rue du four et ma boutique fussent surveillés. Les garçons avaient repris l'activité au Collège des Quatre Nations, mais la clientèle se montrait rare et suspicieuse. Deux ingrédients qu'on recherchait autrefois chez moi ne s'y trouvaient plus : la discrétion et ma présence. Les affaires se maintenaient tout de même. On n'avait pas de nouvelles de Marie Courval. En conclusion, il me fallait rester encore caché.

Malgré mes demandes auprès de Gersende, on ne m'autorisa pas à répondre aux courriers de Bernard de Jussieu. S'il avait les moyens d'assurer la sûreté des courriers qu'il m'envoyait, il n'en était pas de même dans l'autre sens. Aucun risque n'était à prendre. J'entrepris donc une exploration plus méthodique de la bibliothèque, plutôt que des lectures piochées au hasard comme j'avais commencé à le faire, pensant que mon isolement serait bref. Des semaines passèrent, mornes, monotones, et malgré mes lectures, tout le silence du château me pesait, m'obsédait, me donnant parfois à croire qu'on m'avait enterré dans ce caveau sans âme pour me couper définitivement du monde. J'acceptais donc de temps à autre de reprendre un commerce avec Gersende, au moins pour entendre un autre son que celui de ma voix. Elle s'en montra surprise, puis heureuse, se soumettant de bonne grâce à ma volonté et à mes caprices, au gré de mes humeurs. Toute la morgue de celle que j'avais connue autrefois avait disparu.

Je lui parlais de mes lectures. Je m'aperçus rapidement que ses connaissances littéraires étaient assez limitées. C'était une femme d'action, une femme d'intrigues aussi peut-être, comme je me l'étais imaginé depuis son retour à Paris. Même si elle s'était toujours défendue des goûts de courtisane de sa mère, je la croyais volontiers prompte à certaines frivolités bien éloignées des préoccupations des salons littéraires. Ainsi, par un pluvieux après-midi, elle me demanda si je jouais aux cartes. Je tenais cette pratique pour oisive et frivole. Je n'avais jamais tenu un jeu en main jusqu'alors. N'ayant jamais fréquenté les salons, c'était une chose bien compréhensible. Mais comme il n'était pas question de jouer pour de l'argent, et que le temps ne manquait pas dans le château endormi, j'acceptai qu'elle me montrât. Mon éducation dans ce domaine était à prendre au départ, n'ayant pas même la connaissance de la couleur ni de la valeur des cartes. C'est ainsi que j'appris assez rapidement à jouer au piquet. Nous convînmes d'une heure quotidienne où nous nous retrouvions dans le grand salon pour jouer, buvant du thé ou du chocolat selon notre humeur.

Dans un ancien numéro de *l'avant-coureur*[57], nous découvrîmes les règles d'un jeu tout à fait étonnant, le nain jaune. Ce nouveau divertissement permit de varier les plaisirs en enrichissant la gamme de nos défis. Même si ces moments partagés m'arrachaient à mes pensées morbides, ils me laissaient à la fin un goût amer, celui d'un temps dilapidé par nécessité alors qu'il y aurait eu bien mieux à faire dans d'autres lieux et dans d'autres circonstances. Mais, comme la princesse au fuseau, je m'endormais progressivement sous le drap des habitudes qui éteignaient sournoisement mes résistances. Je ne luttais plus, mais je me sentais glisser.

Certains matins, Gersende partait à cheval pour de courtes promenades. Le bruit de son galop coupait la monotonie. Elle me proposa de m'apprendre à monter, mais je ne voulais pas me hasarder à de telles extravagances que je considérais déplacées pour mon âge. D'ailleurs, c'est à cette époque que je ressentis pour la première fois les manifestations physiques de la vieillesse. Lorsque je lisais certains ouvrages, j'éprouvais certaines difficultés. Je crus tout d'abord à un éclairage trop parcimonieux qui m'empêchait de bien distinguer des caractères trop petits ou trop serrés. À la lumière du soleil de juin, dans le jardin, je lisais certes mieux, mais je sentais bien la différence. Mes yeux n'avaient plus vingt ans et le déchiffrage me prenait davantage de temps.

On me prêta une loupe. C'était un ustensile bien différent de ceux qu'il m'arrivait d'utiliser dans l'atelier d'Olympe Hardy. Il s'agissait d'une grosse lentille montée sur un manche pour en faciliter le maniement. Dès que ce serait possible, on commanderait pour moi des lunettes, plus pratiques et moins encombrantes. C'était une première étape déterminante, un signe du Ciel qui

---

57 — Journal hebdomadaire dont la parution débuta en 1760.

m'annonçait le déclin. Il fallait sans doute que je me montrasse satisfait de ce qu'il me restait, quand tant d'autres autour de moi avaient péri. Le temps dilapidait jours et semaines en cascades sans que rien ne vînt en perturber le cours, un cours dont je redoutais l'issue.

Mais un beau jour de juin me réserva la meilleure des surprises. Au début de l'après-midi, j'entendis dans la cour un galop inhabituel. Gersende s'était retirée dans ses appartements. Il ne pouvait s'agir de son cheval. Les domestiques se rendaient habituellement en ville sur une vieille charrette. Plein d'espoir, je quittai la bibliothèque où j'avais mes habitudes après le dîner et descendis en grande hâte et de manière fort imprudente, il faut l'avouer, pour accueillir le visiteur. Augustin descendait de cheval. Je ne lui connaissais pas ce talent, mais il avait toujours gardé une part secrète qui réservait toujours des surprises. Il avait le même air sérieux que je lui connaissais depuis qu'il était enfant, le même air sage que Nestor : une sagesse héritée de leur mère. Trop d'émotion contenue depuis si longtemps m'assaillit traîtreusement. Et alors que je voulais faire le plus bel accueil à celui qui me procurait une telle joie, je sentis la faiblesse s'emparer de mes jambes. Je dus m'appuyer contre la pierre chaude du château pour garder l'équilibre.

Abandonnant son cheval qu'un domestique venait chercher, Augustin courut vers moi pour me serrer contre lui.

— Papa !

Ce mot du cœur, à cet instant, avait plus de force que n'importe quel cordial pour me maintenir debout. Mais l'étreinte chaude d'un être vivant et aimé eut cet effet paradoxal de libérer des larmes que je n'avais pas craintes. Cet enfant que j'avais tiré des enfers de l'Assistance me soutenait maintenant, me rendant un amour auquel j'avais eu tant de mal à croire. Afin de briser mon émotion, il riait d'une voix claire, m'assurant que tout allait bien, qu'il me trouvait en parfaite condition. Il n'avait dans la bouche que des mots encourageants, parlant de la joie et de la chance de nous trouver enfin réunis. Je m'inquiétais pour lui : allait-il bien ? Et Marie ? Les garçons n'avaient reçu aucune nouvelle de leur mère, et comme pour moi, malgré la tristesse de la disparition, le temps avait amorcé chez lui son lent travail d'érosion. Je m'inquiétais pour nous. N'avait-il pas été suivi ? Il avait pris toutes les précautions. Il avait quitté la boutique la veille au soir par le passage secret qui donnait sur la Seine. Puis il avait rejoint le château seul, sans utiliser les routes habituelles des courriers.

Je l'invitai à entrer et lui fit servir une collation. Je regardais le jeune homme solide et droit, me remémorant que, lorsqu'il était né, j'avais pratiquement le même âge qu'il avait à présent. Malgré nos misères, il avait l'air solide et plein d'allant, tentant par son enthousiasme de me garder force et courage. Il me raconta la vie à la boutique, confirmant les informations de Jussieu. Les affaires n'étaient pas florissantes, mais on poursuivait tout de même l'activité. Mon ancien brevet était encore en vigueur. J'étais persuadé que Bernard de Jussieu avait dû user de tout son entregent dans ce sens. Le pouvoir de René Hérault restait encore actif malgré sa mort et par-dessus tout, le pouvoir du roi. Nestor et Augustin restaient fort occupés. Ils avaient organisé toutes les recherches possibles pour retrouver Marie. Ils avaient engagé des détectives pour chercher plus loin, avaient publié des annonces pour retrouver sa trace. Mais il semblait bien que celle qui était l'âme de notre foyer avait tout simplement disparu sans laisser la moindre trace.

Jean Grégoire me transmettait toute son amitié. Mais, même s'il n'était pas question de douter de sa fidélité, les garçons étaient restés discrets et l'avaient assuré qu'ils n'avaient aucune nouvelle de moi. La langue d'un buveur était souvent plus longue que ce que son esprit imaginait. Et il n'y avait donc aucun risque à prendre de ce côté-là. Grégoire l'avait compris, ne s'en était pas formalisé et m'avait juste assuré de son soutien, certain que les garçons me transmettraient ses sentiments.

En ce qui concernait mon sort, il n'y avait rien de très positif dans l'évolution. Les espions de police ne se montraient guère discrets et Augustin suspectait même que d'autres personnages qu'il avait repérés aux alentours du quai de Conti ou de l'immeuble de la rue du four pouvaient espionner eux aussi pour le compte de quelqu'un d'autre. Cette même personne, peut-être, qui était à l'origine des accusations contre moi. Malgré ses investigations, Augustin n'avait pas réussi à en savoir davantage. Je lui demandais des nouvelles du moine Pernety. Augustin me montra une lettre reçue à la boutique. Antoine-Joseph y prenait de mes nouvelles et m'annonçait ses intentions de départ pour les îles Malouines prochainement, à bord d'un des navires expéditionnaires commandés par un jeune capitaine de frégate, Louis Antoine de Bougainville. Dans cette lettre, il ne faisait aucunement mention de l'incendie de la Foire et des raisons de sa disparition. Pour moi, la cause était entendue, et malgré ses termes chaleureux, je voyais dans ce voyage une fuite évidente.

Malgré mon désir de regagner la capitale au plus vite, Augustin réussit à me convaincre qu'il n'y avait pour moi que du danger dans cette voie. Les garçons se débrouillaient très bien sans moi, et je recueillais ainsi la satisfaction de leur avoir transmis l'essentiel de mon savoir. Ils donnaient par ailleurs toutes les preuves d'un souci constant pour retrouver la trace de Marie. Je ne pourrais donc leur être d'aucune utilité dans la capitale. Je risquais non seulement de me faire prendre, mais également de les mettre en danger par mes imprudences. C'était la raison, mais rien n'était plus difficile à entendre à travers le filtre du chagrin. Augustin parvint néanmoins à me convaincre au cours de l'après-midi, en échange de quelques promesses. Celle notamment que l'un ou l'autre des garçons viendrait me rendre visite aussi souvent que possible sans prendre aucun risque. Celle aussi de continuer à tout mettre en œuvre pour retrouver Marie.

Nous restâmes encore une partie de l'après-midi à discuter. Je lui fis les honneurs de ma retraite, lui proposant de rester plus longtemps avec moi. Mais il ne souhaitait pas que son absence se prolongeât, craignant d'éveiller les soupçons. Il repartirait avant le soir, pour être rentré le lendemain. Il était facile de prétexter des expérimentations prolongées dans le laboratoire. Nestor y donnerait le change. Mais un temps trop long deviendrait forcément suspect. Avant de partir, il me donna une liasse de gazettes et de journaux où je pourrais suivre les nouvelles, malgré un certain décalage. Je le remerciai pour tout et l'embrassai d'une manière un peu trop émouvante, si bien qu'il s'en étonna. Je l'assurai qu'avec le temps et sans la prémonition des choses, il valait mieux, à chaque fois qu'on se séparait de ceux qu'on aime, les quitter comme s'il s'agissait de la dernière fois. Nous pensâmes à Marie, il eut un triste sourire et grimpa sur son cheval qu'il lança au galop sans se retourner.

Le soir au souper, je m'inquiétai de l'absence de Gersende dans l'après-midi. Pourquoi n'était-elle pas descendue saluer mon fils ? Elle m'assura de sa discrétion et de son souhait de ne pas se montrer importune en perturbant nos retrouvailles. C'était une réponse logique et qui me sembla sincère. Il n'en restait pas moins qu'un voile de jalousie avait terni sa réponse. C'était ce que je ressentis et je lui en voulus. Et pour marquer une part de désapprobation, je la délaissai les deux jours suivants sans qu'elle semblât s'en inquiéter. Et le cours de la vie reprit d'une manière encore plus indifférente, puisque je savais que, sans nouvelles de Paris, il n'y avait rien à attendre d'autre que le lever et le coucher du soleil, les plaisirs nouveaux de la lecture et de longues et silencieuses parties de cartes. L'été vint et passa. Je guettais chaque jour un nouveau pas de cheval qui m'apporterait des nouvelles, mais il ne vint personne avant septembre.

J'accueillis Nestor avec la même émotion que pour Augustin. Mais je vis tout de suite à son air qu'il n'était pas porteur de bonnes nouvelles. Après les premières embrassades, et pour répondre à mes questionnements, il me donna à lire un arrêt de la Cour de Parlement publié récemment. C'était le second document officiel où mon nom apparaissait en propre, mais ce n'était pas cette fois-ci pour ma félicité. Après les formules d'usage incompréhensibles :

Vu la par la Cour la plainte rendue par le Procureur Général du Roi, et énoncée en l'arrêt du 30 avril 1762, le dit arrêt du 30 avril, par lequel il a été donné acte au Procureur Général du Roi de sa plainte, et il a été ordonné qu'à sa requête il serait informé des faits mentionnés en icelle, circonstances et dépendances,…

Je vis mon nom écrit en toutes lettres, marqué du sceau de l'infamie :

La Cour déclare la contumace bien et valablement instruite contre les sieur Jean Passadieu de Saint-Pierre et Jean-Baptiste Ricci, tous deux charlatans, et en adjuvant le profit d'icelle, déclare les deux intéressés convaincus d'être responsables de l'incendie survenu à la Foire Saint-Germain dans la nuit du 16 au 17 mars de l'an de grâce 1762, pour réparation de quoi, condamne ledit Ricci à servir le roi en ses galères pendant le temps et l'espace de quinze ans, préalablement flétri sur l'épaule dextre des trois lettres G.A.L. Pour réparation de quoi, condamne le dit Passadieu de Saint-Pierre à être banni vingt ans du ressort du Parlement, le condamne en vingt mille livres d'amende envers les religieux de Saint-Germain des près qui se chargeront de répartir cette somme aux victimes de l'incendie…

Je ne lus pas la suite, imaginant qu'il n'y avait de pire déshonneur que ce châtiment. Au moins, on m'avait épargné le bagne ou les galères et leurs bancs d'infamie. Nestor n'avait rien dit, me laissant découvrir par moi-même ce que représentait ce papier officiel. Cette condamnation avait sans doute été tempérée par l'intervention de quelques amis que je pouvais encore avoir à Paris, mais surtout ne prenait qu'un caractère de menace puisqu'on ne m'avait pas retrouvé. C'était ce que la suite précisait, compte tenu du bannissement, si je venais à être pris dans cette période, je serais à nouveau jugé et condamné de manière encore plus exemplaire. Il n'y avait pas à douter que le bagne ou même les galères ne seraient pas assez puissants pour satisfaire la justice que j'avais osé braver. En ce qui concernait l'amende, Augustin et Nestor avaient puisé dans mes réserves secrètes pour la payer et ainsi lever de leurs têtes une dette qui aurait pu mettre en péril leur droit d'exercer. Il semblait donc que l'on tolérait encore leur commerce, on ne savait pas comment, la Cour n'ayant pas réussi à apporter la preuve d'une quelconque complicité. Ou bien certaines connivences ou certains bienfaits de mes soins avaient-ils adouci la sentence de tel ou tel membre du parlement.

Je ne trouvais pas dans cette nouvelle un abattement si grand qu'on eût pu le craindre. Les événements m'avaient désigné dès le début comme un suspect idéal. Des témoignages avaient d'emblée concordé, des dénonciations anonymes avaient afflué devant l'évidence de ma culpabilité. Ce qui me chagrinait davantage, c'était d'être contraint de laisser ternir mon nom sans pouvoir me défendre, puisque de tous les avis, il valait mieux rester caché plutôt qu'affronter une justice aveuglée. Un premier jugement rendu affirmant ma responsabilité dans l'incendie ne pourrait jamais être révisé malgré ma meilleure volonté.

Les garçons n'avaient aucune nouvelle supplémentaire à m'apporter concernant Marie Courval. Cette journée fut bien sinistre, car je compris que cet exil, que l'on me promettait dans ce château, risquait de se prolonger encore plus longtemps que prévu. Je pouvais tenter ma chance dans d'autres provinces du royaume, mais il était certain que je ne pourrais plus jamais reprendre quelque commerce que ce soit sans risquer d'être rapidement dénoncé, retrouvé. On m'imposerait alors une sentence bien différente que celle proposée par contumace. Mon avenir se bornait donc à ces alternatives : rester dans ma retraite ou fuir. Fuir, c'était l'assurance de l'incertitude, l'éloignement des garçons. Rester, c'était cet enlisement progressif qui avait déjà commencé, mais qui restait des deux voies la plus raisonnée.

Afin de me conseiller au mieux dans un choix crucial que les garçons craignaient impulsif et destructeur, ils me proposèrent certains aménagements. Puisque tous les deux avaient réussi à me rendre visite, il n'était pas impossible, par les mêmes voies, de me faire parvenir un certain nombre d'instruments, documents et marchandises de ma boutique, afin de me permettre de reconstituer au château de l'Isle un laboratoire. Je pourrais ainsi y poursuivre mes recherches. Comme Nestor me l'avait expliqué, je n'étais pas si loin de Paris, nous nous arrangerions pour augmenter les fréquences des visites. Je pourrais leur être utile en continuant à inventer et à fabriquer des drogues qu'ils continueraient à débiter à la boutique. En me proposant ce rôle utilitaire, ils savaient qu'ils emporteraient ma décision d'une manière favorable et sensée. Ils avaient étudié les possibilités de navigation fluviale qui pourraient permettre d'acheminer des volumes importants de marchandises sans éveiller les soupçons. La sortie secrète de la boutique sur la Seine était idéale. Le canal de Loing permettait des conditions, certes réduites, mais sûres, de circulation entre la Seine et la Loire, ce qui pouvait porter de petites embarcations jusqu'au pied du château.

Il ne manquait plus que l'accord de Gersende qui, comme elle l'avait toujours montré depuis le début de cette nouvelle mésaventure, manifesta sa grande bienveillance en proposant l'intervention de ses domestiques et de certaines connexions pour faciliter ma nouvelle installation. Ce qui fut proposé fut fait. La quantité de matériel laissé par de Blégny, lorsque j'avais repris la boutique, permettait d'ouvrir un deuxième laboratoire complet sans dépareiller celui déjà en place quai de Conti. Il y avait surtout de quoi aménager un deuxième atelier de chimiste : fourneau et vaisseaux se trouvaient en quantité largement suffisante pour cela. Une dépendance du château fut annexée et quelques agencements simples permirent de prévoir tout le confort nécessaire pour reprendre mes travaux. J'avais demandé qu'on m'apportât en premier lieu des ouvrages indispensables que je n'avais pu amener dans ma fuite.

De mon départ précipité de Paris, en mars, je n'avais avec moi que les carnets de ma mère, le Dionis hérité de Pomardini et les carnets regroupant tous mes travaux sur mon projet de remède secret : une préparation qui permettrait de lever la douleur dentaire en préalable à une extraction. Je demandais donc en premier lieu les ouvrages de de Blégny, un certain nombre d'ingrédients de base, et l'ambre. J'avais demandé aux garçons qu'ils divisassent ce qu'il en restait en trois parties : la première pour leur usage propre, la seconde pour moi et la dernière qu'ils remettraient à Bernard de Jussieu en gage d'amitié et de reconnaissance. J'avais organisé la première commande de marchandises et de matériel de manière à ce que, dès le prochain voyage, je pusse reprendre une activité. Des choses simples, pommades et onguents. Lorsque Nestor repartit, il me laissa avec ce nouvel espoir qui loin d'être suffisant pour ma félicité, me permettrait peut-être de reprendre quelque part au goût des choses.

En attendant ce nouvel arrivage, je me concentrai dans la lecture des périodiques qu'il m'avait apportés. J'y découvris en particulier qu'au mois de juin, le fort de Saint-Jean de Terre-Neuve avait été repris aux Anglais, ce qui n'était pas une petite satisfaction. En août, la compagnie de Jésus venait d'être interdite par le parlement et ses membres allaient être expulsés et envoyés en Guyane. J'eus une pensée pour mon camarade de Charlevoix : il s'en était finalement fallu de peu pour que mon sort devînt assez voisin du sien. Le monde continuait à évoluer, pas très loin derrière les haies qui entouraient le domaine du château de l'Isle, et j'avais le sentiment amer de ne plus en faire partie.

La première livraison de marchandise arriva par gabare sur la Loire peu avant la Noël. L'embarcation n'était guère chargée. Augustin avait mené la première expédition. Je ne l'avais pas vu depuis juin et ce fut avec grand plaisir que je me laissai broyer entre ses bras solides, me sentant plus vieux que jamais. Réflexion que je lui fis et qui le porta à sourire. Comme il ne disait rien sur Marie Courval, je compris qu'il n'y avait pas davantage de nouvelles à attendre pour le moment, et je nous épargnai une évocation douloureuse en ne posant pas la question. J'aidai de mon mieux au déchargement. Tous les colis furent installés sur la charrette du château avec l'aide des domestiques, puis on amena tout cela en grandes pompes jusqu'aux dépendances où j'avais commencé à préparer mon nouvel atelier.

Deux pièces le composaient : la première où se trouvait un bureau, des rayonnages, deux foyers qu'on avait installés dans une ancienne mangeoire à bétail. À côté se trouvait la pièce destinée à réserver les matières premières et les produits de mes productions. Le seul regret que je pouvais avoir dans cette organisation, mais la question avait été tranchée : mon fauteuil pour les extractions resterait à Paris. Car il n'était en aucun cas question que je continuasse à pratiquer ce genre d'opération ici. Cela n'aurait pas tardé à attirer des curiosités indiscrètes et à me faire une publicité que je ne souhaitais surtout pas. Il y avait déjà beaucoup de choses dans ce premier arrivage et les garçons avaient même fourni trois caisses supplémentaires par rapport à ce qui avait été prévu initialement pour ce voyage. Mais avec l'enthousiasme d'Augustin et l'aide des domestiques, tout fut installé dans la journée. Et après un rapide souper auquel Gersende ne souhaita pas se joindre malgré notre invitation, le jeune homme repartit comme il était venu, gardant le plus grand mystère sur le trajet qui le ramenait à Paris.

Une idée imbécile m'agaçait depuis plusieurs semaines. J'avais remarqué cette chose troublante dans un miroir qui se trouvait dans ma chambre. J'avais décidé que ce serait ma première action inaugurale lorsque le laboratoire serait installé. Le lendemain je m'empressai à mon laboratoire sans explications, juste après le déjeuner. Je pris sur l'étagère les *Secrets concernant la beauté et la santé de de Blégny*. Je savais parfaitement où il se trouvait, puisque je l'avais moi-même rangé la veille. La formule que je cherchais s'y trouvait, et je n'eus pas grand mal à la reproduire. C'était un caprice imbécile, mais qui était devenu une obsession. La recette était ainsi proposée :

Concassez une livre de noix de Galle par morceaux, faites-les bouillir dans l'huile d'olive jusqu'à ce qu'elles soient devenues molles. Réduisez-les en poudre subtile que vous incorporez en parties égales à du charbon et du sel commun avec un peu d'écorces d'oranges et de citrons séchés réduites en poudre. Puis vous ferez bouillir le tout avec douze livres d'eau jusqu'à ce que les matières restent au fond du vaisseau en consistance d'une pommade noire.

Il ne me fallut pas longtemps pour réaliser cette préparation, car il ne me manquait aucun des ingrédients nécessaires. La suite de la recette conseillait de s'en oindre les cheveux au coucher et de les porter sous un bonnet durant la nuit. Au matin, je n'aurais plus qu'à me peigner. Cette teinture était réputée excellente pour rendre les cheveux noirs et pour en outre fortifier le cerveau. Ainsi, je n'aurais plus à supporter la vue de ces cheveux blancs qui gagnaient mon crâne pour lui donner toutes les apparences maladives de la vieillesse. Mais c'était bien là la pire de mes vanités, celle d'imaginer que lutter contre les signes extérieurs me permettrait d'entraver la marche du temps. Au moins, c'était une distraction qui me permettrait de combattre l'oisiveté et tous les maux dont elle était le germe.

Cette première réalisation me redonna le goût à la pratique de mon art. Je remis en ordre mes notes, et à partir de ce jour, j'agençai au mieux mon laboratoire. Par certains aspects, j'y avais gagné quelques avantages, disposant en particulier d'un puits d'eau claire et pure que je pouvais utiliser telle quelle. Alors qu'à Paris, je devais d'abord faire bouillir l'eau de la rivière avant de pouvoir l'utiliser dans mes cornues. J'y trouvai en outre une sorte de sérénité, car cet endroit que j'avais conçu m'appartenait un peu. Nul n'y serait admis, pas même Gersende. Les domestiques disposeraient d'un horaire précis pour y faire quelque ménage, avec la condition expresse de ne rien déranger, ni des installations ni des feuillets ou livres qu'ils devaient laisser tels quels sur mon bureau, et dans les dispositions très exactes où je les avais laissés. Puisqu'il fallait rester pour le moment dans cet endroit où j'étais arrivé sans rien, ou presque, je devais préserver ce refuge où nul ne pourrait venir me perturber.

Bientôt, j'y fis transporter une banquette pour m'y reposer l'après-midi. Et comme à mon habitude, lorsqu'il m'arrivait de travailler tard, je prendrais parfois le loisir de dormir là, veillant la fin d'une préparation ou réfléchissant au moyen d'améliorer telle ou telle recette. De même, il serait facile en certaines circonstances de me faire livrer mon repas pour ne pas distraire mon attention à des instants cruciaux de la distillation. Tout fut aménagé avec célérité, car je m'étais donné comme objectif de disposer d'un maximum de confort dans cet endroit avant la fin de l'année. Entre-temps, j'exerçai mes mains et mon savoir à des recettes quelque peu futiles, visant à ralentir les effets de la vieillesse, dont mon orgueil ne pouvait se satisfaire et dont mon miroir me narguait chaque matin.

Noël vint, et je le passai seul dans mon laboratoire en compagnie de mes alambics et d'une bouteille de vin de Touraine que Gersende m'avait fait porter. Il y avait tant de souvenirs sur cette date qu'il eût été sacrilège, alors que le pire était à craindre pour Marie Courval, de le passer en tête à tête avec une autre femme, fût-elle la dernière sur cette maudite terre. Malgré tous mes refus et tous les témoignages de défiance que j'exprimais sans hypocrisie à mon hôtesse, elle continuait à supporter avec flegme la situation. Nos parties de cartes s'espaçaient. Elle me demandait parfois l'avancée de mes travaux et, selon mon humeur, je lui répondais sommairement, ou pas du tout. J'acceptai cependant de partager avec elle le souper du Nouvel An, même si l'aspect cérémoniel me troublait un peu, craignant que les conversations ne s'étouffassent sous le chahut des couverts. Elle m'avait assuré que le repas serait simple et qu'il ne me détournerait pas longtemps de mes travaux.

Gersende s'était apprêtée pour l'occasion, justifiant dans le caractère exceptionnel de cette soirée un prétexte à sa coquetterie. Je lui en fis un compliment discret, même si je ne m'attardai sur aucun détail de sa toilette, ni des poudres ou des mouches dont elle avait largement abusé. Sous prétexte de masquer elle aussi son âge, elle cachait sous les fards et la perruque les signes de son propre ternissement. L'effet escompté était à l'opposé, car l'usage de ces artifices enlevait chez moi les derniers souvenirs de Gersende de Coëtquen, maîtresse de Combourg. Elle m'accueillit avec la plus grande grâce du monde, comme si j'avais été quelque souverain qui lui faisait l'honneur d'une visite protocolaire. La révérence était de trop et d'emblée m'agaça. Le compliment qui suivit me gêna, me plaçant tout net en face de ma vanité.

— Vous semblez avoir rajeuni. Le lustre de vos cheveux…

Sous les effets bénéfiques de la pommade de de Blégny, j'arborais en effet une chevelure noire et unie, mes cheveux brillaient sans aucune fausse note. Je les gardais tenus par un ruban cramoisi. La remarque de Gersende n'avait qu'une pertinence, répondre au regard critique que j'avais porté sur elle lorsqu'elle était entrée. Nous étions deux Tartuffes, contraints de partager la même table. J'avais lu tout Molière récemment et les secrets des hypocrites n'en avaient plus aucun pour moi. J'étais même devenu de ceux-là, à moi de l'assumer.

On avait dressé pour nous une table d'exception, la vaisselle n'était pas celle que je connaissais, les couverts brillaient comme s'ils avaient été d'or, les verres au nombre de trois me paraissaient en quantité exagérée. Je regrettai d'avoir accepté une telle invitation, me sentant plus que jamais étranger à ce genre de fastes. Je les trouvais disproportionnés : tout ce service pour deux couverts. Gersende avait saisi ma défiance.

— Ne t'inquiète pas. Je ne cherche pas à t'impressionner, mais j'avais envie d'un peu de luxe pour une fois. Le repas restera simple.

Je ne répondis pas et m'assis en face d'elle. Contrairement à l'habitude, il y avait dans la pièce bien moins de chandeliers allumés qu'il y en avait lorsque nous soupions d'ordinaire. Comme si d'un fait exprès, on avait voulu resserrer avec la parcimonie de la lumière, le cercle de notre intimité. On nous servit des huîtres pour commencer, avec un vin blanc très frais. Des huîtres : c'était une autre provocation du destin que je choisis d'ignorer. Je goûtais le vin du bout des lèvres, car je préférais le vin rouge. Mais celui-ci eut au moins la faveur de me surprendre. Il était assez sec, mais très épais, avec un arôme subtil qui se mariait parfaitement avec les coquillages. Gersende, qui l'avait choisi à dessein et qui attendait ma réaction, me dit doucement :

— C'est un cépage de chenin, du Savennières. Il est cultivé presque exclusivement par les moines de Saint-Nicolas, tout près d'Angers. Il serait dommage de n'en user que pour dire la messe, tu ne trouves pas ?

Je grommelais un assentiment, ne voulant pas me laisser amadouer par quelques gouttes de breuvage, aussi surprenant et savoureux fût-il. Mais je bus une nouvelle gorgée en dégustant encore quelques huîtres.

— Les bords de Loire sont une aubaine pour toutes les productions de la table : du vin, des fromages, du gibier.

C'est ce qu'on nous servit ensuite avec du vin de Bourgueil, c'était sans doute du lièvre en sauce, ou bien du chevreuil. Mais la force du premier vin avait eu raison de moi d'emblée. Je n'avais jamais pris l'habitude d'absorber des boissons alcoolisées, et pour cette rare fois en quantité trop importante.

Je m'étais laissé berner par cet arôme nouveau. La fin du repas passa dans une sorte de brouillard où je m'interdis toute autre boisson en dehors de l'eau, du moins le crûs-je. Gersende me parut déçue de cette démission, qui finalement me rendait service, car je n'avais pas eu besoin de jouer davantage les hypocrites ou les stratèges au jeu des questions et des réponses. La conversation s'était dénouée toute seule. Et dans une grande naïveté, que l'alcool avait libérée de toute méfiance, je lui parlais de mes travaux.

Cela sembla l'intéresser, d'autant que l'objet futile de mes préoccupations de l'époque, tout orienté contre les témoignages de la sénescence, pouvait lui être également utile. Nous nous retrouvâmes au moins sur ce point, même s'il me répugnait d'admettre devant elle que je me sentais vieillir et que je ne le supportais pas. La conversation fut très animée, je sentais mes joues s'embraser, signe que j'avais depuis longtemps dépassé le stade raisonnable de la correction. Il aurait fallu que j'interrompisse là le dîner pour ne prendre aucun risque. Mais il y avait tant de choses à dire, comme si l'urgence de cette fin d'année imminente imposait que je libérasse toute la matière acre qui stagnait en moi, comme au fond de mes cornues.

Un des domestiques m'aida à regagner ma chambre lorsque je n'en pus plus d'ivresse et de nausée, et je laissai seul Gersende devant une table débordant de compotes, fruits, brioches et entremets de toutes sortes. Le lendemain, je me réveillai bien tard avec l'impression étrange que peut-être, pour la première fois de ma vie, je m'étais délibérément laissé glisser dans l'excès. Cela relevait sans doute de la fuite, comme si d'oublier, l'espace d'une soirée, toutes les choses qui pouvaient alors faire mon malheur les rendraient moins amères une fois la tempête passée.

L'amertume était bien présente, ainsi que de violents maux de tête qui m'imposèrent tout de suite le choix de la première recette de 1763.

Une poignée de Rhue[58] à bouillir avec une demi-livre d'huile d'olive pendant une demi-heure dans un pot neuf. Je la versai ensuite dans une cornue avec douze onces de térébenthine de Venise et quatre onces de colophane[59]. Je rajoutai à la recette une demie-once d'ambre gris de ma propre initiative, estimant que cela ne pourrait en rien gâcher l'état de mon humeur. La première phase du distillat était purement aqueuse, puis vint l'huile que je réservai. Une fois refroidie, je me frottai vigoureusement les tempes avec cette préparation. Et je fis surtout le serment solennel que je ne me laisserais plus jamais abuser par ce traître vin des moines. Une vague honte me prit ensuite, celle de m'être quelque peu donné en spectacle, n'étant plus parfaitement sûr de tout ce que j'avais dit la veille. J'en voulais à Gersende de m'avoir convié à ce dîner et de m'être montré devant elle dans une si grande faiblesse.

Je restai toute cette première journée de l'année à travailler à mon laboratoire. Je n'en sortis pas, ne mangeai point malgré le froid, attendant que le sentiment d'humiliation s'estompe avec les heures. En effet, mon laboratoire était un petit

---

58 — Rhue ou Rue : plante de la famille des rutacées aux qualités aromatiques et médicinales.

59 — Résidu solide obtenu après distillation de la térébenthine.

bâtiment de plain-pied qu'il était impossible de chauffer correctement l'hiver et où je ne passai généralement guère plus d'une heure d'affilée. Malgré cela, je m'obstinai jusqu'au soir où Gersende elle-même vint me déloger, inquiète de m'entendre tousser. Elle s'ingénia à me sermonner sur mon attitude inconséquente et les risques de pneumonie, à rester ainsi dans mon laboratoire alors qu'il gelait à pierre fendre au-dehors. En revanche, elle ne mentionna rien de la soirée précédente, me laissant croire que je n'avais rien dit de si extravagant, que je n'avais rien fait de si dégradant en m'enivrant, et qu'il ne s'était rien passé de plus que lors de nos soupers habituels. La toux me garda plus de dix jours au coin du feu, malgré tous les fébrifuges et autres drogues dont j'usai sans parcimonie. On ne servirait plus jamais de Savennières à cette table.

Jean-Baptiste Seigneuric

Chapitre IV
Ma retraite

L'hiver passa, me laissant peu de loisirs autres que ceux de la lecture. Puis, le cours des choses retrouva son ordre, incroyablement paresseux, le temps dénouant ses lacs patiemment comme les boucles de la Loire sous les fenêtres du château. Il fallut encore deux voyages de Nestor et d'Augustin pour que tout mon attirail soit rassemblé dans mon laboratoire. Il n'avait plus rien à envier à celui du quai de Conti. J'avais reconstitué mon arsenal de plantes et de matière première. Je serais ainsi capable de réaliser la plus complexe des recettes sans manquer de rien.

Avec l'aide des domestiques, j'avais organisé un jardin de simples, juste à côté de mon laboratoire, où il serait facile d'élever les plantes dont l'usage était le plus fréquent. Nous réhabilitâmes une serre abandonnée avec pour projet de réimplanter mon herbe à dindon et le thé rouge ramenés de Saint-Pierre. Le printemps et le début de l'été m'occupèrent à cette organisation sans me laisser voir le temps passer. Lorsque tout fut achevé, organisé, pensé, Augustin, dont c'était le tour de me rendre visite, sortit d'un grand sac le pantin que m'avait laissé Datelin. Le jeune homme avait sans doute voulu par cette dernière attention me conforter dans le souvenir et la protection de mon mentor. Mais je n'y vis qu'une chose : le signe cruel de mon enracinement dans ce château, puisqu'on avait tout fait, certes sous la contrainte, pour m'installer ici de la plus définitive des manières.

Plus rien ne me rattachait à Paris, la plus inflexible des condamnations m'empêchait d'y paraître. J'y avais encore pourtant deux fils, quelques amis : Grégoire, Jussieu et Rameau. Mais le plus terrible fut de me rendre compte à cet instant qu'il n'y avait rien ni personne qui pourrait me donner là-bas une raison suffisante de vouloir y retourner. C'était un pas de plus vers l'éternité, un peu trop leste et un peu trop rapide à mon sens. Augustin ne s'en formalisa pas et m'assura, une fois encore, que j'étais encore heureux d'avoir pu trouver un exil confortable et chaleureux sous l'égide de Gersende. Curieusement, alors que la certitude d'avoir perdu sa mère ne laissait aucun doute au garçon, il semblait vouer une certaine sympathie à mon hôtesse : elle avait sauvé son père. Il n'y voyait qu'altruisme alors que je connaissais le fond sincère des motivations de Gersende.

Mais, comme Augustin me l'avait dit en me quittant ce soir-là, j'avais encore la santé : un bien des plus précieux par les temps qui couraient et à mon âge. Il aurait été malvenu de ne pas profiter de cette chance, des moyens dont je disposais et de la totale liberté de mon temps pour m'adonner à mes recherches ou à tout autre loisir, certes mérité, auquel mon esprit désœuvré voudrait bien s'attacher. Après tout, j'avais bien commencé à jouer aux cartes, ce qui avait eu l'air de le surprendre et de l'amuser lorsqu'il l'avait appris. Il n'était donc pas question de gâcher un temps si précieux qui faisait défaut à tant d'autres pour me lamenter sur un sort auquel je ne pouvais rien changer pour le moment. J'organisais donc ce temps de la plus rigoureuse des façons en le répartissant selon mon humeur entre mes recherches sur mon remède secret, la fabrication de crèmes, onguents et pommades pour aider Nestor et Augustin à maintenir les stocks de la boutique, et la découverte assidue et dorénavant méthodique de la bibliothèque du château.

Dans ce domaine, j'avais terminé l'exploration des auteurs antiques, ce qui n'avait pas été sans mal, car il avait fallu que je me replongeasse dans la maîtrise de leurs langues natales : quand le latin ne me posa pas grande difficulté, le grec, dont je ne connaissais que quelques locutions, se fit plus rétif à mon cerveau oisif. Mais l'opiniâtreté finit par avoir raison de la langue archaïque. J'y retrouvai beaucoup de mythologie et le souvenir du moine Pernety redonna encore un trait d'amertume à mon isolement, laissant encore un doute sur sa culpabilité. Mais je me savais trop naïf, et trop enclin à trouver des excuses à quiconque, fût-il mon pire ennemi.

Goldoni et Racine me passionnèrent, me laissant le regret, quoique bien tardif, de n'avoir su profiter des théâtres parisiens lorsque c'était possible pour vivre ces drames que je ne pouvais plus qu'imaginer en les lisant. J'en arrivai aux contemporains, Diderot me régala et Voltaire me surprit. J'avais entendu parler de l'affaire Jean Calas[60] et je savais que l'écrivain avait pris fait et cause pour l'infortuné réformé. Je n'avais pas grande opinion sur les différences entre toutes ces religions, car j'avais depuis longtemps placé Dieu à sa place dans ma vie, au fond d'une étagère, bien calé et me tournant le dos. On me procura le *Traité sur la tolérance* qui venait de paraître. La lecture commençait à m'ouvrir l'esprit, comme si je ne m'étais jamais imaginé auparavant qu'il y avait une autre façon de voir les choses que par le chemin qu'on nous imposait. La liberté et l'individualité des hommes avaient peut-être une autre dimension que celles dictées par les dogmes de l'église et la monarchie. L'utopie de Candide n'était peut-être pas si extravagante, à la fin.

Ces lectures confondantes, que j'absorbais tout d'abord sans discernement, ne m'empêchaient pas de me plonger dans les nombreux ouvrages de sciences naturelles et de voyages, où je trouvais d'autres joies et d'autres satisfactions, beaucoup moins tendancieuses. Mais je gardais un esprit aiguisé et agile en ne ratant pas une ligne des nombreuses gazettes et périodiques que les garçons

60 — Commerçant protestant toulousain roué de coups et exécuté sans preuve en 1761 pour lequel Voltaire prit parti. Il fut réhabilité en 1765.

avaient toujours la grâce de m'apporter. Les nouvelles me parvenaient avec un certain délai, mais je pouvais ainsi garder une part de mon cœur dans la capitale et dans la vie du royaume; ce dont pourtant auparavant je ne m'étais jamais préoccupé. Il y avait là, sans doute, bien d'autres paradoxes nouveaux que celui de vouloir si ardemment ce qui était devenu inaccessible après l'avoir dédaigné.

C'était avec plusieurs mois de retard que j'appris par le traité de Versailles, qui datait du mois de février, les bouleversements survenus aux Amériques. Si une grande partie du Canada et de l'Acadie avait été restituée aux Anglais, Saint-Pierre nous était rendu. Et j'éprouvai une certaine fierté à savoir ma patrie enfin revenue dans le giron du royaume de France. J'étais étonné de ressentir à chaque fois dans ces soubresauts de l'histoire, un sentiment sincère et un étonnement vif à la simple évocation de cet archipel qui m'avait vu naître. Il y allait de la fierté, certes, mais aussi une impression de revanche, bien dérisoire au regard de tout ce que j'avais perdu du fait de ces guerres incessantes contre la couronne anglaise. Je mangeai et bus d'un appétit exceptionnel le soir où j'appris ce que je considérais comme une victoire personnelle.

En ce qui concernait mes travaux, il y avait bien sûr le remède secret que j'essayais de perfectionner. Chaque fois que Nestor ou Augustin venait me rendre visite, je remettais à l'un ou à l'autre des échantillons de ma nouvelle formule afin qu'ils pussent le tester sur de nouveaux patients lors des extractions qu'ils pratiqueraient au cabinet. Ils avaient gardé le fauteuil, les daviers, et je leur avais enseigné là-dessus à peu près tout ce que j'en savais. Mais, autant le commerce et les consultations se maintenaient avec une certaine régularité, autant les demandes d'actes chirurgicaux se faisaient rares. Nous imaginâmes que les patients se livraient d'autant volontiers que la renommée de l'opérateur leur était connue. Si mes crèmes et mes onguents portaient toujours ma marque, nul ne semblait pouvoir, du moins dans un premier temps, rivaliser avec ma dextérité. Ceci rendait les opérations moins fréquentes ainsi que les essais.

Pour ce qui était de la préparation, je travaillais non seulement sur la composition, mais également sur la substance. J'essayais d'en améliorer en particulier la viscosité afin qu'elle puisse adhérer davantage à la gencive, pour mieux l'imprégner de ses principes. Car le flux salivaire avait tendance à faire glisser la préparation avant qu'elle n'ait eu le temps d'agir. Pour ce qui était de la composition, je variais les dosages des différents opiacés avec du thé rouge, du girofle et de l'ambre. Je n'étais pas très loin de la recette de base de de Blégny, et les ajouts que j'y avais faits ne pouvaient qu'augmenter la puissance de son action. J'y ajoutais toujours un peu de cannelle pour en améliorer le goût et du poivre pour fortifier le malade dans le même temps. J'expérimentais ces préparations dans ma bouche avant de les donner à tester à Nestor et Augustin, mais je ne pouvais en éprouver les véritables propriétés que d'une manière toute relative.

Restait la fameuse petite clef que je n'oubliais pas, dans un tiroir de mon chevet. Mais il n'était pas question de confier à qui que ce soit un soupçon d'enquête sur le parcours de de Blégny en Avignon, ne pouvant m'y consacrer moi-même. Le secret attendrait ou mourrait avec moi. Je parcourus encore nombre de ses écrits laissés dans la boutique et rapportés, mais n'y trouvai aucun indice supplémentaire. La recherche frustrante de ce remède secret exigeait d'autres distractions à cette activité, sous peine de me voir devenir rapidement aigri et stérile. Je m'employai donc à réaliser d'autres remèdes et à les perfectionner, notamment dans le domaine du vieillissement. L'excellence de mes pommades et la subtilité des combinaisons de de Blégny et d'autres, dont j'avais analysé les écrits, me laissaient une amplitude infinie sur toutes les combinaisons possibles.

Remèdes pour ôter les cicatrices de la vérole, les rides du ventre, pommades et eaux cosmétiques pour l'embellissement du visage, eau de chair pour conserver la délicatesse du teint, eau de Venise pour l'éclat du visage, pâtes pour adoucir la peau des mains, opiats pour blanchir les dents, préparations de lait virginal, teintures et décoctions contre les crevasses des lèvres et des mamelles, dépilatoires, savons, purificatifs, huiles, emplâtres, onguents, des baumes verts, rouges, vulnéraires, hystériques, baume du chien… eaux impériales ou eau d'arquebusade, rien n'échappait à mes cornues. Il y avait dans cette activité plusieurs objectifs plus ou moins avoués et plus ou moins honnêtes. Le premier était de fournir des nouveautés pour la boutique parisienne. Les clients toujours friands et dispendieux trouvaient là une concurrence frivole en cherchant lequel de leurs fournisseurs devancerait les autres sur la dernière trouvaille des frères Passadieu. L'autre objectif était de réaliser et d'éprouver pour mon compte la plupart de ces préparations. Et j'eus bientôt la conviction que j'avais trouvé en Gersende la victime idéale pour éprouver l'efficacité de produits, dont j'espérais pour moi-même l'exclusif bénéfice.

Gersende avait toujours affirmé qu'elle ferait tout pour m'être agréable. Elle ne fit donc aucune difficulté pour se prêter à ces exercices. Car je savais, de plus, qu'elle avait un besoin tout aussi pressant que moi de ralentir la marche du temps. Je l'avais remarqué à l'usage exagéré qu'elle faisait de vulgaires cosmétiques de merciers pour masquer rides et taches de vieillesse. Je lui offrais donc mes dernières inventions, lui en expliquais le maniement et me livrais assez régulièrement à des mesures pour évaluer l'efficacité de telle ou telle préparation. La malheureuse se prêtait d'assez bon gré à ces séances que d'autres auraient pu trouver humiliantes. Au lieu de dédier certains après-midi aux cartes, nous restions dans mon laboratoire où je comparais la taille de certaines tâches ou la souplesse de rides de la peau de ses mains ou de son visage. Je ne m'aventurais pas plus loin, lui laissant le soin d'évaluer les progrès de mes produits, sur d'autres endroits de son choix, qu'un homme honnête ne saurait explorer, même au prétexte d'une science expérimentale. Curieusement, elle me rendait ses constatations sur de petits billets, décrivant certains lieux de son intimité où mon art œuvrait aussi, dans la plus grande discrétion. Et il n'y avait là ni fausse pudeur ni gêne.

Je me consacrais aussi à la réalisation d'une teinture d'or, mais c'était un autre de mes secrets dont je ne parlais à personne et qui resterait tu tant que je n'aurais pas réussi parfaitement cette préparation délicate.

Telles étaient mes occupations principales. Selon la saison, je me consacrais à de longues promenades qui furent solitaires les premiers temps, puis à mesure, et comme elle le demandait, j'acceptai Gersende à mes côtés. Nous restions parfois silencieux tout le temps. Parfois, nous discourions sur l'avancée de mes travaux. Deux sujets restaient interdits entre nous, comme je l'avais spécifié : le passé et la philosophie. Le premier me coûtait trop et il me répugnait de discourir du second avec une femme. L'année 1763 me sembla bien longue, car je nourrissais encore l'espoir qu'un événement quelconque viendrait me sortir de ma prison. Mais même la mort que j'avais bien dû espérer une fois ou deux me dédaigna. La nouvelle année vint, sans huîtres, sans souper mirifique et sans démonstration excessive de ma part. Le passage s'avéra ainsi moins douloureux.

J'accueillis 1764 avec circonspection. J'étais bien conscient que la durée de mon exil ne me permettrait sans doute pas d'y survivre. Il était inutile alors de compter les années puis les mois et enfin les jours qui me sépareraient d'une illusoire issue. Je reçus les nouvelles de l'année précédente avec les retards d'usage. Je reçus une lettre de Grégoire qu'on m'avait transmise sans lui dire où je me trouvais. Il se portait bien, donnait par le détail force frasques dont il avait le secret et me parlait un peu de son maître Rameau, l'infatigable qui, tout en bataillant contre les encyclopédistes, avait repris la composition et préparait une nouvelle œuvre. Tout cela me semblait si loin et d'une futilité extravagante, mais je n'avais aucune raison d'en vouloir pour cela au plus fidèle de mes amis. J'étais jaloux de son absence et de cette insouciante bonhomie qui lui faisait traverser la vie comme on passe un peu : dans la plus grande simplicité.

Les saisons passèrent sans me laisser aucun espoir d'une prochaine libération. Les propriétaires du château ne se manifestèrent pas comme on aurait pu le penser. J'appris la mort de Jean-Philippe Rameau des suites d'une mauvaise fièvre au mois de septembre. On l'enterra le lendemain, signe de la gravité et de la fulgurance de la maladie qui l'avait frappé. On l'inhuma à Saint-Eustache et je ressentis dans son deuil, auquel je ne pouvais me joindre, un nouveau coup d'injustice. Les rares fois où j'avais pu le côtoyer, j'avais ressenti la grandeur de cet homme et m'apitoyant sur mon propre sort, je pleurai de n'avoir pu le saluer une dernière fois. C'est pourquoi je demandai après Bernard de Jussieu qu'on l'autorisât à me visiter l'année suivante.

L'hiver rigoureux empêcha plusieurs rencontres successives et il ne put venir au château de l'Isle qu'au mois de mai de l'année suivante, les routes et les fleuves ayant repris une docilité propice aux voyages. Le cher homme avait un peu vieilli, me salua en ami en me donnant une accolade bien plus chaleureuse que dans mon souvenir. L'émotion de nous revoir ne fut pas ternie par la présence de Gersende qui, sans que j'aie eu à le demander, nous laissa seul.

— Mon cher ami, c'est un réel plaisir.

Et d'entendre cette simple phrase d'une voix amie m'apporta tant de chaleur que je dus l'embrasser une seconde fois, comme si je retrouvais un père. Je lui présentai mon laboratoire dont il se montra très curieux. Je lui fis essayer diverses potions et onguents. Il faisait tout son possible pour ne pas se comporter comme un homme libre qui rendait visite à un prisonnier, comme un homme bien portant au chevet d'un malade, un homme encore vif au chevet d'un mourant. Il avait la grâce naturelle de donner à croire qu'il m'avait quitté la veille et qu'il n'y avait nul doute sur la proximité de notre prochaine rencontre. Alors que nous dînions à l'extérieur, il m'interrogea sur Gersende.

— Quelle chance vous avez d'avoir eu pareille amie pour vous héberger et vous sauver, en quelque sorte, du déshonneur.

— C'est à vous que je dois cette chance, Monsieur, car je préférerais ne rien devoir à cette femme qui m'a déjà trop coûté.

Bernard de Jussieu ne prêta pas attention à ma dernière remarque et il enchaîna :

— Et elle ne quitte jamais le château?

— Jamais, c'est le pire des chaperons qu'on puisse imaginer.

— Elle a pour vous la dévotion d'une mère et l'affection d'une sœur.

— Croyez bien que c'est beaucoup trop pour un homme seul qui a déjà perdu deux amours. Deux raisons mille fois suffisantes chacune pour ne pas avoir envie de goûter à quelque autre sentiment que ce soit à son endroit. Nous vivons ici comme deux vieux matous qui se tolèrent à peine. Il faut prendre patience en s'enrageant. Un jour elle finira bien par partir.

— Ou vous jeter dehors.

— Après tout, quelle importance, pourvu que les choses bougent un peu!

Jussieu me regarda avec un air mystérieux, l'air de celui qui ne dit rien, mais dont les pensées allaient si vite et si loin qu'il se dispensait de les dévoiler, même à un vieil ami.

— Mais donnez-moi plutôt des nouvelles des garçons. Les seules que je peux obtenir de l'un ou de l'autre me semblent toutes fabriquées exprès pour me satisfaire, comme s'il y avait des choses à cacher.

Cette fois, Jussieu ne se contenta pas de faire le malicieux et me répondit avec un sourire.

— C'est que vos grands garçons ont leurs petits secrets, mais ils ne sont pas sûrs que vous êtes prêts à les accepter. Ce sont des hommes à présent, et vous les voyez encore comme des garnements.

— Qu'importe, le souci que j'ai pour eux est déjà une raison suffisante pour que vous ne me cachiez rien de ce que vous savez. S'il vous plaît, par amitié…

— Bien sûr, mais à la condition incompressible de ne rien leur dire de ce que je vais vous confier et d'agir toujours comme si vous n'aviez eu aucune connaissance de leurs projets d'avenir.

— Vous m'inquiétez…

— Jurez! Ou vous ne saurez rien.

— Soit.

— Commençons par Nestor, puisqu'il est l'aîné et qu'il n'est pas votre fils. Nestor… se prépare à quitter le royaume. Il a compris qu'il ne retrouverait jamais sa mère, il suppose qu'elle a péri dans l'incendie de la Foire, peut-être en vous portant secours. Paris ne vaut rien à son humeur et il envisage avec le plus grand sérieux de s'embarquer.

— Pour où ?

— Il n'a pas décidé encore, les Indes, la Guyane, plus loin encore peut-être. Sous le prétexte du commerce, pour aller vendre au-delà des mers vos riches inventions.

— C'est idiot.

— Pas forcément, je le vois dépérir et il faut bien espérer que quelque chose lui redonnera un jour le goût de la vie. Alors pourquoi pas les voyages ? En tous les cas, ce n'est pas pour tout de suite. Comme vous le savez, c'est un garçon avisé qui mettra des mois à préparer son périple s'il estime que cela est nécessaire. Et tant qu'il n'a pas choisi de destination.

— Et Augustin, il n'envisage pas de partir avec lui ?

Jussieu sourit, mais franchement cette fois.

— Non, il n'y a aucun risque de ce côté. Augustin a toutes les raisons de rester à Paris, puisque son cœur semble y avoir trouvé une âme suffisamment généreuse pour répondre à la sienne.

— Je ne comprends pas. C'est encore un enfant.

— Augustin va avoir vingt-huit ans en octobre de cette année. Je vous l'ai dit, cessez de le considérer encore comme un enfant.

— C'est le mien. Alors, laissez-lui les libertés de son âge.

— Il a rencontré une artiste.

— Pas du théâtre comique au moins ?

— Non, de l'opéra. C'est votre ami Grégoire qui a eu la bonne idée de lui présenter. Je crois qu'il est grand temps que ce jeune homme qui s'éteint au travail dans votre boutique ait d'autres perspectives lui aussi. Vous ne pouvez donc que vous en réjouir, puisque cette préoccupation-là ne risque pas de l'éloigner davantage de vous.

— Il ne m'en a jamais parlé ! Je ne sais même pas ce que vaut cette fille...

— Cette fille vaut par le bien qu'elle peut lui donner. En outre, j'ai eu le bonheur de la rencontrer et elle ne ressemble en rien aux mille petites intrigantes qui auraient pu s'intéresser à lui, à maints égards pour sa position et sa fortune. C'est à mon avis une bonne chose que cette rencontre-là. Et lorsqu'il lui viendra l'envie de vous en parler, par tous les saints ne le dissuadez de rien, entendez-vous ? Écoutez le conseil d'un ami.

Je ne répondis rien, car je ne trouvai pas les mots. Cette nouvelle creusait un nouveau fossé, celui du temps qui passait : Augustin n'était plus un enfant et cette nouvelle maturité me plongeait dans les plus grandes perplexités et la plus étrange des inquiétudes. Mais l'absurdité de ces craintes me troublait, car il n'y avait là rien de plus naturel que cette évolution, mais à laquelle rien ne m'avait préparé. Jussieu répondit à mes questions, m'informa davantage sur cet engouement qui avait toutes les apparences du sérieux. Lorsque mon ami me quitta, il me recommanda encore de ne rien dire de cette conversation et de ne rien montrer qui pourrait dissuader l'un ou l'autre des garçons dans leurs entreprises tout à fait légitimes.

Quelques semaines plus tard, la visite de Nestor ne m'apporta pas davantage d'indications sur la situation. Il ne parla nullement de perspectives de départ. Lorsque je lui demandai des nouvelles de son frère, il m'assura avec un sourire sérieux que tout allait pour le mieux du monde. Quelques mois plus tard, ce fut au tour d'Augustin, et c'était la période de son anniversaire. Je fis tous les efforts pour l'amener à la confidence, lui faisant même découvrir les étonnantes vertus de certains vins du val de Loire. Mes efforts restèrent vains. Augustin avait juste l'air un peu plus préoccupé que d'habitude. Je m'en inquiétai tout naturellement, mais il me répondit simplement que la fréquentation de la boutique avait sensiblement baissé au cours des dernières semaines. Il repartit en me laissant seul avec mes doutes, les gazettes les plus récentes et deux ou trois ingrédients que je lui avais commandés.

1765 ne fut pas marquée de grands événements. On réhabilita le dénommé Calas en mars de cette année. Le parlement de Bretagne se distingua en démissionnant. J'appris par hasard que le jésuite François-Xavier de Charlevoix était décédé depuis l'année 1761, événement qui n'avait jamais été porté à ma connaissance. Le monde effaçait autour de moi amis et connaissances un à un, comme le ressac qui se retirait ne laissant sous lui que le sable uniforme et froid. Je repensais souvent à mes chères terres lointaines dans cette période-là. Il n'y avait que dans cette évocation que je trouvais encore un semblant d'apaisement. J'imaginais le bruit des vagues sur le plain, le vent les soirs de tempêtes, l'odeur de la mer et le cri des mouettes. Toutes ces choses perdues que j'espérais revoir un jour avec un fol espoir, même s'il avait fallu pour cela sacrifier le peu qu'il me restait. Mais alors il était inutile d'espérer m'échapper, encore moins pour une aussi sotte et inconsciente destination.

Gersende lisait dans mes yeux et entendait dans mes paroles ces intentions secrètes, les réprimant aussi souvent qu'elles me faisaient douter. La corde qui me retenait à la vie extérieure perdait chaque jour un peu plus de sa tension et me laissait glisser dans une sorte de résignation passive, seul état qui me permettrait de continuer à supporter mon emprisonnement.

L'année suivante, Augustin me rapporta avec tristesse qu'il avait installé cette jeune chanteuse de l'académie royale rue du four et qu'elle lui avait donné un enfant qui n'avait vécu que trois jours. Il avait fallu cet événement pour qu'il m'avouât ses sentiments. Peut-être m'étais-je montré jusque-là trop distant pour qu'il acceptât de se confier? Comme souvent, il avait fallu cette émotion de trop pour provoquer la confidence. Nous passâmes une nuit entière à parler de toutes ces choses qui nous avaient manqué jusque-là à l'un et à l'autre. Mais je n'eus pas le cœur de lui raconter sa véritable histoire. Car le plus sincèrement du monde, mon cœur avait définitivement scellé ce secret-là entre nous deux. Il m'annonça lui-même le départ imminent de Nestor, qui n'avait pas osé m'en parler lui-même. Ce serait sans doute pour l'année suivante, peut-être pour l'Afrique, ou d'autres territoires encore plus sauvages. Nous parlâmes de Marie encore, la considérant définitivement comme disparue, ne pouvant imaginer que son amour pour nous trois aurait pu la conduire à nous abandonner sans aucune nouvelle.

Le monde bougeait. À la suite de la démission du parlement de Bretagne, le roi avait prononcé le discours de la flagellation[61] tandis qu'un chevalier était condamné à Abbeville à avoir le poing coupé, la langue arrachée avant d'être brûlé vif, pour avoir refusé de se découvrir devant une procession de moines capucins[62]. Ces frémissements éveillaient en moi un sens critique qui m'avait jusque-là fait défaut. Mon assiduité à la boutique lorsque j'étais à Paris m'avait empêché de voir toutes ces choses et de les analyser. La distance, tant géographique que temporelle, puisque je ne recevais ces nouvelles que tardivement et souvent condensées, donnait un éclairage différent sur des événements politiques qui ne pouvaient laisser indifférent lorsque l'on se donnait la peine d'y réfléchir. Comme à la surface d'une marmite, on devinait sous la surface les premières émulsions qui préludaient au bouillonnement. La férule semblait d'autant plus vigoureuse et prompte à réprimer. Je me savais à l'abri de ce genre de troubles et c'était une certitude comme une autre pour légitimer mon isolement.

J'avais entrepris de nouvelles recherches pour ralentir encore les effets du vieillissement, tentant de rechercher dans l'or ses vertus d'inaltérabilité que je voulais pour moi. Je ne m'étais jamais essayé à cette préparation audacieuse qu'était la teinture d'or. Dissoudre ce métal pour en extraire sa puissance n'était pas une mince affaire, même si en lisant les recettes des uns et des autres, cela ne semblait pas si difficile en suivant les prescriptions. Mon expérience en tant qu'alchimiste restait encore bien modeste et mes travaux en avaient été jusque-là limités aux préparations les plus élémentaires.

Il s'agissait tout d'abord de préparer une eau régale[63] avec du sel armoisé, dans laquelle il convenait de mettre à digérer cinq jours quatre onces de mercure sept fois sublimé. Ensuite, et c'était sans doute là l'un des temps les plus délicats de l'opération, il fallait distiller cette préparation autant de fois que nécessaire pour obtenir l'eau mercurielle la plus pure possible. Je dus m'y reprendre à plusieurs fois avant d'obtenir une préparation que je puisse juger digne. L'entretien du fourneau était chose délicate et le moindre écart de température risquait de fausser le résultat et d'empêcher les opérations suivantes. Il s'en fallut de peu d'ailleurs que je ne misse le feu à mon laboratoire, ayant une fois poussé trop fort mon foyer, dans mon impatience.

L'or fut ensuite mis à digérer dans cette eau mercurielle afin que le précieux métal puisse s'ouvrir par la putréfaction. Il fallait là encore répéter l'opération plusieurs fois pour atteindre les degrés de pureté exigés. À chaque nouvelle étape, je devais séparer le flegme du dissolvant avec la délicatesse d'un horloger. Nicolas de Blégny conseillait dans son ouvrage de remettre par-dessus une nouvelle fraction d'eau mercurielle avant de cohober[64] le tout sous un *bon feu*

---

61 — Le 3 mars 1766, Louis XV rappelle avec vigueur les principes de l'autorité monarchique en réponse à l'insurrection du parlement de Rennes.
62 — Le chevalier de la Barre
63 — Ou Eau Royale : préparation bien connue des alchimistes visant à dissoudre les métaux, l'or ou le mercure en particulier. Le plus souvent il s'agissait d'un mélange d'acide chlorhydrique et nitrique.
64 — Mettre dans la cornue.

de sublimation. La recette affirmait qu'à ce stade, on pouvait voir monter l'or sublimé au-dessus de l'alambic : le métal prenait une teinte de *sang exalté*, se trouvait alors dans un état volatil et propre à se réduire en teinture par l'action *de l'esprit végétal animé*. À lire comme cela, cela paraissait si simple. Mais il me fallut des semaines, puis d'autres encore, avant de franchir toutes ces étapes, dont la description m'avait tout d'abord laissé croire que l'ensemble ne me prendrait guère plus d'un après-midi.

Mais du temps, j'en avais : c'était même devenu ma seule richesse, puisque toutes celles de l'âme dont j'aurais voulu recueillir l'affection m'étaient refusées. Alors, je me contentais d'observer les vapeurs nébuleuses d'un hypothétique métal se coaguler contre les parois de mes vaisseaux au lieu de se sublimer, mes cornues éclater sous un feu de sublimation mal contrôlé, l'acide brûler mes mains et mes vêtements malgré toutes mes précautions. Ce ne furent pas des semaines, mais des mois entiers qui m'occupèrent à ce travail acharné. J'avais perdu toute dimension raisonnable et m'obstinais comme si le secret de la pierre philosophale lui-même était en jeu dans cette expérience. À force de patience, et non sans passer par des états d'abattement, j'abandonnais tout pour inventer quelque futile crème pour Gersende, chose que son corps absorbait avec une volupté telle que je devais à chaque fois augmenter le volume de mes préparations. Elle avait pris goût à ces friandises.

Et puis je reprenais mon œuvre, à son commencement, espérant à chaque nouvelle tentative que je pourrais pousser mon ouvrage un peu plus loin. Lorsqu'après bien des difficultés, je parvins à obtenir ma teinture d'or, lorsque j'eus plusieurs fois séparé les matières âcres du flegme, j'obtins ce que j'estimai être la quintessence des remèdes. Je combinai cette recette avec celle de l'or de vie, mélangeant essences de myrrhe, d'Aloès et de Thériaque à la teinture d'or. Ce que j'avais obtenu à grand-peine dans le secret le plus absolu devint pour moi la succulence des remèdes, la panacée universelle contre toutes les affections et contre les agressions de la vieillesse. Et sans en rien dire à personne, j'en absorbai cinq gouttes chaque matin au déjeuner dans un verre d'eau de fontaine. Et je ne tardai pas à me sentir bien plus gaillard, reprenant de l'appétit et du poids. Gersende m'en félicita, mais malgré ses supplications, je sus lui taire le secret de ma vigueur. Je n'ai jamais cessé depuis de m'adonner à cette prescription toute superstitieuse, mais avec une conviction religieuse propre à lui conférer une réelle efficacité, même si elle ne devait en posséder aucune.

C'était en 1767. Je me rendais compte à mesure que le temps avançait qu'il prenait un virage et une accélération inquiétante, ne laissant que des bribes à celui qui n'y prenait garde. Mais comme disait le proverbe : *qui a temps, a vie*. Lors de sa visite, Nestor m'annonça qu'il quittait la France. Ne pouvant se contenter du deuil imparfait de sa mère, il espérait que sous d'autres cieux, la distance l'aiderait à enterrer un chagrin qui le torturait sans cesse chaque jour avec la même application. Ainsi, il s'apprêtait à embarquer au mois de juin sur *le Saint Jean-Baptiste*. Une expédition était prévue pour le golfe du Bengale avec ce navire formidable de 500 tonneaux, armé de 36 canons et commandé par le chevalier Jean-François de Surville. Il n'y avait rien à discuter de cette décision. Il fallait seulement ne pas trop nourrir un nouveau chagrin qui, quoique moins dramatique que tous ceux subis jusqu'alors, n'en était pas moins tangible. Nestor ne voyait pas les dangers et je sentis bien à cette annonce que les perspectives de l'aventure réveillaient en lui une vitalité absente depuis les événements de 1762.

Il promit d'écrire aussi souvent que possible à son frère pour nous donner de ses nouvelles. Je le regardai partir ce jour-là, comme si je ne devais jamais le revoir, avec la sagesse que m'avait autrefois suggérée Datelin. À devenir sage ainsi, j'en ressentais d'autant les ébranlements de l'âge. Il ne se passa pas de choses notables cette année-là. On continuait de persécuter les Jésuites, mais j'étais bien incapable de faire la part du mal et du bien dans cette affaire-là. Gersende eut un accès de phtisie l'hiver suivant et je la soignais avec une grande efficacité à l'aide de mes préparations. Au printemps 1768, elle avait repris de la vigueur, mais son âge ne lui permit pas de retrouver toutes ses capacités avec un bonheur égal. Il fallait bien admettre que nous étions tous les deux également prisonniers du temps qui resserrait chaque année discrètement son impassible emprise.

Mes recherches ne progressaient guère et je m'appliquais avec obstination à essayer tous les remèdes que je n'avais pas encore éprouvés. J'étais devenu bien plus aguerri dans les opérations chimiques et je me croyais parfois sorcier à transformer ainsi substances et métaux qui se sublimaient entre mes mains. Les vapeurs irisées étaient parfois les seules lumières de mon laboratoire lorsque je veillais seul, absorbé dans un travail infatigable. Je continuais d'autre part le recensement exhaustif de la bibliothèque. Le savoir acquis jusque-là me permettait d'aborder des ouvrages plus complexes, dont je n'aurais jamais osé la lecture quelques années plus tôt. Je m'exerçais en outre à l'apprentissage de langues étrangères, telles l'allemand ou l'anglais, m'ouvrant ainsi davantage les possibilités de cette immense librairie.

En 1769, nous reçûmes une visite un peu particulière et imprévue. Elle nous fut en quelque sorte imposée par Bernard de Jussieu. Un certain d'Herbois devait faire étape dans les environs. Mon ami du jardin du Roy avait imaginé cette rencontre, pensant que la présence de ce jeune homme, dont il répondait formellement, apporterait quelque agrément dans la monotonie de ma réclusion. Il n'y avait donc pas à douter de sa loyauté et de sa discrétion. Gersende et moi accueillîmes cette nouvelle avec une joie manifeste, espérant les promesses d'une soirée qui nous changerait d'interminables parties de cartes où les silences trompaient mal la distance qui nous séparait. Pour l'occasion, Gersende organisa un souper digne des plus grandes tables parisiennes, retrouvant dans ces préoccupations frivoles une ancienne inspiration féminine. Elle s'apprêta comme elle ne l'avait pas fait depuis plusieurs années peut-être. De plus, elle trouva là un prétexte sincère à venir piller mes pommades et préparations pour masquer sur sa peau les sillons arides de la décrépitude.

Je dus avouer qu'elle y parvint assez bien, car je retrouvai ce soir-là dans son regard une flamme oubliée. Je me surpris même à m'en émouvoir encore. Je me rassurais en imaginant qu'il s'agissait là d'un reste de pitié, tout en sachant parfaitement qu'il n'en était rien. Il y eut entre nous, par-dessus la table, un échange de regards qui retrouva, l'espace d'un éclair, une complicité très ancienne et des sentiments d'une complexité troublante. Puis chacun referma les portes de son cœur pour écouter le jeune et intarissable histrion. Bernard de Jussieu, d'habitude plus expansif, laissa le devant de la scène à son protégé.

Jean-Marie Collot d'Herbois venait d'avoir vingt ans. C'était un personnage très sec, au visage étonnamment expressif, capable d'exprimer trois sentiments en quelques instants à mesure qu'il parlait, commentant l'actualité parisienne, ne manquant jamais de s'arrêter sur son propre sort, comme si le jeune homme s'était placé comme un astre supplémentaire autour duquel semblait tourner une ronde de passions et de destinées. On ne savait pas très bien d'où il tirait sa particule, car ses manières vives et parfois même brusques trahissaient une éducation fruste. Il se comporta comme chez lui, et non en invité. Il ne faisait guère cas des égards qu'on avait généralement pour ses aînés, d'aucune déférence ni de précaution. Il n'y avait aucune grossièreté malgré tout cela, mais plutôt une désinvolture à laquelle ni Gersende ni moi n'étions habitués. Il mâchait bruyamment, négligeant la fourchette comme le plus rustique des hôtes. Bernard de Jussieu parut très vite désolé de son initiative.

— Voilà un outil qui causera bien des misères !

Nous le regardâmes avec curiosité. Le jeune homme maniait sa fourchette en la pointant vers le plafond. Il laissa passer quelques instants.

— Cet instrument est l'exemple même de ce qui mènera la monarchie à sa déroute.

Nous restâmes une nouvelle fois silencieux et surpris. L'homme savait aménager une conversation pour en extraire toute sa saveur.

— Eh bien oui ! Quelle idée d'introduire un tel instrument, un objet inutile puisque Dieu nous a donné des doigts. Et depuis des siècles, n'avons-nous pas su nous alimenter de la plus efficace des façons ?

Pour apporter la preuve d'une manière absolument scientifique à son discours, il piocha à pleine main dans un plat de volaille pour en arracher un pilon dans lequel il mordit d'un coup. Il n'avala pas sa bouchée avant de poursuivre. Dans sa main gauche, il avait pourtant gardé la fourchette, objet contradictoire de son raisonnement.

— N'est-ce pas ? Il n'y a pas besoin de cet ustensile inventé par les riches pour s'écarter davantage des pauvres. C'est un simple détail qui est parfaitement révélateur du reste. Non content d'affamer le peuple, la monarchie a toujours cherché à le tenir éloigné d'elle. Mais comme les choses évoluent, il faut bien changer avec. C'est ce qu'on appelle le progrès. Moi je dis : poudre aux yeux, manipulation et étouffement à la fin.

— Je ne comprends pas.

— C'est très simple. Les puissants du royaume ont toujours cherché à garder la distance nécessaire avec le peuple, par l'ignorance, l'asservissement et la pauvreté. Et l'on voudrait nous faire croire que toutes ces lois sont inscrites dans un plan que le Créateur lui-même justifie. C'est ce qu'on appelle le droit divin, c'est cela ? Le paysan n'a nul besoin d'une fourchette pour vider la gamelle qu'il aura eu tant de mal à remplir. Le bourgeois et le noble ne veulent pas se salir les doigts de toute la graisse et l'opulence qu'ils volent aux autres : on invente la fourchette !

Il était étonnant d'écouter un tel discours dans la bouche d'un homme aussi jeune qui semblait pourtant avoir déjà des idées bien forgées et inébranlables. D'autant qu'il foulait ainsi du même pied ses propres origines et celle de son ami de Jussieu. Il continua :

— Vous vous étonnerez peut-être d'un tel discours dans ma bouche. Je porte une particule, que je compte garder pour mon nom de scène. Eh oui, il faut bien vivre ! Mon père était orfèvre à Paris, il échappa à la ruine de peu. Je n'ai jamais manqué de rien. Mais tout cela ne m'empêche pas de penser par moi-même. Et tout ce qu'on nous rabâche pour museler le peuple, tous ces mensonges sur la légitimité du roi ne tiennent que par leur énormité. Mais les gens ne sont pas encore prêts. Pourtant, vous verrez bien qu'un jour…

Avec sa fourchette, il piqua d'un coup la tête d'un champignon dans un plat et le tendit dans notre direction avec un air menaçant.

— Un jour viendra où il n'y aura pas assez de fourches pour piquer au bout les têtes des tyrans et de leurs complices.

Il était à présent, debout, théâtral. Nous le regardions, pris d'une stupeur silencieuse. Il sembla revenir à lui après la crise étrange qui l'avait mené jusque-là. Il nous regarda un peu surpris. Bernard de Jussieu parut gêné de cette envolée qui nous laissa perplexes.

— C'est une image, bien sûr. Mais vous verrez, le monde changera. Le progrès n'est pas dans l'armement de notre table, mais bien dans une égalisation des biens et des droits de chacun.

Après cet accès de fureur, il se tut et entreprit de terminer son morceau de volaille jusqu'à en ronger les dernières chairs avec une voracité de bête. Puis il avala d'un trait son verre de vin qui était presque plein. Comme nous restions muets, il nous regarda avec un sourire.

— Mais n'ayez crainte, je ne pense pas que vous verrez cet avenir-là. Le peuple n'est pas encore assez mutilé, il supportera encore de longues années ce joug. Comme un bon cheval de trait, il est habitué au poids de la misère sur son col, il lui faudra encore beaucoup souffrir pour ouvrir les yeux. Mais j'arrête de vous ennuyer avec ces considérations politiques qui pourraient bien me coûter la vie si je ne parlais à des amis. Excusez aussi ce lyrisme un peu excessif. Je suis acteur, et il paraît qu'un bon acteur est toujours un peu en train de jouer. Il arrive parfois qu'on ne sache plus très bien où se trouve la limite.

— Je comprends.

En sa qualité d'hôtesse, Gersende se devait de répondre. La tension se dissipa un peu et l'alcool finit par avoir raison de ce réactionnaire, qui termina la soirée de la plus complaisante des façons en ne nous épargnant rien de son répertoire, de ses talents dramatiques et d'un circuit qui le mènerait à Lyon, en

Avignon, puis vers Toulouse, Bordeaux et bien d'autres villes encore. Je savais qu'Avignon était l'endroit où Nicolas de Blégny avait fini sa vie après avoir été banni. Au fond, j'étais un peu comme lui, même si j'avais échappé à l'infamie d'un embastillement ou d'un emprisonnement à Fort l'Évêque. Mais à la fin, mon sort n'avait guère à envier au sien. À mesure du temps, je doutais de plus en plus que j'aie l'occasion d'entreprendre ce voyage avant la fin de ma vie.

Après ce souper tumultueux, le jeune homme nous quitta d'une façon fort curieuse. Il nous embrassa au petit matin comme pères et mères et partit, nourri d'autant d'idées et d'espoirs que sa jeune cervelle pouvait en contenir. Bernard de Jussieu ne montra rien de sa gêne, mais me présenta ses excuses lors de sa visite suivante, craignant qu'un tel révolté eût blessé nos idées. C'était un signe des temps qu'il eut été bien fou de ne pas reconnaître, je le compris plus tard.

Le château retomba dans le silence, comme si après cet ultime sursaut, plus rien ne devrait jamais en perturber le calme. Les visites d'Augustin s'espaçaient légèrement. En 1770, il m'annonça que j'étais grand-père, à cinquante-neuf ans. Un nouvel Hector Passadieu venait poursuivre notre lignée. Mais malgré mes demandes, on ne jugea pas possible de me montrer l'enfant d'une manière ou d'une autre, sans faire prendre des risques énormes à chacun. Certes, le temps avait passé. Mais Augustin recevait régulièrement des visites de la police pour s'inquiéter d'éventuelles nouvelles qu'il aurait pu recevoir. Il y avait des espions qui rôdaient toujours, de manière moins fréquente, mais toujours imprévisible et dangereuse. Il fallait donc penser que j'étais si dangereux pour qu'on cherchât encore après moi, de longues années après le forfait dont on m'accusait.

Ma nouvelle position d'aïeul m'apporta donc un soupçon de joie, celle de voir dans la vie de mon fils une teinte d'un bonheur facile que je n'avais eu la chance de connaître que trop peu de temps. L'enfant était vigoureux et se portait bien. L'honneur fait à son grand-père en le prénommant ainsi me toucha également. Et cette félicité me conforta dans le choix qu'avait fait Augustin avec cette cantatrice qu'il espérait épouser. L'étroitesse de ma vie se détendit un peu par ces nouvelles heureuses et je me laissai doucement aller cette année-là à des activités différentes. J'entrepris de créer un herbier, où je rassemblai toutes les herbes médicinales à ma portée ainsi que leurs vertus : une sorte de codex qui pourrait profiter à chacun sans connaissance particulière. Une sorte de médecine des pauvres. Ouvrage que je serais bien en peine de proposer à la publication, bien sûr, mais que je laisserais au hasard de la postérité en espérant qu'un jour il pourrait profiter au plus grand nombre.

La vie continuait, le monde bougeait encore. Nous reçûmes une première lettre de Nestor. À l'été 1769, il avait quitté le comptoir de Pondichéry pour l'océan Pacifique. Cette destination nous était inconnue et nous dûmes déchiffrer plusieurs atlas avant de comprendre où il se trouvait vraiment. Sa lettre ne nous étant parvenue que dix-huit mois plus tard, il nous fut impossible d'imaginer sa position à ce moment-là. Qu'importait, il affirmait se porter bien et aimer sa nouvelle vie d'aventurier. C'était après tout une satisfaction déjà suffisante à notre bonheur. Hector gagnait en force. Il eut un an lorsque je gagnais mon soixantième anniversaire. Seul le chiffre m'atteignit, car je ne me sentais guère moins alerte que dix ans plus tôt. Après tout, Voltaire allait avoir soixante-dix-sept ans cette même année. Ce qui me laissait encore espérer de nombreuses années, où peut-être d'autres bonheurs insoupçonnés m'attendaient. On continuait pourtant à m'interdire tout déplacement et toute autre visite que celle d'Augustin. Gersende semblait vieillir bien plus vite. Bien qu'elle n'acceptât jamais de m'avouer son âge, je l'évaluai plus avancé que le mien, à en juger certains signes qui ne trompaient pas.

Elle ne pouvait plus se déplacer sans l'aide d'une canne, passait de longs moments alitée dans sa chambre pour économiser des forces dont le décompte avait commencé. Mais ce n'était après tout qu'une évolution naturelle, car sa santé, quoiqu'affaiblie, se trouvait pourtant préservée avec toute sa lucidité. C'est pourquoi je fus totalement surpris lorsqu'un matin on vint me trouver au laboratoire pour m'annoncer qu'elle était morte.

Le dixième jour de février 1773, je m'étais rendu au laboratoire en fin de matinée. Après la collation du matin, je n'avais pas cherché à m'enquérir de mon hôtesse, mais cela n'avait rien d'inhabituel. Durant les périodes d'hiver, j'avais demandé aux domestiques de mettre un bon feu à brûler dans le poêle que j'avais fait installer dans mes locaux. Ainsi, dans le milieu de la matinée, la température y était suffisante pour me permettre d'y travailler une paire d'heures avant le dîner. Je conservais généralement mon manteau et mes mitaines, ce qui me donnait un aspect moins brillant que ma science et mon talent, comme aurait pu le dire mon maître Pomardini. Mais cela me permettait de limiter les risques de fluxion et de garder mes sens en éveil.

Je terminai de luter un alambic lorsqu'on frappa à ma porte. Généralement, j'exigeais qu'on ne me dérangeât que sous des prétextes de gravité indiscutable. Je compris tout de suite qu'il s'agissait d'un de ceux-là. Un des domestiques me jeta la nouvelle et s'enfuit devant moi, courant vers la bâtisse principale tout en se retournant pour s'assurer que je le suivais. La neige était tombée toute une partie de la nuit. Un vent sec, mais froid avait chassé les nuages. Le soleil était aussi haut que la saison le lui permettait. Il n'y avait que quelques pas de mon laboratoire au château : une trace toute fraîche que j'avais marquée le matin et que le domestique empressé venait de consacrer. Je m'arrêtai quelques instants à la porte de mon laboratoire. Le vent avait cédé. Il n'y avait aucun bruit. Mon soupir forma un panache de buée devant ma bouche. Je retenais l'instant aussi longtemps que possible, retardant ce moment impossible à imaginer : une minute que j'avais pourtant toujours crainte.

Gersende disparue, c'était tout un pan de mon passé qui mourait avec elle. Je ne pouvais empêcher la peur de me serrer. Gersende était la dernière pierre de mon passé, élément énigmatique dont j'avais toujours éprouvé les anguleux paradoxes avec perplexité. Après plus de quarante ans, je ne connaissais toujours pas la nature réelle de sa personnalité et il était impossible de comprendre les sentiments complexes que j'avais eus pour elle. Et je sus à cet instant que j'allais saisir enfin, dans ce moment déterminant, toute la part impénétrable de l'héritière de Combourg. Et ce moment, je le redoutais sans l'attendre. Un frisson me ramena à la réalité. Je marchai doucement jusqu'à la maison, m'écartant du petit chemin que mes pas et ceux du domestique avaient tracé dans la neige. Je voulais entendre et sentir le chuintement de mes souliers dans la neige. C'était le seul moyen que je trouvai pour garder une certaine raison où fixer mon esprit. Le froid ne m'importunait guère, pas plus que la neige qui fondait à la chaleur de mes pieds et qui trempa en quelques enjambées mes bas jusqu'aux chevilles. Le domestique s'était retourné devant le château, s'étonnant que je ne l'aie pas encore rejoint.

La cuisinière pleurait dans le vestibule, m'en rappelant une autre. Durant nos longues soirées, Gersende avait eu le temps de me raconter certains pans de sa vie, choisissant ceux qu'elle voulait mettre en lumière, gardant dans l'ombre d'autres qui resteraient définitivement tus. En voyant ainsi la cuisinière effondrée, je ne pus m'empêcher d'imaginer celle que Gersende m'avait décrite à Combourg à la mort de son père. À croire que toutes les cuisinières avaient aussi, dans leurs attributions, une fonction de pleureuse dans les circonstances douloureuses. Je savais où était la chambre de mon hôtesse, mais n'en avais jamais franchi le seuil. On me laissa m'y rendre seul. Je montai les escaliers jusqu'à l'étage tandis que la cuisinière se signait. Et je me fis à cet instant la réflexion, qu'elle avait dû répéter ce geste au moins dix fois depuis qu'elle avait appris la mort de sa maîtresse. Mon esprit apeuré essayait par ses réflexions d'échapper à la réalité des choses. Car je craignais à cet instant une douleur et une tristesse bien plus fortes que ce que j'étais capable d'imaginer, et en l'occurrence, de supporter.

On avait tiré tous les rideaux dans la pièce. Entre l'un d'eux, un rai de lumière jetait une lame éclatante où dansait la poussière. Je dus me rapprocher du lit pour la distinguer. L'atmosphère de la chambre était irrespirable, car on avait pris soin d'y libérer tous les parfums de l'orient, sans doute pour masquer d'autres odeurs beaucoup moins recommandables. J'y reconnus là encore, l'œuvre de la cuisinière. Mes yeux s'habituaient doucement à la pénombre. Comme auparavant, dans la neige, mes pas faisaient chanter le parquet. J'arrivai au bord du lit. On avait disposé la dépouille de la manière la plus paisible possible, les mains croisées sur la poitrine, le corps noyé dans les volutes d'une robe sombre. Je ne sais pourquoi, on avait laissé ses pieds nus, qui dépassaient à peine sous la lourde étoffe. Ce détail donnait un air pathétique au tableau.

En découvrant son visage, mon cœur retrouva les élans d'une jeunesse depuis longtemps oubliée et se serra d'un coup, mi-douloureux, mi-lourd. Exactement de la même manière qu'il l'avait fait lorsque j'avais vu la jeune héritière bataillant dans la salle des gardes de Combourg la première fois. Le temps que j'avais voulu ralentir venait de se contracter pour me ramener d'une manière troublante à des sentiments anciens que je croyais avoir tués.

Pour la première fois, le visage de Gersende avait perdu toute nuance de dureté ou d'ironie. Ses traits, lissés par la mort, lui redonnaient une jeunesse qu'un sourire ingénu soulignait délicatement. Plus rien ne nous séparait alors.

Je sentais des larmes couler sur mes joues sans comprendre où elles allaient chercher leur source. Un monde se fermait. Je restai immobile de longues minutes, mes mains croisées, incapables du moindre geste sacrilège. Finalement, j'embrassai son front et ce seul contact d'un instant scella tout ce qui n'avait jamais été dit entre nous, tout ce que nous avions manqué. Le contact de sa peau glacée sous mes lèvres fut un choc supplémentaire, en même temps que je perçus un parfum étrange qui montait des siennes : un parfum que je ne reconnus pas tout d'abord. La réalité revint d'un coup et je me redressai, cherchant des yeux un détail qui pouvait m'aider à compléter cette sensation que je n'avais pas réussi à analyser.

Je trouvai ce que je cherchais, dans le cabinet de toilette qu'on n'avait pas pris la peine de nettoyer encore. Tout s'expliquait de la plus évidente des façons. En revenant dans la chambre, je remarquai sur le chevet une enveloppe lourde de plusieurs feuillets, Gersende avait tracé mon nom en lettres tremblantes. Le pli était scellé et toujours clos. J'imaginais alors en l'ouvrant que je savais tout ce qui y était rapporté. Pour ne pas laisser seule la malheureuse, je tirai un des rideaux pour éclairer la pièce, puis je rapprochai un fauteuil du lit avant de m'y asseoir confortablement. Je regardai une fois encore le visage séraphique, défis le cachet et commençai la lecture.

On ne me dérangea pas. Le temps n'avait plus aucune importance, il y avait une dizaine de feuilles, remplies d'une écriture serrée et rigoureuse. Je lus. Lentement, avec douleur… et amertume. La lettre se terminait ainsi :

Prépare-toi, Jean, ils ne vont pas tarder. Ne m'oublie pas et préfère la vie à la morne austérité à laquelle ces dernières années t'ont contraint. Mon amour est sur toi.

Gersende de Coëtquen

À en croire l'urgence annoncée, il n'y avait sans doute guère de temps pour relire. Guère plus pour assimiler toutes les informations qui venaient ensemble m'asséner le plus formidable coup qu'on pouvait porter avec des mots. À l'extérieur de la chambre, je perçus le chuchotement des domestiques qui s'inquiétaient sans doute de mon silence, craignant on ne savait quelle folie.

— Entrez !

Je restai assis dans le fauteuil, contemplant le visage paisible, n'entendant plus rien à mes propres sentiments et essayant vainement d'organiser ma pensée qu'on tiraillait dans des sens contraires. On m'écartelait. La cuisinière et le valet qui était venu me chercher entrèrent dans la chambre.

— Nettoyez l'antichambre et faites disparaître tout ce qui traîne.

— Bien, Monsieur.

La cuisinière se précipita dans le cabinet de toilette et je l'entendis bientôt fourrager pour remettre les choses en ordre. Comme je le pensais, il n'y eut ni cris ni surprise de sa part. En préparant la morte avant mon arrivée, elle avait dû constater le désordre et comprendre ce qui s'était passé. Je me levai.

— Et une fois que tout sera en ordre, faites appeler un prêtre.

Au domestique qui était resté immobile près de moi, je donnai également des instructions :

— Portez deux malles dans mon laboratoire, des grandes.

— Mais Monsieur…

— Occupez-vous juste d'obéir !

— Bien, Monsieur.

Je quittai la chambre sans un dernier regard et montai dans ma chambre. J'y rassemblai en hâte les notes que j'y avais laissées. La plus grande partie se trouvait dans le laboratoire. Dans le tiroir de mon chevet, je pris la clef de Nicolas de Blégny, là où je l'avais oubliée des années plus tôt. Je la passai autour de mon cou, jetai un regard rapide à cette chambre où j'avais vécu pendant plus de dix ans. Un temps qui me paraissait interminable alors, et qui pourtant avait filé comme du sable entre les doigts. Puis, je descendis dans mon laboratoire.

J'étais en grande difficulté pour réfléchir, car mon esprit, tout occupé par la lettre de Gersende, n'arrivait pas à fixer ses idées sur ce qu'il convenait de faire. Ses révélations avaient ouvert un tel gouffre que seul le vertige pouvait y répondre dans une commune mesure. Toute sa vie révélée en un instant et ses aspirations : tant de peine, de chagrins, et tant de gâchis sans doute ; une vie tourmentée qui avait entraîné avec elle la mienne et celle de l'infortunée Balbine. La rancœur, les regrets et l'amertume formaient ensemble une préparation rance dont il faudrait avaler jusqu'à la dernière larme. Il aurait fallu des heures de réflexion et autant de relectures de cette lettre pour assimiler, digérer, comprendre et à la fin pardonner peut-être. Se pardonner aussi. Et prier le ciel, s'il y en avait un, pour que tout cela soit encore accessible à une quelconque clémence.

Mais à en croire ce que Gersende avait écrit, et le ton de ses mots ne laissait que peu de place au doute, il était question d'heures à peine pour prendre les devants d'un destin qui s'annonçait des plus funestes. On apporta les larges caisses dans mon laboratoire. Je me rendis compte à cet instant que je tenais toujours dans ma main la lettre de Gersende. Je la jetai au fond d'une des malles. Puis je commençai à y empiler sans réfléchir toutes les notes, carnets de travail et autres manuscrits correspondants à mon propre ouvrage. Puis je réservais une autre part, moins importante, de mon travail qu'il conviendrait de détruire. Le domestique me regardait depuis le pas de la porte. J'avais refusé son aide. Et parce qu'il était en train de comprendre qu'un monde où tout semblait figé était en train de se décomposer, il restait là sur le seuil, laissant la porte ouverte sur le jardin glacé.

La neige reflétait un soleil gaillard, mais le froid gelait nos souffles d'une vapeur aussi blanche que l'air était glacé. En rangeant les carnets, je tentais de réfléchir à ce que je mettrais ensuite dans mes bagages. Je ne pouvais tout emporter. Des années de travaux et d'expériences avaient conduit à une production d'échantillons assez conséquente pour occuper tout un mur de mon laboratoire. Les productions dites classiques étaient livrées à mesure pour notre boutique de Paris. Mais il n'était pas question de laisser la plus petite chance à mes ennemis de profiter de la moindre part de mes travaux.

Mais il y avait aussi mes livres, ceux hérités de de Blégny, ceux hérités de

Pomardini. Je retrouvai avec émotion, glissé contre le volume usé des cours d'opération de Dionis, mon premier carnet, celui que m'avait donné Pomardini pour y inscrire mes toutes premières formules. Impensable de l'abandonner. Il alla rejoindre les autres, Dionis avec lui, et la plupart des œuvres de de Blégny. Il y avait peut-être parmi elles la solution de l'énigme à la clef. D'autres livres étaient empruntés à la bibliothèque du château. Ceux-là resteraient ici. Une fois le tri des livres et des manuscrits faits, je choisis parmi les fioles, les cassolettes et les pots, les préparations les plus précieuses et celles dont j'avais l'usage pour ma pharmacopée personnelle. Les malles étaient déjà à moitié pleines. Je n'avais songé ni aux vêtements ni à d'autres futilités, sans doute indispensables, mais à cet instant, il me semblait avoir perdu tout sens pratique. J'étais un naufragé en péril qu'on avait mis au défi de sauver l'essentiel, le plaçant dans cet état d'urgence, à l'abri du discernement.

Le domestique n'avait pas bougé. Il grelottait à présent. Le voir ainsi éveilla une idée.

— Au lieu de rester à bâiller, ravive le feu du poêle!

— Tout de suite.

Et il se mit à l'ouvrage. Bientôt un grand feu craqua, repoussant le froid en dehors de la pièce et cédant un peu de vie à l'endroit. Puis, comme s'il était incapable de la moindre initiative, il se figea face à la flamme, comme pour la surveiller.

— Maintenant, tu vas brûler tout ce qui se trouve sur cette table.

— Tout?

— Oui, n'hésite pas. La seule chose importante pour moi, c'est qu'il n'en reste rien.

Il se mit donc à l'ouvrage. De mon côté, je rangeai les carnets de ma mère que je n'avais pas ouverts depuis longtemps, mais que je connaissais par cœur. Je les avais noués avec la courte correspondance entretenue avec Balbine, par l'entremise de laquelle je l'avais conduite à la mort. J'hésitai quelques instants devant le brasier que le domestique alimentait avec ferveur. Ces documents étaient pour moi indissociables. Et comme je ne pouvais me résoudre à me séparer de l'unique héritage de ma mère, je déposai le paquet dans une des malles. Les flammes furieuses voulaient s'échapper du fourneau, au risque de mettre le feu au laboratoire.

— Quand tu auras fini avec les papiers, tu videras tous les produits de mes étagères.

— Tous?

— Sans exception. J'ai gardé ce dont j'avais besoin. Tu videras les liquides dans la cour, tu brûleras les plantes et les poudres, tu videras les pots de pommade jusqu'au dernier.

— Bien, Monsieur.

Et sans réfléchir davantage, il se mit en devoir, ouvrant chaque boite, chaque flacon, chaque magdallon[65], pour en détruire le contenu de la façon que je lui

---

65 — Rouleau ou petit cylindre d'onguent.

avais spécifié. Dans un tiroir de mon bureau, je pris deux petites bourses de toile. Chacune contenait des graines des plantes ramenées de Saint-Pierre, j'en maîtrisais alors pleinement la culture et les semences seules me suffisaient. Je me rendis ensuite à la serre où je pris le soin moi-même de retourner la terre et d'arracher un à un tous les plants que j'entretenais là avec patience depuis des années. Tiges et racines, bulbes et rhizomes finirent dans le brasier que certaines poudres faisaient rugir lorsque le domestique les sacrifiait. Il y avait encore pour lui quelques heures de travail. Quant à moi, j'avais fini. Mes deux malles à moitié pleines : le bilan d'une vie de travail ou la vacuité de ce que je n'avais pas réussi à accomplir jusque-là.

Dans l'ombre, habillé de poussière, je reconnus le pantin de Datelin que j'avais abandonné là depuis plusieurs années. Il faisait partie du décor et je ne le voyais plus. Je m'approchai. Resté à l'abri de la lumière, il n'avait rien perdu de son éclat et me jetait un œil réprobateur, pour avoir failli oublier là mon génie. Bon ou mauvais, je n'en savais rien. Mais cet héritage encore, je ne pouvais le renier. Je pris la marionnette, la pliai dans un drap et la rangeai dans la malle avec le reste de mes affaires. Emporté par la fébrilité du départ, j'avais accumulé une certaine nervosité. Lorsque tout fut fini, je me trouvai désœuvré au milieu du chaos. Il faisait une chaleur infernale dans mon laboratoire, les récipients vides s'accumulaient dans un coin à mesure que le domestique les vidait. Je ne me sentais déjà plus chez moi. C'était fini. Je retournai dehors. La neige, les bruits qui venaient du laboratoire derrière moi. Et le froid qui venait engourdir ma fièvre pour me permettre de réfléchir, peut-être.

Je vis passer la cuisinière avec des paquets qu'elle porta à l'intérieur du laboratoire. Je la regardai d'un œil étonné.

— Des vêtements pour Monsieur, me dit-elle. C'est Madame qui m'avait dit de prévoir pour vous.

Tout avait été pensé avec méthode, comme si cette fuite avait été de tout temps inéluctable. Un départ dont on avait voulu jusqu'au bout me cacher la menace. La cuisinière fit un autre voyage et finit par m'apporter un manteau qu'elle posa sur mes épaules. La neige fondue commençait à tremper mes pieds.

— Venez vous réchauffer à l'office. Je vous ai préparé une collation pour le voyage.

De toute évidence, elle disposait de beaucoup d'informations, autant de détails sur ma destinée que je ne connaissais pas, mais dont l'imminence me dispensait de questions inutiles. Je la suivis à la cuisine où j'allais rarement. Elle me fit asseoir devant le feu. Je me surpris à me laisser faire. Elle ôta mes chaussures et posa mes pieds sur un tabouret devant le feu pour les sécher. Puis elle me servit une assiette d'un potage épais.

— Mangez ! Vous ne savez pas quand sera votre prochain repas.

Il n'y avait pas à discuter. Une fois cette soupe avalée sous le regard de la cuisinière, comme sous le contrôle de quelque sergent de ville, je repoussai mon assiette et me levai. La matinée n'était encore avancée qu'à moitié et les préparatifs étaient en bonne voie. Dans la cour, les odeurs mêlées de mes préparations qu'on sacrifiait se battaient contre le froid et contre les fumées d'enfer des fourneaux de mon atelier : tout cela concourait à me rappeler l'urgence de ma position. L'atmosphère si paisible de la nature alentour laissait pourtant s'alanguir l'esprit et j'aurais tôt fait de me laisser prendre encore par l'envoûtante passivité de la demeure. Je remontai à l'étage, hésitai un instant devant la porte de Gersende, puis finalement, n'osai en franchir une dernière fois le pas, voulant garder pour moi la dernière image que j'en avais, ne voulant prendre le risque de la retrouver voilée d'une altération qui sans doute avait commencé son œuvre. La poignée froide en métal de la porte de ses appartements avait suffi à me dissuader, m'assurant du charme mauvais qu'il y aurait à vouloir s'obstiner.

Je retournai une dernière fois dans la bibliothèque. C'était sans doute là le lieu que je regretterai le plus de cette partie de ma vie. L'odeur des chagrins mêlée à celle de la poussière garderait le souvenir de cet écrin inimitable. Il y avait là toute la générosité d'une science que j'avais faite mienne au fil des années, une grande partie de mes connaissances, je les devais à ces pages : la texture du papier, leur bruissement, chaque détail exprimait en moi la reconnaissance pour ce savoir dont je m'étais montré insatiable. Il n'y avait aucun bruit dans la grande pièce. Je fermai les yeux et j'entendis les mille voix de ceux qui avaient confié dans l'encre un pan de sagesse, une vie d'expérience, une multitude de doutes. Et par-dessus toutes celles que je ne connaissais pas, résonnait encore celle de Pomardini qui semblait vouloir me dire quelque secret, me soufflant qu'il restait sans doute encore bien d'autres choses à accomplir. Plusieurs langues se mêlaient, du latin au grec, de l'allemand à l'italien, ou de l'anglais au français. Je passai ma main sur les dos de cuir brillant, sentant dans les nervures l'ossature d'un savoir que j'avais su faire mien. Et dans quel but ? Jusqu'ici, j'avais abandonné toutes mes prétentions et mes espoirs, le charlatan s'était lui aussi endormi à l'ombre des tourelles enchantées. La fuite m'était imposée, mais peut-être n'était-ce que l'impulsion vers un autre départ ? Ma santé ne semblait pas vouloir faiblir devant les années et je sentais encore une énergie me traverser, prête à me guider sur de nouvelles routes et de nouveaux horizons.

Tandis que je redescendais au rez-de-chaussée, j'entendis le bruit oublié d'un carrosse. La cuisinière était déjà sur moi et, m'empoignant vigoureusement, elle me poussa dans une sorte de placard dont je ne connaissais que la porte basse dans sa cuisine.

— Cachez-vous !

C'était un petit espace où la femme méticuleuse entassait terrines et conserves, comme je le faisais avec mes remèdes dans mon laboratoire secret. Je me laissai faire sans réagir. Elle referma vivement la porte sur moi alors qu'on entendait un cocher arrêter son attelage devant le château. Je me retrouvai dans le noir, à moitié accroupi au milieu des odeurs réconfortantes des trésors de la brave femme. C'était une sensation curieuse, curiosité qui venait de cet apaisement fugace que me procura le court instant passé dans le réduit : à l'abri des hommes et du danger, dans une obscurité enveloppante, et certain de ne jamais y mourir de faim même si on m'y abandonnait.

Au-dehors, on parlementait. Cela ne dura que quelques instants. La lumière de l'extérieur m'éblouit pourtant comme si j'étais resté enfermé plusieurs jours, lorsqu'on ouvrit la porte.

— C'est bon, vous pouvez sortir, Monsieur. Ce sont vos protecteurs.

Deux hommes se tenaient devant moi avec l'air le plus respectueux du monde, portant leur chapeau à deux mains devant eux, comme s'ils s'apprêtaient à recevoir la communion. Mais leur aspect aurait eu de quoi me surprendre si la lettre de Gersende ne m'avait préparé à leur arrivée. Comme ils restaient ainsi immobiles, dans la stupéfaction quasi religieuse du respect qu'ils tentaient de me témoigner, j'eus le temps de les observer chacun leur tour.

Le plus grand des deux était maigre et immense, ses jambes étaient interminables et ses poignets dépassaient de plusieurs pouces des manches de son habit. Son visage lui aussi très sec, donnait l'impression d'un prédateur dont l'unique œil, d'un gris qui s'accommodait parfaitement avec la couleur du ciel ce matin-là, renforçait l'aspect inquiétant de cet échalas. Aucune protection ne dissimulait la cavité vide de son autre œil : un trou sombre où se perdaient les reliefs torturés d'une vilaine cicatrice. L'homme se laissait observer sans bouger, parfaitement habitué à ce genre d'inspection, s'amusant sans doute à lire sur le visage des autres les marques d'étonnement ou de dégoût qu'il pouvait parfois inspirer.

Le second, plus rond et court sur pattes, semblait disposer de tous ses membres et de tous ses sens, du moins au premier aspect. Leur tenue était propre, mais trahissait les négligences conjuguées des hommes du peuple, vraisemblablement célibataires. Détail notable, ils portaient chacun à la ceinture épée et poignard, comme d'autres des aiguillettes. Et chacune de ces armes semblait fourbie et prête à l'usage, comme si elles avaient hâte d'en découdre ou si elles venaient à peine de le faire. J'aurais observé du sang sur leurs lames dénudées que cela ne m'aurait pas davantage surpris. Et si je n'avais pas su que ces hommes étaient venus pour assurer ma sécurité, j'aurais pu facilement craindre le contraire à leur mise et à leurs vilaines gueules. Ils se taisaient toujours. Ils se regardèrent finalement, hésitants. La cuisinière derrière moi attendait, elle aussi, le dénouement de cette scène qui commençait à sombrer dans le grotesque.

— Vous êtes Monsieur de Saint-Pierre ?

Le borgne, sans doute le plus enhardi par sa stature avait pris la parole. Cela faisait bien longtemps que l'on ne m'avait pas appelé ainsi avec mon titre et j'eus sans doute l'air surpris lorsque je répondis simplement.

— Oui.

Du coup, le borgne hésita.

— Jean Passadieu de Saint-Pierre ?

La cuisinière s'impatienta. Et son assurance me fit penser que peut-être Gersende l'avait aussi prévenue de l'arrivée de ces deux-là et de l'urgence dans laquelle nous nous trouvions.

— Oui, ne vous inquiétez pas pour ça, c'est bien lui, j'en réponds !

De nouveau le silence. Puis le grand poussa du coude son comparse qui sembla se réveiller de sa léthargie et s'avança d'un pas vers moi pour me tendre un pli cacheté qu'il tenait dissimulé derrière son chapeau.

— Pour vous.

Il avait un accent étrange que je ne reconnus pas, mais qui ne m'était pas totalement inconnu à l'oreille. Sans doute l'avais-je entendu parmi les marchands de la Foire que j'avais côtoyés lors de mes premières années parisiennes. Le pli était de Bernard de Jussieu. Il était bref, laconique, autoritaire, les mots avaient été tracés dans l'urgence et ne s'embarrassaient d'aucune formule inutile.

Ils vous ont retrouvé. Policiers et espions sont sans doute déjà en route. Suivez ces deux hommes qui vous conduiront en lieu sûr. Faites leur confiance comme vous le feriez avec moi. Ne vous inquiétez de rien d'autre, je pourvoirai à tout.

— Vos affaires sont-elles prêtes, Monsieur ?

— Venez, je vais vous montrer.

La cuisinière passa devant moi et accompagna les deux larrons dans la cour. Je les suivis, me retournai une dernière fois, espérant capter l'essence de ce lieu où s'étaient gaspillées dix années de ma vie, car je savais qu'il n'y avait aucune chance pour que le hasard me conduisît une nouvelle fois ici. Un parfum, celui du poison que j'avais senti entre les lèvres de Gersende, un arôme, celui du dîner qui était à mijoter et que je ne prendrais pas. Tels seraient les deux souvenirs à donner à mes sens. Pour le reste, quelques images, la lente décrépitude de Gersende, cette sollicitude dont je ne voulus jamais admettre le réel mobile, de longues heures de lectures, des recherches oisives et surtout guidées par le souci d'approvisionner la boutique du Collège et de prolonger — mais pourquoi ? — la vigueur de mon corps.

Dans la cour, un attelage à deux chevaux pour une simple calèche, dont j'estimai le confort approximatif, mais dont la qualité essentielle était sans doute la légèreté et donc la vitesse. Mes deux gardes du corps s'affairaient, arrimant sur le toit de la voiture une de mes malles. Point de cocher pour les aider, simplement l'un des domestiques du château. C'est alors que je me rendis compte que le plus petit des deux boitait très bas, ce qui aurait pu lui donner une démarche comique si le caractère de la situation, que j'évaluais à leur empressement, ne m'avait gardé très concentré. Il n'y eut pas longtemps avant que tout fut prêt. J'effectuai une dernière visite à mon laboratoire, moins par nostalgie que pour m'assurer qu'on avait parfaitement respecté mes consignes : qu'on n'y avait rien oublié, et que tout ce que j'avais voulu faire disparaître avait bien été détruit. Je n'eus pas beaucoup d'émotion en regardant l'endroit pour la dernière fois. La nostalgie, les regrets et tout le fatras de ces pesants sentiments, je les avais laissés pour une part dans la bibliothèque et pour la plus grande partie dans la chambre de Gersende.

Les deux lascars finissaient de harnacher mes affaires en grande hâte. Je n'étais pas particulièrement inquiet, confiant dans ces hommes, car Bernard de Jussieu me les envoyait. Ils n'avaient pas dû échanger deux mots avec moi en tout et pour tout depuis leur arrivée. Ils regardaient de temps à autre vers la seule route qui menait au château, comme si un démon risquait de débouler dans la neige après nous d'un instant à l'autre. Je commençais à ressentir le froid, alors que l'éventail des émotions que j'avais endurées depuis le début de la journée commençait à s'estomper. La cuisinière était retournée dans sa cambuse, et je me fis cette réflexion, surpris qu'elle soit partie sans un dernier conseil, ni même un au revoir. Elle s'était toujours comportée avec Gersende et moi comme une sorte de tuteur, s'inquiétant toujours de notre satiété, mesurant l'état de notre santé à ce que nous avions le mauvais goût de laisser traîner au fond de nos assiettes à la fin des repas. Au moment ultime, où l'un des deux hommes, le grand borgne, se tourna vers moi pour me faire signe d'embarquer, la cuisinière parut sur le seuil du château, portant devant elle comme d'autres auraient porté une corbeille de fleurs, un immense panier que j'imaginais rempli de victuailles et de conserves. Le second larron qui boitait se dirigea vers elle et empoigna le panier, sans s'inquiéter de celui à qui il était destiné. La cuisinière jeta dans ma direction un œil brillant, et je craignis un instant qu'elle ne se précipitât en sanglots dans mes bras.

Il n'était pas question pour moi de laisser la place à tous ces sentiments, si bienveillants fussent-ils, sachant que la tristesse rentrée de la domestique était tout autant, sinon davantage, tournée vers le drame de sa maîtresse, laissée morte dans la chambre là-haut, et dont il allait falloir s'accommoder. J'étais sans doute moi-même très mal à l'aise à cet instant pour penser de la sorte ; je me contentai d'un signe froid de tête dans sa direction, une simple marque de reconnaissance, pour dix années d'excellents services rendus avec la dévotion d'une mère. La tristesse sans doute ne dut qu'en être plus grande pour elle. Mais j'avais la mienne pour moi, et chaque instant, chaque seconde où je relâchais mon esprit, me ramenait à une colère sourde en remâchant les mots de la lettre de Gersende et toutes les misères qu'ils traînaient avec eux.

Je montai dans la calèche à peine confortable. On avait pensé à y disposer une couverture de gros drap pour me préserver de la pire des façons de l'attaque du froid. Mes deux gardiens étaient déjà à leur poste à l'avant, rênes en main, prêts à donner le départ pour une course ultime, comme si le diable lui-même devait se mettre à nos trousses. Un fouet claqua et les chevaux impatients de se réchauffer dans l'effort donnèrent le premier à-coup en ébranlant la voiture. Je pris le temps d'un dernier regard aux tours du château, dont je n'avais pas même rencontré les propriétaires une seule fois. J'abandonnais à l'oubli ce château de conte qui allait se rendormir sans doute pour toujours, lorsqu'on l'aurait libéré du sortilège de Gersende. Il n'y aurait personne pour réveiller la dormeuse, personne non plus pour la pleurer, sans doute. Et certainement pas moi.

J'avais bien d'autres causes à ma tristesse et à mon abandon, la colère et la rancœur par-dessus. Tout cela se mêla très vite à la nausée, sans que je sois capable de faire la part entre les soubresauts des petites routes que nous semblions vouloir sélectionner avec obstination et la misère de ma destinée qu'une âme enflammée s'était acharnée à perdre pour moi. J'avais 62 ans et le sort me réservait encore des tours du plus vil des registres.

Jean-Baptiste Seigneuric

Chapitre V

Lyon

Il pleuvait. La pluie frappait le toit de la voiture, comme s'il n'y avait plus qu'elle dans ce monde qui avait de l'importance. On s'arrêta. Je sentis le mouvement caractéristique de tangage d'un des conducteurs qui descendait. Deux coups à la fenêtre. Je baissai le carreau, laissant entrer de grosses gouttes tièdes et particulièrement mouillées. Annibal portait une lampe sourde devant son œil unique. Le col de son manteau remonté au maximum, les bords de son chapeau détrempé de pluie : on ne voyait que cet œil, et le trou noir laissé par l'autre. Une figure de cauchemar dont j'avais appris à m'habituer depuis les quelques semaines que nous avions passées à parcourir collines et vallons.

Dans ce couple infernal que formaient les deux compères, Annibal était sans doute celui qui avait davantage de tête, de prestance et d'esprit d'initiative. Le second, qui se prénommait Boniface était néanmoins en possession d'un certain nombre de dons complémentaires : doué pour l'intendance, la cuisine, il avait en outre une connaissance parfaite de toutes les auberges, relais et hôtels du royaume, de leurs horaires, de leur fréquentation et de la qualité des services qu'on pouvait espérer y trouver. Il connaissait non seulement les meilleures adresses où souper, mais il était capable de guider notre équipage à travers montagnes et forêts désertes jusqu'à un bout de chemin où l'on finissait par découvrir une halte que n'aurait pas dédaigné le roi lui-même. Ainsi, nous avions filé de tables en chambres à travers une partie du royaume sans qu'on m'informât que très vaguement de notre itinéraire. Nous n'étions jamais restés plus de quelques jours au même endroit, mais il nous arrivait parfois de revenir dans une auberge que nous avions quittée la semaine précédente. J'avais pu reconnaître, au nom de certaines haltes, que nous avions sillonné une bonne partie de la Bourgogne et du Morvan durant cette période-là. Il n'y avait pourtant dans notre course aucune crainte, comme si mes deux gardiens, par cette stratégie complexe, étaient certains d'échapper à un poursuivant dont finalement nous ne connaissions ni la nature ni la réelle existence.

Étaient-ce des argousins mandatés pour rendre une justice que les ans n'avaient en rien émoussée ? Étaient-ce des tueurs à gages envoyés par Gaspard Ailhaud dans sa haine vengeresse ? Après avoir retourné dans tous les sens la question, je ne m'étais découvert qu'un seul ennemi connu capable d'un tel acharnement. Je n'imaginais pourtant que difficilement qu'on pût ainsi s'obstiner à vouloir se substituer à une justice qui avait, il y avait si longtemps, rendu son verdict. Même si je n'avais pas à me préoccuper de ces poursuivants, il n'avait jamais été question de s'arrêter au bord de quelque route pour déterminer le bien-fondé de notre fuite. Car il fallait bien imaginer qu'au bout de quelques jours de courses incessantes sur des routes peu passantes, nous avions depuis longtemps déjoué pièges et embuscades. Il n'y avait sans doute plus rien à craindre, pourvu que nous n'arrêtions pas de tourner comme me l'avait dit Annibal avec sagesse, lorsque je l'avais interrogé un des premiers soirs.

En réalité, mes gardiens attendaient qu'on leur confirmât un endroit où nous pourrions trouver asile. Un nouveau château de l'Ilse, avais-je pensé. Et cette perspective ne m'avait guère enchanté. L'impulsion donnée par la fuite soudaine avait ragaillardi un cœur où je retrouvais un esprit d'aventure, que je croyais avoir perdu depuis mon installation dans la capitale. Ces réflexions étranges avaient attisé ma curiosité. Je sentais la petite clef de Nicolas de Blégny qui restait à mon cou, symbolisant parfaitement l'idée que mon âge ne faisait rien à l'affaire. Il me restait une tâche à accomplir durant les années qu'ils me restaient à vivre, et si ce n'était pas la plus importante, elle insufflait tout de même une vitalité nouvelle.

J'avais transmis le savoir de Pomardini, puisqu'Augustin tenait ma place avantageusement à la boutique du Collège. Mais j'avais délaissé le projet du remède secret qui avait passionné des années de ma vie. Des années de langueur portées par le chagrin avaient peu à peu réduit ce projet pour le ranger avec soin au plus haut d'une étagère, comme un objet abandonné. Mais il fallait bien croire qu'il était resté à sa place pour se rappeler à mon souvenir au jour prévu par le Ciel. Un jour qui était peut-être enfin arrivé. Il fallait se rendre compte que davantage d'années avaient été brûlées qu'il ne m'en restait à vivre. Et je regrettais d'autant de rester impuissant dans cette fuite qui semblait ne vouloir jamais s'arrêter : un temps perdu, alors même qu'il reprenait une saveur épicée.

Bernard de Jussieu avait des relations en province qu'il comptait solliciter pour m'apporter refuge et secours, mais l'organisation de mon exil en urgence nécessitait certaines réponses qu'on attendait encore. Et c'est pourquoi il nous était arrivé de passer plusieurs fois dans certains relais, dans l'attente d'un message ou d'une confirmation. Lorsque la nouvelle était enfin arrivée, l'hiver avait quitté les collines de Bourgogne depuis longtemps et le printemps bourbeux avait laissé les routes difficiles et dangereuses. On m'avait annoncé Lyon. Un ami tisserand du savant homme m'y attendait. Là-bas, on m'expliquerait sans doute mieux ce qu'on comptait faire de moi. Mais j'avais aussi mon idée, pensant à de Blégny, à son voyage en Avignon où il avait fini sa vie et où j'espérais bien retrouver sa trace pour découvrir le secret. Oisif dans la cabine étroite et froide de la calèche, j'avais eu le temps de concevoir ce projet, le retournant en tous sens pour finir par me persuader de son évidence. J'étais certain de mon succès et d'autant plus impatient.

Pour l'heure, nous tournions dans des ruelles obscures sous une pluie biblique. On venait de s'arrêter enfin et j'espérai que nous étions enfin rendus. Annibal était un taiseux et ne commençait jamais une conversation, même s'il avait quelque chose à dire. Il indiquait toujours de son œil le temps du dialogue et attendait que je lui adresse la parole pour pouvoir s'exprimer. Il n'usait de ce système qu'avec moi, car il ne se gênait jamais pour réprimander ou interpeller son comparse, assurant définitivement son autorité au sein de l'équipe. Je criai presque pour couvrir le bruit de la pluie.

— Avez-vous trouvé l'adresse ?

— Rien à faire dans ces maudites ruelles. Cette ville est infernale, deux fleuves, deux collines mal éclairées et mal pavées. On pourrait tourner toute la nuit sans rien trouver.

— Et bien ?

Il prit l'air gêné quelques instants, mais ne tarda pas à avancer son projet de peur de finir complètement trempé.

— Boniface connaîtrait bien une adresse où passer la nuit.

— Qu'est-ce que vous attendez, alors, une journée de plus ou de moins ? Mon hôte ne nous attend sans doute pas aussi ponctuels. Je suis rompu de fatigue, l'humidité commence à rouiller mes os. Hâtons-nous ! Pourquoi hésiter comme une pucelle ?

L'œil d'Annibal se figea un instant.

— C'est un bordel, Monsieur.

Je ne m'attendais sans doute à rien d'autre qu'à une auberge, et vu mon état de fatigue, je ne prévoyais pas d'être regardant sur ses commodités. Mais l'annonce d'un tel lieu me surprit, et je compris en même temps l'hésitation du mercenaire.

— Boniface est incapable de trouver une rue dans une ville de province, mais son flair ne le tromperait jamais pour débusquer ce genre d'adresse ?

— C'est comme ça.

Il marqua un temps d'arrêt.

— C'est la maison de tolérance, ou bien passer la nuit dans la voiture...

Cette seconde option était inconcevable. Minuit était passé depuis long-temps, et il aurait été impossible dans tous les cas de trouver un relais ou quelque auberge pour nous accepter en plein milieu de la nuit.

— Allons-y, alors.

Je refermai la vitre et regardai au travers. La voiture fit quelques pas encore et s'arrêta devant une maison aux volets clos. Dans des renfoncements de la muraille, deux torchères peinaient contre le vent. Annibal s'empressait déjà devant la porte, frappant un lourd marteau. On ne tarda pas à lui ouvrir. De l'intérieur du bâtiment venait une lumière chaude et vive, comme si là-dedans, on n'avait pas idée du jour ni de la nuit. Il parlementa quelques instants, puis la porte se referma sur lui. Il fit un signe à Boniface resté aux commandes de la voiture. Celle-ci s'ébranla, tourna au coin de la rue et s'arrêta rapidement devant une autre porte, basse et sans lumière, appartenant au même bâtiment. On avait eu la délicatesse de me faire entrer par un accès plus discret, celui réservé aux hôtes de marque, pour qui la discrétion était l'élément essentiel d'un établissement de cette nature. Annibal revint vers moi. J'avais déjà passé mon manteau. Il n'était pas question d'hésiter, même si de ma vie je n'avais jamais passé le seuil de ce genre d'établissement, même si de ma vie je n'avais jamais imaginé avoir un jour à le faire.

Annibal était devant la porte de la voiture.

— Vous êtes prêt ?

J'avais accepté. Il n'y avait aucune curiosité pour moi, juste le souci de me retrouver dans un endroit chaud et de pouvoir me restaurer. En compagnie de qui je pourrais bien le faire n'avait en réalité, à cet instant, aucune importance. Là-bas, la petite porte basse était ouverte. On m'y attendait. Je courus sous la pluie jusqu'à l'entrée et me glissai à l'abri par la porte des gens honnêtes.

Là, une digne matrone m'attendait. Il faisait dans le vestibule une chaleur infernale si l'on voulait peser ses mots avec le plus de justesse possible. Les murs tendus d'étoffes brillantes et vives supportaient par endroits des portraits de mignonnes, alternant avec certaines gravures bien plus que suggestives. L'air étouffait sous l'encens qui donnait un faux air de messe à l'endroit, pour peu qu'on fût aveugle.

— Soyez le bienvenu, Monseigneur.

Un tel langage était superflu et souligna d'emblée l'incongruité de l'endroit où j'avais accepté de passer la nuit, peut-être inconsidérément, pensai-je alors, mais trop tard.

— Je suis la mère abbesse de cet établissement, Monseigneur. Je vous en prie, mettez-vous à l'aise. Et soyez certain que tout sera fait pour votre plaisir, votre satisfaction en toute discrétion. Notre maison est recommandée par Madame Gourdan[66] elle-même, de la rue Sainte-Anne à Paris.

À l'en croire, cette digne religieuse répandait autour d'elle un mélange de parfums tous plus sauvages les uns que les autres, propres à surpasser d'autres odeurs qu'on aurait pu imaginer dans cet endroit. Sa mise était pourtant d'une grande sobriété et ne trahissait aucun laisser-aller ni aucune entorse aux convenances, puisqu'elle ne laissait rien voir d'autre que ses mains et un cou un peu gras que serrait un peu trop une faveur de velours carmin. Perruquée, poudrée plus que de raison, mais propre en apparence, elle aurait pu faire illusion comme courtisane. Elle passait dans sa bouche une boule musquée[67] qui faisait un petit bruit mat lorsqu'elle cognait contre ses dents. C'était là le seul signe qui troublait un peu et replaçait la dame dans son véritable contexte. Le titre dont elle s'affublait me prêta à sourire. Pourtant, j'appris plus tard que c'était l'usage dans ces maisons. Car il était bien plus confortable de comparer ce commerce à une activité religieuse plutôt que de nommer en face ce qu'il était réellement. Mais comme il était considéré d'intérêt public, il n'y avait rien à redire.

---

66 — Dite «La petite comtesse». Célèbre maquerelle parisienne du 18e siècle qui fut installée un temps rue Comtesse-d'Artois, ce qui lui valut sans doute son surnom.

67 — Habitude d'hygiène héritée de la renaissance consistant pour les femmes à placer ces petites boules dans la cavité buccale pour combler le creux des joues dû à la perte de certaines dents et également à masquer leur haleine.

Annibal avait tout prévu. Je n'eus rien à dire, rien à demander.

— Veuillez me suivre, Excellence.

La supérieure usait les superlatifs bien mieux que sa salive et parlait peu. Elle tenait un chandelier et passa devant moi pour me guider dans son gentil monastère. Ce fut une succession d'étroits couloirs. On percevait çà et là, gémissements, cris, gloussements, que dominait parfois le bruit d'une gifle ou le claquement d'un fouet. L'atmosphère était lourde d'un encens bon marché par-dessus des remugles de sueurs, des relents de ragoût et la fumée acide des feux qu'on entretenait pour réchauffer tout ce monde invisible, que j'imaginais aussi peu vêtu que le père Adam le soir de son premier péché. Elle me conduisit finalement dans une pièce aménagée en boudoir.

Dans une étroite cheminée brûlait un feu généreux. Les murs étaient tendus de velours cramoisi, un rideau de même trempe occultait la fenêtre. Un lit à baldaquin où l'on n'avait pas pris soin de disposer de draps, d'édredons ni de couverture, trônait en plein milieu. Sur une table d'angle, un broc et une bassine que la tenancière ne manqua pas de me signaler du regard. En habitué, j'étais censé comprendre qu'il me faudrait en passer par là avant d'accéder aux faveurs de ses pensionnaires.

— Son Excellence souhaite souper?

Apparemment l'heure tardive ne semblait pas poser de problème à mon hôtesse. Elle s'inclina et quitta la pièce en reculant.

— Mettez-vous à l'aise, je reviens bientôt.

J'eus ainsi tout le loisir d'étudier cet endroit, un peu comme un explorateur qui aurait eu la chance de visiter un lieu qu'il n'aurait jamais imaginé découvrir et dans lequel il savait surtout qu'il ne retournerait jamais. Un guéridon et deux chaises complétaient le mobilier, ensemble propice à la restauration. D'épais tapis couvraient le parquet. La température de l'endroit était telle qu'on pouvait bien aller dans la plus simple tenue à son aise, sans risquer la moindre pneumonie. J'avais ôté mon manteau, dégoulinant encore, et le posant devant l'âtre, il se mit aussitôt à fumer. L'endroit était propre et, qualité appréciable en un tel lieu, semblait hermétique à tous les bruits extérieurs. On n'entendait que celui du feu qui crépitait et le battement d'une petite pendule que je remarquai sur un chevet.

Une heure après minuit venait de sonner. Mais je n'avais pas sommeil, sans doute davantage troublé qu'excité. Je n'imaginais pas où mes sbires allaient passer leur nuit. Depuis le début de notre escapade, j'avais bien compris que je n'avais à me soucier de rien d'autre que respirer, manger et boire et satisfaire aux besoins que la nature exigeait. Pour tout le reste, ils y pourvoyaient pour moi et pour eux. Je leur avais confié une partie de ma bourse au début du voyage, mais ils m'avaient rassuré : Augustin, par l'entremise de Bernard de Jussieu, avait prévu plus que largement les dépenses que l'on pouvait envisager pour ce genre de périple. Ici non plus, je n'aurais pas à me préoccuper de ce que la nuitée pourrait coûter, quelque fussent mes exigences et mes appétits.

Mon hôtesse revint rapidement avec un plateau où fumait une assiette juteuse. Deux petits pains l'accompagnaient ainsi qu'une carafe où miroitaient les couleurs réconfortantes d'un vin de la région. Elle sembla s'excuser.

— Vous voudrez bien pardonner la piètre collation que je vous présente, mais à cette heure, notre cuisinier est au repos. Les exigences de nos clients sont telles.

— Je vous remercie, cela semble parfait.

Elle posa le plateau sur le guéridon. Puis elle alla quérir dans le tiroir du chevet un livre de maroquin rouge qu'elle me présenta.

— Voici *Le livre des beautés*. La plupart sont encore libres ce soir. Dès que vous aurez fait votre choix, vous n'aurez qu'à sonner.

Il y avait en effet une petite cordelette à cet effet près de la cheminée. Je lui pris le livre des mains sans répondre, surtout impatient de pouvoir m'attabler, car mon dernier dîner remontait à plusieurs heures et le fumet de l'assiette excitait mon appétit bien mieux que les perspectives de la moindre donzelle. La mère abbesse disparut enfin, je m'attablai et mangeai goulûment en imprégnant de sauce chaque morceau de pain. La délicatesse de la maison était telle qu'on avait pris soin de me donner une fourchette, ce que je ne remarquai qu'à la moitié de mon repas. Il n'y avait point de dessert, mais le plat était tellement copieux, que mon vieux corps rassasié ne demandait plus rien d'autre qu'un dernier verre de vin et quelques heures d'honnête repos. Tout en mangeant, je feuilletai le livre qu'on m'avait confié, plus par désœuvrement que par curiosité. Il était grand temps de me mettre au lit, et il n'avait bien sûr jamais été question dans mon esprit de profiter complètement des commodités de l'établissement.

Cet ouvrage comportait de manière exhaustive les portraits des pensionnaires. Point de prénom, comme si on n'achetait ici bien moins qu'une personne, mais des services assujettis aux qualités détaillées au fil des pages. On avait pensé à tout, pour tous, afin de répondre au mieux aux exigences et aux préférences de chacun et mieux servir leur désir : la maigre y côtoyait la grasse, la niaise, l'éveillée, la pâle, la superbe. À hauteur de ses exigences, on y trouvait encore : la fringante, la façonnée, l'émerillonnée[68]. L'instable Boniface aurait sans doute pu se réjouir de découvrir dans ces pages la boiteuse, qu'on réservait sans doute à des amateurs éclairés. Venait ensuite pour chacune de ces qualités *morales*, la description physique de celle qui portait chacune de ces spécificités. À croire que le plus important pour les usagers était le caractère de chacune, avant de savoir la couleur de ses cheveux, l'opulence de sa poitrine ou la finesse de sa cheville. Venaient encore une mutine, une mignonne, une espiègle. La liste était longue et je m'étonnai qu'on pût tenir en ce sérail autant de personnes de qualités aussi diverses. À moins peut-être que chacune ne s'employât à remplir l'un ou l'autre des rôles en fonction de la demande.

La maîtresse de maison vint elle-même débarrasser. Et, après avoir saisi mon plateau auquel j'avais fait grand honneur, elle me regarda avec un grand sourire et me demanda :

— Son excellence a fait son choix ?

---

68 — Éveillée, qui a l'œil vif comme un émerillon (le plus petit des oiseaux de fauconnerie)

Je fus surpris. Mais comme le livre était grand ouvert devant moi, je ne pouvais nier sincèrement qu'aucune n'était digne d'intérêt dans cet inventaire. Comme je ne répondais pas, et sans doute habituée aux pudibonderies de certains de ses clients, la maquerelle enchaîna :

— Ne vous inquiétez pas, les trois louis ont été payés par vos domestiques. Vous pouvez choisir sans compter. La jeune fille de votre choix vous sera acquise pour le restant de la nuit. Préférez-vous qu'elle soit plutôt lascive ou entreprenante ?

— Je ne sais pas, je…

— Plutôt grande, maigre, brune, blonde ? Ou bien grasse ?

— Je souhaiterais simplement dormir, la route a été pénible.

— Bien sûr, Monsieur, je comprends. Mais ne souhaitez-vous pas une belle luronne pour réchauffer votre couche ? Il en est certaines avec lesquelles vous n'aurez rien à entreprendre, simplement à vous laisser faire pour vous délasser.

— Je vous remercie, très sincèrement.

Comme elle eut l'air gêné, je la rassurai.

— Ne vous faites pas de souci, vous pouvez garder l'argent qu'on vous a avancé pour ce service.

— J'espère, Monsieur, que vous ne mettez pas en doute la bonne tenue de notre maison et l'hygiène parfaite de chacune de nos pensionnaires ? Chacune passe chaque jour à la piscine[69]. Et un chirurgien vient les visiter chaque semaine.

— Il ne s'agit pas de cela, rassurez-vous. Vous avez toute ma confiance et l'on m'a dit grand bien de votre maison. Je souhaiterais simplement trouver le repos.

— Je vois.

Son ton était curieux. Elle ne dit plus rien, eut un air entendu, embarqua le plateau et sortit enfin de la pièce. Je supposai qu'enfin elle avait compris que je n'étais pas dans son établissement pour mugueter[70]. Sitôt qu'elle fut partie, je jetai une bûche dans la cheminée pour le restant de la nuit, soufflai les innombrables bougies qui éclairaient la pièce comme une salle de bal. Je gardai simplement ma chemise et m'allongeai sur lit. Celui-ci bien confortable, me laissa toutefois perplexe puisque je n'y trouvai rien pour me couvrir, simplement des édifices de coussins propres à soutenir sans doute quelques figures acrobatiques. J'appréciai néanmoins le repos que j'offrais enfin à mon vieux corps et le silence qui régnait dans la chambre. Il n'y avait que le bruit du bois qui craquait sous la flamme.

Je sentais que le sommeil enfin allait me prendre, lorsqu'un craquement plus net que les autres me cueillit aux berges de la conscience. Je me relevai sur un coude, le bruit venait de la porte. Elle s'ouvrit, laissant glisser une ombre frêle et souriante. L'apparition ferma la porte derrière elle. Elle était près de moi au bord du lit en un instant, avant même que j'aie eu le temps de réagir. Elle était

---

69 — Sorte de cabinet de bain où l'on passait les filles pour les apprêter, les parfumer et leur adoucir la peau.

70 — Faire le galant

simplement vêtue de voiles légers que la lumière du feu derrière elle n'avait aucun mal à percer, laissant peu de mystères sur l'anatomie de ma visiteuse. Bras, épaules, jambes, chevilles et pieds étaient nus. Un simple corset de soie flottait sur sa poitrine, une culotte nouée autour de sa taille semblait demander qu'on la libère. Un simple parfum de violette allait et revenait à chacun de ses mouvements, qu'elle déliait lentement comme une danseuse. Je compris l'air entendu de la patronne devant mon refus, imaginant que comme certains, j'avais besoin qu'on me forçât la main pour oser ce que la morale et la loi réprimaient.

La jeune fille devait avoir une vingtaine d'années. Elle était sans doute l'une des plus vieilles pensionnaires, mais au vu de mon âge et de ma mise, on avait dû juger que mes préférences se porteraient plutôt vers une femme d'expérience. Elle ne manquait pas de charme, les traits de son visage étaient fins, à peine fardés. Et l'on n'y lisait pas l'histoire de véroles successives que j'imaginais facilement chez la plupart des créatures de ce genre d'établissement. Ses cheveux déliés étaient noirs comme la nuit. Elle était souple et légère puisqu'en un bond, comme une chatte, elle se trouva assise sur le lit près de moi, sans que j'aie senti son poids sur le matelas. Avant que j'aie pu bouger, elle posa un doigt plein d'assurance en travers de mes lèvres. Je restai immobile, à peine sorti du sommeil qui m'avait empêché de réagir assez vite. Comme je ne disais rien, la donzelle s'enhardit.

— Je ne te plais pas ?

Le timbre légèrement rauque de sa voix contrastait avec son corps frêle : une brindille sur laquelle le désir imbécile de mes congénères soufflait avec une haleine d'ail. En revanche, elle parlait comme on chantait : cette sorte d'accent que j'avais parfois entendu à la Foire. L'accent solaire des gens du sud. Je nous détestai tous d'un coup, pour avoir entretenu de mémoire d'homme cet esclavage aveugle. Ses yeux étaient aussi noirs que ses cheveux et brillaient d'intelligence. Sa taille était fine, comme ses chevilles et ses mains aux doigts interminables, mais sa poitrine, qu'on devinait largement, gonflait le corsage comme le vent la voile du bateau. Elle était tellement peu apprêtée qu'on eut dit une sauvageonne, pêchée de la veille dans les eaux saumâtres de la Saône. L'instant était décisif. Aurait-elle fait un geste entreprenant dans ma direction que je l'aurais chassée sur-le-champ. Mais elle eut le discernement de ne pas bouger. Elle en avait vu d'autres des vieillards, des vicieux pour la plupart, mais aussi des timides, débutant dans la luxure comme on commençait dans le crime. Mais elle semblait avoir compris que je n'étais pas comme les autres, peut-être aussi par l'absence de réaction de ma physiologie en face de ses charmes. Phénomène auquel elle devait aussi être habituée. Elle enchaîna.

— As-tu besoin d'essence à usage des monstres[71] ?

Elle comprit que je n'entendais rien à cette proposition. Elle en essaya une autre.

— Veux-tu une redingote d'Angleterre[72] ?

71 — Essence destinée aux hommes chez qui la vigueur ne répondait pas aux désirs.
72 — Préservatif.

Comme je ne réagissais toujours pas, elle me demanda plus simplement :
— Qu'y aurait-il pour ton bonheur ?
— Dormir.
— Très bien.
Elle s'allongea donc sur le lit près de moi, me tournant le dos. Puis elle replia ses jambes sous elle et tout doucement se rapprocha de moi. Ainsi, comme le chien d'un fusil, son corps se colla contre le mien. Ses cheveux se collèrent contre mon visage, l'odeur de violette à présent impossible à éviter. Je sentais ses formes juvéniles s'emboîter contre mon vieux corps sec. Puis finalement, elle prit une de mes mains qu'elle passa au-dessus de son épaule pour la poser directement sur son sein. Il était chaud, rond et je sentis sous mes doigts les reliefs de son mamelon se durcir. La caresse était pourtant involontaire. Puis elle ne bougea plus, ne réagit pas quoiqu'elle dût bien sentir contre ses fesses l'expression incontrôlable de mon organisme. Elle chantonna tout doucement comme une petite fille une lente berceuse sans paroles. Je ne me souvins pas du moment où je m'endormis.

Lorsque je m'éveillai, c'était par le bruit de la bûche qu'elle glissait dans le feu. La mignonne s'était levée pour entretenir la flamme de peur que le froid ne nous réveillât, lorsque le feu se serait couché faute de soins. Sa silhouette tout en ombres devant la cheminée laissait à penser qu'elle était nue. J'étais à moitié endormi et j'étais incapable de réfléchir au grotesque de la situation. C'était ainsi que les choses s'étaient déclenchées. Il y avait la part du vin dans la responsabilité, la fraîcheur de la jeune fille, et le fait encore que je n'avais pas eu de relation physique avec une femme depuis plus de dix ans. Elle revint s'asseoir près de moi. Et je vis aussitôt dans ses yeux qu'elle avait reconnu chez moi l'acceptation du désir que je souhaitais partager. Il y eut alors de longues caresses, mais elle me laissa peu de part à l'initiative, ne me laissant que ma chemise pour me garder un semblant de pudeur.

Tout le charme était porté par l'expertise de ses gestes, patients et modérés, explorant pas à pas les lieux de mon corps avant d'aller plus loin, pour être certaine qu'elle y était bienvenue. Elle guida mes mains, pressant mes doigts aux charnières que sa peau moite réservait. Ses caresses usaient habilement de la vigueur, prêtes à me faire exploser, alternant avec certaines phases indolentes où mes sens prenaient le temps de s'apaiser. Les minutes passaient sur la pendule, et j'étais ce pantin livré entièrement à son expérience, oubliant tout ce qu'il y avait de scandaleux dans cette situation. À la fin, elle commença à gémir, imposant à mes mains, des caresses plus profondes pour la porter aux berges du plaisir. Il n'y avait besoin de rien d'autre, car je ne crois pas que j'aurais pris le risque, même dans cette situation extrême, de me laisser aller à une union complète, craignant pour ma santé que j'avais su préserver jusque-là. Les caresses suffisaient amplement sur ce terrain-là. Nous explorâmes bien des combinaisons, montant au paroxysme pour retomber in extremis dans l'abandon, puis pour prolonger encore, alors que je croyais à chaque nouvel assaut qu'il serait définitif.

La jouissance vint enfin, pour nous deux, du moins, me sembla-t-il, longue, profonde, brûlante, comme cette fièvre si longtemps contenue que la jeune fille avait laissé passer tant de fois pour mieux concentrer à la fin l'expression d'un unique orgasme. Il en était entre ses mains comme de la distillation dans mes fourneaux. L'extraction dans la cornue, maintes fois répétée, donnait à l'extrait final, une puissance à nulle autre pareille, quoique dans la présente situation, elle n'enlevât rien à la quantité de plaisir que cette expérience exprima sur moi. Après les brûlures en saccades, il y eut un long vertige, et je compris parfaitement qu'à cet instant, mes jambes n'auraient pu supporter le poids de ma carcasse. Son petit corps brûlant d'une fièvre tout identique à la mienne se coucha sur moi. Il y eut encore un moment où j'échappai à la conscience, ne sachant du rêve ou de la réalité ce qu'il y avait à garder pour en faire un souvenir ou oublier le tout après avoir joui.

Lorsque je trouvai le courage de rouvrir mes yeux, mon regard plongea dans le sien, tout près : des yeux toujours brillants de cette même intelligence : ni vulgarité ni résignation. Elle avait repris soin de se rhabiller, me laissant le choix d'imaginer que tout ce qui s'était passé ne l'avait été qu'en songe.

— C'est amusant cette petite clef que tu portes autour du cou.

— Sans doute.

— Il faut que tu y tiennes beaucoup pour la garder si près de toi, même pendant ton sommeil.

— C'est un secret.

— Chacun porte le sien.

— Quel est le tien ?

Elle me regarda, amusée et surprise en même temps. Comme si c'était la première fois que quelqu'un s'intéressait à son secret à elle.

— Tu veux savoir ?

— Si tu veux me le confier.

— Vois-tu, ici on me commande pour *la mutine* et on m'appelle Gina. Ça sonne un peu italien, ça plaît aux clients, rapport à mon accent qui n'a pourtant rien à voir avec l'Italie. Mais ce prénom n'est rien pour moi, c'est celui d'une autre qui me donne à manger. Et dès que je peux, j'essaie de l'oublier. Un jour que je cherchai des paillettes d'or au fond de l'Ardèche pour les revendre à la foire de Beaucaire, un joli marquis passa, me promit tant de belles choses que je finis par abandonner ma mère et mes frères pour venir ici à Lyon. Pour la suite, et bien, il n'y a pas grand-chose à raconter, car vous me trouvez aujourd'hui dans l'état où il m'abandonna.

— Et ton secret ?

— C'est mon vrai prénom. Depuis que je suis entrée dans cette maison, nul ne l'a jamais prononcé pour s'adresser à moi et je ne l'ai confié à personne. Un jour, peut-être, la chance tournera de l'autre côté et je repartirai d'ici pour retourner dans ma famille. Il me faudra bien longtemps alors pour oublier ce morceau de ma vie que je ne souhaiterais à personne.

Elle se tut un instant et me regarda, le visage de biais comme pour essayer de sonder mon esprit et imaginer ce que je pensais d'elle. Sans doute considérait-elle que je n'étais pas un client comme les autres, et cela me valait, cette nuit-là, une partie de ses confidences.

— Lorsqu'on m'a baptisée dans la petite chapelle Saint-Ostian, au pied de la tour Saint-Martin près de Viviers, mes parents avaient choisi pour moi le prénom de Marie. Et au fond de moi, je sais que c'est celui que je garderai toujours.

Mon cœur se serra d'un coup, me laissant craindre que je regrette toujours cette nuit de parjure, repensant à Marie Courval et aux trop rares années de bonheur que nous avions partagées ensemble. Les années avaient passé après sa disparition, mais je n'imaginais pas un jour l'oublier au point de m'abandonner dans les bras d'une authentique catin. Ce prénom était un juste retour des choses, me renvoyant le souvenir de chaque caresse comme autant de vagues d'amertume. La fille fut surprise de tant d'émotion, mettant la totalité sur ma compassion, alors que mon apitoiement ne s'exerçait à cet instant que sur ma misérable bassesse.

— Vous savez, avec le temps, on finit par s'habituer à tout. Je ne pensais pas que je confierais un tel secret à quelqu'un dans cette maison. Les autres filles sont d'ici, elles se moquent trop souvent. Et je ne parle pas des messieurs avec qui je passe les nuits. Vous, vous n'êtes pas comme les autres. Mais vous gardez votre secret.

— Et que t'importe mon secret ?

— Si vous le partagez, je pourrai imaginer qu'un jour, cette clef trouvera sa serrure. Et alors j'aurai une chance de retourner chez moi.

C'était l'heure impensable où seuls les fous veillaient encore, et où les idées les moins sensées prenaient dans l'esprit des lueurs d'évidence. Je répondis :

— Tu as peut-être raison. Et de la même façon, si ton vœu s'exauce, peut-être que ma quête atteindra son but. Cette clef est le secret d'un autre homme, qu'il a voulu me confier à travers les années. Il est mort il y a plus de cinquante ans, il a fini sa vie en Avignon. Je ne sais rien d'autre. Et si je veux découvrir le secret de cet homme, il me faut en effet trouver l'endroit où faire jouer cette clé.

Elle sourit.

— C'est une belle histoire.

— Comme toutes les histoires, ce n'est qu'à la fin qu'on sait si elle est belle ou non.

— Tout dépend de la façon dont on la regarde.

La sensibilité de la fille, sa douceur, tout trahissait des origines et une âme qu'on avait contraintes ici et qui ne demandaient qu'à retrouver un cours qu'elles n'auraient jamais dû quitter. Comme je ne disais rien, la jeune fille se releva.

— Veux-tu que j'aille chercher du vin ?

— Non, je te remercie.

— Veux-tu que je te laisse ?

— Je veux bien. Après la fièvre de cette nuit, mon vieux corps a besoin de repos.

Elle sourit avec indulgence, se leva et hésita un instant. Elle voulait sans doute m'embrasser, de je ne savais quelle façon et pour on ne savait quelle raison. Mais elle renonça, sourit une dernière fois sur une chaste révérence avant de quitter ma chambre.

Je ne pus retrouver le sommeil et ce fut à sept heures du matin qu'on frappa deux coups secs à ma porte.

— Oui ?

Annibal apparut sur le seuil du boudoir, hésitant un brin, soucieux de ne rien déranger d'activités qu'on avait l'habitude d'observer dans ce genre d'endroit. Ses vêtements étaient secs, il avait l'œil vif. Je ne savais pas où il avait passé la nuit. Peut-être tout simplement dans la pièce voisine.

— Préparez-vous, notre hôte nous attend.

Puis il sortit.

L'immeuble que nous n'avions pas trouvé dans la nuit était en fait à quelques pas de là. Mais en plein jour, je pus constater combien l'enchevêtrement des ruelles étroites et le manque d'éclairage public pouvaient compliquer l'orientation. Il n'empêchait, mes deux lascars avaient quand même trouvé le chemin du bordel, comme deux mâtins leur chenil. Au flair sans doute. Nous allâmes à pied pour plus de commodités, même si le pavage inégal de la rue rendait le cheminement hasardeux. Je ne savais pas où la voiture avait été laissée, mais ce n'était pas dans mes préoccupations.

Nous nous trouvions sur une sorte de colline[73] qui dominait une ville basse qui ressemblait, sous le ciel gris qui finissait à peine de s'égoutter, à une sale verrue posée au bord du fleuve. C'était une image bien peu sympathique, mais c'était la première de cette ville en extérieur. Ses intérieurs m'avaient, semblait-il, réservé d'emblée le nectar des charmes de la province. Les immeubles étaient serrés autour d'une grande rue qui montait en côte raide, comme pour partager une chaleur qui ne transparaissait nullement sur les façades. Les murs étaient corrompus par endroits, de nombreux étais soutenaient les carcasses des maisons et j'avais l'impression par endroits de pénétrer des ossatures hésitantes, qui auraient pu nous absorber au moindre coup de vent. Il me parut évident alors qu'un véhicule comme le nôtre n'aurait pu se risquer dans certaines de ces ruelles sans provoquer l'effondrement de tout un quartier d'un coup. Malgré cela, on entendait des bruits secs venant de l'intérieur des maisons, des bruits de machineries, nets et réguliers, sorte de claquements où se mêlaient le bruit du métal et celui du bois. Et l'on en ressentait les vibrations audacieuses ou inconscientes, au mépris de la fragilité des édifices d'où elles émergeaient.

Régulièrement, de petites rues latérales partaient en serpentant, certaines menant à un autre pâté de maisons, d'autres curieusement débouchant sur un champ, parfois un carré de vigne ou encore un terrain abandonné. Il semblait que toute la vie de cette colline était concentrée autour de cette grande côte que nous remontions, mais que l'urbanisation n'avait pas encore justifié d'utiliser à plein les quartiers alentour. Il fallait bien avouer que les terrains

---

73 — Colline de la Croix Rousse.

pentus ne favorisaient pas les constructions. Par certaines ruelles, on apercevait en face une autre colline, tout aussi escarpée[74], et clairsemée elle aussi d'îlots d'immeubles. À l'inverse, au pied de la colline, la ville se concentrait en petites maisons serrées, les rues disparaissaient sous l'enchevêtrement des toits : point de grands axes ou d'avenues. Tout semblait avoir été disposé en coup de vent sur le bord du fleuve.

Annibal marchait d'un bon pas devant moi. Je le suivais sans rien dire, m'enfonçant derrière lui dans ce réseau insalubre où l'on m'attendait pourtant. J'étais surpris que Bernard de Jussieu me proposât un relais dans un lieu aussi misérable. Nous croisâmes une charrette tirée par un âne qui était chargée de nombreux tonneaux, sans doute des ordures à en juger par l'odeur. Nous montions et la charrette descendait la pente raide, le conducteur de l'âne et la bête luttant contre la pente pour freiner l'équipage. Puis ce fut le silence. Les rues étaient si escarpées et de plus en plus étroites que même la lumière du jour n'arrivait pas à nous éclairer suffisamment. Les étais des maisons jetaient des coins d'ombre à chaque passage et j'aurais pu craindre pour ma bourse, ou même pour ma vie, si je n'avais été sous bonne garde. J'avais d'ailleurs remarqué qu'Annibal gardait sa main sur la poignée de son épée, prêt à toute éventualité.

En arrivant devant un immeuble de trois étages, je remarquai Boniface qui montait la garde dans l'entrée. Le bâtiment faisait un peu moins mauvaise figure que ses voisins. Il y avait d'épais barreaux de fer forgé à chaque fenêtre. Depuis l'intérieur, on entendait toujours le même bruit régulier, à croire que le cœur de ce quartier ne vivait que par ce rythme-là. Je rentrai dans la cour carrée. Un escalier de pierre courait sur les côtés. Annibal resta dehors et Boniface me fit signe de le suivre. Même s'il n'était pas le plus alerte avec sa patte folle, Boniface parut libéré de son infirmité lorsqu'il monta les escaliers. Et j'eus moi-même bien du mal à le suivre jusqu'en haut au même rythme. Il eut le temps de prendre plusieurs volées de marches d'avance avant le troisième étage. Partout, on n'entendait le bruit métallique, succession de glissements, de claquements brusques. Sur le dernier palier, mon guide me conduisit devant une porte. Il frappa méthodiquement. À l'intérieur, nul bruit en revanche, comme si dans cet endroit en particulier, on avait décidé de respecter le silence pour compenser le vacarme alentour.

Il y eut bien trois ou quatre tours de verrous et loquets différents avant que la porte s'ouvrît enfin sur un homme immense, maigre comme un hareng sauret. Il me sourit avec chaleur, mais je sentis tout de suite chez lui une sorte de détresse, comme s'il était gêné et tentait de s'excuser par avance de quelque chose. Il portait un bonnet de laine sans couleur et un costume aussi terne que son humeur apparente.

— Vous voici enfin, Monsieur de Passadieu. Nous avons craint pour vous en ne vous voyant pas arriver hier soir. J'espère que votre nuit n'a pas été trop inconfortable.

Boniface derrière moi toussota.

---

74 — Colline de Fourvière.

— Par chance, mes compagnons de voyage ont des ressources inespérées pour me sauver des situations les plus délicates.

— Je m'appelle Benoît Mourguet.

L'homme ne ressemblait en rien à un bourgeois et je ne compris pas tout de suite ce qui pouvait le rattacher d'une quelconque manière à Bernard de Jussieu. Il avait la retenue et la déférence d'un simple ouvrier faisant aussi bonne figure que possible, malgré ce chagrin mystérieux qu'il avait de la peine à dissimuler. L'accent particulier avec lequel il parlait me confirma que je me trouvais bien en face d'un natif de la ville. Sa façon de massacrer les voyelles, les o, les e, comme s'il les avait mâchées avant de les articuler était incomparable. Et c'était la première fois que j'entendais un tel parler.

Il s'écarta et me fit signe d'entrer. Boniface resta dehors, me sachant en sécurité. Je pénétrai dans une pièce à haut plafond, toutes les fenêtres étaient closes malgré la douceur du matin que j'avais pu apprécier dans les rues. Deux lampes à huile brûlaient pour donner le maximum de lumière dans la pièce, répandant cette odeur âcre qui aurait à elle seule justifié qu'on ouvrît quelque peu pour diluer cette atmosphère étouffante. Dans un coin, une vieille filait au rouet. Elle ne prit pas le soin de s'interrompre à mon arrivée, toute concentrée dans le travail minutieux que ses mains expertes exécutaient avec la régularité de quelque machinerie.

Au milieu de la pièce se trouvait un énorme dispositif dont je ne pus deviner que les lourds pieds de bois. Car le reste était recouvert d'un drap blanc. Les lampes projetaient dans tous les sens les contours de cette énigmatique structure.

— Je suis désolé de vous accueillir dans des conditions aussi mauvaises, Monsieur, mais il se trouve qu'un de mes enfants est malade et j'en suis fort distrait. Mais ne vous inquiétez pas, cela n'entravera en rien la mission que m'a confiée Monsieur de Jussieu. Votre appartement sera prêt d'ici quelques heures et nous aurons tout loisir de vous installer à l'abri des indiscrétions et des oreilles de notre police.

Il restait sans bouger à côté de moi, encore indécis sur la suite à donner à notre entrevue. De toute évidence, les plans qu'il avait organisés pour moi se trouvaient ébranlés pour une raison que je n'imaginais pas. Peut-être tout simplement à cause de la maladie de l'enfant.

— Votre enfant est-il gravement souffrant ?

— Il brûle de fièvre depuis plusieurs jours, nous l'avons veillé avec mon épouse toute la nuit et son état ne va qu'en s'aggravant.

— Avez-vous consulté pour lui ?

— Oui, grâce à l'intercession des frères de Jussieu, Claude Pouteau[75] est venu jusqu'ici pour lui dispenser son art.

— Un chirurgien ? De quoi souffre votre enfant ?

— Nul ne le sait.

— Pourquoi un chirurgien ?

75— Docteur en médecine né à Lyon en 1724, chirurgien en chef de l'Hôtel Dieu et académicien. Une fracture du radius est appelée de nos jours encore la fracture de Pouteau-Colles.

— Monsieur de Jussieu nous a dit de nous méfier des médecins, avec leurs lancettes…

Cette remarque était étonnante venant d'un médecin, mais l'heure n'était pas à sourire ou non d'une ironie qui était tout à l'honneur de celui-là même qui l'avait maniée contre les hommes de son art.

— Mais nous avons quand même fait venir le docteur Vittet[76] qui n'a rien dit, rien fait, rien prescrit.

J'imaginais en revanche qu'il n'avait pas dû oublier de se faire payer. Mais alors, il fallait lui être reconnaissant de n'avoir pas pratiqué la saignée. Sur un aussi jeune enfant affaibli, les conséquences auraient été quasi certaines.

— En dehors de la fièvre, de quoi souffre-t-il ?

— Il a grand peine à trouver l'air nécessaire à sa respiration.

L'homme parlait de son enfant avec une compassion et une angoisse telles qu'il semblait à travers ses paroles que l'infortuné était déjà condamné.

— Quel âge a-t-il ?

— À peine quatre ans, depuis peu.

— Voulez-vous me le montrer ?

L'homme sembla hésiter et me regarda, incrédule. D'autres auraient sans doute trouvé ma proposition prétentieuse. Je vis simplement qu'il était gêné, de peur de m'importuner.

— Je ne veux pas vous déranger avec ce genre de soucis. Vous n'êtes pas là pour ça.

— Et bien, je n'ai pas eu à exercer mon art depuis plusieurs mois et je me demande si je serais encore capable d'aider mon prochain. Montrez-moi donc votre petit.

L'homme, qui ne souhaitait que cela, se hâta vers une porte basse dans un coin de la pièce, il l'ouvrit et entra devant moi.

— Ne faites pas attention au désordre.

Voilà donc quel était l'espace que cette famille réservait à son quotidien. C'était une chambre qui était sans doute d'une superficie deux fois moindre que l'atelier dont nous venions. Dans un coin, un gros poêle diffusait une chaleur lourde. L'odeur d'une autre lampe à huile venait par-dessus corrompre davantage un air qu'on cherchait pour respirer. Un des coins devait servir pour la cuisine : une table, quelques chaises, un baquet. Une structure en bois avec un escalier constituait une sorte de terrasse intérieure, toute tendue de rideaux épais. En dessous, deux paillasses étaient disposées côte à côte. Une femme et un petit garçon qui ne devait guère avoir plus de deux ans étaient assis au chevet d'un autre qui semblait plus grand, d'après ce que l'on pouvait en juger à la maigre silhouette perdue au milieu des draps.

— Laisse-nous, François.

Le petit garçon se leva et fila entre nous dans l'atelier. La mère se leva, ses yeux étaient rouges d'avoir trop pleuré. Elle s'essuya les mains dans son tablier et effectua une révérence devant moi. La situation en était d'autant

---

76 — Médecin diplômé de la faculté de Montpellier et agrégé au collège des médecins de Lyon. Partisan de la révolution, il devient maire de Lyon en 1790.

plus gênante. Qu'imaginait-elle ? Et soudain, je m'en voulus d'avoir proposé d'examiner l'enfant, offrant sans doute à ses malheureux parents un espoir que je n'arriverais sans doute pas à rendre réel. Elle prit mes mains avec une chaleur telle que j'en fus ému bien davantage pour ce petit garçon que je ne connaissais pas encore. La femme vint chercher un réconfort contre l'épaule de Benoît Mourguet, me laissant seul avec l'enfant.

— Voici Laurent, me dit-il. Il est entré dans sa quatrième année le trois mars dernier.

Nous étions le sept du même mois. Et dans le ton sombre du père qui sonnait comme un glas, on ressentait les prémices d'une condamnation superstitieuse. Je m'approchai de l'enfant, et m'accroupis près de lui. En approchant ma main de son front, je compris tout de suite à quel point la fièvre l'avait pris. Ses joues étaient écarlates et pourtant ses lèvres avaient une teinte bleuâtre qui préfigurait presque la mort. Il respirait difficilement, par petites saccades, chaque inspiration était un effort, chaque expiration était une sorte de sifflement terrible qui faisait mal rien qu'à l'entendre. Il semblait que l'air qui peinait à venir à lui s'extrayait encore plus difficilement de sa misérable carcasse. Lorsque je posai ma main sur son front, il n'eut aucune réaction. Je lui parlai, il ne répondit pas. J'essayai de réfléchir, mais ma respiration se faisait difficile elle aussi en imaginant que ce petit être innocent semblait sur le point de rendre son dernier souffle à chaque nouvelle respiration. Il était d'autant plus difficile pour moi d'imaginer quel secours lui apporter. Et la sympathie pour ce petit être était d'autant plus grande qu'il n'avait qu'une mince différence d'âge avec Hector, mon petit fils : aussi fragiles et aussi vulnérables tous les deux à cet âge-là.

Je me souvins alors d'un ouvrage en langue anglaise que j'avais essayé de déchiffrer lorsque j'étais au château de l'Isle. Je m'en souvenais assez bien, car il était arrivé avec d'autres pour compléter la bibliothèque en 1772. Malgré la difficulté de la langue anglaise, les sujets traités m'avaient paru tellement plus intéressants que je m'étais évertué à essayer d'en interpréter certains passages. Il s'agissait d'un ouvrage de médecine pratique, mais qui, d'après ce que j'en avais compris, se distinguait de l'antique théorie des humeurs. Son auteur se nommait Guillaume Buchan[77], médecin du collège royal d'Édimbourg. Il y avait un important chapitre sur les enfants et leurs maladies et je m'étais longuement intéressé à ce passage. Il y était question des vertus de l'air sain pour l'enfant. Selon sa théorie, il rendait l'air vicié et corrompu responsable de la dispersion et de l'entretien de nombre de maladies de l'enfant.

Dans cette ambiance surchauffée, j'avais moi-même du mal à trouver mon comptant d'air pour satisfaire à ma propre respiration. Je me tournai vers le père.

— Pourquoi se trouve-t-il que chez vous toutes les fenêtres restent ainsi fermées ? Il ne fait pas si mauvais au-dehors.

---

77 — William Buchan médecin écossais né en 1729 a publié en 1771 un traité intitulé *Médecine domestique*, ouvrage traduit en français en 1789 par Duplanil. Il développe en particulier des notions de contagiosité et d'hygiène.

— C'est pour la poussière et les vapeurs, par rapport à la soie. Un rien peut faire varier les teintes et altérer l'éclat de nos pièces.

C'était une réponse sensée, mais qui n'avait pas de raison dans cette pièce.

— Que n'ouvrez-vous les fenêtres céans, que ce petit puisse au moins extraire du peu : qu'il arrive à inspirer une quantité suffisante à sa survie !

Il eut l'air gêné.

— C'est que… les vapeurs pourraient se rendre dans l'atelier et corrompre mon ouvrage.

— Et bien, tenez la porte de l'atelier fermée, mais ouvrez ces fenêtres et laissez-le respirer !

Le ton de ma voix l'avait surpris, si bien qu'il se mit en devoir d'entrebâiller les deux fenêtres de la pièce.

— Ouvrez-les grand, Monsieur, de grâce ou votre enfant ne soupera pas ce soir.

Le grand homme sec blêmit et ouvrit à deux battants les fenêtres. Le bien-être se fit sensible tout de suite, comme si l'air devenait plus léger. Je continuai, me remémorant certains mots déchiffrés à grand-peine dans le livre du médecin écossais.

— Quand est-ce que cet enfant est sorti pour la dernière fois de cet appartement ? L'air y est malsain, l'humidité et l'ombre sont partout !

— Nous avons toujours vécu ainsi.

— Est-ce raison suffisante pour affirmer que c'est la meilleure façon de vivre ainsi enfermés ?

Mais il aurait été bien prétentieux d'imaginer qu'un simple souffle d'air pur aurait pu redonner le sien au petit enfant.

— Où sont Boniface et Annibal ?

— Vos gardiens ? Ils doivent être en train de décharger vos affaires et de les transporter dans vos appartements.

Je me relevai.

— C'est très bien, j'ai besoin de mon matériel tout de suite. Conduisez-moi chez moi sans perdre un instant.

Je n'eus aucun mal à retrouver dans mes affaires une de mes décoctions de thé rouge, que je fis prendre à l'enfant par petites cuillerées mélangées à un bouillon léger. Le plus urgent était fait. Si cet enfant voulait vivre, il vivrait, et si j'avais prodigué à la hâte des conseils et des soins dictés par le bon sens, je ne pensais pas que mon action aurait une réelle incidence sur le cours des choses. J'avais agi, ne laissant pas le sort décider tout seul de l'avenir du bambin. Mais je ne voulais pas en rester là et demandai qu'on me laissât préparer une solution plus efficace pour combattre la fièvre. Je me souvenais des conseils de Nicolas de Blégny et prévis de créer un fébrifuge associant à mon thé rouge, du quinquina et de l'écorce de frêne. Je disposais d'hydrolats très purs de ces substances et il serait facile de préparer la drogue en question.

Je retournai donc dans l'appartement qu'on avait réservé pour moi. En fait d'appartement, il s'agissait d'une unique pièce, sans doute la réserve du sieur

Mourguet, qu'il avait eu la gentillesse de sacrifier pour mon asile. Dans un coin, on avait disposé dans des caisses, du fil, de la laine, des pièces de tissus en larges rouleaux protégés par des draps. On y avait simplement disposé un lit et son chevet, un bureau, une chaise. Mes affaires avaient été déposées sans ordre, encombrant définitivement la petite pièce. L'esprit monacal de l'endroit n'était pas pour me déplaire au premier abord. Qu'importait la situation dans la mesure où j'avais décidé que je ne resterais pas dans cette ville plus longtemps que je l'aurais décidé. Qu'importaient la prudence et les conseils de Bernard de Jussieu ; la nuit passée dans les bras de Marie m'avait ouvert certaines perspectives dont je ne voulais absolument pas dévier.

— Excusez l'inconfort, Monsieur. Cette situation n'est que temporaire.

— Ne vous inquiétez pas de cela, je vais préparer ce qu'il faut pour Laurent. Ce ne sera pas long.

— Nous vous attendrons pour dîner.

Il me laissa seul et je pus trouver sans difficulté les ingrédients nécessaires à mon art. De manière surprenante, je ne ressentais en rien la fatigue de la nuit, tout excité par la perspective de sauver l'enfant et celle de mes résolutions. Lorsque je remontai dans l'appartement des Mourguet, on avait découvert l'imposante structure de bois. C'était un métier à tisser gigantesque où s'affairait le maître tisseur. De ses mains agiles, il passait de petites bobines de bois qui dévidaient des fils multicolores entre la trame. De ses pieds, il actionnait de larges pédales de bois. Les fils passaient, les trames se croisaient, se décroisaient sans cesse, reproduisant le fameux bruit régulier qui résonnait sur toute la colline. L'homme était concentré sur sa tâche et je ne voulus pas le déranger. Je me rendis dans la pièce voisine.

La mère était près de l'enfant, toujours alité. Elle me tournait le dos, elle semblait psalmodier, traçant un signe de croix sur la poitrine de l'enfant à la fin de chaque phrase :

— Que la puissance du père, sur la sagesse du fils, que la force du Saint-Esprit te guérisse de toute fièvre quinte, quarte, tierce.

Je restai immobile, ne voulant perturber son rituel. Sa superstition valait peut-être autant que mes remèdes d'empirique. Elle poursuivait :

— Grâce à la prière du bienheureux Sauveur, toi, Laurent, son serviteur. Ainsi soit-il.

Enfin, elle se signa, resta quelques minutes encore une main sur le front de son fils. Puis elle se leva et sans me voir, monta la petite échelle de meunier qui menait en haut de l'échafaudage. Je m'approchai de l'enfant. Sa respiration ne s'était pas améliorée de manière remarquable, mais lorsque je passai ma main sur son front, je constatai que la fièvre avait diminué. C'était un maigre progrès, mais il était toujours vivant. La mère venait de se rendre compte de ma présence et parut gênée, sans doute en imaginant que j'avais assisté à sa conjuration.

— C'est ici que nous dormons mon mari et moi. Nous avons pu gagner de la place. Ainsi, dès que nous en aurons les moyens, l'atelier pourra accueillir un nouveau métier. Comment trouvez-vous Laurent ?

— La fièvre a un peu baissé. Chaque minute gagnée est un nouvel espoir pour lui.

J'avais remarqué que la pièce était restée aérée. L'air y était bien plus respirable que le matin et cela avait aussi bien pu contribuer à faire diminuer la fièvre que mes médications. Je donnai à la mère ma nouvelle préparation tandis qu'elle redescendait de son perchoir. Nous étions obligés d'élever le ton, car le bruit du métier dans la pièce à côté empêchait une conversation normale.

— Vous lui donnerez une cuiller de cette préparation trois fois par jour. Essayez de le nourrir par petites quantités, des choses plutôt fluides, de manière à ne pas le fatiguer en excitant la digestion de l'estomac. Aucune liqueur et pas de fruits verts. Et du miel si vous en disposez.

Je me souvenais là encore des prescriptions de l'ouvrage de Buchan. La mère m'écouta avec grande attention, persuadée qu'en respectant au plus près ce que je lui commandai, son enfant allait survivre.

— Nous allons prendre notre repas dans peu de temps. Il y a une cuisine commune à l'entresol que les ouvriers se partagent, nous y serons à l'aise pour discuter, car nous n'avons pas eu le temps de vous entretenir de votre situation. Mon mari saura tout vous expliquer. Je ferai tout ce que vous m'avez prescrit pour Laurent.

Comprenant que la conversation était terminée, je retournai dans l'atelier et me postai en retrait derrière l'ouvrier pour ne pas le perturber dans son travail. Je me plaçai de manière à voir la pièce de soie qu'il était en train de confectionner. Un motif resplendissant de rouge et d'or, qui aurait pu faire un habit somptueux pour un charlatan, mais qui était sans doute réservé pour quelque noble client. Benoît Mourguet avait cependant senti ma présence, et sans relâcher sa concentration du métier, il me dit :

— Vous pouvez vous émerveiller de l'éclat de cette pièce. C'est certainement bien, car nous la protégeons à toute heure de la poussière, des éclats du soleil ou de la moindre vapeur qui pourrait la ternir.

Je ne répondis pas, car il enchaîna aussitôt :

— Vous savez, pour Laurent, je ne sais pas quel destin le Très-Haut a prévu pour lui. Vous faites votre possible pour nous aider et vous m'en trouvez reconnaissant. Cette ville est en effet malsaine pour les enfants… à plus d'un titre. Nos conditions de vie sont telles que les mères se doivent de travailler elles aussi. Vous n'êtes pas chez Fayet[78] ici. Nous avons bien essayé de nous rebeller en 1744, mais sans succès. Ainsi chaque paire de bras est utile à nourrir la moindre bouche. Pour libérer les mains des mères, il nous est plus rentable d'envoyer les enfants très tôt en nourrice dans les provinces voisines, en Bugey ou en Vivarais par exemple. Mais le voyage se fait souvent dans des conditions particulièrement rudes, la plupart du temps à dos d'hommes dans des hottes. Très peu survivent au voyage. C'est pourquoi nous avons préféré garder les nôtres ici. Seul l'avenir nous dira si ce choix était bon.

Un tel état d'esprit de fatalité ne pouvait venir que d'un homme que la vie

78 — Famille lyonnaise de riches tisserands.

avait déjà trop fatigué. Je regardai ses mains finir son ouvrage, ne me sentant pas l'âme d'entreprendre avec lui des dissertations sur l'être et le devenir de l'homme. Lorsque ce fut l'heure, il se leva. Il aligna soigneusement ce qu'il appela des canettes et je l'aidai à recouvrir son ouvrage de l'immense pièce de drap qui avait été cousue tout exprès pour ensevelir d'un pan la machine et protéger son gagne-pain. Je le suivis jusque dans l'entresol de l'immeuble, sorte de caverne biblique d'où montaient à la fois un parfum alléchant, un rougeoiement infernal et les rires des hommes. Il y avait là plusieurs tablées où les ouvriers mangeaient ensemble, avec avidité et en vidant force chopines. Les seules femmes présentes dans l'endroit étaient occupées à préparer ou à servir les repas. Je reconnus la vieille qui le matin même s'occupait à filer dans l'atelier de Mourguet. À une bruyante tablée, près d'une cheminée où bouillonnait la pitance, Annibal et Boniface enchantaient l'assemblée de leurs aventures parisiennes. Je les avais complètement oubliés, et de les revoir là me rappela ma situation qui restait toutefois préoccupante.

— J'ai réservé une table à l'écart, nous y serons plus tranquilles, nous avons à parler.

Il n'y avait cependant aucune table libre. Il me conduisit à une petite table ronde où attendait un homme qui se leva à mon arrivée. Je ne l'avais jamais vu et il me sembla pourtant le reconnaître. Je compris très rapidement pourquoi lorsqu'il se présenta.

— Joseph de Jussieu[79].

Il ressemblait à son frère aîné, avait ce même port noble. Bernard l'avait envoyé tout exprès pour me rencontrer et m'instruire de mon avenir.

— Mon frère vous salue. Il est navré de n'avoir pu venir lui-même ici.

Un autre homme arriva et se présenta : monsieur Jacques de Flesselles, intendant de Lyon et président du conseil supérieur de la ville. En cette compagnie, je craignais moins de dîner avec le taciturne Mourguet. Nous nous assîmes, on nous servit. Nul ne prêta attention à notre étrange tablée qui faisait tache au milieu des bruyantes compagnies d'ouvriers. Mais nous étions les invités de Laurent Mourguet et cela suffisait pour qu'on ne nous posât aucune question. La conversation fut animée, le vin du beaujolais qui me surprit tout d'abord devint plus souple à mesure des verres. Joseph de Jussieu me donna des nouvelles de son frère, monsieur de Flesselles se montra un hôte discret et attentionné malgré l'importance de sa charge. C'était un humaniste qui mettait ce qui était en son pouvoir pour développer l'industrie et l'agriculture. Il avait une vision étonnante qui semblait vouloir favoriser le développement des techniques et du libre commerce, tout en essayant de réduire les inégalités parmi ses administrés.

Lorsque nous eûmes passé les conversations d'ordre général, on en vint bientôt à mon cas. Car c'était là le but de cette réunion secrète. On parla longuement. Et l'on parlementa plus longtemps encore. À la fin, tout était convenu. Et même si cela contrariait toute idée de prudence, il apparut à chacun de nous l'évidence de cette action, peut-être par respect pour mon âge. Il ne me restait

79 — Frère cadet de Bernard de Jussieu, docteur en médecine, il exerça une dizaine d'années au Pérou et rentre à Paris en 1770.

plus qu'à convaincre Annibal et Boniface d'une autre action plus subtile qui n'intéressait pas mes compagnons de tablée. Mais il était à craindre qu'elle fût trop délicate pour ces mercenaires. L'avenir le dirait.

L'après-midi, je m'occupai à réaliser un emplâtre pour Laurent : quatre poignées de rue et deux dragmes[80] d'Aloès dans deux pintes d'eau, que je mis à réduire aux deux tiers. Lorsque le liquide fut refroidi, j'en imprégnai un linge que j'allai appliquer sur la poitrine de l'enfant. La respiration était toujours aussi bruyante, mais la fréquence de ses inspirations avait diminué. Je n'osai porter de conclusion sur ce signe, de peur de brusquer un destin en bascule au-dessus de la tête de l'infortuné garçon. Je proposai à la mère de le veiller afin de la libérer pour d'autres tâches, ce qu'elle accepta avec reconnaissance. Le petit frère resta près de moi, gardant une distance craintive, mais ne voulant pas abandonner son frère sur son lit de souffrance. Ainsi passa ma première journée sur les pentes de la Croix Rousse.

Le lendemain ressembla au premier jour. Je prenais soin de l'enfant, la maisonnée avait gardé son rythme quotidien, tandis qu'on préparait le voyage. Celui-ci dépendait essentiellement de Messieurs de Jussieu, de Flesselles et de mes deux anges gardiens. Bien vite, je me rendis compte que je n'avais à me soucier de rien, sinon parfois de quelques points de détail lorsqu'on venait me demander. Il semblait qu'une organisation tout entière œuvrait pour ma fortune. Mais une organisation déjà constituée pour d'autres choses plus complexes. Mon affaire ne semblait pas plus les préoccuper lorsque je m'inquiétais du dérangement que je risquais d'occasionner. J'eus donc tout le loisir de m'occuper de la santé de Laurent Mourguet.

Il fallut près de trois jours pour faire baisser la fièvre sensiblement, mais dès le lendemain de mes soins, il marquait de courtes périodes d'éveil lorsqu'on lui proposait de la nourriture. C'était un enfant très doux. Il ne s'étonna pas de trouver un étranger à son chevet, il souriait toujours et remerciait à chaque fois qu'il le pouvait. Ses parents m'avaient définitivement confié sa charge, se contentant de prendre des nouvelles fréquemment. L'amour des enfants ne les empêchait pas de veiller au mieux à leurs intérêts et en particulier à travers des préoccupations que d'autres jugeraient bassement matérielles. Mais quand il en allait de gagner âprement son pain de chaque jour, on ne pouvait railler une telle attitude.

Bientôt l'enfant put se tenir assis, discuter avec son frère. À partir du troisième jour, les progrès s'accélérèrent, prouvant que les enfants avaient non seulement une grande faculté de résistance à la maladie, pour peu qu'on leur en donnât des armes, mais surtout qu'une fois la récupération amorcée, il ne fallait pas longtemps pour les voir reprendre goût à la vie avec l'appétit de leur meilleure santé. De même, leur petite constitution les rendait fragiles, et le mal pouvait les toucher fatalement en quelques heures sans qu'on n'y pût rien. J'étais parfaitement conscient que mon action n'était pas la seule responsable

---

80 — Formule vieillie de drachme : unité de poids correspondant à un peu moins de 4,5 grammes.

dans sa guérison, sinon par l'opportunité d'avoir été là à l'instant décisif. Les parents néanmoins me vouaient pour cela une émouvante gratitude.

Pendant la convalescence et dès que l'enfant alla mieux, je me pris d'une certaine affection pour lui et son frère. Ils étaient très gourmands de l'attention que je leur portais. Avais-je moi-même des enfants ? Me demandèrent-ils. J'étais même grand-père, leur répondis-je. Mais malgré cela, pouvais-je leur avouer que je n'avais jamais vu mon petit-fils et que je ne m'étais guère occupé de mon fils. Marie Courval avait veillé au bien-être et aux distractions d'Augustin lorsqu'il était enfant. Je ne m'étais préoccupé de son commerce que plus tard. Et j'étais bien en peine de trouver à occuper les heures que mon petit patient passait sur son lit. J'eus l'idée de quérir le Polichinelle de Datelin. La grande marionnette ne manqua pas d'intéresser les garçons. Ils la regardèrent tout d'abord comme la dernière des merveilles. Je n'étais pas expert dans son maniement, mais l'aspect impressionnant du pantin suscita un intérêt tel que bientôt, ils l'adoptèrent comme un troisième comparse, le manipulant avec respect et prudence, comme on le ferait d'un cadet nouveau-né.

La mère les regardait jouer et souriait doucement, de ce sourire timide qui sort à peine d'un embarras et qui craint déjà ceux qui se révéleront après celui-là. Chaque soir, je reprenais le Polichinelle dans mon appartement pour qu'ils eussent le lendemain, le plaisir de le retrouver. C'est ainsi que Laurent Mourguet survécut à cette mauvaise maladie de poitrine. Je continuai malgré tout les décoctions et les emplâtres, même si l'enfant courait à présent dans la maison avec son jeune frère. On me témoigna encore une grande reconnaissance et Benoît Mourguet tint à m'offrir une pièce de soie que je refusai tout d'abord. Ce présent qu'il m'offrait devait être pour lui un important sacrifice, mais je vis sincèrement que mon obstination à refuser ce témoignage blesserait sa reconnaissance. Il y avait là-dedans de l'honneur, mais aussi une sorte de superstition : s'il ne payait pas pour la guérison de l'enfant, celle-ci ne lui serait jamais définitivement acquise. Elle était d'un bleu royal à motifs floraux brodés d'or. J'acceptai finalement en essayant de minimiser ma participation dans cette guérison qu'on jugeait miraculeuse.

Je m'habituai peu à peu à cette vie industrieuse, me rappelant la valeur de chaque geste et surtout que chaque bouchée du repas que nous prenions était méritée. Les années d'oisiveté dans le château de l'Isle m'avaient éloigné de ces valeurs fondamentales que j'avais su garder à Paris, même du temps de ma renommée. C'était pour cela que j'étais resté rue du four et que nous avions toujours gardé, avec Marie Courval, le mode de vie simple et modeste des gens authentiques. Je prenais plaisir à ces repas partagés avec les autres ouvriers dans la salle à manger commune. J'appris à connaître ceux qui malgré leurs conditions modestes étaient de véritables maîtres tisseurs, alors qu'on les appelait simplement les canuts, sobriquet hérité du nom de leurs maudites canettes.

Je passais de longues heures à regarder les deux petits garçons jouer avec le Polichinelle de Datelin, comme Augustin et Nestor en leur temps. À d'autres moments, je m'abandonnais dans la contemplation des mains de Benoît Mourguet qui faisaient danser les fils de mille couleurs entre les haubans du métier. Je m'étais habitué au bruit terrible de la machine, qui avait fini par appartenir à l'atmosphère elle-même de l'immeuble et de tout le quartier. On m'avait interdit de quitter l'immeuble et j'en étais arrivé à oublier le monde extérieur, absorbé tout entier dans cette fourmilière qui semblait vivre dans une autonomie complète. Il m'arrivait de descendre tout en bas, dans la cour, car c'était le seul endroit où je pouvais voir le ciel comme à travers une large fenêtre, en haut de l'immeuble, inaccessible et pourtant salutaire. Je m'asseyais sur un banc de pierre et j'écoutais le chant de cette petite usine, absorbé par la régularité du bruit, seulement troublé parfois par le claquement d'une porte.

Mais un jour que je n'attendais plus, je croisai, en remontant l'escalier, Annibal et Boniface qui descendaient une de mes malles. Annibal s'arrêta devant moi sans rien dire, attendant comme à son habitude que j'amorce la conversation.

— Que faites-vous ?

— Nous partons ce tantôt. Préparez le reste de vos affaires, nous viendrons les emporter bientôt. Nous ne souperons pas ici.

Je ne disais rien. J'aurais dû montrer ma satisfaction, puisque cette nouvelle me rapprochait de mon but. Boniface crut bon d'ajouter.

— Ne vous inquiétez pas, Monsieur, nous avons tout organisé comme vous l'avez demandé. Au moindre détail.

Il accompagna sa phrase d'une œillade équivoque, ce qui déplut à Annibal.

— Allez viens, hâte-toi, au lieu d'allusions douteuses ! Nous passerons vous chercher après six heures ce soir. Tenez le reste de vos bagages prêts pour l'après-midi.

Ils reprirent leur descente, me laissant perplexe, et je les entendis se chamailler jusqu'à ce qu'ils sortissent de la cour. Ainsi donc, c'était fini ! Tout commençait en fait. Mais je ressentis une sincère tristesse d'abandonner cette famille dont il m'avait semblé avoir fait partie brièvement. J'allai tout de suite dans le local où j'avais passé ces quelques jours étranges. Il était déjà trois bonnes heures passées midi et la précipitation du départ avait quelque chose de déroutant. On avait déjà débarrassé nombre de mes affaires dans ma cellule. Annibal et Boniface n'avaient pas voulu perturber le désordre de mon bureau où je réalisai les préparations pour le petit Laurent. En quelques instants, j'avais emballé le reliquat et j'étais prêt pour ce nouveau départ. Il me restait à faire mes adieux. Je savais que ce ne serait facile, ni pour moi, ni pour les garçons, ni pour les parents qui m'avaient manifesté d'emblée toutes les marques d'une affection quasi fraternelle.

Lorsque j'arrivai dans l'appartement des Mourguet, personne n'était à l'ouvrage sur le métier. Les deux parents m'attendaient : ils venaient sans doute d'apprendre eux aussi la nouvelle de mon départ. François et Laurent se précipitèrent vers moi en criant :

— Maître Jean !

Je m'accroupis pour les embrasser tous les deux en même temps, puis les repoussant légèrement, je leur montrai le Polichinelle de Datelin que j'avais apporté avec moi. Je le tendis à Laurent, puisque c'était l'aîné.

— Tiens, tu garderas cela en souvenir. Tu en prendras grand soin, car pour l'homme qui me l'a donné, c'était comme un fils. Tu n'oublieras pas de le prêter à François.

Il était très impressionné et n'osait prendre le pantin dans les bras. Finalement, il se décida et me remercia. Les deux enfants m'embrassèrent une dernière fois, puis ils partirent dans la pièce qui servait d'appartement pour jouer avec leur nouveau compagnon. Je ne regrettai pas le pantin, car j'avais senti que cet héritage trouverait tout son sens dans les mains de Laurent Mourguet, de la même façon que Pomardini m'avait fait jurer de transmettre son savoir. Le destin y prendrait sa part d'une manière ou d'une autre, et je savais que Datelin lui-même aurait approuvé cette action. Je me relevai, les parents me souriaient chaleureusement avec la même expression de tristesse que je leur avais trouvée lors de mon arrivée. Mais le chagrin était autre, puisque leur enfant était sauf. La tristesse de mon départ avait l'air malheureusement bien sincère. La mère se contenta de me baiser la main, par pudeur sans doute, et ce geste me surprit si bien que je n'eus pas le loisir de l'empêcher. Benoît Mourguet me prit par l'épaule et me dit :

— Venez, nous avons le temps d'une dernière cervelle[81].

Il m'entraîna avec lui dans la salle à manger commune. À cette heure de l'après-midi, il ne s'y trouvait que quelques femmes occupées à préparer des légumes pour la soupe du soir. Nous nous attablâmes dans un coin et sans que Benoît Mourguet n'ait rien eu à dire ni à faire, on nous apporta une grande jatte de terre pleine de fromage battu, deux écuelles, deux verres et un pichet de vin. Benoît Mourguet remercia et nous servit en silence. Puis il entama son assiette, et sans lever les yeux, il commença ainsi la conversation :

— Je ne pourrai pas répondre à toutes les questions que vous avez dû vous poser durant votre passage dans notre ville. Car je n'en ai pas le droit, tout d'abord, mais je ne veux pas vous laisser dans une ignorance qui pourrait vous donner des doutes sur la situation.

Il but une gorgée de vin et continua. Il m'avait fait comprendre qu'il était inutile que je l'interrompisse. Il allait me délivrer d'une part de mes interrogations, sans pour autant les combler toutes. Je n'avais rien à dire, juste à écouter.

— Vous vous demandez sans doute ce qu'un homme comme moi peut avoir à faire avec des personnalités de renom comme les frères de Jussieu. Vous seriez surpris de connaître en réalité les liens qui peuvent lier certains hommes de ce royaume par delà les distances et les différences sociales. Bernard de Jussieu, son frère et moi faisons partie avec d'autres d'une sorte de fraternité… une association de personnes regroupées autour d'un idéal commun. Et cet idéal ne repose pas sur les échelles habituelles de la société : chacun peut en faire partie pour peu qu'il partage nos idées. Ne me demandez pas notre nom, ne me demandez pas davantage ce que nous sommes. L'essence même de cette

81 — Cervelle de canut : en-cas traditionnel des tisserands lyonnais à base de fromage blanc salé, mélangé à de l'ail et des herbes.

fraternité est le secret. À nous tous, nous formons une puissance invisible, et notre force réside dans cette discrétion.

Il s'arrêta quelques instants et trempa une large tartine qu'on venait de nous apporter pour ramasser les derniers fragments de fromage au fond de son écuelle. J'avais à peine entamé la mienne. Je ne disais toujours rien, ce qu'il sembla apprécier. Il continua tout naturellement :

— Mais, vous imaginez bien que si une telle organisation a pu se mettre en place, d'autres se sont formées de la même façon. Certaines plus anciennes, d'autres plus puissantes, chacune pour un idéal différent de la voisine. Ce qui entraîne, vous l'imaginez facilement, certaines rivalités. Ce que vous ne savez pas, c'est que le monde est en train de changer. L'ordre des choses, qui semblait établi depuis la nuit des temps, et de manière indéfectible, est sur le point de basculer. Pas forcément de notre fait ou par la volonté de telle ou telle de ces organisations. Simplement, parce que l'ordre ainsi établi a fait son temps et qu'il a montré aux hommes les limites de son organisation.

Il se tut un instant.

— Certes, nous ne sommes pas que des spectateurs et nous pensons que lorsque ce monde basculera, nous pourrons prendre une part dans ce bouleversement pour promouvoir certains de nos idéaux.

Je n'étais pas parfaitement certain de comprendre tout ce qu'il voulait me dire. Mille questions venaient ensemble. Quel bouleversement ? Quand ? Pour qui ? L'ordre des choses me paraissait acquis et indiscutable, aussi sûr par exemple que la légitimité du roi assurée par l'autorité divine.

— Mais…

Il m'interrompit en levant une main entre nous.

— Je ne répondrai à aucune question. Et je ne vous dirai que ce que l'on m'a autorisé à vous dire. Pour le reste, vous découvrirez peut-être des bribes au cours de votre voyage, mais je vous laisse déduire vous-même ce que vous en pourrez. Notre fraternité est depuis longtemps opposée à une autre communauté située dans le sud de la France. Nous pensons que celle-ci est dirigée par Jean-Gaspard Ailhaud, qui a selon toute vraisemblance repris la charge de son père. Cette lutte, qu'il mène contre vous depuis tant d'années, n'est sans doute pas un hasard, car, de par votre amitié avec Bernard de Jussieu, il doit penser que vous êtes des nôtres. Les autres raisons de son inimitié ne sont mues que par des sentiments de cupidité et de jalousie, qui sont les moteurs de leur confrérie. En vous attaquant, il cherchait certes à défendre l'honneur de son père, mais il cherchait aussi à nous atteindre. Par l'incendie de la Foire, il voulait vous abattre. Vous échappiez à l'incendie, vous deveniez victime d'une autre façon lorsqu'il vous fit accuser d'en être responsable. C'est pour ces raisons, en partie, et pour d'autres, que nous avons pris fait et cause pour vous depuis le début.

Les choses s'éclairaient en effet doucement. Mais cela n'était pas pour me rassurer.

— Il est en outre une chose que vous possédez et qu'il veut depuis l'incendie de la Foire. Cet objet, vous le portez à votre cou sans savoir ce qu'il représente, mais à voir l'acharnement de notre ennemi, nous avons tout lieu de penser qu'il est d'un intérêt non négligeable pour la thérapeutique et pour les sciences. Ailhaud est d'autant plus acharné qu'il aurait pu le dérober dans la loge de Ricci. Mais comme il ne savait pas la nature exacte de l'objet, il vous l'a fort heureusement laissé.

Sa narration me replongeait dans un passé trouble et douloureux.

— Nous avons nos informateurs. Ne vous imaginez pas qu'avec le temps, les espions de Ailhaud sont moins actifs à vous rechercher. La police du roi a baissé la garde, mais certains responsables sont membres de l'association de Ailhaud. Le danger est partout. C'est pourquoi Annibal et Boniface resteront à votre service. Soyez prudent sur les terres d'Avignon et d'Arles, et surtout, respectez en tout ce que vos deux protecteurs vous suggéreront. Ne vous faites pas remarquer. Nous avons choisi la voie fluviale, c'est la moins surveillée. Les conditions seront certes moins confortables, mais plus sûres. Ne donnez jamais votre nom, à personne. Votre quête est sincère et pourrait apporter grand bien à l'humanité. Votre travail est parfaitement dans l'esprit de notre fraternité et c'est pourquoi nous vous aiderons. Ne commercez qu'avec les personnes que vous auront recommandées vos gardiens.

Derrière moi, j'entendis un bruit de pas. Benoît Mourguet se leva. Boniface et Annibal étaient là, c'était l'heure. L'accolade fut brève.

— Soyez prudent et restez honnête homme jusqu'au renouveau.

Je compris qu'il n'y aurait pas d'autre au revoir que celui-là : solennel et presque énigmatique. Je balbutiai un merci et le quittai ainsi. En sortant de l'immeuble, alors que je m'apprêtai à emprunter la grand-rue par laquelle nous étions arrivés, Annibal m'interrompit et, me désignant une petite ruelle sur le côté, me dit :

— Par les traboules[82] ! Pour descendre sur les quais, ce sera plus sûr.

Les deux hommes paraissaient particulièrement soucieux, la main sur l'épée. L'un se plaça devant, l'autre derrière moi et nous descendîmes en courant presque à travers les ruelles. Le ciel commençait à roussir lorsque nous arrivâmes au quai. J'étais largement essoufflé par cette course, car malgré ma vaillance, l'âge de mes jambes me trahissait un peu. Pas moins de cinq bateaux alignés l'un derrière l'autre attendaient là. Deux autres plus petits sur le côté attendaient qu'on finît de faire grimper des chevaux à leur bord. C'étaient d'énormes bêtes comme celles qu'on utilisait dans les campagnes pour tirer la charrue. Des marins par dizaines s'affairaient en tous les sens, tirant sur des cordages, chargeant des provisions.

Mais je remarquai surtout la frêle silhouette qui m'attendait devant cet équipage, l'air anxieux. Son sourire avait toujours cette fraîcheur incomparable qu'elle avait su garder malgré un premier destin qui n'avait pas réussi à la souiller.

---

82 — Passages piétonniers permettant de traverser certaines cours d'immeubles et de se rendre d'une rue à l'autre.

Chapitre VI
La descise

— Au nom de Dieu et de la Sainte Vierge, au Rhône! Amont, la proue, fais tirer la maille[83] !

Cela faisait de longues minutes que nous étions à bord, Marie et moi. On nous avait fait monter sur le plus grand des bateaux avec une certaine courtoisie, mais pas davantage, car la plupart des marins s'activaient sur le quai autour des navires avec une grande fébrilité. Le plus grand d'entre eux, une sorte de colosse aux cheveux noirs ramenés en catogan criait les ordres avec une autorité qui ne faisait aucun doute. On l'appelait maître Daniel, du titre en usage pour les maîtres mariniers. Il ne s'était pas présenté et nous avait accompagnés sur le bateau de tête.

— Montez sur le caburle[84].

Sur cette étrange embarcation se trouvait une sorte de tente, à l'avant où il nous avait abrités, nous dissimulant ainsi aux regards indiscrets qui auraient pu nous surprendre depuis le quai. Une autre à l'arrière, plus vaste, protégeait toute la poupe. Annibal et Boniface ne nous avaient pas suivis, mais je vis à leur visage que tout était organisé et que nous pouvions nous fier au maître d'équipage. Cependant, ils étaient restés pour surveiller le quai jusqu'au départ. La main sur la garde de leurs épées, ils scrutaient les alentours comme si quelque bête sauvage aurait pu surgir brutalement de l'une ou d'une autre des nombreuses ruelles qui convergeaient vers le fleuve. Le soleil avait tardé à se coucher et j'avais bien remarqué que maître Daniel, qui regardait constamment en direction du ciel, jouait une course contre cette échéance.

Lorsque j'avais retrouvé Marie, elle avait couru spontanément dans mes bras, en signe de reconnaissance. Et ça avait été une étrange sensation que de serrer chastement cette jeune femme, en oubliant presque la chaleur d'autres étreintes que nous avions partagées. C'était une nuit que j'aurais voulu effacer de ma mémoire. Mais la détermination d'un instant et le caractère de la jeune femme m'avaient, d'une certaine façon, poussé à prendre des décisions qui nous engageaient tous deux : ensemble, pour des motivations diverses, mais pour des destins devenus indissociables. En ramenant Marie chez elle, je savais

83 — Nom du câble de halage dans l'ancienne batellerie.
84 — Nom donné au navire de tête.

que par cette même fortune, je retrouverais la trace de Nicolas de Blégny et de son secret. Alors, il fallait garder le souvenir de cette nuit dans un bordel de Lyon comme un instant déterminant de mon existence.

Tous les deux à l'abri de la tente, à l'avant du navire, nous ne parlions pas, comme si notre destinée se suffisait à elle-même. Marie n'avait pas semblé vouloir connaître le coût ni les raisons de sa liberté, pas plus que je ne m'en étais préoccupé moi-même. Je voulais oublier cette vie crapuleuse qu'on lui avait imposée, regrettant moi-même d'avoir cédé à ses charmes. Je n'avais rien voulu savoir des tractations qui avaient dû être négociées âprement. Mais comme me l'avait expliqué Benoît Mourguet, l'organisation était puissante et devait disposer de moyens de persuasion capables de faire céder, même les âmes les plus réticentes. Pour ce qui était de la maquerelle, de l'or à l'effigie du roi avait dû suffire.

Dans un coin du bateau, j'avais remarqué la présence de mes malles qu'on avait solidement arrimées. L'équipage était bruyant et s'activait à charger toute une cargaison de marchandises diverses : tonneaux, caisses, sacs, ballots, rangés avec méthode sur les différents bateaux. Les chevaux gigantesques, dont on avait coupé la queue, attendaient patiemment en habitués. Sur un bateau voisin, on avait chargé du fourrage pour les nourrir.

— À la descise[85] !

Nous étions partis ! Il ne faisait pas encore nuit lorsque le convoi se mit en marche. On largua tous les filins, câbles et autres mailles qui retenaient l'ensemble. Emporté par le courant qui n'attendait que cela, l'étrange convoi s'éloigna doucement de cette ville mystérieuse, aux habitants laborieux dont les plus grandes richesses étaient peut-être leur fierté, leur courage et cet accent si particulier qu'on n'entendait qu'ici. Au-delà de la rive droite, le soleil commençait à toucher l'horizon, comme si cet instant avait été le signal du départ. Annibal et Boniface étaient sur le quai, nous regardant nous éloigner. Au dernier moment, je les vis monter sur des chevaux et partir en direction de la ville. Les deux seuls compagnons que je n'avais pas eu le temps de connaître ni même de remercier, mais qui avaient été jusque-là ma meilleure assurance, venaient de me quitter. Et je me retrouvais seul à bord d'un convoi de marchandises, en compagnie d'une ancienne prostituée que je ne connaissais pas non plus.

— Prouvier[86] !

À l'avant du bateau, un homme sonda les eaux déjà tumultueuses avec une longue perche où l'on avait marqué des repères. Il plongea son bâton, une fois, deux fois et finit par crier :

— La main sous l'eau !

Tout le monde sembla se détendre. Maître Daniel, qui jusqu'à présent était resté vigilant à la manœuvre, posa un dernier regard à chacun des navires pour contrôler que tout allait bien, puis il alla se poster à l'arrière de son navire avec fierté et s'agenouilla devant un crucifix étrange où pendaient diverses

---

85 — Sens du voyage qui consistait à descendre le Rhône.

86 — Homme de proue, souvent chargé de sonder la profondeur du fleuve.

breloques. Il fit le signe de la croix, les marins ôtèrent chapeaux et bonnets et récitèrent avec lui un *pater* avec une ferveur et une superstition toutes naturelles. Cet instant passé, le soleil avait fui derrière les collines, mais il faisait encore jour pour un certain temps. Chacun s'activa à son poste. Le maître marinier s'avança vers nous, comme s'il venait juste de remarquer notre présence à son bord.

— Je vous ai fait un accueil bien mauvais tout à l'heure, mais nous devions partir avant le coucher du soleil. Nous ne pouvons pas naviguer de nuit. Notre départ a été décidé au dernier moment afin d'en conserver le secret. À la nuit tombée, nous devrons faire halte. Nous n'aurons pas bien avancé, mais nos ennemis ne nous cueilleront pas comme des oiseaux au nid sur les quais de Lyon : inutile de leur livrer la chance. Nous parlerons ce soir, au souper. Soyez libre d'aller à votre guise sur mon navire. Je vous expliquerai bientôt certaines choses que vous voudriez savoir. Vous dormirez sur mon navire, *maître* Passadieu.

Et il y avait dans cette appellation une notion d'équité puisque nous étions maîtres tous deux, chacun dans notre domaine. Il n'y avait donc besoin de rien de plus pour nous témoigner l'un à l'autre confiance et respect mutuel, comme deux frères qu'on aurait élevés au même sein. Il jeta un œil à Marie.

— Les femmes ne font pas une bonne fortune pour les mariniers. Aussi lui demanderai-je de rester discrète et de rester sous les bannes[87] de poupe. S'il nous arrivait un quelconque malheur dans cette aventure, les hommes de mon équipage auraient tôt fait d'en attribuer la responsabilité à celui qui a accepté de la prendre à notre bord. Il ne s'agirait pas d'irriter le Drac[88]. Et il n'y a qu'un seul homme qui ait le pouvoir d'une telle décision. Nous nous reparlerons au souper.

L'homme nous abandonna ainsi. Le bateau commençait à prendre un certain mouvement de roulis et je pensais que je serais mieux sur mes jambes pour prévenir les surprises que mon estomac menaçait de me réserver. Je m'excusai auprès de Marie qui ne pouvait quitter l'abri, mais qui me sourit, pleine de compréhension. Après la prison dont elle venait de sortir, cette fausse réclusion de fortune lui paraissait bien plus douce.

Je pus ainsi m'aventurer sur le bateau, entre les diverses marchandises qui occupaient une grande part du pont. On avait laissé tout juste la place pour que les hommes pussent manœuvrer en toute sécurité. À l'avant du bateau se trouvait une statue de bois. Elle avait perdu depuis longtemps sa coloration et une partie de ses formes, comme si l'eau du fleuve et le vent s'étaient ligués pour la façonner de telle façon qu'on ne puisse la reconnaître. Juste à côté de moi se trouvait le prouvier.

— Que Saint-Nicolas nous garde en sa bonne fortune.

Puis il se signa une fois encore. Je me signai à mon tour, car j'avais bien remarqué qu'il attendait mon geste. Il n'était pas question de le décevoir puisqu'il semblait sur ces navires que la force et la détermination ne pouvaient s'assurer sans la ferveur authentique des âmes simples. J'en eus une nouvelle preuve à

---

87 — Abris de toile placés sur les bateaux de voiture pour les garantir de la pluie ou du soleil.

88 — Créature légendaire censée hanter les profondeurs du Rhône.

l'arrière, lorsque je m'aventurai sur le tillac. Je voulais observer cette étrange croix devant laquelle maître Daniel s'était agenouillé tout à l'heure. Un christ était bien représenté sur cette croix qui devait mesurer deux pieds de haut. À l'inverse de la figure de Saint-Nicolas, à la proue, cette croix semblait être l'objet de soins tout particuliers, puisque chaque détail était peint et coloré avec précision. On y distinguait dans ce qui semblait être une grande confusion : une main, divers instruments, une tenaille, un marteau, un soleil, une lune, une cruche, une lanterne, des dés, une tête de mort et d'autres représentations dont j'eus du mal à définir la nature. Le géant Daniel était derrière moi.

— Elle est bien moins belle que notre croix d'équipage, mais celle-là reste à Lyon pour les processions. C'est pourquoi j'ai eu l'idée de reproduire ma croix de marinier pour qu'elle tienne dans ma cabine.

— Que représentent tous ces ustensiles ?

— Eh bien, maître Jean ? Auriez-vous perdu votre Foi dans votre château perdu ? Il s'agit là des instruments de la passion du Christ, cherchez et vous y retrouverez toutes les Saintes Écritures, jusqu'aux dés des soldats qui jouaient au pied de la croix.

Je m'étonnai à peine qu'il me parlât de mon séjour au château de l'Isle. L'homme était immanquablement membre de la fameuse fraternité et de fait, semblait tout connaître de mon histoire. Il sourit.

— Ne vous inquiétez pas de ce que je sais, mais inquiétez-vous de ce que nos ennemis savent. C'est là la seule chose importante à connaître.

Puis il me laissa pour retourner surveiller une manœuvre. Au-dessus de ma tête, le ciel avait fini de rougir et les couleurs se diluaient en éclats, les bribes de nuages devenaient gris et noir à mesure que la nuit arrivait sur nous. Le fleuve énorme nous transportait sur son dos en silence. Un vent léger glissait sur mon visage. Il ne fallut pas davantage de sensations pour me délivrer quelques minutes de toutes les angoisses et des incertitudes. Je n'avais jamais été aussi libre depuis si longtemps. Malgré mon âge, je disposais d'une santé robuste, ce qui était mon meilleur capital. Et la seule idée de l'aventure qui s'ouvrait devant moi soufflait un air de jeunesse au plus profond de mon corps. Je n'avais pas d'âge, porté par un idéal nouveau et l'air pur du soir. Sur le pont avant, j'apercevais la silhouette de Marie qui regardait en rêvant les bords du fleuve, espérant que bientôt elle allait retrouver sa famille, alors que quelques jours plus tôt elle était encore sans le moindre espoir. La communion des hommes à l'ouvrage, l'impunité que nous offrait le fleuve, tout concourait à un instant exceptionnel qu'il ne faudrait pas oublier dans les moments de doute. Je n'avais qu'une certitude, c'était que cet instant véritable avait plus de poids que bien d'autres dans ma vie d'alors, pour peu que je l'assimilasse comme tel.

Et sans que rien semblât l'annoncer, ce fut la nuit.

— Royaume[89] ! cria Maître Daniel. Et la lente file des bateaux se rapprocha de la rive droite insensiblement, jusqu'à venir à la mouille[90].

89 — Rive droite du Rhône.
90 — Au mouillage.

Bientôt, dans le plus grand ordre, les bateaux furent arrimés, les bêtes débarquées et parquées. Déjà, les premiers marins avaient allumé deux grands feux où bouillirent tout aussi vite marmites de ragoût préparées à l'avance. Marie s'était endormie sur le pont avant, roulée dans une couverture de gros drap, épuisée par les surprises qui l'avaient conduite jusque-là. L'excitation passée, elle se trouvait livrée à la charretée de misères qu'elle avait endurées et avait trouvé dans le sommeil un abandon salutaire. Je déposai à ses pieds une assiette brûlante, puis j'allai dîner en compagnie de Daniel et de ses hommes, qui m'accueillirent sans le silence bien connu qu'on marquait devant un étranger. Ils agissaient avec moi comme avec l'un des leurs, me tendant le pain à même la miche, me tutoyant parfois. Et je trouvai dans ces compagnons, l'exact reflet des sentiments qui m'avaient saisi au crépuscule. La certitude que ma présence à cet endroit, parmi ces hommes, à cet instant, n'était rien d'autre que la parfaite réalisation de ma destinée. Aucun sentiment jusqu'alors ne m'avait paru aussi évident. On me fit goûter un vin de Condrieu qui m'enivra voluptueusement. On ne parla de rien de fâcheux, comme si de l'avenir ou du passé, aucun n'avait plus d'importance que l'autre. À l'heure du coucher, maître Daniel me proposa un coin de sa cabine. Mais je préférai rester dormir sous la banne avant auprès de Marie. Je m'en voulais de l'avoir ainsi délaissée. Elle dormait toujours, mais son assiette était vide. Les marins disposèrent pour nous une sorte de paravent avec d'autres toiles. Puis ils fixèrent deux hamacs. J'aidai Marie encore endormie à s'installer dans le sien. Elle me sourit dans son sommeil et se rendormit presque aussitôt. Je regardai une dernière fois les silhouettes des hommes qui chantaient devant le feu sur la terre ferme. Il y avait un léger mouvement du bateau pour compléter leur berceuse. Roulé dans une couverture, malgré l'inconfort du hamac, je ne tardai pas à m'endormir.

Au matin, des fleurs de Rhône montaient doucement autour des barques. C'était le nom que donnaient les mariniers à de petites perles de brume qui montaient du fleuve. Elles se réunissaient ensuite en nappes fluides et venaient doucement se perdre entre les arbres de la rive. Derrière les collines, on percevait les frémissements du soleil. Le donjon d'un château en ruines accrochait déjà ses premiers rayons. Je ne l'avais pas remarqué, comme nous étions arrivés en pleine nuit. Lorsque je m'étais éveillé, les mariniers étaient déjà prêts pour le départ. Daniel cria l'ordre traditionnel. Les amarres libérées, la caravane reprit sa progression. Sur le chemin de halage sur la rive gauche, j'aperçus deux chevaliers. À leur silhouette, je reconnus facilement Annibal et Boniface. Ils ne m'avaient donc en rien abandonné : ils veillaient aux abords du fleuve, contrôlant les moindres signes qui pourraient laisser craindre que nous fussions suivis.

Je passais une partie de la matinée près de Marie qui, à l'approche de son retour à sa vie d'avant, se mettait à douter de sa destinée et de l'accueil que l'on pourrait lui faire là-bas, si l'on apprenait quel avait été le commerce qui l'avait nourrie pendant les années passées à Lyon.

— Peut-être m'enfermera-t-on dans quelque prison pour femmes, comme je le mérite. À Tournon ou ailleurs.

Je la rassurai du mieux que je le pouvais, lui affirmant que je ne l'abandonnerais pas tant que nous ne serions pas certains de la quiétude de son séjour. Oubliant par la force des choses que nous avions été amants, elle se serra contre moi comme une fille contre son père, cherchant un appui et un réconfort légitimes.

— Combien de temps mettra notre voyage ? demandai-je plus tard à Daniel.

— Nous sommes contraints d'avancer prudemment. Si la nouvelle de notre départ a échoué dans les mauvaises oreilles, on nous attendra à quelque passage obligé : Pont[91], par exemple, serait un bel endroit pour une embuscade. Par la route, on va beaucoup plus vite. Laissons-les donc s'impatienter. Si personne ne nous attend, alors ça ne change rien. Nous y serons bien assez tôt. Dans trois ou quatre jours, tout au plus, vous verrez le Pont de Saint-Bénezet[92]. En comptant la halte à Viviers.

Mais le destin avait d'autres projets. À la halte du second soir, Boniface et Annibal nous avaient rejoints. Et je vis à leur air soucieux sous leurs larges chapeaux que les choses ne se présentaient pas aussi simplement qu'on aurait pu l'espérer. Ils me firent un signe de reconnaissance et partirent avec maître Daniel s'entretenir à l'écart. Celui-ci revint quelques instants plus tard, laissant les deux cavaliers se joindre à la troupe pour partager le souper.

— Les choses sont plus compliquées qu'il n'y paraissait au départ. Notre stratagème n'a fonctionné qu'à moitié. Sans doute un des marchands, à qui nous avons acheté des denrées pour remplir nos bateaux, a-t-il trahi notre secret. C'est un peu tôt pour la saison pour descendre. La foire de Beaucaire n'est qu'en juillet. Tous ces éléments avaient de quoi mettre le doute dans les esprits et alerter nos ennemis. Qu'importe ! On nous attend plus bas, et en force, semble-t-il. Inutile d'espérer forcer le passage, le prévôt des maréchaux a donné des ordres tout exprès contre vous.

— Pourquoi ne pas rebrousser chemin ?

— Nous avons les chevaux pour la remonte, mais c'est inutile. Nous sommes pris dans une souricière, au nord comme au sud. S'ils vous trouvent avec nous, nous sommes tous perdus. La meilleure solution est de vous déposer avant notre arrivée à Valence. Ne vous inquiétez pas, nous avons nos adresses. Nous continuerons ensuite la descise comme prévu. Lorsqu'ils nous intercepteront et ne vous voyant pas, ils se rendront compte de leur erreur et seront bien obligé de constater que nous sommes de simples marchands. Nous irons jusqu'en Avignon livrer ces marchandises, sans rien changer. Puis, lorsque le danger sera écarté, nous remonterons le Rhône pour venir vous chercher. Cela prendra certainement plus de temps que prévu, mais c'est votre seule chance de passer.

Je cachai ma déception, car je n'osais pas la manifester ouvertement devant les dangers que ma seule présence engendrait pour tout ce brave équipage. Je savais que Marie serait également déçue de ce contretemps. Mais je ressentis d'un coup la chaleur du brasier sous les halles de la foire Saint-Germain. Et

---

91 —Pont-Saint-Esprit.

92 — Le célèbre pont d'Avignon

cela seul suffit à me rappeler les périls qu'il y aurait à négliger le pouvoir de nos ennemis. La voix de maître Daniel était celle de la sagesse. Dans tous les cas, il n'y aurait rien eu à discuter.

On nous déposa le lendemain en milieu de matinée sur un quai. Là nous attendaient une voiture fermée et mes deux fidèles anges gardiens qui, à n'en pas douter, avaient déjà tout organisé selon les directives de Daniel ou d'un autre frère. On déchargea mes malles et deux caisses qui paraissaient bien lourdes à transférer. Le maître marinier qui surveillait le déchargement remarqua ma curiosité. Il rit.

— Quand ils nous trouveront, ils vont tout fouiller. Et il vaudrait mieux que les hommes du prévôt ne trouvent pas ce genre d'accessoire à bord.

Et comme je n'avais pas l'air de comprendre son allusion, il ajouta :

— Sabres et mousquets. Des accessoires de pirates, pas de mariniers. Nous avions tout prévu pour vous défendre en cas d'abordage. Mais pour le moment, l'adversaire est bien trop puissant pour l'affronter en face. Laissons-lui la force et gardons la ruse pour nous.

On finit de charger la diligence. Marie et moi montâmes dans la voiture, le fouet claqua et nous quittâmes Serrières, petit village coincé entre le fleuve et la montagne. Il y avait en effet au bord du fleuve une sorte d'éminence couverte d'une épaisse forêt. La montée fut difficile, car les deux cavaliers durent descendre à plusieurs reprises pour aider à pousser les roues de notre voiture. Ce n'est que dans le milieu de l'après-midi que nous arrivâmes enfin dans une sorte de vallon. Nous le découvrîmes une fois passé le col que nous avions eu tant de mal à franchir. Nous étions affamés. En sentant la voiture ralentir, je me penchai à la fenêtre pour voir une immense bâtisse en U, sur trois côtés contigus qui délimitaient une vaste cour. Devant une des portes, je reconnus le cheval d'Annibal qui avait dû partir en avant pour annoncer notre arrivée.

Devant la porte, je vis paraître trois hommes. Le premier était mon aîné de plusieurs années. Derrière lui, deux autres personnages dont le plus jeune ne devait pas avoir trente ans. Le vieillard avait l'air digne et respectable, vêtu d'un habit bourgeois et perruqué sans ostentation. Les deux jeunes ne portaient pas de veste, allaient tête nue et manches retroussées dans une négligente désinvolture. Notre voiture s'arrêta. Je descendis et les trois hommes s'avancèrent.

— Bienvenue à Vidalon !

Pierre Montgolfier s'avança pour m'accueillir, sa poignée de main était chaleureuse.

— J'espère que la route n'a pas été trop mauvaise pour monter jusqu'ici. Permettez-moi de vous présenter deux de mes fils : Joseph-Michel et Jacques-Etienne. Depuis la mort de Raymond, l'année dernière, c'est Joseph qui est pressenti pour prendre la direction de notre papeterie familiale.

Je me trouvais donc chez des papetiers, et chez eux, comme chez le moindre des frères de cette corporation, je me sentis accueilli comme si je les avais quittés la veille. L'homme vénérable parlait fort, car un vacarme impressionnant montait du ventre de la bâtisse. Les trois hommes qui nous accueillaient ne semblaient pas y prêter attention. Les deux jeunes gens me saluèrent chaleureusement à leur tour. Ils jouissaient d'une nette ressemblance avec leur père et arboraient une physionomie radieuse et bienveillante. Ils m'invitèrent à entrer.

— Venez vous restaurer. Nous sommes désolés de ne pas avoir eu le temps de vous préparer un en-cas pour votre voyage.

Une femme était sortie et, après une simple courbette devant moi, elle était allée s'enquérir de Marie, restée dans la voiture. Déjà on donnait des ordres pour décharger mes malles et l'armement des mariniers. À l'intérieur, le bruit qui m'avait surpris résonnait comme un grondement venant des profondeurs. Le plus jeune des deux fils regarda une montre qu'il tira de son gilet et me dit en souriant :

— Cela ne devrait pas tarder à s'arrêter. C'est bientôt l'heure de la prière.

Le temps de les suivre dans une étroite salle à manger, le bruit s'était interrompu tout net avec la précision annoncée. Il n'était pas encore l'heure de souper, mais on avait préparé à mon intention une collation que j'accueillis avec bienvenue.

— Ne vous inquiétez pas pour votre protégée, elle est avec les femmes où on lui sert à manger.

Une fois de plus, l'organisation semblait tout connaître de notre situation et maîtriser de bout en bout mon destin. La discrétion était également une de ses qualités essentielles, puisqu'ils agissaient avec moi et Marie sans feindre de se soucier de nos véritables relations. Ils n'étaient sans doute pas sans connaître ses origines, mais à aucun moment il ne fut signifié ni suggéré dans la conversation le moindre jugement sur les qualités présumées de la jeune femme. Un des deux frères resta par courtoisie avec moi tandis que je me restaurais. La conversation resta polie, mais sans aborder le moindre sujet d'intérêt sur mon avenir ou sur leur situation. Lorsqu'il se fut assuré que j'étais rassasié, il me pria de le suivre. Un escalier de pierre sans prétention menait aux étages. Il m'indiqua une porte. Nous entrâmes.

— Vous serez très bien ici, vous pourrez profiter du chant de la Deûme[93]. Nous soupons à huit heures.

Il me laissa seul et tira délicatement la porte derrière lui. La pièce n'était pas bien grande, et paraissait encore plus austère, car on avait pris soin d'y ranger mes malles. Le parquet craqua. Des volets de bois entrecroisés laissaient passer un air frais. Le chant d'une rivière et le grincement d'une roue formaient un murmure paisible qui calmait après le vacarme de tantôt. Un lit, un bureau, une étroite cheminée et l'espace était occupé. Après les grands espaces du fleuve, j'étais retourné à ma vie monacale lyonnaise. Mais par les volets entrebâillés, je pouvais contempler des bois sombres juste en face. Cette situation donnait la sensation d'une force occulte qui entourait les bâtiments comme une protection supplémentaire. Après les inquiétudes du matin, j'avais de nouveau l'impression de me trouver dans la plus imprenable des forteresses. Mais ce besoin de se sentir à l'abri montrait avec une pernicieuse malice la puissance de nos ennemis.

93 — Ou Déôme, sous-affluent du Rhône qui circule dans les départements de la Loire et de l'Ardèche.

Les précautions prises, les moyens engagés, les diversions obligées, les services d'espionnage, tout concourrait à me montrer sous un œil inquiétant la menace dont j'étais l'objet. Je sentais autour de mon cou la petite clef, et je me demandai une fois encore quel pouvait être un tel secret qui mobilisa autant d'énergie pour me l'enlever. Alors que je m'étais imaginé me trouver deux jours plus tard en Avignon, j'avais quitté les bords du Rhône pour une campagne industrieuse, sans savoir à quel moment on viendrait m'en libérer.

Je m'assoupis quelques instants sur le lit, sans avoir pris le temps de rien changer à mon habit ni à ma mise. Je me sentais surtout fatigué de ces aventures, de la route cahoteuse que mon âge supportait vaillamment, mais certainement pas aussi librement que vingt ans plus tôt. Dans mon sommeil, je crus entendre des chants de prière. Je me réveillai enfin au crépuscule, extrait de mes rêveries par des conversations animées juste sous mes fenêtres. Hommes et femmes allaient en théorie, en deux files séparées. Ils empruntèrent un petit chemin sous les frondaisons avant de disparaître dans l'ombre des arbres. Une pendule sur la cheminée marquait l'heure prochaine du souper. Je trouvai dans une de mes malles un habit moins froissé pour ne pas faire honte à mes hôtes. Car sous l'apparence de simples industriels, mes hôtes présentaient une aisance bourgeoise quasi aristocratique.

Lorsque je descendis l'escalier à l'heure présumée du souper, un des fils m'attendait en souriant au pied des marches. Derrière lui, on entendait le chahut de voix d'hommes. Ici, comme dans beaucoup d'autres corporations, hommes et femmes ne semblaient pas partager le même monde, puisqu'il ne leur était pas même permis de souper à la même table. Mais à l'inverse du réfectoire des canuts, ce n'était pas les propres épouses, mères, filles qui servaient à table, mais des domestiques, ce qui, d'une certaine façon, offrait l'impression de vouloir légitimer la chose.

Pierre Montgolfier présidait. L'assemblée était joyeuse, dans cette grande famille qui se trouvait attablée ici, sous l'égide d'un prêtre qui dit le bénédicité après mon arrivée. Les plats arrivèrent ensuite, sans ordre précis, ni dans leur présentation ni dans la façon avec laquelle chacun se servit. Nul ne me demanda qui j'étais, comment je me nommais ou ce que je faisais là, comme si je n'étais pas descendu de ma voiture dans l'après-midi, mais bien résident des lieux de tout temps au même titre que les autres. Le patriarche prit la parole :

— Cher ami, j'ai le plaisir de vous présenter quelques-uns de mes fils. Le Seigneur en a rappelé quelques-uns à lui, mais je dois dire que pour le reste, j'ai la chance de pouvoir compter sur une belle armée de lieutenants. Et je ne parle ni de mes filles ni de mes petits-enfants.

En plus de Joseph-Michel qu'on appelait Joseph, Jacques-Etienne qu'on appelait Étienne, se trouvaient également à table Jean-Pierre, Alexandre-Charles, Pierre-Felix et Augustin-Maurice. Deux d'entre eux étaient simplement de passage et c'était justement le caractère impromptu de cette réunion qui donnait une telle joie à la communauté. On raillait bien volontiers Joseph qui par son esprit fantasque était allé à Lyon accompagné de son épouse et l'avait oubliée dans un magasin, comme il l'avait fait avec un de ses chevaux quelques semaines plus tôt. On se moquait gentiment de son air rêveur et de ses idées extravagantes, sous prétexte du génie de l'invention. Son frère Étienne, plus sérieux, élabora longuement ses hypothèses de travail dans le projet d'inventer un papier plus agréable que le papier vergé actuellement produit par leur manufacture.

— Il nous faudrait trouver le moyen de fabriquer une feuille dénuée des aspérités du papier vergé, quelque chose d'aussi lisse et beau que la peau de veau mort-né[94].

— Et comment veux-tu faire cela ?

— Les Anglais y arrivent bien, je ne tarderai pas à découvrir leur secret.

Les sujets de conversation filaient en tous sens et je parvins à comprendre peu à peu que je n'étais pas dans une manufacture de papier comme les autres, mais bien dans un authentique creuset de génie où l'esprit fusait sans jamais s'interrompre. Les bruits que j'avais entendus en arrivant devaient correspondre à des machineries utilisées pour la fabrication du papier. L'un des convives se tourna vers moi et m'interpella en toute simplicité.

— Et vous, monsieur de Saint-Pierre, quelles nouvelles pouvez-vous nous donner de votre lointain pays ?

Avant que j'aie eu le loisir de répondre, Pierre Montgolfier jugea opportun d'intervenir.

— Un de mes frères, Étienne[95], est actuellement aux Amériques. Aussi, ne vous étonnez pas que nous soyons soucieux de cet autre bout du monde, où le royaume y défend une part de ses intérêts.

Un silence se fit et je compris rapidement que pour répondre à l'accueil familial qui m'avait été fait, il fallait que moi aussi je me pliasse à cette sorte d'interrogatoire. Mais le récit même succinct de mon exil et des difficultés avec les troupes anglaises sembla ternir la bonne humeur de la compagnie. Aussi, l'un des autres fils, Jean-Pierre, qui semblait avoir été dans la capitale récemment, prit la parole en me soulageant de ma corvée.

— Savez-vous que le roi est grandement malade ?

— Le roi ou la royauté ?

Le chanoine venait de parler. Il y eut un silence et Jean-Pierre continua :

— Une mauvaise maladie qui ne le conduira pas beaucoup plus loin. Mais le peuple pourtant ne lui épargne guère ses erreurs. L'affaire de Damiens a porté grand tort à sa réputation. Voulez-vous savoir ce qu'on trouva inscrit un matin sur la statue équestre[96] de la place Louis XV[97] ?

Comme personne n'intervenait, il poursuivit :

---

94 — Ou vélin.
95 — Sulpicien ordonné prêtre, il part en 1751 à Montréal pour enseigner la théologie au profit de la Compagnie de France. Oncle des célèbres inventeurs.
96 — Il s'agissait d'une statue équestre du roi Louis XV soutenue par quatre figures symbolisant les vertus.
97 — Actuelle place de la Concorde.

— On trouva gravé à la main sur le socle : *Ah la belle statue, Ah le beau piédestal! Les vertus vont à pied et le vice à cheval!*[98]

Il y eut un autre silence où se mêlaient stupeur et résignation, même si je sentis bien qu'il n'y avait pas grande surprise dans l'annonce de cet affront. Le chanoine se signa.

— Eh bien quoi, Alexandre-Charles! N'en auras-tu jamais fini avec ces superstitions?

Cela eut pour effet de détendre quelque peu les esprits, mais le patriarche intervint une dernière fois.

— Allons, respecte ton frère! D'ailleurs, je ne t'ai pas vu à la prière ce soir, Joseph. C'est un mauvais exemple pour nos ouvriers.

— C'est que j'étais à mon laboratoire.

— Il faudra bien un jour que tu en sortes quelque trouvaille ou bien tu n'auras prouvé qu'une chose, c'est que tes idées fantasques ne sont bonnes qu'à nous faire perdre argent et renommée. Profite donc de tes talents pour faire visiter à notre hôte les ateliers. Cela l'intéressera sûrement.

Le jeune homme regarda son père avec surprise.

— Tout l'atelier?

— Tout ce qui pourra l'intéresser. Nous n'avons pas plus de secrets pour lui qu'il n'en a ou n'en aura pour nous.

C'était une affirmation. Le souper touchait à sa fin et il était aussi inutile d'aller contre l'invitation de mon hôte que de m'inquiéter du sort de Marie. Je pouvais être certain qu'elle était aussi bien traitée que possible. Je suivis donc Joseph le long d'un étroit escalier. Il n'avait pas pris de chandelier, mais une lanterne où brûlait une lampe à huile.

— Aucune bougie dans les ateliers, tout ce qu'il y est bien trop inflammable.

Nous arrivâmes dans une sorte de cave toute en longueur aux arches voûtées. Un genre de cathédrale dont on aurait tronqué les piliers au maximum, juste de manière à ce que nous puissions nous tenir debout. L'air manquait, saturé d'une humidité sournoise. Il pesait sur chacune de mes inspirations et il me fallut plusieurs minutes avant de m'habituer à cette atmosphère si particulière.

— C'est ici que nous préparons le papier. Quoique notre procédé n'ait rien de secret, nous avons apporté nos petites améliorations qui nous permettent un gain non négligeable de qualité, d'une part, et de productivité de l'autre.

Puis il m'expliqua en détail les étapes qui menaient jusqu'à cet alignement de maillets gigantesques de bois sur toute la longueur du bâtiment. Il me parla ensuite des chiffonniers, des femmes chargées de découdre les étoffes et de les trier, par qualité, par teintes avant de les mettre à tremper dans le pourrissoir. Il convenait d'obtenir le degré parfait de fermentation pour rendre la pâte spiritueuse, juste avant la moisissure. C'est alors qu'on chargeait les cuves à drapeaux, non sans avoir encore passé les pièces de toiles au dérompoir[99] pour le fragmenter davantage. C'était de là que venait le bruit. De profondes cuves recevaient les chiffons ainsi préparés pour les mâcher longuement : les coups

98 — Authentique
99 — Étape qui consistait à couper les pièces de coton humides sur une lame.

des maillets gigantesques tapaient dans ces vasques de pierre pour écraser et broyer les fibres sur des plaques de métal placées au fond. Le tout était mu par des axes gigantesques, eux-mêmes mis en mouvements par la force de la rivière au moyen d'une roue à augets[100].

Il insista sur l'importance de la rivière qui était leur plus grande richesse : par la pureté et la chimie de son eau, elle définissait la qualité des papiers qu'elle aiderait à confectionner. Par sa force motrice, elle animait ensemble tous ces mécanismes endormis et silencieux dans ce sous-sol sombre.

— Viendra un temps où nous trouverons bien le moyen de remplacer cela par des machineries plus performantes, moins bruyantes, et qui ne nous coûteront pas autant d'hommes, juste pour les regarder fonctionner.

Toute cette technologie était fortement impressionnante, même immobile… et un tout petit peu dérisoire quand on imaginait qu'au bout, il était juste question de fabriquer une simple feuille de papier. Mon guide avait remarqué ma fatigue et s'interrompant soudain, il me dit :

— Je vous expliquerai la suite des étapes demain. Vous en avez bien assez vu pour ce soir.

Il me raccompagna dans ma chambre où je goûtai un air plus frais et pur. Il n'y avait que le bruit de la rivière et le grincement de la roue dont je connaissais alors le rôle primordial. Des pas sur le gravier attirèrent mon attention dans la cour. Sous ma fenêtre, je reconnus la silhouette d'Annibal qui passait dans l'ombre, me rappelant que le danger devait toujours être présent. Je n'imaginais pas pourtant qu'on oserait attaquer ma retraite au plus noir de la nuit.

Le lendemain, après le déjeuner, on me laissa parler avec Marie dans le parc. Une certaine Justine Bron[101], promise à l'un des frères et résidant à Vidalon comme dame de compagnie, avant de gagner un statut plus officiel, nous servit de chaperon. Elle feignit de lire sur un banc à quelques pas de nous. Cette situation lui aurait paru d'un ridicule certain si elle avait appris que nous avions été amants de la plus scandaleuse des façons. Ce fut une des premières fois depuis notre départ où j'eus le temps de m'entretenir avec la jeune femme.

Elle ne s'inquiétait pas de notre présence ici ni du retard de notre progression vers sa terre natale. Elle n'avait que deux questions, mais si vastes qu'une matinée ne suffit pas pour lui répondre. Elle s'interrogeait tout d'abord et bien naturellement sur mes origines et mon histoire. Elle avait fini par comprendre que l'on me pourchassait et elle s'inquiétait qu'on pût ainsi en vouloir après un homme qu'elle imaginait si bon. Je dus lui narrer une partie de ma vie, de ma notoriété à Paris, des jalousies occasionnées, en ne m'étendant pas sur tous les détails d'une vie privée que je n'avais pas envie de porter à sa connaissance.

Une autre question plus délicate encore, portait sur les raisons de ma bienveillance à son égard. Pourquoi avais-je décidé de rendre à sa vie d'origine la réprouvée qu'elle était ? Cette question était d'autant plus délicate que je croyais que je n'avais pas moi-même défini de manière très précise mes profondes

---

100 — Roue constituée d'une succession de petits récipients, mus par la force d'une rivière qui vient l'alimenter par au-dessus (à la différence de la roue à aubes).

101 — Future épouse d'Étienne.

motivations. Peut-être craignais-je la pitié, ou bien pire encore, si d'une façon ou d'une autre elle venait à douter de la pureté de mes intentions. Je la rassurai néanmoins sur celles-ci. Peut-être s'était-elle imaginé que par sa liberté, je souhaitais m'attacher définitivement ses services, ce qui avait cours dans ce genre de milieu de façon plus courante qu'on voulait bien l'admettre. Après tout, pourquoi n'aurait-on pas pu acheter simplement une marchandise qu'on louait aussi aisément ? Pour peu qu'on y mît le bon prix, peu de choses restaient inaccessibles : la vertu ou la liberté certainement moins que beaucoup d'autres. Je ne sus d'ailleurs jamais quel avait été le prix de sa liberté. Et je préférais ne pas l'imaginer. Pas plus que je ne voulais savoir si elle avait encore offert ses charmes à d'autres entre l'instant où j'avais pris la décision de la sortir de son bordel, et l'instant où elle en était effectivement sortie. Toutes ces questions, où traînaient un vieux fond de mâle jalousie et un indéfinissable malaise en imaginant tout ce qu'elle avait dû faire pour survivre, ne pouvaient que me troubler davantage.

Ce que je savais, c'est que dans un idéalisme naïf, j'avais joint nos destins pour les voir réussir ensemble. En rendant le sien concret et heureux, j'offrais toutes les promesses de succès au mien. Et cette volonté m'avait rendu un idéal qui s'était évaporé au milieu des brumes du bord de Loire.

La journée passa bien vite, ponctuée par les changements de rythme des marteaux dans les sous-sols que je pus aller voir fonctionner. On me montra également la confection du papier, le travail de la presse pour extraire toute cette eau et transformer à la fin une montagne de peilles[102] en une magnifique feuille de papier de plusieurs pieds de côté, qu'on suspendait à un linge pour la faire sécher.

À la différence de la nuit, les sous-sols grouillaient alors comme la cale d'un navire. Chacun à son poste veillait à la manœuvre sous l'œil vigilant de contremaîtres implacables. Par souci pratique, une petite chapelle avait été aménagée derrière l'atelier principal pour permettre aux ouvriers d'assister aux messes sans perdre de temps en descendant au village. De la même façon, de grands bâtiments propres où l'on avait installé tout le confort moderne permettaient d'héberger les ouvriers : les hommes d'un côté, les femmes de l'autre, et les familles officielles dans un troisième quartier. Toute cette petite vie était parfaitement calée, comme dans une fourmilière où l'âme supérieure échappant aux individus était tout orientée vers l'efficacité de cette industrie.

Après le souper, il y eut encore de longues discussions où je n'intervins que sur des sollicitations ponctuelles. Au moment des liqueurs, Pierre se leva et, comme si c'était un ordre convenu, Joseph se leva en même temps. Ils m'invitèrent à les suivre dans un petit salon. Je croyais que j'avais un peu abusé de leur vin et je me laissai porter par une certaine euphorie même si leurs visages, sans être graves, avaient l'expression du plus grand sérieux. À la fin de cet entretien, je me sentais quelque peu honteux de laisser gérer par d'autres des contingences dont j'étais le seul responsable. Je devrais encore rester plusieurs jours et même

---

102 — Voir note 53.

plusieurs semaines sous leur bienveillante hospitalité : le temps pour l'équipage de maître Daniel d'achever la descise, puis la remonte du Rhône.

Mais entre-temps, il était question d'un stratagème bien plus puissant que la fuite pour permettre d'écarter de manière durable la menace représentée par mes ennemis. En ce qui concernait les polices du royaume, il apparaissait qu'elles n'étaient guère plus après moi, à moins justement qu'on ne les sollicitât. Il fallait définitivement admettre que mon véritable ennemi était Jean-Gaspard Ailhaud. Si nous parvenions à le neutraliser d'une manière ou d'une autre, je retrouverais sans doute un certain degré de liberté. Ce n'était pas sans danger ni sans risque. Mais j'avais initié cette idée par ma volonté de quitter une retraite où je n'avais aucun avenir.

J'allai me coucher impatient ce soir-là, sachant pourtant qu'il ne se passerait rien avant plusieurs jours. Nous étions en avril, le printemps était précoce. Deux des frères Montgolfier étaient présents à titre permanent à la manufacture. Je me liais d'amitié avec Étienne, dont l'esprit pragmatique me correspondait. En revanche, Joseph développait un esprit extravagant, toujours à la recherche d'innovation à travers des idées plus ou moins raisonnables. Par exemple, il observait les oiseaux de longues heures durant en imaginant comment l'homme pourrait se faire plus léger que l'air pour arracher son poids du plancher terrestre. De par cet esprit de chercheur, il semblait apprécier ma compagnie, me demandant de lui montrer l'avancée de mes propres recherches, même si elles se développaient dans un domaine qui lui était totalement étranger.

Je lui parlai du remède secret et de la formule de la préparation que je jugeais la plus efficace pour lever la douleur dentaire. Je lui racontais mes tentatives pour varier les modes d'administration, afin de porter à son maximum son efficacité. Je lui parlais ensuite du secret de Nicolas de Blégny, bien incapable de lui expliquer à quelle serrure la clef correspondait, et surtout où se trouvait la solution de cette énigme. Tout ce qu'on savait en définitive était que le savant homme avait fini sa vie en Avignon, après un exil en Italie. Mais là encore, rien n'était moins certain. Je regrettais bien sûr d'avoir croisé son fils sans imaginer qu'il était peut-être détenteur d'une partie du secret ou d'une information essentielle. Je lui racontai ensuite comment Pernety et moi avions percé le secret de son manuscrit pour arriver à Jean-Baptiste Ricci. Joseph n'avait pas semblé surpris lorsque j'avais évoqué l'énigmatique bénédictin, malgré une réserve à peine dissimulée de ma part.

Après l'exaltation et un sentiment si vif de liberté en naviguant sur le Rhône, j'étais en train de revenir, contraint et forcé, à une sédentarité mauvaise. Les journées recommencèrent à se succéder avec une régularité semblable aux marteaux des ateliers, dont les bruits commençaient à faire partie de mes habitudes. Cette notion d'habitude ne manqua pas de m'alerter sur le risque de sombrer à nouveau dans l'opium de l'habitude. Les beaux jours arrivèrent et lorsque je demandais des nouvelles des navires de maître Daniel, on ne me répondit que de manière évasive. Chacun s'efforçait pourtant d'être agréable avec nous, nous considérant comme des membres de la famille et nous entraînant dans les rituels quotidiens rythmés par les repas, les prières, les mises en route et des arrêts des machineries infernales que je n'entendais plus.

Puis il se mit à pleuvoir, ce qui me priva des derniers moments d'évasion dans le parc et des trop rares contacts avec Marie. Cela faisait deux jours que la pluie n'avait cessé, grossissant la rivière et martelant sur le toit un roulement supplémentaire : la moindre conversation dans l'intérieur de la maison était pratiquement impossible. C'était probablement pour cela que je n'entendis pas le roulage d'un carrosse dans la cour. Annibal et Boniface étaient de retour. Ils ne trouveraient nulle part leur pareil pour apparaître toujours dans des occasions où ils étaient le moins attendus.

— Le convoi sera au port dans la soirée. Nous devons partir au plus tôt pour ne pas les faire attendre.

C'était bien la première fois qu'Annibal m'adressait la parole avant que je l'y eusse invité. Il passa devant moi, son manteau trempa le carrelage du vestibule tandis qu'il allait à la rencontre de Pierre Montgolfier. Je compris que je n'avais pas d'autre chose à faire que de monter préparer mes affaires. Je me hâtai. Moins d'une heure après, les adieux étaient faits. La famille Montgolfier, quoique touchée par notre départ, ne sembla pas surprise de l'urgence. Il semblait qu'elle avait été mise au courant bien avant moi de l'arrivée des bateaux. Je savais qu'on me gardait dans l'ignorance la plus complète des évolutions de ma destinée, dans le but très précis que nous avions défini. La stratégie choisie présentait des risques et des dangers et l'on m'avait affirmé que moins j'en saurais, mieux cela serait pour moi.

Nous nous retrouvâmes, Marie et moi, bousculés l'un contre l'autre dans l'étroite cabine de la voiture, qui nous amena non sans mal jusqu'au débarcadère. Malgré les gouttes épaisses qui masquaient jusqu'à la vue du fleuve, je pus voir des lueurs à l'avant des bateaux qui nous attendaient. On nous pria de monter à bord sans explications, on chargea mes malles. Et sur des ordres étouffés par le bruit de la tempête, les longs bateaux plats glissèrent vers les vagues. Nous fûmes conduits vers le tillac et accueillis par maître Daniel dans sa cabine, lieu secret qu'il ne partageait habituellement avec personne.

— Entrez et séchez-vous comme vous pouvez.

Il fumait une pipe et le parfum de son tabac remplissait l'air d'une odeur âcre. Au moins, là-dedans, nous étions au sec, sans doute le seul endroit où l'on pût espérer un tel privilège dans tout le convoi. Le maître marinier me regarda avec un œil perplexe.

— Vous avez affaire à des ennemis coriaces, monsieur de Passadieu. Malgré toutes nos précautions, ils nous surveillent encore. Ils nous ont fouillés en Avignon, et depuis la remonte, il n'est pas rare d'observer des cavaliers sur l'empire[103] qui nous suivent. C'est pourquoi nous profitons de la pluie qui devrait durer quelques jours pour descendre rapidement à Viviers. Il faut espérer qu'ainsi, ils perdront notre trace.

Puis il se tut d'un coup, visiblement inquiété par les dangers de la navigation

---

103 — Rive gauche du fleuve.

sous cette tempête dont il avait sans doute peu l'habitude. Quand on n'y voyait pas de la proue à la poupe, il était d'usage de ralentir ou même de stopper le convoi. Mais une volonté supérieure et la stratégie de l'instant imposaient de poursuivre, au péril peut-être des hommes ou des embarcations. Les mouvements du bateau n'avaient rien de comparable avec certaines tempêtes que j'avais subies lors de mon retour de Saint-Pierre. Et même si mes souvenirs d'enfants s'étaient émoussés avec le temps, les à-coups et les chocs des vagues n'étaient pas sans réveiller certains souvenirs douloureux.

Le maître marinier passa la plus grande partie du temps dehors malgré la pluie, criant des ordres incompréhensibles. On entendait claquer les cordages, le bois geignait sous la puissance du fleuve, laissant craindre à chaque nouvel épisode que l'embarcation allait céder devant tant de pressions. Dans la cabine, nulle ouverture ne permettait de voir ce qui se passait dehors et c'était bien plus angoissant d'imaginer que de voir le combat absurde des hommes contre les éléments déchaînés. Je regardais la petite croix de cabine, adressant au hasard une prière, ce qui ne m'était plus arrivé depuis bien longtemps, laissant ces superstitions aux crédules que le hasard avait jusqu'à présent épargnés. Pourtant, Marie resta de longues minutes agenouillée devant le martyr, récitant des prières avec l'assurance d'une dévote. À la fin, quand tout sembla perdu, il n'était plus question de savoir si mon estomac résisterait encore ou si ce détail était insignifiant : il y eut des cris plus formidables encore au-dehors, un grand craquement, d'autres cris et un simple remous en réponse à toute cette agitation. Le navire bougeait encore, semblant danser simplement, comme soustrait à l'emprise principale des forces qui avaient tenté de le briser. Daniel finit par rentrer dans l'habitacle. Par la porte entrebâillée de la cabine, j'eus à peine le temps d'apercevoir une nuit humide où l'on ne distinguait plus rien.

— C'est inutile, impossible de continuer davantage sans perdre bateaux, hommes et bêtes. Nous sommes dans un bras mort du Rhône où nous pourrons rester cette nuit, mais personne ne quittera le bord. Aucun risque qu'on nous découvre ici par une telle nuit. Seuls des démons pourraient nous chercher querelle, mais le Rhône est bien aujourd'hui le plus à craindre d'entre eux.

Je ne savais pas s'il fallait s'inquiéter ou se rassurer à cette vérité. Nous soupâmes sommairement de biscuits et d'une soupe épaisse où flottaient d'épaisses tranches de pain et de lard. On nous l'apporta d'on ne sut où, préparée je ne pus imaginer comment. Ces hommes rudes avaient des ressources bien supérieures à ce que j'avais pu imaginer jusque-là; ils n'étaient jamais pris au dépourvu, même lorsque les circonstances les engageaient dans des actions que le bon sens aurait interdites à d'autres. La tempête ne sembla pas faiblir de la nuit. Nous repartîmes alors qu'il faisait encore pleine nuit. Rien ne pouvait laisser espérer un signe annonciateur de l'aurore au milieu de cette obscurité, bruissant des relents de la tempête.

Ce furent de nouveau de longues heures tumultueuses où on nous laissa dans la cabine sans informations, mais dans l'endroit le plus abrité. Ailleurs, nous aurions été aussi inutiles qu'encombrants. Mais au cœur du navire, chaque craquement était perçu comme la rupture définitive qui verrait notre esquif se disloquer. Comme la veille, il y eut des cris prémonitoires et le bateau s'arrêta. Daniel entra dans la cabine, nous ne l'avions pas vu depuis plusieurs heures.

— Nous sommes à Viviers. Le Rhône est tumultueux, c'est un jeune cheval. Si l'on réussit à rester sur son dos, il ne nous transporte que plus vite. Dépêchez-vous !

On nous couvrit chacun d'un épais manteau sombre qui sentait très fort. Je n'imaginai pas s'il était destiné à nous protéger ou à nous cacher de regards indiscrets. Il n'y avait rien à espérer du temps : ni accalmie ni clarté. Les dalles de pierre du débarcadère glissaient sous des rigoles d'une boue épaisse qui empêchait d'avancer et qui manqua de me faire tomber plusieurs fois. Sans nous avoir avertis, deux hommes encadraient chacun de nous. On me soutenait, m'empêchant de chuter, mais m'imposant de marcher rapidement au rythme de leurs pas. Il en était de même pour Marie. Un tel empressement ne pouvait que nous inquiéter davantage. On nous précipita enfin dans un carrosse dont on ferma la porte sur nous sans ménagement. Aussitôt, un fouet claqua et la voiture démarra. Nous n'avions pas eu le temps de poser la moindre question. Tout s'était déroulé dans la plus grande fébrilité, comme si notre vie même était en jeu.

Marie se taisait. Elle souriait doucement, car elle se savait arrivée au bout de son voyage. Et elle en oubliait sûrement les dangers qu'elle avait partagés avec moi. Les fenêtres de la voiture étaient doublées d'un épais voilage de velours qui masquait la vue. Elle l'écarta doucement, espérant reconnaître les silhouettes de sa patrie. Mais on ne pouvait voir que les gouttes épaisses qui glissaient sur le carreau. Au-delà, ce n'était qu'un autre rideau plus noir que l'encre, impénétrable. À certains moments, je crus deviner le pavé sous les fers des roues, mais le plus souvent, les chemins que nous empruntions étaient meubles et sans relief. Il fallut encore de longues minutes de patience. Lorsque l'équipage s'arrêta enfin, je fus soulagé, n'imaginant pas que j'aurais pu supporter davantage ce voyage dans d'aussi excentriques conditions.

Annibal se présenta à la porte, comme toujours. Il arborait une sorte de sourire.

— Ravi de vous revoir en pleine santé, Monsieur de Saint-Pierre. Nous vous avons trouvé un meilleur logement pour cette nuit.

Puis, il s'écarta pour nous indiquer l'entrée d'un large hôtel bourgeois, pour peu que la nuit me laissât en juger. En deux sauts nous étions à l'intérieur, Marie et moi.

— Soyez les bienvenus !

Un petit homme tout rond, richement paré, nous accueillit dans le vestibule. À le voir ainsi équipé, tel que j'avais l'habitude de recevoir moi-même mes patients à la boutique du collège, je fus quelque peu honteux de ma tenue misérable. Mes habits de voyage avaient fini par ne plus ressembler à rien pour avoir été trop longtemps négligés.

— Pierre Hilaire Chapuis de Tourville, pour vous servir.

On nous accueillit là de la meilleure des façons, mais il apparut tout de suite que notre homme, quoique fort civil et empressé à nous recevoir, n'était pas dans le secret de la fraternité comme tous ceux qui s'employaient à notre discrétion depuis le départ. Il nous reçut avec le faste ostentatoire d'un provincial accueillant quelque personnalité de la capitale. Après nous avoir fait transporter dans nos appartements respectifs, et après qu'on nous eût proposé de quoi nous sécher d'abord, puis des effets pour nous changer et pourvoir à notre toilette ensuite, il nous invita à souper dans une salle à manger où l'on avait dépensé en chandelles bien plus que je n'en avais vu en totalité depuis mon départ du château de l'Isle. Un tel luxe m'était devenu superflu. Les éclats d'une imposante cheminée de marbre finissaient d'ôter à la pièce tout recoin mystérieux propice à la rêverie ou à l'interrogation. Il en était de cet endroit comme de l'esprit de notre hôte : il n'y avait rien à y dissimuler. On voyait en lui comme en plein jour. L'homme nous interrogea sur la capitale et la cour, et il ne se soucia nullement du manque de réponse de Marie ni de l'approximation des miennes. Il était surtout préoccupé à répondre coup sur coup à ses interrogations par ses propres idées sur la question. Je compris d'ailleurs rapidement que les dernières visites de l'homme dans la capitale étaient de bien loin plus récentes que les miennes.

— Avez-vous goûté le chocolat au Café Procope ?

— Certes, j'ai même eu la chance d'y rencontrer Pierre Fauchard ! avais-je répondu.

— Qui cela ?

Mais l'homme n'était pas un fat, et par sa générosité, son entrain et la richesse de sa table, il nous fit oublier l'espace de ce souper, la course sous la pluie et le danger qu'on sentait partout depuis le départ de Lyon. Cette menace devenait une part indéfectible de mon univers dès que j'osais respirer l'air extérieur. Il n'y avait aucune suffisance à lui reprocher tant l'homme respirait une sorte de bonté qui excusait simplement le comportement artificiel d'un courtisan quelque peu frustré d'être reclus par les responsabilités administratives dans cette petite ville de Province. L'heure du coucher vint enfin après mille politesses d'usage. Le sommeil fut prompt et réparateur, lavant en même temps la fatigue, le ciel de ses nuages et les tourments qui me pesaient au cœur.

Le réveil fut ponctué des bruits de cuisine qui montaient de la cour intérieure de l'hôtel de Tourville. En ouvrant les rideaux, je pus apercevoir dans le carré du ciel, un bleu uniforme propice à me redonner tous les courages et les meilleures espérances dans ma quête. Après le déjeuner du matin que nous prîmes seuls, Marie et moi, notre hôte sans doute occupé à cuver d'excessives libations, je retournai dans mon appartement. Je ne disposais pas de mes affaires qui étaient restées sur le bateau. Les navires étaient-ils encore à quai ou avaient-ils repris leur route pour continuer à tromper l'ennemi ? Nulle âme qui vive ne semblait être en mesure de répondre à cette question dans toute la maisonnée. On frappa à ma porte.

Marie entra, le même sourire que la veille. Ses lèvres avaient retrouvé une fraîcheur enfantine à mesure que nous avions descendu le fleuve. C'était comme si la pluie avait gommé toutes les cicatrices d'un passé importun. Elle portait une robe de toile toute simple que je ne lui connaissais pas, loin des ors tapageurs des vêtements avec lesquels elle avait quitté sa pension lyonnaise. On eût dit que ce détail achevait sa transformation en jeune fille vertueuse, ce qu'elle n'avait jamais cessé d'être au fond d'elle-même. À mon sourire qui n'osait une question, elle répondit :

— J'ai emprunté ces vêtements à une fille de cuisine. Elle était bien trop heureuse de recevoir en échange la vilaine robe que j'avais emportée de Lyon. Du moment qu'elle n'apprend jamais à quel genre de fille elle a appartenu, elle pensera avoir fait une bonne affaire. Nous sommes du même village dans la montagne, même si elle vit maintenant ici.

Marie s'assit sur le bord du lit et me regarda avec un air étrange.

— Vous avez été si bon pour moi. Ne saurais-je jamais pourquoi ?

— Peut-être simplement parce que tu le mérites et que je devais être celui qui te délivrerait.

Elle laissa passer un temps de rêverie. À travers la fenêtre, le soleil posait sur son visage les carnations d'un tableau de maître. Il y avait en elle toute une jeunesse que j'aurais voulu retrouver, une espérance dont elle me léguait délibérément une part en signe de gratitude.

— Venez avec moi.

— Je ne pense pas qu'il soit prudent de quitter cet abri.

— Je connais le pays depuis ma petite enfance. Il n'y a pas un sous-bois que je n'aie parcouru mille fois en jouant. Venez avec moi que je vous montre la chapelle où mes parents m'ont baptisée, que vous sentiez la force supérieure qui régit l'endroit. Qu'elle vous inspire et vous guide. Lorsque vous aurez vu, je vous reconduirai jusqu'ici sans danger. Et je retournerai vivre avec les miens, forte de chacune des expériences que ma vie m'a offertes ou imposées, libérée grâce à vous.

Il y avait dans sa voix une telle sincérité que je me sentais incapable de nous refuser ce bonheur, sachant qu'il y aurait au bout de ce chemin une grâce nouvelle, la même qui venait m'animer par éclairs depuis la nuit passée entre ses bras. Ce paradoxe de tendresse et d'amour dépassait alors tous les détails obscènes d'un désir qui n'avait été que le révélateur de ce que nous étions l'un pour l'autre. Mais il fallait aller jusqu'au bout de la route pour que chacun de nous pût recueillir complètement les bienfaits de cette aventure.

Nous étions sortis par une porte de service qu'une servante avait indiquée à Marie. Nous avions marché plus de deux heures sous des forêts paisibles, dans des chemins de cailloux, passé des ponts sur des ruisseaux chantants avant d'arriver à la chapelle d'Ostian. Notre descente vers le sud nous permettait en ce mois de juin de profiter d'une chaleur qui m'avait obligé à ôter ma veste. Marie avait marché à mon pas, mais bien que la route eut été parfois difficile, mon organisme avait parfaitement supporté l'effort jusqu'à notre destination. On entendait le bruit de centaines d'insectes qui bourdonnaient dans l'air, parfaitement maîtres des lieux, comme si toute autre âme en dehors du règne animal devait se sentir importune. À la fin, Marie m'avait tenu la main, craignant que la fatigue m'empêchât de poursuivre jusqu'au bout. Nous avions bu à une petite rivière une eau fraîche à même nos mains.

Au détour d'un chemin, j'avais remarqué une vieille tour en ruine qui dominait une petite vallée. Tout au fond, se trouvait la chapelle. Je ressentis dans la poigne de Marie la vigueur de l'excitation. Plus loin encore, quelques maisons, peut-être le hameau où vivaient ses parents. C'était une chapelle de pierres brutes soutenue par de larges piliers. Un chœur semi-circulaire sans chapelle et une seule ouverture, un toit de tuiles romaines et un simple clocheton, le saint lieu apparaissait caché en bordure d'un champ de vignes et abrité sous d'immenses platanes qui le protégeaient de leur ombre. Marie courut devant moi tandis que je finissais de m'approcher. La porte située à l'avant était fermée. Une entrée latérale nous permit de nous glisser dans l'ombre rafraîchissante du sanctuaire. Je vis couler les larmes sur les joues de la jeune fille. Elle me regarda, ne pouvant exprimer avec des mots toute la reconnaissance que je pus lire dans ses yeux. J'en fus moi-même bouleversé, revivant en un éclair toutes les étapes de ma vie qui m'avaient conduit jusque-là, comme une force invisible.

— Il faut encore espérer ! me dit la jeune fille.

Puis elle s'agenouilla et pria, ne semblant pas s'inquiéter de ma retenue. Car j'étais incapable d'autre chose que de la rancœur pour tout ce qui avait été perdu, même si je reconnaissais dans les lieux une certaine inspiration mystique. Alors que j'espérais trouver ici un réconfort ultime, je n'y trouvai tout d'abord que de la froideur et un silence cruel à toutes mes interrogations. Peu à peu, mes yeux s'habituèrent à l'obscurité et mon esprit s'apaisa en regardant danser dans la lumière la poussière originelle. Et je contemplais Marie agenouillée, abîmée dans une gratitude naïve, oublieuse de ce qu'elle avait pu subir auparavant. Qu'y avait-il à la fin de moins triste et de moins cruel dans ce qu'elle avait vécu par rapport à moi ? Étais-je si orgueilleux pour imaginer à quel point mon sort était tellement moins enviable que le sien ? Peu à peu, mes sentiments fondaient : tout d'abord agressifs, ils se taisaient pour faire place au silence et enfin au doute. Pourquoi n'aurais-je pas droit moi aussi à une destinée tout écrite pour moi ? Si la route avait été si dure, peut-être que l'extrémité du chemin n'en serait que plus heureuse ?

C'est avec un esprit apaisé que je sortis de la chapelle, tenant serrée dans ma main celle de la jeune femme, comme un noyé perdu désespérant de son salut. Elle parut elle-même surprise de ma poigne lorsque je voulus l'entraîner vers les quelques maisons qui paraissaient nous attendre à l'orée du petit bois, à quelques pas de là. Là où selon toute vraisemblance devaient se trouver les membres oubliés de sa famille.

— Non ! me dit elle en me retenant.

— Là où je vais, vous ne viendrez pas. Je vais tout d'abord vous raccompagner chez Monsieur de Tourville. Sans moi, vous risqueriez fort de vous perdre.

— Mais votre famille se trouve sans doute là-bas. Comment pouvez-vous attendre ainsi ?

— Justement, j'ai tellement attendu, j'ai tant désespéré de les revoir un jour que je peux bien patienter encore un moment. Croyez-moi, moi seule connais la chanson que je pourrai leur faire entendre pour expliquer quelle a été ma vie pendant tout le temps où je suis restée absente.

J'insistai encore.

— Non, vous dis-je. Votre place n'est pas là bas, pas plus que n'est la mienne dans ces salons dorés et lumineux où vous vous trouvez à rayonner. Je ne dis pas que telle est votre nature ni que ces gens qui vous entourent, pleins d'esprit et de richesses, sont de la même trempe que vous. Ce que je pense, c'est que j'y trouve encore moins ma place que vous. Vous êtes d'une façon si particulière qu'on ne pourrait vous ranger dans aucun registre : vous n'assumez pas votre particule. Et croyez-moi, j'en ai vu passer quelques-uns à Lyon. Vous n'assumez pas davantage la richesse d'un bourgeois. Je ne sais pas qui vous êtes. Ce que je sais, c'est que vous êtes peut-être le seul homme vraiment bon que j'aie rencontré jusqu'ici. Et je sais le bonheur que ma route ait croisé la vôtre. Mais maintenant, tout nous sépare.

Elle pleurait, me regardant en face, tandis que le vent battait les mèches de ses cheveux que notre course avait défaits. Il y eut encore un de ces instants qui font la richesse des heures. Je ne savais que penser et encore moins quoi dire. Plus je cherchais, moins je savais.

— Allons, nous n'avons plus quinze ans. Gardons chacun le meilleur sans penser au reste.

Elle lâcha ma main pour partir devant, cachant encore une émotion qu'elle ne contrôlait guère plus que moi. Elle ne dit plus rien, prenant le soin de toujours me précéder, se retournant de rares fois pour s'assurer que j'arrivais à la suivre. Nous descendions vers la ville et le trajet du retour fut moins difficile et plus rapide. La distance entre nous avait fini par se distendre et je laissais la silhouette avancer loin devant pour contraindre mon envie de la rattraper et de la supplier de rester avec moi. Ma raison me commandait le contraire et par chance mes jambes de vieillard jugèrent de mon sort, car il me fut impossible de la rattraper avant l'hôtel de Tourville.

Je ne pensais plus qu'à une chose en arrivant : un simple verre d'eau pure et fraîche tirée d'une fontaine ou du premier puits. Il y eut pourtant quelque chose qui me força à ralentir. Marie s'était arrêtée à quelques pas de la porte de service, comme un animal à l'arrêt devant un danger qu'il n'avait pas encore reconnu. Elle se retourna, son visage avait une expression terrible : la peur.

— Cours, Jean ! Adieu !

Ce fut comme un signal, et la rue qui semblait si paisible quelques instants plus tôt se changea en un instant en un champ de bataille. Devant Marie, un homme surgit de la porte de l'hôtel et, m'apercevant, il se précipita dans ma direction. Il bouscula la jeune femme sans lui prêter la moindre attention. Il était entièrement vêtu de noir et était masqué. À la main, il tenait une épée. Il courait dans ma direction. Mon regard avait croisé le sien un instant et malgré la distance, j'y avais lu tout le vide d'un esprit fanatique dont le but seul animait l'action sans souci du moyen d'y parvenir. Et j'étais sa cible. Je le regardai venir vers moi, sans imaginer la suite de cette action. Je ne sentis pas la main qui se posait dans mon dos. J'eus juste le temps de sursauter tandis qu'on me tirait en arrière brusquement.

— Imbécile !

Boniface était derrière moi. Il venait de me traîner dans une ruelle étroite qui se trouvait juste à l'angle d'une porte-cochère.

— Courez maintenant ! Et évitez les hommes en noir ! À la cathédrale !

D'une bourrade, il me poussa comme on donne un élan au cheval. Les rues étaient encore pleines de boue et je ne savais où aller. Je courus sans me retourner dans la ruelle qui se prolongeait en sinuant sous des voûtes sombres où n'importe quel ennemi aurait pu se dissimuler. Tant que je n'avais qu'à courir, je n'avais aucune question à me poser. Je crus bien entendre derrière moi le bruit d'une course : ennemi ou ami, l'heure n'était pas à la question. La ruelle marqua un coude, mais sans que j'entrevisse la moindre bifurcation. Pour le moment, j'étais toujours dans la direction où Boniface m'avait envoyé. Les bruits de course avaient cessé derrière moi. Mais, il n'était pas question de continuer plus longtemps, car mon souffle commençait à ne plus être capable de me délivrer la moindre force, même en appelant au secours ma peur ou ma détermination.

Sur ma droite, j'avisai une sorte de soupirail sombre, mais trop étroit pour m'abriter. Je continuai en marchant et soutenant ma poitrine à deux mains. Un coup de feu derrière moi ! Mais il ne venait pas de la ruelle où je me trouvais. Trop étouffé ! Je repris ma course encore quelques instants, pensant que cette crainte supplémentaire allait m'offrir un second élan. Il ne fut que de courte durée. J'arrivai enfin au bout de la ruelle. Les bruits avaient repris derrière moi, c'était sûr, on était après moi. Dans le ciel en face de moi se découpait une grosse tour à angles nets. Je ne savais pourquoi à cet instant, je pus imaginer qu'une tour qui ressemblait plutôt à un donjon moyenâgeux pouvait me rapprocher de la cathédrale, mais c'est ce qui me sauva alors.

— À moi, compagnons, par ici !

Derrière, deux hommes en noir et masqués accouraient dans ma direction. À ma gauche, un autre se retourna et me voyant, se mit à courir lui aussi.

— Il est là !

Il ne me restait plus que la rue qui partait à droite, justement dans la direction du donjon. Trois poursuivants, c'était assez pour redonner à mes jambes une vigueur insoupçonnée. Même s'il y avait quelque chose de désespéré dans la course d'un vieillard pourchassé par trois hommes qui couraient vers lui.

— Courez encore ! Jusqu'à la tour !

Annibal venait de sauter devant moi en travers de la route. Il se mit au milieu pour protéger ma fuite.

— À moi, messieurs !

Puis, ce fut un bruit de ferraille qu'on entrecroisait, des cris et les rugissements de fauve de mon défenseur contre les trois attaquants muets. La rue commençait à monter. Quelques pavés posés çà et là par un ouvrier peu scrupuleux permettaient de ne pas glisser définitivement dans la boue. Je ne pouvais plus courir et me contentai de marcher, courbé en deux. Mon cœur tapait à tout rompre et j'aurais bien pu croire que je vivais là mes derniers instants. J'aperçus soudain une silhouette tout en haut de la rue, au pied de la haute tour. Boniface se trouvait juste devant la nef défaite de la cathédrale. Il tenait un cheval par la bride.

— Dépêchez-vous! Il est plus que temps.

Je ne sus comment, mais il réussit à me faire grimper sur le cheval qu'il avait placé le long d'un muret. Il guidait chacun de mes gestes. Je n'avais jamais fait cela, mais il n'y avait aucun temps pour l'hésitation : juste celui de garder suffisamment de souffle pour pouvoir respirer encore et de monter sur cette maudite bestiole pour prendre la fuite. Là était mon salut.

On me poussa sur la selle rapidement, et Boniface, que je n'aurais pas cru si leste que cela, sauta derrière moi sur le dos de la monture. Puis il hurla à l'oreille du cheval et celui-ci partit au galop. J'entendis un cri sur ma gauche.

— Aux bateaux!

Un nouvel homme en noir venait de surgir dans la ruelle devant nous. Malgré son air menaçant, Boniface excita le cheval à aller encore plus vite, comme s'il avait voulu lui passer dessus. Le mousquet de l'homme claqua. Il y eut une odeur de poudre. Puis l'homme cria avant de se jeter sur le côté pour éviter d'être piétiné. Je me cramponnai tant bien que mal à la crinière du cheval, Boniface continuait de crier pour encourager sa course. Il y eut une longue descente et j'aperçus en contrebas les bateaux qui nous avaient attendus à quai.

Il y eut rapidement le galop d'autres sabots qui résonnèrent derrière nous. Nous passâmes la porte de la ville. Il n'y avait plus qu'une longue route toute droite. Nous avions une certaine avance, mais le cheval supportait deux personnes. Boniface ne lui laissait aucun répit, continuant à l'exhorter. Qu'importait qu'il fût bon à abattre à la fin, ce qui comptait, c'était que nous arrivions aux embarcations avant les autres. Je commençai à distinguer le navire de Daniel. Le maître marinier attendait à l'avant, pointant un mousquet dans notre direction. Le coup partit, sans ralentir pourtant les bruits de sabots derrière nous.

Un seul bateau restait à la rive, les autres tenaient tant bien que mal derrière, risquant dans le courant d'entraîner le dernier qui nous attendait. D'autres marins armés de mousquets tirèrent à leur tour, ce qui eut tout de même pour effet de ralentir la course de nos poursuivants. Nous arrivions à quai. Le cheval grimpa directement sur l'embarcation. On tira la planche qui nous avait permis de monter à bord et la dernière amarre fut larguée. Deux bras vigoureux me firent descendre de cheval et l'on me jeta presque au fond de la cabine pour m'abriter. Arrivés sur le quai, nos poursuivants avaient déjà mis pied à terre et tiraient des coups de feu, essayant en vain de nous atteindre.

— Empire! hurla Daniel.

Et les navires se placèrent rapidement au milieu du courant pour prendre de la vitesse avant de longer la rive gauche du fleuve.

Daniel entra dans la cabine. Il était rouge comme je devais l'être après avoir couru. Il aurait pu être furieux, mais il souriait férocement.

— Eh bien, c'est raté pour cette fois ! Dites-vous bien, Monsieur le charlatan, que c'est votre imprudence qui a sauvé votre tête !

Puis il éclata de rire.

De mon côté, je venais d'oublier en un instant ce qui venait de se passer, incrédule et surtout étourdi d'une si terrible course.

Chapitre VII
La Provence

Le soleil de juillet frappait sans merci sur le Pré[104]. On arrivait à la foire de Beaucaire, jour de la Sainte Marie-Madeleine. C'était un jeudi.

Il avait fallu bien du temps pour oublier les frayeurs de Viviers. Après notre départ en catastrophe du petit port fluvial, nous avions descendu le fleuve en longeant la rive gauche jusqu'à trouver un petit affluent où le convoi s'était engagé sans hésiter à la nuit. Ces bras morts du Rhône étaient souvent méconnus ou inaccessibles lorsqu'on venait par la terre, et il avait été facile d'y dissimuler les embarcations, le temps d'organiser la suite de notre progression. Annibal nous avait bientôt rejoints. À son récit, les événements de la journée s'étaient éclairés.

— Ils avaient suivi le convoi pendant la remonte depuis Avignon. Mais ils avaient su se montrer très discrets, car nous ne les avions pas remarqués. À Viviers, ils n'ont pas voulu attaquer les bateaux, mais ils sont allés directement à l'hôtel de Tourville : une attaque par trois assaillants. L'effet de surprise était leur principal atout. Mais comme vous aviez quitté l'hôtel, ils n'ont trouvé que le propriétaire des lieux encore au lit et les domestiques qui n'ont pas su dire où vous vous trouviez. La suite vous la connaissez.

— Et Marie ? avais-je aussitôt demandé.

— Elle n'a pas été inquiétée. Ils n'en ont qu'après vous, mais d'une manière bien vigoureuse à en juger par leur attaque. Votre protégée a pu retourner chez ses parents. Elle aurait bien voulu vous transmettre quelques mots, mais elle s'est excusée, ne sachant écrire. Elle m'a juste demandé de vous dire qu'elle ne vous oublierait jamais et que sa tendresse était sur vous.

Ainsi s'était achevée l'aventure lyonnaise. Car je savais que nos destins avaient trouvé chacun leur chemin en nous éloignant. C'était inéluctable, mais souhaitable et tel que je l'avais espéré.

Nous passâmes Pont-Saint-Esprit sans encombre par un jour de brume. On distinguait à peine l'une ou l'autre des rives du fleuve. Les eaux bouillonnaient contre les innombrables piles, semblait-il, indestructibles. C'était un spectacle grandiose de passer sous ces arches, qui n'étaient apparues qu'au dernier ins-

---

104 — Lieu où se tenait la foire de Beaucaire.

tant, alors qu'on entendait depuis des lieues le grondement menaçant du fleuve contrarié. Mais je dus observer ce passage depuis la cabine, car il n'était pas improbable que des guetteurs aient été postés sur le tablier pour contrôler les bateaux.

Juste après, nous changeâmes d'embarcation. Maître Daniel confia son convoi à son second et prit le commandement d'un nouveau bateau, moins lourd et plus maniable, avec une grande voile ocre. Nous transportions une importante cargaison d'un excellent vin de Rasteau destiné à la foire. J'étais un simple négociant qui descendait le fleuve au milieu de ses muids.

Plus loin, ce furent les méandres avant Caderousse, le donjon de Chateauneuf-Calcernier[105]. Le fleuve s'élargissait encore, ne perdait rien en puissance, mais s'en trouvait plus paisible.

Il avait été décidé de ne pas s'arrêter de prime abord en Avignon. J'avais dû me contenter d'admirer quelques créneaux des fortifications et le pont rompu de Saint-Bénezet. Il était en effet à craindre que l'on me cherche là, puisque les dernières traces de Nicolas de Blégny devaient se trouver dans cette cité. La Durance était ensuite venue grossir notre voie, nous propulsant bien plus vite encore sur les dernières lieues de notre voyage. Il était peu probable qu'on nous attendît à Arles. Mais si nous nous arrêtions à Beaucaire juste avant, le risque en serait encore moins grand. J'aurais voulu découvrir Tarascon qui nous toisait de l'autre côté du Rhône, mais il n'en avait pas été question. Le bateau avait trouvé avec peine son chemin jusqu'au débarcadère.

Je ne savais pas si l'on pouvait évoquer une foule pour les navires, mais il y avait là une telle concentration d'embarcations de toutes tailles, de toutes origines et de toutes les sortes, qu'il ne fallait compter que sur les talents des marins et mariniers pour éviter à chaque instant que les coques se heurtent. L'humeur était concentrée, mais joyeuse, pour ce rassemblement attendu par tous depuis la foire de l'année précédente. Huit jours ouvriers[106] de foire, c'était peu finalement pour ceux qui l'attendaient depuis si longtemps. C'était une forêt de mâts, de voiles de toutes formes et de toutes couleurs, de drapeaux de toutes nations, d'étendards, fanions, bannières, qui empêchaient de voir le Pré ou les maisons. Le château émergeait à peine au-dessus du formidable rassemblement.

Nous étions arrivés en fin de matinée, le jour de l'ouverture de la foire. Il était de notoriété publique qu'il valait mieux arriver la veille pour profiter pleinement de cette journée exceptionnelle, mais Daniel avait pensé qu'en nous mêlant à la foule du premier jour, nous augmenterions encore nos chances de passer inaperçus. Ainsi nous avions raté la procession de la veille, où les quatre consuls en grande tenue, accompagnés des piquiers et de leur garde bourgeoise, étaient venus recueillir chez le fermier général la franchise de la foire. S'en était suivie une procession aux flambeaux par toute la ville. Le jour de la sainte Magdeleine, la messe solennelle de l'ouverture était célébrée à la cathédrale en

---

105 — Châteauneuf du pape ne porte son nom actuel que depuis 1893. Il doit l'appellation de calcernier à la production de chaux qui a fait la richesse du village depuis le XIIIe siècle.
106 — Ouvrés.

présence de tous les notables. Puis une nouvelle procession de cette compagnie promenait dans la ville la statue de la sainte qu'on honorait ce jour-là.

Nous arrivâmes parmi les caboteurs qui avaient amené de la mer tout ce qui se comptait de marchands, venus de l'Afrique ou de plus loin encore, vendeurs d'épices et d'extraordinaires secrets. Tous convergeaient vers le pré, empruntant les pontons pour ceux qui avaient eu la chance de trouver une amarre encore libre. Les autres, échoués plus loin sur la côte sablonneuse, se pressaient d'autant. On en voyait venir de plus loin, car pour autant de navigateurs qui venaient se rassembler ici pour le plus grand des marchés, autant de commerçants arrivés par la terre, apportaient eux aussi leur part de marchandise et d'argent.

— C'est ici que nous nous quittons.

Sur le pont, maître Daniel me regardait avec bienveillance.

— Vous êtes courageux pour un vieillard et vous courez fort vite lorsqu'on met le diable à vos trousses. Vous méritez assurément les soins que l'on prend pour vous. Nous allons décharger ici nos marchandises pour vendre ce que nous avons apporté. Puis, mes hommes prendront le temps du plaisir qu'ils ont bien mérité. Les troupes de Jean-Gaspard ne vous connaissent pas si bien. Rester près de moi pourrait vous faire connaître, alors que là-dedans vous passerez presque inaperçu. Adieu, maître Jean.

— Adieu, maître Daniel.

Nous nous embrassâmes avec chaleur. Puis je rejoignis Boniface et Annibal qui m'attendaient déjà sur la rive. On m'avait assuré que mes bagages suivraient, on ne m'avait pas précisé où ni quand, mais il y avait bien longtemps que je ne me souciais plus de ces détails matériels, accordant à l'organisation la confiance qu'elle méritait. Mes deux anges gardiens avaient quelque peu modifié leur tenue, sans doute pour se rendre plus facilement invisible dans la foule. Ils devaient garder une certaine distance tout en conservant en permanence un œil vigilant sur moi, la main sur l'épée. Ils me confièrent une bourse et me donnèrent mon congé. Je me sentais comme un enfant, mêlant l'excitation de me savoir libre de mes mouvements et la contrainte de cette tutelle permanente. J'étais pourtant heureux de cette protection.

J'avais décidé de profiter de l'occasion pour essayer d'obtenir quelques renseignements sur Nicolas de Blégny. S'il avait vécu en Avignon à la fin de sa vie, il eut été surprenant qu'il ne vînt jamais dans ce lieu fantastique où l'on pouvait acquérir les marchandises les plus rares et les plus raffinées, tout en rencontrant à l'envi des sages ou des savants avec qui partager le savoir. Un homme de science tel que lui, mi-charlatan mi-docteur, n'avait pu ignorer un tel lieu. Et malgré les années, j'avais gardé un petit espoir de trouver là quelqu'un qui pût m'apprendre quelque chose sur lui, un fil, un indice, pour retrouver sa trace. Puisqu'Avignon me restait encore interdite, je devais commencer par là.

Le Pré était une vaste étendue qu'on avait aménagée pour accueillir des visiteurs venus de plus en plus nombreux chaque année. La grande peste de 1720 avait fait des ravages et la fière cité avait mis des années à se reconstruire. Il avait fallu notamment s'organiser pour augmenter les capacités des auberges pour loger tout ce monde-là. Le moindre banc sous un porche était à louer et cela pouvait en coûter jusqu'à trois cents francs la nuitée. On parlait de plus de cent mille visiteurs pour le seul temps d'une foire ! Et à en voir la bousculade qui régnait là-dedans, ce chiffre paraissait bien véridique quand on y trempait le nez. Pour imaginer le Pré, il suffisait de penser à la Foire Saint-Germain et de la transposer en plein air. Des baraques en bois étaient alignées avec ordre, les spécialités étaient disposées par quartier : c'était une véritable ville en plein air, une foire dans la foire où il fallait apprendre à se faufiler pour pouvoir progresser. Cela devait grouiller de malandrins et autres tire-laine. Mais avec mes comparses qui veillaient sur moi, je n'avais pas à me soucier de cela non plus.

À ciel ouvert, ce camp marchand exhalait en même temps les épices et les riches préparations qu'on apprêtait déjà pour nourrir ces milliers de gosiers. Mais ce qui me surprit le plus, en me mêlant à cette foule, ce furent mes oreilles qui me le révélèrent. On y parlait de nombreux langages, car les tractations étaient permanentes. Des Levantins des confins parlaient une sorte de sabir, de savants inventeurs dispensaient leur science en latin, mais du français, je n'en entendis presque pas un son. Les personnages que je reconnus à leur accoutrement pour être de la région s'exprimaient en une langue étrange et chantante. Par certaines racines des mots employés, on y retrouvait les bases de la langue officielle du royaume. Mais sous une profusion de voyelles que les bouches lançaient en l'air en chantant, les consonnes avaient peine à articuler l'ensemble. C'était une langue étrange que celle-là. Elle avait une musicalité certaine, et en exerçant un peu l'oreille, on finissait par saisir le sens général de telle ou telle phrase. De toutes les manières, je n'avais pas le choix, car de notre beau langage parisien, je n'en entendis guère.

J'arrivai bientôt sur une rue plus large que les autres, où l'on pouvait se déplacer avec davantage de liberté. Tout au bout, on pouvait voir la ville, les tours du château et de la cathédrale. Peut-être devais-je commencer par là. C'était en montant vers la cité que je passai devant une ruelle d'où monta un cri terrible, celui d'un homme. Un cri où se mêlaient la douleur et la surprise, sans que pourtant cela ne semblât choquer personne. Je m'arrêtai pour observer. À l'entrée de la ruelle, un charlatan en grand habit, portant un oiseau de mille couleurs sur l'épaule, vendait un Orviétan quelconque. Il promettait évidemment que la panacée était préparée selon l'unique recette officielle remontant à l'antiquité. C'était sans doute le quartier des charlatans, merciers et autres mages. Ce qui expliquait sans doute que personne ne s'inquiétât lorsqu'on entendait crier dans les environs.

Sur une petite placette se tenait une sorte d'étal, où un vieillard en habit d'or maniait d'une main un couteau ensanglanté sous les yeux d'un malheureux jeune homme. Celui-ci se tenait l'entrejambe à deux mains et pleurait de douleur. Son pantalon était noir de sang. Le charlatan brandissait dans son autre main une masse sanguinolente qu'il présentait à la foule.

— Te voilà guéri de tes mauvaises hernies, mon brave.

Et le vieil homme jeta sous sa table les reliquats de l'infortuné. Il parlait français, ce qui termina de m'intriguer. En me décalant légèrement, je pus voir qu'un chien, qui semblait aussi vieux que son maître, se régalait des attributs du malheureux[107]. Je m'arrêtai devant l'échoppe, regrettant presque de n'avoir pas pu assister à l'intervention. Le charlatan devait être assez habile, car le malheureux ne saignait plus. Il paya son dû et disparut dans la foule sous les conseils et les moqueries d'un public manifestement réjoui. Je repensai à Nicolas de Blégny et à l'un de ses ouvrages rapportant les différents bandages que l'on pouvait pratiquer chez les personnes souffrant de ce genre de problème. Je m'approchai. D'un coup d'œil, le charlatan me jaugea et comprit que je n'étais pas là pour solliciter ses services. Peut-être me prit-il pour quelque médecin de la faculté, venu en toute discrétion pour contrôler son activité. Son visage se ferma.

— La consultation est finie pour aujourd'hui ! me dit-il d'un air mauvais en essuyant son couteau dans un torchon maculé de sang séché.

Le chien grogna sous l'étal.

— Vous semblez vous y connaître en matière de hernie.

— Qui êtes-vous pour pouvoir me dire si je suis compétent ou non ?

— Je ne suis pas un espion de la faculté, si c'est ce que vous craignez.

À ces paroles, l'homme s'apaisa légèrement.

— Si vous voulez savoir, ce jeune homme était parfaitement au courant de ce que j'allais lui faire et pour quelle somme. Il n'y a eu aucune tromperie. Et soyez certain qu'il ne souffrira plus jamais de ce problème-là.

— Avait-il essayé les bandages ?

Il me jeta un œil sévère.

— Des trucs de bonnes femmes et de médecins.

— Vous en parlez pourtant comme si vous les aviez étudiés.

— La belle affaire.

La conversation tournait en rond. Le vieillard repliait son matériel. Si je n'essayais pas autre chose, il allait filer et me laisser en plan. Il avait l'air si vieux qu'il n'y avait pas à douter qu'il avait été un contemporain de Nicolas de Blégny.

— Nous sommes de la même trempe vous et moi. J'ai été itinérant sur les routes de Bretagne dans ma jeunesse.

Il arrêta son manège, m'adressa un œil intéressé. Je crus bon d'ajouter :

— Je vous invite à dîner et nous parlerons entre confrères.

Pour avoir connu les petites et grandes misères de la route, je savais qu'il n'était jamais question de refuser un repas gracieux lorsqu'on ne savait pas quand on pourrait s'attabler à nouveau. Le vieux charlatan attacha son chien avec une corde, puis il glissa contre le mur la planche qui lui servait de présentoir avec ses tréteaux, sous la garde du molosse. Ses instruments et le peu d'accessoires dont il disposait tenaient dans une besace qu'il passa en bandoulière.

— Suis-moi.

À deux pas de là se tenait une simple échoppe : trois tables et quelques

---

107 — Certaines théories laissaient penser qu'en châtrant les patients, on pouvait prévenir les hernies inguinales. Ainsi, de nombreux jeunes gens étaient régulièrement émasculés dans des conditions plus ou moins heureuses.

bancs où les visiteurs venaient se restaurer ou simplement vider une cruche sans rien perdre du spectacle de la rue.

— Je m'appelle Aymedieu. J'ai oublié mon nom de baptême depuis que j'ai passé ma quatre-vingtième année. J'ai oublié mon âge aussi. Passé un certain seuil, il n'a plus guère d'importance. J'ai presque traversé toute la France depuis que je suis charlatan. J'ai vendu des préparations à Paris, j'ai fabriqué des lavements en Bretagne, j'ai abaissé des cataractes à Toulouse. Et maintenant, je suis ici à châtrer des jeunes gens. Je n'ai pas mon pareil pour leur faire ça en douceur, en leur liant les vaisseaux pour ne pas qu'ils se vident.

Après cette présentation, l'autre attendait que j'en fasse autant. On déposa devant nous une corbeille garnie de grosses tranches de pain bis et un pot de terre qui contenait une substance noirâtre à l'aspect inquiétant et à l'odeur terrible. C'était comme si on avait concentré tous les parfums de l'océan dans cette petite terrine.

— Tu verras, c'est le meilleur caviar d'Arles[108] que l'on puisse trouver par ici.

Il sortit un couteau de sa poche et tout en commandant à boire, il s'appliqua à enduire généreusement deux tartines de la préparation. Il m'en tendit une et mordit avec ce qui lui restait de dents dans la sienne avec un soupir d'aise.

— Alors ?

— Mon nom ne te dira rien. Je cherche un homme.

— Au milieu de cent mille autres ?

— Cet homme est mort.

— Tu le trouveras plus aisément au cimetière qu'à la foire.

— Je veux retrouver la trace de son passé.

— Tu le connaissais bien ? Un tien parent peut-être ?

— Non, il est mort il y a plus de cinquante ans.

L'autre m'arrêta.

— Pendant la grande peste alors ? Tu ne le retrouveras pas. Ni sépulture ni inscription au registre. Il n'y a bien que Saint-Pierre qui pourrait te renseigner.

De son index, il désignait le ciel avec un air malin. Il marqua un temps encore, s'accouda à la table et me parla avec un grand sérieux

— Ne perds pas ton temps avec des énigmes, dis-moi plutôt son nom.

— Nicolas de Blégny.

— Ce nom ne me dit rien. Un savant ?

— Un érudit, il a beaucoup écrit sur les bandages herniaires, il connaissait les vertus du café. Il était à la recherche d'un remède secret.

— Un hermétique ? Un chimiste ?

— Je ne crois pas.

L'autre réfléchit encore longuement, puis me dit :

— J'ai bien connu un Nicolas qui aurait pu correspondre, mais il ne portait pas ce nom-là. Je peux te l'assurer. Mais de son autre nom, ma pauvre mémoire n'en a pas conservé le souvenir. C'est cela de vieillir, tu sais, si tu préserves tes jambes, ton cœur ou tes poumons, c'est le reste qui pâtit. Moi, c'est ma

---

108 — Sorte de confiture à base d'œufs d'esturgeons mis à sécher.

cervelle qui s'enfuit en morceau. Ce Nicolas que j'ai connu c'est peut-être le tien. Il avait peut-être changé de nom. Il connaissait force bandages. Il me disait toujours qu'il avait été quelqu'un de très important dans la capitale. Il prétendait qu'il avait écrit plusieurs ouvrages de chirurgie et de médecine, mais il ne m'en montra aucun. Il avait été emprisonné, puis banni. Il était revenu en Provence après un voyage en Italie.

Ce pouvait-il que la chance me sourît ainsi dès les premiers instants ? Mais quand bien même cet homme avait-il croisé Nicolas de Blégny, que pouvait-il m'apprendre qui m'orienterait sur ses traces ? Le charlatan s'était pris la tête dans les mains et se lamentait.

— Ma pauvre tête, tout s'enfuit… Puis revient parfois. Parfois sans crier gare, ramenant les pires souvenirs de mon passé et taisant habilement ceux que je voudrais retrouver.

Je le laissai poser son esprit et goûtai ma tartine. Passé le goût terrible de saumure et un vieux relent d'algues, on s'habituait à cette préparation dont le goût, à défaut d'être subtil, était parfaitement inoubliable. Le vin blanc était très sec et corsé. Il montait à la tête, révélant une quantité d'alcool bien au-delà de ce que j'avais été amené à goûter auparavant. Il faisait chaud, la confiture de poisson donnait soif. Nulle autre fontaine que ce maudit pichet où étancher ma soif, au risque de perdre tout ou partie de ma lucidité.

— Il venait ici chaque année. Je l'ai même vu l'année de la peste[109]. Puis l'année suivante. Puis il a disparu. C'était un homme étrange. Je n'arrive pas à retrouver un détail qui pourtant joue à cache-cache avec ma mémoire. Il vivait en Avignon.

— C'est sans doute lui !

C'était une chance unique que celle-là. Il m'était impossible de douter de ma bonne fortune, porté aux nues de l'excitation.

— Il me parlait souvent d'un endroit… un lieu particulier.

— Cherchez !

— Ma pauvre tête…

Il semblait fouiller sa mémoire, perdu lui-même au fond de son gobelet de vin. Mais je ne voulais perturber ce processus qui me conduirait peut-être au grand Nicolas.

— Des moines ! Il fréquentait des moines.

— En Avignon ?

— Non pas Avignon… non…

— Dites-moi !

Le soleil tapait sur sa pauvre caboche et si j'avais pu le secouer comme on branlait une tirelire pour en extirper le dernier sou, je l'aurais fait pour réveiller ses souvenirs. Je restai assis, vidant un nouveau verre, emporté par une double ivresse, celle de la découverte, et celle bien plus mauvaise du vin.

— Seigneur Passadieu de Saint-Pierre ?

— Oui ?

---

109 — 1720.

Je me retournai innocemment pour me trouver face à deux hommes en noir. Il ne leur aurait pas été plus facile de piéger un enfant de trois ans. J'eus à peine le temps de distinguer le dernier mot d'Aymedieu qui, dans un souffle, murmura derrière moi, juste à mon intention, avec l'accent du triomphe :

— Villeneuve…

Mais il était trop tard pour me réjouir de ce succès-là.

******

Je mis quelque temps à retrouver la mémoire de ces événements et lorsque j'y parvins, il me fut impossible de remonter davantage pour connaître ce qui avait suivi. Lorsque je me réveillai, j'étais plongé dans une profonde obscurité. La première sensation fut celle d'une terrible douleur au crâne. J'étais assis. On avait passé des cordes autour de mon torse et de mes jambes, me bloquant sur une chaise. L'air qui m'entourait était très sec et sentait la poussière. Lorsque je fis quelques mouvements pour m'assurer que je ne pouvais espérer gagner ma liberté, je me rendis compte que les sons se répercutaient à l'infini, comme si je me trouvais dans une sorte de cave, ou de grotte, ou de quelque autre lieu infernal du même registre.

On devait guetter mon réveil, car dès que je commençai à bouger, j'entendis des pas sur un sol dur. La lumière de torches vint éclairer l'espace dans lequel on m'avait fait prisonnier. C'était probablement la chapelle d'une église, car j'aperçus derrière les arrivants de larges colonnes de pierre surmontées d'arceaux romans à l'assaut d'une voûte, si haute qu'on n'en voyait pas la clef. Mais je m'intéressai surtout à mes ravisseurs. Au nombre de trois, je n'eus aucun mal à reconnaître les deux hommes en noir qui m'avaient démasqué à la foire et qui m'avaient conduit jusqu'ici. Ils encadraient un homme minuscule, richement habillé qui arborait une fine moustache comme elle avait pu être à la mode au siècle précédent. Les deux hommes avaient gardé leur chapeau. Le chef portait une perruque : j'avais déjà compris que j'avais devant moi Jean-Gaspard Ailhaud lui-même. Il souriait avec une méchanceté certaine. C'était enfin l'heure de son triomphe, comme si de me tenir là, à sa merci, pouvait rendre un peu de l'honneur perdu de sa famille.

Je ne dis rien, ne demandai rien, pour ne lui faire aucun plaisir à travers les réponses cyniques qu'il n'aurait pas manqué de me faire. Il plaça ses deux mains gantées sur ses hanches et se décida enfin à parler.

— Voici donc le fameux Passadieu !

Il n'y avait rien à répondre.

— Sachez, Monsieur, que vous nous avez donné bien du mal. Mais les amis de Monsieur de Jussieu auraient dû savoir qu'en osant s'attaquer à ma confrérie, ils s'exposaient à un sérieux risque d'échec. Il ne faut jamais négliger un adversaire qu'on ne connaît pas assez. Vous nous avez échappé à Paris, à Orléans, nous vous avions perdu entre Lyon et Annonay. À Viviers, il s'en est fallu de très peu. Nous vous attendions en Avignon, et c'est presque par hasard que nos espions vous ont trouvé à Beaucaire en enquêtant dans le quartier des charlatans.

Il brandit devant lui la petite clef que je portais encore à mon cou le matin même. Le sort était scellé. Je ne pus résister à une première remarque. Je n'avais pas l'intention de le laisser se pavaner comme une courtisane.

— Il aurait été plus simple que vos sbires soient un peu plus avisés à la foire Saint-Germain, et vous n'auriez pas eu à vous donner tout ce mal, Monsieur.

— C'est vrai. Mais cette petite chasse n'a pas manqué de piquant, vous êtes un amusant gibier, Monsieur.

— Vous avez ce que vous voulez, alors rendez-moi ma liberté.

— Ce serait trop simple. Et puis, il me manque une chose essentielle. C'est ce que vous a révélé ce Aymedieu. Nous l'avons interrogé et il a été incapable de retrouver le nom qu'il cherchait. Mais il apparaît qu'il vous a glissé quelques mots à l'oreille que nos hommes n'ont pu distinguer. Je n'ai besoin que de ces quelques mots.

— Et pourquoi vous révélerais-je ses paroles, si tant est qu'elles aient un quelconque intérêt dans ce qui nous préoccupe?

— Votre obstination à vous taire suffit à m'assurer de cet intérêt. Pour ce qui est de vous convaincre à parler, je n'ai pas besoin de grand discours. Vous n'avez plus de doutes sur la puissance de notre organisation.

— Pas plus que sur ses scrupules.

— Très justement. Augustin et Hector ne devraient donc pas avoir à s'inquiéter, si vous êtes capable d'évaluer les dangers auxquels vous pourriez malencontreusement les exposer.

— C'est abject!

— N'est-ce pas au fond ce que vous reprochiez à mon père? Un certain manque d'honnêteté? Vous, Monsieur Passadieu, un vulgaire charlatan, doté d'une charge douteuse pour quelque action de connivence, vous en prendre à de sincères docteurs dûment diplômés. Vous n'imaginiez pas qu'une telle audace resterait sans conséquence?

— La justice a tranché.

— Lorsque la justice des hommes s'égare, il faut bien lui redonner son cap. Allons, parlez Monsieur, que nous en finissions. Il est tard et l'on m'attend. Je ne voudrais pas que vos hésitations soient cause de mon retard. Je ne supporte pas que l'on gâche le temps : le mien ni celui des autres. C'est une chose qui est le plus souvent cause de grande irritation. Continuer à me résister serait une erreur lourde de conséquences.

— Si je parle, vous me laisserez la vie sauve?

— Si vous parlez, je veillerai à ce qu'on laisse votre descendance en paix. Mais je vous garderai prisonnier en gage de votre bonne foi, juste le temps d'une simple vérification. Si les informations que vous me donnez me permettent de découvrir le secret de Nicolas de Blégny, alors je ferai en sorte qu'on vous libère… si vous survivez d'ici là. Au fait maintenant, Monsieur!

— Il s'agit d'une basilique que Nicolas de Blégny fréquentait souvent.

— Voyez, ce n'est pas si difficile. Ensuite ?

— Presque sur vos terres d'Aix…

— Allons, un petit effort !

— Saint-Maximin-la-Sainte-Baume.

— Oui ! Pourquoi pas ? Il ne vous a rien dit d'autre ?

— Non, sinon qu'il parlait de ce lieu avec une dévotion quasi mystique et qu'il y avait ses habitudes.

— Très bien ! Nous trouverons.

Il empocha la clef.

— Et maintenant, il ne nous reste plus qu'à nous dire adieu, Monsieur Passadieu. L'entretien fut court, mais fort enrichissant. Et comme vous semblez aimer les vieilles pierres, nous vous avons réservé un emplacement idéal pour y méditer sur les dangers de vouloir affronter des forces qui vous dépassent. Allez-y !

Les deux sbires posèrent leur torche et vinrent me détacher. Chacun me tint par un bras pour m'aider à me relever. Car sans cette aide, mes jambes affaiblies ne m'auraient peut-être pas assuré toute la stabilité nécessaire. On me fit sortir de la petite chapelle. Dans le sanctuaire, d'autres torches brûlaient. L'ambiance de la scène se prêtait tout à fait aux sortes de funérailles qu'on me réservait. On me conduisit dans une autre chapelle où un immense sarcophage occupait toute la place. C'était une sorte de coffre de pierre à la mode antique, ornée de bas-reliefs d'origine perse, peut-être. La dalle qui le recouvrait avait été glissée légèrement de côté, laissant une ouverture propre à laisser passer un homme. Des têtes de sphinx ornaient chaque coin. C'était donc là la fin que Jean-Gaspard Ailhaud me destinait.

Les deux hommes me hissèrent sans ménagement jusqu'à l'ouverture dans laquelle je glissai mes jambes. C'était inutile de résister.

— Vous n'avez pas à vous inquiéter. Le temps d'un voyage à Saint-Maximin. Si vous avez menti, je serai vite de retour. Si je trouve ce que je cherche, souhaitez simplement que ma découverte ne m'occupe trop longtemps pour que je vous oublie… Adieu, Monsieur.

— Couchez-vous là-dedans !

L'ordre était brutal. Par chance, le tombeau était vide. Je me glissai dedans. Les dimensions étaient telles que je pouvais rester assis sans avoir à baisser la tête. J'entendis Ailhaud donner un dernier ordre.

— Bouclez-moi ça !

Il y eut des bruits de ferraille, des ahanements et finalement la pierre finit par glisser au-dessus de ma tête jusqu'à me priver de lumière. On m'épargna un dernier commentaire ou simple rire comme j'aurais pu le craindre. À travers les interstices laissés par les irrégularités de la pierre, je pus voir la lumière des torches se dissiper tandis que le bruit des pas résonnait encore pour préparer à l'angoisse. J'étais seul.

…

Ce qu'il y avait d'imprévisible dans cette aventure, c'était la sensation particulière liée à l'enfermement irréversible. Je m'étais préparé à bien des situations, mais mon imagination n'était pas allée jusqu'à une telle extrémité. Je n'avais jamais imaginé ressentir pareille chose, n'ayant jamais pensé que cette sorte de mésaventure pourrait m'arriver. Dès que le dernier bruit fut dissipé, dès que la dernière lueur s'évanouit, je me retrouvai seul avec ma peur. Et parler de peur était bien en dessous du réel sentiment qui me prit tout entier : une sorte de folie dans ce qu'elle avait d'incoercible, un émoi plus fort que tout et qui échappait à la raison. Mon souffle était oppressé, venant résonner contre la prison de pierre. Je comprenais qu'il me serait impossible d'en sortir seul. Ma respiration s'était accélérée d'un coup. Mes doigts se mirent à chercher dans le noir les limites de la dalle de pierre au-dessus du sarcophage, comme si cette reconnaissance pouvait m'aider en quoi que ce soit.

Il était impossible de savoir combien de temps j'allais devoir rester ainsi, mais j'eus le sentiment terrible que si personne ne venait me libérer promptement, ma raison allait basculer. Car plutôt que faire face à cette angoisse terrible, mon esprit se sentait prêt à se réfugier au-delà des barrières de la raison, plutôt qu'assister plus longtemps à mon agonie. Je m'allongeai complètement et, prenant appui contre le fond du sarcophage, je tentai de pousser avec mes pieds sur le couvercle dans l'espoir de le faire bouger. Même un petit frémissement aurait suffi à me rassurer, mais il n'en fut rien. Les deux hommes de Ailhaud étaient bâtis comme des colosses et pourtant, il leur avait fallu à eux deux de longues minutes pour faire simplement glisser la masse de pierre, tout en restant incapables de la soulever. Alors, que pouvait un chétif vieillard, même animé d'une volonté parfaitement désespérée ? J'essayai d'une autre façon, me plaçant à quatre pattes et poussant avec mon dos. Sans davantage de succès.

Ce qui détruisait mon courage, ce n'était pas l'idée que l'on ne me retrouve pas à temps, et que sans nourriture, sans boisson ou même sans air, j'allais mourir. C'était simplement le fait de ne pouvoir disposer de mes mouvements dans cet espace sombre et étroit, comme si, à la fin, je serais broyé par cette impression d'étouffer. Impossible de raisonner contre une pareille terreur. Je me mis à hurler, sans imaginer si quelqu'un allait pouvoir m'entendre et me porter secours. Je criais moins en espérant un secours qu'en voulant expulser ma peur, pour me prouver peut-être que j'étais encore vivant. À moins que je n'espérasse par mon cri me réveiller de ce cauchemar. C'était la seule issue possible, ou bien la folie. Et finalement, la mort sembla de loin et très rapidement la solution la plus souhaitable.

Dans mon tourment, je n'avais pas entendu les bruits annonciateurs de ma délivrance. Mais j'arrêtai net mes cris en apercevant une faible lueur qui dessina les contours de la dalle au-dessus de moi. Amis, ennemis ? Il n'y avait qu'à attendre pour savoir.

— Ne faites pas tant de tapage, Monsieur, les hommes de Monsieur Ailhaud ne sont pas loin. S'il leur prenait l'envie de revenir, tout serait compromis.

C'était Annibal qui chuchotait. Sa voix était à présent toute proche.

— C'est un enfer que de rester enfermé dans ce tombeau. Ce n'était pas prévu.

— Qui aurait pu prévoir ?

Bien sûr, personne n'aurait pu prévoir ça. L'aurais-je su moi-même que j'aurais renoncé. La pierre glissa. Bientôt la tête d'Annibal apparut. Son œil prudent jeta un regard dans ma direction pour s'assurer que, malgré mes cris, j'avais conservé toute la vigueur de mon entendement. Déjà mon souffle s'apaisait. Quelques poussées encore et je pus deviner la bouille réjouie de Boniface.

— Merci !

— Vous n'avez plus rien à craindre, Monsieur. Tout a fonctionné à merveille.

— Oui, mais si vous n'aviez pas crié comme un pourceau qu'on égorge, nous serions plus tranquilles. Ailhaud et ses hommes viennent à peine de quitter les lieux. Il ne faudrait pas que vos cris les aient alertés.

Déjà, les deux compagnons m'aidaient à m'extraire de ma prison. Je n'avais pas dû y rester bien longtemps, car la lueur des deux lanternes posées sur le sol ne m'éblouissait pas.

— Dépêchons-nous, inutile de traîner ici.

— Où sommes-nous ?

— Aux Alyscamps, à Arles.

On me capturait à Beaucaire et je me réveillais à Arles. Les deux hommes avaient repris leur lanterne pour sortir de la petite chapelle. Ils les soulevèrent ensuite au-dessus de leur tête pour me montrer la vaste nef dans laquelle nous nous trouvions.

— C'est Saint-Honorat.

Je pouvais mieux voir ce que je n'avais qu'entraperçu précédemment. D'immenses piliers dont quatre hommes se tenant la main auraient à peine pu faire le tour. C'était massif, imposant : un tombeau dont ma négligeable personne n'était certainement pas digne. Et pour preuve, et contre toute attente, ce n'était pas là que je finirais mes jours.

— On fera la visite une autre fois.

Annibal était passé devant. Au-dehors, on me fit traverser une sorte de cour plantée d'arbres, nulle voûte au-dessus de ce qui autrefois avait dû être la nef de cette église sans mesure. La lune était dans son premier quartier et ne donnait pas beaucoup de sa lumière pour nous aider. Dès que nous fûmes sortis de l'abri des hautes murailles, un vent froid nous saisit, presque une tempête. Je devais lutter pour avancer. Quel était donc ce pays où l'on ne parlait pas français et où le vent était plus féroce que tous ceux que j'avais connus dans mon lointain pays ?

Mes yeux pourtant habitués à l'obscurité purent me donner une vision étonnante de cette nécropole. Une longue avenue boisée se trouvait flanquée de tombes et de mausolées, disposés sans ordre, mélange hétéroclite des ultimes expressions de la vanité humaine. Dans cette pâleur bleutée de crépuscule, il me sembla que ce cimetière s'étendait sans fin devant l'église, comme si nous pénétrions les enfers eux-mêmes. Une main avait jeté pêle-mêle caveaux et sarcophages entre les rangées d'arbres. Les plus hauts monuments dessinaient leurs contours en silhouettes démoniaques sur le fond du ciel. À leurs pieds, de simples excavations restaient gueules béantes, prêtes à engloutir l'imprudent qui passerait trop près, ou à cracher quelque spectre fuyant sa damnation. Je pensai aux cercles de l'enfer de Dante et au désespoir dans lequel je m'étais abandonné quelques instants plus tôt : j'avais sincèrement cru perdre ma raison dans cette angoisse de claustration. Mais on ne me laissa pas le temps de m'imprégner du spectacle et de mes réflexions. On me pressait.

Nous courions presque et j'adoptai le pas de mes compagnons. Nous allions courbés, le long de l'allée d'arbres pour que nos silhouettes offrent le moins d'ombre possible à d'éventuels poursuivants. Au bout de l'allée, je finis par distinguer une voiture attelée. Nous y parvînmes sans obstacle. On m'invita à grimper dans l'habitacle tandis que mes sauveurs s'affairaient à l'arrière pour décharger un lourd fardeau.

— Cher ami ! Vous voilà donc enfin comme rescapé d'entre les morts !

Ce ne fut pas là la moindre des surprises de cette nuit. Assis devant moi, pâle comme un cadavre, maigre dans un habit sévère, mais souriant avec une joie sincère, se tenait Antoine Joseph Pernety. Passée la surprise, un vieux sentiment de rancœur revint aussitôt. Mon ami s'empressa de la dissiper. Il serra mes mains dans les siennes.

— Votre mine sombre reflète vos craintes, et comme je vous comprends. Laissez-moi vous expliquer tout et sachez bien que je n'ai jamais cessé d'être votre plus dévoué et sincère ami.

Venant d'un homme d'Église, avec un accent aussi sincère, il n'y avait pas à douter. Mais il y avait aussi de longues années de doute et de déception à dénouer pour retrouver la confiance. Je m'assis en face de lui et l'écoutai.

— Je vous demanderai tout d'abord d'échanger votre habit et vos chaussures avec ceux que nous avons préparés à votre intention. Ensuite, je promets de tout vous expliquer. Ne posez pas encore de questions et faites vite ! Je vous assure que toutes les réponses viendront.

Il désigna de la main la banquette à côté de moi où se trouvaient effectivement une veste, un pantalon et des chaussures. Je n'hésitai pas. Pernety détourna le regard pendant que je me changeais. Puis il prit mes vêtements et les passa par la portière à Annibal.

— Voilà.

— Tout sera fait selon vos ordres, grand maître.

Je regardai Pernety avec un œil rond de surprise.

— Oui, je sais, cela reste incompréhensible pour le moment. Maintenant, installez-vous et écoutez-moi. Vous avez soif, faim ? J'ai prévu…

— Non, je vous remercie, j'ai surtout soif de vérité. L'appétit reviendra plus tard.

— Je ne sais pas par où commencer… Par le commencement ce sera plus simple. J'ai perdu connaissance dans la loge de Ricci, comme vous. C'est le charlatan qui m'a sorti du brasier, il a essayé de retourner vous chercher, mais vous n'étiez plus dans la loge. C'est lui qui m'a mis en garde contre les hommes de Ailhaud. Il y avait des espions partout. Puisque vous n'y étiez plus, il y avait à espérer que vous alliez survivre. Je me cachai d'abord chez Bernard de Jussieu. Nous avons tout de suite analysé la situation et il nous apparut que le mieux serait de vous laisser dans l'ignorance. Au cas où vous seriez pris, par la police ou par les hommes de Ailhaud. Je disparus donc de mon côté comme vous le fîtes du vôtre. En 1763, je partis avec l'expédition de Louis Antoine de Bougainville pour les Malouines. Cela me permettait de disparaître plus complètement et de satisfaire mes passions pour la botanique et les sciences humaines. Sur le trajet de retour, l'étude de certaines populations de sauvages peuplant les Amériques nous apporta énormément. Il y avait beaucoup de lumière à apporter à la vérité sur ces régions : jusqu'alors, les voyageurs qui y avaient fait un séjour nous les avaient contées par fable, les autres avaient travesti la vérité par imbécillité ou l'avaient violé par malice[110]. Je suis en train de préparer un ouvrage sur le sujet, pour nous permettre de profiter des enseignements de ces modèles de société.

— Moi qui ai cru pendant tout ce temps que vous m'aviez trahi.

— Nullement, soyez-en certain. Je goûtai dans ce voyage, grâce à l'amitié de Monsieur de Bougainville, un certain esprit propre à m'ouvrir davantage encore l'esprit. Je ramenai de nombreux spécimens d'animaux naturalisés, mais surtout un vent de liberté qui m'empêchait de plus en plus de subir les entraves des règles monastiques de Saint-Germain. C'est ainsi que je décidai de partir pour l'Allemagne où des esprits plus tolérants semblaient prêts à accueillir mes discours. Le roi Frédéric de Prusse[111] m'a confié la responsabilité de sa bibliothèque. Mais je reviens ici régulièrement pour affirmer les relations avec mes frères d'Écosse[112]. Pour le moment, le royaume de France n'est pas prêt pour accueillir mon grand œuvre et je reviendrai bientôt. Lorsque j'ai appris que vous étiez en difficulté, je me suis organisé pour rallier la Provence et mettre au point avec les frères d'Annonay cette petite comédie.

— Il eut été préférable de m'informer davantage de la situation et des tenants de votre stratagème.

Pernety fouilla sous sa robe et en sortit la clef de Nicolas de Blégny qu'il me tendit.

— Récupérez votre bien pour celui probable de l'humanité tout entière.

Je repris la véritable clef que, par précaution, j'avais confiée aux frères Montgolfier. L'idée de servir ainsi d'appât avec une fausse clef m'avait semblé peu engageante lorsqu'elle avait été émise pour la première fois par Étienne Montgolfier. C'était un pari assez extravagant, mais il fallait au moins ça pour enfin me soustraire à l'acharnement de Gaspard Ailhaud. Je devais me découvrir en espérant que ses espions retrouveraient ma trace. Ensuite, il n'y avait qu'à le mettre sur la fausse piste de l'abbaye de Saint-Maximin. Je n'avais jamais rien su de plus sur ce qui se tramait, j'étais simplement un appât volontaire. Et je n'avais pas imaginé que les événements se précipiteraient de la sorte.

110 — Extrait de la *Dissertation sur l'Amérique et les Américains.*
111 — Frédéric II.
112 — La grande loge écossaise du Comtat Venaissin

— Il y a eu la première tentative à Viviers. D'une part, vous n'étiez pas à l'hôtel de Tourville lorsque les hommes de Ailhaud sont arrivés, d'autre part, nous n'étions pas encore prêts.

— Lorsqu'ils vous ont surpris à Beaucaire, nous étions préparés à toutes les éventualités. Il nous a suffi de les suivre jusqu'ici.

— Mais que va faire Gaspard Ailhaud avec la fausse clef qu'il m'a dérobée ?

— Vous avez joué votre rôle à merveille durant votre interrogatoire, en lui donnant la piste de l'abbaye de Saint-Maximim. Là-bas, nous avons dissimulé dans une des chapelles un manuscrit sans grande valeur, mais qui l'occupera quelques années. Le temps de le déchiffrer et d'en expérimenter les recettes : elles seront toujours moins fantaisistes que celle de sa poudre purgative. Ici, nos hommes sont actuellement en train de placer un cadavre dans le sarcophage de Saint-Honorat dont nous venons de vous sortir.

— Je comprends. Affublé de mes vêtements ? Mais si mes ravisseurs reviennent demain pour me demander des explications, ce ne sera pas suffisant, et peu crédible : ils pourront constater facilement que ce cadavre n'est pas le mien.

Pernety sourit.

— Ne vous inquiétez pas. Nous avons pensé à cela aussi. Un cadavre, même frais de la veille est difficilement reconnaissable lorsque le visage a été entamé par les rats.

— Mais comment des rats auraient-ils pu pénétrer dans ce tombeau ?

— Ne vous souciez pas des détails, nous aménagerons un passage dans la pierre, passé inaperçu : un simple coup de masse bien ajusté. Nous avons simulé une lutte contre les rats. Dans ce combat, vous avez réussi à en tuer certains avant de succomber sous le nombre. Je vous assure que tout cela sera complètement crédible… et invérifiable.

Tout était parfaitement pensé.

— De votre côté, avez-vous eu le temps d'obtenir quelques informations du vieux charlatan ?

— Il m'a parlé d'un monastère à Villeneuve.

Pernety réfléchit quelques instants.

— Sans doute le Val de Bénédiction. C'est une vieille retraite de moines chartreux. Nous irons.

— Quand ?

— Quand nous serons certains que Ailhaud vous pense mort. Vous pourrez ainsi reprendre une vie presque normale sous une autre identité. La police vous a pratiquement oublié : sans les rappels sournois de votre grand ennemi, vous seriez libre de parcourir le royaume depuis longtemps.

— Et vous ?

— Moi ? Comme je vous ai dit, je vais rester encore quelques jours pour des affaires à gérer dans les environs. Demain, nous serons en Avignon et vous serez hébergé chez mon ami, le marquis de Vaucroze. Ne vous y trompez pas, il a un rôle très puissant chez nous. Il sera bientôt élevé au grade de chevalier des Argonautes[113]. Vous-même pourriez prétendre à une progression rapide si vous vouliez vous joindre à notre fraternité.

— Vous m'avez montré au fil de ces derniers jours la puissance et le manque de scrupules de l'une ou l'autre de vos organisations, ce qui ne me pousse pas forcément à adhérer à leurs principes de fonctionnement.

— Ce sont quand même nos moyens qui vous ont sorti des griffes de vos ennemis.

— Certes, mais sans les inimitiés au milieu desquelles je me suis trouvé, finalement malgré moi, je n'aurais pas à fuir ni à me cacher.

— Laissons de côté ces discours quelque peu polémiques et ne gâchons pas le plaisir de nous retrouver. Nous avons une longue route encore avant d'entrer en Avignon et sans doute des milliers de choses à nous dire.

L'homme avait en effet raison, car le double plaisir de le retrouver en parfaite santé et de pouvoir toujours le compter parmi mes amis, aussi étrange fût-il, me permit de passer le reste de la nuit avec lui dans une insouciance que je n'avais pas goûtée depuis de longues années.

Au bout d'un moment, on avait frappé deux coups à la portière de la voiture. Annibal et Boniface avaient fini d'apporter les derniers détails à la mise en scène sordide destinée à me délivrer durablement de mes poursuivants. La voiture avait démarré et nous nous étions mis en route.

Durant le voyage, mon étonnant ami me raconta par le détail son voyage aux Amériques, je lui narrai mes années perdues dans le château de l'Isle. Nous soupâmes en chemin et la force de notre amitié retrouvée me permit de veiller sans fatigue jusqu'au petit matin, lorsque nous arrivâmes dans la cité des papes. L'hôtel de Vaucroze nous accueillit et on m'installa dans mes nouveaux appartements, où m'attendaient mes bagages transférés depuis Beaucaire. Je passai la clef de Nicolas de Blégny à mon cou, en imaginant que la prochaine fois où je devrais l'ôter, ce serait peut-être pour qu'elle me livra son secret. Le vent était toujours aussi tenace, et malgré sa force, il avait du mal à dégager la ville de sa coque de chaleur. On cherchait l'air partout, même dans le petit jardin de l'hôtel, seul lieu où il m'avait été autorisé de sortir tant qu'on ne nous apporterait pas la preuve que Ailhaud ne se préoccupait plus de moi, me croyant mort.

La chaleur s'accentua encore lorsque le vent *cala*, selon l'expression locale. On rapporta à Valence dans la nuit du 19 au 20 août 1773, une hécatombe d'oiseaux qui avaient succombé en masse, à la suite d'un très violent orage. Le sol en était jonché en telle quantité que les oiseaux se vendirent au prix dérisoire de deux sols la douzaine[114]. On en dénombra plus de dix mille, mais j'imaginai facilement que le nombre des victimes fut au moins dix fois plus important. Le marquis de Vaucroze était en voyage et Pernety préparait son retour à Berlin. J'en étais réduit à m'inquiéter de telles chroniques de province pour ne pas sombrer dans la mélancolie. Alors que je me savais si près de mon but, on m'interdisait de l'atteindre. C'était une torture nouvelle que la frustration aiguisait chaque nouveau matin.

113 — Huitième grade de la Mère-loge écossaise de France.
114 — Authentique.

Pernety me quitta quelques jours plus tard, appelé à des travaux de la plus haute importance, et je lui en voulus un peu de m'abandonner aussi facilement après de si longues années d'absence. Pendant ces courtes journées passées ensemble, nous n'avions guère évoqué Marie Courval, chacun persuadé de son côté qu'elle avait péri dans l'accident et qu'il n'y avait que des raisons de nous désespérer à la croire encore en vie et à échafauder des théories qui nous blesseraient à l'heure de la déception. Pernety parti, je vécus dans cet hôtel comme le seigneur du lieu, commandant aux domestiques comme s'ils m'avaient appartenu. On me donnait des titres plus ou moins ronflants, car on ne savait pas vraiment quelles étaient mes véritables qualités, même si elles étaient indubitables pour toute la domesticité.

Et puis vint un matin de septembre où Annibal se présenta à l'hôtel et demanda à me voir. Il entra, je ne l'avais pas vu depuis plus d'un mois, mais je l'imaginais à œuvrer pour l'organisation. Il tenait son chapeau devant lui et attendit que je commençasse la conversation. Il portait un bandeau pour dissimuler son orbite vide, c'était une coquetterie nouvelle qui lui donnait un air de pirate. Il semblait ainsi moins inquiétant, mais cet accessoire ne le rendait pas pour autant plus discret. Il y avait nécessairement une bonne raison à sa visite, mais l'ignorant, je commençai ainsi notre entretien :

— Je voulais vous remercier d'avoir ainsi veillé sur moi depuis ces derniers mois. Sans vous, je ne serais sans doute pas là.

— Ce n'est pas grand-chose. Vous auriez pu être plus prudent à Beaucaire, mais finalement les choses ont été plus promptement réglées comme ça. Vous avez parfaitement joué votre rôle.

Mon impatience était grande de connaître les raisons de cette visite et j'interrompis bien vite les politesses.

— Que me vaut le plaisir de votre visite ?

— Le plaisir, je ne sais pas. Quoique la nouvelle que j'ai à vous annoncer sera certainement bonne pour vous. On a profané le sarcophage de l'église Saint Honorat cette nuit. Des hommes de Ailhaud, nous en sommes certains. Jean Passadieu est mort pour lui. Et vous, vous êtes libre.

— Libre…

— Pas tout à fait, cependant, puisque vous êtes censément mort. Il faudra vous forger une nouvelle identité dans les premiers temps. Et nous conserverons le principe de la surveillance. Durant une certaine période encore, la prudence sera votre meilleure assurance. Et…

— Et ?

— J'ai fait organiser pour vous un petit voyage. Demain.

— Demain ?

— Oui, je crois savoir que vous seriez assez satisfait de visiter une certaine chartreuse des environs. Nous avons tout organisé. Une voiture passera vous chercher dans la matinée pour Villeneuve. Tenez-vous prêt.

Cette recommandation était inutile.

Jean-Baptiste Seigneuric

Chapitre VIII
Le secret d'Abraham

Après un porche somptueux, une petite allée de mûriers conduisait à l'entrée principale de la chartreuse du Val de Bénédiction. À l'entrée, un frère convers m'attendait. Derrière, on distinguait la masse d'une fortification qui dominait la vallée avec morgue derrière de gigantesques créneaux[115]. Le moine était intégralement vêtu de blanc et les pans de sa cuculle étaient réunis par une bande de tissu. À sa taille, on distinguait un cilice. Son capuce était rabattu et il baissait légèrement le visage si bien que je ne distinguais que sa barbe fournie qui dépassait.

Pernety m'avait mis en garde contre cet ordre très sévère, porté vers l'érémitisme, selon le modèle de Saint-Bruno. Le père prieur avait accepté de me recevoir, pour peu que ma visite ne troublât ni l'ordre général de sa maison ni les horaires dédiés aux pratiques religieuses auxquelles il était impensable de se soustraire. Il avait donc lui-même décidé de l'heure de ma visite, en dehors des trois messes qui se déroulaient dans l'église : celle de six heures quarante-cinq, les vêpres de trois heures l'après-midi et les matines du soir. Je devais ménager le prieur en sollicitant sa parole le moins possible, pour ne pas le pousser à des extrémités qui l'obligeraient à recevoir ou à s'administrer lui-même la discipline[116]. Durant mon voyage depuis Avignon, Annibal m'avait lui-même apporté toutes ces informations. Il était resté assis en face de moi, non plus comme un domestique, mais comme mon égal. Boniface conduisait l'attelage.

Je suivis donc le jeune frère qui ne m'adressa pas même un regard et partit dans l'intérieur du bâtiment, sans se soucier de ma présence derrière lui. Après plusieurs portes massives de bois ouvragé, on passa tout d'abord un premier cloître de forme presque carrée où je ne rencontrai personne. Puis en continuant, nous empruntâmes un long couloir qui longeait un autre cloître beaucoup plus grand, lui aussi désert. Dans l'enclos du cloître se trouvait une prairie où ne fleurissaient que des croix clairsemées : le cimetière des chartreux. Dans le couloir se succédaient des portes de bois au-dessus desquelles on avait peint, avec une certaine recherche, des cartouches représentant chacun une lettre de l'alphabet. Près de chaque porte, une petite trappe à quelques pieds

---

115 — Le fort Saint-Jean de Villeneuve.
116 — Châtiment corporel.

du sol permettait de délivrer à chaque occupant sa nourriture sans le perturber dans ses exercices quotidiens. Tout était fait pour respecter les règles d'un silence seulement rompu par les chants et prières lors des offices.

Devant une porte marquée de la lettre D, le frère convers s'arrêta. Puis sans frapper, il l'ouvrit et s'écarta pour me laisser passer. J'entrai. La porte fut refermée derrière moi. Un simple lit de bois, une paillasse, un crucifix sur le mur, une chaise et une écritoire : c'était là tout le mobilier du prieur. Au fond se trouvait une porte plus petite que celle de l'entrée. Cette porte était fermée, la cellule était vide lorsque j'entrai. Me conformant aux conseils de Pernety, je ne dis rien, observant le silence le plus respectueux et attendant mon hôte. Je pensais qu'on m'avait installé pour l'attendre dans sa cellule alors que le prieur était occupé ailleurs. Au bout de longues minutes éprouvantes de silence, je commençai à comprendre ce que la vie de ces hommes pouvait avoir de difficile et je me pris à m'interroger sur les motivations d'une telle vocation. En quelques instants de ce recueillement forcé, je trouvai ma vie bruyante, tumultueuse et sans doute vaine à côté de celle de ces saints hommes.

La petite porte du fond de la cellule s'ouvrit enfin sur un jardin. Un moine se tenait dans l'embrasure, le capuce rabaissé, fixant le sol. Je ne pus tout d'abord rien distinguer de sa physionomie, encore moins de son âge ni de ses sentiments. Il entra, puis ferma délicatement la porte avec une infinité de précautions pour ne produire aucun son qui pût déranger les cellules voisines. Il leva un tout petit peu le visage, trahissant tout de même une certaine curiosité. C'était un sentiment tellement compréhensible que j'y reconnus là un fragment d'humanité, ce qui me rassura un peu dans cette cellule froide. Malgré l'arrivée du moine, je m'y sentais en réalité toujours aussi seul. Nos yeux se croisèrent, mais je n'eus pas le temps d'y deviner la moindre expression. Il baissa de nouveau la tête, ne me donnant à voir que son habit et ses mains qui trahissaient un âge vénérable. Il y avait quelques traces de terre sur ses doigts, reflétant peut-être certains travaux de la terre auxquels il venait de s'adonner.

Il me désigna l'étroite chaise de bois sur laquelle je m'assis. Il fit de même sur le bord de son lit. D'un nouveau geste de la main, il m'invita à lui exposer les raisons de ma visite.

— Je vous remercie d'avoir accepté de me recevoir, mon père. Ma visite sera brève et je ne perturberai pas longtemps votre recueillement. Je suis à la recherche d'informations sur un savant homme qui aurait fréquenté votre monastère il y a fort longtemps. Cet homme est mort aujourd'hui, depuis 1722. Il a vécu en Avignon. C'était un chirurgien, un inventeur…

Comme je tardais à donner son nom, le prieur m'invita de la main à concrétiser ma requête.

— Cet homme s'appelait Nicolas de Blégny.

Tout de suite, le moine secoua la tête avec assurance, brisant net mes espérances. Devant ma déception, je compris que j'avais naïvement placé mes espoirs bien au-delà de ce que j'étais en droit d'attendre. Un charlatan débile et sans doute ivrogne m'avait raconté des histoires qui ne valaient guère mieux que celles que j'avais servies à Ailhaud. Le prieur se leva : l'audience était terminée, sans aucun doute. Tous mes espoirs avaient fondu d'un coup. Je me levai donc.

— Il ne me reste plus qu'à vous remercier de votre patience. J'avais cru que vous auriez pu vous souvenir du passage de cet homme. Il était détenteur d'un secret dont je suis l'héritier.

Au moment où je me dirigeai vers la porte, j'eus une idée. Je défis le col de ma chemise et en tirai la petite clef que je fis glisser dans ma main. Revenant sur mes pas, j'allai vers le prieur en tendant la clef à bout de bras dans la paume de ma main.

— Cet homme m'a transmis cette clef. Si vous aviez la générosité de me dire si elle évoque quelque chose pour vous.

Et sachant qu'il ne me répondrait pas selon toute vraisemblance, je plaçai ma main juste sous son regard, toujours tourné vers le sol. Je fus sans doute aussi surpris que lui d'entendre le cri qui sortit de sa bouche. Une exclamation spontanée qu'il n'avait pu retenir. Je sursautai.

— Abraham !

Il prit la clef dans ma main, et toujours dans la confidence de son capuce, il l'observa minutieusement. Puis il leva la tête et me regarda en face. C'était un homme sans âge, aux yeux d'une grande clarté que les ans avaient fini de délaver. La maigreur de ses traits faisait saillir chaque os de son crâne pour souligner cette anatomie que je connaissais si bien. L'observation qu'il fit en quelques secondes de ma personne sembla le satisfaire, puisqu'il enfreignit une nouvelle fois son vœu de silence.

— Suivez-moi !

Il me rendit la clef, et, passant devant moi, il ouvrit la porte qui donnait sur le grand couloir. Il se mit à marcher à grands pas, reprenant le chemin par lequel j'étais venu. Ses sandales faisaient grand bruit, réveillant le silence de la pierre. Je courais presque derrière. Nous longeâmes le long cloître, puis le plus petit. Nous passâmes une nouvelle porte de bois sculpté. Puis le prieur poussa une seconde porte plus massive à deux battants avec une force dont je ne l'aurais pas cru d'abord capable. Le bois grinça dans un écho prolongé. Nous entrions dans l'église. L'homme semblait en proie à une grande excitation en traversant une partie de la nef déserte. Chaque bruit se répercutait contre les voûtes qui le renvoyaient comme on condamnait un outrage.

Sans hésiter, le moine avança encore devant un des murs, chercha quelque chose un bref instant. Puis il me montra un signe sur le mur, parmi d'autres. Car chacune des pierres de l'édifice semblait avoir été frappée d'un symbole gravé, différent à chaque fois, témoin muet à travers les âges. Il posa son doigt sur le signe : deux «A» entrecroisés formant une sorte de triangle.

— C'est lui : Abraham du Pradel !

Je ne comprenais toujours pas quel pouvait être le rapport entre Nicolas de Blégny et ce sigle gravé. Je le comprenais d'autant moins que le prieur avait semblé s'illuminer à cette évocation.

— Montrez-moi votre clef.

Je la lui tendis. Il en examina de nouveau la tête avant de me montrer de son doigt décharné le même signe gravé dans le métal. Parfaitement identique, sans aucun doute. Et c'est alors que je compris. Nicolas de Blégny avait publié un de ses ouvrages, *Le livre commode des adresses de Paris pour 1692,* sous le pseudonyme d'Abraham du Pradel. Je ne m'en étais pas souvenu tout de suite. Le signe gravé sur la tête de la clef était identique à celui que le prieur m'avait montré sur le mur de l'église. Ne croyant pas encore à ma chance, je tentais de freiner mon excitation et de comprendre. Le moine était en grand émoi et je vis couler une larme qu'il ne retint même pas. Sans doute même ne se rendit-il pas compte lui-même de ce relâchement d'une physiologie si longtemps contenue. Il regarda dans toutes les directions, mais l'église était bien vide. L'homme sembla se calmer un peu et me dit à voix basse :

— Retournons dans ma cellule.

Son pas ne fut pas moins rapide, mais sans doute plus silencieux, tant il avait souci de ne pas éveiller la curiosité des autres religieux, tant que nous n'aurions pas regagné l'intimité de son abri. Là, il referma la porte sur nous et nous nous assîmes aux mêmes places que lors de mon arrivée. Le moine rabattit son capuce, dévoilant sa calvitie. Il souriait, comme s'il venait d'une certaine façon d'effleurer la grâce céleste.

— Je n'avais pas dix-sept ans lorsque j'ai connu cet Abraham. Je n'étais qu'un novice. Il se faisait appeler ainsi sur la recommandation du prieur pour ne pas troubler l'ordre du monastère. Il avait été demandé pour guérir un de nos pères, puis il avait pris l'habitude de nous prodiguer régulièrement des soins comme notre médecin privé. Néanmoins, il se refusa toujours à pratiquer la saignée. Comme il obtenait de bons résultats, il resta à notre service. Et cet homme austère et taiseux s'intégra vite dans notre communauté où il semblait trouver une certaine paix. C'est lui qui m'a appris les simples[117], et grâce à lui, je fus longtemps en charge du jardin principal.

L'homme se tut et se signa, comme si cette accumulation de phrases, sorties aussi facilement de sa bouche, allait lui valoir un châtiment exceptionnel. Il continua cependant :

— C'était un homme très savant et sans doute très bon. Après 1721, je crois, on ne l'a plus revu. Certains disent que c'est la peste qui l'a emporté, d'autres que c'était l'orgueil. Car il se vantait d'avoir découvert un secret qui lui permettait ponctuellement d'ôter toute douleur à n'importe quel endroit du corps selon sa volonté. Bien sûr, il n'en avait parlé qu'à quelques moines plus éclairés et moins récalcitrants à la modernité. Je crois bien que je suis le seul ici

---

117 — Plantes médicinales.

encore assez âgé pour l'avoir connu. C'est une chance qu'on vous ait conduit jusqu'à moi.

Mon excitation était au moins aussi élevée que celle du brave moine qui venait de me raconter cette étrange histoire. Nicolas de Blégny, qui avait usé bien souvent du mensonge pour organiser sa carrière, qui avait été enfermé à Fort l'évêque, puis banni, avait connu un revirement vers la sainteté à la fin de sa vie ! Il apparaissait clairement que l'homme avait tenté de transmettre son savoir comme tout honnête savant. Je laissai le prieur à son émotion, retenant bien difficilement l'envie de le questionner plus directement sur le fameux secret et ce que révèlerait la clef. Il continua :

— Mais je dois avouer que je ne connaissais pas son véritable nom. Il n'a jamais révélé son secret. Je ne pensais pas qu'un jour, on viendrait jusque dans ma cellule attiser ces souvenirs. Quant à la clef, puisque je vous vois impatient de connaître son secret, je ne l'ai jamais vue avant aujourd'hui. Je suis bien désolé de vous décevoir.

Inutile de détailler ma surprise, car après tant d'années d'attente, le choc successif de la nouvelle de la trace retrouvée, puis de la déception d'aboutir à une piste, bouchée d'emblée, continuait de bousculer mes sentiments. Le prieur avait bien conscience de mon trouble, tout ému lui aussi d'une vague de souvenirs qui avait balayé d'un coup toute réserve.

— Je ne sais rien de plus de lui. Il vivait en Avignon. Comme il était en disgrâce, il se contentait de soigner de manière ponctuelle dans la plus grande discrétion.

— Il ne vous a jamais parlé de cette clef ni révélé davantage sur son secret ?

— Tout ce que je sais, c'est qu'il vouait un véritable culte aux plantes et que, jusqu'à sa dernière visite, il ne manqua jamais d'aller dans le jardin des simples qui est proche de la cellule du sacristain. Il y prélevait telle ou telle espèce ou se contentait de commenter la manière dont je l'entretenais.

— Serait-il possible de le visiter ?

Aucune piste n'était à négliger.

— C'est possible, sans aucune difficulté. Nous pouvons faire cela maintenant si vous le désirez.

Mon souhait était tellement évident qu'il se contenta de sourire et rabattit son capuce sur la tête en disant :

— Ne m'en veuillez pas, mais c'est une des règles ici. Aussi souvent que possible, nous regardons vers le sol : *nous devons garder nos yeux, de crainte qu'ils nous apportent un sujet de murmure ou de rire.*

Et nous ressortîmes pour la seconde fois de sa cellule, sans croiser personne cette fois là encore. Après quelques couloirs, une volée de marches de pierre nous conduisit à une sorte de terre-plein où étaient agencés avec beaucoup de méthode des carrés de plantation. Dans cette petite cour à ciel ouvert, les senteurs se mêlaient dans la confusion des sens.

— C'est ici que nous cultivons avec méthode aussi bien les plantes vulnéraires que digestives, mais nous devons les conserver pour notre propre usage.

Nous n'avons pas le droit de délivrer des soins en dehors du monastère. Ce serait concurrencer la corporation des apothicaires.

Il y avait toutes sortes d'espèces, dont certaines que je ne connaissais pas, car probablement spécifiques de la région. J'imaginais Nicolas de Blégny, un homme que je n'avais pas connu, dont je ne savais presque rien. Un homme dont j'allais devoir pourtant imaginer l'esprit pour trouver l'endroit où il avait dissimulé son secret. Le prieur, resté près de moi, réfléchissait tout haut, comme s'il avait perdu d'un coup l'habitude du silence et qu'il profitait avec moi de cette conversation : comme un écureuil fait réserve de noisettes avant l'hiver.

— D'une certaine façon, si Abraham avait un secret à dissimuler, quel meilleur endroit que celui-là ! Il n'y a pas de lieu plus sûr : un lieu inaccessible, mais un lieu où les traditions ancestrales permettraient de laisser des traces suffisamment longtemps pour laisser la chance au pisteur de les retrouver : jusqu'à le conduire à la révélation, même après des années.

Nous regardions les plantes devant nous, toutes aménagées en petits massifs, classant chaque espèce apparemment sans ordre, mais pourtant, sans qu'aucune n'empiétât sur l'autre. Chaque parcelle formait une figure géométrique. Entre chacune, il y avait une petite bande de terre qu'on sarclait régulièrement pour bien marquer la séparation. Une allée dallée longeait le jardin. Je détaillai toutes les dalles une à une en espérant retrouver le fameux symbole, mais il n'apparaissait nulle part. Mais je constatai que, si les murs de l'église et des cloîtres étaient généreusement ornés de tous ces symboles, le sol, le plus souvent formé de dalles de pierre ou de briques, restait vierge de toute inscription.

J'observai ensuite les murs de ce jardin clos, mais je ne retrouvai le fameux sigle à nul endroit. Aucune inscription, aucun endroit où on aurait pu desceller un fragment du mur pour y cacher quelque chose. Le prieur cherchait aussi, observant chaque pierre avec attention, imaginant comme moi que la solution était à portée de la main. Au bout de longues minutes, force fut de constater qu'aucune trace ne pouvait nous laisser croire que de Blégny avait laissé un indice. Nous n'avions aucune certitude que le secret se trouvait là, sinon dans notre folie, nous aurions déjà déraciné toutes les plantes, retourné les dalles et sondé chaque arpent de mur.

— Nous pouvons peut-être essayer la bibliothèque ? suggéra le prieur.

— Je vous suis.

Dans un recoin se trouvait un étroit escalier de pierre. Le prieur grimpa les marches avec agilité et je le suivis. En haut se trouvait une coursive qui dominait le jardin. La journée était très belle et je profitai de l'instant pour admirer le fort qui dominait la colline au-dessus de nous. J'étais une nouvelle fois déçu, pourtant de plus en plus certain que la solution était proche. Je regardai une dernière fois ce jardin sans le voir, suivant les lignes géométriques formées par les différentes parcelles. Le prieur m'attendait au bout du passage. Quelque chose me retenait là, irrésistiblement, et je compris que je ne devais pas quitter cet endroit sans comprendre pourquoi une inspiration subite me mettait en garde de manière aussi déterminée. J'observai les massifs de lavande, la rue, et plus loin l'absinthe, le fenouil et la menthe. Je connaissais la plupart de ces plantes. J'essayai d'imaginer leur floraison. Je combinais les initiales de chacune, mais sans trouver aucun lien tangible. La géométrie pourtant…

— Regardez!

J'avais presque crié, et le prieur relevant la tête m'adressa un regard plein de reproches, m'obligeant à me taire. Il se rapprocha de moi et sans plus rien dire, mais d'une main tremblant d'émotion, je désignai les parterres où, de mon index, je dessinai entre les différentes parcelles le symbole des deux « A » entrecroisés. D'en bas, cet agencement était impossible à remarquer. De là où nous étions, en ayant découvert cette similitude, il était impossible de détacher nos regards du sigle que les plantations nous révélaient.

— C'est là!

Je redescendis l'escalier de pierre. Le prieur était resté naturellement sur la coursive. Je me demandai pourquoi : je le compris en retournant au niveau du jardin. En bas, il était impossible de retrouver le symbole, perdu entre les feuillages alignés et bien serrés. D'en haut, le moine me guida.

— Allez sur la pointe. Plus sur votre droite, passez le long de la verveine, puis laissez l'hysope sur votre droite. Vous y êtes presque.

Il chuchotait, mais je sentais dans sa voix le regain d'une excitation toute proche de la mienne. Je continuai sur ses indications en marchant sur les petites délimitations, évitant difficilement de piétiner par endroits certains spécimens. J'arrivai le long d'une parcelle de camomille dessinée en un triangle qui s'enfonçait dans un carré de thym.

— C'est là, ne bougez plus. Vous êtes à la pointe du symbole.

— Qu'est-ce qui vous fait penser que c'est à cet endroit?

— Le sigle d'Abraham dessine une flèche. Cette flèche nous indique la direction. Nous devons commencer par là. Ne bougez pas, je descends.

Il arriva, équipé d'une pelle qu'il me tendit.

— N'attendez pas, creusez! À la pointe du triangle de camomille.

— Mais je…

— Allez-y. Vous n'allez pas hésiter pour quelques fleurs. Creusez!

Sa voix était douce, mais autoritaire. J'enfonçai la pelle dans la terre meuble. La première pelletée fut timide, la deuxième le fut moins. Je transpirais bientôt après avoir dégagé un trou de deux pieds de large sur autant de profondeur. J'étais maladroit et inexpérimenté pour ce travail, mais la terre était bonne et se laissait faire sans grand effort. Je m'arrêtai quelques instants.

— Voulez-vous que je vous remplace?

— Je peux continuer.

Il y eut bientôt le bruit mat de la pelle contre un objet de métal. Je laissai l'outil de côté, et m'accroupissant, je me mis à dégager avec les mains une petite plaque de ferraille, passablement rouillée. En faisant le tour avec mes doigts, je découvris que c'était le couvercle d'un coffre du même métal. Sa longueur ne devait pas dépasser trois travers de main et la largeur, celle d'une des miennes. Quelques instants plus tard, je sortais le coffre de son trou. Nous ne disions plus rien. D'une main tremblante et souillée de terre, je cherchai dans ma poche la petite clef et la présentai devant la serrure du coffre. Elle correspondait parfaitement. Au moment où je voulus l'engager, le prieur posa une main sur la mienne.

— Ce serait vanité pour moi de connaître ce secret. Ma curiosité et mon excitation ont déjà bien entamé ma volonté et mes vœux aujourd'hui. Je suis assuré que le secret d'Abraham a été transmis. Je n'ai jamais souhaité qu'il m'en révélât la nature exacte. L'apprendre aujourd'hui ne m'apporterait rien qu'une exaltation terre à terre. Partez en ami et ne revenez pas. Ce secret vous appartient, parce que vous en avez fait seul la découverte. Je prierai pour vous et pour l'âme d'Abraham. Je vous laisse à présent. Vous connaissez le chemin.

Il prit le temps de me sourire. Puis il abaissa le capuce sur son visage. Il passa ses mains dans sa robe et quitta le jardin. Je pris le temps de refermer le trou que j'avais fait, tassai la terre du mieux possible pour masquer mon saccage et retrouvai l'entrée. En descendant l'allée des mûriers qui me conduisait au porche, je serrai contre moi ce coffre : un trésor que j'attendais depuis plus de dix ans.

J'attendis d'être revenu dans mes appartements en Avignon pour ouvrir le coffret. J'avais réussi à garder ensemble ma curiosité et mon impatience, ce qui n'était pas une chose simple. Je m'enfermai dans ma chambre. L'hôtel était vide, en dehors de la domesticité, et je ne risquais pas d'être dérangé. J'avais négligé le repas qu'on m'avait préparé, soucieux de préserver cet instant pour moi seul. Je n'avais pas pris souci du temps passé à la chartreuse ni de celui dépensé pour le retour : l'après-midi était sans doute avancée lorsque je déposai sur la table de ma chambre le coffret encore chargé de terre.

Je m'assis confortablement, puis j'introduisis la clef dans l'emplacement qui semblait n'appartenir qu'à elle. La terre obstruait quelque peu la serrure et je dus jouer quelques instants avant de pouvoir l'insérer complètement. Je tournai. Le mécanisme fonctionnait encore. Il y eut un léger déclic, le couvercle se décrocha doucement du socle et je pus le saisir pour ouvrir complètement le coffret. À l'intérieur, un deuxième coffret de bois ne fit aucune résistance avant de s'ouvrir. Ce double emballage avait sans doute permis de protéger le contenu de l'agressivité du temps et surtout de l'humidité de la terre. Une large enveloppe sans libellé était scellée à la cire. Le cachet, parfaitement conservé, indiquait les armes de la famille de Blégny. Il n'y avait plus aucun doute à avoir, même si j'en avais encore gardé depuis que j'avais quitté le monastère. Une sorte d'intuition m'avait confirmé que j'étais enfin arrivé au bout de ma quête. Sous l'enveloppe, un écrin de velours noir était scellé lui aussi d'un sceau rouge. Lorsque je le pris dans ma main, je sentis un poids inhabituel pour un objet de cette taille : l'écrin avait une forme quadrangulaire et mesurait environ un demi-pied du roi[118] de long pour deux pouces de largeur et autant d'épaisseur. Il aurait été chargé de plomb qu'il n'en aurait pas été plus lourd.

---

118 — Ancienne mesure de longueur : un pied du roi équivalait à 12 pouces, soit environ 32,5 cm actuels.

Jean Passadieu - Le Secret d'Abraham

Je le déposai avec précaution sur la table et commençai par décacheter la lettre, malgré l'envie de découvrir ce que cachait l'écrin. La cire sèche se dispersa sur la table en poussière écarlate qui collait aux doigts. Je reconnus tout de suite l'écriture que je connaissais parfaitement pour l'avoir maintes et maintes fois déchiffrée, lue, relue et parfois copiée dans les nombreux ouvrages de la bibliothèque secrète de la boutique. Je n'eus donc aucun mal à lire le message qui m'était envoyé depuis des décennies.

Moi, Abraham du Pradel, né Nicolas de Blégny, chassé du royaume pour des actes qu'on a jugés répréhensibles et toujours portés par un souci d'invention, je lègue ici un objet de mon invention, qui pourra rendre bien des services à l'humanité souffrante... Puisque celle-ci ne m'a pas jugé digne et qu'elle ne s'est pas montrée prête à recevoir ce présent de mon vivant, je le lègue aux ans, au hasard et à celui qui saura retrouver sa trace.

L'œuvre de ma vie a été tout entière portée vers le soin que je pouvais apporter à mes contemporains, d'une manière ou d'une autre. En sont pour preuve les nombreux ouvrages que j'ai publiés, n'hésitant pas à offrir au plus grand nombre l'essence de mes secrets, quoi que m'en ait coûté leur recherche ou leur acquisition. Banni de la capitale, j'ai poursuivi sur les routes de France et d'Italie une quête insatiable, rassemblant ici le résultat des travaux qui ont occupé les dernières années de ma vie.

Par la présente, je prétends pouvoir disposer du moyen d'ôter la douleur dentaire préalable aux interventions de la mâchoire, telles les extractions ou les transplantations. Il s'agit d'un moyen simple, accessible au plus grand nombre, qui permettra une nette évolution et pourra, je pense, s'appliquer à d'autres sphères de l'organisme, si d'autres chercheurs se donnent la peine d'étendre le champ de cette invention. Il ne s'agit pas là d'un remède secret, mais bien d'un dispositif ingénieux que je laisse dans ce coffret à disposition de celui qui l'aura découvert : à lui d'en faire l'usage et la publicité qui lui semblera la plus opportune.

Il s'agit d'une simple clef, dont le principe s'inspire des travaux sur l'infusion réalisés par de nombreux savants avant moi. À ceux qui ne connaissent pas les travaux de Harvey[119] sur la transfusion, je les renverrai à des lectures qui leur ouvriront les yeux suffisamment pour interpréter la suite de ce mémoire.

Par chance, j'avais pu lire un des ouvrages du dénommé Harvey, découvert dans la vaste bibliothèque du château de l'Isle. Les principes qu'il y décrivait m'avaient fort intéressé, sans pour autant éveiller chez moi les révélations qui avaient illuminé Nicolas de Blégny.

Borelli a très tôt proposé d'infuser du vin dans les vaisseaux, mais sans oser le faire, il s'est contenté de faire passer du lait dans les vaisseaux du placenta. Mais comme les hommes sont un peu frileux, ils s'en sont pris aux chiens, on leur a infusé du vin, de l'opium et même de l'eau-de-vie. Puis certains essayèrent le procédé sur des criminels en infusant dans leurs veines des cordiaux, de l'antimoine... un peu tout ce que l'imagination pouvait produire de spécifiques, à usage plus ou moins officiel. C'est Michaël Ettmuller qui a révélé en moi l'idée de la clef. Il a défini ainsi la finalité de l'infusion : « mêler promptement avec le sang et porter au cœur le remède sans diminution de ses forces, pour le distribuer de là dans toute la machine du corps et rendre son effet plus prompt et plus puissant ».

---

119 — William Harvey (1578-1657) : médecin anglais à qui on attribue la découverte et la démonstration de la circulation sanguine.

Mais mes propres compétences et les moyens mis à disposition ne me permettant pas de pratiquer des infusions de telle envergure, j'imaginai qu'en utilisant comme vecteurs les petits vaisseaux superficiels de la peau ou de la gencive, on pouvait infuser, au moins dans une zone définie, un certain principe, propre à produire un effet défini. Me rappelant certaines nuits passées à souffrir du mal dentaire, je trouvai là un champ d'exercice précis, facilement accessible et qui rendrait particulièrement service. On connaît le scarificateur, bien plus souvent utilisé pour évacuer du sang corrompu, j'ai adapté ce système pour ma propre invention.

Je laisse la composition du principe à celui qui utilisera cette invention. La clef n'est que le vecteur de l'infusion. Au besoin, il pourra se rapporter à certaines de mes recettes ou en combinant les narcotiques de sa connaissance.

Voici les différentes parties qui composent la clef de mon invention.

Une main maladroite avait ensuite dessiné un instrument pouvant s'apparenter à un appareil de chirurgie. Laissant la lettre de côté, j'ouvris l'écrin devant moi pour découvrir, sur un coussin de velours noir, une sorte de clef sans panneton qui brillait avec l'apparence de l'or. Elle ressemblait en tous points au dessin. La tête en forme de trèfle était ornée du sigle d'Abraham. Je la pris dans ma main et son poids était effectivement conséquent. Les descriptions étaient énoncées comme suit :

A. *Scarificateur*
B. *Corps contenant le mécanisme*
C. *Embase*
D. *Tête*
E. *Déclencheur*

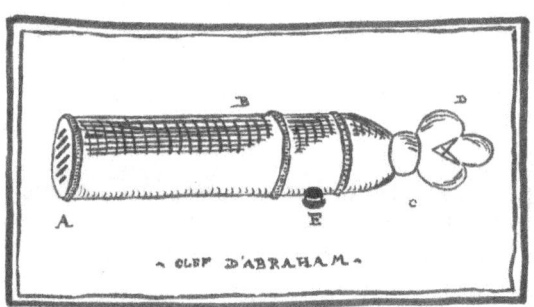

~ CLEF D'ABRAHAM ~

J'ai fait réaliser le corps de l'instrument en or par un orfèvre de Florence, et le mécanisme intérieur a été organisé avec les meilleurs aciers d'horlogerie, afin qu'il garde sa souplesse aussi longtemps que possible.

Le principe d'action est simple : 6 lames d'un acier très fin sont montées sur un ressort qui leur permet de sortir et de rentrer dans le corps de l'instrument lorsque le ressort se débande. Ces lames réalisent ainsi six petites incisions en une fois, permettant d'ouvrir les petits vaisseaux de la superficie des tissus. L'action rapide et très superficielle de ces lames ne provoque pratiquement pas de douleur. On peut appliquer ensuite localement le spécifique de son choix, qui sera infusé immédiatement aux tissus voisins par l'action des vaisseaux.

Tout le génie d'un seul homme prenait forme dans mon esprit tandis que je découvrais pas à pas le mécanisme de sa réflexion et la simplicité du dispositif.

Afin de bander le ressort, il convient d'empoigner le corps de la clef (B) de la main gauche et de tourner la tête (D) de la main droite, dans le sens des aiguilles de la montre, jusqu'à sentir un léger blocage. Le dispositif est prêt. Il convient ensuite d'appliquer la platine du scarificateur (A) à l'endroit choisi en prenant soin de la poser avec fermeté, mais sans vigueur excessive. Sans cela, la tension des tissus pourrait empêcher l'action des lames. En appuyant sur le déclencheur (E), les lames seront libérées instantanément. Au bout de quelques secondes, le sang perlera et le praticien pourra déposer le spécifique sur la région scarifiée.

J'ai constaté lors de mes expérimentations qu'un léger massage pouvait accélérer l'absorption du spécifique par les tissus. Les plaies pratiquées par le scarificateur sont imperceptibles et le sang tarit le plus souvent en quelques minutes sans incommoder le malade. Ainsi convient-il d'appliquer le remède que l'on souhaite infuser dès l'apparition du premier sang.

Un entretien régulier du mécanisme par un artisan horloger, qui veillera en outre à aiguiser les lames et à les graisser, permettra un usage prolongé et invariable de l'instrument.

Et le texte était signé.

Nicolas de Blégny fecit, le vingt-et-unième jour de septembre de l'an de Grâce 1720.

Je restai de longues minutes immobile, regardant dans ma main cet objet dont la simplicité me laissait perplexe et incapable de réfléchir. Pendant de si longues années, j'avais imaginé quel pourrait être ce secret dont j'étais le détenteur. Et loin de la moindre déception, j'entrevoyais à peine les perspectives d'un tel dispositif : il permettait, par cette infusion locale, de prodiguer à l'organisme malade tout type de substance qu'on pourrait juger utile à sa guérison. Il n'y avait pas de mot pour l'homme génial qui n'avait fait en réalité qu'assembler certaines idées qu'avaient eues d'autres savants avant lui pour en faire une sienne propre.

L'objet lourd et brillant avait pris la chaleur de ma main, comme si, d'une certaine façon, je m'étais approprié son essence. En le tenant dans la paume de ma main gauche, je pris la tête de la clef entre le pouce et l'index droit, puis je tournai. Il n'y eut aucune résistance et le mécanisme fonctionna aussi docilement que le premier ressort de montre. Il y eut un léger déclic et le mécanisme se bloqua. Jusque-là, je n'avais aucune idée de ce qui allait se passer et j'agis vraisemblablement plus par un désir impatient de constater par moi-même la réalité des choses. L'idée était excellente sur le papier, mais il me fallait la vérifier par l'expérience.

Je reposai la clef dans l'écrin. Dans mes malles, dont je n'avais sorti que les effets destinés à mon quotidien, je trouvai ma préparation la plus puissante contre les douleurs : le mélange d'ambre, des plantes de Saint-Pierre, de jusquiame, de mandragore et d'opium. Un distillat concentré et épuré maintes fois : la quintessence de mes connaissances en matière de médication contre la douleur. Je me munis également d'une aiguille et je retournai m'asseoir à la table. Je posai ma main gauche bien à plat, les doigts écartés. Puis de la main droite, je saisis le corps de la clef, mon pouce vint trouver sa place tout naturellement en face du déclencheur.

J'appliquai ensuite le scarificateur contre la peau du dos de ma main gauche. Je retins ma respiration. Je n'hésitai pas davantage et appuyai sur le déclencheur. Il y eut une légère piqûre, pas plus violente que celle qu'aurait pu provoquer la brûlure d'une goutte de cire perdue d'un chandelier. Je retirai la clef. Le sang commençait déjà à sourdre sur ma main. Sans hésiter, je versai plusieurs gouttes de ma préparation contre les douleurs sur la zone scarifiée. L'action fut immédiate sous la forme d'une petite brûlure fugace qui alla ensuite en s'atténuant. Je massai doucement pour faire pénétrer les substances comme le suggérait Nicolas de Blégny. Une sorte d'engourdissement commença à venir, imperceptible d'abord. Une surface débordant de plus d'un pouce autour de la zone scarifiée semblait touchée par le phénomène. D'un coup sec, je piquai de l'aiguille plusieurs régions sans ressentir le moindre contact de la pointe, et de douleur : aucune. Le sang se tarissait déjà, mais la surface de ma peau que j'avais engourdie par cette infusion resta ainsi insensible pendant de longues minutes sur une surface équivalant à un Louis d'or.

J'aurais dû prendre la précaution de contrôler sur une montre la durée de l'action de mon spécifique, mais je ne pouvais avoir aucun doute sur l'efficacité du dispositif. Il n'y avait pas à douter que le secret d'Abraham répondait aux espoirs les plus fous. Les perspectives pour la science me semblaient infinies.

J'essuyai avec un mouchoir le sang qui coagulait déjà sur le dos de la main. Les cicatrices n'étaient pas plus profondes que les lacérations d'un chaton, certes monstrueux, ainsi doté de six griffes.

Chapitre IX
Une vie

Joseph Antoine Pernety m'avait expliqué un jour une de ses croyances parmi les plus particulières qu'on eût pu imaginer. Il appelait cette idée la métempsychose. Il considérait ainsi possible le passage ou *transmigration* de l'âme d'un homme dans le corps d'un autre homme ou d'une bête, lorsqu'il venait à mourir. C'était pour moi la théorie la plus fantasque qu'on eût pu imaginer. J'avais écouté ses longues démonstrations pour ne pas désobliger mon ami. Mais il n'était pourtant pas possible à mon esprit rationnel d'apporter le moindre crédit à ses affirmations. Ainsi, ma mémoire avait effacé ces discussions fantastiques qui étaient restées pour moi bien éloignées de la réalité des choses.

Mais pour ma part, c'était en cette année 1773 que j'avais construit ma nouvelle vie, sans migration de l'âme, mais bien par un changement de mes aspirations et de mes humeurs. La découverte du secret d'Abraham m'avait ouvert, comme je l'espérais, des perspectives nouvelles. Du charlatan en fuite que j'étais, condamné et banni, je pouvais dans ce nouveau pays révéler un tout autre personnage et faire profiter au mieux les personnes en souffrance de ce formidable instrument qui m'avait été légué.

Je découvris une terre riche et hospitalière où les plantes poussaient avec vigueur, où la vie semblait moins âpre sous un soleil plus généreux que n'importe où ailleurs dans le royaume de France. Le vent parfois savait me rappeler mes origines, tantôt glacé venant du nord, tantôt chaud et chargé de sable de l'Afrique. Mon chemin pouvait s'arrêter là et ma vie recommencer. Les premiers temps de ma découverte, j'étais resté comme figé dans mes convictions, me bornant à expérimenter sur moi et sur quelques malheureux animaux, les différents spécifiques que je pouvais enfin infuser pour calmer les douleurs. J'étudiai leur durée d'action, les actes de chirurgie que cela m'autorisait. Mais j'étais resté dans un état d'excitation tel que je n'envisageais pas la continuité de ma vie. J'étais un vieillard de soixante-deux ans, mais toujours ingambe. Je vivais chez un hôte, certes généreux et peu encombrant, mais dont j'étais dépendant.

C'était en me promenant dans les ruelles ombragées de la ville fortifiée, à l'ombre des grandes tours érigées par les papes, que je compris que ce pays où j'étais arrivé par le hasard se sentait prêt à m'adopter. J'aimais le bruit des fontaines qu'on découvrait au hasard des rues. J'aimais voir descendre les mariniers en espérant le passage de maître Daniel. J'avais même fini par m'accommoder de ce maudit langage des habitants d'ici, un dialecte incontournable qui se moquait bien de ceux qui ne le comprenaient pas. En 1774, j'étais encore chez le marquis de Vaucroze quand on annonça la mort du roi. L'ordre suivant fut publié et placardé en français sur les murs de la cité le 17 mai.

De la part de Messieurs les Vice-légats et échevins, le public est averti qu'il a plu à Sa Majesté Louis XVI, actuellement régnant, de notifier le décès de Louis XV, de glorieuse mémoire, arrivé le dix de ce mois. Et comme il est du devoir de tous les fidèles sujets de témoigner par les marques extérieures les regrets qu'ils sentent de la perte d'un roi bien aimé, tous les habitants auxquels leurs facultés peuvent le permettre sont invités de prendre le deuil dimanche prochain, 22 de ce mois, pour les porter le temps qui sera fixé par la cour.

Ce roi qu'on disait si bon et de si glorieuse mémoire était mort de la petite vérole, c'est ce qui se racontait sur les places et les marchés. Et j'avais été étonné d'entendre qu'on pût parler avec autant de légèreté de son souverain. Le Roi était mort ? Vive le Roi ! C'était ce même jour que j'avais compris que je n'avais pas à gaspiller plus longtemps la santé que mon âge m'offrait : je devais commencer ma nouvelle vie, comme le royaume de France reprenait un nouveau départ avec son nouveau roi.

C'est alors que je décidai de m'installer en Avignon, préférant la sécurité à un retour hasardeux dans la capitale. En réalité, j'étais toujours sous le poids de ma condamnation et je ne pouvais prendre le risque de retourner vivre à Paris. Dans cette enclave, je pourrais disposer de toute la discrétion nécessaire et enfin mettre mon esprit en repos. J'avais quelques amis fidèles dans cette région. J'achetai une petite maison du quartier de la juiverie, tout proche de la place Jérusalem. Dans ce quartier, je pourrais passer plus facilement inaperçu, d'autant que j'avais choisi de porter le nom d'Isaac[120] du Pradel. Ce n'était ni par ironie ni par orgueil, mais simplement que je considérais ce choix comme une sorte d'hommage et de filiation avec Nicolas de Blégny.

Ma maison était modeste, mais j'y vivais libre. Je n'avais pas aménagé de laboratoire, me consacrant surtout à la lecture, car j'avais pris goût au château de l'Isle à ces longs moments solitaires. C'était l'instant privilégié où je m'imprégnais de l'esprit lumineux de ceux qui avaient transmis par les mots leur science et leur savoir. Je pouvais entretenir sans difficulté des relations épistolaires avec Augustin, et je recevais régulièrement de ses nouvelles. Il me faisait parvenir les préparations que je lui commandais afin que je ne manquasse jamais de réserve de telle ou telle pommade pour mon usage personnel. J'avais fini depuis longtemps de perfectionner ma préparation spéciale, celle qui donnait les meilleurs résultats quand on l'infusait avec la clef d'Abraham. Car sans pratiquer officiellement des soins, il m'arrivait de recevoir chez moi des personnes recommandées pour qui je pratiquais encore certaines opérations et tout particulièrement pour les dents.

---

120 — Dans la Bible, Isaac est un des fils d'Abraham que Dieu demanda en sacrifice. Selon les textes, Abraham était alors âgé de cent ans.

En effet, l'engin conçu par Nicolas de Blégny s'insérait parfaitement dans la bouche et pouvait s'appliquer sans difficulté sur la gencive ou le palais. Une simple détente du ressort et je pouvais, avec mon doigt, appliquer la préparation que j'avais rendue plus visqueuse en la mélangeant à un peu d'axonge. Je ne me servais plus de la graisse de chrétien, pensant qu'en ce siècle de modernité et de lumières, de telles pratiques ne pouvaient plus avoir cours, quelles que fussent les qualités d'une telle matière. Après ces adaptations, j'avais réussi à obtenir un engourdissement des mâchoires qui permettait d'extraire des dents dans des conditions beaucoup plus satisfaisantes. Les patients ressentaient moins la douleur, pour peu qu'on agît vite et avec dextérité. Ma renommée aurait pu être grande par le développement de ce progrès. Mais ne voulant pas attirer l'attention sur moi, trop heureux d'un anonymat chèrement acquis, mes soins n'étaient dispensés que sur recommandations et par relations. Dans le quartier, personne ne me connaissait autrement que comme un riche marchand retiré des affaires qui vivait paisiblement de ses rentes. Cette activité, même modeste, donnait enfin une raison d'être à cette invention, dont je pouvais quand même faire profiter quelques-uns de mes contemporains. Lorsque l'heure serait venue, je trouverais le moyen d'en faire profiter le plus grand nombre, selon les principes humanistes de mes maîtres. En attendant, je ne pouvais risquer ma sécurité ni par altruisme ni par vanité.

Personne n'en avait demandé davantage et je pouvais encore espérer de longues années paisibles et studieuses. En 1777, je venais d'avoir soixante-six ans lorsque j'appris la mort de Bernard de Jussieu à soixante-dix-huit ans. Je ne pus me rendre à ses funérailles à Paris, car le temps du voyage ne m'aurait pas permis d'être dans la capitale dans les délais. Je fis néanmoins le voyage jusqu'à Lyon où je retrouvai son frère Joseph et son neveu Antoine-Laurent pour une cérémonie de commémoration. Benoît Mourguet était présent. Je fis une visite à la famille Mourguet. Laurent avait grandi, il avait alors huit ans et avait bien changé. Ce fut une réelle émotion de les retrouver là, même si les circonstances restaient peu propices aux réjouissances. Nous parlâmes longuement de l'avenir du royaume. Car si certains croyaient au progrès amené par le nouveau roi, d'autres voyaient certains signes précurseurs d'une chute annoncée.

La guerre des farines de 1775, qui avait conduit le peuple à se soulever dans le nord et l'ouest du royaume, avait eu peu d'impact. Moi-même, je n'en avais eu que de maigres échos, atténués par les remparts de la cité. Ce tumulte était le résultat de longues années de sape de spéculateurs sans scrupule qui affamaient le peuple et affaiblissaient l'économie du pays. L'autorité avait été mise à l'épreuve. Les ministres hésitants étaient rapidement désavoués. La censure n'avait jamais été aussi active et vigilante, sanctionnant les moindres écrits pouvant ébranler les fondements ancestraux du pouvoir.

Collot d'Herbois se trouvait aussi à cette petite réunion. Je retrouvai en lui l'homme fougueux et inspiré que nous avions accueilli au château de l'Isle. Une nouvelle nuance s'ajoutait au personnage, celle d'un homme frustré et revanchard qui n'avait pas réussi dans la voie du comédien aussi bien qu'il l'aurait espéré. Sifflé à de nombreuses reprises par le public lyonnais, il promettait à qui voulait l'entendre qu'un jour il obtiendrait réparation de chacun de ces outrages[121].

Ce jour-là, je fis également la rencontre d'un dénommé Cagliostro. C'était un homme très mystérieux, vraisemblablement érudit, qui parcourait l'Europe après avoir été chassé d'Italie. Il était en partance pour Londres et restait très énigmatique sur les différentes missions qu'il remplissait au cours de ses voyages. Il me fit une grande impression par la présence qu'il imposait. Il parlait d'une voix grave et fixait son interlocuteur d'une manière telle qu'on écoutait ce qu'il disait, et que chaque mot restait gravé dans la mémoire comme une vérité indiscutable.

— Chers amis, croyez-moi. Il n'y aura pas quinze années du règne de ce petit roi avant que le monde ne bascule dans un ordre nouveau. Mais d'ordre, il n'y en aura pas avant longtemps. Chacun devra choisir sa position bien avant. Car avant la tempête, chaque marin, chaque matelot doit être sûr de n'avoir laissé, au Ciel ou ailleurs, une dette qu'on puisse un jour lui reprocher.

Ces paroles avaient valeur de fait acquis et ne sonnaient pas comme la funeste prédiction d'un esprit fantasque. La soirée s'était terminée sur les libations d'usage, en n'oubliant pas de verser quelques verres à la santé de Bernard de Jussieu.

Il était certain que dans mon enclave, les premiers sursauts de la nation ne me parvenaient que très faiblement et qu'un vieillard oisif ne prêtait pas attention à de tels signaux. Les hivers plus ou moins rigoureux faisaient varier le cours du blé et des farines comme de simples aléas de la vie quotidienne. Je suivis par les gazettes l'envoi de nos troupes aux Amériques pour soutenir les insurgés. On y parla même de mon infortunée patrie, puisque durant l'année 1778, les troupes anglaises défaites en Nouvelle-Écosse attaquèrent une fois encore mon malheureux archipel. Les pauvres habitants allaient être une nouvelle fois déportés. À la lecture de cette nouvelle, je ne pus retenir une émotion cruelle, sans doute aggravée par mon âge. Je repensai aux heures sinistres de notre fuite et de la perte de toute ma famille, au nom d'une guerre sans merci, et d'ennemis si cruels malgré les années. L'horreur des moments vécus n'avait rien perdu de sa violence. Il n'y avait rien à faire pour éloigner de moi cette peine, qui portait le poids de l'affection perdue de tous mes disparus.

Je reçus la visite en 1779 d'Augustin et de mon petit fils Hector. C'était un garçon grand et courageux qui portait son prénom avec tout le mérite imaginable. Augustin était venu sans son épouse, qui craignait d'importuner nos retrouvailles après une si longue période d'absence. J'en restai chagrin, car j'enviais Augustin d'avoir gagné un bonheur qui semblait durable. Tous les amours que j'avais connus s'étaient invariablement terminés brutalement et de manière douloureuse. Le plaisir de rencontrer celle qui avait fait le bonheur d'Augustin et qui m'avait donné un aussi charmant petit fils aurait été sincère.

---

121 — En 1793, il sera envoyé à Lyon avec Fouché pour contrer la révolte fédéraliste. Il y fit régner la terreur, multipliant les condamnations et préférant la canonnade à la guillotine jugée trop lente.

Augustin me promit qu'à la prochaine occasion, il réussirait à la convaincre de me rencontrer. C'était, me disait-il, une femme discrète et une mère aimante. Nous n'avions plus de nouvelles de Nestor depuis plusieurs années et nous voulions croire l'un et l'autre qu'il avait préféré recommencer une nouvelle vie sans attaches, pour oublier peut-être, et avec moins de difficulté, le vide laissé par sa mère. Ni Augustin ni moi n'osâmes parler de Marie Courval, chacun imaginant le chagrin de l'autre aussi présent que le sien.

Ce fut un réel plaisir de le revoir et surtout une intense émotion. J'en avais même oublié avec le temps que cet enfant que j'avais arraché à la mort d'extrême justesse n'était pas le mien. Le lien qui m'unissait à lui était si sincère que celui du sang disparaissait parfois derrière les sentiments. Un soir que nous fumions tous les deux sur le pas de la porte, en écoutant le mistral jouer dans le feuillage, il me prit l'envie brutale d'une sincérité que je n'avais jamais envisagée jusque-là. Nous nous taisions tous les deux, écoutant les conversations et les bruits dans les maisons voisines. Augustin se réjouissait de cet accent auquel son oreille non habituée prêtait des accents de mascarade. J'atteignais un âge où malgré la bonne santé, on n'était jamais sûr du lendemain. Et je ne pouvais partir sans lui avoir raconté la vérité sur ses origines.

— Il faut que je te dise une chose, Augustin. Quelque chose d'important.

— Qu'y a-t-il de si important pour que vous preniez un ton si grave ?

— Quelque chose que tu ne sais pas encore et que tu devrais savoir.

— Et vous auriez attendu tout ce temps pour me le faire connaître ? J'ai plus de quarante ans et cela fait bien longtemps que je suis capable d'entendre toutes les vérités qu'on n'oserait pas dire à un enfant.

— Il n'est jamais trop tard…

— S'il n'est jamais trop tard pour un père, il n'est jamais trop tôt pour une mère.

— Que veux-tu dire ?

— Je sais depuis bien longtemps mon histoire, ma mère me l'avait racontée par le détail. Elle a juste tu le nom de celle qui, après m'avoir enfanté, m'avait abandonné. Mais je n'ai que faire de ce nom-là, puisque j'avais pour moi les deux meilleurs parents au monde.

Puis il se tut et tira de nouveau sur sa pipe. Il n'y avait rien d'autre à ajouter. Quelques jours plus tard, il repartit sur Paris. La boutique avait besoin de son maître, comme l'église de son prêtre. Sans messe, on n'était plus rien. Les affaires étaient florissantes. Nous ne manquions de rien. Les saisons passèrent, les ans s'ajoutèrent les uns aux autres sans que jamais mon âge ne semblât en souffrir. Le plus étonnant était de constater qu'à mesure, les saisons semblaient s'enchaîner plus rapidement chaque année, m'entraînant dans une course qui ne donnait aucun signe de son ralentissement.

En même temps, une sorte de quiétude venait doucement, comme si arrivé à la fin, le bonheur se décidait enfin à montrer une oreille. Après tout, Voltaire était mort à quatre-vingt-quatre ans et je commençais à croire que je serais bien capable de durer aussi longtemps que lui. Je gardais pourtant à l'esprit que si la nature m'avait ainsi doté d'une santé inaltérable, c'était peut-être pour une raison bien précise. J'avais découvert le secret d'Abraham pour le rendre public en temps voulu, mais était-ce là tout le but de mon existence ? Il me restait sans doute quelque part quelque chose à accomplir, une dernière fois encore.

Je repensais souvent à mes maîtres, Pomardini, Datelin, Jussieu ou même Pernety, qui avaient contribué chacun à leur manière à concentrer en moi la somme de leurs savoirs. J'entrepris donc de rassembler dans un même ouvrage la totalité de mes connaissances pour les transmettre après moi, pour le bien de l'humanité. C'était un travail considérable, car au fil des années, j'avais gardé toutes les notes, toutes les recettes, les comptes-rendus de toutes mes expériences dans un désordre complet. L'alchimie se mélangeait avec des recettes de pommades, des pages entières de descriptions de plantes avaient perdu les dessins que le temps avait sournoisement effacés. Il me fallut trier, classer avant de pouvoir organiser mon travail.

J'y prenais un plaisir certain, si bien que le temps s'accéléra encore, me paraissant trop court pour ce qu'il me restait à faire. J'aimais souvent me rendre au pont Saint-Bénezet d'où je pouvais admirer le fort Saint-Jean. Je me rendis une fois à la chartreuse pour y remercier le prieur, même si je savais que ces politesses n'avaient que peu d'importance pour lui. Mais par le lien qui nous avait unis, j'aurais aimé le revoir. On m'apprit que le prieur avait changé, l'ancien était mort peu de temps après ma visite. Peut-être n'avait-il survécu jusqu'à ma venue que pour transmettre le secret de Nicolas de Blégny ? Car je ne pouvais douter qu'il connût depuis toujours l'emplacement du coffret. On m'apprit que, selon la tradition, il avait été enterré avec ses frères sous une croix anonyme, et qu'il était donc impossible d'aller se recueillir sur sa tombe. Une croix de plus dans le jardin du cloître.

Je me passais volontiers de la vie mondaine de la capitale à laquelle j'avais su résister pendant mes années de succès. Le bruit de la rue, les jours de marché, et le bruissement des cigales aux beaux jours suffisaient à mon bonheur. Je recevais parfois des nouvelles de Benoît Mourguet. Pernety avait disparu, occupé, disait-on, à quelque Grand Œuvre.

…

Les années passèrent sur moi aussi inexorablement que le Rhône sous les piles du pont éternel, le tumulte en moins, puisque ma vie était devenue aussi paisible qu'on eût pu l'imaginer. Je n'avais jamais reçu de nouvelles de la jeune Marie. Annibal et Boniface, que j'avais vu rôder dans mon quartier les premières années, avaient disparu sans que j'eusse pu les remercier de leur vigilance. Je prenais soin de ne pas m'intéresser aux publications du sieur Ailhaud, préférant par superstition éviter tout ce qui pouvait le concerner de loin ou de près. Saint-Pierre fut rendu à la France en 1783, mais en apprenant cette nouvelle, au lieu de me réjouir, je m'interrogeais ainsi : me demandant combien de temps faudrait-il pour un nouveau revirement. Cette guerre semblait sans fin, comme la souffrance de ceux qui étaient sur son passage.

Un matin de mars 1784, je fus alerté par des rumeurs dans la ville. Un homme était en haut des tours du palais des papes et s'apprêtait apparemment à jeter un mouton sur la foule amassée en bas. L'événement était assez exceptionnel pour que je suivisse la troupe de badauds qui avait commencé à se presser dans les ruelles jusqu'au palais papal. Le mouvement était tel que l'on pouvait se laisser porter, et qu'il aurait été hardi de vouloir affronter le courant ou même tenter de s'en extraire. La nuée me jeta donc sur la place devant le palais, qui absorbait encore le flux des nouveaux arrivants, comme une plage le ressac. Les gens se massaient en direction de la cathédrale des Doms, au pied de la tour de la Campane. En plein midi, il était difficile de distinguer la silhouette qui se trouvait derrière les créneaux. Je tentais de m'approcher au maximum. J'entendais cependant murmurer un nom avec insistance autour de moi : *Montgolfier*.

Je n'eus pas le temps d'interroger mes voisins, car de la foule monta un grand cri qui couvrit le murmure de tous et fit taire chacun. La scène ne dura pas le temps d'une respiration. On venait de jeter un objet d'aspect fort volumineux de la tour qui tomba comme une pierre pendant environ cinquante pieds. Un bêlement désespéré résonna ; c'était un mouton. Il traînait derrière lui un écheveau de cordes qui le suivit dans sa chute. Au-dessus, un morceau de toile peinait à se déployer. À quelques pieds du sol, la toile s'ouvrit comme la corolle d'une fleur. Les spectateurs qui se trouvaient directement en dessous s'écartèrent en imaginant que la pauvre bête allait finir sa pitoyable existence en s'écrasant sur eux. Mais la pièce de toile à laquelle était accroché le mouton eut pour effet de ralentir sa chute de manière considérable. Lorsque le mouton toucha le sol, ses pattes ployèrent sous son poids, mais il se redressa très vite et courut gaillardement en tirant derrière lui son original harnachement.

Dans la foule, je reconnus Étienne de Montgolfier qui eut bien du mal à rattraper la bête (et surtout sa précieuse invention) au milieu des spectateurs émerveillés, qui voulaient de leurs mains toucher l'homme de génie et l'ovin miraculé. Il fallut un long temps avant que la foule se dispersât un peu. Lorsque j'approchai enfin le héros du jour, une voix derrière moi me fit sursauter.

— Eh bien ! Ne serait-ce pas là notre cher ami du Pradel ?

Joseph de Montgolfier avait posé une main amicale sur mon bras, avant de m'étreindre dans une accolade réjouie.

— Avez-vous vu ?

— Oui, cela tient du miracle.

— Certes non, mon cher ami. Cela s'appelle de la science…

— Et aussi du génie, celui de mon frère.

Étienne venait de nous rejoindre. Il tenait roulée en boule sous son bras l'invention que des curieux essayaient encore de distinguer. Il tirait derrière lui le mouton volant qui ne semblait nullement affecté de sa récente épreuve. Je n'avais pas paru surpris que les deux hommes soient au courant de ma nouvelle identité. C'était oublier les ramifications et les connaissances de leur fraternité.

— Cher du Pradel ! Vous nous ferez bien l'honneur de dîner avec nous pour célébrer cette expérience magnifique. Nous vous raconterons les progrès que nous avons faits. Et vous nous parlerez de vos propres découvertes.

Ils rirent tous les deux, car je fus bien certain à cet instant que rien ne leur était inconnu de mes découvertes ni de ma situation. Nous cheminâmes gaiement jusqu'à la rue médiane de la Fusterie[122] où ils avaient une maison. Ils laissèrent le mouton dans la cour et ils m'invitèrent à une table qu'on avait préparée pour l'occasion, afin de fêter le résultat indisputable de cette étonnante expérience. C'était un buffet où fumaient caillettes, de grands plats de daube parfumée, des assiettes de fromage d'Ardèche, le tout laissé à l'appréciation et à l'appétit de chacun. Mes hôtes commencèrent par servir à chacun un verre de vin de Châteauneuf. Nous trinquâmes.

Joseph était le plus enthousiaste des deux.

— Si vous saviez, mon cher ami! Pierre, notre père, a été anobli! Mais ce n'est pas cela le plus important. Pas davantage la promesse du roi de faire de Vidalon la manufacture Royale le mois prochain[123].

— Ne va pas ennuyer notre ami avec nos inventions.

J'avais senti dès le début qu'Étienne trouvait toujours les idées de son frère un peu fantasques, même si l'expérience finissait par donner raison au génie de Joseph. Celui-ci continuait, persuadé que j'étais curieux d'entendre ce qu'il avait à me dire. Ce qui était la plus sincère réalité. J'aimais son esprit d'initiative et le fonctionnement de sa cervelle qui avait toujours cent pas d'avance sur celle de ses contemporains, et donc sur la mienne. J'avais lu dans les gazettes les exploits qu'on rapportait dans le domaine, et j'avais placé ce que j'avais appris dans ces courts comptes-rendus sur le compte de divagations de journaliste.

— Nous avons fait voler l'homme.

— L'homme? Je vois que vous libérez les moutons de la pesanteur et que de la même façon on pourra ralentir la chute des hommes. Mais dans l'autre sens, voyons, soyez raisonnable!

— Nous le sommes. Tout a commencé pendant l'hiver 1782, j'étais dans cette même pièce devant cette cheminée. J'étais transi et m'installai avec une lecture solide devant le feu. J'eus la révélation en voyant s'élever dans l'air chaud de petites cendres de papier que la cuisinière avait dû placer pour l'amorcer. Je confectionnai aussitôt une sorte de petit cube en taffetas dont je laissai un côté ouvert. Puis je le présentai à la chaleur de la flamme. Et savez-vous ce qu'il advint?

— Certes non, je ne suis pas devin.

— Le cube devenu plus léger que l'air par l'action de la chaleur s'éleva de lui-même dans la pièce sans être mû par aucune autre force.

— Incroyable.

— Nous nous sommes mis aussitôt au travail. Et quelques semaines plus tard, nous avons construit à Vidalon un ballon sphérique de plusieurs pieds de diamètre. Nous l'avons construit en grande partie de papier et de soie de

---

122 — Actuelle rue Saint-Étienne.
123 — La papeterie familiale devint en effet manufacture royale le 15 avril 1784.

Florence. Puis nous l'avons placé sur un système capable de le remplir d'air chaud. Le ballon s'éleva à plus de cent toises[124] d'altitude. Nous avons renouvelé l'expérience avec des animaux, puis avec des hommes en octobre et novembre de l'année dernière.

Même avec le plus grand sérieux, j'avais toujours du mal à croire Joseph, tant son excitation le faisait passer pour quelque illuminé qui aurait rêvé ses inventions avant de les avoir complètement réalisées. Il s'arrêta et comprit que j'avais une grande difficulté à croire sa démonstration malgré toute l'amitié que je pouvais lui témoigner. Étienne souriait avec confiance et je pris conscience que ce n'était pas la première fois que Joseph avait affaire à un sceptique.

— Vous ne me croyez pas ! Étienne, il ne me croit pas ! Vous êtes comme Saint-Thomas, Monsieur Passadieu, et vous allez me pousser dans des extrémités !

Il se leva et repoussa sa chaise derrière lui. Elle tomba par terre. Étienne riait. J'aurais voulu m'excuser, mais Joseph ne m'en laissa pas le temps, il sortit de la salle en courant presque. Étienne ne semblait aucunement inquiet de cette attitude. Il me servit un nouveau verre de vin et me rassura :

— Ne vous inquiétez pas. Laissez-lui quelques minutes et tout sera arrangé, vous verrez. J'ai l'habitude. Vous savez que le soir de sa première découverte, il est parti à pied d'Avignon dans la nuit pour rejoindre Annonay et nous apprendre lui-même sa trouvaille ? C'est un homme de génie, dont il faut apprendre à ménager le caractère. Mais je suis étonné qu'un homme tel que vous n'ait pas eu vent de nos progrès dans le domaine. Tout le monde en a parlé.

— J'ai sans doute dû lire ou entendre des choses là-dessus. Mais comme vous le savez, il est des prouesses tellement exceptionnelles qu'on a du mal à y croire quand elles vous sont rapportées par un tiers. Ce ne sont pas quelques lignes dans une gazette ou les racontars des rues qui auront pour moi valeur de preuve.

Étienne sourit encore. Nous parlâmes ensuite de l'état du royaume. Étienne me demanda si je ne trouvais pas préoccupants tous ces signaux qui montraient la faiblesse d'une monarchie que certains prédisaient à bout de souffle.

— Je n'ai rien à penser de tout cela, je ne m'occupe pas de politique.

— Peut-être qu'un jour, la politique dépassera vos propres préoccupations et vous embarquera dans son histoire. Le peuple ne dit rien, mais entendez-le qui gronde. Comme un chien qu'on laisse à la porte quand il fait froid, quand il a faim. Son obéissance ne résistera plus longtemps aux exigences de son estomac. Il faut se méfier de cela. Et il ne faut surtout pas croire que dans la tempête, la vague épargne les justes et ceux qui ne veulent pas y croire. L'enclave pontificale ne protège pas de tout.

Je lisais régulièrement le courrier[125] et je me rendais bien compte que les choses n'allaient pas comme elles devraient, mais je restais comme chacun dans l'expectative, me refusant peut-être toute idée de modernité et des changements

---

124 — Ancienne unité de longueur correspondant à six pieds soit 1, 949 m.
125 — Journal fondé en 1733 publié à Avignon et à Monaco sous l'autorité des instances pontificales. Il devient le courrier d'Avignon en 1788.

par lesquels il conviendrait de passer pour y arriver. Ce n'était pas la première fois que j'entendais ces menaces, et les cercles éveillés de mes occultes amis auraient dû m'alerter d'une bien plus sûre façon. Nous étions en plein débat lorsque j'entendis la voix de Joseph qui grondait dans le couloir. Il fit irruption dans la pièce en criant :

— Voyez de vos propres yeux, homme de peu de foi !

Il portait dans un linge un plat de terre recouvert d'un simple torchon, de manière à ce qu'on ne pût deviner ce qui se trouvait dessous. Étienne ne parut pas surpris. Sans doute n'était-ce pas la première fois que Joseph agissait ainsi.

— Regardez bien de tous vos yeux, Monsieur de Passadieu. Voyez à quel point la science peut-être aussi audacieuse que l'imagination.

Alors, il me fut donné de voir la chose la plus étonnante que j'eusse vue de toute ma vie. Et sur l'instant, je me demandai s'il ne s'agissait pas tout simplement d'une illusion. Sans perdre un instant, Joseph de Montgolfier souleva le torchon du plat qu'il avait posé sur la table. Dans le plat se trouvaient quelques œufs de poule. Sans aucune action extérieure, ceux-ci se mirent comme à danser et à s'élever de plusieurs pouces dans les airs, comme si on les avait privés de leur pesanteur. Cela dura à peine quelques instants. Puis les œufs redescendirent aussi doucement dans le plat. Joseph ne disait rien et je voyais son sourire satisfait devant ma stupéfaction. Je n'avais rien à dire, et mon premier geste fut de saisir l'un des œufs pour m'assurer qu'on n'y avait pas assujetti quelque fil invisible pour me mystifier. L'œuf était creux : on l'avait simplement vidé par un petit trou à sa base.

— Voyez-vous. J'ai placé ces œufs dans le four de la cuisine. La chaleur a chauffé l'air qu'ils contiennent. Ainsi libérés dans l'air frais de la pièce, ils sont portés par l'air chaud qu'ils contiennent et peuvent ainsi s'élever. Notre ballon : c'est le même principe.

Il n'y avait rien à dire, la démonstration était brillante, comme son inventeur. Nous trinquâmes de nouveau tandis que les deux hommes m'expliquaient la suite de leur aventure. Ils avaient écrit à l'académicien Desmarets pour faire part de leur découverte et avaient rapidement été appelés à exécuter de nouvelles démonstrations. Un canard, un mouton et un coq avaient effectué un vol devant le nouveau roi à Versailles en septembre 1783. Un mois plus tard, c'était le premier vol humain. Je m'en voulais un peu d'avoir douté et surtout de n'avoir pu croire ce que j'avais lu dans la presse, d'autant qu'il s'agissait d'amis que je connaissais bien et dont je n'aurais dû douter.

Le dîner se transforma en souper, le vin coula encore et l'amitié parla dans une ferveur simple et partagée équitablement. Il y avait suffisamment peu d'éléments dans ma nouvelle vie pour que ceux de cet ordre restassent comme des instants exceptionnels. À compter de ce jour, j'eus un œil plus critique sur le monde dont j'avais voulu m'affranchir pour goûter une vieillesse paisible à l'abri des remous du royaume. En 1785, l'affaire du collier de la reine et le scandale qui s'ensuivit mirent la lumière sur le comte de Cagliostro. Cet homme mystérieux, que j'avais croisé à Lyon, symbolisait pour moi l'action occulte que je ne faisais qu'entrevoir, mais dont la puissance ne laissait pas de doute. Ces hommes étaient prêts à tout sacrifier, leur honneur y compris, pour des causes dont j'avais du mal encore à percevoir les objectifs.

Je lus avec surprise qu'on s'apprêtait à faire du commerce avec les Anglais. Nous étions en 1786. Mon âge ne me pesait guère plus que les années précédentes. Les années n'avaient de poids que sur le souvenir et la nostalgie d'instants perdus. J'avais trouvé un sens à cette vie qui s'était trouvée malmenée de la pire des façons dès les premiers âges. La stabilité n'était venue qu'à la fin, m'offrant la saveur sucrée de la quiétude. Le soleil de la Provence atténuait tous les maux et les misères alentour. Bien que n'étant pas originaire de ce pays lumineux, il m'avait en quelque sorte adopté, moi qui venais d'un monde de brume et de froidure. Augustin et Hector m'avaient encore fait quelques visites, toujours seuls, même si je m'inquiétais régulièrement de cette belle-fille que je risquais de ne jamais connaître.

Nous apprîmes cette même année la mort de Jean Grégoire. Ce fut une grande tristesse qui vint en même temps que la joie très fugace de recevoir de ses nouvelles. C'était une lettre qu'il m'avait écrite quelques jours avant sa mort et qui avait été postée à mon intention à l'adresse de la boutique du quai de Conti. Augustin ne l'avait pas ouverte et avait jugé le prétexte suffisant pour venir me l'apporter en mains propres, à l'occasion d'un nouveau voyage. Il me laissa seul pour la découvrir.

Mon cher ami, te souviens-tu d'un certain voyage que nous avons effectué tous les deux entre Saint-Malo et Paris ? Te souviens-tu du temps de notre jeunesse, de repas partagés dans la soupente chez mon oncle, lors de nos premiers temps ? Nous étions si différents, et pourtant pas un instant n'a su altérer une amitié qui s'est moquée jusqu'au bout de la distance et de l'absence. Le silence ne veut pas dire l'oubli. Déjà lorsque nous vivions à Paris, nos occupations respectives nous ont séparés peu à peu. Cela ne m'a pas empêché de trembler pour toi lorsque nous t'avons perdu le soir du Nouvel An. Nous n'avons pas partagé de nouvelles, ni l'un ni l'autre, depuis que tu as quitté Paris. Au début, c'était pour ta sécurité. Et puis l'habitude a usé peu à peu ce qu'il y avait de tangible dans nos liens, mais pour moi n'a rien terni de notre fidélité. Je me souviens comme d'hier du soir où nous avons chanté avec Jean-Philippe au Caveau.

Je suis parti en tournée avec mon orchestre aux Amériques. J'ai vécu. Sans doute aussi intensément et aussi fort que j'aurais pu l'espérer. J'ai transmis mon art, j'ai ému sans doute, irrité peut-être. Qu'importe, je ne pouvais rentrer, car ma patrie c'est la musique et je l'ai toujours portée avec moi aussi longtemps que tu me connais. N'oublie jamais ta patrie, Jean, quelle qu'elle soit. Porte là dans ton cœur et écoute là quand elle te parle.

Je t'espère bien portant et jouissant de toutes tes facultés. Moi, j'ai épuisé mes dernières forces et l'usure m'a rattrapé. Je m'en vais sans regret, sinon celui peut-être de n'avoir pas pu te presser une dernière fois dans mes bras. C'est ce que je fais maintenant par la pensée. Adieu mon ami.

Cette lettre était datée de 1787 et ne m'était parvenue qu'un an plus tard, après s'être perdue quelques fois au hasard des traversées et des relais de poste jusqu'à la boutique quai de Conti, puis du Collège jusqu'en Avignon. C'était sans doute le dernier ami qui me restait. Car en dehors d'Augustin et d'Hector, il ne me restait plus rien de cette vibrante époque dont je réservais un souvenir héroïque, malgré les misères qui l'avaient émaillée. À la lumière de ce que m'avaient dit mes amis, je gardais un œil vigilant sur l'évolution du royaume, trouvant alors avec une certaine malice et une inquiétude grandissante des prémonitions dans chaque péripétie gouvernementale. Il y avait eu des émeutes à Paris en août 1787, le parlement se rebellait, les ministres succédaient aux scandales sans que jamais une voix ne semblât écouter ce que le peuple avait à dire. Moi-même, je ressentais ces frémissements sans vraiment comprendre leurs implications.

À l'automne de l'année 1788, peu de temps après le rappel de Necker, une voiture s'arrêta devant la maison, peu après midi. Ce n'était pas en soi une chose bien extraordinaire, mais on frappa à ma porte juste après. J'ouvris. Un homme se tenait devant moi, tout en noir, avec un air de sérieux exceptionnel.

— Monsieur Isaac du Pradel ?

On ne m'appelait plus que par ce nom depuis des années, et je n'avais donc aucune raison de m'inquiéter. L'homme n'était pas un huissier, ne portait pas d'uniforme et n'avait pas l'air torve qu'arboraient généralement les espions. Je répondis donc franchement :

— Oui.

— Dom Pernety vous fait mander.

Le nom ne me surprit pas, mais le titre me parut étrange. Je n'avais pas revu l'homme depuis mon sauvetage. Je savais qu'il était encore en vie et qu'il voyageait beaucoup. Et comme mes rapports avec le monde étaient assez succincts, que j'écrivais peu, je ne pouvais savoir ce qu'il était advenu de ce dernier ami. Je n'avais donc aucune raison de ne pas suivre cet homme. Et même si une telle soumission pouvait paraître à la réflexion inconsciente, je ne m'en inquiétai pas durant le temps du voyage. Celui-ci fut assez long et prit presque deux heures. Je commençai même à me demander si ce n'était pas un piège, lorsque la voiture ralentit enfin. Ne m'étant jamais aventuré au-delà de Villeneuve, je ne pouvais savoir dans quel endroit j'arrivais. Les chevaux s'arrêtèrent, la porte de la voiture s'ouvrit. Mon ami Pernety lui-même était venu m'accueillir. Il n'avait guère changé, si ce n'était dans sa mise. Il portait une longue robe immaculée sans capuce, toute brodée au fil d'or de symboles divers. Son œil restait toujours aussi incisif et son sourire bienveillant. Mais il émanait de lui une aura nouvelle, quelque chose de plus que ce que je lui avais connu jusqu'à présent.

— Entrez, mon ami, merci d'avoir répondu sans hésiter à mon invitation.

Il se comportait comme si nous nous étions quittés la veille, mais cette désinvolture n'avait aucun lieu de me surprendre davantage que cette convocation à la nuit tombante.

— Bienvenue au château du Mont Thabor.

Il s'agissait d'une grosse bâtisse située un peu à l'écart de la route. Il faisait sombre et je n'eus que peu d'éléments sur ce nouveau décor avant de passer sous une large poterne de pierre.

— Je suis revenu en France. Mais je suis resté chez mon frère à Valence. Nous ne nous sommes installés ici que depuis plusieurs années.

— Nous ?

— Mes frères et moi, nous avons reconstitué ici, selon la volonté de la Sainte-Parole, la société des illuminés d'Avignon. Le marquis de Vaucroze a eu la bonté de nous proposer cette maison ici, à Bédarrides. Lorsque je suis venu ici pour la première fois, un arc-en-ciel a recouvert la maison. C'est ici que je pourrai réaliser le Grand Œuvre.

Je n'avais pas besoin de l'interroger davantage, car il restait dans un état extatique qui convenait parfaitement à l'esprit de cette société dont il s'affirmait le berger.

— Nous sommes nombreux ici à professer la même foi. La société des illuminés de Berlin n'était qu'une étape. Je suis à présent certain que c'est dans cette terre pontificale que nous réussirons.

Nous pénétrâmes dans un premier salon où plusieurs hommes s'entretenaient sans cérémonie particulière. Nous aurions pu nous trouver dans n'importe quel hôtel d'Avignon, en compagnie de personnes de qualité. Il n'y avait que les noms étranges et les qualités de ceux qu'on me présentait qui pouvait différer des usages que j'avais connus ailleurs. Se trouvaient là, un certain Grabianca, le docteur Bouge de la loge de Saint-Jean d'Écosse de la vertu persécutée, le marquis de Montpezat, et un certain Esprit Calvet, professeur d'anatomie à la faculté de médecine d'Avignon. Tous ces hommes s'activaient autour d'un certain Ottavio Capelli, venu de Rome, qui prétendait recevoir directement des communications de l'archange Raphaël.

Ils m'accueillirent sans défiance au sein de leur groupe, d'autant que sous mon nom d'emprunt, je n'avais guère besoin de justifier ma présence parmi eux. On parlait de tout, de rien, de politique, de religion. Une fois les présentations faites, Pernety m'entraîna dans une seconde pièce qui était aménagée de manière à recevoir de façon plus ostensible les dévotions des adeptes. Dans ce temple aux symboles mystérieux et étranges, se trouvait en particulier un autel qui trônait au centre de cette pièce sombre. Des tentures chamarrées d'or absorbaient les sons d'une manière assez troublante. En fait, l'endroit donnait à croire qu'on se trouvait au plus profond d'une caverne, revenu à un âge antique, dans un culte dédié à quelque divinité païenne. Au milieu, la silhouette de mon ami faisait figure de patriarche biblique.

Une imposante statue de la vierge dominait pourtant dans un coin, seul repère connu au milieu de ce folklore.

— Je prépare un ouvrage sur les vertus et la gloire de Marie, mère de Dieu[126]. Nous pensons ici que ce personnage doit recevoir une dimension équivalente à celle de la trinité. Ce culte discutable est raillé de certains de nos détracteurs, mais j'entends obtenir ici une parfaite cohésion de tous les frères autour de cette même cause. C'est dans ce temple que nous célébrons La Cène à tour de

---

126 — *Les vertus, le pouvoir, la clémence et la gloire de Marie, mère de Dieu*, publié en 1791.

rôle. En dehors de cela, nous nous livrons surtout à des chants et à l'oraison mentale, qui nous libère par l'exaltation.

Mon ami avait tellement changé durant ces quelques années que je peinais à reconnaître son esprit ; jusqu'alors, il était resté dans une mesure soumise à son état de bénédictin. Il était à présent libéré de toute contrainte liée à son ordre, et il professait sans défense un dogme débridé dont il se proclamait le grand pontife, avec une satisfaction certaine. Mais il ne me laissa guère le temps de m'extasier sur l'agencement de son église.

— Mais vous n'avez pas encore vu le plus important.

Soulevant une épaisse tenture de velours, d'un vert aussi profond que les eaux du Rhône, il s'engagea dans un passage étroit qui obligea le grand homme à se courber. Je m'étonnai de constater à cet instant qu'il n'avait rien perdu de sa stature avec le temps, alors que je m'étais sensiblement tassé. Je pus en effet me glisser à sa suite dans le tunnel sans avoir à me baisser. Il y faisait sombre, seule une vague lueur marquait son extrémité, découpant la silhouette de mon guide.

— Voici le cabinet du Grand Œuvre !

C'était une grande pièce circulaire, au centre de laquelle se trouvait un immense fourneau. L'instrument était sensiblement différent de celui que j'utilisais dans mon laboratoire du collège, mais surtout remarquable dans ses proportions : l'ensemble du dispositif dépassait en hauteur la taille du plus grand des hommes. Un feu brûlait dans le foyer, qu'un disciple surveillait avec une concentration toute particulière. Les ombres jouaient avec les murs, révélant par endroits : tables zodiacales ou astronomiques, caractères gravés dans le safre sans aucun ordre.

— Nous suivons ici les préceptes de Michel de Nostredame. Nous étudions non seulement les signes du passé et de l'avenir, mais nous nous employons à transmuter le métal. Ainsi, grâce à la pierre philosophale, nous trouverons le moyen de libérer les populations du poids intolérable de l'indigence.

Il était difficile de ne pas tomber dans un doute effroyable en écoutant les paroles d'un homme de science que j'avais connu autrefois si rigoureux dans ses raisonnements. Il s'était placé au milieu de la pièce, juste devant le fourneau.

— Approchez-vous, ne soyez pas craintif.

J'obéis. En m'approchant, je constatai qu'il s'agissait d'un fourneau double qui permettait ainsi d'entretenir deux bains. Chaque couvercle comportait six registres. La chaleur du foyer était insupportable si l'on s'en approchait trop. Le frère servant ne nous avait prêté aucune attention lorsque nous étions entrés dans la pièce. Pernety eut un sourire étrange que le feu travestit en grimace.

— Un feu d'enfer.

Il laissa passer de longs instants, me laissant me pénétrer complètement de l'atmosphère étrange du lieu. Cela faisait bien longtemps que je n'avais ressenti ainsi un souffle mystique qui me dépassait.

— Nous avons eu la chance de recevoir de notre frère de Hambourg, deux flacons de matière philosophale prête à recevoir le deuxième mercure. C'est Brumore qui nous les a apportés. Nous l'avons ensuite concentré jusqu'à l'amener à l'état de pâte. Brumore a fini ses jours à Rome et le frère de la Richardière a repris son œuvre. C'est ce travail auquel vous assistez maintenant. Notre *enfant* a été soumis au feu le 29 mars 1786 et n'en sera retiré que le 13 juillet de l'année prochaine[127] : soit 1200 jours de cuisson. Le résultat est infaillible. Regardez !

Pernety s'approcha encore malgré la vigueur du feu. Sous chaque couvercle se trouvait une retorte[128]. Les deux vaisseaux étaient reliés par un alambic à trois étages qu'on avait placés de manière horizontale. Par instant, on pouvait voir passer de fines nuées d'une vapeur incolore. Quelques gouttelettes se formaient parfois sur les parois de verre avant de se sublimer de nouveau dans ce cycle incessant. Pernety était perdu dans cette contemplation. Il était seul avec son rêve et son *enfant*, comme il avait nommé la chose, oubliant jusqu'à ma présence. Puis d'une voix sourde, il me dit soudain :

— Je ne vous ai pas fait venir ici, mon ami, pour seulement vous faire part de toutes ces révélations. Elles vous paraissent sans doute quelque peu extravagantes. Mais je voulais qu'en voyant notre travail et nos recherches, vous n'ayez aucun doute sur ce que j'ai à vous dire maintenant.

— Je n'ai jamais douté de vous, mon ami.

— Allons allons, après l'incendie de la foire, qui n'aurait pas douté ? Mais cela n'a aucune importance. Notre Grand Œuvre va trouver son achèvement au mois de juillet prochain. Nous avons choisi cette date, car les astres ont annoncé un grand bouleversement pour les hommes et pour l'ordre du royaume.

Il se retourna vers moi. Son regard me fixait, mais sans me voir, comme un récitant au théâtre qui parlait par la voix d'un autre, comme une marionnette sans conscience.

— Si vous avez quelque chose à sauver dans cette vie-là, s'il vous reste une attente, un doute ou une espérance, saisissez votre chance alors qu'il en est encore temps. Ce bouleversement attendu est inscrit dans les tables sous le signe du sang. Rien ne sera épargné, ni personne qui se trouvera en travers de la marche de nos destinées.

— Je ne suis pas sûr de comprendre.

— Mon ami, mon très cher Jean. À l'heure du jugement, chacun devra rendre des comptes au Très Haut. Mais avant, ce qu'il nous reste de vie nous appartient. Ne vous êtes-vous jamais demandé pourquoi le ciel vous avait doté d'une telle santé, à rendre jaloux les plus grands mages et leurs potions ?

— Bien sûr, si ! À maintes reprises.

— Mais vous n'avez pas trouvé la réponse parce que vous n'avez pas su chercher jusqu'au bout. J'ai la conviction que, dans le cas contraire, vous ne seriez plus là à bouder un destin qui vous attend ailleurs.

— Vous croyez que ?

— Je ne crois pas, je sais ! Quittez Avignon au plus vite, fuyez cette patrie qui n'est pas la vôtre. Je ne pourrai vous en dire davantage.

Au mot patrie, je sentis un tremblement. Ou bien était-ce la chaleur du feu,

---

127 — 1789
128 — Cornue.

ou était-ce encore la prédiction effrayante que Pernety venait de me livrer. Je ne me connaissais d'autre patrie que celle que je m'étais construite : Augustin, Hector et sa mère.

— Paris ? C'est cela, je dois retourner à Paris ?

Pernety semblait être revenu à un état de conscience plus apaisé. Il me regarda avec un air distant, me donnant l'illusion qu'il me reconnaissait après une période où il aurait égaré sa mémoire.

— Écoutez votre cœur, il saura vous conduire.

— Nous nous reverrons ?

— C'est certain. Dans cette vie-là ou dans une autre : nous nous reconnaîtrons. Maintenant, on va vous raccompagner en Avignon. N'oubliez pas : juillet 1789. Le grand bouleversement. Ne soyez pas de ceux qui n'auront pas su entendre. Après, il sera peut-être trop tard.

L'entretien avec le maître était terminé. Au moment où j'allais le prendre dans mes bras pour le saluer, peut-être d'une façon un peu trop solennelle, il éleva sa main droite devant moi dans un signe à la fois protecteur et pour me garder à distance.

— Que le Très haut et la Très Sainte Vierge vous aient en leur Sainte garde.

Puis il me tourna le dos pour contempler dans les cornues l'essence de ses chimères. On me raccompagna en Avignon. Je ne devais plus revoir cet étrange prophète.

Chapitre X
Révolutions

Passé la stupeur d'une telle soirée et ses réminiscences des jours suivants, j'avais un peu oublié les mises en garde de mon ami. Je m'appliquai cependant à mettre quelque ordre dans mes affaires, mais je devais l'avouer, avec une certaine mollesse. Je ne pouvais me résoudre à prendre une décision aussi grave. À mon âge, un voyage de cette ampleur n'était pas sans risque. Mon cœur me disait simplement la joie que j'avais à passer des moments avec Augustin et Hector, que je voyais trop peu souvent. J'imaginais aussi la joie que je pourrais trouver en rencontrant celle qui avait fait le bonheur de mon fils, et le mien, en m'apportant une descendance remarquable. Mais il me fallait bien plus pour me pousser à renoncer à toutes ces années passées en Avignon. D'un autre point de vue, je n'y avais guère d'attache suffisamment sincère et solide qui m'empêchât de tout quitter d'un instant à l'autre.

L'inspiration mystique de Pernety avait eu pour effet de m'effrayer, mais davantage sur la santé de son esprit que sur la nécessité de quitter la cité des papes. J'avais donc écrit à Augustin pour l'interroger sur cette éventualité, en tenant compte des risques que j'encourais à regagner la capitale, toujours sous le coup d'un jugement que la justice n'avait pas pu jusqu'alors mettre en œuvre. Après deux échanges de lettres, ce qui occupa plusieurs semaines, je finis par me laisser convaincre. D'emblée, Augustin n'avait pas caché le plaisir qu'il aurait de me savoir auprès de lui. Il y avait eu dans sa réponse quelque chose de foudroyant, presque autant que les visions de mon ami en son château. Augustin avait passé les soixante ans, Hector en aurait vingt l'année suivante, et moi je courais sur ma soixante-dix-huitième année. Si je n'avais vu mon âge ne venir qu'au rythme de ma décrépitude, c'était à dire bien doucement, je n'avais pas imaginé que le temps était le même pour tout le monde. Augustin était toujours mon fils, et quoique je l'eusse toujours considéré comme un garçon, il était à présent un vieillard, se rapprochant finalement d'une manière leste de mon propre statut. J'avais toujours considéré Hector comme un enfant, il était devenu un homme sans que je m'en fusse rendu compte ni que je ne l'eusse vu grandir.

En somme, il y avait dans ces constatations un manque terrible sur ce que j'avais perdu d'une vie familiale que j'avais prétendu construire. Sous le prétexte de l'éloignement et de la défense de venir à Paris, j'avais consolidé cette situation absurde dont je prenais bien tard la mesure. Il n'avait jamais été question d'abandonner la boutique ni de la transporter plus loin, dans une ville de province ou une autre. Le bénéfice qu'il y avait dans cette position était tel que ni moi ni Augustin ne nous étions un jour posé la question d'un tel déplacement. En partant de ce principe, nos esprits étaient donc restés bloqués sur une situation avantageuse pour notre commerce, qui n'avait jamais dépéri, mais au détriment de notre affection qui avait tant perdu. En quelques mots d'une première réponse à mes interrogations, Augustin traça dans sa lettre la lumière sur cet état. Il n'en fallut pas davantage pour que nous décidions, d'un bout à l'autre de la France, de réunir nos cœurs pour profiter du temps qu'il nous resterait ensemble.

À Paris, me disait-il, je pourrais garder mon identité d'emprunt et sous le nom de du Pradel on ne me ferait aucun souci. Ailhaud avait depuis longtemps abandonné toute idée de poursuite contre la famille Passadieu. Car en me croyant mort, il avait d'un coup assouvi son désir de vengeance et de réhabilitation. Je savais par ailleurs que son industrie familiale avait continué de manière toujours aussi florissante et qu'il empoisonnait consciencieusement les quatre coins de l'Europe avec la poudre maudite inventée par son père.

À compter de cette décision, il n'y eut alors pas grand-chose à entreprendre pour quitter une ville pour laquelle mon attachement se bornait à la reconnaissance pour les années passées et une vague affection. Apatride depuis si longtemps, j'avais appris à m'affranchir de ces liens futiles qui nous rattachaient à une terre ou une autre. Mais par un fait curieux, du jour où j'avais pris cette décision, je retardais de semaine en semaine la date de mon départ. Sous des prétextes incompréhensibles, je diluais mes derniers préparatifs. Car au fond de moi, il y avait dans ce voyage davantage une notion de fuite qu'un sentiment de véritable départ. À mon âge, il était sans doute trop tard pour imaginer de quelque façon un recommencement. Avant même de l'avoir quittée, je regrettais la vue qu'on avait du pont sur le fort Saint-Jean de Villeneuve. Je savais que nulle part, je ne retrouverais la tiédeur lourde des ruelles des après-midi d'été. De même, certaines senteurs qu'on ne retrouvait qu'ici ne reviendraient jamais pour raviver la mémoire : la lavande qu'on mettait à sécher, les olives au pressoir, les épices des marchés... J'aimais l'ocre des pierres des maisons, les grands arbres au milieu de la ville et le feu qui prenait le ciel certains soirs d'été.

Ici, j'avais eu l'impression que l'air plus généreux diluait les essences maladives de l'humanité pour rendre à la nature la place qui lui revenait. Car d'une autre façon, je gardais l'empreinte des miasmes de la capitale, non pas moins salubre que d'autres villes, mais où la concentration des hommes et de leurs productions agglomérait une atmosphère irrespirable. On n'aurait jamais imaginé que le chant des cigales, ces petits insectes harmonieux, aurait trouvé sa place parmi les cris de la rue. En Avignon, elles envahissaient les placettes et faisaient vibrer leurs ailes bien après que le ciel fut couché derrière les remparts. Toutes ces choses allaient me manquer, mais j'aurais été bien égoïste, et surtout fou, d'abandonner mon projet à cause de ces futiles regrets.

Paris m'effrayait aussi par les souvenirs que j'avais mis tant de temps à ranger pour mieux les apprivoiser. Il ne fallait oublier ni Balbine, ni Marie, ni même Gersende. J'avais gardé leurs images comme on tenait serré un animal domestique : près de soi, mais fermement, pour ne pas se laisser déborder. Les rêveries d'un vieillard me portaient parfois à imaginer avec chacune d'elles des années de félicité pour quelques rares moments de bonheur épars. Il n'y avait là aucune perversion, seulement le moyen de garder le meilleur d'une vie que j'aurais tant souhaité différente. Dans la capitale, ce serait autre chose. Là-bas, tout me rappellerait mon passé dans ce qu'il avait de plus cruel. La rue du four elle-même représentait pour moi un lieu où j'avais vécu tant de choses, et où, avec la distance et le recul des ans, je croyais impossible de retourner sans me laisser envahir par la mélancolie. Quand je pensais à la boutique, je n'y voyais que les heures noires : la lutte sur le quai, le soir du Nouvel An après avoir attendu Balbine en vain. Les ombres fantomatiques du fils de Nicolas de Blégny venaient hanter ses images de son spectre agonisant.

Mais qu'étaient ces inquiétudes en face du bonheur de vivre avec les miens ? N'avais-je pas assez pleuré d'avoir perdu ma famille, pour ne pas savoir profiter de celle que j'avais encore ? Ce furent là les pensées de mes dernières semaines en Avignon, tandis que je m'employais à tout préparer pour ma retraite. Déjà, plusieurs malles avaient transité vers Paris, comme autant d'attaches que je larguais pour m'empêcher de reculer à la dernière minute.

Je retournai à Bédarrides une dernière fois, mais Pernety ne s'y trouvant pas, on m'y accueillit avec suspicion. Cette ultime visite fut pour moi une déception. La veille de mon départ, je montai une dernière fois sur le rocher des Doms, pour admirer la vallée du Rhône au soleil couchant. Plus loin, au sud, il y avait la mer, plus loin encore, l'Afrique. Et quand mon regard remonta le cours du fleuve vers le nord, j'imaginai les étapes qui allaient jalonner mon dernier voyage. C'était la conviction que j'eus ce soir-là. Serais-je mort foudroyé à cet instant que je n'en aurais conçu aucun regret. Ma vie était en ordre et je savais en avoir jusqu'alors tiré le meilleur. J'attendis l'obscurité pour redescendre. Les hautes tours de la cité se dessinaient à peine devant la clarté du ciel. Je ne trouvai pas le sommeil, écoutant les bruits de la ville une dernière fois, l'esprit en paix.

Je quittai Avignon à la fin du mois de mai 1789. Les amandiers avaient depuis longtemps perdu leurs fleurs. Je fermai la porte de ma maison sans chagrin, comme si j'allais revenir le soir même. J'avais choisi de prendre les voitures de poste pour profiter jusqu'au bout de ce que je considérais comme une dernière liberté. Celle de vivre seul et comme il me semblait, au rythme que je décidais, à mesure de la journée. Parti à une heure de la cité des papes, j'arrivais à Orange à huit où je soupais et dormis. Il me fallut une journée de plus pour arriver à Montélimar et une journée encore pour Valence. Je reconnaissais certains paysages que j'avais traversés sur le fleuve. Près de Tournon, je repensais à la jeune Marie que j'avais enlevé du bordel de Lyon avec la nostalgie étrange d'un père qui aurait abandonné sa fille après l'avoir sauvée. Mais j'avais résisté à l'idée de m'arrêter à Viviers pour tenter de la retrouver. Le passé que nous avions à partager n'apporterait rien de souhaitable à l'un ni à l'autre. Il fallut encore deux jours pour Vienne. Le lendemain, je couchais à *l'Ange couronné* à la Guillotière, un faubourg de Lyon. J'observai les fières collines au couchant, me demandant si j'irais rendre visite à Mourguet avant de reprendre ma route.

Mais je savais qu'en dehors d'un plaisir passager et la tristesse d'autres adieux, je ne ferais que retarder mon chemin au risque de l'interrompre. Car si mon esprit avait eu quelques difficultés à entrer dans les résolutions qui m'avaient amené à entreprendre ce voyage, il voyait maintenant avec anxiété le risque de ne pouvoir l'achever faute de temps. Non que je me sentisse affaibli ni refroidi dans mon enthousiasme, mais mon esprit inquiet trouvait facilement des raisons à mes doutes. Pour avoir ainsi paressé sur les bords de Rhône, ne risquais-je pas d'être puni en n'arrivant pas au bout de mon voyage? Telles étaient les réflexions qui m'animaient à mesure que je m'approchais de mon objectif. Car je craignais cette fatale punition pour avoir hésité aussi longtemps. Je quittai donc Lyon sans revoir la famille Mourguet.

Il fallut ensuite quatre jours de voiture pour arriver à Varennes. Au-delà du Rhône, il semblait que la pluie avait détrempé tout le royaume. Après Pouilly, nous fîmes un détour, car les eaux avaient emporté un pont à la Charité. Puis ce fut Briare, Nogent, Montargis et Fontainebleau. En traversant la forêt, j'eus la chance d'observer de grandes quantités de gibier. Comment pouvait-on imaginer que dans un royaume aussi riche, on pût encore souffrir de la faim? Étais-je bien naïf pour raisonner aussi simplement, ou bien essayais-je seulement de me disculper? J'avais connu autrefois la misère et les privations, mais ce sentiment lointain ne m'avait sans doute pas assez laissé d'amertume. Malgré mes inquiétudes, le voyage se déroula sans encombre, et je retrouvai enfin la certitude de pouvoir achever mon périple comme je l'avais prévu.

Mon voyage avait duré dix-sept jours et j'arrivai enfin à la barrière de Paris par le Faubourg Saint-Marcel. La voiture s'arrêta devant *l'Hôtel Toulouse*, rue Gît-le-cœur, près du quai de la Volaille, il était quatre heures. Le voyage m'avait coûté en tout, frais de bouche et étrennes au cocher compris, près de deux cents livres. Je n'avais pas souhaité prévenir du jour exact de mon arrivée, car j'avais voulu garder jusqu'au bout le choix du moment du départ. C'était pour moi la dernière fois que je pourrais agir sans contrainte. Il ne me fallut guère plus d'une demi-heure pour rejoindre la rue du four. À cette heure de la journée, j'imaginais que je n'y trouverais personne. Arrivé au bout de la rue de Buci, je m'arrêtai un instant. Pour la première fois de mon existence, peut-être, je me mis à douter de mes facultés physiques. L'émotion était telle que les battements de mon cœur prirent une liberté singulière : des chevaux indomptables au galop.

Je m'assis sur une borne devant un porche pour chercher le souffle qui m'échappait. De là, je regardai cette rue que j'avais tant de fois empruntée, je devinai l'entrée de la boutique de Datelin, puis plus loin encore, l'immeuble où j'avais vécu quelques années de bonheur avec Marie Courval. Rien ne semblait avoir changé dans la disposition. Quelques enseignes avaient disparu, laissant la place à d'autres. Je ne me souvenais plus si la numérotation des rues avait déjà été mise en place quand j'avais quitté Paris. Comme je le craignais, j'avais une telle appréhension que je regrettai sur l'instant la décision imbécile de tout abandonner pour revenir ici. Je n'avais pour tout bagage qu'une simple sacoche, la malle qui m'avait accompagné depuis la Provence devait être livrée dans la soirée à l'immeuble.

Je me levai enfin, ramassai mon sac et m'approchai à pas comptés de l'immeuble de Marie Courval. Rien n'avait changé dans l'apparence de la bâtisse. On avait sans doute réparé çà et là quelques défauts de la façade. Peut-être que les volets avaient été changés, mais j'eus la sensation que rien n'avait été fondamentalement modifié depuis mon départ. Trente-sept ans s'étaient écoulés ici sans que rien n'y parût. J'avais toujours gardé une clef de l'immeuble avec moi. Je frappai. Après de longues minutes sans réponse, j'engageai la clef dans la serrure. Elle tourna. Le bruit qu'elle fit en tirant le pêne libéra d'un coup l'écho des souvenirs. J'entrai.

On avait repassé à la chaux la montée de l'escalier. Mais c'était bien le seul détail qui semblait avoir changé. J'entrai dans le petit appartement que j'occupais dans les premiers temps, celui que m'avait loué Marie Courval. L'ordre des choses y était identique : même odeur de poussière et de légère humidité, un parfum à l'arôme subtil et incomparable. Je retrouvais des images dans ce lieu avec une acuité poignante. Mais il y avait par-dessus tout une sensation étrange. C'était comme si le temps, tout en conservant les souvenirs, s'était amusé à réduire l'espace. Le plafond semblait plus bas que dans ma mémoire, les meubles plus petits, la pièce plus étroite. C'était troublant de se trouver confronté à cette réalité que le temps avait patiemment émoussée : un lent travail d'usure qui confondait la mémoire. Tout était parfaitement entretenu dans cet étage. Je savais que c'était là qu'Hector vivait en temps normal. Mais il me sembla que tout était trop bien rangé pour un lieu habité. Je compris que sans doute on avait préparé cet appartement à mon intention pour mon arrivée. En effet, je trouvai soigneusement entreposées les malles que j'avais fait envoyer d'Avignon le mois précédent.

Je n'osais donc monter dans les étages puisque, quoique toujours officiellement propriétaire des lieux, c'était la partie où Augustin, son épouse et son fils logeaient. Je restai donc dans mon ancien appartement et m'assis sur une chaise. J'écoutai les bruits de la rue et les craquements de la maison. Je fermai les yeux, imaginant le regard de Marie Courval le soir où je lui avais rapporté sa montre. Je me remémorais le parfum de sa peau que ma mémoire troublée associait à l'atmosphère de la maison. Tout revenait avec précision et sans que je susse comment ni pourquoi, je sentis de grosses larmes couler sans bruit. Sans hoquet, sans chahut, sans rien d'autre que le murmure des gouttes salées qui tombaient de mes joues dans mes mains. Je laissai passer l'orage, imaginant que ce que les années avaient pu retenir, de simples souvenirs avaient réussi à le libérer. Et peut-être était-ce bien ainsi.

Il y eut un bruit venant de l'entrée de l'immeuble. Quelqu'un entra, mais ne se montra pas. Puis il y eut un cri et la porte de l'appartement claqua d'un coup sous l'assaut d'une furie.

— Ne bougez pas ! À moi !

La femme se tenait face à moi, brandissant une simple bûche qu'elle avait dû ramasser pour se défendre contre un intrus. Sans doute une domestique qui revenait des commissions. Lorsqu'elle aperçut en face d'elle un pauvre vieillard trempé de larmes, elle resta immobile. Puis, comprenant tout à coup qui j'étais et ce que je faisais là, elle laissa tomber son arme et se précipita à mes genoux.

— Père ! Pardonnez-moi, je ne vous avais pas reconnu ! Je suis Blanche, la femme d'Augustin.

Puis elle me serra dans ses bras avec une ferveur innocente. Elle recula ensuite pour mieux me regarder. Elle pleurait aussi. C'était une femme qui ne devait pas avoir cinquante ans. Ses yeux avaient la couleur de l'eau, aussi limpide que celle d'une fontaine : ils exprimaient une intense franchise. Ses cheveux clairs hésitaient entre le blond et le roux selon les éclairages. C'était une femme magnifique. Et si je n'en avais jamais douté, lorsque j'avais pu admirer pour la première fois les traits de mon petit Hector, le bouleversement de cette beauté me toucha d'autant. Nous restâmes ainsi longuement à pleurer et à nous regarder comme deux parents restés trop longtemps sans se voir.

— Jean est à la boutique avec Hector. On ne vous espérait pas si tôt. Je peux aller les chercher si vous le souhaitez.

— N'en faites rien. Je vais prendre un peu de repos en les attendant.

Blanche me confirma qu'on m'avait réservé mon ancien appartement. Ma malle fut livrée quelques instants après. Je pus m'installer. La femme d'Augustin m'apporta de quoi me rafraîchir, puis elle resta près de moi, me posant mille questions sur son époux, puisqu'elle ne savait de lui ce qu'il avait bien accepté de lui avouer. Mais au détour de la conversation, je constatai qu'il ne lui avait rien caché, ni de ses origines ni des conditions terribles dans lesquelles il était né. Hector était aussi dans la confidence. Je reconnaissais chez mon fils cette sincérité naturelle qui ne pouvait avoir été transmise que par Marie Courval. J'oubliai bientôt la fatigue du voyage et toutes les hésitations qui m'avaient ralenti dans sa préparation. Il n'y avait plus qu'à faire place nette et accueillir ce bonheur que j'avais trop longtemps empêché.

Blanche me laissa ensuite. Je sommeillais lorsque les garçons revinrent de la boutique. Je fus réveillé par leurs cris de joie. Je m'amusais à les appeler *les garçons*, comme autrefois je le faisais pour Augustin et Nestor. Mais Augustin et Hector n'avaient plus rien de garçons, si ce n'était leurs sourires à me voir. Ils étaient tous deux richement habillés, comme d'honnêtes bourgeois, de manière peut-être un peu trop ostensible. À mes reproches amusés, ils prétextèrent que pour les consultations qu'ils donnaient, il était impossible de ne pas afficher cette aisance. Comme à mon époque, la cour se pressait dans leur vestibule, mais aucun de ces marquis, ni aucune de ces comtesses n'auraient toléré des mages ressemblant à de vulgaires merciers de province. Ils avaient donc oublié l'exotisme pour les derniers costumes à la mode.

Nous soupâmes gaiement. Blanche avait su délivrer l'alchimie familiale par sa discrétion et une affection immédiate à mon endroit. Augustin chahuta Hector sur une prétendue liaison amoureuse, que celui-ci tenta de nier avec beaucoup de maladresse. Il était après tout question de ma descendance, et s'il se mettait en train, je pourrais même espérer devenir arrière-grand-père un jour. Nous parlâmes un peu de politique, évoquant les événements du Faubourg Saint-Antoine[129]. Je gardais présent en mémoire les mises en garde de Pernety, mais en habitants de la capitale, mes garçons ne semblaient pas se formaliser de tels événements. Nous convînmes pourtant qu'une histoire telle que la mésaventure du sieur Réveillon n'aurait pas pu avoir lieu dix ou même cinq ans plus tôt. Ces considérations ne purent ternir la joie de notre compagnie. Nous nous couchâmes fort tard malgré la fatigue du voyage pour moi.

Le lendemain, je me réveillai dans ma chambre, ne me souvenant plus très bien ni de mon âge ni de ma situation. Car elle aurait pu être parfaitement identique soixante ans plus tôt. Ce fut un mal de crâne terrible, lorsque j'essayai de me lever, qui me rappela ma véritable situation. En Avignon, j'avais perdu l'habitude de la boisson, et dès que je dépassais dix heures pour le coucher, ma journée entière du lendemain s'en trouvait entachée de mollesse et de lourdeurs d'estomac. Même si j'étais encore très vaillant pour mon âge, je ne devais pas croire que cette chance se passait d'un certain nombre de préceptes dictés par le bon sens. Les agapes de la soirée étaient là pour me le rappeler. On me laissa donc récupérer avec discrétion, sans même me faire les remarques d'usage avec lesquelles on fustigeait ceux qui ne s'étaient pas montrés assez raisonnables.

Passée cette première journée difficile, je regagnai doucement de l'assurance et je pus profiter de la gentillesse de chacun. On voulait m'être agréable en tous points, en anticipant sur chacun de mes souhaits et en me choyant de mille attentions adorables qu'on réservait habituellement aux enfants. Blanche était une belle-fille parfaite, comme elle était pour Augustin et Hector une épouse et une mère parée de toutes les qualités. On voulut tout d'abord enrichir ma garde-robe, mais je préférai garder mes vieux habits de provincial, un peu effrayé par tant de signes ostensibles de richesse. Pour les mêmes raisons, je refusai le perruquier qu'on voulut commander pour moi. Au risque de passer pour un extravagant, je préférai garder ma tête nue et ornée du reste de ma propre chevelure. Quoique bien blanchie, elle ne faisait nulle part défaut, pas même à la tonsure comme il seyait aux moines. On me laissa tranquille là-dessus aussi. Je n'avais pas passé toute une vie à renier les vanités du monde, pour me laisser tenter à la toute fin.

De même, on me proposa de profiter des services d'un lunettier, mais j'avais habitué ma vue avec les années et, armé d'une bonne loupe, aucune écriture, si fine fût-elle, ne me résistait. Ma vision pour les objets éloignés avait gardé toutes ses facultés et il ne fut pas difficile de convaincre ma famille que je me passerais volontiers de cet ornement supplémentaire, malgré le confort que l'on me promettait par son usage. Augustin lui-même possédait des bésicles

---

129 — Le 27 avril, le fabricant de papier Réveillon essaya de réduire de moitié le salaire de ses ouvriers. S'ensuivit une émeute, sa maison fut pillée et détruite.

à monture de corne qu'il ne quittait que rarement. Cet accessoire lui donnait facilement l'aspect d'un vieillard aussi vénérable que moi. Ce dernier argument, sans doute, conforta définitivement ma coquetterie.

Très vite, Augustin voulut m'amener à la boutique, mais je m'y refusai. J'avais eu mon comptant d'émotion en revenant à l'immeuble de la rue du four et ma poitrine gardait encore en mémoire les faiblesses de mon cœur de cet excès d'émotions. Je souhaitais attendre encore un peu, car je savais qu'il y avait, là-bas aussi, une puissance émotionnelle qu'il me faudrait ardemment combattre. Et il me fallait rassembler toute ma force pour cela. On voulait me conduire au spectacle, me faire découvrir certains restaurants, mais je restai timide à toutes ces intentions, quoique charmantes. Je finis par céder en faveur de l'Opéra. Je m'attendais à retourner au Palais-Royal. Mais on me rappela les infortunes de ce théâtre, victime d'un incendie en 1763. En 1781, le feu détruisit la nouvelle salle et l'on fit bâtir à la hâte un nouveau théâtre à la Porte Saint-Martin, où l'on me conduisit. À croire qu'une volonté supérieure en voulait à l'art lyrique, donnant raison d'une certaine façon à une partie rétrograde du clergé qui considérait toujours aussi mal les artistes de tout poil.

On y donnait *Ariane et les prétendus*. C'était un ballet plaisant, mais dont la mélodie ne pouvait faire oublier celle bien meilleure du maître Rameau. Il fallut ensuite souper avec un dénommé Reboul. Ce brave homme insista pour que j'accepte son invitation chez lui pour le lendemain, car il avait pour hôte un dénommé Martin, que je ne connaissais pas, mais dont la qualité essentielle était d'être d'Avignon. Il assurait que, certainement, nous aurions mille choses à nous dire.

Nous soupâmes donc le lendemain chez Monsieur Reboul en compagnie fort plaisante de ce Martin[130], faiseur de bas en Avignon. C'était un bourgeois fortuné. Nous parlâmes très peu de la cité des papes, car le sujet du jour était les états généraux de Versailles. On avait été obligé de placer les communes au jeu de Paume, ce qui donnait manifestement beaucoup à dire. On était le samedi 20 juin. Les débats étaient passionnés, mais je réussis cette fois à convaincre Augustin d'abandonner le repas pour ramener son vieux père, dont l'âge ne souffrait plus de telles extravagances. Il y avait dans les échos de la politique une amertume qui m'inquiétait à chaque nouvelle alerte. Les augures de Pernety prenaient forme doucement.

Je restais rue du four le plus souvent, ne m'aventurant guère plus loin que la foire Saint-Germain pour admirer de quelle manière elle avait été reconstruite, souriant avec tristesse à l'idée que, si on en croyait la justice, j'étais le seul responsable de l'incendie qui l'avait couchée trente-sept ans plus tôt. Je m'achetais toutes les gazettes à disposition et fréquentais les cafés pour lire et pour entendre les grincements de la monarchie qu'on sentait vaciller. Le soir, j'en informais Augustin avec inquiétude. Il m'écoutait avec sérieux et finissait toujours par me répondre :

---

130 — Personnage historique dont on publia le carnet de route en 1890, sous le titre *Voyage à Paris en 1789, de Martin, faiseur de bas en Avignon*. Ces notes ont documenté certains détails de ce chapitre.

— Écoutez, père, votre âge et votre expérience vous font voir les choses d'une façon déformée. Il ne saurait être de valeur plus sûre que notre bon royaume de France. Venez avec moi passer une journée à la boutique, vous vous en porterez bien mieux que de prêter l'oreille aux racontars de la rue. Puis il riait et nous parlait d'autre chose.

Necker offrit sa démission, le roi la refusa. Le 27 juin, on ouvrait les grilles du château de Versailles et l'on affirma partout que le peuple en liesse avait acclamé ensemble son souverain et Necker. Dans la nuit du 11 au 12 juillet, Necker avait fini par partir, on prétendait que c'était le roi lui-même qui l'avait congédié. Il y eut une nouvelle émeute dans le jardin des Tuileries et l'on donna la troupe contre le peuple. On vendait dans les rues des cocardes, tantôt vertes et blanches, tantôt rouges et bleues. Le vert avait été proscrit, car c'était la couleur de la livrée de Monsieur d'Artois. Il y avait un tumulte permanent dans la rue, un bouillonnement confus qui chauffait les esprits aux longues soirées d'été, même si personne de tout ce monde ne savait de quelle matière serait faite la journée suivante.

La journée du mardi, c'était un 14 juillet, avait été très belle. Ce n'était que dans la fin de la matinée que les échos de ce qui se passait à la Bastille parvinrent rue du four. Les informations étaient contradictoires, mais il fallut bien finir par l'admettre, la citadelle était assaillie par la population qui s'était armée aux Invalides. C'était une nouvelle parfaitement extravagante et, la première surprise passée, c'était en écoutant les détails de l'action que je compris l'horreur d'une telle action. Le gouverneur de Launay défendait le bastion. La première vague du matin, timide, avait été noyée dans le sang. À deux heures de l'après-midi, une foule plus dense et mieux déterminée encore brisait les chaînes du premier pont-levis. Augustin et Hector étaient à la boutique et je restai avec Blanche à l'immeuble, suivant avec le peuple de la rue, les vagues de nouvelles qui semblaient vouloir nous emporter tous dans cette tempête.

Si jusque-là, il n'y avait qu'à entendre des faits de guerre, ce fut lorsque la barbarie se dévoila que le désespoir fit place à l'inquiétude. Il était presque huit heures du soir lorsque des témoins qui affirmaient avoir tout vu de leurs propres yeux nous racontèrent les faits. L'exaltation dans leur regard voisinait avec la peur, et ce mélange-là revêtait les accents du drame. Lorsque la Bastille était tombée, on avait traîné le gouverneur pour lui trancher la tête, ainsi qu'à quelques autres. À l'heure où on nous rapporta les faits, ces immondes trophées étaient montrés en pâture aux badauds au bout de piques au Palais-Royal. Ma douleur fut à son comble lorsque j'entendis le sort qu'on avait réservé à Monsieur de Flesselles, celui-là même que j'avais rencontré à Lyon et qui m'avait paru être un homme humaniste et bienveillant. Je savais qu'il avait été nommé prévôt des marchands de Paris. On lui avait brisé la tête d'un coup de pistolet, puis on l'avait jeté dans la rivière sans aucune pitié. On raconta le lendemain qu'un des « libérateurs » paradait en fiacre dans Paris, ivre mort, arborant sur lui le cordon bleu de Monsieur de Flesselles.

Paris ne dormit pas cette nuit-là. Augustin et Hector rentrés dans l'urgence rue du four avaient écouté avec moi ces récits atroces. Non contents d'avoir ouvert les portes de la citadelle, une foule incontrôlable s'employait à mettre à bas l'édifice pierre par pierre. On entendit chanter dans les rues. Les rires que l'alcool rendait mauvais montaient jusqu'à nos fenêtres au milieu des cris et du bouillonnement.

Le lendemain, nous restâmes tous à l'immeuble, ne sachant quel sens donner à ces événements. Les esprits ne s'étaient en rien apaisés, alors que le sang des victimes était déjà froid depuis longtemps. On parlait d'arrestations, d'espions, de milice : tout cela dans un désordre où chacun prenait l'initiative sans concertation, sans la moindre idée d'injustice ni d'erreur judiciaire. Les bruits les plus inquiétants circulaient : la milice bourgeoise s'était emparée de la ville et avait placé des canons sur tous les faubourgs et avenues. On voyait circuler sous les fenêtres des hommes qui portaient cocarde et qui passaient avec fierté et arrogance.

Le jeudi, quarante voitures arrivèrent de Versailles pour annoncer la venue du roi. Cette perspective avait de quoi rassurer. Mais on qualifia de paresse et d'outrage le fait qu'il n'arrivât que le lendemain matin, soit trois jours après la prise de la Bastille. On avait annoncé sa venue pour onze heures. Il m'apparut, certes comme un caprice, mais comme une volonté indomptable, de me rendre sur place pour assister à son arrivée. J'avais survécu à deux de ses aïeuls et il était grand temps pour moi de me rendre compte par moi-même à quoi pouvait ressembler le monarque : cet homme unique que le Ciel avait investi de si puissants pouvoirs. Augustin me mit en garde contre une telle initiative. Mais comme l'annonce de la venue du roi semblait avoir ramené un sentiment de liesse et de soulagement dans Paris, je me sentais porté. Que pourrait-on bien craindre d'un vieillard tel que moi ?

Devant l'Hôtel de Ville, même les cacochymes étaient armés, certaines femmes aussi. Une haie d'hommes en armes s'était formée naturellement, depuis Versailles disait-on. Sans calculer, cela représentait sans doute plusieurs dizaines de milliers de Français. Dans la précipitation, chacun s'était équipé comme il pouvait. Certains de fusils, d'autres de lances, de hallebardes et bien souvent de simples piques au bout desquelles on avait attaché épées, faucilles, dagues ou simples coutelas. Il y avait des hommes à cheval tout au long, de quoi frémir en contemplant cette cohorte dont chaque œil brillait d'une froide détermination. Pour plus de sécurité, je m'étais acheté une cocarde que je plaçai bien en vue sur mon habit. Le public était partout d'où l'on pouvait espérer voir le carrosse : terrasses, balcons, statues, toits. Les meilleures places étaient occupées depuis la veille. J'avais pu néanmoins me rapprocher suffisamment des lieux pour vivre au plus près les événements. Les plus chanceux, ceux qui voyaient ou entendaient, répétaient ce qu'ils savaient en le criant. Les nouvelles allaient plus vite que le cortège.

On entendit son arrivée bien avant qu'on le vît. Mais, fait étrange, le cortège n'avançait pas aux acclamations de *Vive le roi !* mais de *Vive la Nation !* Je savais déjà que la milice avait pris les commandes du carrosse et qu'on avait évincé les gardes du corps du roi. Lorsqu'il arriva devant l'Hôtel de Ville, il fut accueilli par un certain Monsieur Bailly, qui lui proposa la cocarde. On la plaça sur le chapeau du roi. Il était quatre heures. À cinq heures, il apparut au balcon sous les acclamations de *Vive le roi!* De ma place, je pus deviner cette silhouette frêle et symbolique dont l'autorité était capable de faire ployer une nation tout entière. Mais depuis la foule où je me trouvais, je pouvais sentir également la mouvance des flots, l'incertitude de ceux qui criaient aujourd'hui vive le roi, les mêmes qui avaient applaudi les massacres les jours précédents. L'équilibre était rompu et la fragilité des certitudes qui me restaient n'était en rien capable de me rassurer.

Revenu le soir rue du four, je racontai la scène avec mes mots et mes sentiments d'inquiétude. On sourit aux radotages d'un vieillard. Le roi était revenu, le peuple l'avait reconquis, comme l'avait dit Monsieur Bailly. Certains nobles de la cour de mauvaise influence avaient fui. On allait rappeler Necker. La peur s'estompait et il n'y avait pas à douter que d'ici quelques semaines, on aurait oublié ces débordements et éteint les agitateurs. La vision de cette populace indomptable m'avait saisi et j'en conçus des cauchemars terribles où la vie des miens était mise en péril. La fin de la semaine se passa dans le calme, mais je restai rue du four, sous l'emprise de ces idées funestes. Regrettais-je d'être venu jusqu'ici après avoir tout abandonné? Je me donnais une raison en admettant que j'étais moins inquiet de me trouver proche des miens, plutôt que suivre dans la crainte et depuis la province les péripéties actuelles.

La semaine suivante se passa dans un calme relatif. Le mercredi, on tenta de pendre Monsieur Foulon, secrétaire d'État, qui avait eu des propos injurieux en disant qu'il voulait nourrir la canaille de Paris avec du foin. Lorsqu'il fut finalement bien pendu, on lui trancha la tête. On la promena au bout d'une pique, selon la mode de cette époque terrible, avec du foin dans la bouche. S'ensuivirent d'autres crimes plus atroces, révélant une telle horreur que je ne pus croire ce qu'on racontait. La foule s'en prenant à un autre supplicié l'aurait éventré, haché, puis on lui aurait arraché le cœur pour le porter au Palais-Royal. Je demandai à Augustin et Hector de les accompagner à la boutique. C'était une prémonition bien tardive. Et dans la nuit qui précéda cette visite, je ne dormis point, regrettant déjà d'avoir tant tardé.

Nous arrivâmes à pied à la boutique, il était dix heures. Nous nous étions chacun équipés de l'indispensable cocarde pour circuler librement. Il est vrai que nous croisâmes nombre de miliciens et d'hommes en armes, représentants plus ou moins officiels, mais nul ne nous fit obstacle ni ne nous interrogea sur nos identités ou nos intentions. Un étonnant désordre s'était installé devant le Collège. On y trouvait pêle-mêle des affûts de canons, des faisceaux de fusils, des caisses, des cercueils, des bottes de paille, et pour garder tout cela, des hommes débraillés et ivres qui tenaient à peine debout et qui nous laissèrent passer avec des regards empreints de suspicion.

Avec les émotions des derniers jours, je n'eus pas le temps de m'attendrir sur les souvenirs que j'avais laissés dans la boutique. Je n'avais rien à y retrouver, puisque pendant des années, je m'étais passé de tout ce qui se trouvait là. Augustin avait apporté quelques perfectionnements au fauteuil, dont il avait surtout amélioré le confort et l'élégance. Car j'avais eu le temps de le comprendre, il avait su faire profit de sa clientèle en faisant venir chez lui les plus grands de la cour. Il ne m'avait jamais avoué quels avaient été ses clients les plus fameux, mais je voulais bien croire que certains princes de sang avaient passé la porte de son cabinet en toute confiance. Hector était avec nous et s'émerveillait de ce lieu, pourtant quotidien pour lui. Mais il ne tarissait pas d'éloges pour son grand-père, qu'il considérait comme l'inventeur de cette boutique. Je m'étais seulement contenté de prolonger le travail de Nicolas de Blégny.

— Emporte tout ce qui est précieux et brûle le reste !

Augustin me regarda sans comprendre.

— Que voulez-vous dire ?

— Ne comprends-tu pas ce qui est en train de se passer ? On assassine sans vergogne pour une menace ou un regard de travers. Hier c'était Foulon et de Sauvigny, demain ce sera toi ou moi.

— Il n'y a aucune raison à cela. Je ne suis qu'un simple opérateur, j'ai toujours soigné avec la même dévotion le peuple et les dignitaires.

— Crois-tu ? Ce sont justement ces soins que tu as portés qui te feront payer pour le reste. Aurais-tu soigné cent malheureux du Tiers[131], que ceux-là mêmes que tu as libérés de leurs souffrances te feraient payer de ta vie pour le seul marquis que tu aurais reçu ici. Le peuple n'a plus d'entendement quand il entre dans une telle transe, crois-moi.

— Mais nous sommes comme eux !

— N'oublie pas que l'on t'appelle Monsieur de Saint-Pierre. Que tu n'aies pas de titre leur importe peu. Ta particule leur suffira pour piquer ta tête au bout d'un bâton.

On cria soudain dans le couloir.

— Fermez les portes ! Fermez les portes !

J'avais reconnu la voix du concierge. Hector, qui se trouvait devant la porte, réagit de manière imprévisible comme souvent en pareil cas. Dans la panique, et inquiet par l'appel du concierge, il ouvrit la porte de la boutique. Au fond du couloir, on distinguait une foule qui avançait vers nous d'un pas décidé, refoulant sur le côté le concierge. Les mêmes hommes qui nous avaient vu passer devant le bâtiment, excités contre nous par d'autres miliciens. Le concierge continuait de crier :

— Fermez les portes ! Protégez-vous !

— Je vais leur parler, dit Augustin.

Mais lorsque Hector avait entrouvert la porte, il y avait eu des cris, des ordres nous enjoignant de nous rendre tout de suite. Il y avait des insultes également, confirmant l'amalgame avec la monarchie et tous ses valets que l'on commençait à pourchasser. Je le repoussai vers l'intérieur.

— N'essaie rien du tout de cet ordre-là. Tous ceux qui l'ont fait depuis la

---

131 — Tiers état.

semaine dernière ont fini la pique entre les dents. Ceux-là sont incontrôlables, les mêmes qui ont commis les horreurs du Palais-Royal.

Hector referma la porte aussitôt, mais nos assaillants, quelles que fussent leurs intentions, nous savaient dans la place.

— Nous nous comportons en coupables.

— Crois-moi, ils n'ont aucun doute là-dessus. Mieux vaut se comporter en coupable que finir entre leurs mains.

Augustin donna deux tours de clef dans la serrure et appela Hector à son aide. Ils tirèrent le fauteuil d'extraction pour le placer devant la porte : ce serait là sans doute l'ultime rôle de l'invention. Déjà, on entendait les coups frappés de l'extérieur.

— Ouvrez, vermine ! Au nom du peuple !

Le nom du peuple était un sésame effroyable auquel il allait nous falloir résister. Les coups se firent plus sourds, sans doute les assaillants avaient-ils pris un des bancs du vestibule pour l'utiliser comme bélier pour forcer notre entrée. Nous nous sommes regardés tous les trois, aussi surpris qu'effrayés, bien certains qu'il n'y avait plus rien à sauver ici que nos propres vies. D'un coup d'œil, chacun contempla une part de son œuvre, prêt à l'abandonner au désastre. On consolida tant bien que mal la porte avec la lourde table qui servait de bureau. Cela nous donnerait bien quelques minutes d'avance. Puis nous ouvrîmes la trappe qui conduisait au laboratoire secret. Augustin ouvrit une des fenêtres pour laisser croire que nous avions fui par le quai. Le subterfuge était grossier, mais rien n'était à négliger.

Nous descendîmes, laissant le lourd tapis retomber sur la trappe et la dissimuler. Encore quelques instants gagnés. Cette foule en furie de mille cervelles ne pensait pas mille fois mieux qu'avec une seule, mais d'une façon différente et surprenante. C'était peut-être notre chance. En bas, on alluma une lanterne, puis deux. Augustin et Hector ramassèrent quelques livres et carnets et les placèrent dans un grand sac de cuir. Ils y placèrent ensuite quelques fioles, deux petites bouteilles. Je regardais avec désespoir les rayonnages chargés des précieux livres, moins chagrin de les abandonner que de les savoir livrés bientôt à une destruction ignare et systématique. En haut, les coups réguliers rendaient des sonorités de bois qu'on écrasait, de planches qu'on écartelait. La porte ne tiendrait plus longtemps.

Dans un coin, traînaient encore des éléments d'un fourneau d'alchimie, que j'avais laissé là des années plus tôt. Les deux garçons écartèrent le fatras sans ménagement jusqu'à découvrir un lourd coffre de métal. C'est à cet instant qu'on entendit la porte exploser au-dessus de nos têtes. Suivirent les pas des assaillants sur le tapis et la trappe. Nous restâmes un instant immobiles, écoutant les voix.

— Où sont-ils passés ? Diables d'hommes ! Voilà bien des ruses de sorciers !

— Regarde la fenêtre ouverte, ils sont partis par là. Nous aurons tôt fait de les rattraper.

Il y eut une cavalcade, on partait en courant sur nos traces présumées. Mais d'autres étaient restés.

— Attends donc, il y aura bien quelques choses à glaner dans cette boutique. Ne serait-ce que les instruments de chirurgie, ça se revend à bon prix. Et puis, il doit forcément y avoir de l'argent quelque part.

On se mit en devoir de fouiller, et immanquablement de casser. Avec de grandes précautions, Augustin et Hector, qui s'étaient interrompus quelques instants, soulevèrent le coffre qui pesait visiblement. Puis ils entreprirent de le faire passer dans l'étroit passage qui menait à la rivière, j'essayai de les éclairer, puis je leur fis passer le sac de cuir. C'était à cet instant précis qu'une des cornues, dérangées par nos mouvements et placée dans un équilibre instable, roula sur le sol pour se briser. Je n'eus pas le temps d'empêcher la chose. Au-dessus, le raffut s'arrêta.

— Tu as entendu?

— Ça venait du d'ssous!

Je n'attendis pas la suite, je me faufilai à mon tour dans le passage. Augustin était en train de préparer la barque, tandis qu'Hector manœuvrait la commande de la grille pour la soulever. Derrière, j'entendais les miliciens qui descendaient dans le laboratoire. Il ne faudrait pas cinq minutes pour qu'ils trouvent le passage. Mais ce serait assez pour nous. La grille fut soulevée de trois pieds au-dessus de l'eau, mais pas davantage. Elle n'avait pas été actionnée depuis longtemps, et la rouille avait fait son œuvre. Nous embarquâmes. Nous dûmes nous aplatir au fond de l'embarcation pour sortir. Avant que les assaillants arrivent jusqu'à nous, nous étions sur la rivière. Le courant était fort et nous n'avions que le choix de la descendre. Personne ne nous avait vus de la rive, puisqu'on nous cherchait ailleurs et que visiblement on en cherchait d'autres en même temps.

Nous descendîmes une portion suffisante de la rivière pour nous mettre à l'abri. Nous restions silencieux, toujours sous le coup de la frayeur. Tout le long, ce ne fut que scènes de sauvagerie ou d'orgies, de la fumée sortait de certains hôtels. Et il y eut en particulier cette bâtisse d'où l'on jetait, par les fenêtres éventrées, des liasses de feuilles de papier à musique, dont certaines retombaient dans l'eau autour de nous. Derrière, on percevait l'agonie d'un piano qu'on éventrait, sans doute à la hache.

Ce fut le dernier et bien triste souvenir qui me resta de Paris.

Chapitre XI
Révélations

— Est-ce là tout?

Une voile claque au-dessus de ma tête. Je lève les yeux. Un goéland passe sans bruit. Il semble perdu au-dessus de l'océan. La terre est encore proche, ce qui le pousse à l'audace de nous suivre encore quelques lieues. Le jeune homme en face de moi ne semble pas s'étonner du retard de ma réponse. Depuis le début du voyage, il a bien fallu qu'il s'habitue à moi. Ce bateau est minuscule et il aurait été difficile d'éviter cette rencontre. Mais à n'en pas douter, celle-ci nous a donné bien de l'agrément, tant à l'un qu'à l'autre.

…

Nous sommes partis de Saint-Malo, au début du mois d'avril 1791, pour les Amériques. Pourquoi sur ce bateau-ci plutôt qu'un autre? Peut-être parce qu'il s'appelait le *Saint-Pierre*? Ou simplement parce que c'était le premier navire prêt à nous embarquer au moment où nous l'avions décidé. Nous en étions alors convaincus, Augustin et moi, il n'y avait rien à attendre d'heureux en prolongeant un séjour dangereux dans le royaume de France. Nous étions tous les quatre sur le tillac, pour observer une dernière fois les côtes bretonnes : Blanche, Hector, Augustin et moi. Arrivé à la fin de ma vie, j'avais parcouru les ruelles de la ville une ultime fois, traquant les souvenirs qui me rattachaient encore à cette terre. Je n'y retrouvai pas *La Marmite des Pauvres*. Je crus reconnaître certaines rues où j'avais monté les tréteaux avec mon maître Pomardini. Je frappai à *La Maison de la Providence*, mais on refusa de m'ouvrir. Et au fond, m'étais-je demandé, qu'aurais-je bien pu trouver là de bon pour rassasier ma mémoire de méchants souvenirs?

Je m'étais refusé à faire une halte à Saint-Léonard, car après toutes ces années, resté sans recevoir de nouvelles ni en donner, j'avais le sentiment terrible d'avoir abandonné Aliette et sa mère. Et il y avait trop peu de chances pour que, même la plus jeune des deux, fut encore en vie à l'heure où j'aurais imaginé pouvoir les retrouver. La vie était ainsi faite de chemins croisés et oubliés, sans qu'on sache vraiment pourquoi, malgré l'affection et malgré la distance. Lorsque je vis les dernières pointes de rochers des îles de la cité malouine, je ressentis l'émotion du souvenir de mon arrivée alors que j'étais enfant, bien davantage que celle de quitter ce pays que je n'avais jamais considéré véritablement comme le mien.

J'étais Français par héritage, né dans une île lointaine, de l'alchimie du hasard et du courage des hommes. Et s'il y avait un lieu dont je pouvais me revendiquer, c'était Saint-Pierre, et peut-être même plus précisément l'Île aux chiens.

La nuit était venue, et le roulis du petit brick s'était accentué pour bercer le sommeil des passagers. Je restai seul sur le pont, goûtant encore quelques instants la quiétude du soir avant de descendre dans ce qui nous tenait lieu de cabine : une minuscule pièce carrée dans laquelle on avait tendu quatre hamacs, dans la plus fruste promiscuité. Je fus dérangé par les bruits d'un homme qui surgit sur le pont et qui, profitant d'un mouvement de la vague, se laissa échouer contre le bastingage pour y vider son estomac avec force râles et hoquets. Ce ne pouvait être un membre de l'équipage, mais comme je n'avais pas porté d'attention aux autres passagers en embarquant, je n'avais aucun moyen de le reconnaître. Il portait un habit de religieux. Les mouvements du bateau ne m'incommodaient pas au point de me rendre malade, mais mon estomac influençable de vieillard risquait, à ces bruits, d'organiser sa révolte. Je m'apprêtai donc à retourner dans notre cabine, lorsque je vis un second homme sortir du gaillard arrière. Il était grand. Il avançait avec dignité, en personne de haut rang, drapé dans un long manteau sombre.

En arrivant, sa silhouette hésita. Sans doute s'attendait-il à se trouver seul sur le pont à cette heure tardive. Il lança un regard dans la direction du religieux malade, puis vers moi. Il me jugea sans doute de meilleure compagnie et avança dans ma direction. Il y avait très peu de lumière sur le pont et je ne distinguai que vaguement les traits de son visage. Il était jeune, plein d'une assurance que donnent seules les vertus d'une noblesse ancienne.

— Bonsoir, Monsieur, veuillez pardonner mon intrusion, mais j'espère que vous accepterez de partager avec moi la sérénité du soir de ce coin de pont.

À ces mots, une éructation ultime nous parvint du pauvre diable à l'agonie qui finissait de vider ses tripes à l'aise, se croyant sans doute seul, comme chacun ici. Le jeune homme eut un sourire indulgent en direction du malheureux et continua :

— *Il est difficile aux personnes qui n'ont jamais navigué de se faire une idée des sentiments qu'on éprouve, lorsque du bord d'un vaisseau on n'aperçoit de toutes parts que la face sérieuse de l'abîme*[132]. Celui-ci est l'abbé Nagot, qui emmène des séminaristes à Baltimore, où je me rends également. Permettez-moi de me présenter : François-René, vicomte de Chateaubriand.

Et comme je ne réagissais pas assez rapidement, le jeune homme enchaîna assez rapidement :

— Et vous, vous devez être certainement Monsieur Passadieu de Saint-Pierre, si le capitaine du navire m'a bien renseigné.

— Je suis celui-là.

— Étrange chose que la destinée, n'est-ce pas ?

— Je vous demande pardon ?

— Ne trouvez-vous pas étrange de vous trouver sur ce navire, à voguer vers

---

132 — Cette phrase sera reprise par son auteur bien des années plus tard dans les *Mémoires d'outre-tombe*, Chapitre 2 Livre 6.

une terre étrangère et lointaine, alors qu'il y a dix jours, un an ou davantage, vous étiez peut-être comme moi, ignorant de l'avenir et des décisions, aussi cruelles fussent-elles, que vous seriez contraint de prendre ? Monsieur de Saint-Pierre, embarquant sur le brick *Le Saint-Pierre*. Écartons toute idée de hasard dans cette aventure.

C'était une vérité indéniable, tout du moins lorsque je regardais ma vie derrière moi. Toute mon existence enfin n'avait été régie que par des contrecoups que le sort m'avait imposés. Et même si j'avais fait moi-même certains choix, n'avaient-ils été que le résultat des volontés profondes du destin ? Pourtant, je m'étonnais qu'un individu aussi jeune, et par la force des choses inexpérimenté, pût être aussi éclairé sur les véritables moteurs de l'existence. Je lui répondis simplement :

— Vous avez sans doute raison.

— Vous êtes une sorte de guérisseur, si j'ai bien compris ce que m'a expliqué le capitaine ?

— J'ai reçu un brevet du roi comme opérateur, mais c'est un charlatan qui m'a formé.

— Un charlatan ! Mon père les a toujours préférés aux vrais docteurs. Jusqu'au jour où il en a fait venir un à la maison pour me guérir d'une fièvre tierce que j'avais contractée dans les marais de Dol. Il avait un habit vert et or et portait perruque. Ses vêtements étaient sales et raccommodés, ses bijoux extravagants étaient tous faux. Il faisait mille singeries pour apporter du mystère à son art et me fit avaler une sorte de caramel émétique qui me mit dans un état tel que ce marchand d'orviétan, pris de panique, appela l'apothicaire du village à mon secours. On n'en revit plus un seul à la maison de ce jour-là[133].

— Vous avez tout dit sur la question.

— Je ne voulais pas vous offenser.

— Je ne me considère pas de cette trempe-là, pas plus que mon maître qui m'a enseigné.

Il y eut un silence gêné quelques instants, le temps d'une excuse.

— Vous connaissez les Amériques ?

Je n'avais aucune raison de mentir.

— Je suis né à Saint-Pierre.

— D'où votre nom. Vous devez être quelque dignitaire là-bas, pour porter aussi fièrement le nom de votre patrie ?

Je ris tout d'abord, puis lui répondis :

— J'en ai été chassé avec toute ma famille par les Anglais, et je ne dois mon titre qu'à une erreur d'écriture sur mon brevet d'opérateur.

Le jeune homme saisit aussitôt l'amertume de mes paroles.

— Vous semblez, Monsieur, être le dépositaire d'une histoire particulièrement riche et qu'il me plairait d'entendre.

Je ne répondis pas, ne souhaitant pas me livrer aussi simplement à un étran-

---

133 — Anecdote rapportée dans les *Mémoires*.

ger, même s'il semblait d'un caractère et d'une nature propre à m'offrir son empathie en échange de mon récit.

— Allons, Monsieur de Saint-Pierre, le voyage est long. Je suis assez loquace, mais je sais écouter si l'histoire est bonne et si le narrateur sait ménager ses effets.

— La vérité de mon histoire se passera largement d'effets supplémentaires, car elle ne manque d'aucun relief.

Et c'était ainsi que je racontai mon histoire à Monsieur de Chateaubriand. Le premier soir de cette traversée, j'usai jusqu'à la dernière goutte de ma salive pour rapporter mon enfance et mes origines. L'homme savait effectivement écouter, ses silences me soutenaient dans les passages difficiles, et il ne parla qu'à trois reprises, et toujours à parfait escient. Seul le bruit de la cloche, qui donnait le changement de quart, venait parfois interrompre certains silences. Sur un ordre probable du commandant, un matelot vint nous porter deux couvertures et deux timbales de rhum que nous acceptâmes volontiers. Fort heureusement, cette nuit de printemps nous permit de veiller sur le pont sans trop souffrir de la fraîcheur de la nuit.

Lorsque je lui parlai de *La Maison de la Providence* à Saint-Malo, le chevalier de Chateaubriand, comme il aimait s'appeler lui-même, n'eut pas l'air de connaître l'endroit, sans doute trop peu relevé pour quelqu'un de son rang. Il me rapporta toutefois que c'était sa patrie, puisqu'il avait vu le jour entre les murs de cette même ville. Il me fit cependant une anecdote pittoresque sur les religieuses, m'assurant que lui non plus ne les portait pas dans son cœur, pas plus sans doute que certaines ne portaient Dieu dans le leur. Il se vanta, enfant, d'avoir battu des religieuses qui montraient à lire aux enfants et qui avaient martyrisé sa plus jeune sœur. Une douce enfant, au charmant prénom de Lucile, dont il parlait toujours avec extrêmement de ferveur.

Mais lorsque je lui parlai de Balbine, bien avant que je lui révèle la fin de son histoire, il me dit :

— L'homme ne s'attache à quelque chose que pour être malheureux.

Comme s'il avait deviné par avance la fin tragique de cette histoire. Puis je lui parlai de mes débuts avec Mario Pomardini, des deux perdrix, d'Aliette. Lorsque j'abordai mon arrivée à Combourg, il s'exclama :

— Combourg, avez-vous dit ? Mais alors, cette Aliette dont vous parliez tout à l'heure, cette enfant qui vous prit pour frère et que vous prîtes pour sœur, eh bien...

— Eh bien ?

— Je crois que je l'ai connue !

— Se pourrait-il ?

— Sachez que mon père a racheté le château de Combourg il y a près de vingt ans, et que notre famille y vit depuis 1777. J'y ai passé un long temps de mon enfance. Et je me souviens d'une vieille bonne, qui aurait pu être assez âgée pour être de votre âge, ou même un peu plus vieille. Elle venait d'une petite bourgade près de Dol. C'était la fille d'une infirme recueillie par un charlatan.

J'avais trouvé son histoire suffisamment extravagante pour que mon esprit la retienne jusqu'à aujourd'hui.

— Sans aucun doute, c'était elle.

— C'était une femme d'un grand dévouement. Un jour, je suis revenu au château, elle n'y était plus. Je n'ai jamais su ce qu'elle était devenue.

Ainsi donc, le destin s'amusait à serrer un à un les liens de mon histoire, terminant chaque chapitre patiemment, faisant se rejoindre les destinées de chacun sur un horizon à l'invariable perspective : celle de la mort. La mienne devait-elle ainsi s'annoncer pour que je retrouve, même par delà les mers, des nouvelles bien tristes de ceux que j'avais connus ? Depuis les dernières années, le temps avait semblé s'accélérer d'une manière très nette et sans aucun ménagement.

Finalement, les étoiles pâlirent doucement pour nous rappeler le poids des minutes que nous avions oubliées. L'homme me sourit avec gratitude pour cette longue confession, où j'avais dû bien des fois retenir les larmes d'un chagrin toujours aussi vif. Nous admirâmes en silence le lever franc du soleil et nous couchâmes amis, par cette intimité subtile des émotions partagées.

…

Cela fait bien des jours que notre voyage a débuté. Nous avons quitté les Açores ce matin. Je viens de terminer le récit de notre départ de la boutique du Collège en 1789. Je n'ai rien tu au chevalier de l'aventure de ma vie. C'est toute mon histoire ainsi comptée, telle qu'on aurait pu la lire dans un livre.

— Est-ce là tout ? me demande le chevalier.

Comme toujours, il ne me laisse pas le temps de répondre et enchaîne.

— J'ai vu moi aussi les horreurs dont sont capables les foules. Ce ne sont plus des hommes qui se trouvent devant nous. C'est une autre créature, une bête instinctive dont la cruauté échappe à la retenue individuelle. Et dans le même temps de ces massacres, on édictait *Les Droits de l'homme et du citoyen.*

— Nous avons fui, aussi vite que nous avons pu. Quelques jours après la mise à sac de la boutique du quai de Conti, nous sommes partis, sans but. Nous sommes restés quelque temps dans les environs de Paris, en espérant que la situation se rétablirait. Je ne pouvais pas imaginer que le roi ne reprendrait pas le contrôle de cette rébellion.

— C'était une révolte.

— Bien sûr, mais lorsqu'on se trouve pris au milieu de la tempête, il est tellement difficile de définir un cap. On imagine toujours qu'à quelques brasses de là, le soleil brille et le vent se tait. Alors on continue d'espérer, contre le bon sens.

— Le bon sens n'a rien à voir ici. C'est l'instinct qui prime.

— Lorsque notre patience a fini de s'user, nous sommes partis par étapes pour rejoindre la Bretagne, avec l'idée, comme pour beaucoup, qu'il y aurait un salut dans l'immigration. Le temps des hésitations, le temps des renoncements, nous voici deux ans plus tard sur ce bateau qui porte le nom de mon pays.

— Ou celui d'un disciple du Christ, tout simplement.

— Qu'importe ! Les Amériques, ce sera très bien pour nous.

— Et vous vous rapprochez ainsi de votre petit bout d'île.

— Peut-être y ai-je songé. Sincèrement je ne sais pas. Je ne sais pas non plus ce qu'il y aurait de bon à revenir là-bas. Ce serait comme finir une boucle… Ce qui me rapprocherait de ma fin.

Nous nous taisons. Le goéland nous a laissés. Il n'y a plus que les vagues, les voix des marins à la manœuvre et la cloche du quart. Il va être l'heure de dîner. Comme à chaque fois, nous partagerons le repas à la table du capitaine, dans sa cabine. Il nous parlera du temps, des prévisions et de notre prochain cap. Je regarde vers la proue. Augustin, Blanche et Hector reviennent vers moi. Si je n'ai réussi qu'une chose, c'est peut-être celle-là. Et cette chance que je n'ai pas eue d'une vie familiale et paisible, le ciel leur a donné. Nous rentrons pour le dîner.

…

Il m'arrive parfois, comme lors de mon retour d'Avignon, de craindre de ne pas vivre assez longtemps pour parvenir à la fin du voyage. Je ne pense pas à la peur de mourir, j'ai bien assez vécu. Et je ne sens pas la mort si proche que je la craigne véritablement. Mais à chaque nouvelle échéance, une angoisse me prend, bien plus souvent qu'autrefois, celle de ne pas terminer ce qui a été entrepris. Cela peut être la simple lecture d'un livre ou un voyage, comme aujourd'hui. J'en parle parfois à mon petit-fils. Il me répond en souriant que c'est cela être sage. Et moi je pense plutôt que c'est cela être vieux. Mais aujourd'hui, je me sens plus vieux de mille ans et plus fragile encore de ce que vient de nous annoncer le capitaine. Après notre départ des Açores, il a été obligé d'anordir et, selon ses prévisions, notre route file droit sur Terre-Neuve.

Cette fortune imprévisible est pour certains une déconvenue. Ma famille se presse autour de moi, imaginant ma joie et les espoirs que je porte de revoir ma patrie.

— Saint-Pierre ne sera pas si loin qu'on ne puisse y faire une halte ! a dit le capitaine au déjeuner ce matin.

Mais je cherche en vain la joie que tous imaginent pour moi. C'est toujours cette même peur, celle de ne pas vivre assez longtemps, celle d'avoir trop attendu et d'en payer le prix. Quatre-vingts ans, très bientôt, et le sort qui m'a toujours si mal servi n'attend que cette occasion pour m'offrir une ultime déception. Ainsi, je mange moins, je ne bois plus de vin, à la grande surprise de tous. Je m'abandonne dans des préceptes obscurs de jeûnes antiques pour économiser ma flamme et poursuivre la route. Cette observance passe pour une lubie et chacun s'emploie à m'en dissuader.

J'ai quitté la table. Je suis seul sur le pont, à l'arrière du navire, épuisant mes pensées dans l'écume du houage[134]. Je ressens la faim, n'imaginant pas que mon stratagème n'aura que l'effet inverse si je m'obstine. Ici, je mesure mieux la distance d'une vie et l'impression de l'abîme. Un mot terrible que le chevalier

---

134 — Trace du navire dans la mer.

aime tant. Je regarde les vagues, ce spectacle inépuisable où l'imagination peut s'oublier sans s'émousser pourtant.

— Vous n'avez pas fini votre déjeuner !

Monsieur de Chateaubriand est près de moi, souriant. Il me tend quelques biscuits. Son œil semble me dire qu'il m'a compris. Il est peut-être le seul. Il sait aussi combien les vieillards sont acharnés, je n'ai pas dû moi-même en fréquenter assez.

— Ne vous faites pas prier. Jeûner ne servira qu'à vous affaiblir. La force est dans la confiance. Ne trouvez-vous pas justement cette opportunité assez exceptionnelle pour n'être pas un signe que le Ciel vous envoie ?

— J'ai bien trop souffert des hommes pour ne plus craindre du Ciel… et ne plus l'écouter.

— Vous dites cela alors que je vous vois terrifié. Mangez ! Pensez aux côtes de Terre-Neuve et peut-être à Saint-Pierre. Ce n'est que l'affaire de quelques jours encore : une promenade pour vous.

Je prends les biscuits et commence à les manger.

— À la bonne heure ! Et au lieu de nous faire à tous des frayeurs inutiles, parlez-moi plutôt de Gersende, comme vous me l'aviez promis. Je ne me lasse pas de fascination pour cette nature que l'exaltation a poussée dans des extrémités qu'on jugerait inhumaines. Il reste encore des choses que je n'ai pas comprises dans son action. Vous avez parlé d'une lettre qu'elle vous avait laissée…

J'ai la bouche pleine des miettes épaisses et sèches des biscuits. Je me contente de lui tendre la lettre que je garde toujours sur moi. Cette lettre terrible qui ne m'a jamais quitté depuis sa mort. Cette lettre impossible, ces arguments incompréhensibles, cette passion démesurée et tout le malheur entraîné à leur suite. Le chevalier ne dit rien, prend la lettre et commence à la lire. Et en même temps que lui, je repasse les mots d'un texte que je connais par cœur, comme celui d'un livre lu et relu jusqu'à la nausée.

Mon cher Jean,

Lorsque tu liras cette lettre, je ne sais pas ce que sera devenue ta vie, mais je sais que la mienne aura enfin trouvé son apaisement après de si longues années de souffrance. De tels aveux n'auraient su être plus précoces. Il ne faut pas chercher d'explications ailleurs que dans une destinée contrariée, un orgueil contraint, et surtout ailleurs que dans un feu intérieur que je n'ai su admettre assez tôt pour m'y réchauffer. Au lieu de cela, cette flamme que je te destinai m'a complètement consumée et a tracé entre nous un chemin de drames et de malheur. Je suis devenue l'artisan de ta malédiction sans que tu ne le saches jamais, sans que je puisse y mettre fin en te l'avouant, jusqu'à ce jour.

Je ne reviendrai pas sur nos premiers moments à Combourg. Il y avait dans la confusion de la jeunesse une excuse à mon attitude. Mais il fallait y voir les premiers germes de ces sentiments destructeurs que tu avais fait naître en moi. Mon expérience dépassait de loin la tienne, et parce que j'ai cru alors que mon rang ne pouvait avoir à faire quelque chose du tien, je rejetai d'emblée l'évidence. C'est lorsque tu as écrit cette lettre pour Enora, lorsque tu allumas en moi la première étincelle de jalousie que je commençai à comprendre. Tu l'as sans doute compris depuis, je guidai ta main pour écrire les mots de ton infortune. Imaginant le cœur de celle qui te lirait, je savais que les phrases que je te soufflais n'auraient qu'un seul impact. Je scellai son refus et sa fuite en te laissant avouer ces sentiments qu'on n'a pas le droit de ressentir, et encore moins d'écrire. Encore moins à une novice, que l'on imagine de noble souche. Ce premier forfait me punissait autant que toi, il était impardonnable aux yeux des hommes comme au jugement du Ciel. Je signai le premier acte de ma damnation. C'était une simple bassesse, mais je ne t'en demanderai pas même pardon, tant ce que je vais te révéler maintenant dépasse en tout cette peccadille.

Lorsque mon père est mort, la tristesse et la douleur m'ont fait chercher une âme à qui faire porter le poids de mon malheur. Et comme mes pensées revenaient toujours vers toi, j'y trouvai le moyen confus de me rapprocher de toi. Il faut excuser les sentiments, qui dans ces instants-là poussent parfois à des actions curieuses, tant dans leur but que dans la forme de leur expression. Tu m'échappas. J'aurais presque pu t'oublier. En fait non. Il y avait toujours une brindille allumée dans un coin de mon âme. Pas un jour, pas une minute où je ne pensai à toi. Où étais-tu ? Que faisais-tu ? Pensais-tu à une autre ? Lorsque le hasard, en la personne de ma mère, te replaça sur ma route, des années avaient passé. Et pourtant j'eus la vanité de penser que, puisque le temps et la distance n'avaient pas été assez forts pour nous séparer définitivement, et parce qu'ils ne m'avaient pas permis de t'oublier complètement, il y avait à croire dans cette circonstance que la Providence nous voulait réunis : pour le meilleur, à n'en pas douter.

Ne crois pas un seul instant que ce que je m'apprête à faire, je le fais par simple cruauté. Tu aurais pu finir ton existence sans connaître la vérité. Mais puisqu'il me faut t'avouer mes sentiments, il me faut aussi te confesser toutes les actions atroces commises en leurs noms. Il le faut, pour mon salut. Car si le ciel voulait m'octroyer un jour sa clémence, il faudrait qu'au-delà tu me pardonnes, toi aussi. Ainsi pourraient être enfin réunis là-haut ceux qui ne le purent jamais ici-bas.

Tu ne me rappelas à toi que pour m'envoyer chercher Balbine. Juste pour m'humilier, me faire du mal, ou simplement me faire payer mon mépris du temps de Combourg ? Qu'importait. Pour t'avoir attendu si longtemps, pour t'avoir espéré et me voir tout juste digne de tes basses besognes, je décidai de la tuer. Ce n'était pas un acte raisonné. Jusqu'à la dernière minute, je ne savais pas si j'en aurais le courage. Je volai un poison dans ta boutique, la veille de mon départ, et je partis. Tuer Balbine, c'était éliminer un obstacle, c'était te faire souffrir du même mal que celui que tu me faisais endurer en m'envoyant là-bas. J'hésitai. Jusqu'à la dernière seconde. Je versai le poison dans son repas que je plaçai devant la porte de sa chambre au relais de poste de Saint-Symphorien. Je ne l'avais pas même aperçue. Tout ce que je savais d'elle, c'était de ta bouche que je l'avais appris. Puis, me ravisant, je revins dans sa chambre, espérant qu'il serait encore temps de la sauver. Hélas ! Le poison fulgurant que je t'avais volé, celui-là que tu avais toi-même confectionné pour tuer les rats avait déjà fait son œuvre.

Mais ce qu'il y eut de plus terrible encore, et d'absolument improbable, c'est qu'à cet instant je reçus du ciel le très juste châtiment de mon ignominie. Celle que je venais de tuer n'avait pas moins de valeur pour moi que pour toi. Je venais d'assassiner ma propre sœur. Oui, tu lis bien. Ma propre sœur, Enora de Coëtquen, placée dans un couvent, je ne savais pas lequel : Saint-Malo ou ailleurs. Que m'importait, moi, à mon âge ? Tu ne m'avais jamais parlé que d'une certaine Balbine. Comment aurais-je pu imaginer la moindre éventualité ?

Aucunement. Il y avait dans cette fausse coïncidence un autre signe du Ciel, qui me désignait à jamais perdue. Mais non ! Enora n'était pas encore morte ! Et le destin pervers me laissa encore entrevoir une issue : la sauver, te garder, me sauver en même temps. Tu sais ce qui se passa ensuite chez le médecin : la saignée et puis la fameuse poudre. Chez lui, il n'y eut bien vite plus aucun espoir. Alors, le dernier était à Paris. Là-bas, il y aurait sans doute un docteur assez habile parmi eux pour la sauver si elle survivait au voyage. Sa lente agonie se prolongea jusque dans les salles de l'hôtel-Dieu. Je t'envoyai chercher. Enora morte, je n'eus d'autre courage que dans la fuite.

On me rappela, je te retrouvai après de longues recherches, mais dans quel état ! J'ai enterré ma sœur. J'ai ramené sa dépouille à Combourg, seule. Ma mère n'a même pas daigné m'accompagner pour se rendre aux funérailles. Tu m'as chassée, une fois encore. Puis tu m'as rappelée, pour une basse besogne, une nouvelle fois. C'est chez le médecin d'Ablis que j'ai eu un autre sursaut. Cette poudre ! Cet autre charlatan : peut-être que c'était lui qui était responsable de la mort d'Enora ? Sans ce poison émétique, peut-être aurait-elle pu survivre ? J'avais besoin d'une figure sur laquelle épancher ma souffrance, la transformer en haine. C'était plus pratique et surtout moins douloureux. C'est alors que je me rendis chez ce Jean Ailhaud. Et ce ne fut pas la moindre de mes erreurs.

Lorsque je me trouvai devant lui, je ne sus pas ce que j'étais venue chercher. Un réconfort ? C'était impossible. Une vengeance ? C'était injustifié. J'avais besoin de confronter ma douleur à quelque chose de tangible et de l'étayer avec des reproches sur lesquels j'aurais pu mettre un visage. Je le menaçai de représailles, il s'en moquait. Je lui parlai de toi, de ta renommée, de ton entregent à Paris. Et ce fut là l'erreur supplémentaire. Au-delà de son agacement et de menaces, même inoffensives, j'avais éveillé sa méfiance et sa curiosité. Il ne prit même pas la peine de me chasser, il attendit que je me fatigue de moi-même. Je quittai sa propriété frustrée de je ne sais quel mal, sinon d'avoir dépensé une énergie bien inutile dans un but que je croyais atteindre si loin. Mais la vérité ne s'était pas ouverte à moi. Tout cet épisode n'avait été que vanité de mon côté. J'avais ouvert une nouvelle porte sur le mal. Tu le sais sans doute, pour connaître maintenant beaucoup de monde influent à Paris, les gens qui se targuent d'un quelconque pouvoir l'ancrent dans le commerce d'autres personnes d'influence, maillant ainsi les relations superficielles d'un tissu souterrain de connivences, aussi solide et perfide qu'un filet d'acier.

Je ne suis pas d'un naturel mystique, tu le sais. Mais dans les diverses tentatives pour oublier mon forfait, j'avais tenté juste après la nuit du 31 décembre 1740 de trouver l'apaisement dans la confession. Je n'y trouvai en définitive qu'un vieil officier du culte poussif, qui n'avait trouvé comme autre motion de ma contrition que d'exiger que je couche sur le papier tout mon forfait : un fratricide, exemple édifiant s'il en était de péché capital. Ce texte manuscrit devait être livré dans un tronc de Saint-Eustache. Quelle ne fut pas ma surprise lorsque je reçus une lettre de Jean Ailhaud, quelques semaines à peine après ma visite chez lui. Il m'expliquait qu'il avait bien pris en considération l'histoire que je lui avais contée, mais que d'autres personnes de son entourage lui avaient fourni un certain document où j'avouais qu'avant d'avoir subi sa poudre purgative, Enora avait d'abord subi un empoisonnement dans les règles, de la main de sa propre sœur. Il affirmait en détenir la preuve manuscrite et il exigeait qu'à partir de ce moment, je lui obéisse en tout. Je n'avais malheureusement aucune raison de douter qu'il possédât un tel document, puisque cette confidence n'avait été murmurée qu'entre Dieu et moi, par le truchement du prêtre félon. C'était, me dit-on plus tard, une précaution du clergé afin de tenir en laisse tous ceux qui passaient en confession. Son influence passait donc aussi par là. Il n'était pas question de t'avouer que j'avais tué Enora. Il ne me restait donc qu'à obéir.

J'étais devenue une espionne, pour un ennemi que j'étais allée trouver alors qu'il ne demandait rien à personne. Connaissant parfaitement tes habitudes et les lieux de ton exercice, rien ne me fut plus aisé. Je fournis moi-même à Jean Ailhaud, d'une part l'idée que tu pouvais souhaiter lui nuire et qu'il fallait donc amorcer le combat par une attaque, d'autre part les armes d'une telle bataille. Je volais pour lui des échantillons des plantes et je le tins régulièrement au courant des avancées de tes recherches, allant jusqu'à copier pour lui les carnets secrets rapportés de Saint-Pierre. Il y eut le procès, et malgré l'avance qu'il avait prise sur toi, tu sais quelles en furent les conclusions. Dès lors, mais tu ne l'appris que plus tard, tu t'étais fait un ennemi acharné : son fils Jean-Gaspard, qui te reprochait en même temps d'avoir souillé l'honneur de son père et de sa famille, mais en outre d'avoir accéléré sa sénescence. À l'entendre, car je l'entendis bien souvent par la suite, tu avais tué son père. Les conséquences du procès avaient été telles qu'il dût pourtant rester discret quelque temps.

Je réclamai alors ma lettre de confession. Puisque j'avais rigoureusement obéi à leurs ordres, contre ma volonté, je m'étais acquittée de ma dette. Mais pour eux, j'étais un pion trop précieux. Gaspard Ailhaud ruminait sa vengeance et savait que, tôt ou tard, je pourrais encore le servir. Après le procès, il devint plus difficile de t'espionner. Je soudoyai le concierge du Collège des Quatre Nations, mais tes serrures avaient été changées. Je trouvais donc d'autres moyens par le biais de tes fournisseurs. Parfois, j'envoyais certaines de mes connaissances en consultation pour t'interroger discrètement sur l'avancée de tes travaux. Il y avait un certain moine qui travaillait régulièrement avec toi. Mais son aspect tellement étrange me fit renoncer à cette option. Cet homme dégageait un tel pouvoir qu'il était certain qu'il m'aurait démasquée si j'avais tenté de m'approcher de lui. Mais Jean-Gaspard n'avait pas trop d'exigences à cette époque. Il attendait surtout une opportunité pour frapper.

Je t'observais parfois, te suivais dans la rue. Jamais tu ne te doutas de rien. Tu m'avais sans doute oubliée. Moi, je continuais de brûler de ce même feu pour toi, un feu dévorant que la proximité entretenait. Aurais-je pu m'enfuir aux Indes ou en Guyane que j'aurais pu plus facilement chasser ton spectre de mes pensées ? Aurais-je pu même simplement regagner la Bretagne, ne plus te voir ? Mais mon châtiment était là, c'était le ciel qui me punissait en m'unissant à toi de la plus douloureuse des façons, en vivant dans ton ombre sans jamais pouvoir te parler.

Entre-temps, on m'avait mariée à Emmanuel-Félicité de Durfort, duc de Duras. Il n'était pas question en effet que la dernière héritière de Combourg éteignît la lignée. C'était un mariage sans importance, sans amour : une simple alliance qui ne devait pas porter de fruit. Mon époux me laissait libre, et c'était la seule raison pour que je tolère ce mariage. C'était un homme savant, qui fut directeur de la Comédie française, et qui siégea à l'Académie. Je vivais comme je l'entendais et n'eus nul besoin de le tromper, car la seule personne avec qui j'aurais pu le faire ne l'aurait jamais accepté. Je portais son nom, j'avais fait mon devoir. Il n'en fallut pas davantage pour que nos vies se séparent lentement, sans même se déchirer, ce qui aurait été une dépense bien inutile, au vu de la situation.

Ce fut pur hasard, ou méchanceté du destin, qui nous replaça en face, en 1760 à l'opéra.

J'étais seule, oisive et j'avais éconduit à l'entracte les plus bavardes de mes amies. Tu avais changé. Oui ! Comme tu avais changé ! Et je ne parle pas que de l'aspect physique. Car bien que je te trouvasse frappé comme nous tous par les ans, l'attraction que j'avais toujours eue pour toi se réveilla encore, par le simple fait de pouvoir te parler. Cela pourrait te surprendre qu'après tant d'années j'éprouve encore un feu aussi intense. Les années avaient passé, mais pas cette passion dévorante qui me terrassait encore. J'aurais voulu tout t'avouer, te demander pardon, t'implorer, juste pour un sourire, juste pour recevoir de toi l'absolution de mes fautes… et l'apaisement, peut-être.

Combien tu avais changé ! Comment aurais-je pu imaginer que tu étais resté le même ? Tu n'étais plus le garçon naïf de Combourg, tu n'étais plus le jeune homme déterminé qui m'avait envoyé après Enora. À cette époque, tu avais encore certaines faiblesses qui te rendaient humain et donc vulnérable. En 1760, à l'opéra, tu t'étais encore transformé. Il y avait une telle froideur, une telle distance. Le temps avait creusé un fossé entre le jeune homme que j'avais laissé en 1740 et celui que je retrouvais vingt ans après. Je ne dis donc rien, car je savais que plus jamais tu ne serais capable de me pardonner. Il me fallait alors reprendre mon fardeau. Te mentir et te trahir étaient les moindres des maux au regard du risque de me voir maudite par tes lèvres, si tu venais à apprendre tout le mal que je t'avais fait. Il me fallait donc continuer à t'en faire, et souffrir en même temps.

Lors de notre rencontre à l'opéra, tu avais péché par orgueil en me disant que tu avançais dans tes recherches. De son côté, Gaspard Ailhaud me pressait de plus en plus, car le temps excitait son désir de vengeance, qu'il craignait de laisser échapper. Je me mis donc à te surveiller de manière plus assidue. Ne me demande pas comment ni par quel intermédiaire. Mais je disposais d'une chose pratiquement sans limites, et c'est justement des limites de cette chose que l'on peut définir l'envergure de son pouvoir : l'argent. La vente de Combourg m'avait rapporté suffisamment d'or pour soudoyer n'importe qui, pour m'attribuer le concours des meilleurs serruriers et des plus perfides espions. Tu avais excité ma curiosité, tu m'avais une nouvelle fois rassasiée de ton mépris, et je finis par prendre goût au projet de Gaspard Ailhaud. Ce que j'attendais depuis si longtemps arrivait, je croyais enfin te détester ! Ta liaison avec cette nourrice n'y avait pas suffi, mais cet accouplement contre nature n'avait pas réussi à éveiller assez de désespoir. Oui, te détester pour ne plus t'aimer comme je t'aimais encore !

Je suivis pas à pas les tâtonnements du décryptage avec ton nouvel acolyte : ce moine bénédictin que tu as peut-être soupçonné de trahison et qui, en réalité, était peut-être celui qui t'est resté le plus fidèle. Il finit par décoder votre manuscrit. Puis vous attendîtes le retour de ce Ricci, à la foire. Pour nous c'était clair, Ricci détenait le secret. C'était le moment que Gaspard Ailhaud choisit pour passer à l'action. À la foire Saint-Germain, en ce printemps 1762, tout était prêt, nous avions tout pour réussir.

Gaspard avait décidé que je ne participerais pas aux opérations. Il me savait trop émotive et avait compris mon attachement pour toi. J'étais capable d'un revirement de dernière minute pour te sauver des flammes. Nous ne devions pas nous voir. Personne ne devait être dans la confidence. Le jour du sacrifice, je sentis les remords. Je compris que ce que j'avais pris pour une guérison n'avait que mieux préparé ma rechute. Je ne t'avais jamais détesté et mon cœur indomptable te pleurait encore et voulait te sauver. Le faire moi-même c'était impossible, c'était me trahir devant Gaspard Ailhaud, qui finirait par te révéler mon infamie. Je décidai de prévenir Marie Courval, qui irait elle-même à ton secours.

Jean-Baptiste Seigneuric

Ailhaud s'était méfié de moi et avait envoyé ses sbires deux heures avant l'heure prévue. C'était assez pour empêcher ce sauvetage de dernière minute. Hélas, quand le destin est insatiable, il continue toujours de se nourrir du malheur des hommes. J'ai suivi Marie Courval jusqu'à la foire. Malgré sa maladie et sa grande faiblesse, elle accourut bien vite à ton secours, comme je l'avais imaginé. Mais l'incendie était déjà déclaré. Elle n'hésita pas une seconde, ne réfléchit pas, comme on se jette à l'eau pour sauver quelqu'un de la noyade, on saute le plus vite possible, avant même de se demander si on sait nager ou pas. Je ne l'ai plus revue. Les premières structures étaient en train de s'effondrer. En même temps que le souffle de la bête se nourrissait des poutres tendres de la halle, j'ai craint pour toi. Quelques instants seulement. C'était un mélange terrible, une potion amère où se mêlaient les ingrédients : les seuls capables de me guérir. Si les agents de Ailhaud avaient réussi à s'emparer du secret de de Blégny, on me libérerait sans doute de mes aveux. Mais c'était une bien piètre consolation puisque, selon toute vraisemblance, tu aurais péri dans les décombres, et l'objet le plus vibrant de cette malédiction s'éteignant, je n'aurais plus rien à craindre de personne. Mon honneur n'avait de valeur que par toi. Sans toi, plus rien ne m'importait. Marie Courval disparaîtrait elle aussi dans l'incendie, je perdais ma dernière rivale et l'objet de ma jalousie en même temps.

Je restai de longues minutes devant l'incendie, devant la porte même où Marie Courval avait couru, m'attendant à la voir surgir, les cheveux en flamme, te portant dans ses bras pour m'offrir ta carcasse encore vibrante, pour laquelle elle aussi aurait donné son dernier souffle.

Ne juge pas mon imagination ni mes espérances. Ce que j'ai espéré n'est pas venu. La porte s'est effondrée dans un tourbillon d'étincelles. Je n'ai jamais revu Marie Courval. Mais par une autre porte, une main innocente te sauvait. Je l'appris dans la nuit d'un des hommes de Ailhaud. Dans sa folie vengeresse, il avait ordonné à ses agents de s'assurer de ta disparition ou de ta survie. Ils avaient donc posté des observateurs à chaque issue. On t'avait vu sortir. Pernety avait disparu. Qu'il fut mort ou simplement fugitif ne changeait rien, tu penserais certainement qu'il était responsable de toutes les trahisons accumulées contre toi depuis l'arrivée des plantes dans la capitale. Une seule chose me rassurait : tu étais vivant. Mais je devais agir. Je savais que la suite du plan, si tu réchappais de la fournaise, était de te faire accuser auprès de la police. Il ne faudrait que quelques heures pour faire courir le bruit que Ricci et toi étiez responsables de l'incendie. Tout cela avait été décidé d'avance et me donnait à moi quelques heures pour tenter une ultime échappatoire.

Tu n'étais pas surveillé en permanence, car tu n'avais pas de raison particulière de te méfier. On pouvait te trouver assez facilement à ta boutique ou rue du four. Tu n'acceptais aucune invitation et ne quittais jamais Paris. Après cette nuit, les sbires de Ailhaud s'assurèrent de ton retour rue du four, puis ils quittèrent leur poste. La police ne serait prévenue que le lendemain, dans l'après-midi, pour laisser le temps de rassembler quelques témoins pour plus de crédibilité. Cela me laissait quelques heures. Ce plan que je n'aurais même pas imaginé la veille s'était dessiné en toute simplicité. Mais je ne pouvais pas te le proposer moi-même, car je savais que tu ne m'aurais pas crue tout d'abord, et que de toute façon, tu aurais refusé de me suivre, même pour sauver ta vie.

Je prévins moi-même Bernard de Jussieu, que je savais de tes amis. Devant l'urgence de la situation, il ne s'interrogea même pas de ma présence ni de mes liens avec toi. Je sus me montrer convaincante et je lui suggérai de t'envoyer à Orléans : cela te mettait à l'abri de la police, mais laissait proche de la capitale pour pouvoir y revenir en deux jours. Il ne

482

fallait pas trop t'éloigner de Marie Courval pour que tu acceptes de fuir. Je te connaissais suffisamment pour imaginer tes réactions et les arguments pour faire tomber tes réticences. Au départ, Bernard de Jussieu ne savait rien de plus. Te convaincre de partir et te conduire au carrosse pour Orléans où tu attendrais de ses nouvelles dans une auberge quelconque.

Je te retrouverais là-bas. Un ami de mon mari possédait un château tout proche, qu'il n'occupait jamais et qu'il acceptait de me prêter. C'était là que j'espérais disparaître avec toi. C'était une folie, mais arrivée à ces extrémités de souffrance, je n'avais d'autre choix pour nous deux. Tu échappais à la police et Ailhaud perdait notre trace à tous les deux, me libérant enfin. Mon mari ne fit aucune difficulté à ce départ, se réjouissant sans doute d'une liberté que les événements finissaient de consacrer pour lui. Ma disparition lui sembla une aubaine, même s'il la prit sans doute pour une lubie.

Tu connais la suite, et tu n'imagines pas les années passées près de toi où se mêlaient toujours le même bonheur de te savoir à moi, la peur de te perdre et les interrogations incessantes qui allaient avec : cette tentation de sincérité en t'avouant tout, avec la certitude que j'allais te perdre si je le faisais. Alors, je prolongeais le mensonge de jour en jour, m'enfonçant davantage dans ce trouble. Car je savais depuis bien longtemps que seule la mort saurait me délivrer de mon forfait et de tous les mensonges qui en avaient découlé.

J'appris à maîtriser ces sentiments, me résignant à prendre ce que la fin m'offrait. Je t'avais tout à moi, ma passion s'apaisait dans ta proximité. Plus de jalousie, puisque tu n'étais qu'à moi : si peu… mais tout à moi. Avec le temps, les pulsions physiques s'étaient estompées. À ton contact, mon esprit devenait plus sage et pondéré. Mais il fallait te garder près de moi. Les seuls moments les plus difficiles étaient lorsque Augustin ou Nestor venaient te rendre visite. Immanquablement, ils me rappelaient cette autre femme qui avait eu tes faveurs, et mon forfait, puisque j'étais la seule sans doute à connaître son destin. Et ce nouveau crime que j'endossais pesait encore sur ma conscience, me poussant parfois à des accès terribles dans lesquelles la mort seule me paraissait une issue convenable. Mais je résistais encore, tantôt torturée, tantôt soulagée de te savoir près de moi. La braise couvait toujours sous la cendre, prête à provoquer en moi des sursauts imprévisibles dans un sens ou dans l'autre de mes fantasques humeurs.

Le soir du Nouvel An de la première année, j'avais espéré qu'un souper exceptionnel nous permettrait de nous rapprocher et de renouer avec l'intimité que nous avions eue à Combourg. Cela faisait si longtemps que je ne t'avais vu me témoigner un autre sentiment que celui qui servait tes intérêts. J'espérais qu'il y aurait peut-être à cette occasion une brèche pour ta clémence. La brèche qui s'ouvrit malheureusement sous l'effet du vin me laissa désespérée, au moins autant que tu te l'étais montré en t'enivrant comme un étudiant, un marin ou un sot. Mais je savais que ton désespoir était seul en cause dans cette scène que tu me jouas. Peut-être ne te souviens-tu pas de tout ce que tu me racontas, alors sous l'emprise du vin que tu continuais à boire. Tu étais comme un fou, tu n'avais plus d'entendement.

Tu me parlas d'abord des chagrins de la vieillesse, me rappelant au passage les miens. Tu me proposas sans grande élégance de me faire profiter de tes remèdes contre le flétrissement de la peau, contre les tâches que tu suspectais sous mon fard. Je supportai sans répondre tes sarcasmes, voyant se dessiner, bien mieux qu'à la lumière du jour, toutes les rancœurs que tu m'avais gardées. Tu me parlas de Balbine, de Marie Courval, enfonçant définitivement dans ma chair le fer brûlant de la jalousie. Car lorsque ton esprit échappa à ton contrôle, il me dévoila avec arrogance tout le fond véritable de ton cœur qui n'avait pas changé… et qui ne changerait jamais. C'était une certitude. Le niveau de mon désespoir passa encore un seuil, puisque je me trouvais séquestrée avec toi dans ce château, enfermée dans mes mensonges, ne pouvant fuir d'aucune manière, vivant aux côtés du seul homme que j'avais aimé, avec la certitude qu'il ne serait jamais à moi.

Je me prêtai ensuite et de bonne grâce à tes expérimentations, ma peau frémissant sous tes mains expertes, qui n'avaient pourtant d'autre but qu'éprouver l'efficacité de tes remèdes. Qu'il était difficile de retenir mes frissons, mes espoirs tournés vers d'autres endroits que j'aurais accepté de te livrer avec le même oubli. Mais tu n'y vins jamais, par trop d'honnêteté, soi-disant, par lâcheté peut-être, mais surtout par cet amour pour d'autres que je ne pourrais jamais tuer une seconde fois. Tu n'obtiendrais jamais la preuve de la mort de Marie Courval et, comme un assassin qu'on ne pourrait condamner faute de cadavre, tu fuirais toujours devant certaines évidences.

Les années passèrent et malgré une proximité toujours aussi délicate, tu ne montras jamais les moindres signes d'un rapprochement. Comme si tu avais décidé que jamais tu ne me pardonnerais. À mesure que tes proches et que ton monde s'éloignait, nous resserrant tous les deux dans l'intimité du château, tu t'éloignais encore, ne me voyant plus autrement que comme une voisine. Ce furent autant d'années d'attente, sans rien d'autre à espérer, sinon qu'on ne nous retrouve pas, pour que ma noirceur au moins reste tue à tes yeux. Car je savais à la fin que jamais je ne pourrais supporter le regard de colère que tu aurais sur moi.

Maintenant, tu lis ces lignes et je ne suis plus là pour en assumer les conséquences, mais c'est déjà difficile, même par delà la mort, de tenir cette place-là devant toi. Je t'imagine fébrile en découvrant cette confession. Je n'espère aucun pardon, juste le repos de l'âme, puisque personne sur cette terre n'a fait en sorte que je puisse y accéder. Je m'en vais retrouver ma sœur, qui peut-être me pardonnera, puisqu'elle est morte en martyre et sans doute en sainte.

Maintenant, il n'est plus temps de se lamenter. Jean-Gaspard Ailhaud a retrouvé ma trace. Si tu restes ici, tu es perdu. Sa rancune est méchante. Il te fera payer, purger ta peine jusqu'à la dernière goutte de sueur, d'or ou de sang. Moi, je préfère fuir à ma façon. Je vais boire le poison que je te volai un soir de décembre pour tuer ma sœur. C'est l'heure de la délivrance, enfin ! Là-haut, je verrais bien comment payer mes dettes. J'espère seulement que mon chagrin ici bas me sera décompté. Je ne pensais pas après tant d'années que la vengeance d'un autre pourrait encore nous atteindre, mais il faut croire que, comme ta rancune contre moi, la sienne est restée inébranlable, peut-être parce que le mal que tu lui avais fait, tu l'avais propulsé contre son père et non contre lui directement. Il ne s'estimait donc pas en mesure de te pardonner.

Quoi qu'il en soit, j'ai reçu il y a quelques jours la preuve qu'il avait retrouvé ma trace. Il m'a écrit une lettre m'annonçant qu'il viendrait ici pour solder nos comptes. Il n'est donc pas question qu'il te trouve ici. Moi, j'ai fini de mentir, mais toi, tu n'as sans doute pas fini de fuir. J'ai fait au plus vite pour organiser ton départ, les heures sont malheureusement si précieuses qu'il ne faut prendre aucun retard. À l'heure où tu liras cette lettre, un équipage sera sur le point d'atteindre le château de l'Isle. Obéis-leur en tout point. Tu les reconnaîtras, car l'un des deux est borgne et le second des anges gardiens que je t'envoie, boîte. Ils seront porteurs d'une missive de Bernard de Jussieu, qui a trouvé pour toi une nouvelle retraite.

Prépare-toi, Jean, ils ne vont pas tarder. Ne m'oublie pas et préfère la vie à la morne austérité à laquelle les dernières années t'ont contraint. Mon amour est sur toi.

Gersende de Coëtquen.

Le chevalier replie la lettre, puis il me regarde avec une expression étrange que je ne lui connaissais pas encore. Il me la tend avec précaution, comme si autant de malheurs contenus dans ces quelques feuillets risquaient d'une certaine façon de l'affecter aussi. Puis, il se décide enfin à parler :

— C'est fascinant de voir ainsi déliés des sentiments d'une telle force. L'esprit romanesque y domine jusqu'à tout brûler sur son passage. Ce sont des sentiments qu'on ne rencontre guère dans les esprits d'aujourd'hui, mais que je suis capable de reconnaître. Car ce genre de passion, qu'on ne peut surmonter et qui se pare toujours de certains charmes mortels, peut conduire aux pires excès. Vous eût-elle transpercé de son épée lors de votre première rencontre qu'elle ne vous aurait pas fait autant de mal.

Et il croit nécessaire d'ajouter :

— Ni à elle aussi.

Il n'y a rien à ajouter sur l'évidence de ces malheurs. Nous restons longuement silencieux à contempler les vagues. Finalement, le chevalier rompt le silence et me demande :

— Lui avez-vous pardonné ?

— Au fond, je ne crois pas. C'est comme si je lui faisais porter tout le poids des autres malheurs qui ont pesé sur mon existence.

— Pour une personne qui avait essayé la première partie de sa vie de régner en maître sur les autres, elle avait perdu son libre arbitre. Ce n'était plus qu'une marionnette tiraillée entre sa passion dévorante pour vous et la crainte de représailles. La menace de la justice des hommes ne l'importait que peu.

— Finalement, le destin s'était trompé, puisqu'elle a fini dans un état proche de celui des religieuses, la grâce en moins. Alors que Balbine était faite pour mon bonheur.

— Vous ne pouvez pas le dire, et c'est ce doute qui vous torture. Allons, à votre âge, Monsieur, il est grand temps de pardonner. Pardonnez-lui et ce sera vous pardonner vous-même. Allégez ainsi la fin de votre vie pour lui redonner une saveur oubliée.

C'est ce jeune homme, qui n'a pas trente ans, qui est en train de me donner des leçons d'expérience avec une facilité naturelle qui offre presque l'envie d'y adhérer.

— Le chemin de Balbine n'était pas écrit pour vous, l'histoire a prouvé que non. Mais je m'étonne encore que vous puissiez penser cela alors même que le temps, l'histoire, le passé, tout, absolument tout, s'est ingénié depuis le début à vous montrer que votre destin à tous les deux était impossible. Quoi que vous ayez pu faire, vous n'auriez rien changé au cours de votre aventure. Regardez ! Même un roi ne peut rien contre la force des éléments. Nous avons le sentiment que chaque instant et chaque décision influencent le reste de notre vie, lui imprimant des tournants qu'on n'aurait pas imaginés le jour précédent. Et pourtant, n'avez-vous pas le sentiment que tout cela était écrit et que quoi que vous ayez pu faire, les choses allaient arriver telles qu'elles étaient prévues ? Comme écrites par avance ?

— Et qu'y aurait-il à penser de tout cela, de bon ou de mauvais ?

— Je crois que si l'on imaginait tout de suite que tout se qui va se passer dans notre vie est incontournable et que chacune de nos actions, pourtant choisies et décidées, nous amènera vers ce même but… Je crois que si j'en avais été persuadé, j'aurais accepté cette vie avec plus de…

— De ?

— Je ne sais pas, avec une plus grande sérénité. Mais, il ne convient pas pour autant d'être passif, n'est-ce pas ?

— Et non. L'important est de s'en rendre compte, certains le découvrent plus tôt, d'autres auront du mal à y croire. Certains seront incapables de l'imaginer. C'est une force que de garder son libre arbitre dans une voie qui nous est tracée.

— Destinée et liberté ne sont pas incompatibles, alors ?

— Eh bien non, voyez-vous, je ne pense pas. Pas plus que ce peuple qui se croit maître de son destin n'a fait qu'obéir à une pulsion interne, un profond mouvement dont le ressort est armé depuis des siècles, alors que chacun sans doute ne pensait là-dedans qu'avec son petit libre arbitre. Toute la vie est là.

— La mienne s'enfuit, avec ce bateau je pars. Je voudrais revoir une dernière fois mon pays. Mon corps est fatigué malgré tous les secrets qu'il m'a coûté pour le prolonger. Je ne sais pas pourquoi le ciel m'a donné cette santé, alors que tant de fois j'aurais préféré la céder à un autre plus ambitieux que moi.

— Parce que vous avez sans doute encore quelque chose à faire là-bas, même si à entendre votre histoire, on a l'impression que vous avez déjà fait plusieurs fois le tour de votre vie. Quelque chose que vous n'imaginez pas, mais qui vous attend. Un rendez-vous qui s'est organisé du jour même où vous avez quitté votre maudit archipel. Et peut-être que cette chose encore n'est qu'une étape avant une autre. Je n'aimerais pas vivre vieux ni mourir lentement. L'homme n'est pas fait pour être vieux, pas plus qu'il n'est fait pour exister. J'ai toujours détesté l'idée qu'on m'ait donné la vie.

— Je ne me suis jamais interrogé sur ce point. J'ai souffert, mais je n'ai jamais douté du don de la vie. Vous parlez comme un livre, Monsieur de Chateaubriand.

Il sourit avec une pointe d'amertume sur ses lèvres.

— Je me contente de traverser l'histoire, je suis à peine un observateur. Vous, Monsieur, avez vécu bien davantage que moi. Vivez ce qu'il vous reste à vivre, pour nous prouver que tout cela n'a pas été vain.

— Et mon histoire disparaîtra avec moi.

— Allons savoir… Peut-être que dans un siècle encore, on racontera votre histoire. Tandis que moi, j'aurai perdu mon nom dans les montagnes des Amériques.

— L'histoire tranchera.

Il laisse passer un temps avant de me questionner encore, insatiable.

— Mais dites-moi, Monsieur le découvreur. Ce fameux secret que vous a transmis ce génial de Blégny, vous ne m'avez pas raconté jusqu'au bout ce qu'il en est advenu.

C'est la pire des questions qu'on pourrait me poser aujourd'hui. J'ai confessé toutes mes fautes à cet homme que je ne connaissais pas avant d'embarquer, et je ne trouve aucune raison à ne pas lui livrer ce dernier poids. Il sent ma gêne, la renifle comme un bon chien, regrettant presque d'être allé si loin avec moi.

— Avant de partir d'Avignon, j'ai confié la plupart de mes recettes à la société des illuminés. Je leur ai également laissé une description minutieuse de la clef d'Abraham. Je les pensais assez soucieux du bien-être de l'humanité pour faire le meilleur usage d'un tel secret.

— Mais vous avez gardé la clef ?

— Pour mon plus grand malheur. J'ai eu la vanité de l'emporter avec moi alors qu'elle aurait dû rester en Provence, comme je l'avais prévu au départ. Mais je ne pouvais me résoudre à abandonner un tel objet. Après notre fuite de Paris, en 1789, nous sommes restés quelque temps à Rennes où nous avions repris une petite activité, Augustin et moi. Nos réserves allaient s'amaigrissant et il nous fallait gagner notre pain.

Il y a tant d'amertume dans ce récit. J'ai peine à le poursuivre, mais cette confession-là me vaudra peut-être une part d'apaisement, même si elle reste incomplète.

— Un jour un vieillard débile et égrotant se présente à notre boutique avec une énorme fluxion due à un mauvais chicot. La dent branlait tellement qu'on aurait pu l'arracher sans instrument, à la simple force des doigts. L'homme souffrait et je décidai de la lui extraire. J'applique une première couche de ma pâte contre la douleur, puis j'arme la clef d'Abraham que je place à l'endroit requis. Je l'actionne. Le malheureux pousse un cri terrible. Le pus jaillit d'abord du phlegmon, puis vient du sang, beaucoup de sang. J'arrache la dent sans effort. Le sang vient toujours, rouge et fluide. J'applique certaines plantes, je tente de disposer une plaque de plomb pour contenir l'hémorragie. Mais rien n'y fait. On demande au vieillard de mordre de la charpie. Au bout d'un temps interminable, les choses semblent s'apaiser. L'homme rentre chez lui. Dans la nuit, l'hémorragie revient jusqu'à vider notre homme qui expire au petit matin… du fait de mon action.

Le chevalier ne dit rien. Il réfléchit.

— Et vous vous en voulez pour cela ?

— J'ai perdu l'appétit plusieurs jours durant. J'ai jeté cette maudite clef dans le premier étang venu. Sans moi, l'homme ne serait pas mort.

— Croyez-vous ? Sans vous, l'homme serait mort de sa fluxion. Vous avez éprouvé l'efficacité de la clef bien des fois. Cet homme devait présenter telle ou telle maladie du sang qui a causé sa perte. Sans vous, il serait mort autrement, et sans doute pas mieux.

— De ce jour-là, je n'ai plus prodigué ni soin ni thérapeutique. Je ne suis en réalité qu'un charlatan de plus. Incompétent dans le doute et nuisible par preuve.

Nous nous taisons. Le chevalier ne peut rien contre ma colère. Lui avouer ce forfait ne soulage en rien ma conscience. Il n'y a que le silence pour nous aider quelque peu.

Un coup de roulis nous bouscule. Un grain arrive. Nous décidons de rentrer. Sur le tillac, le capitaine regarde l'horizon avec un air bourru, comme s'il voulait se mesurer à la tempête à venir. Il nous fait signe. Nous sommes près de lui.

— Je peux vous le dire, maintenant c'est certain, nous faisons route vers Terre-Neuve. Nous relâcherons à Saint-Pierre.

Le chevalier ne dit rien et se contente de me sourire. Le tour des événements lui donne raison. Je ne sais où placer la joie et la crainte. La pluie tombe d'un coup. Nous rentrons.

Chapitre XII
Le pays des ombres

La brume depuis deux jours maintenant. Et puis depuis hier, le navire à l'ancre. Le capitaine nous a dit que nous étions si près des îles de Saint-Pierre que nous ne pouvions prendre le risque d'aller plus avant. La brume absorbe tous les sons et efface celui des vagues contre la coque. Les goélands passent invisibles en criant au-dessus de nous. La terre est proche… ma terre. Mon excitation est un bien grand mal qui me plonge dans la mélancolie. Être si près et ne rien pouvoir tenter. Et la peur de mourir ne serait-ce qu'un jour trop tôt qui revient. Il n'y a pas de torture plus douceâtre que celle-là.

…

Le brouillard s'est levé quelques heures, le temps pour le capitaine de faire le point et de donner les ordres pour avancer encore un peu. Augustin, Hector et Blanche m'entourent de leur affection et de leur soutien. Le chevalier m'accompagne dans une sorte de promenade dont nous avons pris l'habitude sur le pont. Le plus souvent, nous ne disons rien, car il n'y a plus rien à dire. Tout a été raconté, dans ses plus intimes détails. Il connaît tout de mes espérances et de mes craintes. Et si je ne parle pas, il respecte mon silence que martyrise l'attente. J'écoute la cloche qui sonne le changement du quart. J'y entends le décompte infernal du temps qui se gâche malgré nous.

…

Encore quelques encablures, guère plus. Mais le capitaine affirme que nous sommes presque arrivés à destination. Le chevalier et moi restons accoudés au plat-bord, tentant de percevoir le bruit des vagues sur les battures[135]. C'est le matin. Je pense à mon père lorsqu'il me racontait son histoire. Ce qui l'avait sauvé en fait, c'était ce bruit régulier du ressac sur le plain. Selon le vent, il nous semble entendre ce bruit précurseur, à d'autres moments on ne perçoit plus que le clapot des vagues sur le bois de notre navire. Comme si notre vie en dépendait, nous avons tous pris l'habitude à bord de parler à voix basse, dans l'espoir que l'un de nous percevra le signal de notre destination. Du simple mousse au capitaine, chacun murmure. Quel peuple étrange que le nôtre, qui

---

135 — Voir note 54.

reste ainsi plongé dans un recueillement curieux au milieu du brouillard. Cela ne semble plus étonner les oiseaux qui redoublent de puissance dans leurs cris.

Le dîner nous rassemble dans la cabine du capitaine. Il a pour habitude de surveiller un sablier haut de presque un pied, qu'il retourne régulièrement pour contrôler la régularité des quarts. On entend une cloche, personne n'y prête attention. Le capitaine regarde distraitement son sablier, fronce les sourcils. Ce ne peut-être la cloche du quart, qu'on fait sonner par coptage[136] ! C'est une sonnerie à la volée, qui se prolonge et se prolonge encore, qu'on entend. Une église ! Tous se lèvent, abandonnant leurs assiettes à peine entamées. Sur le pont, les marins écoutent, figés dans la brume. La cloche continue d'appeler les fidèles, sans savoir qu'elle en alerte d'autres de la plus vibrante des façons. Saint-Pierre est devant moi, quelque part, invisible. On n'y voit pas à une brasse. Mais cette cloche semble ne sonner que pour moi. Je reste immobile et je sais que tous me regardent de la plus bienveillante des manières.

…

Le capitaine a fait mettre à l'eau une chaloupe avec deux marins. Un cordage la maintient reliée au navire. On entend longtemps le bruit des rames dans l'eau. La corde se déroule, tendue depuis le bastingage et mangée par le brouillard quelques brasses plus loin. Le chevalier est près de moi. Il me dit simplement :

— Vous semblez un enfant qui attend ce moment comme si le bonheur d'une vie se trouvait au bout de la corde. Et comme vous avez raison ! Et comme je vous envie !

Je ne réponds pas, le poids que j'ai dans la poitrine m'empêcherait de parler si je trouvais quelque chose à dire. Mes yeux pleurent à force de scruter cette nuée blanchâtre dont il ne sort toujours rien.

…

La nuit vient. On arrête la manœuvre pour aujourd'hui. La chaloupe revient, j'interroge les marins. Ils ont bien vu une ombre, une sorte de gros rocher perdu dans le brouillard. Cela faisait bien longtemps que je n'avais pas éprouvé de nuit sans sommeil.

…

Pas de fatigue au petit matin, je suis sur le pont avant le soleil. On équipe deux nouvelles embarcations. J'entends les marins qui sondent l'eau devant eux. Les cordes sont tendues dans le brouillard et engagent le bateau. On n'a pas l'impression d'avancer, mais le capitaine nous assure le contraire. La navigation n'est pas moins hasardeuse que sur le Rhône, mais pour un tel bateau, le danger est d'autant plus grand. Le fameux rocher apparaît enfin. Les marins les plus expérimentés affirment l'avoir reconnu, c'est le Colombier. Nous entendons encore la cloche de l'Île. Mais quoique toujours étouffé par la brume, le son nous semble plus proche. J'ai l'impression qu'elle sonne pour des morts ou des fantômes, car nous ne recevons aucun signe de vie, aussi loin que nous pouvons distinguer les reliefs désolés. En fin d'après-midi, le vent se lève un peu, mais le

---

136 — Mode de sonnerie : la cloche reste immobile et c'est le battant intérieur qui vient la frapper du nombre de fois souhaité par le sonneur, à la différence de la volée où c'est le balancement de la cloche qui provoque la sonnerie.

navire est laissé en panne. Trop dangereux d'avancer ainsi comme un aveugle. Le capitaine l'assure, nous débarquerons demain.

C'est pour moi une nouvelle nuit d'insomniaque, passée en grande partie sur le pont, enveloppé dans un grand manteau à deviner les bruits. Heureusement, même sous cette latitude, les nuits de juin sont encore clémentes. On me laisse seul, respectant mon recueillement.

…

Nouvelle manœuvre dès le lever du jour. Nous progressons. À côté du Colombier, une autre ombre imprécise. C'est la pointe de Saint-Pierre nous assure-t-on. Après le déjeuner, on équipe une chaloupe pour débarquer. Le capitaine n'est pas trop cruel : je suis du premier voyage. Le chevalier viendra avec moi. Je descends sur un maillage de filins le long du ventre du bateau, par-dessus le plat-bord. Je vois les têtes de tous qui me regardent descendre, agrippé comme un singe. Cela me prend de longues et patientes minutes. Je pose le pied dans la chaloupe. Le chevalier de Chateaubriand me rejoint, puis le capitaine. Deux marins rament avec vigueur. Je regarde de tous mes yeux les deux masses sombres au milieu du néant. Je voudrais reconnaître quelque chose, mais mes yeux d'enfants restent sans mémoire malgré ma détermination. On longe bientôt une côte, mais au-delà des cailloux, je ne distingue rien d'autre que quelques buissons malingres.

— Ohé !

C'est un de nos marins, qui connaît parfaitement son rôle et qui appelle dans la brume. Car on perçoit enfin des bruits de civilisation. Des coups frappés, peut-être ceux d'une forge. Le pas d'un cheval. On nous répond bien vite.

— Ohé du bateau ! Français, Anglais ?
— Brick le Saint-Pierre, armé à Saint-Malo !
— Ici !

On nous guide à la voix. Des mâts de bateaux piquent la brume comme de vieux sapins sans épines. C'est au tout dernier moment que je distingue les maisons. De maigres habitations jetées au hasard le long de la côte. Comme s'il n'y avait rien d'autre derrière que l'ombre d'une vilaine montagne. Une rangée de bateaux en panne se tasse dans une petite baie.

— Saint-Pierre ! Annonce le capitaine.

Mais j'ai beau regarder partout, l'Île aux chiens reste invisible. La chaloupe apponte, plusieurs hommes sont là pour nous accueillir. De rudes marins s'occupent de la manœuvre et nous aident à descendre. Le gouverneur se présente : un certain Danseville. C'est une étrange sensation tout d'abord pour mes vieilles jambes amarinées de se frotter au contact rude de la terre ferme. Je vacille un peu, on me soutient. On explique qui je suis et ce que je fais là.

— Où est l'Île aux chiens ? ai-je le temps de demander.

On tend des bras vers le brouillard.

— Maudite boucaille ! Crache un des hommes de Saint-Pierre d'une voix rocailleuse.

Son accent n'est pas plus étrange que celui des Provençaux, mais bien plus rude. Notre capitaine donne des ordres. Le gouverneur nous entraîne vers sa demeure. Il ne semble nullement surpris de recevoir ainsi des visiteurs imprévus, surtout venus d'aussi loin. Il est aimable et me porte toutes les attentions possibles.

— Ainsi donc, monsieur, vous êtes né ici ? Peu encore peuvent s'en vanter, après tous les dérangements subis depuis le début du siècle.

— Doit-on vraiment s'en vanter ? m'entends-je répondre.

— Eh bien, si votre mémoire vous fait à ce point défaut. Attendez que la brume se lève et vous pourrez me dire que ce pays ne manque pas de charme.

— Ce n'est pas le charme qui est discutable, c'est juste la terre qui m'a vu naître et qui, pour cette seule chose, a exigé de moi des sacrifices terribles. Je voudrais juste revoir l'Île aux chiens. Me recueillir là-bas. Je pourrai ensuite mourir tranquille. Je suis bien aise qu'on m'ait laissé du souffle jusque-là.

— Ne soyez pas si sombre, Monsieur Passadieu, et venez avec moi, que je vous fasse les honneurs de ce petit village. Nous avons tellement fait ici depuis notre retour. Et il reste tant à faire encore.

Le chevalier de Chateaubriand hume l'air avec fièvre. Avec ses cheveux en bataille et son manteau ouvert, sa silhouette est un hippogriffe à l'affût. Il regarde à droite, à gauche, et semble attiré par le chemin qui quitte le village. Le gouverneur s'en amuse.

— On appelle ce chemin *la route du cap à l'aigle*. Vous n'en rencontrerez sans doute pas avec ce brouillard, mais la promenade ne manque pas de pittoresque.

— Ah comme j'aimerais me noyer dans une telle brume ! Partez sans moi visiter le village, je vous rejoindrai plus tard.

Et sans attendre notre assentiment, il s'engage sur le sentier qui plonge tout droit dans le brouillard.

— Ne vous écartez pas du chemin ! Le met en garde le gouverneur.

Mais mon fantasque ami est déjà loin, son ombre se fond bientôt dans les nébulosités. On entend encore le bruit de ses pas.

— Quel personnage étrange !

— C'est un homme plein de fougue et de passion. Il semble pour lui qu'il n'y ait pas de limites à l'exaltation.

Le gouverneur donne quelques ordres pour qu'on prépare une collation à notre intention, puis il m'entraîne vers les maisons.

— Je vais vous montrer le bourg.

Je le suis. Il me présente à des habitants qui me saluent de manière fort courtoise. Nous sommes au bord du barachois : une sorte d'anse où les bateaux viennent faire relâche. En face du débarcadère, il y a la maison du gouverneur, l'église et un commerce. Après, une simple rue égrène ses maisons le long du littoral. Au-delà, et pour le peu que le brouillard me laisse deviner, ce ne sont que mornes[137] et landes tourbeuses. Le gouverneur est bavard. C'est un homme charmant qui me raconte toutes sortes de choses. Je l'écoute distraitement, me retournant toujours vers le chemin où mon ami le chevalier vient de disparaître.

---

137 — Mot créole qui désigne une colline.

Et je regarde aussi dans la direction qu'on m'a indiquée tout à l'heure, pour m'assurer qu'on ne distingue pas ma véritable patrie. Mais je ne vois que le blanc cotonneux qui enveloppe tout et bouche l'horizon. Pas le moindre signe de l'Île aux chiens.

— Un travail considérable a été fait ici depuis notre arrivée. Un brigantin anglais, *Le Paquebot*, a fait naufrage l'année dernière dans la rade. Il a pu nous vendre son chargement de sel, nous permettant ainsi de résorber la pénurie dont nous souffrions cruellement. Sans sel, impossible de préparer la morue.

Il ne me passe aucun détail, me présente chaque membre de sa petite colonie en me rapportant son histoire. Il va même jusqu'à me faire visiter une sorte de petit potager où il cultive lui-même quelques légumes d'Europe. Heureux homme qui n'a d'autres préoccupations que celle-là ! Plus haut, sur la vigie, on devine par éclairs les couleurs du nouveau drapeau français. L'air humide pénètre les vêtements et nous rentrons bientôt. Je ne connais pas l'heure, mais le gouverneur m'offre à dîner. Je me rends compte que j'ai faim et nous nous attablons avec lui, le capitaine du bateau et moi. Même dans ce coin reculé du monde, il a tenu à faire venir un service en cristal. Le contraste avec ce que je viens de voir dehors est d'autant démesuré.

— Monsieur de Chateaubriand nous rejoindra sans doute.

— Je suis un peu inquiet pour lui.

— N'en faites rien, cette route ne mène pas bien loin. Et le brouillard aura tôt fait de lui faire rebrousser chemin.

Danseville propose de remplir mon verre. La carafe contient un liquide doré qui coule avec paresse dans les verres.

— Goûtez cela, c'est une bière antiscorbutique que l'on fabrique ici avec certains bourgeons de résineux.

Nous trinquons. L'arôme est léger, la boisson est sucrée et pétille doucement entre la langue et le palais, libérant une onctuosité de miel. On ne sent guère d'alcool dans cette bière-là, mais la gorgée n'est pas désagréable. On entend des pas pressés dans le vestibule et la porte claque presque lorsque le chevalier fait irruption dans la salle à manger du gouverneur. Ses cheveux sont un nid où des oiseaux viennent de se battre. Son manteau arbore comme des décorations, feuilles et branches dans une complète négligence, comme si l'animal venait de courir à quatre pattes aussi bestialement qu'il souffle en arrivant.

— Ah, les belles créatures que vous cachez dans vos brumes, Monsieur le Gouverneur !

Puis il s'assied à table bruyamment en poussant un soupir de contentement.

— Et bien, racontez-nous, Monsieur le chevalier, quelle rencontre extraordinaire a pu vous mettre dans une joie pareille ?

Chateaubriand avale d'un trait le verre de bière qu'on vient de lui servir, grimace légèrement de surprise, puis il repose son verre.

— À travers le brouillard, j'entends le bruit d'une cascade. Je m'approche pour découvrir l'endroit. L'eau jaillit du rocher et s'échappe en quelques bonds dans la mer. Je m'arrête quelques instants.

Par ses paroles enthousiastes, même le plus inepte des tableaux devient un récit épique.

— Une jeune marinière apparaît, charmante. Elle va les jambes nues et m'explique qu'elle ramasse du thé rouge[138] que sa grand-mère lui a appris à récolter. Elle-même tient le secret de cette plante particulière de sa propre grand-mère. Nullement effrayée, la jeune fille vient s'asseoir à côté de moi. Nous passons quelques minutes particulièrement agréables à discourir sans gêne : de sa famille, des activités des hommes de son peuple qui sont partis en pêche. Puis, comme elle était apparue, elle disparaît aussi vite par un petit sentier. Frêle et agile comme un oiseau. Je l'aperçois quelques instants après, bravant la brume dans une minuscule embarcation.

Le gouverneur intrigué interroge le chevalier en quête de détails, il aimerait savoir laquelle de ses administrées est cette jeune femme qui a tant ému notre aventurier.

— Comment était-elle ?

— Ma foi, fort bien tournée.

— Mais encore, n'avez-vous pas un détail à me donner ?

— Sa peau était un peu pâle…

— Allons, faites un effort, souvenez-vous !

Le chevalier a l'expression de celui qui se donne toute la peine possible pour satisfaire son auditoire.

— Elle avait des yeux de la couleur de l'ambre.

— Étonnant !

— Oui, d'ailleurs, je me souviens, je lui en ai fait la remarque et le compliment.

Et Chateaubriand de rajouter :

— Cela a eu l'air de l'amuser, car c'est à cet instant qu'elle s'est levée en riant. *Pourquoi riez-vous ?* lui demandés-je. Elle me répond : *vous me parlez de l'ambre, cher Monsieur, c'est amusant parce que c'est précisément le prénom de ma grand-mère !* C'est alors qu'elle s'enfuit pour aller chercher sa barque.

L'animal ne se rend même pas compte du choc que je ressens à la fin de son récit.

…

Nous l'avons interrogé plus avant. L'extravagance de la jeune fille, la direction de son bateau lorsqu'elle a quitté notre chevalier, tout nous permet de penser qu'elle habite sur l'Île aux chiens. Il ne me faut que quelques minutes pour convaincre le gouverneur de me conduire là-bas sans attendre. Il faut moins longtemps pour trouver un volontaire pour m'y conduire.

…

Un brave géant à l'œil doux me propose à présent de grimper dans sa barque. La brume n'a rien perdu de sa puissance, protégeant encore de mes regards le moindre indice de l'existence de l'Île. Le chevalier et le gouverneur sont venus m'accompagner au ponton. Le capitaine est retourné sur le Saint-Pierre.

---

138 — Autre nom de la Gaulthérie.

— Ne souhaitez-vous pas attendre que la brume se lève ? C'est sans doute l'affaire de quelques heures.

— C'est l'affaire d'une vie, réponds-je, avec arrogance. Il n'y a pas d'inquiétude à avoir, mon guide habite l'Île et m'y conduira aussi sûrement qu'en plein soleil.

Dans l'excitation, je pose un pied dans la barque. Mon poids la déséquilibre. Et sans l'intervention du bon Saint-Pierrais qui se trouve là, je serais déjà dans l'eau. Il empoigne mon bras et me guide jusqu'à l'intérieur de la petite embarcation.

— Doucement, l'père ! me dit-il avec son accent bourru.

Le ton paternaliste me surprend d'abord. Mais comme je n'ai senti dans cette mise en garde que de la bienveillance et aucun manque de respect, je ne réagis pas. Je m'assois à peine que le gaillard commence déjà à ramer. Un salut à mes compagnons restés sur le ponton. Le rameur tourne le dos à l'île. Et moi, en face, je serai le premier à l'apercevoir.

…

Il ne fallait pas que je m'attende à la reconnaître aussi simplement. Car pour y avoir vécu toute mon enfance, je n'avais jamais pu apprécier ses reliefs du point de vue qui s'ouvre à moi maintenant. À mesure que nous progressons, la brume se disperse et dévoile le rivage tout d'abord. Une mince ligne noire où moutonne l'écume pour distinguer la mer des rochers. Le marin rame sans se retourner. Je voudrais lui poser mille questions, mais l'émotion est trop grande pour que j'ose parler. Je voudrais que ce moment ne se termine jamais, car j'ai peur de ce que je vais trouver au-delà du brouillard.

…

Les contours de l'Île aux chiens se dessinent complètement, chaque détail se révèle peu à peu à mesure que nous avançons. Une petite chapelle en bois domine au milieu d'une sorte de bourg. Pas plus de cinq ou six maisons. Plutôt des cabanes. Si le village de Saint-Pierre faisait une piètre impression de l'autre côté de la baie, ce hameau-là paraît encore plus déshérité. Mais ce qu'il a de particulier dans sa modestie me touche davantage, car l'ombre des maisons perdues sur la lande, qu'on devine à peine, me renvoie avec précision le souvenir de celles de mon enfance à ce même endroit. Le temps s'est arrêté ici, comme si on m'attendait par delà les années. Il n'y a que la chapelle qui n'existait pas alors. Pour le reste, je pourrais croire que rien n'a changé et que toute ma vie n'a passé qu'en quelques instants. Un rêve ou un cauchemar dont je sors comme un revenant.

Un tremblement me saisit.

— Ça va-t-y, l'père ? S'inquiète mon pilote.

Le gouverneur lui a donné de telles recommandations avant notre départ. Il me couve des yeux, inquiet de la moindre de mes émotions, craignant sans doute que mon vieux cœur faillisse par ces excès. Un gros manteau prêté par mon hôte devrait pourtant me prémunir du froid et de l'humidité. Mais je sais qu'il n'y a là que les manifestations d'une émotion inespérée. Le souvenir m'enveloppe dans une onde rassurante. Il y a le bruit des vagues sur le plain, la rondeur humide des cailloux des graves. Et puis, il y a la brume autour qui clôt ce monde-là comme s'il n'y avait rien d'autre. On ne m'attend pas. Personne sur la grève. Pas même des silhouettes près des maisons. La petite barque s'échoue. Le brave homme en descend et me fait signe d'attendre. Ses pieds nus rougissent légèrement dans l'eau froide. Il tire la barque sur la grève sans laisser paraître l'effort. Puis il revient vers moi. Alors que je m'apprête à descendre, il m'offre son dos comme monture.

— S'agirait pas que vous alliez glisser ou mouiller vos souliers.

Je ne veux pas le contredire. Il me porte ainsi sur quelques pas pour me déposer au début d'un petit chemin de terre parsemé d'herbes folles. Puis il passe devant moi.

— C'est par là.

Je le suis. Le chemin monte légèrement vers le hameau. Dans le silence de l'après-midi, notre arrivée éveille les curiosités. Des rideaux s'écartent aux fenêtres. Quelques femmes sur leur seuil me regardent passer avec attention. Mon habit est sans doute bien plus beau que le plus beau des costumes de leurs hommes. Celui qu'on met certains dimanches, quand le curé de Saint-Pierre vient jusque-là pour dire une messe : le costume du dimanche, mais qui sent tout de même le poisson. Mon guide se retourne pour s'assurer que je vais bien.

— On y est presque.

On ne nous parle pas. Nous voici au pied de l'église. On devine derrière deux autres maisons que l'on ne voyait pas du rivage. Le chemin redescend doucement. Nous nous arrêtons devant la plus petite des deux, basse et pourvue simplement d'une fenêtre et d'une porte.

— Attendez-moi là.

J'obéis. L'homme s'en va frapper à la porte. Une jeune femme lui ouvre tout de suite. Ils se parlent, elle me dévisage par-dessus l'épaule de l'homme. Puis elle ne dit rien et ouvre plus grand la porte. Il se retourne et me fait signe d'approcher.

…

Tout de suite, je reviens en enfance. Le plancher qui craque sous mes pieds, les murs de bois bruts, l'odeur de l'huile de poisson qui brûle dans une lampe, la table et les chaises. Comme si on avait reconstruit cette cabane à l'identique de mes souvenirs. Ni mon corps ni mon esprit ne se trompent à ces signes. Fils de l'Île, je suis ici chez moi.

Quand je suis entré, la jeune femme a disparu dans la pièce au fond. Une porte entrebâillée. Mon guide est resté dehors. Me voici seul dans la pièce à vivre. Au fond, c'est sans doute la chambre où m'attend mon destin. Le bois craque encore sous mes pas. Nul bruit, nulle voix pour m'inviter davantage. Et pourtant il faudra du courage pour parcourir ce dernier chemin. J'y parviens doucement.

Il est des moments de la vie qui, comme certains moments de l'histoire, se passent de paroles.

Je suis dans l'encadrement de la porte. La chambre est une toute petite pièce où se serrent deux lits étroits. En face de moi, une vieille femme sans âge, alitée et paisible. Assise à son chevet, la jeune femme qui a ouvert la porte. Elles se donnent la main de la plus tendre des façons. Et c'est dans leurs yeux que vient la confusion. Ses mêmes yeux qui m'observent, un regard identique qui pourrait être celui de ma mère. La ressemblance n'est pas grande chez les deux femmes, mais au-delà des ans et par delà la mort, leur regard me livre l'expression troublante de ma mère disparue. L'infinie douceur de son sourire, à l'identique : le souvenir prend corps. Ce que je n'imaginais pas vient de se produire. J'avance. Encore un pas. Ma main sur le montant du lit pour retrouver de la force. Il y a ce poids dans ma poitrine, le même tant de fois reçu du chagrin et de la douleur, mais aujourd'hui tourné vers un bonheur étrange. Un vertige. Et la faiblesse dans les jambes qui me prend comme un traître.

...

Je suis assis au bas du lit. Nul ne parle. Ambre Passadieu ! Ma sœur disparue ! Une tempête d'émotions, pas de place pour les questions ni pour les paroles. Et la jeune fille... sans doute sa petite fille. Il manque un maillon, mais il sera bien temps plus tard pour des explications. Les femmes sourient, silencieuses. Le temps nous enveloppe de bienveillance. Je pose ma main sur celles des femmes. Je ne sens pas couler ma larme qui roule jusqu'au drap.

...

Je marche derrière la jeune femme qui me conduit sur un petit chemin au milieu des herbes. Derrière une butte, quelques croix.
— C'est là.
Deux planches croisées, sans doute du bois sauvé d'épaves. Un nom et un prénom gravés patiemment et déjà usés par le sel : Marguerite Passadieu. Ce prénom est une émotion supplémentaire. Ambre, rescapée de l'enlèvement par les Indiens et élevée par sa grand-mère avait appelé sa fille Marguerite, comme Augustin avait appelé son fils Hector. Marguerite Passadieu est morte il y a à peine quelques mois, sur la terre de ses grands-parents, paisiblement. La fille de Marguerite, Élise, est près de moi. Devant la tombe où ne pousse nulle fleur, la jeune femme prend ma main.

...

Nous marchons encore. Élise ne me laissera rentrer à la cabane que lorsque je me serais acquitté d'une prière à la chapelle. Réelle dévotion ou superstition ? Je me moque bien de ce qui anime la jeune femme. L'instant est trop précieux pour que je veuille la contredire. La nouvelle a déjà fait le tour du hameau. On me regarde passer, on me salue de sourires bienveillants. Mais nul ne vient nous troubler. Arrivé devant la porte, une idée qui s'impose. Élise tire sur ma main, mais je résiste. Elle s'étonne. Je la lâche et je reprends le chemin en sens inverse.
— Mon oncle, où courez-vous ainsi ? Il n'y a rien par là-bas pour les vivants !
Peut-être craint-elle un acte désespéré de ma part. Je lui fais signe de ne pas s'inquiéter et je reprends mon chemin. Elle me suit en silence. Nous courons presque. Ce qui a trop attendu ne souffre plus de gâcher la moindre minute.

La mémoire me guide. Si les dispositions des maisons ont changé, les reliefs calquent sur mes souvenirs un trajet bien précis. Je m'approche d'un bloc de rochers. Je reconnais la faille, je m'agenouille. Ma main s'écorche entre les roches. J'enfonce mon bras davantage. Je sens le contact du bois, je reconnais ses reliefs. J'extrais sans difficulté la petite statue de bois de Sainte-Anne à la Vierge. Pas plus que les Anglais, le temps ne l'a abîmée. Les mêmes visages paisibles, à peine voilés par la mousse.

…

Je place la statuette auprès du maître autel. Les habitants du village nous ont suivis jusqu'à la chapelle et me regardent en silence sans rien demander. L'émotion religieuse me touche enfin par ce geste banal.

Je dormirai ce soir sur l'Île aux chiens. On ira prévenir le reste de ma famille qui me rejoindra demain. L'avenir est une chose qui ne me préoccupe plus.

…

Le vent a soufflé toute la nuit, lavant le ciel de ses secrets. Ce matin est tout neuf. Au-delà de la baie, je regarde Saint-Pierre avec mes yeux d'enfants. La montagne s'éveille aux premiers rayons. À mes pieds, l'écume bataille contre le plain. Les goélands moqueurs en quête de pitance passent insouciants. Aucun autre désir que ce spectacle-là. Et mon cœur apaisé…

Ainsi se termine l'histoire de Jean Passadieu.

Jean Passadieu - Le Secret d'Abraham

REMERCIEMENTS

À

Florence S. Benoît S. François S.
Marc D. Sandrine P. Catherine M.
André S. Eric G.
Fabien M. et Rachel L.

SAINT-PIERRE ET MIQUELON

Aux habitants du Caillou qui ont accueilli avec bienveillance
ce héros imaginaire, sous les couleurs de leur si beau pays.

SOCIÉTÉ FRANÇAISE D'HISTOIRE DE L'ART DENTAIRE

C'est là que naquit l'idée originelle.
Des remerciements tous particuliers à
Micheline R.-K., Jean-Pascal D. et Danielle G.
qui nous ont aidé à défendre cette aventure.

MUSIQUE

Jean-Philippe Rameau, Antonio Vivaldi, John Williams, Alexandre Desplat,
Frantz Schubert, Hans Zimmer

À tous ceux et celles qui ont apporté leur soutien, la moindre idée ou
suggestion.

À la mémoire de Daniel Cantaloube, sans qui rien n'aurait été possible.

Merci !

Jean-Baptiste Seigneuric

Jean Passadieu - Le Secret d'Abraham

Dépôt légal : 1er trimestre 2018
Achevé d'imprimer par Amazon Distribution

www.ingramcontent.com/pod-product-compliance
Lightning Source LLC
Chambersburg PA
CBHW072331020726
47503CB00012B/250